丰县历代诗词译注

闵凡军

包翠玲 编著

文物出版社

图书在版编目（CIP）数据

丰县历代诗词译注 / 闵凡军，包翠玲编著 . — 北京：
文物出版社，2023.12
ISBN 978-7-5010-8238-4

Ⅰ . ①丰… Ⅱ . ①闵… ②包… Ⅲ . ①诗词—作品集
—中国 Ⅳ . ① I22

中国国家版本馆 CIP 数据核字（2023）第 211900 号

丰县历代诗词译注

编　　著：闵凡军　包翠玲

装帧设计：长　岛
责任编辑：刘永海
责任印制：张道奇

出版发行：文物出版社
社　　址：北京市东城区东直门内北小街 2 号楼
邮　　编：100007
网　　址：http://www.wenwu.com
经　　销：新华书店
印　　刷：苏州市越洋印刷有限公司
开　　本：710mm×1000mm　1/16
印　　张：39
版　　次：2023 年 12 月第 1 版
印　　次：2023 年 12 月第 1 次印刷
书　　号：ISBN 978-7-5010-8238-4
定　　价：168.00 元

著名书法家、江苏省书协副主席仇高驰题词

大風起兮雲飛揚威
加海內兮歸故鄉安
得猛士兮守四方

余未嘗習字故不擅書今應凡軍之北勉書大風歌以寄鄉情

魏嘉瓚於吳門歌風樓癸卯年

著名文化学者、苏州市诗词协会原会长魏嘉瓒题词

《春入大沙河》 安秀梅绘

凤城新咏
一云中

乙巳秋月
安秀梅写

《凤鸣塔》 安秀梅绘

民国时期的高祖庙

民国时期的丁兰祠

驼山（高昌忠摄于 2022 年 11 月 6 日）

岚山（高昌忠摄于 2022 年 11 月 6 日）

《华山岚色》（清顺治《丰县志》）

《泡水波光》（清顺治《丰县志》）

《圣井春游》（清顺治《丰县志》）

《天津晚钓》（清顺治《丰县志》）

《秦台夜月》(清顺治《丰县志》)

《中阳夕照》(清顺治《丰县志》)

《曲豆晨烟》（清顺治《丰县志》）

《娥墓秋容》（清顺治《丰县志》）

序 一

魏嘉瓒

　　人之交游，机缘诸多。若夫我与凡军，虽同籍丰、沛，同唱《大风歌》，同仰汉刘邦，因年不相若，村距亦远，早年却无缘交集，即令擦肩而过，也会互为路人。而先后落籍苏州，相识相稔，乃成同乡知己。我事文化，他业教育，同为第二故乡尽心出力。尤可道者，我做苏州市诗词学会会长，他做副会长，同偕众多诗友酬唱联吟，平平仄仄，风雅几多。此真天作，缘分也。凡军优秀，与夫人包翠玲女史皆以俊才从徐州引进，皆擅诗词，夫唱妇随，琴瑟和鸣，为当今姑苏诗坛之佼佼者。语云：是金子哪里都发光，岂闵、包贤伉俪之谓乎！

　　凡军桑梓情深，虽远离家乡，却心系故里，《丰县历代诗词译注》一编即可见其乡愁赤心。

　　《丰县历代诗词译注》搜罗广富，选诗精当，注释深入浅出，点评鞭辟入里。以诗译诗，同韵译诗，格律译诗，殊不多见，尤为亮点。凡军学养，尽在书中。我为之击节称赏！

　　书中亦入选我高祖魏月香、曾祖魏怀琦、叔父魏以旭咏丰县诗作，我莫名感激！

　　收笔之际，吟哦小诗一首，藉表缅怀、敬仰丰沛骄子汉高祖之情：

伟哉丰沛帝王乡，诗咏歌吟韵亦长。

博采精编成卷帙，高风千载诵刘邦。

2023 年 4 月 2 日于吴门歌风楼

魏嘉瓒，1941年出生于沛县，工作、定居苏州。曾任苏州市文化局、广电局副局长等职，业余研究苏州园林、写诗、吟诗。退休后做过苏州市诗词协会会长、江苏省诗协副会长、中华诗词学会理事。现为教育部和人民教育出版社聘任的古诗文吟诵专家、江苏省非物质文化遗产"苏州吟诵（唐调）"传承人。著作有《苏州古典园林史》《歌楼风诗文集》《最美读书声——苏州吟诵采录》等十种。

序　二

张建杰

拜读过凡军弟的《丰县历代诗词译注》一书，真的为之震撼了。

这是一本注满浓浓乡情的书。我和凡军是同事、挚友，他很重情，无论是友情、师情或是乡情。他曾说，人是由一撇一捺构成的，那一撇是肉体，这一捺是情感，而情感使生命具有了真意和诗意。他还说过，家乡是树根，我们是树枝，树枝永远是连着根的。在拜读了《丰县历代诗词译注》后，我愈加理解了他的至情厚意，触摸到了一个铮铮硬汉的柔软的部分。编纂这样一本四十多万字的书，我是不敢企望的，因为它需要一个支撑，一个情感的支撑。编纂这本书，凡军花费了近四年的心血，其间在浩如烟海的文献资料中踽踽蹒跚的辛苦，在字斟句酌的校对注释中的岑寂，我想，倘若没有情感、精神的支撑是很难做到的。我知道，凡军的笔头很好；我清楚，如果他下这等功夫来写别的书，一定会名利双收的，但是，他没有。这其中的情愫也许别人不理解，然而，我懂。

这是一本诗化的丰县史。丰县历史悠久，有着"先有徐州后有轩，唯有丰县不记年"的说法。丰县历史迁变轨迹绵长，文化遗存却很少，而凡军的这本书则用优美的古诗词从纵横两条轴线再现了丰县的风土人情、文化精神。本书精选了两千多年间有关丰县的古诗词，其内容涵盖着景物、人物和风物；从某种意义上来说，它还原了一个具体鲜活的丰邑，还原了从丰邑到丰县的历史嬗变过程。畅游于《丰县历代诗词译注》，我仿佛在时间隧道中穿行，仿佛在与古人絮絮交谈；我流连于一个个美景，品鉴着一处处古迹，有时真的有点陶醉其中了。凡军弟，老兄感谢您，丰县人也会感谢您，因为您让我、也让更多人真正走进丰县的过往，体味到古邑的风韵，唤起了人们对家乡的敬重和幽念。本书不仅为我们呈现了地理上的故里，还为我们搭建起了精神文化的小屋。

这还是一本难得的乡土教材。教育改革，在教材方面有一个重大变化，那就是国家积极倡导各地要有自己的乡土教材，以作为统编教材的补充。而在这方面，丰县教育始终是一个空白。作为丰县，其人才荟萃，风物闲美，底蕴深厚，没有自己的乡土教材，这的确是一大憾事。该书弥补了这一缺憾，凡军真正是功莫大焉。另外，古诗词是艺苑中的盆景，是艺术中的精品。其语言精美，结构精巧，意蕴悠远，十分有助于提高学生的表达、鉴赏能力，乃至考试成绩。而在语文教材中，无论是小学还是中学，古诗词篇目也总是占位最多的。就此而论，对丰县人、丰县教育来说，本书无疑是一本难得的乡土教材，一本充满诗韵的文化读本。

《丰县历代诗词译注》是一本历久弥香的好书。我坚信，随着时间的推移，它的价值一定会更加彰显。当然，其价值远远不止于以上三个方面。

作者系全国著名特级教师，教授级高级教师。

目　录

contents

世事感怀篇

风流人物篇

山水名胜篇

华山岚色^①

明·佚名

嵯峨^②拥翠^③逼天高，秀色凝云^④见复消。

万古名人看不厌，平空无恙镇灵鳌^⑤。

注释：

①选自明万历增补《丰县志》下卷"艺文志"。明万历增补本《丰县志》："华山在丰县城东南三十里，名叫'东华'，以此区别西岳华山。"清光绪《丰县志·山河》："华山，在县治东南三十里。元设巡简司于此。三峰苕峣，耸秀异常。汉高命名'东华'，与西岳并，亦称'小华山'。"嘉庆版《大清一统志》："华山在丰县东南三十里，一名东华山，也名小华山。周十余里，有三峰。"从县志记载看出，华山当是包括岚山、驼山在内的三个山峰组成的山脉，高祖命名其"东华"应指整个山脉，而非其中一山峰。而同样在两县志中，介绍华山之后，又都介绍了岚山和驼山，说明是把华山当作和岚山、驼山相并列的其中一个山峰来对待。对于这种矛盾称呼，最有可能的情况是：华山既是三峰中的一峰（南山）之名，又是整个山脉的名称。岚色：山岚的美好景色。岚：山里的雾气。

②嵯峨：形容山势高峻。

③拥翠：翠色簇拥，喻指景色葱郁，一派繁茂。

④凝云：浓云，密云。这里指山岚雾气。

⑤灵鳌：神话传说中的巨龟。语出《楚辞·天问》："鳌戴山抃，何以安之？"王逸注引《列仙传》："有巨灵之鳌，背负蓬莱之山而抃舞。"

翻译：

华山巍峨翠绿直逼天高，美好景色山岚时见时消。

万古名人美景百看不厌，山体横空安然镇着灵鳌。

点评：

一二两句用夸张的手法描写华山的巍峨高大以及景色的变幻莫测；第三句从观赏者的角度入笔，侧面描写华山的景色诱人；尾句则写华山不仅景色美好，而且能镇伏灵兽，保一方百姓的平安。

华山岚色^①

明·夏时

华峰高峙戟云屯^②，斜锁晴岚^③白昼昏。

寒醸阴霾凝淑气^④，湿浮香雾吐奇氛。

半岩泉瀑烟生玉，万谷花丛锦障^⑤春。

匹马登临山麓望，羽衣仙子履痕新。

作者简介：

夏时，浙江德清人。监生，明穆宗隆庆二年（1568）任丰县儒学训导，协助知县尹梓修撰《丰县志》。

注释：

①选自明万历增补《丰县志》下卷"艺文志"。

②云屯：如云之屯集，形容厚重盛多。

③晴岚：晴日时山中的雾气。

④淑气：指天地间神灵之气。

⑤锦障：亦作"锦鄣"、锦步障，是遮蔽风尘或视线的锦制屏幕。这里指春草繁茂，犹如绣锦的屏幕。王勃《春思赋》："锦障萦山，罗帏照野。"宋祁《送郭太保知相州》："黼帐三云清晓别，锦鄣千骑上头迎。"

翻译：

华山峰峦高耸直刺凝聚的烟云，阻挡晴日雾气使白昼变成黄昏。

清凉浓厚的烟岚凝聚神灵仙气，湿润漂浮的香雾喷吐奇异清芬。

山腰里泉瀑如烟点点飞琼抛玉，万谷中花草如屏装点锦绣芳春。

我只身骑马登临山脚举目眺望，那霓裳仙子的脚印仍清晰如新。

点评：

首联立足点在山底，写所望所感，用"戟云屯""白昼昏"极言华山之高大，点化了杜甫的诗句"造化钟神秀，阴阳割昏晓"。颔联、颈联移步换景，立足点在进山途中，用"寒浓""阴霾""湿浮""香雾"等词，渲染华山的山岚雾气之浓烈清香，流泉瀑布和山野花草之美丽，这两联有动景、有静景，白水、碧草、红花，色彩缤纷，构成一幅美丽的山水画。尾联用神话传说收诗，给华山披上一层神秘的色彩，给读者留下炫丽的想象空间。

这是一首平起首句入韵的七律，但可惜该诗在格律上犯了诗家大忌：出韵。"昏"为十三元韵，"氛"为十二文韵，而"屯、春、新"则为十一真韵。

华山岚色①

明·张以诚

天外奇峰插碧空，嵯峨秀色削芙蓉②。
紫云③缭绕重重护，闻道山中有赤龙④。

作者简介：

张以诚，字仲绳，明松江府华亭（今上海松江）人，张弼玄孙，万历三十一年（1603）顺天举人，哥哥张以诚（1568—1615）是万历二十九年（1601）状元。张以诚幼承家学，精通经史百家。由举人入仕，明神宗万历四十四年（1616）以举人身份任丰县儒学教谕。以诚曰："人生贵知足。"遂致仕归里，卒年七十四。

注释：

①选自清光绪《丰县志》卷十三"艺文类"（下）。

②削芙蓉：耸立的荷花。削，削出，耸立之意。古诗中写山常出现这个意象。如李白的《望庐山五老峰》："庐山东南五老峰，青天削出金芙蓉。"宋代诗人于石《八咏》："青山削芙蓉，上有浮云生。"明甘守正《天柱晴云》："凌空天外削芙蓉，正笏当阳似上公。"清初著名诗人宋琬《华岳》："遥遥青黛削芙蓉，此日登临落雁峰。"

③紫云：紫色云，古以为祥瑞之兆，这里指山岚雾气。

④赤龙：这里指高祖刘邦。

翻译：

奇峰高耸直插云天碧空，山势巍峨秀色如出水芙蓉。

紫云缭绕重重笼罩山体，听说这山中藏着天子真龙。

点评：

该诗起笔大气，以夸张手法直言华山之高大；次句借用古人常用的"芙蓉"意象直言华山景色之美好；第三句以紫云缭绕言华山之神秘吉祥，最后点出华山景美吉祥的原因：里面藏着赤龙。

这是一首仄起首句入韵的七绝，运用了孤雁出群格，格律严整规范。

华山岚色①

明·刘见龙

不让龟蒙②占鲁东，屹然特地③起危峰。

六鳌驾拥飞龙见，群虎夹争逐尘空。

高耸青置擎④日月，滴流寒翠⑤落天风。

凌云手可摘星斗，万古雄蟠⑥地轴横。

作者简介：

刘见龙，明代贡生，后任河北大名府儒学训导。

注释：

①选自明万历增补《丰县志》下卷"艺文志"。

②龟蒙：龟山、蒙山的合称，在山东平邑县、蒙阴县及新汶县一带，西北东南走向，长约八十余里。其主峰龟蒙顶海拔一千一百五十六米，为山东第二、沂蒙山区最高峰，有"岱宗之亚"之称。

③特地：特意，表示专为某事。

④擎：向上托举。

⑤寒翠：指常绿树木在寒天的翠色。

⑥蟠：盘踞，盘伏。

翻译：

不谦让雄踞齐鲁之东的龟蒙，巍然屹立特意耸起高高山峰。

六鳌相拥而驾巡天与龙相见，群虎参与相争追逐无际苍穹。

青峰高高耸立向上托起日月，寒天绿树滴水就像飘落天风。

高峰直插云霄举手可摘星斗，万古盘踞丰县势如地轴倒横。

点评：

这首诗主要写华山的高大巍峨。首联运用衬托的手法，以蒙山在鲁东的地位，衬托华山在丰县的地位；接下去颔联、颈联和尾联一气呵成，运用浪漫主义的手法，以大胆的想象和夸张描写华山的巍峨奇特，其中颔联的想象尤为新奇。全诗运用总分结构，首联总写，后三联分写。"凌云手可摘星斗"，借鉴了李白的"危楼高百尺，手可摘星辰"诗句，整首的风格也明显受李白浪漫诗风的影响。

王国维在《人间词话》中说："有造境，有写境，此理想与写实二派之所由分。然二者颇难分别，因大诗人所造之境，必合乎自然，所写之境，亦必邻于理想故也。"按王国维的说法，"造境"侧重于理想，浪漫主义；"写境"侧重于写实，为现实主义。刘见龙的这首《华山岚色》造境的成分多于写境，是一首具有浓烈的浪漫主义色彩的好诗。

这是一首仄起首句入韵的七律，可惜这首诗的格律瑕疵太多。"夹、尘、置"三字出律；"峰、横"两个韵脚出韵。

华山新城①

明·马卿

突兀孤峰②峻，苍茫四野平。

人烟聊避水③，风气④亦堪城。

作者简介：

马卿（？—1536），字敬臣。林虑（今河南省安阳林州市）人。明孝宗弘治乙丑（1505）进士，嘉靖十一年（1532）擢副都御史。因弹劾宦官刘瑾而出守大名府。防盗得力，声震河朔。后迁至总督漕运。嘉靖十五年，以劳瘁卒于任。

注释：

①选自清光绪《丰县志》卷十三"艺文类"（下）。明版《丰县志》上卷"城池"载："嘉靖五年，黄河大决，横冲数百里。然护城有堤，水势来缓，居民得走高阜。当时赖其全活者甚众。知县高禄遂迁县治于东南华山。"华山新城就是这次所建。

②突兀孤峰：华山周边方圆百里都是平川，只有华山一座，故曰"孤峰"。

③人烟：指人家，住户。聊：依靠，依赖。避水：指躲避黄河水一事。

④风气：气候，风水。《尚书序》："言九州所有，土地所生，风气所宜，皆聚此书也。"

翻译：

华山孤立平川高耸险峻，四周苍茫开阔地势坦平。

居民凭借华山避开水患，此处风水绝佳可以造城。

点评：

这首诗的最大意义是它的认识价值。它用文学的方式记载了明朝嘉靖五年（1526）的黄河决口、丰县旧城被淹而迁新城于华山的历史事件。前两句写地理环境，后两句写人们对迁城的议论，言谈之中流露出人们对迁城的支持。

这是一首仄起首句不入韵的五绝，格律很完美。

岚 山①

明·王梃

小沛②连丰道，悠然见此山。
僧行青障外，官坐翠微间③。

近石烟云狎④，依林鸟雀闲。
古人云吏隐⑤，兹地偶跻攀⑥。

作者简介：

王楫，字同野。明代象山（今浙江省象山县）人，嘉靖年间进士。曾奉诏巡视江南直隶诸郡，各官所送之物，一无所受，累官至湖广参政。为人慷慨负义，善诗文，有汉唐之风。

注释：

①选自清光绪《丰县志》卷十三"艺文类"（下）。清光绪《丰县志》卷一"山河"载："（岚山）在华山之北。旧有山神庙，永乐间，县令方琛重建。嘉靖初，邑人尹贞复易以铁像，今淤。"明万历增补《丰县志》上卷"山河"载与此同。今山体尚在。《岚山》在王楫的《徐徐集》里名为《丰县登华山》，"岚山"之名当为县志编纂者擅改。

②小沛：江苏沛县的古称。汉时置有沛郡或沛国，治所在相县（今安徽省濉溪县西北），沛县属其管辖，故称沛县为小沛。

③官坐翠微间：嘉靖五年（1526），黄河决口，旧城被淹，县衙被迫迁址于华山。这首诗大约作于嘉靖二十四年（1545）巡视丰县期间，时丰县县衙在华山。

④狎：嬉戏。

⑤吏隐：指不以利禄萦心，虽居官而犹如隐者。宋之问《蓝田山庄》诗："宦游非吏隐，心事好幽偏。"王禹偁《游虎丘》诗："我今方吏隐，心在云水间。"

⑥跻攀：登攀。跻：登，上升。

翻译：

丰沛之间有一条道路相连，行走其中不觉间看到岚山。
僧侣走在青色遮蔽的山道，官衙端坐在绿水青山中间。
靠近山峰的烟云互相嬉戏，依偎树林的鸟雀自在悠闲。
古人说居官可以犹如隐士，闲时此地可偶尔拾级登攀。

点评：

颔联和颈联描写岚山之景为本诗之亮点。颔联写人，一走一坐，一动一静；颈联写物，一云一鸟，皆是动景，但云是动作，鸟是声音，人也好，物也罢，都写出了悠闲自在无拘无束的生命状态，给人以诗意的生活美感。尾联写作者的感慨，从侧面表现岚山的美好。

这是一首仄起首句不入韵式的五律，格律严整。

驼 山①

明·王梃

谁斫②山为窟？委蛇望转赊③。
出花逢客塵④，入坞见官衙⑤。
石尽疑无径，溪回似有槎⑥。
坐令尘鞅息⑦，翻忆召陵瓜⑧。

作者简介：

见前。

注释：

①选自清光绪《丰县志》卷十三"艺文类"（下）。驼山：当地俗称龟山、后山，明万历增补本《丰县志》上卷"山河"、乾隆《徐州府志》卷二"山川"、同治《徐州府志》卷十一"山川考"皆作"堕山"。清光绪《丰县志》载："在岚山之东北。旧与华、岚相连，周亘十余里，窿然秀丽，亦一奇观也。今淤。"又载：华山"其洞有五，曰会景、曰虚白、曰碧寒、曰太元、曰太乙，殊各幽胜。"叶烓《华山书院记》：洞前诸景可揽，命曰会景。后架小桥，以达西洞，洞塞巨石，曳而虚之，曰虚白。前通鸟道，折出石坛下……左有洞曰大玄，右有池曰太乙。五洞均是叶烓创建华山书院时掏挖而成，洞名也是叶烓命名。五个仙洞实际上是四个山洞，另外一个太乙洞是在地面挖的窟窿，被做成了水池。王梃的这首《驼山》在他的《徐徐集》里原名是《石窟》，清顺治《丰县志》把诗题擅改为《驼山》，清光绪《丰县志》沿袭此名，但这一擅改，却成了一个很好的佐证史料，进一步明确了五洞所在的山峰是如今的"驼山"。

②斫：大锄，引申为用刀斧砍，这里是凿的意思。

③意为远望山脉连绵延伸远方。委蛇：同"逶迤"，连绵不断的样子。赊：远。王勃《滕王阁序》："北海虽赊，扶摇可接。"

④麏：鹿一类的动物。

⑤坞：四面高、中间低的山地。唐羊士谔《山阁闻笛》："临风玉管吹参差，山坞春深日又迟。"官衙：此处指丰县县衙。1526 年黄河决口，旧城被淹，县衙被迫迁址于华山。

⑥槎：本是用竹或木组成的筏子，也指小船。

⑦坐令：犹言致使；空使。尘鞅：世俗事务的束缚。鞅：套在马颈上的皮带。清吴伟业《送何省斋》："君今谢尘鞅，轻装去如驶。"

⑧《史记·萧相国世家》载："召平（即邵平）者，故秦东陵侯。秦破，为布衣，贫，种瓜于长安城东。瓜美，故世俗谓之'东陵瓜'，从召平以为名也。"后常以"东陵瓜"称誉瓜之美者，又以此典比喻隐居不仕。

翻译：

是谁挥斧凿山开辟洞窟？连绵不断曲折转向深处。

花开时常逢外来的小鹿，走进山坞则可看到官衙。

石路穷尽疑似没有路径，溪流回转忽遇小舟横斜。

这美景真让人望峰息心，令我忆起邵平城东种瓜。

点评：

首联从驼山的玄都仙洞着笔，凸显此诗的道家仙气。颔联的"客麏"可以看出是扣玄都仙洞的，因为在道教中，鹿常常为仙人的坐骑。颈联从"石尽疑无径""溪回"等看出是扣逶迤山路的，这一联有陆游的"山重水复疑无路，柳暗花明又一村"之意趣。尾联写自己游览后的感触：如此美景让人有望峰息心、归隐林泉之想，这又从侧面表现了驼山诱人的美景。整首诗弥漫着道家的仙气和作者出世的情怀。

这是一首仄起首句不入韵式的五律，格律规范严整。

游东华山①

明·季之翰

为爱东山②好，时时结伴游。
野花争岭秀，春雨助泉流。
树绕僧房寂，藤缘③石磴幽。
后峰何不到？因耻过秦沟④。

作者简介：

季之翰，字仲申，号羽庵，明末清初丰县人。性好读书，不事举子业。幼有诗癖，遇物咏题，动成卷帙。坐斗室之中，时摹钟繇法帖。游览最广，而足不履势利之门。好饮酒，数斗不醉。与之语道理，论古今，高谈可惊四座。劝善规过，直言不讳，人之喜怒弗计也。卒老于风尘，鲜有能知者。其家近白驹山，因自号"白驹山樵"。所著诗集甚多。（录自清光绪《丰县志》）

注释：

①选自清光绪《丰县志》卷十三"艺文类"（下）

②东山：东华山的简称，即丰县华山，以别于西岳华山而得名。

③缘：向上爬，攀援。《孟子·梁惠王上》："以若所为，求若所欲，犹缘木而求鱼也。"

④秦沟：本名"断龙沟"，是秦始皇东巡时特在后峰岚山之阴所挖的一条大沟，目的与筑厌气台一样，都是为了截断天子龙脉，因是秦皇所挖，故曰"秦沟"。

翻译：

因为很喜欢东华山的美好，所以时常结伴去那里闲游。
野花在山岭之间争相竞秀，春雨则助力山泉急速奔流。
树木环绕僧房环境很幽静，荆藤攀援石阶更显得清幽。
华山的后峰为何不去游览？只因为耻于跨过那条秦沟。

点评：

首联开宗明义表达自己对华山的喜爱，并因此经常结伴闲游。颔联和颈联则集中描写华山的美好景致：野花竞秀，山泉奔流，树遮僧房，藤攀石阶。有花红，有树绿；有静景，有动景；通过对作者眼中景物的描绘，表达了作者悠闲自在，醉情山水的情怀。尾联通过交代不肯游后峰的原因，表达了自己的节操。

这是一首仄起首句不入韵的五律，格律严整规范。

华山小筑[①]

明·张弓

相土[②]寻坦荡，纵横[③]待我营。

增卑[④]齐高阜，楚木[⑤]今已清。

所役忘劳劳[⑥]，险阻皆为平。

作者简介：

张弓，字觇侯，丰县人。至孝，其父去世时，正值兵荒，众人多闻风而逃，他却防守庐墓，掬土成坟。县令特旌表其门。著有诗文二卷。

注释：

①选自清光绪《丰县志》卷十三"艺文类"（下）。小筑：指规模小而比较雅致的住宅，多筑于幽静之处。陆游《小筑》诗："小筑清溪尾，萧森万竹蟠。"清吴伟业《春日小园》："小筑疏篱占绿湾，钓竿斜出草堂间。"

②相土：看地势。相：看，如相面、相亲。

③纵横：杂乱貌。《孙子·地形》："将弱不严，教道不明，吏卒无常，陈兵纵横，曰乱。"孟郊《吊国殇》诗："徒言人最灵，白骨乱纵横。"

④增卑：将低洼填平。卑：位置低下，与高相对应。

⑤楚木：丛生之木。杜牧《晓望》："房屋随月晓，楚木向云秋。"唐代皎然《答黎士曹》："楚木纷如麻，高松自孤直。"

⑥劳劳：辛劳、忙碌。元稹《送东川逢侍御使回十韵》："流年等头过，人世各劳劳。"

翻译：

查看地势寻找平坦开阔的地形，地面杂乱荒芜等待我谋划经营。

填补低洼之地以便与高处齐整，丛生的灌木杂草今已清除干净。

醉情于辛勤的劳作忘记了辛苦，建筑前的危险与障碍都已荡平。

点评：

这是一首记录描写建房过程的六言古诗。它只记录了选址、清理灌木杂草、填平地基三个环节，表达了作者虽劳累忙碌但心情舒畅，体现了热爱生活、积极乐观的态度。房屋主体的建筑过程则没有记录，留给读者去想象，这是虚写，也就是绘画中的留白。

华山四景①

清·刘湘

一　危岩覆翠

南山有广额②，前出如游龙。

晴烟织蔓草，茸茸③自秋冬。

二　削壁衮云④

石丈立岩岩⑤，大臣冠剑⑥状。

径穷藤亦柔，敏者不能上。

三　攒峰插汉⑦

中峰最耸处，石貌古而丑。

披云攀险蹬，苍藤约⑧臂肘。

四　案石承霄⑨

石案何为者？风雨追琢⑩好。

或曰歌风时，赤帝饮⑪父老。

作者简介：

　　刘湘，字子瑟。丰县人。清顺治十三年（1656）贡生。先任霍丘县（今安徽省霍丘县）儒学训导，后升任丹阳县（今江苏省丹阳县）儒学教谕，迁太仓县学正（官名。宋之后历代均设，主管学规、考教训导之职）。在任期间，治学有方，告归时当地绅士多赠歌、诗相送，汇编成《铎娄德音》。晚年肆力于诗词古文，留有《观海楼集》《看花集》《苍桧馆诗集》等。

注释：

　　①选自清光绪《丰县志》卷十三"艺文类"（下）。华山四景：华山有十景，除这四景之外，还有：东麓石城，西崖剑岭，盘石贮月，洞溜鸣丝，玄都仙洞，青刹翠屏。

　　②广额：宽阔的额头。晋左思《娇女》："鬓发覆广额，双耳似连璧。"这里指南山的一块阔大巨石。

　　③茸茸：柔密丛生的样子。

　　④袅云：袅袅浮动的云。

　　⑤石丈立岩岩：石丈，指奇石。宋代叶梦得《石林燕语》卷十："米芾诙谐好奇……知无为军，初入州廨，见立石颇奇，喜曰：此足以当我拜。遂命左右取袍笏拜之，每呼曰'石丈'。"后用为奇石的代称。岩岩：山势高峻的样子。《诗经·小雅·节南山》："节彼南山，维石岩岩。"

　　⑥冠剑：古代官员戴冠佩剑，因以"冠剑"指官职或官吏。

　　⑦攒峰：密集的山峰。唐卢仝《喜逢郑三游山》："相逢之处花茸茸，石壁攒峰千万重。"汉：云汉，指天空。

　　⑧约：拘束。

　　⑨案石承霄：在中峰的西侧，其中有一巨石，中裂一缝，直至根底，下有巨石如案承接，似结在一起，却又不相粘连，成为一大奇观。

　　⑩追琢：雕琢，雕刻。追，通"雕"。

　　⑪饮：以酒食款待，宴请。

翻译：

一

一块巨岩虎踞南山之中，游人进出像游动的蛟龙。
晴岚缭绕笼罩藤蔓碧草，柔密丛生从春夏到秋冬。

二

奇石矗立多么高大威严，像官吏威严站立的模样。
石径尽头蔓草也显柔弱，动作敏捷不能从此攀上。

三

中锋最高耸险要的地方，石头的样子古老而貌丑。
拨开云层攀登险要石阶，野藤蔓草约束住了臂肘。

四

这块石案是做什么用的？它被风雨雕琢如此美好。
有人说高祖唱大风歌时，曾在此案酒食款待父老。

点评：

这是组诗，因此在布局安排上为避免重复，四处景点所选的描写重点是不一样的。"危岩覆翠"重点抓住游人如织和蔓草四季丛生来写；"削壁袅云"只写"削壁"没写"袅云"，写"削壁"抓住一个细节：蔓草到了头部很是脆弱，因此抓蔓草攀援时动作不能迅速，易出危险，侧面突出削壁之高之陡；"攒峰插汉"抓住峰高和藤蔓密布两个方面写；"披云"突出其高，"苍藤约臂"突出蔓藤密布。"案石承霄"不正面写其景，而是抓住高祖和乡邻曾在此共饮的传说来写，侧面表现此处的神秘诱人。总之，四处景点各具特色，作者通过细节描写让我们真切感受到了华山的美景，虽未曾见但心向往之。

游华山①

清·王初集

东华屹立削芙蓉，玉女明星②若可逢。

南顾黄河销③巨浪，北临泰岱引④诸峰。

云生翠壁千村雨，月上琼宫五夜⑤钟。

游览自惭无逸兴，几时远绍谢安踪⑥？

作者简介：

王初集，字体仁，号恕求。河南光州（今河南光州县）人。清康熙四十三年（1704）以举人身份任丰县知县。在丰县期间兴义塾，修学宫，建高庙，辑邑乘（县志，地方志），助寒士，赈灾民，多有善政。后卒于任内。

注释：

①选自清光绪《丰县志》卷十三"艺文类"（下）。

②玉女明星：玉女，指天女，这里特指织女；明星，明亮的星，这里指天女星（织女星）。

③销：这里可理解为消散、消解。

④引：领，招来。

⑤五夜：五更。古代民间把夜晚分成五个时段，用鼓打更报时，所以叫作五更、五鼓或五夜。

⑥远绍：即远承，绍：继承。谢安（320—385），字安石，东晋政治家、名士。谢安早年不愿凭借出身入仕，却因此声望高涨，待谢氏临危，才应召担任桓温将军司马。他尽心辅佐孝武帝，并在淝水之战中，以少胜多，为东晋赢得几十年的和平。战后因功名太盛而被猜忌，被迫避走广陵。

翻译：

华山屹立像一朵高耸的芙蓉，穿越云天好像可与织女相逢。

南望黄河滔天巨浪尽都消散，北邻泰岳引领华山诸座山峰。

云生翠崖绿壁千村淅沥下雨，月亮升上天宫传来午夜钟鸣。

游览自感惭愧没有豪兴意趣，何时能远追谢安潇洒的影踪？

点评：

　　首句化用李白的《望庐山五老峰》"庐山东南五老峰，青天削出金芙蓉"的诗句，次句也受李白"危楼高百尺，手可摘星辰。不敢高声语，恐惊天上人"诗的影响。首联用大胆的想象和夸张正面描写东华山的高大美丽，富有浪漫主义色彩；颔联则用"黄河""泰岱"两个高大豪迈的意象作衬托，侧面描写华山的高大，笔法变化多端。颈联描写山雨和寺庙钟声，与颔联比，视线由远转近，时间由白天转五夜，景物由静景转动静，由所见之景转所听之景，其感情也由豪迈喜悦转为淡淡的惆怅，从而引出下文对谢安的向往和羡慕。作者身为县令，公务操劳，忙里偷闲游览华山也难以轻松悠闲，惭愧自己不能像谢安那样洒脱，这说明他是一个敬业勤政的好官，事实也恰好证明了这一点。

　　这是一首平起首句入韵的七律，格律严整规范。

华山远眺①

清·李甘霖

秋尽三峰②气渺茫，偶随云影到枌旁③。

山根叶落桃千树，野外群飞雁几行。

石径苔深高庙④毁，草间碑断寺林荒。

人家隐约溪流外，独坐烟岚吊⑤夕阳。

作者简介：

　　李甘霖，字皆沾，恩贡生①。制行②狷介，不染俗梦，且诗文兼善，一时从学弟子咸有苏湖教授风③。（录自清光绪《丰县志》）

　　（①恩贡生：明清科举制度规定，每年由府、州、县选送廪生入京都国子监肄业，称为岁贡。凡遇皇帝登极或其他庆典而颁布恩诏之年，除岁贡外再加选一次，称为"恩贡"。李甘霖是康熙六十年（1721）丰县的恩贡生。②制行：指德行。

③苏湖教授风：指宋代理学家、教育家胡瑗在范仲淹1035年创办的苏州府学任掌教时创立的教法，称之为"安定教法"，因在苏州、湖州两地施行，故又称"苏湖教法"，其思想核心为"明体达用"。）

注释：

  ①选自清光绪《丰县志》卷十三"艺文类"（下）。

  ②三峰：指华山三峰，分别为华山、岚山、驼山。

  ③枌旁：枌榆社旁。《汉书·郊祀志上》载："高祖祷丰枌榆社。"据《史记》载，汉高祖刘邦初得天下大定，诏令"丰治枌榆社"并按时祭祀。汉章帝章和元年（87）农历八月，遣使祠枌榆社。此"社"在明朝隆庆三年（1569）废。

  ④高庙：指高祖庙。

  ⑤吊：哀伤，悲悯。《诗·桧风·匪风》："顾瞻周道，中心吊兮。"

翻译：

  三峰秋气将尽远望一派苍茫，目光偶随云影来到枌榆社旁。
  山脚下落木萧萧是无边桃树，原野外群飞的大雁排成几行。
  石径青苔深厚高庙坍圮尽毁，草间碑残碣断寺庙尽显芜荒。
  农家隐隐约约横在溪流之外，我独坐烟岚面对着夕阳悲伤。

点评：

  这首诗虽然也是描写作者山顶远望所见的情景，但表达的是伤感的情怀，这是有别于其他"华山远眺"诗的地方。

  首句交代登山的时间是深秋，为全诗描写萧瑟荒凉之景、抒发悲凉伤感之情作张本。第二句聚焦所望之地：枌榆社。接下来颔联、颈联写登高所望之景。颔联是自然之景：桃树无边，落木萧萧；秋空渺远，大雁几行。这一联虽意境阔大高远，但却是萧瑟悲凉的哀景，有杜甫"无边落木萧萧下，不尽长江滚滚来"的意趣。颈联写人文之景：布满青苔的石径，坍圮荒废的高庙，碑断碣残的寺院。满眼的荒芜颓败。尾联的出句继续描写登高所见：溪流外横着的几个萧索山村；对句收束全文表达远望后的悲伤心情。作者登高不是欣赏天高云淡、辽阔悠远的美景，表达愉悦的心情，而是表达面对萧瑟荒凉的悲伤，体现了作者独特的审美选择和不同常人的情感体验。

  这首七律用的是仄起首句入韵格，格律很严整。

华山远眺四首①

清·卢世昌

其一

百里平原一障横，郁葱佳气②此间生。

日华远瞰双湖影③，山势遥分太华④名。

翠洞云归时带鹤，玄都⑤人返不闻莺。

年来⑥最有登临兴，无限春风拂袖清。

作者简介：

卢世昌，字绚斋，原籍湖南桂阳。清乾隆十九年（1754）进士，曾官丰县知县、沛县知县。工篆书，善画兰，兼善诗文，著有《丹霞山人集》《绚斋诗集》，称为诗画双绝，为沈德潜所推许。主持修撰《丰县志》十六卷，清乾隆二十四年（1759）刻本。邵玘《桂阳卢斋诗序》云："先生本蓉城人，黔阳普安其寄籍也。今奉赠公太先生遗命，改归原籍。"可知卢世昌原籍为今湖南省桂阳县（别称蓉城）。清光绪《丰县志·卢世昌传》记："字绚斋，贵州普安州（今贵州省普安县）人。释褐莅丰，性慈和，心地纯挚。政暇，喜延访文人，商论经史。"这里显然说的是他的寄籍。清代《湖南进士录》与2005年4月贵州人民出版社出版的《明清贵州700进士》都收录卢世昌，原因即在此。

注释：

①选自清光绪《丰县志》卷十三"艺文类"（下）。

②佳气：泛指美好风光。

③日华：太阳的光辉。谢朓《和徐都曹诗》："日华川上动，风光草际浮。"道家指日光的精华。唐代皎然《赠张道士》："玉京真子名太一，因服日华心如日。"双湖：这里指微山湖。它位于山东的微山县和江苏的沛县之间，北与昭阳、独山湖和南阳湖相连，合称南四湖，其中以微山湖最大。

④太华：指西岳华山，因其西有少华山，故称太华。

⑤玄都：神话传说中神仙居住的地方。刘禹锡有诗："紫陌红尘拂面来，无人不道看花回。玄都观里桃千树，尽是刘郎去后栽。"这里指"玄都仙洞"，是华山十

景之一。

⑥年来：一年以来。

翻译：

百里平原有一道屏障纵横，葱郁美好的风光在此形成。

阳光灿烂能远望双湖倩影，山势巍峨与太华遥相呼应。

晚云入岫时常携带着仙鹤，神仙返回不闻鸣啼的娇莺。

一年来我最有登山的雅兴，无限春风拂袖我倍感神清。

点评：

卢世昌是丰县知县，也是诗人，骨子里自然有诗人的情怀，作为当时丰县的一大名胜——华山，他自然少不了去游赏，因此留下了好多首写华山的诗，《华山远眺》四首即其中之代表。这四首都是扣住"远眺"着笔的。本诗主要描写登临华山远望的美景，抒发醉情山水的情怀。作者采用先景后情的思路。首联总写华山佳气葱茏，颔联、颈联则对所见美景作具体描写。颔联写登高所望之景，是远景；颈联则写脚下的华山美景，是近景。这一联出句写鹤，对句写莺。仙鹤在古代是"一鸟之下，万鸟之上"，地位仅次于凤凰，是"一品鸟"。它不仅寓意长寿，传说中的鹤还是一种仙禽，是仙人、道家的常伴之物，所以颈联出句的"晚云带鹤"突出的是华山的仙境；对句的"莺"则是人间欲界的象征，"不闻莺"意味着这里是远离红尘的仙界。颔联和颈联远近结合，有日光，有闲云，有山势，有悠闲如仙的山民，是山水画，也是风俗画。尾联直抒胸臆，抒发游览山水后的感受。

这首七律采用仄起首句入韵式，格律严整。

<h1 align="center">其二</h1>

春风吹我踏云根①，曲径盘纡②怪石蹲。

决眦③欲穷飞鸟外，振衣④唯觉此山尊。

纷纷红雨桃千树，漠漠⑤黄河水一痕。

莫⑥过秦沟频怅望，雄图约略⑦几人存？

注释：

①踏云根：指游山。云根：深山云起之处。

②盘纡：纡回曲折。纡：弯曲，曲折。

③决眦：裂开眼眶。"眦"亦作"眥"，《说文》："眥，目匡也。"这里表示极目远视。

④振衣：抖衣去尘，整衣。《楚辞·渔父》："新沐者必弹冠，新浴者必振衣。"王逸注："去尘秽也。"这里主要取"整衣"的意思，即抖落衣尘，衣冠整洁再去进山，表示对此山的尊重。

⑤漠漠：寂静无声的样子。

⑥莫：傍晚的意思，这里用的本意。《说文解字》："莫，日且冥也。从草从日。"从字形看属于会意字，即太阳落入草中，表示太阳落下。后来造出"暮"字以后，莫就做表示否定的虚词了。

⑦约略：大约、大概。

翻译：

春风拂面招引我踏访云根，曲径盘桓一路多怪石虎蹲。
极目眺望穷尽鸟飞的远方，整洁衣冠只觉得此山贵尊。
千树桃花纷落似漫天红雨，黄河无声远看像小溪一痕。
傍晚过秦沟频频怅然相望，伟大谋略的英雄几人流存？

点评：

首句交代游览的时间，是醉人的春风撩拨了我踏青的情怀。不直接说游山，而说"踏云根"，一方面出于写诗用词的陌生化，是为了用语的新鲜，另一方面似乎在说这次出行不仅仅是游山玩水，似乎还有踏访考古的味道。次句直言一路所见都是大石，"蹲"用拟人手法写了石头的存在状态，很生动形象。颔联写游览途中的行为，"决眦"说明华山景致的美好，值得睁大眼睛观看；"振衣"说明华山地位尊贵，游览要衣冠整洁。颈联用笔大气，意境开阔，且有动有静，有声有色，像是一幅意境辽阔的山水巨幅，堪称写景佳句。尾联由华山景点之一的秦沟自然想到秦始皇，从而想到刘邦，于是产生感慨：历史上像刘邦这样有宏韬伟略的人有几人流传下来？流露出一种人生空无的淡淡惆怅。

这首七律采取平起首句入韵式，格律严整。

其三

策杖①晴峦散紫氛②，茸茸仙草匝③芳芬。
危岩翠滴中峰雨④，削壁青遮绝涧云⑤。

避世底须⑥夸上古，凌风长喜对来熏⑦。

如何一代钟灵地，不博相如封禅文⑧？

注释：

①策杖：拄杖，也称杖策。曹植《苦思行》："策杖从我游，教我要忘言。"

②紫氛：紫气。

③匝：环绕，这里有萦绕、缭绕之意。

④危：高。李白《夜宿山寺》："危楼高百尺，手可摘星辰。不敢高声语，恐惊天上人。"翠滴：滴翠。

⑤削壁：斧削之壁，即峭壁。绝涧：高山陡壁之下的溪涧。南朝（梁）江淹《青苔赋》："绝涧俯视，崩壁仰顾。"唐杜审言《度石门山》诗："道束悬崖半，桥欹绝涧中。""削壁枭云"是东华山十景之一。

⑥底须：何须、何必。

⑦"来熏"，取"熏风南来"之意。语出先秦无名氏作品《南风歌》："南风之熏兮，可以解吾民之愠兮。南风之时兮，可以阜吾民之财兮。"《吕氏春秋·有始》："东南曰熏风。"有版本写"莱薰"疑后人讹误。

⑧相如：司马相如（约前179—前118），字长卿，蜀郡成都人，西汉辞赋家，其代表作品为《子虚赋》，中国文化、文学史上杰出的代表，后人称之为赋圣和"辞宗"。鲁迅《汉文学史纲要》曰："武帝时文人，赋莫若司马相如，文莫若司马迁。"他与卓文君的爱情故事也广为流传。封禅：古代帝王到泰山祭祀天地的典礼。在泰山筑坛祭天叫"封"，在山南梁父山上辟基祭地叫"禅"。东汉光武帝时的马第伯写有《封禅仪记》，是现今所能见到的最早的游记。

翻译：

拄杖登山晴峦散发出袅袅紫氛，柔密丛生的仙草洋溢香气清芬。

高岩流绿滴翠是由于中峰下雨，峭壁青色被掩乃因为溪涧流云。

避世何必夸耀那远古商周时代，振翮乘风常喜欢对着南风之熏。

为何灵气汇聚的华山天宝圣地，没有博得司马相如的封禅宏文？

点评：

这首诗在结构上不同于传统律绝的起承转合结构，而是采用分总的结构布局。前三联是并列关系，从不同角度描写华山景物的美好。其中首联和额联是正面描写，首联从视觉和嗅觉入手，写缭绕的紫气和花草的芳香；颔联全从视觉入手写危岩滴翠和峭壁袅云，这是华山十景中的两景。颈联不直接写景，而是用上古和南风做衬托，表现华山的美好。尾联总结全诗，进一步突出华山是天宝灵地。

这首七律采用仄起首句入韵式，格律严整。

其四

巨镇迢遥耸碧天^①，长安遥隔五云边。
形分泰岱一拳石^②，望入青齐九点烟^③。
东麓风和初见蝶，西崖春尽不闻鹃。
何来绝顶探灵药，手拍真人契冥诠^④？

注释：

①意为华山绵延逶迤高耸云天。巨镇：一方的主山，这里指华山。苏舜钦《奉酬公素学士见招之作》诗："长川奔浑走一气，巨镇截巇上赤霄。"迢遥：遥远的样子。南朝（宋）颜延之《秋胡诗》："迢遥行人远，婉转年运徂。"

②泰岱：即泰山，泰山又名岱宗，故名。一拳石：位于泰山大观峰西侧，上题"一拳石"三字。清《泰山图志》："云峰西南有石，高可丈许，题曰'一拳石'，俗呼真泰山。"用在这里言华山之高。

③青齐：山东古代属于青州，山东的别称又叫"齐"，所以青齐就是指山东。九点烟：谓自高处俯视九州如烟九点。李贺《梦天》诗："遥望齐州九点烟，一泓海水杯中泻。"王琦注："九州辽阔，四海广大，而自天上视之，不过点烟杯水。"

④真人：道教所指修行得道的人。契冥诠：领悟深奥的道理。契冥：即冥契，意思是默契，暗相投合；诠：事物之理。

翻译：

华山远望绵延逶迤高耸云天，长安迢迢万里相隔五彩云边。
华山像从泰岳分出的一拳石，眺望山东形状像似九点云烟。
东麓风和日丽刚见翩跹蝴蝶，西崖三春将近不闻鸣啼杜鹃。
何必登临绝顶探寻灵丹妙药，探访道家仙人参悟事理根源。

点评：

这首诗和上篇一样，也是分总结构，前三联分写华山之景。首联用"迢遥""耸碧天"正面写华山之高大；颔联则用"泰岱一拳石""青齐九点烟"侧面衬托华山的高大。这两联意境阔大，气势雄伟，用夸张的手法凸显了华山的磅礴之势。如果说前两联是总体描写华山远眺的感受，颈联则从东麓的蝴蝶和西崖的杜鹃两个点入手。前两联是面，写华山的壮美；颈联是点，写华山的秀美。笔法多变，摇曳多姿。尾联从带有神话色彩的故事入手，为华山披上了一层神秘的外衣，更增加了华山美景的魅力。

这首七律采用仄起首句入韵式，但"一"和"冥"出律了。

远 山①

清·吕俶

画罢晨窗对晚曛②，春山横翠两边分。
楼头半锁池塘雨，阁外斜弯岭畔云。
淡扫能令秦国妒③，长描堪与绛仙④群。
谁知近日成频皱，蹙损⑤芳容只为君。

作者简介：

吕俶，字载南，沛县人，乾隆乙酉拔贡，博学能文，工诗，尤精于程朱之理学，所著有《石樵诗稿》及《学庸讲义》三卷。（录自1983年修订版《沛县志》）

注释：

①选自吕俶《石樵诗稿》。远山及春山都指的是华山和栖山，因为吕俶家住庙道口，遥望两山，一东一西，丹青入巧思，山峰绘两边。《石樵诗稿》为民初沛人张三升手抄本，目前为镇江图书馆所藏，今经张涛、欧阳磊两位后学整理得以流传。该诗集共收录吕俶精华诗作一百七十多首，大多吟咏徐州周边的风光和人物交游。

②晚曛：晚的意思。曛：日落时的余光或者昏暗之意。

③相传秦始皇听信术士之言，说丰县有帝王之气，于是心生嫉妒，决定东巡丰县破其风水，遂在华山北面挖了一条大沟，后人称其为"秦沟"，后被黄水淹没。

④绛仙：隋代美女名，吴姓，炀帝宫妃。炀帝每倚帘视绛仙，移时不去，顾内谒者云："古人言秀色若可餐，如绛仙真可疗饥矣。"见唐颜师古《隋遗录上》。这里是讲华山秀色美丽。

⑤蹙损：谓眉头紧皱蹙缩而损其容颜。形容忧伤之甚。

翻译：

作画结束晨窗已经笼罩黄昏，远望春山横卧青翠东西两分。
楼头池塘春雨笼罩时隐时现，阁外岭畔烟云飘荡忽斜忽弯。
轻描淡写华山就令秦皇嫉妒，精雕细刻秀色可与美女相伦。
有谁了解我连日来眉头频皱，眉头蹙缩损其容颜只是为君。

点评：

前两联通过作画观察描写华山栖山美丽神奇的自然景观，这是正面描写；颈联则通过写秦王和绛仙从侧面衬托两山春色的美丽。这如此美丽的自然景色应该使作者高兴才是，然而尾联却写作者眉头紧锁愁容满面，原因只是为了"君"，原来前面的乐景只是为了反衬后面的哀情。至于"君"是何人、为何为君而愁，作者并未点明，留白给读者去想象了。

华山远眺①

清·李樟

摇落西风树影寒，孤峰高坐望中宽②。
霜严③野净村田润，秋老山荒木叶干。
鸡犬声喧云里听，牛羊群散岭头看。
当年空有秦沟在，几处樵歌夕照残。

作者简介：

李樟，丰县人，雍正元年恩贡。

注释：

①选自清光绪《丰县志》卷十三"艺文类"（下）。

②望中宽：视野宽阔，一望无际。

③霜严：霜重，霜冷。严：程度深；厉害。如严冬、严寒。

翻译：

西风叶落树影备觉瘦寒，高坐孤峰四望辽阔无边。

霜重野净农田秋雨滋润，深秋时节荒山万木叶干。

鸡鸣犬吠传至九霄云外，牛羊成群可到山顶观看。

始皇已去当年秦沟空在，几处樵歌在残照中悠扬。

点评：

这首诗采用分总结构，前三联是并列关系，写登高所见之景。首联写登高所见的整体感受；肃杀凄清，四野空旷。颔联则具体写秋天的农田，荒山的落木。庄稼都已收割归仓，田野很清净，农田因秋雨而滋润；秋山已经脱尽树叶，满山尽是光秃秃的树干。颔联表面是写鸡犬牛羊，实则是写人的活动，鸡犬相闻，牛羊满坡，富有浓郁的农家生活气息。为避免"合掌"，出句写听觉，对句写视觉。尾联收束全文，写登高所见之后的感受：秦皇妄图靠挖沟破坏风水、挖断紫气的做法是徒劳的，这里依然是风水宝地，百姓生活依然自由欢乐。尾句尤好，它以景结情，用樵夫的歌声飘荡，表达百姓自由快乐幸福的生活，含蓄而回味无穷。

这首七律采用仄起首句入韵的格式，格律严整。

水后再到华山①

清·蔡赓谦

我来山如②迎，我去山如送。

此山似故人，潭影人心空③。

人事虽变迁，好山自安重④。

忆我馆山寺，诗书课读诵。

冠者六七人，年齿相伯仲。

岂真坐春风⑤，讲席⑥日吟讽。

满寺丁香花，一个李供奉⑦。

山僧养鹅儿，爱惜如雏凤。

雨后晴看山，远望群山众。

谁知弹指间，往事已成梦。

三十有三年，不复寻幽洞。

山灵应笑我，劳劳⑧复何用？

云胡⑨不归山，山窗柔翰⑩弄？

香可薰班马，艳可摘屈宋⑪。

钟声与磬声，猛省使心动。

作诗慰山灵，山中来习静⑫。

聊以娱我老，聊以却我病。

作者简介：

蔡赓谦，字六吉。沛县人，岁贡生，著有《丁香屋诗》。

注释：

① 选自张伯英主编《徐州续诗征》卷十一。

② 如：到，往。

③此句出自唐代常建《题破山寺后禅院》："山光悦鸟性，潭影空人心。"

④安重：安适，安详稳重。出自《荀子·王霸》："形体好佚而安重闲静莫愉焉，心好利而谷禄莫厚焉。"明代高启《跋眉庵记后》："世方以仆仆为忠，察察为智，安重而为国之望者则以为无用。"

⑤坐春风：即如坐春风，像坐在春风中间，比喻同品德高尚且有学识的人相处并受到熏陶。出自朱熹《伊洛渊源录》卷四："朱公掞见明道于汝州，逾月而归。语人曰：'光庭在春风中坐了一月。'"

⑥讲席：指高僧、儒师讲经讲学的席位；也用作对师长、学者的尊称。

⑦李供奉：指唐代大诗人李白，因为李白是"供奉翰林"。李白常随唐玄宗赏花吟诗，所以看到满院的丁香花就想到了李白。这里感慨如此好花却不能像李白那样写出好诗。

⑧劳劳：辛劳，忙碌。唐元稹《送东川马逢侍御使回》诗："流年等闲过，人世各劳劳。"宋代梅尧臣《晓》诗："人世纷纷事，劳劳只自为。"

⑨云胡：为什么。出自《诗·郑风·风雨》："既见君子，云胡不喜？"毛传：胡，何。

⑩柔翰：毛笔。左思《咏史》："弱冠弄柔翰，卓荦观群书。"

⑪班马、屈宋：班马，这里指班固和司马迁；屈宋，指屈原和宋玉。

⑫习静：亦作"习靖"。靖、静古通。谓习养静寂的心性，亦指过幽静生活。汉代焦赣《易林·噬嗑之大过》："奇适无耦，习靖独处。"

翻译：

我来华山去迎接，我走华山去相送。
此山就像老朋友，潭水能使心空明。
人事虽然多变迁，好山依旧稳与重。
忆起我在馆山寺，攻读学习诗书诵。
成年学伴六七人，年龄彼此相伯仲。
感觉真如春风坐，高僧每日吟与讽。
满寺皆是丁香花，可惜一个李供奉。
山僧养了一群鹅，爱之视如幼鸾凤。
雨过天晴去看山，登临远望群山众。
谁知弹指一挥间，往事已成一场梦。
三十三年已过去，没再游山寻幽洞。
山神应该讥笑我，辛劳忙碌有何用？
为何不去山归隐，面对山窗笔墨弄？

墨香可学班与马，文艳可借屈和宋。

寺庙钟声和磬声，使我忽醒心悸动。

作诗告慰山里神，我来山中享幽静。

借以使我老来乐，借以使我无疾病。

点评：

丰县曾因 1526 年和 1851 年两次黄河决口而遭受水患，明嘉靖五年（1526）的决堤，迫使县衙迁至地势较高的华山。这首诗的作者是清朝人，题目是《水后再到华山》，说明这次到华山应是在 1851 年之后。诗中说"三十有三年，不复寻幽洞"，说明这次回来距离上次离开华山已经三十三年了。

这首诗按照"现在—过去—现在"的思路谋篇布局。前三句写"现在"，即初到华山的感受：华山像老朋友一样，我走，它深情地送；我来，它热情地迎。虽然人世沧桑几十年，它对我的这种感情始终没有改变。"忆"字领起，到"往事已成梦"，回忆过去在华山的学习生活：馆山寺满院丁香花，一群可爱的小鹅，雨后结伴游山，听高僧讲经，如坐春风，生活非常惬意。从"三十三年已过去"到结束，又回到现实，写这次回来的感受。三十三年的生活已改变了作者的生活态度，开始反省人生的意义：劳劳复何用？山寺的钟声使我猛然醒悟：还是到山中安享生活吧。隐居避世的思想跃然纸上。

游小华山寺①

清·魏月香

一带烟峦②赭色③浓，攀萝独上最高峰。

陂陀④曲折遥通寺，古壁权枒倒矗⑤松。

夕照鸦争禅院树，晚斋僧打佛楼钟。

秦王沟⑥畔歇劳足，履底白云飞九重。

作者简介：

魏月香（1822—1879），沛县魏老家人，清贡生。一生设帐授徒，丰沛一带弟子众多。兼做法律事务，乡间重大诉讼，多由其主持。善诗，有才气，多诙谐，有《看云草草堂诗集》行世。

注释：

①选自《看云草草堂诗集》。小华山寺：小华山即东华山，位于丰沛之间。明万历《丰县志》载："城隍庙，县治西。嘉靖五年间，黄水湮没，县迁华山，建庙于华山之阳。"清光绪《丰县志》载："在华山之北，旧有山神庙，永乐间，县令方琛重建。嘉靖初，邑人尹贞复易以铁像。今淤。"

②烟峦：云雾笼罩的山峦。

③赭色：暗红色。

④陂陀：倾斜不平貌。阶陛。

⑤鬌松：长在悬崖的松树。鬌：振羽高飞的样子。

⑥秦王沟：即秦沟，或断龙沟。是秦王为断丰县山水而在华山北挖的一条沟。

翻译：

云雾缭绕的山峦暗红色很浓，我攀援藤萝独自登上最高峰。
曲折的山路通向远处的寺庙，古壁的石松树杈则倒挂悬空。
夕阳中乌鸦在禅院树上争叫，吃晚斋的僧侣敲打佛寺楼钟。
我在秦王沟畔歇息劳顿之足，脚底白云缥缈纷纷飞向天空。

点评：

从题目看游览寺庙应是重点，但全诗只有颈联写到佛寺，其余都是写登寺庙途中的所见所闻。"烟峦""最高峰""陂陀曲折""古壁""履底白云"等点出了寺庙的位置至高和环境之幽，突出远离尘世的特点。颈联写寺庙也主要是虚写，通过写寺院树中神鸦的争鸣和寺院晚斋的钟声，以声衬寂，突出寺院的寂静。整诗以虚写为主，含蓄蕴藉，耐人寻味，给读者留下丰富的想象空间。

游小华山①

清·魏月香

独自上云峰，新晴赭色浓。
山窝遥露寺，石罅②倒垂松。
古洞何年凿？真仙哪处逢？
秦王沟畔坐，闲看水溶溶。

作者简介：

见前。

注释：

①选自《看云草草堂诗集》。
②石罅：石头裂缝、缺口。

翻译：

我独自登上入云的山峰，天气刚晴赭石倍觉色浓。
远处山窝隐隐露出古寺，石缝之中生长倒垂古松。
山中的古洞是哪年开凿？洞中真仙可在何处相逢？
驻足秦沟岸边静坐歇息，闲看沟中流水潺湲从容。

点评：

"闲"是本诗的诗眼，以闲情在新晴天气去华山闲足，一路所见都是如此的安闲和万物的安宁自由，富有生活的诗意和美感。

游小华山题禅院壁①

清·魏月香

曲磴通兰若②，行人入翠微③。
经声喧佛殿，山色染僧衣。
猛虎驯常卧，幽禽④懒不飞。
我来莲座⑤下，膜拜叩禅机⑥。

作者简介：

见前。

注释：

①选自《看云草堂诗集》。

②兰若：梵语"阿兰若"的省称，指寺庙。

③翠微：青翠的山色，也泛指青翠的山。杜牧《九日齐安登高》："江涵秋影雁初飞，与客携壶上翠微。"

④幽禽：鸣声幽雅的禽鸟。陆游《西村》："茂林风送幽禽语，坏壁苔侵醉墨痕。"

⑤莲座：佛像的底座，多呈莲花形。

⑥禅机：禅法机要。即禅宗和尚说法时，用言行或事物来暗示教义的诀窍。

翻译：

蜿蜒曲折的石级通向寺庙，熙攘的行人走进翠绿山里。
诵经的声音从佛殿里传出，青翠的山色染绿和尚僧衣。
怪石如驯顺猛虎山里静卧，鸣声幽雅的禽鸟懒惰不飞。
我来到莲花座下虔诚膜拜，磕头询问佛家的妙理玄机。

点评：

从题目看这是一首题写在禅院墙壁上的诗，说明是即时而写，可见这次游览兴致之高，感触之深。首联写登山之所见，"曲磴"说明禅院隐在山中之深，为后文写禅院之静作铺垫。颔联写耳之所听，眼之所见，一动一静，以动衬静，突出山之幽静。颈联运用衬托的手法，以虎石静卧、幽禽嬾飞突出山的幽静。尾联写自己的行动，也是这次游览的目的：膜拜莲座，寻禅问理。全诗或叙述或描写或说明，手法多样，自然天成，不失为一首记游的好诗。

华山道中①

清·魏怀琦

柳絮斜风飏②酒旗，红尘细雨糁③春衣。

寨荒市小驴争雇，水绿蒲青鸭懒飞。

芒砀山晴云气杳④，朱陈村远杏花稀⑤。

一鞭遥指新丰道，凫翳亭⑥前正落晖。

作者简介：

魏怀琦（1850—1895），沛县崔堤口村人，清朝廪生，一生以教书为业，师从族叔魏月香。有《绿阴轩集》行世。其曾孙魏嘉瓒曾任苏州市文化局副局长、中华诗词学会理事、江苏省诗词学会副会长、苏州市诗词学会会长。

注释：

①选自《绿阴轩集》。华山：又名东华山，位于丰县城东二十里。

②飏：飞扬，飘扬。

③糁：洒，散落。《三宝太监西洋记通俗演义》："六街惊糁，阿香车里行雷。"

④此句是说芒砀山当年的云气已经不在了。杳：消失，不见踪影。《史记·高祖本纪》："秦始皇帝常曰'东南有天子气'，于是因东游以厌之。高祖即自疑，亡匿，隐于芒、砀山泽巖石之间。吕后与人俱求，常得之。高祖怪问之。吕后曰：'季所居上常有云气，故从往常得季。'高祖心喜。"

⑤此句指当年白居易笔下的朱陈村和杜牧笔下的杏花村都已消失不在。

⑥凫翳亭：即凫鹥亭。位于原丰县县衙旁，由宋代丰县县令关景仁所建。

翻译：

春风吹拂柳絮酒旗飘扬，轻尘细雨点点散落春衣。

村荒市小驴骡争相受雇，水绿蒲青鸭鹅懒得翻飞。

芒砀山晴云气消失无影，朱陈远去杏花也已疏稀。

挥鞭遥指丰邑远方新道，凫鹥亭前正值夕阳落晖。

点评：

这首七律描写暮春时节细雨中行走在华山道中的所见所感。首联点明时令和天气，"柳絮""斜风""酒旗""红尘""细雨""春衣"，连用六个意象不但无堆砌之感，相反画面感十足，犹如身临其境。颔联写所见，出句写人的活动，春耕时分驴骡纷纷出动，体现一年之计在于春的农村繁忙之景；对句写鸭鹅的慵懒和自由自在的生命状态，两句一忙一闲，一动一静，对仗工稳而活脱。颈联写所感，作者就地取材，通过涉及丰县的两个典故，表达对人世沧桑的感慨。尾联写凫鹥亭前的落晖，与首句的细雨相照应，表明时间上的推移，也使得整首诗结构完整。整首诗古意盎然，有田园的画意诗情，有人世的感慨喟叹，流露出积极诗意的人生态度。

晚眺河堤①

明·蔡岳佐

泛泛②洪流接远沙③，郊原无复种桑麻。

堤横夕照游寒兔④，树带晴云噪暮鸦。

林外荆榛⑤高帝宅，水边篱落⑥野人家。

中阳往事凭谁语⑦？唯有渔翁舣钓艖⑧。

作者简介：

蔡岳佐，丰县人。明武宗正德年间岁贡生，未出仕。在乡颇有文名，从学者数百人。著有《丰县儒学记》《丰庠四颂》等文。

注释：

①选自明万历增补《丰县志》下卷"艺文志"。该诗在清光绪《丰县志》和《徐州续诗征》中题目是《泡河》。

②泛泛：水荡漾流动的样子。

③远沙：远村。江南水村多以"沙"命名。清代郑板桥的《村居》："深居久矣忘尘世，莫遣江声入远沙。"

④寒兔：寒冬的野兔。沈约《宿东园》诗："茅栋啸愁鸱，平冈走寒兔。"孟浩然《南归阻雪》："积雪覆平皋，饥鹰捉寒兔。"杜牧《洛阳》："侯门草满宜寒兔，洛浦沙深下寒鸿。"

⑤荆榛：泛指丛生灌木，多用以形容荒芜情景。

⑥篱落：篱笆、院落，代指农家。柳宗元《田家》："篱落隔烟火，农谈四邻夕。"杨万里《宿新市徐公店》："篱落疏疏一径深，树头花落未成荫。"

⑦凭谁语：清光绪版《丰县志》"艺文类"（下）和《徐州续诗征》作"君休问"。

⑧舣钓艖：舣，停船靠岸的意思。艖：小船。

翻译：

洪流浩浩荡荡连接萧索的远村，田野荒凉已经不能再种植庄稼。
河堤横亘夕阳时常有野兔出没，树林笼罩晴云常闻聒噪的暮鸦。
树林外灌木丛生那是高祖老宅，河堤旁篱笆院落则是百姓人家。
古丰中阳里的往事向谁去述说？唯有渔翁归来在河岸停泊鱼艖。

点评：

丰县饱受黄河水患，明嘉靖五年（1526）决口，县城淹没，县衙被迫迁往华山，百姓的灾难就可想而知了；清乾隆七年（1742）黄河决口，冲刷石林形成梁寨淹子；清咸丰元年（1851）蟠龙集决口，形成现在的大沙河。这几次决口携带的黄沙淹没了丰县肥沃的土地，使丰县成为著名的黄泛区，尤其大沙河两岸。这首诗写到的"河堤"就是为防洪而筑的护城堤。这个河堤具体在哪已很难说清，不像苏轼在杭州和徐州治水而留下苏堤那么具体。这首诗的认识价值就在于它运用文学的手法记录了水患给丰县人民造成的灾难。首联写站在河堤远望，映入眼帘的是一个个破烂荒凉的小村，原野里黄沙茫茫看不到一丝庄稼。颔联通过大堤上寒兔奔走，树林里暮鸦聒噪，渲染了萧瑟荒凉的气氛。这一联选择地上的野兔和树上的寒鸦很有代表性：野兔因无食可觅而乱跑，寒鸦因无食可吃故乱叫。天上飞的、地上跑的都无粮可吃，物犹如此，人何以堪！颈联笔锋转向写人，笔墨放在居住环境的破败。连高祖的老宅尚且灌木丛生，普通百姓也就可想而知了。总之前三联扣住"荒凉""破败"反映了黄河水患给百姓造成的灾难。尾联收得很好，尤其结句，作者没直接表明自己的观点，而是通过一个问句，一个渔船靠岸的场景，留给读者去思考。"中阳往事"是什么？是紫气萦绕？是高祖降生？是恩典百姓？但这都是往事了，而今天土地荒芜，粮食绝收，只有靠打鱼果腹了。

这首七律用的是仄起首句入韵式，格律严整。

泡水波光①

明·李朴

雉堞②云连枕碧流，西风吹老一天秋。

光涵银汉③三千界④，影控珠帘十二楼⑤。

满眼虚舟⑥常泛泛⑦，壮怀系楫付休休⑧。

源头活水依然在，寄与吾人⑨莫浪游⑩。

作者简介：

李朴，丰县人。明嘉靖年间岁贡生，授任睢州儒学训导。

注释：

①选自明万历增补《丰县志》下卷"艺文志"。泡水：亦名包水、丰水、苞水、泡河，自山东单县流入境，东入沛县界。《汉书·地理志》："泡水自平乐县东北至沛入泗。"《水经注》云："泡水所出，又经丰西泽（在今丰县城西），谓之丰水。"今已淤。

②雉堞：古代在城墙上面修筑的矮而短的墙，又叫女墙或女儿墙。如刘禹锡的《石头城》："淮水东边旧时月，夜深还过女墙来。"这里代指城墙。

③光涵银汉：银河浸入波光之中。涵：沉浸。南朝梁元帝《望江中月影》："澄江涵皓月，水影若浮天。"

④三千界："三千大千世界"的简称。唐李远《赠潼关不下山僧》："窗中遥指三千界，枕上斜看百二关。"这里代指天空世界。

⑤十二楼："五城十二楼"的简称，这里代指豪华场所。《汉唐地理书钞》辑《河图括地象》："昆仑之墟，西有五城十二楼，河水出焉，四维多玉。"后以"五城十二楼"用为神人居所的典故。李白《经乱离后天恩流夜郎忆旧游书怀赠江夏韦太守良宰》诗："天上白玉京，十二楼五城。"清初著名作家李渔曾创作了白话小说集《十二楼》，书中共收录十二个故事，每个故事都以楼名作题目。分别为《合影楼》《夺锦楼》《三与楼》《夏宜楼》《归正楼》《萃雅楼》《拂云楼》《十卺楼》《鹤归楼》《奉先楼》《生我楼》《闻过楼》。每篇作品中的人物命运、情节展开又都与那座楼阁有一定联系。想必是受到"五城十二楼"典故的启发。

⑥虚舟：任其漂流的轻捷之舟。

⑦泛泛：荡漾、浮动的样子。

⑧休休：悠闲的样子。

⑨吾人：我们。清光绪版《丰县志》"吾人"作"寻常"。

⑩浪游：漫无目标地到处游逛。

翻译：

城墙高耸连云紧挨绿水清流，萧瑟的西风吹浓了满天清秋。

波光里浸入银河的大千世界，水中倒影映照的是珠帘玉楼。

满眼轻舟在泡水里随波荡漾，壮怀寄情舟楫我自悠闲心休。

源头活水依然汩汩流淌不断，告诫我们人生切莫虚度闲游。

点评：

本诗属于观景悟理诗，前三联写景，尾联悟理。作者驻足城墙远望：城墙高耸连天，墙脚下是蜿蜒清澈的泡河，伸向无际的远方；西风萧瑟，落木萧萧，秋气扑面而来。起笔大气磅礴，写秋但无秋的悲凉。颔联扣题写泡水的波光，很有特色。大凡写波光，多以柔笔写水波之优美，如"水光潋滟晴方好""月弄波光玉篆飞""靓妆玉面映波光，细袖轻裙受风举""但看湖上波光里，不欠当年小院归"等。本联却紧承首联大气磅礴之气，把波光写得具有涵天控地的神力。如此之壮景自然产生"壮怀"，于是这种积极进取的人生态度引出了尾联要珍惜大好时光的主旨。"逝者如斯"，由眼前的流水自然想到流逝的时光，结尾卒章显志水到渠成。

这首七律用的仄起首句入韵式，格律严整。

泡 河①

明·郭天锡

波光潋滟月娟娟②，一色遥连万里天。
击铁鱼船声振野，使君③终夜不成眠。

作者简介：

郭天锡，字承之，山东福山（今山东省烟台市福山区）人，明嘉靖三年至五年（1524—1526）任静海知县。清康熙《静海县志》卷四"名宦志"称他"刚直、敏达、吏畏、民怀"。正德十八年（1523）任徐州太守。值岁荒，亡命啸聚，众议剿，天锡挺身抚谕，盗果降。后卒于刑部郎中任上。

注释：

①选自清光绪《丰县志》卷十三"艺文类"（下）

②娟娟：明媚貌。司马光《和杨卿中秋月》："嘉宾勿轻去，桂影正娟娟。"清代孙枝蔚《邗上酬赠施尚白督学二十韵》："冻月娟娟白，高云兀兀垂。"

③使君：汉代称刺史为使君，汉以后用作对州郡长官的尊称，也泛称奉命出使之人。这里是自称，意思是奉命出使的人。

翻译：

波光潋滟月色柔媚美好，水天一色遥接万里云天。
渔船铁器相撞声振四野，噪音使我一夜难以入眠。

点评：

这首小诗描写了当年泡河美好繁忙的景象。前两句描写月色下泡河的美好风光：月色溶溶，水光接天，波光粼粼，万顷茫然；后两句抓住渔船上铁器撞击令人通宵难眠的细节，表现了泡水渔民生活的繁忙。

这首七绝用的平起首句入韵式，格律严整。

泡水波光①

明·佚名

漳沱南下接天陲②，此是河流注渚时。
晴日浴波呈滟潋，轻风拂面漾涟漪。
光浮万锦鱼龙化③，影浸青罗④舴艇驰。
东去遥通淮泗水，澄清永与⑤太平期。

注释：

①选自明万历增补《丰县志》下卷"艺文志"。

②漳沱：即漳沱河，位于河北省西部，出山西穿割太行山，东流入河北平原。这里代指泡水。天陲：天边。韩愈《寄崔二十六立之》诗："安有巢中鷇，插翅飞天陲？"

③光浮万锦：指水在阳光照射下闪烁浮动，如万匹锦缎。鱼龙化：千姿百态游动变化的鱼像游龙。

④影浸青罗：即光影浸入水中；青罗，比喻曲折环绕的碧水。范成大《贺乐丈先生南郭新居》诗："卜迁不我遐，一水明青罗。"

⑤与：《说文》曰"与，赐予也"。

翻译：

泡水逶迤南下连接遥远的天际，这恰好是河流灌注沙洲的时期。
阳光照耀着水面波光流动闪烁，轻风吹拂起微波荡起层层涟漪。
波光万锦闪耀好像是鱼的游龙，影浸碧水浮动则似那小舟飞驰。
泡水东流去遥接那淮水和泗水，澄澈的水永远赐予那太平时期。

点评：

这首诗主要描写泡水的美好风光。首联出句的"接天陲"化用了王之涣的"黄河远上白云间"（《凉州词》）和刘禹锡"九曲黄河万里沙，浪淘风簸自天涯。如今直上银河去，同到牵牛织女家"（《浪淘沙》）的诗句，表现了泡水的壮阔；对句的"河流注渚时"则暗示了此诗所描写的季节是暮春或夏季丰水期。接下来领联和颈联紧扣题目集中笔墨写"波光"。尾联化用"海晏河清"的意思，由水的清澈联想到社会的安定，表达了作者对安逸闲适生活的满足。

这是一首"平起首句入韵"的七律，格律严整规范。

泡水波光①

明·佚名

一湾澄澈印②泥沙，白昼风生浪滚花。
闪烁太阳斜照里，浮光掩映碧无瑕。

注释：

①选自明万历增补《丰县志》下卷"艺文志"。

②印：痕迹。

翻译：

一湾泡水透明能清晰看到泥沙，白天风生水起滚起白色的浪花。

激滟的波光在斜阳残照中闪烁，浮光掩映泡河的水质碧绿无瑕。

点评：

这首七绝描写泡水的清澈美好，语言浅显易懂，清新自然，而又不失诗意。"印泥沙""浪滚花"，用常见之景写出了水之清澈明净。该诗用平起首句入韵式，格律严整。

泡水波光①

明·张以诚

数顷晴波一望开，渚②清沙白净无埃。
日光潋滟涵金镜③，又见骊珠④夜月来。

作者简介：

见前。

注释：

①选自清光绪《丰县志》卷十三"艺文类"（下）。张伯英主编的《徐州续诗征》也收录此诗，但作者是"苏羡"。

②渚：水中陆地，即小洲。

③金镜：铜镜。古人镜子都是铜做的。如"以铜为镜，可以正衣冠"，这里指水面。

④骊珠：宝珠。传说出自骊龙颔下，故名。《庄子·列御寇》："夫千金之珠，必在九重之渊，而骊龙颔下。"温庭筠《莲浦谣》："荷心有露似骊珠，不是真圆亦摇荡。"

翻译：

数顷晴波放眼望去恰似天镜打开，芳洲水碧沙滩雪白没有一丝尘埃。
阳光之下水波荡漾一如明镜在水，又看见宝珠伴随着夜月从天而来。

点评：

首句用"数顷""一望开"写其辽阔。次句以"清""白""无埃"写起澄澈明净。"渚清沙白"借用了杜甫《登高》的第二句"渚清沙白鸟飞回"，但因后三字不同，故杜甫的是哀景，张以诚的则是乐景。后两句则连用"金镜""骊珠"作比，进一步描写泡水的澄澈明净，避免了与上两句写法的雷同。

这首七绝用的仄起首句入韵式，格律严整。

圣井春游①

明·佚名

水满泉香井不凡，仙家留迹在尘寰②。
东风吹动群芳③好，剩得游人著眼④看。

注释：

①选自明万历增补本《丰县志》下卷"艺文志"。圣井：又名圣泉，明万历增补本《丰县志·地理志·山河》："圣泉在县治东南城内，相传此水能疗目疾，故以名之。（今淤）。"

②尘寰：尘世，人世间。唐权德舆《送李城门罢官归嵩阳》诗："归去尘寰外，春山桂树丛。"

③群芳：指各种艳丽、芳香的花草。

④著眼：举目。宋张元干《永遇乐·宿鸥盟轩》："谁人著眼，放神八极，逸想寄尘寰外。"

翻译：

水满泉香这口圣井神奇非凡，这是仙家的痕迹遗留在人间。
东风吹来千花百草妖娆美好，引得万千游人在此徜徉观看。

点评：

这首诗描写圣井旁游春的场景。开篇就赞此井"不凡"，不凡在何处？次句回答这井是仙人留在人间的。后两句写眼中所见：景好，游人多。因为景美所以才引得游人驻足观赏。"剩得"就是"剩下"，意思是说，仙人留下这一处美景后就走了，剩下游客在此流连赏景。

格律上问题较大，"凡""寰""看"三个韵脚分属三个韵部，严重出韵。

圣井春游①

明·张以诚

春水新添数尺泉，游人遥望辘轳②悬。
何年试汲为霖雨③？天下苍生待济川④。

作者简介：

见前。

注释：

①选自清光绪《丰县志》卷十三"艺文类"（下）。《徐州续诗征》收录此诗署名为史阙疑。

②辘轳：从井中取水的一种简易装置，有手柄可摇，绳绕辘轳，桶随之而上。

③霖雨：甘雨，时雨。《书·说命上》："若岁大旱，用汝作霖雨。"郑燮《和高相公给赈山东道中喜雨并五日自寿之作》："多谢西南云一片，顿教霖雨徧耕桑。"比喻济世泽民。

④济川：即渡河。济：渡，如同舟共济。语出《书·说命上》："爰立作相，王置诸其左右。命之曰：'朝夕纳诲，以辅台德。若金，用汝作砺；若济巨川，用汝作舟楫。'"后多以"济川"比喻辅佐帝王。顾炎武《赠黄职方师正》："黄君济川才，大器晚成就。"

翻译：

春水刚增深了数尺圣泉，游人远远看到辘轳绳悬。
何年汲取圣水泽民济世，天下苍生等待皇恩圣贤。

点评：

这首诗有别于其他《圣井春游》多写闲适游览之事，它带有咏物性质，通过写圣井春泉，表达对官府朝廷恩降百姓，使之度过难关的希望。

这首七绝采用仄起首句入韵的格式，格律严整。

圣井春游①

明·刘汀

一掬甘泉特异常，仙飘倾落玉壶浆。
凤池神把灵源浚②，龙井天成圣水香。
浸润万年春不老，经游③几许兴偏长。
苍生渴想心无恨④，愿借为霖洒八荒。

作者简介：

刘汀，明嘉靖年间岁贡，曾任冠县（今属山东聊城市）知县。

注释：

①选自明万历增补版《丰县志》"艺文志"。

②凤池：全称凤凰池，原指皇宫禁苑中的池沼，后代指朝廷。柳永《望海潮·东南形胜》："异日图将好景，归去凤池夸。"浚：挖掘疏通。灵源迥：圣井年代久远。迥：《说文》曰"迥，远也"。

③经游：时常游。

④恨：遗憾。《史记·萧相国世家》："臣死无恨矣！"

翻译：

一捧甘泉特别不同寻常，如仙人玉壶倾泻的琼浆。
神仙把凤池的泉源疏通，龙井天成圣水汩汩流香。
浸润万年生机依旧不老，时常游览兴趣仍然悠长。
苍生渴望心中没有遗憾，希望变成甘霖遍洒八荒。

点评：

首联开门见山，开篇扣题，盛赞圣井之水是"甘泉""琼浆"，且"特异常"，给人留下悬念：到底好在哪里？颔联、颈联具体写圣井之好。颔联写它不同寻常的成因，是"凤池神浚"，是"龙井天成"；颈联写它的特异功能，长期饮用能长青不老，常游之则让人流连忘返。尾联点睛：愿这神水能滋润苍生，造福八荒，而非我自独享，其高尚境界跃然纸上。

这首诗在清光绪《丰县志》卷十三"艺文类"（下）中作者是史阙疑。只是个别词句有异，附录如下：

　　一掬甘泉特异常，仙瓢倾落玉壶浆。

　　凤池神浚灵源迥，龙井天垂圣水香。

　　浸润万年春不老，经游几许兴偏长。

　　苍生饥渴应无恨，愿借为霖洒八荒。

史阙疑，字养虚，丰县人。外圆内方，世味澹然。秉铎（担任文教之官）武昌，尝助贫生婚，却贫生贽，为申请续食，载在碑文。视邑篆，指江誓心，一钱不受。及解事日，送者数千人。（录自清光绪版《丰县志·人物类（上）》）

圣井春游①

佚名

未湮仙泽②托灵泉，会③见阳和④景物妍。

簇地⑤暖烟⑥芳草绿，湿阑⑦微雨落花鲜。

乐饥⑧自许耽清泌⑨，醉渴还思酌滴涓⑩。

秉兴不知红日落，更⑪担寒冽煮茶团。

注释：

①选自明万历增补《丰县志》下卷"艺文志"。

②仙泽：此处指圣井。

③会：适逢，恰巧。司马迁《史记·陈涉世家》："会天大雨，道不通，度已失期。"

④阳和：春天的暖气。《史记·秦始皇本纪》："维二十九年，时在中春，阳和方起。"宋代李昂英《瑞鹤仙》词："想阳和早遍南州，暖得柳娇桃冶。"

⑤簇地：指圣井周边的地方。簇，聚拢在一块儿；聚集成一团。

⑥暖烟：指春天的烟霭。唐代郑谷《曲江春草》诗："花落江堤簇暖烟，雨余草色远相连。"

⑦湿阑：雨淋湿的栏杆。阑，通"栏"。

⑧乐饥：充饥，出自《诗·陈风·衡门》"衡门之下，可以栖迟。泌之洋洋，可以乐饥"。高亨注："乐，借为疗。"

⑨清泌：清澈的泉水。见注释⑧，孔颖达疏："泌者，泉水涓流不已，乃至广大。"又指涌出的泉水。

⑩这句话的意思是喝醉口渴时总想着这圣井中哪怕是细小的流水。涓：细小的流水。

⑪更：表示动作行为的重复，相当于"再""又"。

翻译：

圣井未被湮塞依赖灵泉，恰逢阳春风暖景物娇妍。
井边暖烟升腾芳草碧绿，微雨打湿围栏落花光鲜。
自认沉醉圣泉可以疗饥，焦渴最想一滴滋润心田。
游兴正浓不觉红日已落，又担一桶神泉去煮茶团。

点评：

这是一首写春游的诗。首联扣题交代春游的地点：灵泉（圣井）；时间：阳和（点出春天）；风景特点：景物妍。领联具体描写春游地的景物，重点抓住春气、芳草、微雨、落花四个意象，写出了春天的盎然生机。如果说领联写的花、草、雨是春天的通景，那么，颈联则紧扣圣泉来写，重点写对圣泉的渴望。"耽"字说明不是一般的喜欢，而是沉溺其中，简直上瘾。"醉渴"一句是说，口渴难耐，最希望喝圣泉的水解渴，从而侧面突出圣泉的美好。尾联用不知日落，说明陶醉其中乐而忘归，从侧面进一步写出此地的美好。天晚了还没忘挑一担圣泉回去煮茶，再次突出圣井甘泉的诱惑力。

这首诗前两联重点写花草，适宜用正面描写的手法；后两联重点写圣井甘泉，多用侧面衬托。

这是一首平起首句入韵的七律，用的是孤雁入群格，格律严整规范。

天津晚钓[①]

明·佚名

南下溪流第一湾，短篷[②]疏笠有人闲。
半钩柳拂[③]斜阳暮，独和樵吹短笛还。
舟楫不离红蓼[④]外，鲸鳌常挂白云间。
优游自得营生计，一日滩头一日仙。

注释：

①选自明万历增补《丰县志》下卷"艺文志"。天津：本意是天子的渡口，因汉高祖祖籍丰县，故有天津之名。此处指一地名，有说是天津桥，位于城西北隅。过去在丰县城区有五座桥：天津桥，地津桥，人津桥，鬼津桥，水津桥。

②短篷：指有篷的小船。宋志南《绝句》："古木阴中系短篷，杖藜扶我过桥东。沾衣欲湿杏花雨，吹面不寒杨柳风。"

③半钩柳拂：杨柳拂动一弯新月，比喻月亮已爬上树梢。半钩：一弯新月。

④红蓼：蓼的一种，多生水边，花呈淡红色。

翻译：

南下溪流这里是第一大湾，篷船蓑笠有人在垂钓休闲。
新月爬上树梢已斜阳日暮，独自相和樵夫的短笛家还。
小船长久地不离红蓼之外，鲸鳌则常衔钓钩挂在空间。
优游自得经营着日常生计，每日滩头垂钓都胜似神仙。

点评：

唐代诗僧张志和有两首很著名的《渔歌子》词：

　　一

西塞山前白鹭飞，桃花流水鳜鱼肥。
青箬笠，绿蓑衣，斜风细雨不须归。

二

雪溪湾里钓鱼翁，蚱艋为家西复东。

江上雪，浦边风，笑着荷衣不叹穷。

　　两首词都描绘了渔翁悠闲自在、富有生活情趣的乡村生活，抒发了对大自然的热爱。《天津晚钓》的作者同样描写了这样一种生活，感觉他也是一位看破红尘的渔父隐士。首联直接扣题点出地点和垂钓之事。"闲"字说明垂钓不是为了生计，而是悠闲娱乐。颔联写结束垂钓回家的情景：晚风吹拂杨柳在晚霞中摇曳，我和着樵夫吹奏的短笛悠然的向家走去。其意境和陶渊明的"山气日夕佳，飞鸟相与还"有异曲同工之妙。颈联说明这种生活不是偶尔的休闲，而是生活的常态。尾联直抒胸臆表达对这种生活的享受。"优游自得营生计"，这句尤好，他推崇从容诗意的生活态度，这在生活节奏飞快、压力山大的今天尤其值得借鉴。

天津晚钓①

明·佚名

日落桥头锁暮烟，渔舟长系柳阴边。

丝纶漫下无空惓②，沽酒③归来不用钱。

注释：

　　①选自明万历增补《丰县志》下卷"艺文志"。

　　②惓：通"卷"，犹收也。

　　③沽酒：买酒。

翻译：

　　日落桥头周围笼罩苍茫暮烟，一叶渔舟长久系在柳荫水边。

　　垂纶随意抛下从来不会空钩，收竿归来以鱼换酒无需花钱。

点评：

这首诗前两句是风景画，后两句是风俗画，写出了钓客悠闲自得而富有诗意的生活情趣。

天津晚钓①

明·刘见龙

云汉悬河②九曲横，仙槎碧落古丰城③。
想因地泽通灵脉④，由此天津得令名⑤。
飞鸟归楼惊乍夜，渔翁徙倚忽三更⑥。
等闲⑦钓罢秋江晚，一篷⑧清风觉有情。

作者简介：

见前。

注释：

①选自清光绪《丰县志》卷十三"艺文类"（下）。明万历增补版《丰县志》署名"王玮"，顺治版县志改为"刘见龙"。《徐州续诗征》也收录此诗，署名刘见龙。

②云汉：天河、银河。《诗·大雅·棫朴》："倬彼云汉，为章于天。"毛传："云汉，天河也。"清陈梦雷《拟古·迢迢牵牛星》诗："牵牛处河东，河西闲织女。云汉烂清光，佳期渺何许。"悬河：本指河床比两岸地势高的河流。这里指天河。

③此句是指渔舟以仙槎一般往来于天空与古丰之间。仙槎：神话中能来往于海上和天河之间的竹木筏，亦借称行人所乘之舟。唐代李适《侍宴安乐公主新宅应制》："若见君平须借问，仙槎一去几时来？"宋代张孝祥《蝶恋花·送姚主管横州》："君泛仙槎银海去。后日相思，地角天涯路。"碧落：指天空。白居易《长恨歌》："上穷碧落下黄泉，两处茫茫皆不见。"

④意为没承想河流能连通灵气的福地。地泽：这里指河流。灵脉：灵气充沛的福地。

⑤天津：本义是天子的渡口。津：渡口。秦观《踏莎行·郴州旅舍》："雾失楼台，月迷津渡。桃源望断无寻处。"这里指丰城的天津桥。令名：美好的名称。令：美好。《论语·学而》："巧言令色，鲜矣仁。"

⑥颔联：万历增补《丰县志》下卷，此句为"明月渡归惊跃鲤，断桥倾倒卧残虹"。《徐州续诗征》是"飞鸟归栖惊乍夜"。

⑦等闲：万历增补《丰县志》下卷，为"渔翁"。

⑧篴：同"笛"。

翻译：

像九曲银河悬浮横亘在天空，渔舟似仙槎往来天空与古丰。
没承想河流连通灵气的福地，所以这座桥有天津这个美名。
飞鸟归楼栖息突然惊破静夜，原来渔翁移船靠岸已是三更。
悠闲垂钓归来秋江已笼暮色，笛声相伴清风顿时让我动情。

点评：

从构思上看，这首诗前两联扣"天津"，后两联扣"晚钓"。首联大气磅礴，想象奇特，运用浪漫主义手法突出泡水的壮阔，有先声夺人之效。其手法明显受李白"飞流直下三千尺，疑是银河落九天"（《望庐山瀑布》）的启发。颔联交代"天津桥"命名的原因是泡水和充满灵气的洞天福地相连。其实，天津桥的命名不是虚妄地图个口彩，而是因为这里就是刘邦的出生地，而且刘邦称帝后确实回过故乡，从这里走过是大概率的事情。后两联主要写渔翁悠闲自在的垂钓生活，令人想起古代的隐士渔父，给人以诗意生活的向往。

这是一首仄起首句入韵的七律，格律严整。

天津晚钓①

明·张以诚

落日微风吹碧澜，丝纶②闲理独盘桓③。
溪云忽起腾波浪，疑有蛟龙水底盘。

作者简介：

见前。

注释：

①选自清光绪《丰县志》卷十三"艺文类"（下）。
②丝纶：钓鱼的丝线，这里代指垂钓。
③盘桓：玩弄、逗弄。

翻译：

落日时分微风吹拂水生碧澜，闲理丝纶独自在此垂钓游玩。
忽然溪云翻卷水面腾起波浪，好像蛟龙潜伏水底腾挪盘旋。

点评：

这是一首表现作者闲适心情的小诗。生活中并不缺少美，只是我们缺少发现美的眼睛。作者闲来无事，垂钓自娱，这是极为普通平常的生活画面，但作者却从水面突然腾起的波浪中发现了美，并把它记录下来。从寻常中发现美，这是作者富有诗意的地方，这样的人生才是诗意人生。

秦台夜月①

明·佚名

古台谁筑傍丰城？白帝勋猷浪得名②。
窗牖通明栖兔魄③，帘栊虚白透蟾精④。
寒光入夜英魂泣，层影中霄⑤杀气横。
一自⑥干戈尘息后，至今霜台⑦鹤悲鸣。

注释：

①选自明万历增补《丰县志》下卷"艺文志"。秦台：即厌气台。清光绪《丰县志》："厌气台，始皇东游时所筑。埋宝剑、丹砂于下，以厌天子王气。在城中县治前。嘉靖五年始淤。"

②意思是说秦皇的功绩其实徒有虚名。白帝：即白帝子，这里指秦皇。李白《登广武古战场怀古》诗："赤精斩白帝，叱咤入关中。"勋猷：功劳，功绩。浪得名：浪得虚名，即名不副实。

③意思是说窗户通明是因为有明月高悬。牖：见《说文》"穿壁以木为交窗也"。段玉裁注："交窗者，以木横直为之，即今之窗也。在墙曰牖，在屋曰窗。"兔魄：月亮的别称。元代范梈《赠郭判官》诗："慈乌夜夜向人啼，几度纱窗兔魄低。"

④帘栊：也作"帘笼"，指窗帘和窗牖，也泛指门窗的帘子。虚白：洁白。蟾精：月的代称。唐骆宾王《上兖州崔长史启》："叶凤彩之英姿，辨蟾精于弱岁。"

⑤中霄：中天，高空。

⑥一自：自从。杜甫《复愁》诗之五："一自风尘起，犹嗟行路难。"苏曼殊《吴门依易生韵》之四："一自美人和泪去，河山终古是天涯。"

⑦霜台：明月下的高台，因洁白如霜，故名。这里指秦台，即厌气台。

翻译：

谁筑的古台依傍着古丰老城？秦皇的功绩其实是徒有虚名。
窗户通明因为明月中天高挂，珠帘洁白因为透射皎皎月明。
入夜时分寒光之中英魂悲泣，月下高台叠影似乎杀气腾腾。
自从秦汉纷争尘埃落定以后，至今秦台月夜还有老鹤悲鸣。

点评：

　　首联开篇扣题秦台，用设问句讽刺秦始皇筑厌气台是愚蠢行为，这种行为说明他所谓的功绩是徒有虚名。颔联和颈联则紧扣题目写月色。颔联描写月色的明亮美好，"通明""虚白"写夜色皎洁，"兔魄""蟾精"融入神话赞叹月色的美好。但从对偶的角度看，"窗牖"与"帘栊"同义；"通明"与"虚白"同义；"兔魄"与"蟾精"同义，这一联犯了"合掌"的毛病。颈联写站在月下秦台的想象：夜深人静时似乎听到英魂的哭泣；远望月下秦台的阴影似乎是战场在杀气腾腾。尾联写战争止息后，至今这月下的秦台仍不时可以听到老鹤的悲鸣，表达了作者对战争的控诉。

秦台夜月^①

明·陈善

天命^②从来自有归^③，秦皇空自^④筑台基^⑤。
不看池水东边月，照向台前又转西。

作者简介：

　　陈善，字一克，江西弋阳人。明正德三年（1508）以进士知丰县令，居官无异寒士，视民如子，执政期间，政平讼理，刚明果敢，豪猾敛迹。正德九年（1514）离丰，升任严州府通判，累迁至南京刑部郎中，云南楚雄知府，从祀名宦。

注释：

　　①此诗始见于明嘉靖版《徐州志》卷四，署名陈善。明万历增补本《丰县志》虽收入此诗，但未署名。此后，清光绪《丰县志》未收录此诗，现以明嘉靖版《徐州志》为据。

　　②天命：意思是天道的意志，延伸含义就是"天道主宰众生命运"。语出《尚书·盘庚上》："先王有服，恪谨天命。"

　　③归：归属，归宿。

　　④空自：徒然，白白地。南朝（梁）何逊《哭吴兴柳恽》诗："樽酒谁为满，

灵衣空自披。"《清平山堂话本·合同文字记》："万事分已定，浮生空自忙。"

⑤台基：高台的基础，这里代指秦台。

翻译：

天道主宰众生从来自有归宿，秦皇白白地构筑了厌气台基。

君不见池水东边的一轮明月，照向秦台前面又转而照向西。

点评：

这是一首讽刺诗，讽刺秦皇徒然构筑秦台，也没能阻挡刘邦称帝。在作者看来，一个人的命运是天道主宰的，不是人力可以扭转。秦皇凭暴力夺得了天下，依然用暴力统治天下，最终因仁义不施而失去天下，这是天理，是自然规律。刘邦得天理顺民意，因此得到天下，这不是你秦始皇筑个高台就能阻止的。就像月亮东升西落，月缺月圆，非人力可以改变其运行的规律。后两句还有一层寓意：自然界自有其运行的规律。要尊重自然规律，不能逆天而行。

格律上，该绝句用的是"仄起首句入韵"式，但"归、基、西"三个韵脚却归属三个韵部，犯了诗家之大忌。

秦台夜月①

明·朱景阳

厌气台空荒草深，犹存断碣②识嬴秦。

凌风老鹤悲残月，混水长蛟吐暗云③。

四海乾坤归圣主，中阳方里出真人④。

祖龙⑤枉费经营力，逐鹿干戈起战尘。

作者简介：

朱景阳，丰县人，明世宗嘉靖年间的例贡生。授任浙江升化县县丞，后升任蓟州卫经历（官职名，主管文书的收发）。

注释：

①选自明万历增补本《丰县志》下卷"艺文志"。

②断碣：断裂破损的石碑。

③这一句是写刘邦出世的情况。《史记·高祖本纪》："其先刘媪尝息大泽之陂，梦与神遇。是时雷电晦冥，太公往视，则见蛟龙于其上。已而有身，遂产高祖。"混水长蛟：潜藏水底的蛟龙，这里指刘邦。"吐暗云"指刘邦降生时"雷电晦冥"。

④中阳方里：即丰县中阳里。真人：道教所指修行得道的人。

⑤祖龙：特指始皇帝嬴政。《史记·秦始皇本纪》："三十六年……秋，使者从关东夜过华阴平舒道，有人持璧遮使者曰：'为吾遗滈池君。'因言曰：'今年祖龙死。'"由此可知，"祖龙"之称出自秦朝国民对始皇帝的代称。《太平御览》引《河图》曰："秦始皇帝，名政。虎口、日角、大目、隆鼻，长八尺六寸，大七围，手握兵执矢，名祖龙。"唐代诗人章碣的《焚书坑》曰："竹帛烟销帝业虚，关河空锁祖龙居。坑灰未冷山东乱，刘项原来不读书。"

翻译：

秦台空寂荒凉野草深深，尚存残碑可识筑自嬴秦。
老鹤凌风盘旋月下悲鸣，蛟龙混浊水中喷吐暗云。
天下江山一统归属圣主，中阳地灵出了高祖真人。
秦皇枉费心力筑了高台，争位的兵马又撩起战尘。

秦台夜月①

明·刘见龙

厌气台空草色新，断碑犹在识嬴秦。
中阳自②有真人出，逐鹿空劳③起战尘。

作者简介：

见前。

注释：

①选自清光绪《丰县志》卷十三"艺文类"（下）。

②自：本来。

③逐鹿：《史记·淮阴侯列传》载"秦失其鹿，天下共逐之，于是高材疾足者先得焉"。裴骃《史记集解》引张晏曰："以鹿喻帝位也。"后遂以"逐鹿"喻争夺统治权。空劳：徒劳，白费。牛希济《临江仙》词之六："水精宫殿岂无因。空劳纤手，解佩赠情人。"秋瑾《春寒看花》诗："凭栏默默咒风姨，几度空劳裁护旗。"

翻译：

秦台空寂春来碧草青新，断碑仍在犹可识别嬴秦。

中阳本来就有真命天子，群雄争位白白扬起战尘。

点评：

这首诗和朱景阳的七律如出一辙。按现在的标准这属于抄袭，但古代这样的事还真的不少，如：

宋·方惟深《舟下建溪》

客航收浦月黄昏，野店无灯欲闭门。

倒出岸沙枫半死，系舟犹有去年痕。

宋·王安石《江宁夹口》（其三）

落帆江口月黄昏，小店无灯欲闭门。

侧出岸沙枫半死，系船应有去年痕。

这两首诗相似度非常高，二人虽有四十年的人生交集，但因两首诗都没注明写作日期，因此不好断定谁先谁后。在古代其实这不是恶意的抄袭，而是古人高雅的文字游戏，彰显出古人高超的驾驭文字的能力。

刘见龙和朱景阳的这两首诗表达的主题完全一样，即朝代更迭，人世沧桑，天道有常，人生无常。这是历史的必然。秦皇费尽心力，还是江山易主。但两诗若比高下，我觉得刘见龙的诗更高一等。它四句话表达完了八句话的内容，更显精练。尤其首句的"新"字用的尤好。两诗的前两句都着力突出秦台的荒凉，但是"新"比"深"内涵更丰富：花开花落，草枯草荣，大自然年年如此，"年年岁岁花相似"，可是"岁岁年年人不同"。不可一世的秦皇已魂归尘土，只有断碑残片见证着当年的辉煌，而刘邦则登上了历史的舞台，成为了这个江山的新主人。因此一个"新"字表达了"人世沧桑，自然永恒"的道理。"新"字以乐景写哀情，更显示出感慨遥深。

颔联上句"凌风老鹤悲残月"以"悲风""老鹤""残月"三个意象渲染荒凉的环境气氛，不失为名句。

从格律上看，两诗都是用的"仄起首句入韵"式，但朱诗出韵："深"是下平十二侵韵；"云"是上平十二文韵；"春、人、尘"则属于上平十一真韵，犯了诗家大忌。刘诗则格律严整。我推测朱景阳的七律在前，刘见龙看朱诗有瑕，随动笔修改。

秦台夜月①

明·张以诚

秦帝东巡驾玉銮②，高台百尺倚云端。
千年王气明霄练③，夜夜青光照广寒④。

作者简介：

见前。

注释：

①选自清光绪《丰县志》卷十三"艺文类"（下）。

②玉銮：指仙佛或天子的车驾。沈约《和竟陵王游仙》之一："夭矫乘绛仙，螭衣方陆离。玉銮隐云雾，溶溶纷上驰。"

③霄练：即宵练，指洁白的月色。夏完淳《冰池如月赋》："唯水玉之澄华，与太阴之霄练。"

④广寒：即广寒宫，月中仙宫。出自柳宗元《龙城录·明皇梦游广寒宫》：传说唐玄宗于八月望日游月中，见一大宫府，榜曰："广寒清虚之府。"

翻译：

始皇东巡驾着香车玉銮，秦台百尺巍峨倚靠云端。
千年王气恰似洁白月色，光华夜夜照耀仙宫广寒。

点评：

前两句写秦皇浩浩荡荡东巡，目的就是破掉丰沛一带的王气，为此筑了一个高大的厌气台。作者以夸张的手法写秦台之高，意在突出秦皇压制丰沛王气的决心，侧面反映出自己想永久独霸天下的独裁之心，结果秦皇还是枉费了心力。后两句是说丰沛的王气不但没被化解，而且像月色一样洁白明亮照耀千年，与日月同辉，从而含蓄地讽刺了秦皇的可笑之举。

夜上秦台^①

明·季之翰

夜到秦台上，凌虚^②逼玉京^③。

鼓钟连沛郡，灯火指彭城。

月吐千岩峻，星分^④四野平。

不知秋色老，可得挹金茎^⑤？

作者简介：

见前。

注释：

①选自清光绪《丰县志》卷十三"艺文类"（下）。《徐州诗征》卷五收录此诗。

②凌虚：升于高空。曹植《七启》："华阁缘云，飞陛凌虚，俯眺流星，仰观八隅。"宋代洪迈《夷坚丁志·仙舟上天》："仰空寓目，见一舟凌虚直上。"

③玉京：道家称天帝所居之处。《魏书·释老志》："道家之原，出于老子。其自言也，先天地生，以资万类，上处玉京，为神王之宗。"白居易《梦仙》诗："须臾群仙来，相引朝玉京。"李白《庐山谣寄卢侍御虚舟》："遥见仙人彩云里，手把芙蓉朝玉京。"

④星分：以天上的星宿划分地上的区域。王勃《滕王阁序》："豫章故郡，洪都新府。星分翼轸，地接衡庐。""星分翼轸"即南昌属于翼、轸两星宿所对应

的地区。

⑤挹金茎：把承露盘里的露舀出来。挹，把液体盛出来。"金茎"这里指承露盘或盘中的露。汉武帝迷信神仙，在建章宫筑神明台，立铜仙人舒掌捧铜盘承接甘露，希望饮后延年。后来三国魏明帝亦效仿汉武帝在芳林园置承露盘。

翻译：

夜里登临高高的秦台上，感觉自己仿佛靠近天宫。
钟鼓之声沛郡悠悠传来，万家灯火指向南面彭城。
月下远望似有千岩险峻，星宿对应区域四野坦平。
不知不觉秋色逐渐变老，可否能舀出金盘的露晶？

点评：

首联用夸张的手法正面写秦台之高大，与李白的"危楼高百尺，手可摘星辰"有异曲同工之妙，具有鲜明的浪漫主义色彩。颔联写登上秦台可以听到沛郡的晨钟暮鼓，可以看到彭城的万家灯火，从声觉和视觉两个方面侧面烘托秦台之高。颈联写站在秦台远望之所见及其感受。尾联从渐渐变浓的秋色，联想到汉武帝为延年益寿想喝秋露，于是设立了承露盘之事。全诗洋溢着乐观豪迈的情调。

格律上，该诗用"仄起首句不入韵"格式。格律工稳，对仗工整，显示出作者较高的诗学修养。

秦台夜月①

清·张型

自古秦台明月好，如今磨灭已无台。
青天不管沧桑变，夜夜月明依旧来。

作者简介：

张型，字世章。学问渊邃，德行醇正。教授生徒三十年，胶庠①士半出其门。父鸿勋，素以善人称，著有《劝善文》。型曲体②其志，广为刊布。爱弟基，多方教训。相继膺岁荐③，一时有两难之目。司训居巢④，寻告归，卒于家。基未仕死。子镠，庠生，诗才清健。基子元振，廪生。耿直有守，义所当为，虽害弗避。俱中年早逝，士论惜之。（录自清光绪《丰县志》）

（①胶庠：周时胶为大学，庠为小学。后世通称学校为"胶庠"。②曲体：深入体察。③膺荐：承受荐举。④居巢：古县名，清代名巢县，今为安徽省巢湖市。）

注释：

①选自《徐州续诗征》卷十二（张伯英主编）。

翻译：

自古以来秦台赏月都十分美好，如今被岁月消磨得已没有秦台。

青天不管人世间的沧桑巨变，明月依然故我夜夜蹒跚而来。

点评：

这首诗表达了"人世沧桑，自然永恒"的主题，抒发了对昔日美好事物的向往和人生无常的感慨。这一主题在古典诗词中特别常见。像"越王勾践破吴归，义士还乡尽锦衣。宫女如花满春殿，只今唯有鹧鸪飞"（李白《越中览古》）；"旧苑荒台杨柳新，菱歌清唱不胜春。只今唯有西江月，曾照吴王宫里人"（李白《苏台览古》）；"人世几回伤往事，山形依旧枕寒流"（刘禹锡《西塞山怀古》）"人生代代无穷已，江月年年只相似"（张若虚《春江花月夜》）等。

厌气台铭并序①

宋·王禹偁

古之王者筑灵台②视云物，察气候之吉凶，知政教之善恶。苟理合天道，垂休降祯③，则必日新其德以奉之；化失民心，为妖作沴④，则必夕惕其躬⑤以惧之。如是，则变祸福而反灾祥，不为难矣。乌有筑高台厌王气，行巫觋⑥之事，御天地之灾者乎？

嬴政之有天下也，始以利嘴长距⑦鸡斗六国而擅场⑧，复以钩爪锯牙虎噬万方而食肉，终以多藏厚敛、蚕食兆民而富国。然后戍五岭，筑阿房，驱周孔之书尽付回禄⑨，惑神仙之术但崇方士⑩。收大半之赋，则黔首豆分⑪；用参夷之刑，则赭衣栉比⑫。鲸鲵⑬国政，蝼蚁人命，原膏野血，风腥雨羶⑭。

六国嗷嗷，上诉求主。天将使民息肩于炎汉⑮。故望气者云："东南有天子气。"于是，祖龙巡狩，筑台以厌之。殊不知民厌秦也，诉之于天；天厌秦也，授之于汉。秦独厌天厌民而自王乎？

向使筑是台，告天引咎，迁善树德，封六国之嗣⑯，复万民之业；薄赋敛，省徭役，销戈兵，勖稼穑，除高、斯⑰之暴政，修唐虞之坠典⑱。下从人望，上答天意，则王气不厌而自销矣。刘项之族何由而兴哉？

某游丰沛之间，过台之旧址，思古览今，怅然有怀，洒翰濡毫，遂为铭曰：

> 台之筑兮，救秦之衰。
> 厌之不得，为汉之基。
> 气之厌兮，虑汉之昌。
> 厌之不得，速秦之亡。
> 秦之厌汉，其唯一身。
> 汉之厌秦，乃有万民。
> 高台巍峨，王气氤氲。
> 秦政已矣，汉德唯新。
> 泱泱前古，茫茫后尘。
> 故国芜没，荒台草莽。
> 行人环竦⑲，恻怆斯文。

作者简介：

王禹偁（954—1001），字元之，济州巨野（今山东省菏泽市巨野县）人。北宋诗人、散文家，宋初有名的直臣。敢于直言讽谏，因此屡受贬谪。北宋太平兴国八年（983）进士。曾贬至黄州，故世称"王黄州"，后又迁蕲州病死。王禹偁为北宋诗文革新运动的先驱，文学韩愈、柳宗元，诗崇杜甫、白居易，多反映社会现实，风格清新平易。词仅存一首，反映了作者积极用世的政治抱负，格调清新旷远。著有《小畜集》三十卷。

注释：

① 选自清光绪《丰县志》卷十三"艺文类"（下）。厌气台："厌"，此处同"压"，用作动词，指一物压于另一物之上，即以迷信的方式镇服或趋避灾祸。厌气台在旧丰县县衙之前，是秦始皇为镇压丰县的帝王之气而筑的一个高台。按传统说法：秦始皇出宫东巡，听人言说丰县有帝王之气，遂命人在城四角各挖一个大坑，谓之"削足"；在城中心县衙前又挖一两丈见方、一丈余深的大坑，称之为"压头"。并在此坑内埋上宝剑和丹砂圣符，将坑填平后又筑一高台，亲自命名为"压气台"。因是秦始皇所为，故又称之为"秦台"。明嘉靖五年（1526）黄水淹城时始淤。"秦台夜月"是古丰八景之一。

② 灵台：古时帝王观察天文星象、妖祥灾异的建筑。

③ 垂休降祯：显示祥瑞，降福。"祯"与"休"同义，经常连用"祯休"，表示吉祥美善。《旧唐书·音乐志三》："人怀肃敬，灵降祯休。"

④ 妖沴：犹妖氛，喻寇乱，也指怪异不祥。沴：四时之气不和而生的灾害。

⑤ 夕惕：谓至夜晚仍怀忧惧，工作不懈。

⑥ 巫觋：古代称女巫为"巫"，男巫为"觋"。

⑦ 利嘴长距：《说文解字》："距，鸡距也。雄鸡爪子后面突出像脚趾的部分。"

⑧ 擅场：压倒全场；在某种专长方面超过一般人。

⑨ 回禄：相传为火神之名，引申指火灾。这里指秦始皇焚书之事。

⑩ 方士：古代自称能访仙炼丹以求长生不老的人。

⑪ 黔首：古代称老百姓。黔：黑色。黔首含有对百姓的蔑称。豆分：即豆分瓜剖，形容国土被分裂。

⑫ 参夷：封建王朝诛灭三族的酷刑；赭衣：古代囚衣。因以赤土染成赭色，故称，这里指囚犯，罪人。成语"赭衣塞路"形容穿囚服的人很多挤满了道路。

⑬ 鲸鲵：即鲸。雄曰鲸，雌曰鲵。比喻凶恶的敌人。《左传·宣公十二年》："古者明王伐不敬，取其鲸鲵而封之，以为大戮。"杜预注："鲸鲵，大鱼名，以喻不义

之人吞食小国。”

⑭羶：同“膻”《说文解字》分析作“从三羊”，指羊身上特殊的腥膻味。

⑮息肩：让肩头得到休息，比喻卸除责任或免除劳役。炎汉：汉自称以火德王，故称炎汉。另，传说上古炎帝为汉族祖先，因称中国或汉族为炎汉。

⑯嗣：子孙。

⑰高斯：赵高和李斯，秦始皇时期的两位宠臣。

⑱坠典：指已废亡的典章制度。

⑲环竦：恭敬环绕。竦：恭敬。

翻译：

古代帝王建筑灵台，（是为了）观察天象，以预知气候的吉凶好坏，了解政教的善恶得失。如果行为合乎天道规律，上天就会显示祥瑞，降临吉祥，那么一定会使你每天除去旧习恶行，道德修养更加高尚；如果失去民心，兴妖作乱，那么一定会使你从早到晚自身都心怀恐惧。像这样，则变祸为福、化灾成祥就不难了。有靠筑高台、压王气、行迷信之事就可以驾驭天地灾难的吗？

嬴政拥有天下，起初用利嘴长脚，像斗鸡一样压倒全场，接着又用尖爪利牙，像老虎一样吞噬八方而吃其肉。最终凭借多搜刮、重敛聚，蚕食六国万民而使秦国富裕强大起来。这之后，戍守三山五岭，修建阿房宫殿，收天下周孔之书焚之一炬。沉溺于神仙之术，只尊崇访仙炼丹以求长生不老的道士。收取百姓收入的大半作赋税，致使百姓流离失所家破人亡。动用诛灭三族的严酷刑罚，使得囚犯栉比塞道。像鲸鱼一样吞噬别国，像对待蝼蚁一样草菅人命，致使血染原野，风膻雨腥。

六国百姓怨声载道，纷纷上诉求助。上天让高祖取代暴秦以使百姓得以休养生息，所以看天象的风水师说："东南有天子气。"于是，秦始皇东巡察看，筑厌气台而压天子气。殊不知是老百姓厌气秦皇，向天控诉；上天厌弃秦皇，于是把权位授于高祖。秦王难道是厌天厌民而自立为王的吗？

假使筑厌气台，告诉上天，把过错归到自己身上，然后改过向善，树立德行，分封六国的子孙后代，恢复万民的基业，减轻赋税，减少劳役，消除战争，鼓励从事农业，清除赵高李斯的暴政，重修尧舜时的典章制度，对下遵从人民的意愿，对上合乎上天的意旨，那么，王气不用压制而就自行销除了，刘邦项羽之辈凭什么能兴起来呢？

我游历在丰沛之间，目睹厌气台遗址，思古察今，感慨于心，挥毫蘸墨，于是写了这篇铭文。

构筑高台啊，为救秦国衰亡。

压气不成啊，汉朝得以奠基。

所以压气啊，顾虑汉王隆昌。

压气没成啊，加速秦朝灭亡。

秦皇压汉啊，只为自我一身。

汉王反秦啊，乃是为了万民。

高台巍峨啊，王气缭绕不绝。

秦政已失啊，汉王德行自新。

遥远古代啊，邈远的后世。

故国已远去，高台荒草遍地。

我恭敬环绕，哀伤写了此文。

点评：

这篇铭文态度鲜明，观点积极向善，尖锐讽刺了秦始皇想靠筑厌气台破坏风水的办法来使自己江山永固的愚蠢做法。明确指出秦的暴虐贪婪是造成鹿死人手的最根本原因。刘邦建立汉朝是民心所向天意授权，靠筑厌气台阻挠是徒劳的，唯有改过向善、树立德行才是正路。

厌气台①

宋·梁灏

天生王气何能厌？嬴氏②空劳筑此台。

今日我来台上看，残春寂寞野花开。

作者简介：

梁灏（963—1004），字太素，宋代郓州须城（今山东省泰安市东平县）人。太宗雍熙二年（985）进士第一（状元）。累官翰林学士、权知开封府，以吏才为真宗所赏识。有文集。《宋史》有传。

注释：

①选自清光绪《丰县志》。明万历增补本《丰县志》也收录此诗，署名"梁浩"。

②嬴氏：指秦始皇。嬴姓，赵氏，名政。

翻译：

天生的王气如何能够被压？秦始皇徒然构筑这个高台。

今天我登上高台前来观看，残春野花寂寞地自落自开。

点评：

"王气天生"，说明人力是难以改变的。"何能""空劳"讽刺了秦皇筑台的徒然。尾句以景结情，以秦台的荒凉印证了秦皇筑台压气的失败。

厌气台①

元·徐克昌

秦世当年已失鹿②，一时那用筑高台！
思量此计成何用？风雨而今半草莱③。

作者简介：

徐克昌，丰县人。元成宗初年（1295）生人，惠宗至正初年（1341）任江西省橡吏，后升城武县令。持己廉正，为政体要，在考课中为诸郡之最。百姓为之立德政碑，后升任济州（今山东省济宁市）知州。累迁至太常寺礼仪院院判。清之际在褚庄（今属丰县常店乡）的泰山行宫中，有元朝至顺元年（1330）所立的《元至顺庚午克昌碑记》。

注释：

①选自清光绪《丰县志》卷十三"艺文类"（下）。

②失鹿：以鹿喻帝位，比喻失去政权，失去天下。这句话是说秦王当年实行暴政已决定了他必然失去天下。

③ 草莱：犹草莽。杂生的草。《南史·孔珪传》："门庭之内，草莱不翦。"

翻译：

秦世当年其实已经失去天下，一时间哪里还需要构筑高台！

费尽思量使用此计有何作用？历尽风雨而今台上尽是草莱。

点评：

这首诗讽刺了秦始皇想依靠压制切断丰沛的天子紫气来使自己江山永固的做法。首句发出警告：严酷的暴政使得自己失去民心，江山实际上也已经失去。本诗告诉统治者：民心是江山永固的基础，得之则得天下，其他一切手段都是徒劳。

厌气台①

元·袁遵道

西出咸阳驾上东②，苍生辛苦恨遭逢③。

古来有德唯天命，厌气台空夕照中

作者简介：

　　袁遵道，字叔正，丰县人。气刚直，性颖悟，十六岁时即能背诵《五经》，武宗至大年间（1308—1311）以神童之名受荐举。初任国子监四门馆正字（官名），后升为伴读（官名）、河间府治中（官名）等职。辞官告退后仍授予翰林院直学士、大中大夫。年七十四终。死后因其子袁焕荣任右丞相，又赠封为中奉大夫等。凡居官行事毅然不惑，而勇于有为，每有异迹。后追封为汝南郡（治所在今河南省上蔡县）公，谥号"文靖"。

注释：

　　① 选自明万历增补本《丰县志》，清光绪《丰县志》卷十三、张伯英主编的《徐州续诗征》也收录此诗。

　　② 驾上东：指秦始皇出宫东巡。《史记·秦始皇本纪》："二十八年，始皇东

行郡县，上邹峄山。立石，与鲁诸儒生议，刻石颂秦德，议封禅望祭山川之事。乃遂上泰山，立石，封，祠祀。下，风雨暴至，休于树下，因封其树为五大夫……始皇还，过彭城，斋戒祷祠，欲出周鼎泗水。使千人没水求之，弗得。"始皇共六次出巡，最后死在第六次出巡的途中。

③遭逢：碰上，遇到。

翻译：

銮驾西出咸阳一路向东，百姓艰难痛恨与之相逢。

自古有德之人承受天命，厌气空台独立斜阳之中。

点评：

过去皇帝所幸之处，是一个地方的荣耀，所幸之人是一个人最大的荣幸。宫妃、大臣尚且如此，何况普通百姓？但百姓却"恨遭逢"，可见百姓对暴政者秦始皇的怨恨有多深。第三句直言承受天命者应是有德之人，而始皇承受天命却无德。尾句以景结情，含蓄蕴藉，讽刺了秦始皇靠筑台压紫气的蠢行是徒劳的。

厌气台①

元·楚宝臣

自古冥顽是始皇，不施仁义爱矜张②

混鱼③臭已遗千古，逐鹿尘还起四方。

厌气无功消异代④，焚书有焰及阿房⑤。

汉年四百⑥皆天定，人意何容得抑扬⑦！

作者简介：

楚宝臣，元代佥事，其他事迹不详。

注释：

①选自万历增补《丰县志》下卷"艺文类"。

②矜张：夸张，这里有狂妄自大之意。

③混鱼：指在秦始皇尸车上装鲍鱼掩臭之事。秦始皇死于始皇三十七年（前210）东巡途中，当时正值七月，虽匆匆赶赴咸阳秦宫，但千里迢迢，尸体难免发臭。为了掩人耳目，赵高在其车上装满了鲍鱼，以遮其味。

④异代：后代。清光绪《丰县志》作"异气"。

⑤这句话写了两件事：一是秦始皇为愚化百姓而焚书坑儒；二是阿房宫被项羽焚烧，即秦朝灭亡。

⑥汉年四百：汉朝从公元前202年高祖建立，至公元220年汉献帝结束，历经西汉、东汉共四百余年。

⑦抑扬：偏义复词，这里指贬抑的意思。《南史·梁记下论》："慕名好事，崇尚浮华，抑扬孔墨，流连释老。"

翻译：

自古昏庸顽钝莫若秦始皇，不施仁义而且爱自大张狂。

咸鱼掩臭之事已过去千载，争权夺位的硝烟又起四方。

秦台压气也无法消除后代，焚书的烈焰反烧紫殿阿房。

汉家四百年江山皆由天定，岂是个人的意愿所能压抑。

点评：

首联用"冥顽""不施仁义爱矜张"等感情色彩鲜明的词语，开宗明义，直抒胸臆，对暴君秦始皇进行鞭挞。火力之猛，用语之直，感情之强烈，跃然纸上。颔联是写始皇虽然死了一千多年，但到了作者所在的元朝争权夺位的斗争依旧不断。颈联讽刺秦始皇为巩固统治所采取的建秦台、焚书籍、坑儒士等措施都是徒劳而愚蠢的，正是因为独裁暴虐而失去民意，江山才毁灭于项羽的一把大火之中。尾联总结并得出结论：汉家江山是上天注定，天命不是个人主观意志所能改变的。

该诗通过咏史表达了只有顺应天意，善待百姓，施行仁义，江山才能永固，否则都是徒劳。该诗在主题上具有重要的历史意义和现实意义。

这首七律采用仄起首句入韵式，格律很严整。

厌气台①

明·曹仲篪

东南②何故起高台？台下谁传宝剑埋③？
四百余年原有数④，始皇今古恨⑤无才。

作者简介：

曹仲篪，江西湖口（今江西省湖口县）人。明太祖洪武三十年（1397）任丰县令。廉洁公平，吏畏民服，入丰县名宦祠。

注释：

①选自清光绪《丰县志》卷十三"艺文类"（下）。

②东南：丰沛在咸阳东南方，故这里的东南指丰沛芒砀一带。原出于《史记·高祖本纪》：秦始皇尝曰："东南有天子气。"于是出咸阳东巡，筑台以压之。

③见王禹偁《厌气台铭并序》注释①。

④数：天数，命运。苏洵《六国论》："胜负之数，存亡之理，当与秦相较，或未易量。"

⑤恨：遗憾。《史记·萧相国世家》曰："臣死不恨矣！"《汉书·王嘉传》："故死者不抱恨而入地，生者不衔怨而受罪。"

翻译：

古丰为何筑起高高的秦台？台下谁传有宝剑灵物掩埋？
四百年基业原有天数命运，秦始皇千古遗憾自己无才。

点评：

高祖基业是天命注定，是顺应民心的结果，岂是你秦始皇筑台压气能够阻拦的。这首诗连用两个设问讽刺了秦皇的蠢行，发人深思。

厌气台①

明·孙鼎

千年王气空云霭，厌气秦台丰县前②。
高祖龙兴犹庙祀，始皇谩③筑圮寒烟。

作者简介：

孙鼎，字宜铉，庐陵（今江西省吉安市）人。以举人身份授以松江府教授。明正统年间，荐擢为御史，后以亲人年老致仕。时与吉水的刘观、李中齐名，人称"吉水三先生"。这首诗是在调任途中过丰时所作。

注释：

①选自明万历增补《丰县志》下卷"艺文志"。

②丰县前：指丰县县衙之前。

③谩：通"漫"，徒然，空自。杜甫《有客》："岂有文章惊海内，漫劳车马驻江干。"

翻译：

千年王气早已化作空中云霭，压气高台依旧矗立在县衙前。

高祖王业兴旺还有庙宇祭祀，始皇却徒然筑台坍塌于寒烟。

点评：

这首诗采用对比的手法讽刺了秦始皇的筑台蠢行。一边是高祖王业兴盛，大汉延续四百余年；一边是秦皇想断绝高祖王气的秦台坍塌于寒烟之中。鲜明的对比表达了对秦皇的讽刺与批判。

厌气台①

清·徐元文

千童未发歌风响②，万乘③曾劳厌气来。

日落苍茫回照里，秦灰④汉业总生哀。

作者简介：

徐元文（1634—1691），字公肃，号立斋，江苏昆山人。清顺治十六年（1659）殿试第一，顺治帝称徐元文为"佳状元"，赐冠带、蟒服、乘御马等，授翰林院修撰。康熙年间历官国子监祭酒、翰林院掌院学士、左都御史，官至文华殿大学士。康熙二十九年（1690），因其兄徐乾学之子在籍招权竞利之事牵连，被解职。闰七月二十七日"惊悸呕血而死"。著有《含经堂集》《得树园诗集》。兄弟三人皆官贵文名，号称"昆山三徐"。

注释：

①选自《徐州古人咏徐州》，2006年11月出版。

②千童未发：《史记·秦始皇本纪》载："齐人徐市等上书，言海中有三神山，名曰蓬莱、方丈、瀛洲，仙人居之。请得斋戒，与童男女求之。于是遣徐市发童男女数千人，入海求仙人。"这段记载讲的是秦始皇二十八年（前219），徐福受秦始皇之令，率童男童女三千人东渡瀛洲，为皇帝寻找长生不老药。据《日本国史略》载："孝灵天皇七十二年，秦人徐福来。"说明徐福已到日本。诗中说"千童未发"，言始皇灭亡之快。歌风响：指刘邦称帝后还乡酒酣之际高唱大风歌。

③万乘：古时一车四马为一乘，"万乘"即万辆兵车。周制，天子地方千里，出兵车万乘；诸侯地方百里，出兵车千乘，故"万乘"代指天子。这里代指秦始皇。

④秦灰：指项羽焚烧阿房宫之事，这里代指秦朝的灭亡。

翻译：

千童还没征发大风歌喉已开，秦皇为压王气曾经东来筑台。

日落苍茫时分秦台独向夕照，秦亡汉兴轮回黎民总生悲哀。

点评：

这首诗的感慨与张养浩《潼关怀古》的感慨是一样的，即朝代更迭，你兴我衰，但最终"兴，百姓苦；亡，百姓苦"。作者悲悯情怀流露于字里行间。首句言浅意深，始皇派徐福求仙以求长生不老，结果人还没征发，秦朝就灭亡了，刘邦则衣锦还乡高唱大风歌。这说明秦施暴政是他迅速灭亡的根本原因，其讽谏意义显然。

厌气台①

清·卢世昌

祖龙巡狩②迹全泯，留得荒台尚说秦。
四海已曾忘假父③，一台何用④厌真人？
丰城日暖枌榆社，伏道⑤风生荆棘春。
犹有氤氲消不尽，晚来云气满河滨。

作者简介：

见前。

注释：

①选自清光绪《丰县志》卷十三"艺文类"（下）。

②祖龙巡狩：指秦姓皇。巡狩：旧称天子巡行诸国。

③假父：即嫪毐（？—前238）。秦始皇之母赵姬的男宠。他本来是一个市井之徒，是吕不韦举荐给嬴政之母赵太后的。赵太后与吕不韦私通多年，包括《史记》在内的许多史书都认为秦始皇的生父就是吕不韦。随着嬴政渐渐长大，老奸巨猾的吕不韦担心通奸丑闻暴露后会对自己不利，就在民间物色了嫪毐送给赵太后作为自己的替代品。《说苑·正谏》："嫪毐与侍中左右实臣俱博饮。酒醉，争言而斗，瞋目大曰：'吾乃皇帝之假父也！'"

④何用：凭什么，用什么。

⑤伏道：暗道，隐秘的通道。明万历增补本《丰县志》载："伏道在县东北城下，

相传汉高祖微时避秦厌气，曾出此道。道中棘针皆顺生。嘉靖五年黄水始冲陷。父老犹及见之。"丰县"五门桥"地名即源于此。

翻译：

秦始皇东巡的遗迹已经全泯，留得荒芜的秦台还诉说暴秦。
四海已忘记秦皇曾经的假父，一个高台凭什么能压制真人？
丰城风和日丽枌榆古社依旧，暗道春风吹来满目荆棘深深。
尚有烟岚弥漫还没消散殆尽，傍晚时分云气笼罩整个河滨。

点评：

秦台早已荒凉不堪，而丰城却依旧氤氲消不尽，祥云满河滨，从而讽刺了秦王筑台压气的愚蠢。

娥墓秋容①

明·佚名

一抔荒土②不知年，贞烈犹存感地天。
试看西风零落后，四围花木尚争妍。

注释：

① 选自明万历增补本《丰县志》下卷"艺文志"。娥墓：明版《丰县志》载："娥墓，在县治西北三十里。相传娥女，未详姓氏，疑必古烈女焉。"相传尧帝有两个女儿，长女娥皇，次女女英，姐妹同嫁舜为妻。舜继尧位之后，为一统中原，四处征战，久不回宫。娥皇找寻，病死在这里。

② 一抔：即一捧。抔：捧。荒土：这里指娥墓。

翻译：

娥皇的坟墓不知产生哪一年，她的贞烈仍然感动厚土皇天。
试看西风吹来草木零落之后，娥墓四周花木依旧争奇斗妍。

点评：

秋季万木萧索，唯有娥墓郁郁青葱，表达对娥皇的崇敬之情。这令人想到胡地阴山下那四季草木不凋的青冢（昭君墓），或许作者就是从青冢的传说得到启发，因为这两位都是秀外慧中超凡脱俗的女性。这首诗先议后景，以坟墓的荒凉和小不盈抔，反衬其精神的崇高和永恒，揭示了生命有限而精神永垂的道理。

这是一首平起首句入韵的七绝，格律严整规范。

娥堌秋容①

明·佚名

冰檗坚操②自昔时，遗风犹系后人思。

霜朝③枫叶心同赤，月夜鸿声魂共凄。

苔镇④古碑昏莫辨，尘栖荒塚暗生嗟。

我来吊古多惆怅，呼酒临风酹⑤一卮⑥。

注释：

①选自明万历增补本《丰县志》下卷"艺文志"。

②冰檗：喻指处境寒苦艰辛。檗，即黄檗、黄柏，性寒味苦。白居易《三年为刺史》诗："三年为刺史，饮冰复食檗。"坚操：坚定的节操。

③霜朝：有霜的早晨。

④苔镇古碑：青苔覆盖古碑。苔：青苔，苔藓；镇：压，覆盖。

⑤酹：将酒倒在地上，表示祭奠。如《念奴娇·赤壁怀古》："一樽还酹江月。"

⑥卮：盛酒的器皿。一卮，即一杯酒。

翻译：

苦境中坚守节操从往昔开始，千古风范仍牵系后人的神思。

冰心像秋晨的霜叶一样鲜红，洁魂与月夜的鸿声一样孤凄。

长满青苔的古碑已模糊难辨，面对这尘世的荒塚暗生空嗟。

我来凭吊娥皇心里多么惆怅，斟满美酒临风洒在坟冢一厄。

点评：

这首诗通过描写自己瞻仰娥皇坟茔并洒酒凭吊，表达了对娥皇的崇敬和悲悯之情。首联直抒胸臆赞美娥皇的坚定节操和对后世的影响。颔联出句用经霜的晨叶之红比喻娥皇的赤子之心，进一步表达对她节操的赞美；对句则用月夜飞鸿的悲鸣渲染悲凉的环境氛围，表达对娥皇孤寂飘零的悲悯。这一联的两句有静有动，动静结合；有景有情，情景交融。颈联通过写墓碑被青苔覆盖，难以辨认，写出了坟墓的荒凉破败，从而引发自己的嗟叹。尾联同样用直抒胸臆的手法表达自己的惆怅，并洒酒于坟表达祭奠。全诗晓畅明白，笼罩了一种伤感惆怅的感情基调，读后倍感凄凉。

这是一首仄起首句入韵的七律，可惜出韵了，"时、思、厄"属于上平四支韵，"凄"属于上平八齐韵，"嗟"属于下平六麻韵。对于写格律诗的人来讲，这是不应该犯的常识错误。

娥墓秋容①

明·张以诚

玉女神游②锁碧封，寒烟衰草乱哀蛩③。

秋来山色凝青霭，犹似当年翠黛④浓。

作者简介：

见前。

注释：

①选自清光绪《丰县志》卷十三"艺文类"（下）。《徐州续诗征》收录此诗署名李执中。

②神游：人死的讳称。

③蛩：蟋蟀。

④ 翠黛：眉的别称。古代女子用螺黛（一种青黑色矿物颜料）画眉，故名。杜甫《陪诸公子丈八沟携妓纳凉》诗之二："越女红裙湿，燕姬翠黛愁。"

翻译：

娥皇的香丘被碧草覆没密封，寒烟衰草里尽是哀鸣的秋蛩。

秋天里寒山凝聚紫色的云气，犹如娥皇年轻时双眸的眉浓。

点评：

一、二句以"寒烟""衰草""哀蛩"等意象描写娥墓的荒凉，第三句笔墨转向秋山，描写秋山的青霭。山岚本是白色，此处是青色，说明山色翠绿；尾句直抒胸臆，用比喻夸赞娥皇，以此象征娥皇精神的丰盈和不朽。

娥堌秋容①

明·苏伟

淑女芳丘②何处存？乱云堆里伴荒村。

铁心③不改秋天景，玉貌难招夜月魂。

花木四时争艳冶，英灵千古照黄昏。

风流绝代犹遗响，仙骨余香永世闻。

作者简介：

苏伟，丰县人，明世宗嘉靖初年的例贡生（明清科举制度中入国子监的贡生之一种，因为不用考选而由生员援例捐纳，故称例贡，不算正途）。授直隶景州（今河北省衡水市景县）吏目（官名，掌管收发文书或分领州事）。

注释：

① 选自明万历增补本《丰县志》下卷"艺文志"。

② 芳丘：这里指娥皇的坟冢。女子的坟冢往往用芳丘、香丘、芳冢、香冢等。

③铁心：形容坚贞的品格或志向。文天祥《求客》："男子铁心无地着，故人血泪向天流。"

翻译：

娥皇的坟冢现在何处留存？乱云笼罩相伴着郊野荒村。

坚贞志向使娥堌秋容永在，花容玉貌难招这夜月之魂。

花木四时灿烂皆争奇斗艳，不朽的英灵千古向着黄昏。

绝代风流千年犹流传余响，仙骨余香永远在世间传闻。

点评：

首联交代娥墓的位置：荒郊野外，结伴荒村。"乱云堆""荒村"与"淑女""芳冢"形成鲜明对比，以位置的荒凉反衬娥墓秋容的生机盎然，暗喻其精神的丰盈永恒。接着，颔联、颈联描写娥墓秋容，赞颂娥皇英灵，有情有景，相得益彰；尾联直抒胸臆，表达对娥皇的崇敬之情。

整首诗连用"淑女芳丘""玉貌""英灵""风流绝代""仙骨余香"等褒义词，极力表达赞美之情，直露有余而含蓄蕴藉不足。清光绪《丰县志》收录了一首署名刘见龙的《娥墓秋容》："淑女芳丘何处存？乱云堆里伴荒村。任教玉貌随秋淡，自有清光照夜氏。"前两句完全相同，从诗味上比较，这首绝句胜过苏伟的律诗。

经娥墓堌①

清·李敬修

墟落②荒芜古道平，凌虚抔土尚峥嵘③。

名姝④自有长生诀，不用青蝇作吊声⑤。

作者简介：

李敬修，字惺浦。丰县欢口镇东北部李庄村人，清同治元年（1862）恩贡生（指选拔和照顾一些资历、身份较特殊的士子，恩准入国子监学习，或国家有重大节庆从府州县学中选拔考核优秀的士子恩准入国子监学习。恩贡士毕业后可以参加科举考试，还能直接经过简单考试后进入仕途的，亦谓之正途）。生活纯朴，不逐时趋，一生教授乡里，其门下多为知名之士。所著有《感事诗》《芸窗随笔》各一卷；尤工真草书法，能得者皆珍藏之。

注释：

①选自清光绪《丰县志》卷十三"艺文类"（下）。

②墟落：即墟墓，这里指娥墓。

③凌虚：升于空中，这里指娥墓高耸。抔土：一抔土，形容娥墓很小。峥嵘：形容高峻。

④名姝：著名美女。姝：美丽的女子。

⑤青蝇吊声：青蝇吊唁的声音。《诗经·小雅·青蝇》是一首劝戒当政者莫听信谗言的政治抒情诗。青蝇比喻那些专进谗言的小人，有成语"青蝇吊客"，意思指死后只有青蝇来吊，比喻生前没有知己朋友的人。另有成语"青蝇附骥"，比喻攀附权贵而成名。

翻译：

娥墓已经荒芜而古道坦平，坟茔虽小但依旧平地高耸。

名女自有声名永垂的方法，不需要苍蝇嗡嗡发出吊声。

点评：

首句写娥墓堌村落虽显荒芜，但由此通往娥墓的道路却很平坦，暗示凭吊的人之多，寓用了"桃李不言，下自成蹊"的典故。次句写娥墓"尚峥嵘"，进一步暗示因年年有人凭吊添坟，才使之历经千年而仍存在。后两句化用《诗经·青蝇》，说明一个人只要德行高尚，自会声名远扬，无需势利小人虚情假意的发出凭吊之声。

这是一首仄起首句入韵的七绝，格律规范严整。

中阳夕照①

明·陈善

天暮中阳日落西，投林②鹊③背闪金泥④。
漫漫路远城犹隔，陌上行人马正嘶⑤。

作者简介：

见前。

注释：

①选自清光绪《丰县志》卷十三"艺文类"（下）。明万历增补《丰县志》也收录此诗，但没有署作者姓名。

②投林：鸟兽入林。杜甫《独坐》诗："仰羡黄昏鸟，投林羽翮轻。"《红楼梦》第五回："好一似食尽鸟投林，落了片白茫茫大地真干净。"

③鹊：明万历增补《丰县志》作"鸦"。

④金泥：用以饰物的金屑，这里指夕阳照在鸦背上羽毛反射的金色光辉。

⑤陌上行人马正嘶：明万历增补版《丰县志》作"忙却行人步似飞"。

翻译：

暮色笼罩着中阳太阳渐渐西归，鸟雀投宿山林脊背闪烁着金辉。
路途漫漫正远处还有城池相隔，田间乡道上行人奔马鸣叫驰飞。

点评：

本诗描写的是一幅闲适、祥和的风俗画。首句扣题，交代时间地点，然后作者立足夕照中的中阳里，选取了两个画面：鸟雀投林，行人归家。两幅画面相辅相成。古诗中描写游子思乡、行人归家常用鸟雀投林衬托。如，陶渊明《饮酒》："山气日夕佳，飞鸟相与还。"元魏初《鹧鸪天·室人降日以此奉寄》："去岁今辰却到家，今年相望又天涯。一春心事闲无处，两鬓秋霜细有华。山接水，水明霞。满林残照见归鸦。何时收拾田园了，儿女团圞夜煮茶。"

诗中两处细节尤见本诗特色：一是归鹊脊背羽毛的金光；一是陌上行人坐骑的嘶鸣。前者一方面照应了题目"夕照"，另一方面表现了作者闲适的心境。后者则通过马嘶含蓄表现了行人急切回家的心情，因为要快马加鞭所以马才因此鸣叫起来。

本诗是一首仄起首句入韵的七绝，格律很严整规范。

中阳夕照①

明·裴陈猷

斜晖挂处断霞②明，彩砌云衢③照晚晴。

胜地④岂徒钟赤帝⑤，老天原为救苍生。

廓清海宇⑥人无敌，旋转乾坤自有成。

遗迹完然垂不朽，几回回首动高情⑦。

作者简介：

裴陈猷，生卒年不详，丰县人。明嘉靖年间岁贡生（明清时，每年或二三年从各府、州、县学中选送生员升入国子监就读，称为岁贡，如此录用的读书人便是"岁贡生"），授浙江海盐县主簿。

注释：

①选自明万历增补本《丰县志》下卷"艺文志"。中阳：即中阳里。《史记·高祖本纪》："高祖，沛丰邑中阳里人，姓刘氏，字季。"《汉书·高帝纪上》："高祖，沛丰邑中阳里人也，姓刘氏。"看来高祖故里在中阳里没有什么疑问，问题是中阳里到底在哪里。明版《丰县志》认为在丰县城东北角；清版《丰县志》则认为在城南二十里的棠林集。民间传说则在今城西赵庄镇金刘寨附近，众说纷纭。

②断霞：片段的云霞。南朝（梁）简文帝《舞赋》："似断霞之照彩，若飞鸾之相及。"唐代张说《巴丘春作》诗："日出洞庭水，春山挂断霞。"周邦彦《蕙兰芳引》词："寒莹晚空，点清镜，断霞孤鹜。"

③云衢：云中的道路，借指高空。

④胜地：这里指中阳里。

⑤赤帝：即赤帝子刘邦。

⑥廓清海宇：廓清：澄清，肃清；海宇：海内、宇内。

⑦高情：崇高的情意。

翻译：

斜阳悬挂之处片片云霞通明，砌成彩色云道映照傍晚晴空。

胜地哪里只是钟爱汉帝高祖，老天原来为的救助芸芸众生。

肃清天下神州四海对手无敌，双手扭转乾坤自有功业告成。

中阳遗迹完好自当传世不朽，几回回首瞻望心生崇高之情。

点评：

题目中心词是"夕照"，像是写景诗，其实除了首联写景外，后三联全是围绕"中阳"着笔议论，属于典型的怀古诗。首联开门扣题，描写中阳的夕照，是一幅祥和美丽的夕阳图。接着颔联由此展开议论：这祥和的生活是天子对芸芸众生的眷顾。颈联正面赞颂高祖的伟绩：肃清宇内，四海统一；扭转乾坤，神助天成。尾联拉回思绪，回扣题目，表达对高祖的崇敬之情。"几回回首"，形象生动地描写了作者对中阳遗迹的流连，令人想到白居易的《南浦别》："南浦凄凄别，西风袅袅秋。一看肠一断，好去莫回头。"

这首七律用的平起首句入韵式，格律严整。

中阳夕照①

明·佚名

台名厌气筑平岗，独立西风对夕阳。

万井烟光凝暮紫②，满林桑叶带秋黄。

数行征雁③穿云影，几点归鸦闪日光。

最好登临出原野，晚钟声里促归忙。

注释：

①选自明万历增补《丰县志》下卷"艺文志"。

②万井：古代以地方一里（一平方里）为一井，万井本意即一万平方里，此处引申为千家万户。陈子昂《谢赐冬衣表》："三军叶庆，万井相欢。"张孝祥《水调歌头·桂林中秋》词："千里江山如画，万井笙歌不夜。"烟光凝暮紫：出自王勃的《滕王阁序》："潦水尽而寒潭清，烟光凝而暮山紫。"意思是傍晚时分，淡淡的云烟凝聚成重重的暮霭，呈现出一片盈盈的紫光。

③征雁：迁徙的雁，多指秋天南飞的雁。李涉《送魏简能东游》诗之二："燕市悲歌又送君，目随征雁过寒云。"秦观《忆秦娥》词："愁如织，两行征雁，数声羌笛。"

翻译：

厌气台高高筑起在平岗，它独立西风面对着夕阳。

万家炊烟凝成暮色紫色，满林桑叶染成秋色金黄。

数行征雁穿越层层云影，几只归鸦身上闪烁日光。

最好登高远望四方原野，晚钟声声催促人们回乡。

点评：

这首诗主要描写作者立足中阳里所见的情景。首联描写所见的厌气台：高高矗立，独对夕阳，始皇已去，高祖也无，如今只有荒台一座，孤独地矗立于夕阳之中。既暗讽了秦皇筑台的徒然，也表达了物是人非、人生无常的感慨。颔联平视远望，描写所见的暮霭和金色的秋林；颈联是仰视远望，描写大雁南飞、鸟雀投林的画面；尾联是讲最好登高遥望，看那晚钟催促原野劳作的人们收工的情景。"最好"一词，鲜明表现了诗人的审美取向：农民的劳作才是更美的一幅图画，对农民的热爱溢于言表。后三联有景有人，有色有声；有平视，有仰视，有近观，有远望，绘就了一幅多姿多彩的宁静祥和的风景图和风俗画。

本诗是一首平起首句入韵的七律，尾联出句用的特拗句，格律很严整规范。

中阳夕照①

明·张以诚

烟树苍苍翠霭微，高城斜日弄余辉。
晴光遥应②暮山紫，散作明霞③五色飞。

作者简介：

见前。

注释：

①选自清光绪《丰县志》卷十三"艺文类"（下）。
②遥应：远远地配合呼应。
③明霞：明艳的彩霞。

翻译：

无边树林茂盛青雾轻微，高城落日戏弄残照余辉。
晴光远远配合暮山紫气，化作五色云霞漫天纷飞。

点评：

这首诗抓住烟树、翠霭、高城、斜日、晴光、暮山、紫气、明霞等意象，绘制了一幅绚丽多姿且意境开阔的夕照油画，表达了诗人愉悦闲适的心情。
格律上采用仄起首句入韵式，格律基本严整。

曲全宫①

明·杜樗

曲全幽爽②地，名胜看来稀。
香篆③传清昼，钟声出翠微。
讲余时独往，坐久欲忘归。
未得尘缘④息，空劳⑤羡鹤飞。

作者简介：

杜樗，明代人物。从文中看似在县学任职，具体情况不详。

注释：

①选自清光绪《丰县志》卷十三"艺文类"（下）。曲全宫：又名曲泉宫，原名洞真观，在旧丰城堤外的东北隅，五门的南侧。元至正六年（1346），由道士玄真子（俗名房德稳）所建。至正二十五年（1365）改名为曲全宫。因观内凿有一井，井水甘甜胜过其他诸井，故人称为"仙井"，道观亦随之称为曲泉宫。有碑铭，现失。古凤城格局是五门对十庙，曲全宫是十庙之一。五门指东西南北和伏道（隐秘的通道，即城墙的下水道）门。十庙指东门三官庙、关岳庙；西门天齐庙、王母庙；北门玄帝庙、三大庙；南门火神庙、碧霞祠（称泰山奶奶庙），伏道门财神庙、曲全宫（曲全宫坍塌后改建成土地庙）。"五门对十庙"过去一直是丰县一景。

②幽爽：幽雅爽朗。徐弘祖《徐霞客游记·楚游日记》："下平上穹，明奥幽爽，无偪仄昏昧苦。"

③香篆：指焚香时所起的烟缕。因其曲折似篆文，故称。范成大《社日独坐》："香篆结云深院静，去年今日燕来时。"

④尘缘：佛教称尘世间的色、声、香、味、触、法为"六尘"，人心与"六尘"有缘分，受其拖累，叫做尘缘，泛指世俗的缘分。

⑤空劳：徒劳，白费。

翻译：

曲全宫是幽雅清爽的胜地，游览这名胜的却影断人稀。

缕缕香雾在大白天里传出，悠悠钟声出自幽深的山里。
讲课闲暇我时常独自前往，坐得久了以至于忘记回归。
我没能够断绝世俗的缘分，徒然羡慕仙鹤自由地翻飞。

点评：

曲全宫本是一座道观，却因炼丹而出名，"曲豆晨烟"因此成为古丰八景之一。
在作者眼里，曲全宫是一处名胜，是一处修身养性的地方，因此公务之余独自前来，
听华山深处传来的悠悠钟声，看曲豆冒出的缕缕青烟，以至于沉醉其中，忘记回归。
这从一个侧面反映出曲全宫环境的清幽。尾句直抒胸臆，表现了作者想摆脱喧嚣而
不得的无奈。

曲豆晨烟①

明·佚名

闻道尘中自有仙，果然蓬岛②在人间。
竹炉煮药烟初散，丹灶烧砂火始然③。
铅汞④原从心上得，炼修还向性中传。
吾人⑤有个玄真子⑥，何事而今逐世寰⑦？

注释：

①选自明万历增补《丰县志》下卷"艺文志"。曲豆：即曲全宫。

②蓬岛：即蓬莱山，传说中的海上三座仙山之一。李白《古风》："但求蓬岛药，
岂思农扈春？"

③然：通"燃"。

④铅汞：丹炉炼出的所谓"仙丹"，其主要成分是铅汞，这里代指灵丹妙药。

⑤吾人：我们。

⑥玄真子：元惠宗至正六年（1346）来此创建曲全宫的道士房德稳，道号玄真子。

⑦何事：为何。世寰：世间、尘世。

翻译：

听说红尘之中自有神仙，果然蓬莱仙山存在人间。

竹炉煎煮草药烟雾刚散，丹炉烧砂大火随之又燃。

灵药原本应从心上获得，炼丹修道顺应本性自然。

我们曾有个仙人玄真子，何事而今还要追逐尘缘？

点评：

　　道教有三祖：黄帝，老子，张道陵。分别为始祖、道祖和教祖。道教起于黄帝，思想集合于老子，最后成于张道陵。丰县是张道陵故里，深受道教的影响。

　　炼丹追求长生是道家思想的重要内容，尤其到了东晋的葛洪，把这一思想推向高峰。葛洪是东晋著名医生、道教理论家、著名炼丹家和医药学家，世称小仙翁。所著《抱朴子》继承和发展了东汉以来的炼丹法术，对之后道教炼丹术的发展具有很大影响，为研究中国炼丹史以及古代化学史提供了宝贵的史料。英国著名汉学家李约瑟对葛洪评价甚高，认为他在中国科学史上占据重要地位。葛洪炼丹本是治病救人，而后来竟发展到吃灵丹追求长生不老的邪路。这首诗写的就是与道教有关的炼丹之事。题目中的"晨烟"不是炊烟，也不是早晨的雾霭，而是炼丹炉冒出的烟，这竟然成为古丰当时的八景之一，可见当时炼丹之盛。元明清时代，朱熹的理学实际上已取代孔孟儒学成为占统治地位的思想，而此时的丰县的道教思想竟然仍如此浓厚，和主流思想如此格格不入，因此这首诗有很强的认识价值。作者对炼丹追求成仙的思想进行了讽刺、否定和批判。前两联描写炼丹的盛况：煮药的浓烟刚刚散去，炼丹大火又熊熊燃烧起来，此起彼伏，烟雾不绝。后两联明确表达自己的观点：健康的灵药只能从心中获得，修炼要靠真性情，也就是说修炼性情、身心愉悦才是健康的灵丹妙药。作者的这一思想非常科学，在今天依然具有现实意义，尤其那些好吃各种保健药的中老年人。如果人间真有仙人，为何大家都还追求欲界俗世的生活？尾联的这一反驳很有力度，振聋发聩。

　　这是一首仄起首句入韵的七律，"间""寰"出韵。

曲豆晨烟①

明·佚名

山城晓雾散轻烟，一带斜横到曲全。
清绝②红尘无路入，葱葱佳木景无边。

注释：

①选自明万历增补本《丰县志》下卷"艺文志"。
②清绝：清雅至极。

翻译：

山城里晨雾散出袅袅轻烟，烟雾斜横飘散到曲全宫前。
这里清雅至极无路可进入，葱茏的佳木景色美好无边。

点评：

根据首句的"山城"二字，该诗应写于县衙迁往华山之时。这首诗写出了曲全宫孜孜以求于炼丹而与世隔绝的清静景象。尾句以景结情，含蓄蕴藉，耐人寻味。

曲豆晨烟①

明·屈伸

一抹轻云阁曙烟，步虚②风韵绝尘寰。
飘然物外玄壶境③，若个人间小洞天④？
金鼎⑤有功神是主，玉真托化客游仙⑥。
翠微深处犹蓬岛⑦，胜访丹丘觅太还⑧。

作者简介：

屈伸，号前溪，丰县人，以博雅称。所著《圣人同归于道论》，脍炙人口。明世宗嘉靖末年选贡生。授乐陵（今山东省乐陵县）县丞，公务稍暇，讽诵不辍。（录清光绪版《丰县志》）

注释：

①选自明万历增补本《丰县志》下卷"艺文志"。

②步虚：指道家传说中神仙的凌空步行。这里指轻烟袅袅上升的姿态像神仙凌空步行。明刘基《升天行》："中夜集五灵，步虚欸天关。"

③玄壶境：玄壶，道家常佩戴的葫芦。玄壶境即道家追求的壶天仙境。葫芦在古文献中称为"壶"，东晋的王嘉在《拾遗记》卷一中，把海中三座神山"方丈""蓬莱""瀛洲"改名为"方壶""蓬壶""瀛壶"，这表明神仙与"壶"已经有了密切关系。在道教典籍里，葫芦被视作一个小宇宙"壶天"，这个"壶天"里的时间与俗世的时间是不一样的。"山中方七日，世上已千年"，这是神仙世界最令世人向往的原因之一，也是道教追求长生成仙的一种思想折射。小小葫芦，犹如洞天，别有天地。后世的诗人常把壶中天地作为理想境界的代称，也常把道士的居处比拟为壶中天地。

④若个：何处。宋赵长卿《菩萨蛮·初冬》词："若个是乡关？夕阳西去山。"洞天：道教指神仙居住的地方，即地上的仙山。它包括十大洞天、三十六小洞天，构成道教地上仙境的主体部分。现在多用来指引人入胜的境地，如，别有洞天。

⑤金鼎：特指道士炼丹的鼎炉，借指炼丹或炼丹之术。

⑥玉真：指仙人。张籍《灵都观李道士》诗："泥灶煮灵液，扫坛朝玉真。"托化：佛教、道教指化形托生。

⑦翠微：青翠的山色，这里指青翠的山。蓬岛：即蓬莱山，传说中的仙山之一。《山海经》记载，海上有三座仙山：蓬莱、瀛洲和方丈。

⑧丹丘：即元丹丘，李白的好友。李白诗中多次提到他。和李白一样，丹丘也是个喜欢求仙访道的人。如《题元丹丘山居》："羡君无纷喧，高枕碧霞里。"《将进酒》："烹羊宰牛且为乐，会须一饮三百杯。岑夫子，丹丘生，将进酒，杯莫停。"太：同"泰"，指"安宁、顺利"。如《道德经》："往而不害，安平太。"

翻译：

一抹轻云是缭绕楼阁的晨烟，轻盈婀娜的风韵冠绝于尘寰。

飘然物外去寻找那壶天仙境，何处才是尘世间的福地洞天？

炼丹有功那是因为神灵作主，玉真幻化成凡人同客人游玩。

翠绿大山深处如同蓬莱仙岛，胜似求仙慕道寻觅安泰而还。

点评：

　　首联扣题描写晨烟的状态：像一抹轻云在曙光映照的楼阁间萦绕，然后袅袅上升像神仙一样飘然空中。颔联借晨烟的飘然空中，暗喻人们的精神追求，即追求长生不老的壶天仙境福地洞天。颈联的意思是，如果说炼丹之术有功，那也是因为有神灵的帮助。这一联委婉讽刺了吃丹成仙的做法。尾联则告诉人们：翠绿的大山深处才是远离红尘的仙境，胜似拜访丹丘寻觅成仙之术。作者的这种思想具有鲜明的无神论因素，也暗含了古人造"仙"的思想：人在山里就是仙。

　　这首诗在清光绪《丰县志》中署名"刘见龙"，但只有前四句，且个别词句有变："一抹轻云阁曙烟，步虚风韵挟飞仙。飘然物外元壶境，疑是人间小洞天。"因为收入清版县志，为避康熙皇帝玄烨之讳，"玄壶"改成了"元壶"。

　　这是一首"仄起首句入韵"的七律，但可惜犯了诗家大忌：出韵。"寰"与"还"属于上平十五删韵，而"烟、天、仙"则属于下平一仙韵。

曲豆晨烟①

明·张以诚

曙色初开旭日红，青霄②碧雾③晓蒙蒙。

万家烟火连云起，尽入东方缥缈中。

作者简介：

　　见前。

注释：

　　①选自清光绪《丰县志》卷十三"艺文类"（下）。

　　②青霄：青天、高空。

　　③碧雾：指青色的云雾。唐高宗《过温汤》诗："暖溜惊湍驶，寒空碧雾轻。"

这里指炼丹炉冒出的青烟。

翻译：

黎明天色刚开一轮旭日通红，天空青烟缭绕早晨一片灰蒙。

千家万户烟火四起直冲霄汉，全部飘入那东方渺茫的天空。

点评：

晓色刚开，旭日初升，东方一片通红，不一会天空就变得一片灰蒙。是什么蒙蔽了天空？原来是万家炼丹的浓烟飘入了东方的天空。作者紧扣题目，描写了丹炉烟雾之大，突出了炼丹风气之盛。

这首七绝用仄起首句入韵式，格律严整。

丰旧城①

明·马卿

立马荒台俯旧丰，断堤颓堞汉时功②。
沙痕漫漫人烟少，林霭苍苍王气空③。
胜地经营重作邑④，残民悬望一观风⑤。
最怜高庙俱芜没，会见崇城厝阆宫⑥。

作者简介：

见前。

注释：

① 选自明万历增补本《丰县志》下卷"艺文志"。明嘉靖五年（1526）六月，黄河决于曹县，大水注入丰、沛；二十七日，黄水淹没丰县城，官舍民房俱荡然无存。时任丰县知县高禄，被迫将县衙迁于东南华山之阳，重建官私房舍，嘉靖三十一年（1552）由知县徐夤迁回旧址，在华山达二十六年之久。嘉靖三十四年（1555），

知县戴辅兴修四门；万历十九年（1591），知县费思箴创修砖城。

②此句是讲这些坍圮的河堤与城墙都是汉代时建造的。颓堞：坍塌的城墙。堞：城墙上矮墙，又称女儿墙，这里代指城墙。

③王气：旧指象征帝王运数的祥瑞之气。

④胜地指华山，这句话是说在华山重建新城作县治。

⑤残民：劫后余民，这里指洪水过后残留下来的人。清吴伟业《高邮道中》："曾设经年戍，残民早不堪。"悬望：盼望，挂念。观风：谓观察民情，了解施政得失。

⑥会：应当。崇城：这里指在华山重建的县衙。厝：放置。閟宫：神庙。

翻译：

立马荒芜的秦台俯瞰旧日凤城，坍塌的河堤城墙原本汉时建成。
现如今黄沙茫茫无际人烟稀少，山林里雾气苍茫帝王之气已空。
在华山胜地重新筹划营造新城，劫后余民盼望朝廷来了解民情。
最可惜高祖庙全部堙没于蔓草，应看到华山新建县衙当有庙宫。

点评：

这首诗和他的《华山新城》是姊妹篇，记载了黄河决口后凤城毁坏的惨状，表达了对天子之城毁于一旦的惋惜。

丰县城①

明·郭天锡

城门无路踏城头，初见令人胆欲流。
一水平铺无寸土，几家孤立倚②层楼。
谁知③鳅鳝都为宅，可是桑田欲下筹？
大泽赤龙④飞去远，至今犹自有龙湫⑤。

作者简介：

见前。

注释：

①选自清光绪《丰县志》卷十三"艺文类"（下）。明万历增补本《丰县志》也收录了此诗。

②倚：明万历增补本《丰县志》作"上"。

③谁知：明万历增补本《丰县志》作"不为"。

④大泽赤龙：指汉高祖刘邦。

⑤龙湫：上有悬瀑下有深潭之处。

翻译：

城门无路可走只好翻过墙头，初见洪水之大令人魂惊胆流。

大水茫茫平铺县城不见寸土，几户人家孤立水中依靠高楼。

谁想到处处都成了鳅鳝之宅，可这农家桑田农事怎么运筹？

大泽里的赤龙已经腾空远去，可是至今却依然有深潭龙湫。

点评：

这首诗记载的是明嘉靖五年（1526）黄河从曹州（今山东省菏泽市）决口淹没丰县县城的惨状。首联、颔联直接描写洪水之大，灾情之重。水封城门，只能翻墙而入，满眼是茫茫大水不见寸土；房子全部淹没只能看到屋顶，这是正面描述水之大；"初见令人胆欲流"则从人们的心理感受侧面写水之大。颈联表达对灾民的同情，尾联则就地取材，通过刘邦的故事进一步写水之大。

这首七律采用平起首句入韵的格式，格律规范。

登鼓楼①

明·裴纪

眺望丰城②百尺楼，四边风景豁吟眸③。
自从汉祖龙兴④后，王气当今天子收。

作者简介：

裴纪，字克振，丰县人。明成化七年（1471）举人，授河南钧州（今河南省禹县）同知。历任六年，颇受爱戴，丰县为其立有旌表牌坊——步蟾坊。

注释：

①选自清光绪《丰县志》卷十三"艺文类"（下）。《徐州续诗征》和明万历增刻《丰县志》也收录了此诗。鼓楼：清光绪《丰县志》有载，"鼓楼在县治东。永乐十六年，知县郝晔建。成化二十二年知县邝颐修，有工部主事陈宣记。今废。"

②丰城：明万历增补本《丰县志》作"丰县"，根据格律此诗为"仄起首句入韵式"，"县"当为平声，故"丰县"当为"丰城"。

③吟眸：指诗人的视野。元代范康《竹叶舟》第一折："暇日相携登眺，凭高处共豁吟眸。"清代赵翼《奉命出守便道归省途次作》："株守频年想壮游，从今景物豁吟眸。"

④龙兴：比喻王者兴起。明万历增补《丰县志》"兴"写作"颜"。

翻译：

登临丰城的百尺高楼极目远望，四边的风景开阔了诗人的眼眸。
自从高祖的成王大业兴起之后，天下王气都被当今的天子所收。

点评：

这首诗主要写登楼的所见所感，前两句写所见，后两句写所感。基调大气澎湃高昂，节奏明快，有豪放之气象。

登城楼^①

明·金甫

一上高楼日已斜，冬冬挝鼓县休衙^②。
当时父老新丰去^③，留得荒凉这几家。

作者简介：

金甫，字用文，号竹泉，一号竹泉生，江苏常熟人。嗜好吟咏，善工书画，山水、墨竹、兰石等颇有成就，《画史会要》《明画录》《海虞画苑略》《常熟县志》均有记载。

注释：

①选自清光绪《丰县志》卷十三"艺文类"（下）。

②击鼓咚咚，县衙开始下班休息。冬冬：即咚咚，象声词，击鼓的声音。挝鼓：击鼓。岑参《与独孤渐道别长句兼呈严八侍御》："军中置酒夜挝鼓，锦筵红烛月未午。"休衙：衙门休息。

③刘邦定都长安之后，其父虽享受荣华富贵，却因思念故里而闷闷不乐。为此，刘邦命令在国都长安附近的秦国故地骊邑（今西安市临潼区），仿照家乡丰县的街巷布局，为父亲复制古丰格局重筑新城，取名新丰，并将故乡丰邑的乡亲故友迁居于此，太上皇这才高兴起来。原文出自晋葛洪《西京杂记》卷二，原文如下："太上皇徙长安，居深宫，凄怆不乐。汉高祖窃因左右问其故，以平生所好，皆屠贩少年，酤酒卖饼，斗鸡蹴鞠，以此为欢，今皆无此，故以不乐。高祖乃作新丰，移诸故人实之，太上皇乃悦。故新丰多无赖、无衣冠子弟也故也。高祖少时，常祭枌榆之社。及移新丰，亦还立焉。高祖既作新丰，并移旧社，衢巷栋宇，物色唯旧，士女老幼，相携路首，各知其室，放犬羊鸡鸭于通涂，亦竞其家。"

翻译：

登上高楼太阳已经西斜，击鼓咚咚县府开始休衙。
当年父老大都迁往新丰，只剩下荒凉的几户人家。

点评：

这首诗浅显易懂，前两句写登楼的时间：太阳西斜、衙门下班休息的时候。后两句写登楼所见：荒凉的几户人家，因为人都迁到新丰去了。看似平淡的叙述中流露出些许的感慨。

大观楼酌别①

明·毛志尹

万里飞蓬动客心②，相逢携酒再登临。

萍踪世路③常怀古，蒿目④风尘敢论今。

看剑有光还起舞，举杯浮白⑤莫停斟。

孤帆忍向明朝别，一雁南征秋正深。

作者简介：

毛志尹，江西省南昌人。明万历十六年（1588），以举人身份任丰县儒学教谕，期间和时任县令费思篯等共同建造了城墙、大观楼、凤鸣塔等。他性情至孝，"每朔望（初一、十五）必具衣冠拜母有爱"。明万历二十年（1592）壬辰科殿试第二甲第四十五名进士，任刑部主事员外郎，中迁浙江严州府知府。

注释：

①选自清光绪《丰县志》卷十三"艺文类"（下）。大观楼：明万历十九年（1591），时任县令费思篯在北城门外西侧、护城河畔所建。因该楼建于护城河畔，内可瞰市林，外可观大泽，景色怡人，蔚为大观，因此"大观胜览"成为清代丰县八景之首。这八景分别是：大观胜览，长堤远眺，奎楼朝旭，经阁蟾光，龙池春水，凤塔秋风，清署晨钟，文明晓市。大观楼竣工于万历二十年（1592）春天，这年，毛志尹进京中壬辰科二甲第四十五名进士。"余得第后从京师还，过丰，而楼适成，视其额曰大观。吾知公所以命名之意矣。故以观名而特谓之大，若夫启窗凭栏，歌风醉月，供宾欢而寄吏傲，瞻南公修建之初意，恐不如是也，亦非吾所望于后来者云。"南

下赴任前，费思箴在大观楼设宴酬别这位共事多年的知己，毛志尹于是写下这首诗。

　　②客心：旅人之情，游子之思。谢朓《暂使下都夜发新林至京邑赠西府同僚》诗："大江流日夜，客心悲未央。徒念关山近，终知反路长。"唐韩翃《和高平朱参军思归作》："一雁南飞动客心，思归何待秋风起。"

　　③世路：人世的经历。

　　④蒿目：极目远望。王安石《忆金陵》："蒿目黄尘忧世事，追思陈迹故难忘。"

　　⑤浮白：原意为罚饮一满杯酒，后亦称满饮或畅饮酒为浮白。

翻译：

　　万里漂泊常动羁旅愁心，异地相逢携酒再次登临。

　　人世浮萍漂泊时常怀古，极目远望尘世谈论古今。

　　眼观剑气寒光拔剑起舞，满杯一饮而尽莫停行斟。

　　孤帆一片明天将要惜别，一行大雁南归秋气正深。

点评：

　　两人在异乡饯别，虽说是"万里飞蓬动客心"，但通读全诗却没有凄楚和伤感，有的却是达观，颈联最鲜明地体现了这一点。尾句以景结情，境界开阔恢弘，且喻含深意：我是一只将要南归的大雁，要开始一段新的人生。

同费令饮大观楼①

明·毛志尹

城上初成百尺楼，屹然雄峙羡贤侯。

四郊烟树供高眺，九日菊筵②经胜游。

话旧重怜樽酒供，感时仍抱庙廊③忧。

徘徊相对天涯月，夜半凭栏兴未休。

作者简介：

见前。

注释：

①选自清光绪《丰县志》卷十三"艺文类"（下）。费令：丰县县令费思箴。湖北省荆门市人，明万历十五年（1587）以举人身份任丰县令。在丰期间，对丰城的建设有重大贡献，万历十八年（1590）建成凤鸣塔；万历十九年（1591）将城墙易土为砖，起建四门楼，并用剩余之材在北城墙下、泡河之滨建起大观楼，成为丰县又一个登高赏景胜地。

②九日菊筵：重阳节时的赏菊酒宴。

③庙廊：朝廷，借指天子。

④天涯月：异乡的月光，因二人都是外乡人在丰县为官。

翻译：

城墙上刚刚建成百尺高楼，巍然屹立很歆羡贤德费侯。

四面如烟的树木可供高望，重阳菊宴倍值得快意畅游。

叙旧更让我喜爱费令美酒，有感于现实仍为朝廷担忧。

异乡明月下两人徘徊相对，夜半凭栏意兴却仍然难休。

点评：

这首七律和《大观楼酌别》是姊妹篇，如果说《大观楼酌别》还略有点游子的客愁、离别的伤感的话，《同费令饮大观楼》则通篇格调明快，兴致盎然，尽显快意之情。"感时仍抱庙廊忧"流露出作者在快意的同时仍不忘为朝廷分忧，仍不忘自己肩负的责任，这是何等积极的人生！

丰县城楼宴饮^①

清·魏怀琦

时拘宾主，推予拣韵，屡辞，周包两仁兄不允，遂赋青字，和者五人。

共有登楼约，临风倒酒瓶。
柳烟余晓翠，山色入遥青^②。
人说枌榆社，景添凫鹥亭。
吟诗推首唱，深愧品题^③经。

作者简介：

见前。

注释：

① 选自《绿阴轩集》。城楼：据清光绪《丰县志》载，当时丰县城有三座楼：鼓楼、钟楼和大观楼。"鼓楼在县治东。永乐十六年，知县郝晔建。成化二十二年，知县邝颐修，有工部主事陈宣记。今废。钟楼在县治东。永乐十一年，知县方琛建。今废。大观楼在县治后正北城上，弘敞，可以俯瞰一邑。下为堂三楹，又下为门三楹。知县费思箴建。后圮，阎珝重建。"根据作者生存时间，宴饮的城楼当是大观楼。因为鼓楼、钟楼县志明确记载光绪时都已废。

② 遥青：远处的青山。

③ 品题：指品评的话题、内容。亦指诗文书画上的题跋或评语。

翻译：

城楼宴饮共相约，临风把杯倾酒瓶。
如烟杨柳溢葱翠，一带远山满目青。
聊人必谈枌榆社，赏景增添凫鹥亭。
吟诗推我作首唱，深愧品诗得令名。

点评：

从小序看，参与这次宴饮的至少有六人，他们把酒言欢，拣韵赋诗。作者首拣"青"字，属于下平九青韵，其他五人唱和，尽显生活的诗意。首联扣题，交代相约登楼宴饮赋诗。颔联写楼上所见：一近景一远景，均为自然之景且都是乐景，透露出作者的愉悦之情。颈联写宴会谈论的话题，看是谈论枌榆社和凫鹥亭，实际上是谈论人物。这两联内容的安排，有自然，有人文，避免了内容的重复。尾句是谦虚之语，再次回到题目上来。全诗思路清晰，层次分明。

龙池春水①

清·袁本厚

荡漾东风动碧纹，满堤杨柳满溪云。
春来日暖桃花浪，惊见骊龙②五色文。

作者简介：

"袁本厚，字以载，邑诸生。丰骨峻峻，不随俗趋，见有利弊切民者，务白而兴除之，阖邑倚为干城，性孝友，与兄本植同居数十年，无间言。"（清光绪《丰县志》）

注释：

①龙池春水：龙池，丰城北门外的大泽，因传说汉高祖之母曾在此梦与神龙相遇，后生刘邦，故名龙池，后建有龙王庙、龙雾桥等。"龙池春水"为清代丰县八景之一。

②骊龙：传说中的一种黑龙。

翻译：

荡漾的东风吹皱一池绿痕，满堤杨柳满溪流动的轻云。
春来日暖池边桃花翻红浪，好像惊现神龙五色的花纹。

点评：

这是一首写景的七绝，描写了春季龙池周围的美好风光，表达了作者闲适愉悦的心情。只可惜丰县城北的这处盛景湮没在历史的长河中了。

登凤塔①

清·刘湘

济胜②尽高层，群山一望了。
窗临城阙卑③，槛④对人家小。
长风卷野沙，澂霭织天表⑤。
清笛一声来，悠然出木杪⑥。

作者简介：

见前。

注释：

①选自《徐州续诗征》（张伯英编）。凤鸣塔原位于丰城外东南隅，建于明万历十八年（1590）仲秋，由当时的"知县事文林郎荆门费思箴、署教谕事举人南昌毛志尹、主薄蒲田林时藩、典史山阴赵坦同建，训导虹县尹尚志书"。"凤塔秋风"是明清之际丰县著名景点。

②济胜：攀登胜境。

③卑：低。

④槛：栏杆。

⑤澂霭：清淡的云雾。澂：同"澄"。天表：天外。

⑥木杪：树梢。

翻译：

攀缘胜境我登临最高层，环顾四周群山尽入眼眸。

临窗下看房屋皆显低矮，扶栏远望万户人家皆小。

大风卷地四野茫茫黄沙，云雾清淡弥漫云外天表。

突然一声悦耳清笛传来，声音悠然出自林木树梢。

点评：

这是一首押仄韵的五律，写登临凤鸣塔的所见所闻所感，首联扣题，与杜甫的"会当凌绝顶，一览众山小"异曲同工；颔联和颈联均写登高所见，颔联有"合掌"之嫌，而颈联所见之景由地到天，境界阔大，不失为名句；尾联写登高所闻。全诗按总分结构布局，首联总写，后三联分写。

凤塔秋风①

清·刘运魁

雁塔曾题京洛名②，秋高此地凤凰鸣。

凭将③万里长风翼，飞向瑶台弄月明。

作者简介：

刘运魁，字际可，丰县人，慷慨好义，广交游，为邻里解纷排难有国士之风。尝有人鬻一女于魁，得十金去，既而廉问，知为所绐，即访明女家归之。其好义类此。（录清光绪《丰县志》）

注释：

①选自《徐州续诗征》（张伯英编）。

②雁塔指长安的大雁塔和小雁塔。大雁塔位于长安（今西安）大慈恩寺内，又名慈恩寺塔，唐永徽三年（652）为供奉玄奘法师由印度带回的佛像、舍利和梵文经典而建；小雁塔位于唐长安城安仁坊（今陕西省西安市南郊）荐福寺内，又称"荐福寺塔"，建于唐景龙年间，与大雁塔同为唐长安城保留至今的重要标志。题：书写，题署。京洛：唐首都西京长安和东京洛阳，代指唐代京城。

③凭将：凭借，依靠、依赖。

翻译：

大小雁塔曾题署唐代京城的大名，秋高气爽时节凤塔常闻鸾歌凤鸣。

凭借长风凤凰能够飞出万里之外，飞向琼阁瑶台去把玩那玉镜月明。

点评：

这首诗前两句以长安的雁塔作衬托突出凤鸣塔在丰县的地位；后两句运用大胆的想象和夸张写凤凰飞向九天瑶台去把玩月亮，充满浪漫主义色彩，给人以无限遐想，有李太白之遗风。

经阁蟾光①

清·李樟

俱说清光好，清光好若何？

盘中照苜蓿②，境内促弦歌③。

彻晓④培丹桂⑤，凌秋剪绿萝⑥。

列名文庙者，相映发辉多。

作者简介：

见前。

注释：

①选自清光绪《丰县志》卷十三"艺文类"（下）。经阁：文庙内明伦堂后藏经书的楼阁或读经的地方；蟾光：即月色、月光。"经阁蟾光"在清代曾列为丰县八景之一。

②苜蓿：俗称金花菜，多年生开花草本植物，西汉时从西域引进。营养价值很高，具有清脾胃、利大小肠、下膀胱结石的功效。苜蓿含有最丰富的维他命。

③弦歌：意思是以琴瑟伴奏而歌诵。出自《庄子·秋水》："孔子游于匡，宋人围之数匝，而弦歌不辍。"指保持教化育人的精神。

④彻晓：犹彻旦，即达旦，直至天明。元岑安卿《题〈晴川图〉》诗："昔年夜宿满湘浦，彻晓不眠听急雨。"

⑤丹桂：桂花的一种，开红花；开黄花的为金桂，这里代指学生。古时科举考试正处在秋季，恰逢桂花开的时候，故我国古代把夺冠登科比喻成折桂。白居易《喜敏中及第偶示所怀》："桂折一枝先许我，杨穿三叶尽惊人。"杜甫《同豆卢峰知字韵》："梦兰他日应，折桂早年知。"

⑥凌秋剪绿萝：践行园丁职责。绿萝遇水即活，生命力很强，因此花友认为它代表了坚韧、善良。这里代指学生。凌秋：到了秋天。凌：逼近。

翻译：

都说月色清辉非常美好，月色清辉到底好的怎样？
月光照耀着盘中的苜蓿，经阁内到处是琅琅弦歌。
夜以继日培养莘莘学子，到了秋天收获满院绿萝。
大名列文庙之上的先贤，日月相映闪耀光辉更多。

点评：

这首诗主要记载经阁中教谕辛勤培育学子的情况。首联写经阁月夜的美好，为全诗定下欢愉的感情基调。颔联出句的苜蓿是日常食品，写出了生活的艰难，对句的琅琅弦歌，突出浓郁的学习氛围，艰苦的物质条件与饱满的学习状态形成鲜明对比。颈联则写教谕们为培养英才而勤奋刻苦。尾联写出类拔萃者理应发更多的光热，为国做出更大的贡献。师生都洋溢着一种积极向上的精神状态。

经阁蟾光①

清·李澳

晴光万顷玉轮②高，露湿阑干冷兔毫③。
却怪④檐前星斗动，青藜⑤此夜照金刀⑥。

作者简介：

李澳，字武修，丰县人，清顺治年间县庠生。他涵养深醇，举动有礼，喜读书。千里延师以教其子，后二子李柽、李桦均以文名称著乡里。

注释：

①选自《徐州续诗征》(张伯英编)。

②玉轮：指一轮圆月，也称冰轮。

③兔毫：兔毛做的毛笔。

④却怪：反复怪，总怪。却：反复。

⑤青藜：这里代指夜读照明的灯烛。典出王嘉《拾遗记·后汉》刘向借燃藜夜读的故事："刘向于成帝之末，校书天禄阁，专精覃思。夜有老人着黄衣，植青藜杖，登阁而进。见向暗中独坐诵读，老父乃吹杖端烟燃，因以见面。"所以，这里是作为夜读的照明工具，也代指深夜苦读的一种学习精神。王安石《上元戏呈贡父》诗："不知太一游何处，定把青藜独照公。"也借指苦读之事。明孙仁孺《东郭记·则得妻》："衣冠俊雅，为姻亲青藜抛下。"也借指读书人，明夏完淳《军宴》："自愧青藜陪客座，幸从细柳识军威。"

⑥金刀：剪刀，用于剪掉青藜燃后的灰烬。

翻译：

晴光万里一轮圆月悬高，秋露打湿栏杆冷了笔毫。

总怪檐前星斗四处乱动，原是青烛闪动夜照剪刀。

点评：

这首七绝通过"兔毫""青藜"可以看出，它的侧重点不是写经阁的月夜美景，而是写深夜苦读的学习生活，它较上篇五律更含蓄蕴藉。"露湿兔毫""青藜照夜"，仿佛让人看到学子们在青藜照明中的苦读身影。

拗榆行①

清·王恺心

有榆有榆形容②古，盘根屈曲植丰土。

却嫌林莽多繁嚣，托身堤畔临水浒③。

雨露栽培不记春，古柏苍松堪等伦④。

形体一围成连抱，肤理皆作老龙鳞。

枝柯舒卷秋天好，乘风怒吼如瑶岛⑤。

百鸟辟易⑥不敢栖，万里浮云如可扫。

更羡老榆性朴质，特立晴郊无粉饰。

尝怪群芳太炫奇，不事春华唯秋实。

秋挂万缗鼓铸同⑦，大冶⑧炉锤造化工。

不待庄山与铜岭，独乘金气与金风。

金风飘飘晚芳布，青蚨⑨累累真无数。

贫者不取盗不贪，摇落还饱凤凰嗉。

苍天造化何其巧，秋气横空露指爪。

众木黄落尔始华，何怪人皆谓尔拗！

作者简介：

王恺心，丰县宋楼镇葛芭草集村人。康熙三十七年（1698）贡生，曾主讲于乐育书院。方文蔚、于楠等出其门下。主修康熙《丰县志》稿而未能刻版。

注释：

①选自清光绪《丰县志》卷十三"艺文类"（下）。拗榆：弯曲的榆树。行：歌行体文体标志。

②形容：形体容貌。古今异义词。

③水浒：水边。

④等伦：同辈。

⑤瑶岛：传说中的仙岛。

⑥辟易：退避，避开。唐代顾况《从军行》："怒目时一呼，万骑皆辟易。"

⑦缗：古代穿铜钱用的绳子。万缗：很多钱（指榆钱）；鼓铸：鼓风扇火铸造钱币。这句话的意思是秋天悬挂着的万万千千的钱串，就像铸造的钱币一样。

⑧大冶：古称技术精湛的铸造金属器的工匠，也比喻造化。

⑨青蚨：传说中的虫名，别称蚨蝉。传说青蚨生子，母与子分离后必会聚回一处。人用青蚨母子血各涂在钱上，涂母血的钱或涂子血的钱用出后必会飞回，所以有"青蚨还钱"之说，"青蚨"也成了钱的代称。

翻译：

有棵榆树形体容貌非常老古，根扎八方树干弯曲长在丰土。
总嫌草木茂盛之地繁杂喧闹，于是寄身于临近水边的堤畔。
栽培在此雨露滋润不知何年，堪与千年古柏万年苍松同辈。
形体粗壮腰围需要连臂合抱，树皮老旧龟裂都像老龙鳞甲。
枝柯舒展摇曳秋天尤其美好，乘风怒吼犹如那传说的仙岛。
百鸟避退不敢在此树上栖息，微风摇曳万里浮云可以尽扫。
特别钦羡这棵老榆品行质朴，特立独行郊野而无任何粉饰，
曾经责怪群芳过于炫耀新奇，绝不服侍春花唯独注重秋实。
秋天悬挂万千钱串犹如铸币，像技精工匠炉锤显造化之工。
不依靠那山庄铜岭荣华之地，只想独享自由的秋气和秋风。
秋风吹来晚芳飘飘洒洒遍布，榆钱落下累累遍地真是无数。
贫穷的人不去取盗贼也不贪，摇落的榆钱喂饱了凤凰肚皮。
上天造化是多么地精巧，秋气肃杀横空露出指爪。
众木叶黄摇落你才吐花，难怪人们说你脾性直拗。

点评：

这是一首七言歌行体咏物诗。榆前着一"拗"字，以拟人手法突显了这棵榆树的个性。它老而弯曲，但生命力极强，枝繁叶茂，果实累累；它质朴无华，独居一隅，不与他树争芳尘。作者看似赞树，实则赞人，用托物言志的手法歌颂了人应当具备这棵榆树的精神。

杏花村①

唐·张籍

一去潇湘②头已白，今朝始见杏园春。
从来迁客③应无数，重到花前有几人？

作者简介：

张籍（约766—约830），字文昌，先世移居和州乌江（今安徽和县乌江镇）。德宗贞元年间进士，任水部员外郎、国之监司业等职，世称"张水部""张司业"。张籍为韩愈大弟子，其乐府诗与王建齐名，并称"张王乐府"。代表作有《秋思》《节妇吟》《野老歌》等。

注释：

①选自清光绪《丰县志》卷十三"艺文类"（下）。

②潇湘：潇，指湖南省境内的潇水河；湘，指的是横贯湖南的河流湘江。潇湘一词，最早见于《山海经·中次十二经》："澧沅之风，交潇湘之渊。"此后，潇湘一词广为流传。到唐代中期，便不单意指湘水，而是被诗人们衍化的地域名称，成为流放地的代名词了。

③迁客：指遭贬斥放逐之人。

翻译：

自从离开潇湘头发已经花白，直到现在才看到杏园的阳春。
自古以来被放逐的人有无数，能够重回到花前的又有几人？

点评：

前两句写历尽沧桑和磨难，终于又看到杏园的春天的无奈和悲凉，也隐隐透露出淡淡的喜悦。后两句以自嘲的口气表达自己又能看到春天的幸运。四句话把沧桑、悲凉、无奈、幸运等复杂感情表露无遗。

清 明[1]

唐·杜牧

清明时节雨纷纷，路上行人欲断魂。
借问[2]酒家何处有？牧童遥指杏花村。

作者简介：

　　杜牧（803—约852），字牧之，号樊川居士，汉族，京兆万年（今陕西西安）人。唐代杰出的诗人、散文家。是宰相杜佑之孙。唐文宗大和二年二十六岁中进士，授弘文馆校书郎，后辗转多地做官。因晚年居长安南樊川别舍，故后世称"杜樊川"。诗与李商隐齐名，常"李杜"并称，为别于盛唐的李白与杜甫，常称两人为"小李杜"。杜牧的诗歌以七言绝句著称，内容以咏史抒怀为主。著有《樊川文集》。

注释：

　　①选自明万历增补《丰县志》"艺文志"。清光绪《丰县志》也选录了此诗。杜牧的这首《清明》让杏花村名扬千古，但杜牧笔下的杏花村到底在何处颇有争议。苏东坡在任徐州知州后曾写下"我是朱陈旧使君，劝农曾入杏花村"的诗句，对丰县的杏花村作了注明。万历增补《丰县志》载："按《古今诗话》：徐州古丰县，有杏花村，东去二十里。"清光绪《丰县志》载："县东南十五里。杜牧诗'借问酒家何处有，牧童遥指杏花村'，即此。"1580年，时任丰县县令的庄诚曾写一首七律《杏花村》，也认为杜牧笔下的杏花村就是此处。

　　②借问：敬词，向别人询问事情，请问。

翻译：

　　清明时节小雨淅沥纷纷，路上行人就像落魄断魂。
　　请问何处有当垆的酒家？牧童指向远方的杏花村。

点评：

　　前三句因其阴雨连绵、行人断魂之哀景而显悲凉之调，而尾句的"牧童""杏花村"犹如一幅农家风景画而倍显诗意，使得整首诗靓丽起来，诗情画意扑面而来。

杏花村①

明·庄诚

断魂昔日寻沽处，异代②而今尚有碑。
胜地古来犹有迹，行人③今去几多时？
年年二月过春雨，日日斜阳照酒旗。
好向东风乘一便，牧童歌里泛清卮④。

作者简介：

庄诚，四川成都府人。明万历八年（1580）以举人身份任丰县令。在丰期间为官清廉，断案简明，创建文台、武台（又名罗星台）。后升任云南赵州知州、潮州府同知。编纂《万历赵州志》。

注释：

①选自清光绪《丰县志》卷十三"艺文类"（下）。

②异代：后代，后世。

③行人：指杜牧《清明》中"路上行人欲断魂"中的"行人"。

④这句话也出自杜牧《清明》诗句"牧童遥指杏花村"。卮，盛酒的器皿。清卮，代指美酒。

翻译：

当年落魄寻找酒家的地方，后代至今还有古老的石碑。
胜地自古及今还残存痕迹，而当年的行人离开了几时？
年年的早春二月春雨霏霏，每天的斜阳照耀满街酒旗。
乘着这和煦的东风和春阳，在牧童的歌谣里举起酒卮。

点评：

这首诗完全把现在所游玩的杏花村当做当年杜牧笔下的杏花村来写的，"断魂""行人""牧童"都来自杜牧的《清明》，因此这首诗也可作为杜牧笔下的杏花村就在丰县的佐证。首联交代我现在游览的杏花村，就是当年杜牧笔下那些断魂的行人寻酒的地方，因为有古碑为证。颔联感慨物是人非：名胜尚在而"行人"不知死去几时了。后两联写自己在春风和煦的杏花村享受的春天美景，在一个千古名诗记载的杏花村酒家饮酒，实在是一件富有诗意的享受。

这首七律用的平起首句不入韵格式，格律严整。

杏堌庄杂咏^①

明·阎尔梅

沛城西三十里有杏花堌，古巨室别墅也，遗址尚存。

> 华山峰隐漅桥南，微雨新晴稍露尖。
> 始^②有故人^③工绘事，登楼随意^④写烟岚。

作者简介：

阎尔梅（1603—1679），字用卿，号古古，因生而耳长大，又号白耷山人。汉族，江苏沛县人，明末诗文家。明崇祯三年举人，为复社巨子。甲申（1644）、乙酉（1645）间，曾做过史可法的幕僚，极力劝说史可法进军山东、河北等地，以图恢复，史与之相左，乃离开史可法。后散财结客，奔走国事。他与铜山万寿祺并称为明末"徐州二遗民"。清初剃发号蹈东和尚。晚年曾移居丰县丁兰里（即丁兰集），与丰县人唱和诗甚多。其《移居》三首，即为居丰之佐证。他的诗有奇气，声调沉雄。有《白耷山人集》。

注释：

①选自《白耷山人诗集编年注》，中国文联出版社 2002 年出版。杏堌庄：民国九年的古碑《重修三圣庙记》碑文载：沛城西北三十里，后杏堌堆村右，旧有三圣庙焉。这个村庄明末叫杏花堌，民国已叫杏堌堆。堌：丘阜，多用于地名。

②始：曾，尝。柳宗元《始得西山宴游记》："以为凡是州之山水有异态者，皆我有也；而未始知西山之怪特。"

③故人：旧友，老朋友。李白《送孟浩然之广陵》："故人西辞黄鹤楼，烟花三

月下扬州。"

　　④随意：任凭自己的意思。

翻译：

　　华山峰峦隐隐矗立溧桥南边，微雨刚晴华山稍稍露出峰尖。

　　曾经有位老友工于绘画之事，登上高楼任凭己意描画烟岚。

点评：

　　作者以杏堌庄为立足点，前两句描写在杏堌庄看到的华山景象，因写的是远景，故两句中的"隐"与"稍"用得很准确；后两句通过写"故人""登楼随意写烟岚"，侧面突出在杏堌庄所看到的华山的美好景致。诗虽短但有景有人，有正面描写，也有侧面衬托，笔法灵活多变。

杏花村①

清·张型

　　杏花簇簇绕村红，细雨轻烟图画中。

　　沽酒行人何处觅？隔林露出一帘风②。

作者简介：

　　见前。

注释：

　　①选自《徐州续诗征》(张伯英编)。

　　②一帘风：指在风中飘动的酒旗。

翻译：

　　杏花簇簇环绕村庄满目鲜红，细雨轻烟笼罩村庄与画相同。

　　行人何处去寻找买酒的地方？隔着杏林有酒旗飘扬在风中。

点评：

　　首句是一幅明艳的油画，色彩鲜艳；次句是一幅朦胧的水墨画，意境深远。这两句是空镜头，目的为人物的出场布置环境。后两句写游人寻找酒家的场景，一问一答，而答句尤妙：它以景结情，酒家深藏杏花之中，隐而不露，只有飘出的酒旗才知道这里有酒家，诗歌到此戛然而止，至于酒家是什么样子，读者自己去想象吧。语言通俗易懂且富有诗情画意，含蓄蕴藉而耐人寻味。

　　格律采用平起首句入韵式，很严整。

杏花村二首①

清·卢世昌

其一

纷纷雨过草痕肥，茆店②深深半掩扉。
一例③杏花开似昔，青帘轻飐④燕双飞。

其二

何必寻春恨较迟，杏花新放两三枝。
酒家亦是寻常事，不及风流杜牧诗⑤。

作者简介：

　　见前。

注释：

　　①选自清光绪《丰县志》卷十三"艺文类"（下）。

　　②茆店：即茅店，"茆"通"茅"。辛弃疾《西江月·夜行黄沙道中》："旧时茅店社林边，路转溪桥忽见。"

　　③一例：一律，同等。

　　④轻飐：轻轻地飘摆。飐：风吹物使颤动。

⑤杜牧诗：这里指《清明》这首诗。

翻译：

一

潇潇春雨过后原野花艳草肥，茅屋隐藏杏花深处半掩门扉。

杏花朵朵都像往日一样绽放，门帘轻轻晃动原是紫燕双飞。

二

寻春何必抱怨春天姗姗来迟，杏花刚在枝头绽放三朵两枝。

相聚酒家也是生活寻常之事，只是不及风流俊赏杜牧好诗。

点评：

　　第一首作者抓住春雨、草痕、茅店、杏花、青帘、双燕等意象，描绘了杏花村富有诗意的春天的美好景象。"草痕"是讲春草刚刚钻出地面，似乎刚露出草的痕迹，"草色遥看近却无"，突出了早春的特点；"茅店""青帘"则突出农家特点。前三句都是写静景，尾句写动景，但以动衬静，突出农村的幽静。整首诗像一幅描绘农村的风景画。

　　第二首以白话入诗，议论为主，诗味不及第一首浓郁。

杏花村怀古①

清·李甘霖

一

细雨微风踏杏花，禽声啼唤绿杨斜。

牧童歌入白云去，不见当年旧酒家②。

二

村墟几处长烟萝，四野青青草色多。

旧日使君③曾一到，至今犹自④忆东坡。

作者简介：

见前。

注释：

①选自清光绪《丰县志》卷十三"艺文类"（下）。

②旧酒家：即杜牧《清明》诗中的酒家。

③使君：汉代称呼太守刺史，汉以后用作对州郡长官的尊称，这里指苏轼。他曾任徐州知州，丰县在其辖区。所以他在《题朱陈村嫁娶图》里说："我是朱陈旧使君，劝农曾入杏花村。"

④犹自：尚自，依旧。

翻译：

一

细雨微风中我踏青去欣赏杏花，绿杨林中鸟鸣禽啼叽叽喳喳。

牧童的歌声依旧飘入白云深处，只是不见了当年杏花村酒家。

二

村庄里几处长满草树绿萝，四野外青青芳草颜色繁多。

当年知府曾经视察过此处，到如今依旧忆起使君东坡。

点评：

这两首诗紧扣题目"怀古"，但却有明确的分工：第一首怀事；第二首怀人。具体讲第一首怀的是杜牧笔下的杏花村的酒家，牧童依旧有，当年牧童遥指的酒家却不知消失在哪里了。第二首写杏花村依旧，但当年"劝农曾入杏花村"的旧使君却没了，勾起杏花村人对苏轼的深深怀念。两首诗都在怀古中表达了世事沧桑的感慨。

格律上，第一首用仄起首句入韵式，第二首用平起首句入韵式，格律都严整。

朱陈村①

唐·白居易

徐州古丰县，有村曰朱陈。

去县百余里，桑麻青氛氲②。

梭杼声札札③，牛驴走纭纭。

女汲涧中水，男采山上薪。

县远官事少，山深人俗淳。

有财不行商，有丁不入军。

家家守村业，头白不出门。

生为陈村民，死为陈村尘。

田中老与幼，相见何欣欣。

一村唯两姓，世世为婚姻。

亲疏居有族，少长游有群。

黄鸡与白酒，欢会不隔旬④。

生者不远别，嫁娶先近邻。

死者不远葬，坟墓多绕村。

既安生与死，不苦形与神。

所以多寿考⑤，往往见玄孙。

我生礼义乡，少小孤且贫。

徒学辨是非，祇自取辛勤。

世法⑥贵名教⑦，士人重冠婚⑧。

以此自桎梏，信为天僇人。

十岁解读书，十五能属文。

二十举秀才，三十为谏臣。

下有妻子累，上有君亲恩。

承家与事国，望此不肖身⑨。

忆昨旅游初，迨今十五春。

孤舟三适楚，羸马四经秦⑩。

昼行有饥色，夜寝无安魂。

东西不暂住，来往若浮云。

离乱失故乡，骨肉多散分。

江南与江北，各有平生亲。

生者终日别，逝者隔年闻。

朝忧卧至暮，夕哭坐达晨。

悲火烧心曲，愁霜侵鬓根。

一生苦若此，常羡陈村民。

作者简介：

白居易（772—846），字乐天，号香山居士。祖籍太原，到其曾祖父时迁居下邽，生于河南新郑，是唐代伟大的现实主义诗人。白居易与元稹共同倡导新乐府运动，世称"元白"，与刘禹锡并称"刘白"。白居易的诗歌题材广泛，形式多样，语言平易通俗，有"诗魔"和"诗王"之称。他官至翰林学士、左赞善大夫。846 年，白居易在洛阳逝世，葬于香山。有《白氏长庆集》传世，代表诗作有《长恨歌》《卖炭翁》《琵琶行》等。

注释：

①选自中国古典文学基本丛书《白居易诗集校注》第二册，谢思炜撰，中华书局出版。清光绪《丰县志》、明万历增补本《丰县志》均收录此诗。朱陈村：白居易笔下的朱陈村到底在丰县哪里，一直存在争议。清光绪《丰县志》载："唯朱陈两姓居之，故名。离县二十里，在赵庄，于开河得古碑于此，始信白香山诗中所云'去县百余里'，殆未至其地而讹传之欤？"明万历增补《丰县志》载："朱陈村在县治东南百里许。按东坡诗注：在徐州丰县。"这与白香山诗中的"徐州古丰县，有村曰朱陈。去县百余里，桑麻青氛氲"相吻合。清代丰县人刘培丰曾在《拟朱陈村诗》中写道："峨峨丰县西，残碑犹可扪。藤缠苍藓蚀，上书朱陈村。"与香山诗所记相违。自丰县有县志以来，志中均记述过朱陈村，但说法不一。后来在安徽省萧县东镇，

曾出土一块丰县界碑，此处距丰县城六十公里，属丘陵地，因此又有人认为朱陈村应在这一带才能与诗内容更符合。各种说法不一而足，而又无更多的史料佐证，因此朱陈村也就成了千古之谜。

②氛氲：茂盛的样子。

③札札：象声词，织布的声音。《迢迢牵牛星》："纤纤擢素手，札扎弄机杼。"

④旬：十日为一旬，一个月分上中下三旬。

⑤寿考：年高，长寿。《诗·大雅·棫朴》："周王寿考，遐不作人。"郑玄笺："文王是时九十余矣，故云寿考。"

⑥名教：名分与教化，指以儒家所定的名分与伦常道德为准则的礼法。

⑦世法：社会沿用的习惯常规。

⑧冠婚：冠礼和婚礼。

⑨不肖身：自谦之称。

⑩适：到……去。羸马：瘦弱的马匹。"三适楚""四经秦"当是虚数。此句描写自己贬谪流离次数之多，突出仕途的坎坷沧桑。

翻译：

徐州府有古丰县，县有村庄名朱陈。
距离县城百余里，桑麻茂盛色缤纷。
织布机响声札札，田野牛驴一群群。
女子打水下沟涧，男丁上山去伐薪。
远离衙门官事少，山深偏远民风淳。
富裕人家不经商，家有男丁不参军。
家家户户守村业，直到头白不出门。
生做朱陈村里人，死是朱陈村里尘。
田间老人与幼童，与之相见多欢欣。
一个村里唯两姓，两姓世代结婚姻。
亲疏远近各有类，年少年长游有群。
土鸡美味伴老酒，欢聚相隔不满旬。
生者与家不远离，嫁娶首选是近邻。
逝者入土不远葬，坟丘大多绕本村。
生老病死顺自然，不劳形体不伤神。
正因如此多长寿，往往多能见玄孙。
我本生在礼义乡，少小孤独且清贫。

学习只为辨是非，自食其力苦辛勤。

世法最贵名分正，书生尤重是冠婚。

以此自我相约束，确实成了受刑人。

十岁学会读诗书，十五能够做诗文。

二十科举成秀才，三十入朝作谏臣。

下有妻儿相牵挂，上承国君父母恩。

既要养家又报国，希望寄我不才身。

犹忆当年初出仕，至今已有十五春。

孤舟三次出入楚，瘦马四次历经秦。

白天出行有饥色，夜晚就寝不安魂。

东西南北难常住，来去飘乎如浮云。

战乱使我失故乡，骨肉相别多离分。

江南江北天隔远，四处皆有平生亲。

生者终日是离别，死者隔年才知闻。

忧愁卧床朝至暮，泪流独坐夕到晨。

悲苦终日烧心曲，秋霜早早染双鬓。

一生辛苦竟如此，因此常羡村中民。

点评：

　　这首诗约作于唐元和三年（808）至元和五年（810）。这是一首五言古诗，语言通俗易懂，沿袭了白居易一贯的语言风格。从诗的内容来看，诗明显分成两部分：从开始到"往往见玄孙"是第一部分，主要描写朱陈村的基本情况。作者笔下的朱陈村，男耕女织，女不外嫁，男不外娶；日出而作，日落而息；无官事之扰，无战争之虞；外面的信息进不来，里面的信息也出不去，完全是自给自足的小农经济。这简直是另一个"世外桃源"，是一幅农家乐，一幅田园图。作者在从容朴实的叙述中表达了对这种生活的向往。感情基调是愉悦的。

　　后半部分写白居易的身世感怀，重点突出自己悲苦的身世和坎坷的仕途经历。感情基调是伤感的。这部分的叙述和《琵琶行》中作者向琵琶女诉说的身世及情感如出一辙。《琵琶行》写于元和十年（815），从"忆昨旅游初，迨今十五春。孤舟三适楚，赢马四经秦"看，"旅游初"既不是李白那样的游山玩水，也不是为求官而去京城"宦游"，应是属于初次出仕。从首次出仕到今天已十五年。前半部分对朱陈村的描写只是铺陈，是为后者服务的，他真正要表达的重点在后者。苦身劳神的官场经历让自己疲惫不堪，于是就向往"朱陈村"那样的生活。实际上他已有退出官场隐居林泉的思想了。朱陈村是不是真的如白居易描写的那样，已无可考，虚构的成分也许是有的，但这种生活状态在闭塞的农村确是真实的。

这首诗因为句式整齐，且偶句押韵，一韵到底，所以读来朗朗上口，加之浓郁的情感，使得本诗具有较强的感染力。

朱陈村嫁娶图①

宋·苏轼

一

何年顾陆②丹青手，画作《朱陈嫁娶图》。
闻道一村唯两姓，不将门户买崔卢③。

二

我是朱陈旧使君④，劝农曾入杏花村。
而今风物那堪画，县吏催钱夜打门。

作者简介：

苏轼（1037—1101），字子瞻，号东坡居士。四川眉山人。北宋著名文学家、书画家。集诗、词、文、书、画于一身，与其父苏洵、弟苏辙合称为"三苏"，皆位于"唐宋八大家"之列。代表作有《赤壁赋》《念奴娇·赤壁怀古》《水调歌头·明月几时有》等。苏轼曾于宋神宗熙宁十年到元丰二年（1077—1079）在徐州任职，为抗洪留下了"苏堤""黄楼"等名胜古迹，并写下了《放鹤亭记》《江城子·别徐州》《罢徐州往南京马上走笔寄子由五首》《永遇乐·明月如霜》等。这首诗就是在徐州任职期间所写。

注释：

①选自清光绪《丰县志》卷十三"艺文类"（下）。这两首绝句属于题图诗，这幅图是藏在苏轼好友陈季常手里的。陈季常，名慥，字季常，号方山子，别号龙丘

居士，四川眉山人，北宋隐士。成语"河东狮吼"的典故就与本人有关。他的妻子柳氏非常凶妒，苏轼给陈季常写了首打油诗："龙丘居士亦可怜，谈空说有夜不眠。忽闻河东狮子吼，柱杖落手心茫然。"陈季常后移居洛阳，苏轼被贬黄州后，陈多次与之游。苏轼有《方山子传》记载了陈季常的身世及两人交往的情况。

②顾陆：即东晋画家顾恺之和南朝（宋）画家陆探微。两人都善画人物。这里是借此夸赞本图作者赵德元。

③崔卢：崔姓和卢姓，都是北朝的贵族。南北朝时注重门第，一直到唐代仍以崔卢诸姓为重，与这些门第的人结婚得花钱，当时叫"卖婚"。

④使君：汉以后对州郡长官的别称。苏轼曾任徐州知州，故自称"旧使君"。

翻译：

一

哪年顾陆一样的丹青高手，画出了名画朱陈村婚嫁图？
听说一个村子只有两个姓，从不将门户卖给贵姓崔卢。

二

我当年是朱陈村的旧使君，为了劝农我曾走进杏花村。
而今的光景哪是画中情境，县吏催钱常常半夜里踹门。

点评：

《朱陈村嫁娶图》原名为《题陈季常所蓄〈朱陈村嫁娶图〉二首》。元丰二年（1079）八月，苏轼以讪谤朝政罪入狱，十二月出狱，被贬为黄州团练副使。诗作于元丰三年。清人王文诰云："此二诗，公过岐亭，作于陈季常家中。"后蜀著名画家赵德元，根据白居易《朱陈村》诗，作《朱陈村嫁娶图》，意在歌颂朱陈村淳厚的风尚，抨击分裂战乱的时局和上下争利的世风。苏轼从好友陈季常手里欣赏到这幅画，于是作题画诗二首。

第一首写的是嫁娶图所画的昔日朱陈村婚嫁的情景。场面热闹，气氛欢快，赞美了不攀附豪门大户的淳朴民风，是一幅安闲恬静的农村风俗画。

第二首反映的是苏轼所在的北宋时代的情景，县吏半夜打门催租，凶神恶煞，再没当年白香山笔下的朱陈村的和谐情景。苏轼从原画宕开，结合北宋的社会现实，开拓出新意。县吏日夜催钱逼租，使得边远的朱陈村也不得安宁，这景象那里还有一丝诗情画意？公开对统治者提出诘难，表现了诗人为政宽简，关心民生疾苦的政治立场。两首诗一昔一今，形成鲜明对比。

朱陈村赋①

清·方文蔚

缅古丰之胜境，称著姓于朱陈。结两家之缱绻②，申百世之婚姻。一附庸于鲁邦③，一作宾于周京④。妫姓有其昌之福，颛帝衍裕后之名。

尔乃中阳里畔，枌榆社中，井栏相对，篝火相通。门临暖日，户洽春风。太史⑤占德星之萃聚，卜人⑥识佳气之郁葱。于是，东家产女，西舍生郎，秀眉如画，娟好相当。既悬弧以为瑞，亦设帨⑦而呈祥。迨夫奠雁⑧有期，旭旦始和⑨，亲结缡⑩以偕往，仪⑪九十而称多。驾七香之云軿⑫，贴五凤之花钿⑬。佩葳蕤⑭之玉蕊，摇翠眊之金钱⑮。羡新欢之婉娈⑯，比旧恩而弥坚。若乃岁时相接，情好雍雍⑰，风流郁穆⑱，体貌温恭。问诸姑及伯姊，亦姻娅而弟兄。无箕帚之谇语，鲜耰锄之德容⑲。和气所招，鸡犬互为之哺啄；祥风攸播，桑麻倍觉其葱荣。乐闾左之同庆，快伏腊之相将⑳。娱父老之眉寿㉑，看儿童之成行。蔼蔼茅檐，奕奕桑田㉒。扶筇曳履㉓，越陌度阡。或携樽于花下，或提盒于林间；我舞尔歌，载笑载言。孔李有通家之美㉔，茅许共仙籍之缘㉕。既不歆情于冠盖㉖，又何叹羡乎桃源？

昔尼父所称为仁里㉗，柏年所对之文乡㉘。若方兹㉙而可并，亶㉚异世而齐芳。王谢㉛门高，何似田庐之乐？秦晋世好，岂如胶漆之长㉜！

古者观风问俗，采自轺轩㉝，帝省其方㉞，于焉设教。似兹村之醇厚，实盛世之所乐。逢宗工之锡瑞㉟，发仙题于瑶函㊱。穆清风㊲而作赋，传佳迹于琅玕㊳。

作者简介：

方文蔚，生卒年不详，字豹文。二十岁取得廪生资格，乾隆二年保举优贡生，选授山阳县训导。侍奉父母尽力揣摩逢迎父母的意愿。做官后把父母迎接在自己身边尽力赡养，有老莱子的遗风。后因父母丧事告假回家。待守丧期满，补凤阳府学司训，未仕终。（据清光绪《丰县志》改写）。

注释：

①选自清光绪《丰县志》卷十三"艺文类"（下）。

②缱绻：形容情意缠绵，难舍难分，此处指夫妻关系。

③鲁邦：鲁国。朱姓始成于西周，是古帝颛顼高阳氏之后。古帝颛顼的玄孙陆终有六个儿子，第五子名安，大禹赐曹姓。周武王灭商建立周朝后，封安的后裔曹挟在邾（今天山东省邹城市一带），建立邾国，附庸于鲁国。

④周京：周之京城。陈姓最早出自妫姓，是舜帝的后裔。据《通志·氏族略》记载：周武王灭商朝纣王建立周朝以后，找到舜的后人"陈胡公妫满"，封他在陈（今河南淮阳）这个地方，建立了"陈国"。这里离周京很近。胡公满传至十世孙妫完，陈国内乱，陈厉公的儿子妫完怕株连自己，出逃到齐国，以故国为氏，称陈氏。

⑤德星：古以景星、岁星等为德星，认为国有道有福或有贤人出现，则德星现。后也喻指贤士。太史：官名，朝廷大臣，后职位渐低，秦称太史令，汉属太常，掌天文历法。魏晋以后太史仅掌管推算历法。至明清两朝，修史之事由翰林院负责，又称翰林为太史。

⑥卜人：擅长占卜看风水的人。

⑦悬弧、设帨：古代风俗尚武，家中生男，则于门左挂弓一张，后称生男为悬弧。语本《礼记·内则》："子生，男子设弧于门左，女子设帨于门右。"郑玄注："帨，事人之佩巾也。"后用以指女子生辰。明代李开先《哭幼女招弟》诗："设帨旧居秋草满，埋香新塚暮云横。"

⑧奠雁：古代婚礼新郎到女家迎亲，献雁为贽礼，称"奠雁"。从周代至清末，在按六礼而行的婚姻中，除了纳征（下聘）礼以外，其余五礼均需男方使者执雁为礼送与女家。雁是候鸟，随气候变化南北迁徙并有定时，且配偶固定，一只亡，另一只不再择偶。古人认为，雁南往北来顺乎阴阳，配偶固定合乎义礼，婚姻以雁为礼，象征一对男女的阴阳和顺，也象征婚姻的忠贞专一。后来因雁越来越难得，人们就改用木刻的雁代之，到近代，改用鹅、鸭、鸡三种活禽代替行奠雁礼，以定婚姻的和顺。

⑨旭旦始和：太阳初升天气平和。《国风·邶风·匏有苦叶》："雝雝鸣雁，旭日

始旦。"意思是又听嗈嗈大雁鸣，天刚黎明露晨曦。

⑩结缡：古代女子出嫁，母亲给女儿结头巾，叫结缡，俗称盖头。旧时用作女子结婚的代称。

⑪仪：倾心、向往。

⑫云軿：神仙所乘之车。以云为之，故云。

⑬花钿：古时汉族妇女脸上的一种花饰。花钿有红、绿、黄三种颜色，以红色为最多，以金、银等制成花形，蔽于脸上，是唐代比较流行的一种首饰。

⑭葳蕤：草木茂盛的样子。

⑮毦：用鸟羽兽毛做的装饰品，常用以饰头盔、犬马或兵器。金钱：这里指金饰物。

⑯婉娈：缠绵，缱绻。《诗·齐风·甫田》："婉兮娈兮，总角丱兮。"郑玄笺："婉娈，少好貌。"

⑰雍雍：和洽、和乐貌。

⑱郁穆：和美貌。

⑲此句出自贾谊的《治安策》："借父耰鉏，虑有德色；母取箕帚，立而谇语。"意思是儿子借农具给父亲，脸上就显出给父亲恩德的表情，婆母前来拿簸箕扫帚，儿媳立即口出恶言。

⑳闾左：贫苦人民居住的地区，也借指贫苦人民。伏腊：指古代两种祭祀的名称，即伏祭和腊祭，或泛指节日。这两句互文，意思是节日时和邻里乡亲相伴共同欢乐。

㉑眉寿：长寿。《诗·豳风·七月》："为此春酒，以介眉寿。"毛传："眉寿，豪眉也。"孔颖达疏："人年老者必有豪眉秀出者。"高亨注："眉寿，长寿也。"

㉒蔼蔼：形容昏暗。奕奕：精神焕发的样子。这里指桑田庄稼茂盛。

㉓扶筇曳履：拄杖而行。曳履：拖着鞋子，形容闲暇、从容。

㉔这里指孔李两家世代交谊深厚。典故出自《世说新语》：孔融十岁时，随父亲到洛阳。当时李元礼有很大的名望，任司隶校尉，登门拜访的都必须是才子、名流和内外亲属才让通报。孔融来到他家，对掌门官说："我是李府君的亲戚。"经通报后，入门就坐。元礼问道："您和我有什么亲戚关系呢？"孔融回答道："古时候我的祖先仲尼曾经拜您的祖先伯阳为师，这样看来，我和您就是老世交了。"李元礼和宾客们无不赞赏他的聪明过人。

㉕见李商隐《赠华阳宋真人兼寄清都刘先生》："但惊茅许同仙籍，不道刘卢是世亲。"茅盈（前145—？），道教茅山派创始人。许迈，字叔玄，丹阳句容人也，家世士族，而迈少恬静，不慕仕进。

㉖冠盖：古代官吏的帽子和车盖，借指官吏。

㉗尼父：亦称"尼甫"，对孔子的尊称。孔子字仲尼，故称。仁里：仁者居住的地方。语本《论语·里仁》："里仁为美。"郑玄曰："里者，民之所居，居于仁者之里，是为美。"后泛称风俗淳美的乡里。南朝（梁）萧统《诒明山宾》诗："筑室非道傍，置宅归仁里。"

㉘柏年：柏树之年，喻寿命长。这句话有仁者寿之意。

㉙方兹：方，正；兹，指示代词，指代前面两句话。

㉚亶：实在，诚然。

㉛王谢：东晋时王导、谢安两大豪门望族，居于金陵乌衣巷。杜牧《乌衣巷》："旧时王谢堂前燕，飞入寻常百姓家。"

㉜秦晋世好：秦穆公辅佐流浪十九年的晋文公做了国君，并把女儿嫁给了晋文公，故"秦晋之好"专指结成姻缘。胶漆：形容朋友之间深厚不移的友情。胶与漆是两种最具黏性的东西，故把志趣相投、亲密无间的朋友称胶漆之交。

㉝辀轩：古代使臣乘坐的一种轻车。

㉞帝：神话中称宇宙的创造者和主宰者。省：明白。方：正直。

㉟宗工：犹尊官或宗匠、宗师。锡瑞：赏赐吉兆祥瑞。古文献常见用"锡"为"赐"的文例，事实上，"赐"是赏贝币，"锡"是赏铜锭。

㊱仙题：非凡的试题；瑶函：泛指珍贵的书籍。

㊲穆清风：即穆如清风，和美如清风化养万物。语自《诗·大雅·烝民》："吉甫作诵，穆如清风。"毛传："清微之风，化养万物者也。"薛综注："清惠之风，同于天德。"

㊳琅玕：形容竹之青翠，亦指竹，又因古书由竹简做成，故这里又指代"史册"，如同"汗青"之意。

翻译：

很缅怀古丰的优美风景，尤其称颂有声望的朱陈两姓。两家结成牢固不破的姻缘，向世人说明了什么才是百世婚姻。朱姓附庸于鲁国，陈姓对于周朝来讲则是宾客。妫姓因为陈姓而有光大昌盛的福分，颛帝因为朱姓而延续了为后代造福的美名。

你位于中阳里旁粉榆社中，朱陈两姓井栏相对，炊烟相通。门窗临近阳光，周边沐浴春风。史官记录了荟萃的贤俊，风水先生能识别葱郁的美景。于是，东家产女，西户生郎，都美眉如画，秀外慧中。门左已挂弓以作为祥瑞，门右也悬巾以显示吉祥。等到婚礼有期，太阳初升，天气和平。母亲为女儿蒙上头盖送其出嫁，夫妻倾心相守，年逾九十者人众。驾着用多种香料涂饰的华美的仙车，脸上贴着五凤图案的花饰。佩戴着茂盛的玉蕊花，摇晃着翠羽金叶装饰的帽子。真羡慕青年新婚的缠绵缱绻，比昔日的恩情更加坚贞。至于婚期经年，两情融洽和乐，风韵雍容和美，待人以礼温顺谦恭。慰问公婆、姐妹以及妯娌、弟兄，没有父子间的芥蒂，更少有婆媳间的相争。和气所招，鸡犬吃食都互相谦让；祥风所播，连桑麻都特别茂盛葱荣。每到节日，邻里乡亲相伴同乐。为父老的长寿而高兴，欣看着孩子成群结对。草房虽低矮阴暗，而桑田庄稼茂盛。老人拄着手杖，拖着鞋子悠闲从容地行走于田间小道。有的在花下携樽持酒，有的在林间提着鸟笼，我舞你唱，又说又笑。朱陈两家世代交谊深厚，有通家之和美。既然不倾慕高官富贵，又怎羡慕武陵桃源？

昔日孔子所说的仁者居住的地方，千年教化风俗纯正的地区。如果正好在这里合并，实在会百世而齐芳。王谢门第很高，怎么会有农家田园之乐？秦晋是世交，怎能像朱陈两姓这样情谊深厚、亲密无间久长？

古代了解世风民俗，多去民间基层，统治者明白朱陈村的正直淳厚，于是在此设立教化机构。像朱陈村如此民风淳厚，实在是盛世所追求的乐土。恰逢尊官赏赐吉兆祥瑞，从珍贵书籍中发掘非凡的试题。为了让和美如清风一样化养万物，于是作了这篇赋，以使朱陈村的优良事迹永载于史册。

点评：

这是一篇文赋，它是介于诗歌和散文之间的一种文体。它也追求句式的整齐，韵律的和谐，像杜牧的《阿房宫赋》、苏轼的《赤壁赋》、欧阳修的《秋声赋》都属于此类。现代文中如果题目加"赋"字，则往往表示赞美的性质，如峻青的《雄关赋》，杨朔的《茶花赋》等。

《朱陈村赋》主要赞美朱陈村醇厚古朴的民风，祥和安静的生活，表达作者的倾慕之情。首段开宗明义缅怀古丰胜境，更称颂朱陈两姓。接着交代两姓的历史渊源，并称颂两姓为先人增光添彩。第二段是核心段，重点选择男婚女嫁和村民老幼载歌载舞、饮酒休闲两个场面详写，描绘出朱陈村祥和安宁淳朴的生活。第三段以王谢豪门的生活和秦晋之好作衬托，进一步赞美朱陈村世外桃源生活的美好。尾段交代此文的写作目的。

本赋主要取材于白居易的《朱陈村》，立意和选材都没有超出白居易长诗，只是换了一种文体而已。写作上本赋大量运用典故，固然彰显了自己的文字功力，但因过于生僻，有掉书袋之嫌，增加了阅读的难度。

朱陈村①

清·卢世昌

一

劝农②曾问旧郊原，啧啧欣传二姓村。

耕凿依然忘帝力③，婚姻讵肯④换侯门。

桑麻影散牛羊下，机杼声清鸟雀喧。

输与迎春诸父老，独携藜杖课⑤儿孙。

二

五风十雨⑥沃平原，春遍南村复北村。

两姓为婚同梓里⑦，一生相守是柴门。

黄鸡白酒年年会，鼍鼓⑧龙灯处处喧。

莫漫⑨逢人夸胜事，我来三见稻生孙⑩。

作者简介：

见前。

注释：

①选自清光绪《丰县志》卷十三"艺文类"（下）。

②劝农：古代政府官员在春夏农忙季节，巡行乡间，劝课农桑，称劝农。

③帝力：帝王的作用或恩德。唐高适《别杨山人》："凿井耕田不我招，知君以此忘帝力。"相传帝尧时，一老者边击壤，边唱道："日出而作，日入而息，凿井而饮，耕田而食，帝力于我何有哉？"

④讵肯：岂肯。

⑤课：有计划的分段教学。

⑥五风十雨：五天刮一次风，十天下一场雨，形容风调雨顺。出自王充《论衡·是应》："风不鸣条，雨不破块，五日一风，十日一雨。"

⑦梓里：指故乡。《诗经·小雅·小弁》曰："维桑与梓，必恭敬止。"是说家乡

的桑树和梓树是父母种的，对它要表示敬意。后"桑梓"用来借指故乡。

⑧鼍鼓：用鳄鱼皮做的鼓。

⑨莫漫：不要随便。漫：不受约束，随便，如"漫谈"。

⑩稻生孙：刈稻后，其根得雨再生余穗，谓之"稻孙"。宋蒋堂《句》："向日草青牛引犊，经秋田熟稻生孙。"张孝祥《野牧图二首》："秋晚稻生孙，催科不到门。人闲牛亦乐，随意过前村。"

翻译：

一

查看农事曾在郊外问询，人们纷纷称颂朱陈小村。

依旧耕田而食凿井而饮，婚姻岂能愿意更换侯门。

农活散工牛羊纷纷归去，小院机杼声声伴着鸟喧。

不如迎春父老自由自在，独自拄着拐杖教育儿孙。

二

五风十雨肥沃广袤平原，春色布满南村又布北村。

两姓通婚不离同乡故里，一生相守农家庭院柴门。

黄鸡伴白酒乡邻年年聚，腰鼓佩龙灯村里处处喧。

且莫随意逢人夸耀胜事，我来丰县三见稻根生孙。

点评：

作者身为丰县县令，多次下乡巡视问农，反映出他勤政的一面。这两首同韵的七律就是记载某次春季巡视农事时的见闻。第一首侧重于"闻"，第二首侧重于"见"。闻也好，见也罢，其内容都没跳出白居易的《朱陈村》所描写的范围，依旧是民风淳朴，乡邻和睦，生活安定，悠闲幸福，一幅世外桃源的美景。

两首都采用平起首句入韵式，格律规范。

朱陈村歌①

清·吴寿宸

乐天曾赋朱陈村，我今更睹朱陈民。

相违千载生苦晚，昔闻未信今见真。

众人且莫嚣，听我歌朱陈。

我来正逢二月春，桑麻满野青铺棻②。

机梭轧轧响中屋，牛驴矻矻③行平津。

山深县远风气古，女修织纴男鉏耘。

两姓缔好传世婚，罢弟甥舅④情颇殷。

有酒皆家酿，有肉皆圈豚。

黄鸡白菜各欢会，相要醉倒田家盆⑤。

年高似饮菊泉水，客至喜逢桃花深。

不羡估客乐⑥，岂肯丁从军。

死徒无出乡，况乃生与存。

我也暂行役，不久还乡枌⑦。

青鞋布袜⑧甘我贫，不信但看村中人。

作者简介：

吴寿宸，生平事迹不详。

注释：

①选自品诗文网。这是吴寿宸模仿白居易《朱陈村》所作的歌行体诗作。题目中的"歌"是文体的标志，与杜甫的《茅屋为秋风所破歌》、白居易的《长恨歌》等中的"歌"是一个意思。

②铺棻：繁多茂盛貌。班固《西都赋》："五谷垂颖，桑麻铺棻。"李善注："《尔雅》曰：'铺，布也。'王逸《楚辞》注曰：'纷，盛貌也。'棻与纷，古字通。"

③矻矻：勤劳不懈貌。《汉书·王褒传》："器用利，则用力少而就效众。故工

人之用钝器也，劳筋苦骨，终日矻矻。"

④甥弟甥舅：泛指家人亲戚。

⑤相要：邀请，"要"通"邀"。田家盆：农家用的饭盆。苏轼的《用定国韵赠其侄震》："墙头过春酒，绿泛田家盆。"

⑥估客：即行商。明代何景明《送卫进士推武昌》："仙人楼阁春云里，估客帆樯晚照余。"清代朱彝尊《送赵主事榷关扬州》诗："珠帘十里江都市，铁鹿连船估客樯。"元稹有五言古诗《估客乐》，李白有《估客行》。

⑦乡枌：指家乡。枌，指枌榆社，汉高祖刘邦的故乡。后因借称家乡为"乡枌"。苏轼《子由生日以檀香观音像及新合印香银篆槃为寿》："问君何时返乡枌，收拾散亡理放纷。"

⑧青鞋布袜：原指平民的服装，旧时比喻隐士的生活。

翻译：

白居易赋诗盛赞朱陈村，我今天更是目睹了朱陈村民。

相隔千年苦于出生太晚，昔日听闻不信今日却见了真。

众人且莫喧哗，听我歌颂朱陈。

我来朱陈村正逢二月春，桑麻遍野碧绿茂盛。

织布声札札作响从屋内传出，牛马勤劳不懈在平原行走纷纷。

山深离县遥远民风古朴，女人织布缝纫男人田间耕耘。

两姓缔结婚姻世代友好，亲族和睦情意殷殷。

酒皆自家酿，肉是自养豚。

黄鸡白菜各欢聚，相邀醉倒在农家盆。

年高者多饮泉水菊花茶，客来了则相聚于桃花纵深。

不羡慕经商的快乐，男丁也不肯从军。

死后尚且不出村，何况在世生与存。

我暂且在外服役，不久将还家门。

隐居乡村我甘于守贫，不信你看看村中的人。

点评：

这首诗以质朴易懂的语言，描绘了朱陈村牧歌式的田园生活，反映了作者对没有剥削、没有压迫的小农经济生活的羡慕和渴望。全诗分作三层：前四句为第一层，写诗人昔闻朱陈村，今访朱陈民；接下二十句为第二层，写朱陈村见闻；最后四句为第三层，抒发了作者归隐田园的愿望。

处于乾隆时期的吴寿宸为什么要虚构一个桃花源式的山村呢？古往今来，抒发对理想境界的追求，歌颂充满了浪漫主义色彩的田园乐土，总是立足于对现实社会的不满和批判，是在丑的面前高举起一面美的镜子，将社会上一切伪诈、黑暗、龌龊、污秽反射出来，从而达到对社会现实的批判。

朱陈村①

清·李运昌

老住林泉学避秦②，桃花源外有朱陈。
两门风望三唐重③，百世姻缘一里亲。
鸡犬自饶④此地乐，桑麻不作别家邻。
而今景物全非旧，顾陆图来恐未真⑤。

作者简介：

　　李运昌，字星阶，号梅岑，清道光间生于丰县宋楼镇葛芭草集村。少避乱，随父居县城。配蒋氏，拔贡、直隶州判蒋兆逵长女。后与其兄运甲迁居城南状元集。运昌矢志游学，家务由其兄独任。同治癸酉年（1873），运昌成拔贡。同年，中榜为举人。翌年赴北京参加同治甲戌科会试，以誊录第一，拣选知县。辞不就职，返丰，从此无意仕途。辗转于县城草集、状元集之间，间课子弟以及乡邻可造者，后吏部累征不赴。以文学名于徐淮。张伯英《徐州续诗征》录其诗二十六篇，为丰县籍诗人入录之最。光绪甲午，李运昌应县令姚鸿杰之邀，协修县志。晚年，就闲怡神于城市旧宅，新建陋室，名曰"市隐园"。应地方学者及县府官员之请，出任丰县视学。光绪乙巳（1905）至己酉（1908）三年间，县内教育颇盛，为士林称道。宣统元年（1909）春，李运昌与渠仲美筹办丰县咨议局，殚心竭虑，全力致公，为一县硕望。是年，李氏续修族谱，李运昌为之序。稿未就，卒于县城家中，葬于县城西北桑行里（三河里）村父茔侧。（录自清光绪《丰县志》附七"李运昌传"）

注释：

　　①选自《徐州续诗征》卷十二（张伯英编）。

　　②林泉：山林和泉石，指隐居的地方。避秦：躲避秦时暴政战乱。语出陶渊明《桃花源记》："自云先世避秦时乱，率妻子邑人来此绝境，不复出焉，遂与外人间隔。"

　　③这里指朱陈两门的声名威望在大唐很出名。风望：声名威望。三唐：指初唐、中唐（盛唐）和晚唐，这里代指唐代，因《朱陈村》最早是唐代白居易所写。

　　④自饶：即自有余饶。饶：富裕、丰足。

　　⑤顾陆图：苏轼《题陈季常蓄朱陈村嫁娶图》有"何年顾陆丹青手，画作朱陈嫁娶图"句，见《朱陈村嫁娶图》注释。

翻译：

　　老居林泉想学桃源避秦，桃花源外也有小村朱陈。

　　朱陈两门声望响彻大唐，百世姻缘不出一里乡亲。

　　鸡犬丰足此地生活快乐，桑麻茂盛不侵别家地邻。

　　而今景物沧桑全非往昔，以致怀疑顾陆画图不真。

点评：

　　这首诗主要感慨世事变迁，表达对往昔朱陈村的怀念和对现今状况的失望。首联通过与陶渊明笔下的桃花源对比，说明朱陈村民风淳朴生活富足悠闲的原因，就是避开了官府的干扰。颔联和颈联概要描写朱陈村淳朴的民风，富足的生活，和睦的亲情。尾联感慨世风日下，今不如昔。作者生活在晚清时代，正是社会动荡、百年变局的时候，因此这首诗具有较强的认识价值。

拟朱陈村诗①

清·刘培丰

峨峨丰县西，残碑犹可扪②。

藤缠苍藓蚀，上书朱陈村。

村中何所有？绿荫草木繁。

灵椿高过屋，北堂树金萱③。

小园红杏花，几枝透篱藩。

书声父课子，嬉笑翁抱孙。

野花妇插鬓，笠蓑夫耕耘。

门系款段马④，墙罿下泽辕⑤。

白鹅映绿草，一曲水粼粼。

翳彼深山里，风俗何真纯。

叹息寻父老，父老为余言：

吾世居于此，难复究根源。

一村唯两姓，两姓为婚姻。

丹青经顾陆，嫁娶图朱陈⑥。

人不矜⑦门第，崔卢安足云。

家家敦夙好⑧，从不识县门。

幸喜今岁好，薄收足鸡豚。

农隙有闲暇，村酿日盈樽。

朅⑨来邀邻里，开轩无主宾。

把杯面场圃，桑麻话欣欣。

客从何方来，此外不须论。

嗟余闻此言，大异昔所闻。

忆昔祖龙日，凿破华山根⑩。

丰沛建义旗，征战何纷纷。

争斗饶习气，或染此方民。

此时何得此，安居常相亲。

悔不同元九⑪，来结此中邻。

归来向人说，疑是桃花源。

作者简介：

刘培丰，字芗坪，号蕉衫，邑增生。品端学优，望重乡里。授徒于家，多所成就。立斋王明府倡修文庙，襄事特殷。著有《红雪书屋诗集》。年五十九无疾终，乡里私谥孝贞先生。［录自清光绪《丰县志》卷九"人物类"（上）］

注释：

①选自清光绪《丰县志》卷十三"艺文类"（下）。

②峨峨：山体高大陡峭，这句话中指石碑高大。扪：抚持。清光绪《丰县志》："唯朱陈两姓居之，故名。离县二十里，在赵庄，于开河得古碑于此。"

③椿是一种多年生落叶乔木，古代传说大椿长寿。庄子《逍遥游》："上古有大椿者，以八千岁为春，八千岁为秋。"因此古人就把它拿来比喻父亲，盼望父亲像大椿一样长生不老。后来为男性长辈祝寿，都尊称对方为"椿寿"。萱是一种草，古代传说萱草可以使人忘忧。游子出门远行的时候，常常要在母亲居住的北堂的台阶下种上几株萱草，以免母亲惦念游子，同时让母亲忘记忧愁，因此母亲的居处称为"萱堂"。后来为女性长辈祝寿，尊称对方为"萱寿"。

④款段马：即行走迟缓的马。款段，马行迟缓的样子，这里代指农耕马，因为不似千里马而以快取胜。

⑤輂：车相连。下泽辕，即下泽车，便于在沼泽地行走的车。

⑥该句见苏轼的《题陈季常蓄〈朱陈村嫁娶图〉二首》。

⑦矜：自尊自大，自夸。

⑧敦夙好：敦：敦厚、敦睦，可意为培养、增加。夙好：素所喜好。

⑨曷：古通"曷"，何。

⑩此句指秦始皇为镇压丰沛的帝王之气，东巡到这里，在华山北面山脚开挖"断龙沟"。

⑪元九：唐代诗人元稹的别称，因排行第九，因以称之。白居易有《与元九书》。他与白居易志同道合，关系甚好，常"元白"并称，往来诗词很多，在文学史上传为佳话。

翻译：

石碑巍然丰县西，断残尚可能抚持。

藤蔓缠绕青苔蚀，上书三字朱陈村。

朱陈村中有什么？草木繁多绿阴繁。

长寿大椿高过屋，北堂房前遍金萱。

小园里面红杏花，几枝出墙越篱藩。
书声琅琅父教子，嬉笑声声爷逗孙。
野花几朵妇插鬓，披蓑戴笠夫耕耘。
门外栓着农耕马，墙内排放下泽车。
白鹅清塘映绿草，曲项戏水波粼粼。
小村隐藏深山里，民风多么纯与真。
叹息之余寻父老，父老为我吐真言：
我族世代住在此，难以探源与穷根。
一村唯有朱陈姓，两姓世代为婚姻。
丹青手超顾与陆，嫁娶图画是朱陈。
人不炫耀门第高，崔卢豪门岂足云。
家家培养素所好，从来不识官衙门。
幸亏今年收成好，薄收也足鸡与豚。
农忙间隙有闲暇，自酿白酒日满樽。
何不相邀老乡邻，开窗不分主与宾。
开轩把酒面场圃，谈论桑麻尽欢欣。
不知你从哪里来，对外切莫谈我村。
嗟叹我听此人言，大异当年所听闻。
忆起昔年秦始皇，挖沟凿破华山根。
激起丰沛举义旗，四方征战乱纷纷。
争斗日久养恶习，或许传染此地民。
这时如何能如此，安居乐业常相亲？
后悔没能同元稹，来此与民结乡邻。
归来向人说此事，都说疑似武陵村。

点评：

　　这首诗实际上是白居易的《朱陈村》和陶渊明的《桃花源记》相结合的产物，写法上借鉴了陶渊明《世外桃源》的构思，即用第一人称的笔法，写自己的所见所闻所思。第一部分写自己的所见，眼中的朱陈村，环境优美，民风淳朴，生活安逸幸福。第二部分通过朱陈村一位老者对我提问的回答，进一步写朱陈村的日常生活和民俗习惯。对话结束时提醒"我"不要对外说，表明怕外界打扰自己村子的安定生活，表明对现在这种生活的满足。第三部分写自己的感慨和疑问：昔日丰沛高举义旗反秦，战乱纷纷，为何还有如此安逸的朱陈村？并后悔当初没到这里来。诗中的"我"自然有作者的影子在，因此对朱陈村生活的向往折射出作者对现实生活的不满。

题凫鹥亭^①

宋·胡宗愈

君^②为凫鹥亭，更作凫鹥诗。

凫鹥为鸟虽甚微，君心仁爱乃在兹^③。

不忍壮者弋^④其母，儿童捕其儿，

凫鹥母子何嬉嬉！

城头草静云烟迷，城下水暖菰蒲卑^⑤。

凫鹥朝傍云烟飞，倦来暮与菰蒲随。

寄巢生子冬复夏，巢稳子大无人知。

我思入境观君为，坐见三异于今时。

知君官久行亦归，亭上引满^⑥伤别离。

岂唯丰人惜君去，虽我亦为凫鹥悲！

作者简介：

　　胡宗愈（1029—1094），字完夫，宋代晋陵（今江苏常州）人。仁宗嘉佑四年（1059）进士；英宗治平三年（1066）为集贤校理；神宗立，迁同知谏院；后先后在真州、苏州、开封、蔡州、陈州、成都等地为官。事见《东都事略》卷七一"胡宿传"。《宋史》有传。

注释：

　　①选自清光绪《丰县志》卷十三"艺文类"（下）。

　　②君：指县令关景仁。

　　③明正统《彭城志》卷十九"诗"作"君子仁民而爱物"，万历增补《丰县志》

下卷"艺文类"第九作"君心仁民而爱物"。

④弋：用带有绳子的箭射鸟。

⑤卑：低。正统《彭城志》卷十九《诗》、万历增补《丰县志》下卷"艺文类"第九皆作"低"。

⑥引满：斟酒满杯而饮。

翻译：

关县令修建了一座凫鹥亭，又创作了一首凫鹥亭的诗。

凫鹥作为鸟类虽然很弱小，县令的仁爱却体现在这里。

不忍心看强壮者射杀母鸟，也不准儿童捕捉鸟的幼儿，

凫鹥母子是多么嘻嘻无忧！

城头上野草寂寂云烟迷离，城墙下流水温暖菰蒲很低。

凫鹥鸟早晨伴着云烟起飞，疲倦归来则暮投菰蒲安栖。

寄居在鸟巢生子年复一年，鸟巢安稳雏鸟长大无人知。

回想刚来考察关令的作为，发现有三种情况不同今时。

了解关令为官已久将离去，特在亭中斟酒饯行送别离。

岂止丰县人惜别关令离去，即使我也替凫鹥伤悲不已。

点评：

一个凫鹥亭体现了关县令的仁爱，对鸟如此，对百姓尤此。作者以考察者的身份对关县令的仁爱做出了评价。关县令卸职离别时百姓的依依不舍和悲伤，是对一个地方官员政绩的充分肯定和最高评价。为官一任，造福一方，关县令这样的官员主政丰县，是丰县百姓之幸运。

凫鹥亭诗①

宋·关景仁

古有凫鹥诗，喜物游太平。

今见凫鹥乐，为作凫鹥亭。

夜安洲渚栖，昼无罗网惊。

群嬉固俦匹②，适意相飞鸣。

春风藻荇③稠，夜雨波澜清。

特以王泽深，遂此微物生。

飞甍④枕秦台，缭绕寒芜城。

俯目看清沚⑤，日羡凫鹥情。

自唯县令职，朝夕亲编氓⑥。

土瘠民半馁，役频民少宁。

嗟尔多蹙迫⑦，岂与凫鹥并！

我心徒尔嗟，奈何存典型⑧。

尔劳悯以恕，尔重移之轻。

庶几皆有乐，共戴⑨君聪明。

民安令亦暇，临流解尘缨⑩。

卒岁可归去，白发南山耕。

作者简介：

关景仁，字彦长，会稽进士。令丰。政尚清简，与民休息。改作凫鹥亭，赋诗记之，仁爱之意蔼然见乎其词。从祀名宦。（清光绪《丰县志》）

注释：

①选自清光绪《丰县志》卷十三"艺文类"（下）。凫鹥：凫是野鸭；鹥是鸥，这里泛指水鸟。《诗经·大雅·凫鹥》是周代贵族祭祀结束后绎祭公尸（古代主持祭祀之人）时所唱的诗歌。诗中主要用酒肴的香馨丰盛来表现主人宴请的诚意，公尸则以和悦欢饮及助神降福作为回报。因此以"凫鹥"作亭名具有双重含义，既表达了对弱小动物的仁爱，又有祈祷神降福祉的意思。关景仁诗首句"古有凫鹥诗"，即指《诗经》中的这首。

②俦匹：同伴，伴侣。南朝何逊《赠族人秣陵兄弟》："羁旅无俦匹，形影自相亲。"

③藻荇：指水藻和荇菜，都是水生植物。

④飞甍：飞檐。甍：屋檐。

⑤清泚：清澈的水。唐代徐牧《省试临渊》："清泚灌缨处，今来喜一临。"

⑥编氓：编入户籍的平民。

⑦蹙迫：困窘，窘迫。《周书·贺拔胜传》："城围蹙迫，事等倒悬，请告急于大军，乞师为援。"

⑧典型：掌管刑罚或受死刑。明万历增补本《丰县志》下卷"艺文志"第九作"刑"。

⑨戴：拥护、尊敬。

⑩此句出自《孟子·离娄》，"有孺子歌曰：'沧浪之水清兮，可以濯我缨；沧浪之水浊兮，可以濯我足'。"

翻译：

古代就有关于凫鹥的诗，这爱物最喜欢游于太平。
今日见到凫鹥嬉戏娱乐，于是为它们建了凫鹥亭。
夜间安宁栖息沙洲渚岛，白天则没有罗网的惊恐。
聚群嬉戏有固定的伙伴，自在时就相互飞翔和鸣。
春风吹来藻荇处处稠密，夜雨过后池水澄碧波清。
只是因为君王德泽厚重，于是这小生命得以诞生。
县衙的飞檐紧靠着秦台，环绕着秋草丛生的古城。
俯首观看这清澈的池水，每天羡慕凫鹥自在心情。
自己一想到县令的职分，就朝夕亲近这百姓乡氓。
土地贫瘠百姓难以果腹，劳役频繁很少得到安宁。
嗟叹百姓日子多么窘迫，哪能与自在的凫鹥相并！
我的心只是白白地感叹，无奈这现存的制度刑罚。
你们的辛劳我宽恕悲悯，你们的重赋我设法减轻。
这样或许都能得到快乐，共同拥护我君主的圣明。
百姓安定县令也可闲暇，可以靠近清流濯足濯缨。
等到任职期满挂冠归乡，直至到老都在南山农耕。

点评：

前四句交代建亭的原因：为了凫鹥有安宁的家园。接着八句描绘凫鹥幸福安宁的生活；再接下来由鸟及人，写属地的百姓食不果腹，劳役繁重，生活不如凫鹥，要为百姓着想，减轻重赋劳役，让百姓幸福安宁。倘若这个理想实现了，自己就可告老还乡，隐居南山了。作者以百姓的幸福作为自己的执政目标，体现了自己的悲悯情怀和仁爱之心。最重要的是，他不是口是心非只说好话不办实事的人，届满离职时百姓的依依不舍和考察者的评价充分体现了关县令是一个说到做到的真君子，勤政爱民的好官吏。

和《凫鹥亭诗》①

宋·马建中

古丰千岁远，汉皇实此生。
雉堞②皆榛荆，故魏徙都城③。
县宇构台上，台基起秦嬴④。
四绕半农桑，前池澄流清。
东偏特起亭，题曰凫鹥名。
传是关令⑤建，下瞰连高薨。
亭兴三十载，继踵多贤英。
开轩堪眺望，景趣江湖并。
春夏芰荷茂，秋冬风月明。
政暇来登赏，心虚厌簪缨⑥。
因观立亭意，期于仁化行。
博爱飞鸣游，庶几及群氓。
将使为政者，视物推斯诚。
暴虐将知禁，典刑⑦当就轻。
今我来承乏⑧，治术择未精。
境土皆陂泽，弥年⑨水害惊。
赋入复增重，务农难劝耕。
积有弊源深，宣流⑩孰为更？

安得凫鹥乐，均尔黎庶情？

年丰衣食足，大雅歌太平。

作者简介：

马建忠，单父（今山东单县）人，宋元祐初年（1086）知丰。民安其政，有《和凫鹥亭诗》，从祀名宦。（明万历增补本《丰县志》）

注释：

①选自清光绪《丰县志》卷十三"艺文类"（下）。

②雉堞：古代在城墙上面修筑的矮而短的墙，这里代指城墙。

③一说战国晚期丰县已被战国七雄之一的魏国置县；另一说魏国曾临时迁都于丰县。第二说更可靠些，因为丰县在秦时设县已基本为史界认可。

④指厌气台是秦王嬴政所建。

⑤关令：即县令关景仁。

⑥簪缨：古代达官贵人的冠饰，后借以指高官显宦或官场。

⑦典刑：用刑。

⑧承乏：谦辞，表示所在职位因一时没有适当人选，只好暂由自己充任。

⑨弥年：经年，终年。韦应物《七夕》诗："岂意灵仙偶，相望亦弥年。"归有光《与吴三泉书》："弥年沉疴，无一日强健。"

⑩宣流：疏通水流。

翻译：

古丰历史悠久千年渺远，高祖刘邦就在此地出生。
城墙之上到处长满荆棘，这是故魏国迁来的都城。
县衙房屋建在秦台之上，秦台则始建于秦王嬴政。
四周围绕的一半是庄稼，前面的水池则澄澈碧清。
池东特地建了一个亭子，为它题了个凫鹥的名称。
传说这亭子是关令所建，俯瞰四周连着众多高甍。
凫鹥亭已兴建三十多载，接踵而至多是杰出贤能。
开窗可以四面眺望观赏，景色情趣可与江湖相并。
春夏季节绿荷红菱茂盛，秋冬时节风清月朗澄明。
政务闲暇前来登亭观赏，内心空明突生官场厌情。

我考察关令建亭的目的，他希望仁慈的教化盛行。
博爱之心泽被弱小凫鹥，但愿也惠及千百万民众。
将要让众多的为政官员，对待万物必须心地真诚。
暴虐的行为将知道禁止，用刑应当尽量避重就轻。
现在我来接替县令职位，治理策略选用还不精通。
境内土地多是湖泊沼泽，终年所受水害令人心惊。
税赋的收敛又反而加重，务农者很难劝他们归耕。
积弊沉疴长久根源深厚，疏通水流谁使局面变更？
怎么才能求得水鸟之乐，以使黎民均享欢乐之情？
年成丰收百姓衣食富足，诗经大雅歌颂人间太平。

点评：

前八句主要交代凫鹥亭的位置和环境；接下来十句描绘亭子周边美好的自然环境；再接下来十句写作者登亭观景的感受，高度赞美了关县令的仁爱之心；最后十二句写自己接任县令后的心情和理想目标，反映出作者也是一个以百姓为本有悲悯情怀的贤德官员。

《凫鹥亭诗》序①

宋·姚云

丰县公宇②之背，子城③之东隅，有亭其上，曰"四望"，旧矣。

治平三年，钱塘关公彦长④，以进士来宰是邑⑤。视事之暇而登览焉，病其榱栋栏循之朽败⑥，不足以蔽风雨而延宾客也，于是易新今名而完壮之，又作诗其上，以赋其事。丰人嘉诵而喜传者，方领曳裾⑦之外，闾门稚子、林野匹夫同之。於戏⑧，何其声誉之琅琅也！

粤三十⑨余年，单父马公⑩以世胄⑪之贤为令是县，爱其陂池游衍⑫，鱼鸟出没，有江湖之态；芰荷菱茨，有清适之境；佳木秀竹，有山林之气。又嘉公能写咏其事而传遗后人也。于是迭出新意，以赓和⑬之。言约而义丰，辞匀而意远，不戾⑭于古，不愧于今，信乎与作者同风也。

丰人安公之政而嘉公之咏，乐与二公之诗俱传不朽，故特镌于石，以久岁月，而且属云序之，于是遂书云。

作者简介：

姚云，字圣瑞，初名姚云文，高安（今江西省高安县）人，宋度宗咸淳年间进士。初调高邮（今江苏省高邮市）尉，入元朝后授承直郎，抚两浙路儒学提举。工词，有《江村遗稿》。

注释：

①选自清光绪《丰县志》卷十二"艺文类"（上）。

②公宇：旧时指官府处所，此处指县府衙门。

③子城：指大城所附的小城，如瓮城。

④关公彦长：关景仁，字彦长，当时的丰县县令。

⑤宰是邑：主管这个小城。宰：主管，主持。

⑥此句意为担心它的屋椽栋梁栏杆朽坏。病：担忧，不满。栏循：栏杆。

⑦方领曳裾：方形衣领，拖着衣襟，这里代指儒者。

⑧於戏：同"於乎"，感叹词。顺治《新修丰县志》卷十"艺文类"、康熙六十一年《徐州志》卷三十一"艺文四"均作"於乎"。

⑨粤三十：粤：助词，古与"聿""越""曰"通用，用于句首或句中。三十：据嘉靖《徐州志》卷六"人事志·官署·凫鹥亭"，当作"二十"。关景仁于北宋治平三年（1066）任丰县县令，马建中则是元祐初（1086）知丰县，故应作"二十"。

⑩单父马公：单父即单县，马公即马建忠，山东单县人，作《凫鹥亭》。

⑪世胄：世家子弟；贵族后裔。

⑫游衍：恣意游逛。《诗·大雅·板》："昊天曰旦，及尔游衍。"毛传："游，行；衍，溢也。"孔颖达疏："游行衍溢，亦自恣之意也。"

⑬赓和：续用他人原韵或题意唱和。

⑭不戾：不违反，不违背。

翻译：

在丰县县府衙门的后面，瓮城的东南角，有一个亭子建在那里，名曰"四望"，这是过去的事了。

治平三年（1066），钱塘人关彦长，以进士的身份做丰县的县令。政务之余登临此亭观景，担心它的屋椽栋梁栏杆朽坏，不足以遮蔽风雨迎接宾客，于是改成了现今的名字并且加以维修加固，又在上面题写了一首诗，以记载这件事。丰县嘉许夸赞且高兴地传颂这件事情的人，除了儒生们之外，妇女孩子、平民百姓也同样如此。嗟乎！其声名是多么响亮啊！

三十年后，单县人马建中凭借世家子弟的贤能来丰县做县令。他喜欢到大泽恣意游逛。鱼鸟出没，有江河湖泊的生态；绿荷红菱，有清美幽雅的环境；佳木修竹，有山野林泉的气象。他又称赞关公能咏物纪事而使之流传于后世，于是，他又出新意，按马公之意而唱和一首。（和诗）言辞简约而内容丰满，用词平和而意趣超逸，既不违背古人，也无愧于今人，确实与作者为人是一个风格。

丰县人安定地生活在两位县令的治理之下而且嘉许两位县令的赋诗吟咏，都乐于和两位县令的诗一样传世而不朽，所以特地勒石记之，以便长久流传，而且嘱咐我为此写一篇序，于是就写了这篇序文。

点评：

这篇序以叙述交代为主，描写为辅，主要叙述了凫鹥亭建成的经过，关景仁、马建忠两位县令与凫鹥亭的关系，两县令写诗的经过，写这篇序的缘由及目的等。它实际上是一篇关于凫鹥亭及其诗的备忘录。它和三首写凫鹥亭的诗一起构成了关于凫鹥亭的较完整的资料，因此，既有审美价值，又有史料价值。第三段关于凫鹥亭周边环境的描写，以整句出之，既有音节整齐之美，描写又富有诗情画意，具有较强的审美性。

胤城夜月^①

明·佚名

梦醒高楼夜气清，隔帘明月映寒更。
知非杨柳关山影，忽入梨花院落明。
北里^②不闻羌笛韵，西林频传寺钟声。
当年作诰人^③何在，一片余辉照古城。

注释：

①选自丰县《月照堂丁氏族谱》。

②北里：北面的里巷。

③作诰人：指仲虺。任姓，薛氏，名莱朱，字仲虺，号中垒，薛邑（今山东滕州市官桥镇薛国村）人。商朝开国元勋，杰出的政治家、军事家，奚仲十二世孙，薛姓始祖。二十四岁，继任薛国君主，大力发展生产。后来辅佐成汤，担任左相，成为灭亡夏朝的主要功臣。他与伊尹共同辅佐成汤，是成汤的左膀右臂。去世之后，安葬于宋天堌（今山东省曹县潘白刘村）。诰：古代统治者一种训诫勉励的文告，也指封建帝王对臣子任命或封赠的文字。

翻译：

一梦醒来感觉高楼夜冷气清，隔帘明月高挂映照深夜寒更。
知道这不是杨柳关山的月影，像是忽然进入梨花院落通明。
北面的里巷听不到羌笛声韵，西面的山林频传出寺院钟声。
当年的作诰人仲虺今日何在？只有一片余辉照耀这座古城。

点评：

胤城现为丰县范楼镇一个普通的自然村，而三千多年前，这里却是一座繁华的城市。传说商汤时代，左相仲虺受封于此，时称为"胤王城"。按旧说，胤城官府民宅，五行八业齐备，是一方政治、经济和文化中心。几千年来，朝代更迭，兵燹水患，使胤城的昔日风光早已不复存在，琼楼、梨花只在传说之中。现今人们还能说道的也只有胤王墓、胤王庙、月照井、饮马槽等残垣剩迹。而"胤城夜月照平畴"

的万千景象，只存留在诗词之中了。础城村的望族丁氏家族，特将本姓堂号命为"月照堂"，这都是人们纪念础王和留恋"础城夜月"的缘故。

这首七律以础城夜月为对象，描写了础城月色的美好，给人以美的享受，也表达了对左相仲础的怀念。

经汉高庙诗①

南朝·范泰

啸咤②英豪萃，指挥五岳分。
乘③彼道消④势，遂廓⑤宇宙氛⑥。
重瞳⑦岂不伟，奋臂腾群雄。
壮力拔高山，猛气烈迅风。
恃勇终必挠⑧，道胜业自隆。

作者简介：

范泰（355—428），字伯伦，顺阳郡山阴（今河南内乡县）人。南朝（宋）大臣，著名学者，史学家范晔之父。死后追赠车骑将军，谥号为宣。著有《古今善言》。

注释：

①选自唐欧阳询《艺文类聚》卷三十八。汪绍楹注解，上海古籍出版社 1998 年 4 月出版。

②啸咤：亦作"啸吒"，大声呼吼，形容令人敬畏的声威。《陈书·废帝纪》："指挥啸咤，湘郢廓清，辟地开疆，荆益风靡。"

③乘：趁着。

④道消：谓颠危，覆亡。五代梁太祖《受禅改元制》："是以三正互用，五运相生，前朝道消，中原政散，瞻乌莫定，失鹿难追。"

⑤廓：消除。

⑥氛：古时迷信说法指预示吉凶的云气，多指凶气。

⑦重瞳：指项羽。《史记·项羽本纪》："太史公曰：吾闻之周生曰'舜目盖重瞳子'，又闻项羽亦重瞳子。羽岂其苗裔邪？"

⑧挠：弯曲，比喻屈服。

翻译：

大声一呼天下英雄荟萃，举手一挥三山五岳裂分。

趁着秦王颤危覆亡之势，于是消除天下凶气恶氛。

霸王岂能没有威猛之力，奋臂一挥群雄四处翻腾。

一身壮力可拔五岳高山，盖世英气猛烈势如骤风。

依靠蛮力最终必将折弯，以道取胜王业自会兴隆。

点评：

这首五言古风题目是"经汉高庙"，但大半篇幅是写项羽，主要运用了衬托的手法。五、六、七、八句力赞项羽，用"壮伟""壮力""猛气"等褒义词突出项羽之勇猛过人，但结尾一转，写项羽只一味的依靠蛮力有勇无谋而最终失败，从而衬托高祖因道而胜，故伟业长隆。表达了得道多助失道寡助、逆民而败顺天而胜的思想。

和简文帝赛汉高祖庙诗①

南朝（梁）·刘遵

分蛇沦霸迹②，提剑灭雄威。

空余清祀③处，无复瑞云飞。

仙车照丹穴④，霓裳影翠微。

投珙要汉女⑤，吹管召湘妃。

幸逢怀精日⑥，豫奉沐休⑦归。

作者简介：

刘遵（488—535），南朝（梁）诗人。字孝陵，彭城（今徐州）人，刘孺之弟。少清雅，有学行，工属文。起家于著作郎，为晋安王萧纲的记室。梁武帝中大通三年（531），萧纲被立为皇太子，刘遵担任中庶子，恩宠为时辈莫及。后卒于官。皇太子深悼惜之。撰有《梁东宫四部目录》四卷，已佚。今存诗九首，诗风轻绮，为典型的"宫体"，其《繁华应令诗》一首，风格低下，尤为后人所非。萧纲曾为之撰集，行于世。

注释：

①选自唐欧阳询《艺文类聚》卷七十九。汪绍楹校注，上海古籍出版社1998年4月出版。

②沦霸迹：沦，渍也（《广雅》），引申为留下痕迹。霸迹：犹霸业，王业，特指建立了赫赫王业的汉朝。

③清祀：古代十二月腊祭的别称，这里指祭奠。

④丹穴：炼丹修道的岩穴。

⑤此句意为用玉器相赠邀请汉宫舞女。投玦：赠送玉器。投：投赠。《诗经·卫风·木瓜》："投我以木瓜，报之以琼琚。"玦：环形有缺口的玉器。要：通"邀"。

⑥怀精：即精怀，美好的心情和情怀。精：完美、最好。

⑦沐休：即休沐，汉代官吏每工作五天休息一天，称为"休沐"，即休息洗沐，犹休假。

翻译：

挥剑斩蛇建立了赫赫王业，提剑向西灭掉了霸王雄威。
而今空余供人祭奠的古庙，不再有瑞云芒砀上空腾飞。
丹炉火焰照耀着仙人车马，霓裳的影子映照山间翠微。
以玉器相赠邀请汉宫舞女，又借助吹管奏乐召唤湘妃。
庆幸遇上心情美好的日子，愉快接受休假好回家休息。

点评：

前两句盛赞高祖之伟业，接下来两句感慨世事沧桑、人去楼空。五至八句描写作者歌舞升平的生活，最后两句直抒胸臆，表达心情的愉悦和惬意。结合整篇来看，似乎在表达人生短暂当及时行乐的思想。

和简文帝赛汉高祖庙诗①

南朝（梁）·徐陵

山宫②类牛首③，汉寝④若龙川。

玉椀无秋酎⑤，金灯⑥灭夜烟。

丹帷⑦迫灵岳，绀席⑧下群仙。

堂空沛筑响，钗低戚凤妍。

何殊后庙⑨里？子建⑩作华篇。

作者简介：

　　徐陵（507—583），字孝穆，东海郡郯县（今山东省郯城县）人。南朝时著名诗人、文学家。他八岁能文，十二岁通《庄子》《老子》。长大后，博涉史籍，有口才。梁武帝萧衍时期，任东宫学士，常出入禁闼，为当时的宫体诗人，与庾信齐名，并称"徐庾"。进入陈时代，历任尚书左仆射、中书监等职，继续宫体诗创作，以轻霏绮艳著称。陈后主陈叔宝至德元年（583）去世，时年七十七岁，谥号"章"。今存《徐孝穆集》六卷、《玉台新咏》十卷。

注释：

　　①选自唐欧阳询《艺文类聚》卷七十九。汪绍楹校注，上海古籍出版社1998年4月出版。

　　②山宫：山中的陵庙。

　　③牛首：即牛首山，位于南京江宁区。南朝首都在金陵，故作者就地取材选南京的牛首山作喻。

　　④汉寝："汉寝唐陵"的简称，汉唐两朝帝王的陵墓。泛指历代封建王朝的遗迹，多含凭吊之意。

　　⑤秋酎：秋日祭祀宗庙所用的重酿醇酒。

　　⑥金灯：金属制成的灯。

　　⑦丹帷：赤色的帐幕。陶潜《咏三良》："出则陪文舆，入必侍丹帷。"

　　⑧绀席：黑红色的席子。

　　⑨后庙：帝王祠庙。后：君王。

⑩子建：曹植，字子建。他曾写了系列的帝王赞，如《汉高帝赞》《汉文帝赞》等，表达对帝王前贤的追慕。

翻译：

山中陵庙起伏就像那牛首山，历朝的古迹则像那三秦龙川。

玉碗里已没有祭祀用的醇酒，金灯在夜里也没了缕缕兰烟。

赤色帐幕巍峨高耸直逼岱岳，黑红色席子上列队下来群仙。

大堂已空沛公筑声仿佛在耳，戚姬轻歌曼舞显得倍加姣妍。

高祖庙在帝王庙中为何特异？只因曹植曾为此谱写过华篇。

点评：

前两句写汉家寺庙和陵墓众多且巍峨，三四句则写寺庙的冷落，祭祀的美酒没有了，灯火也灭了：昔日的辉煌和今日的冷落形成鲜明对比。五六七八句又写昔日的辉煌和享乐：帐幕如山，宫女如云。最后两句收篇：高祖寺庙为什么与其他寺庙不同？原来曹植曾为此写有华篇。

和简文帝赛汉高祖庙诗①

南朝（梁）·王台卿

沐芳事椒醑②，驾言③遵寿宫④。

瑶台⑤斜接岫，玉殿上凌空。

树出垂岩影，竹引带山风。

阶长雾难歇，窗高云易通。

所悲樽俎⑥撤，按歌⑦曲未终。

作者简介：

王台卿，南朝时期梁国诗人，曾任刑狱参军，代表作有《陌上桑》《同萧治中十咏二首》等。

注释：

①选自唐欧阳询《艺文类聚》卷七十九。汪绍楹校注，上海古籍出版社 1998 年 4 月出版。

②沐芳：用香草水洗头，常用以表示虔诚或高洁。李白《沐浴子》："沐芳莫弹冠，浴兰莫振衣。处世忌太洁，至人贵藏晖。"椒醑：以椒浸制的芳烈之酒。唐陆龟蒙《和伤开元观顾道士》："药奠肯同椒醑味，云谣空替薤歌声。"

③驾言：驾，乘车；言，语助词。语本《诗·邶风·泉水》："驾言出游，以写我忧。"后用以指代出游，出行。陶潜《归去来兮辞》："世与我而相违，复驾言兮焉求！"

④遵：顺着，沿着。《说文解字》："遵，循也。"寿宫：供神之宫。《楚辞·九歌·云中君》："蹇将憺兮寿宫，与日月兮齐光。"王逸注："寿宫，供神之处也。祠祀皆欲得寿，故名为寿宫也。"这里指高祖庙。

⑤瑶台：美玉砌的楼台，亦泛指雕饰华丽的楼台。《楚辞·离骚》："望瑶台之偃蹇兮，见有娀之佚女。"

⑥樽俎：古代盛酒食的器具，樽以盛酒，俎以盛肉，后来常用作宴席的代称。这句是讲高祖返乡在沛宫和百姓喝酒之事。

⑦按歌：按乐而歌。晋王嘉《拾遗记·周穆王》："抚节按歌，万灵皆聚。"前蜀花蕊夫人《宫词》之十："夜夜月明花树底，傍池长有按歌声。"这句是讲在沛宫喝酒邀百二十人唱大风歌之事。

翻译：

香草洗头后携带美酒一盅，驾上车子我瞻拜高祖庙宫。
楼台华丽迎接斜飞的云岫，玉殿穿云直刺浩渺的碧空。
大树高耸岩石上留下树影，翠竹摇摇引来清凉的山风。
台阶幽长烟霭短时内难消，门窗高耸流云易穿行畅通。
可悲的是人去楼空筵席散，大风高歌却自始没有曲终。

点评：

这一组同题诗全是五言古风。这一首押一东韵，用韵规范。首句写瞻拜高祖庙前的准备工作：芳草沐浴，携带好酒，备好车马，表现了对高祖的尊崇。中间三句写高庙的环境：豪华、巍峨、肃穆、幽静。尾句以高祖还乡设宴与百姓同乐同歌之事收束，表达了肉体虽去但精神永在的思想。

奉和汉祖庙下之作^①

唐·皇甫冉

古庙风烟^②积，春城车骑过。
方修汉祖祀^③，更使沛童歌^④。
寝帐巢禽出，香烟水雾和。
神心降福处，应在故乡多。

作者简介：

皇甫冉（717—770），字茂政，润州（今镇江）丹阳人，著名诗人。其诗清新飘逸，多飘泊之感。

注释：

①选自《全唐诗》卷250—84。

②风烟：景象，风光。唐骆宾王《在江南赠宋五之问》："风烟标迥秀，英灵信多美。"

③祀：祭祀。这里指祭祀的地方，即汉高祖庙。

④此句指刘邦还乡后在沛宫宴请父老乡亲并击筑高歌《大风歌》，且邀约百二十童子同唱，见《史记·高祖本纪》。

翻译：

高祖古庙美好的景象荟萃，春天的城里车骑纷纷穿过。
才刚修好祭祀高祖的庙宇，再使人召集沛郡儿童唱歌。
寝宫筑巢的燕雀进进出出，进香的烟雾与水汽相混和。
世间神灵为民降福的地方，应该是在自己的故乡最多。

点评：

这首诗的诗眼在尾联，表达了家乡人民希望高祖神灵继续降福家乡的愿望。前三联写高祖庙的祥和之景，为尾联的点睛作铺垫。这是一首仄起首句不入韵的五律，格律规范。

高祖故宅^①

宋·张方平

纵酒疏狂懒治生^②，中阳有土不归耕。
偶因世乱成功业，便向翁前与仲争^③。

作者简介：

张方平（1007—1091），字安道，号乐全居士，应天府南京（今河南商丘）人，北宋大臣。景祐元年（1034），任昆山县（今属江苏）知县，又中贤良方正科，后迁睦州（今浙江建德东）通判。神宗朝，官拜参知政事（副宰相），反对任用王安石，反对王安石新法。死后谥"文定"。苏轼哀痛不已。

注释：

①选自《张方平集》，中州古籍出版社 1992 年 10 月出版。

②疏狂：狂放不受约束。治生：满足生活最基本的要求。《史记·高祖本纪》："（高祖）仁而爱人，喜施，意豁如也。常有大度，不事家人生产作业。及壮，试为吏，为泗水亭长，廷中吏无所不狎侮，好酒及色。"

③《史记·高祖本纪》："未央宫成。高祖大朝诸侯群臣，置酒未央前殿。高祖奉玉卮，起为太上皇寿，曰：'始大人常以臣无赖，不能治产业，不如仲力。今某之业所就孰与仲多？'殿上群臣皆呼万岁，大笑为乐。"

翻译：

高祖好酒狂放懒于谋生，中阳有地却不回乡农耕。
偶因乱世成就帝王大业，便在太上皇前与哥争名。

点评：

张方平是少数对刘邦持否定态度的官吏和诗人，他写的关于刘邦的诗几乎都持讽刺的态度。前两句讽刺他好酒而不爱从事农业劳动。若以农业社会的传统标准来看，一个农村出身的人不爱农活，这确是一个不被看好的品德，但人各有志，也各有所长，若仅以此为标准，而否定整个人则未免片面了。"偶因世乱成功业"，把刘邦的成功归因于偶然因素，这观点就明显错误了，因为偶然性背后总是隐藏着必然性。后人对《史记·高祖本纪》中记载的刘邦在太上皇面前与哥争功之事多是误读，以为刘邦在戏弄老爹，其实不然，这恰恰是刻画刘邦性格疏狂的精彩之笔。刘邦是个很讲究孝道的人，他为博得父亲的高兴，曾在长安临潼克隆古丰建新丰，留下了"鸡犬识新丰"的佳话，且儿子刘恒也受其影响而以孝出名，并位列二十四孝之中，刘仲也被刘邦封王，如此之人怎会戏弄老爹呢？

斩蛇泽歌①

宋·贺铸

元丰甲子，余与彭城张仲连谋父、东莱寇昌朝元弼、彭城陈师仲傅道、临城王适子立、宋城王玭文举，采徐方陈迹分咏之。余得戏马台、斩蛇泽、歌风台三题，即赋焉。戏马台在郡城之南，斩蛇泽在丰县西二十里。

君不闻，泗滨亭长送徒如②咸阳，徒夫怀归③多道亡。
泽中置酒饮相诀，吾亦从此奔芒砀。
阴风萧萧导者惧，前有修蛇怒横路。
酒酣拔剑肯留行，划断蜿蜒不回顾。
河明月出人踵来，彼媪何冤号且哀？
谓遭赤帝屠吾子，语竟莫知安在哉。
真人闻此自心许，茫茫四海吾其主。
虎变龙飞十二年④，馘项枭英尽狐鼠⑤。
半夜雄鋩⑥飞上天，几见⑦长陵一抔土。

作者简介：

贺铸（1052—1125），北宋词人，字方回，因其《青玉案》中名句"试问闲愁都几许？一川烟草，满城风絮，梅子黄时雨"而得绰号"贺梅子"。出生于卫州（今河南卫辉市），自称远祖本居山阴，是贺知章后裔，以知章居庆湖（即镜湖），故自号庆湖遗老。他是宋太祖贺皇后族孙，所娶亦宗室之女。晚年退居苏州，杜门校书，不附权贵，喜论天下事。长于词，其风格兼有豪放、婉约之长；用韵严格，富有节奏感和音乐美。南宋爱国词人辛弃疾等对其词均有续作，足见其影响。

注释：

①选自影印古籍资料《钦定四库全书·宋百家诗存卷一》（嘉善·曹庭栋编）

②如：去、往。

③徒夫：服劳役的罪人；怀归：思归故里。归，回家。

④虎变：出自孔颖达疏，"损益前王，创制立法，有文章之美，焕然可观，有似虎变，其文彪炳"。《汉语大词典》：虎皮的花纹斑斓多彩。比喻因时制宜，革新创制，斐然可观。龙飞：比喻帝王兴起。十二年：刘邦楚汉战争四年（前206—前202），做皇帝八年（前202—前195），计十二年。

⑤馘项：消灭项羽。馘：其古字形像以戈割耳，或像以戈斩首。馘本义指古代战争中的一种计算军功的方法，即割取敌人的左耳以计数自己所杀之敌，此处指诛戮，消灭。枭英：枭，本指斩首悬以示众，此处意为斩杀；英，即英布。狐鼠：比喻各类坏人。

⑥雄鋩：锐利的锋芒，喻强大的气势。这里指刘邦。

⑦几见：见之不久。

翻译：

君不闻，泗水亭长押送徒夫去咸阳，徒夫思归故里中途多逃亡。

在大泽中置酒痛饮相决别，我也从此一路逃匿去芒砀。

阴风萧萧前导胆怯多恐惧，忽报前面长蛇发怒道路挡。

酒酣拔剑岂能停止往前行，剑起蛇断蜿蜒前行不回头。

月出河明有人接踵来蛇处，那老妪有何冤哭号现哀容？

她说儿遭遇赤帝挥剑屠杀，话音刚落她却人去不知踪。

刘邦闻言心欢喜暗中自夸，茫茫四海苍茫大地我为主。

起事至龙兴风云十二年，灭项又斩英杀尽狐与鼠。

半夜里赤龙魂魄飞上天，不久就见到长陵一抔土。

点评：

这是作者的彭城三咏（其一），另两首是《歌风台词》《戏马台歌》。这首诗只是复述了《史记·高祖本纪》中高祖斩蛇起事的一段故事，没有什么创新的东西。换句话说，他相当于用古体诗改写《高祖本纪》中的刘邦斩蛇的一个片段而已。结尾甚至带有虚无的色彩。

高祖庙①

宋·赵公豫

尺土无阶②起沛丰，大风一曲压群雄。
秦关约法③成王业，楚国抡材④卫帝宫。
远引留侯悲鸟兔⑤，矜功韩信困牢笼。
堪怜戚氏⑥终人彘⑦，智略何曾事事工⑧？

作者简介：

赵公豫（1135—1212），字仲谦，常熟（今江苏常熟市）人。为人沉厚清苦。高宗绍兴二十四年（1154）进士。历知仁和、余姚、高邮、真州、常州等地。居官廉正，常言"吾求为良吏，不求为健吏"，故每去任之日，壶浆攀辕者甚多。有《燕堂诗稿》。

注释：

①选自《钦定四库全书·集部·燕堂诗稿》。

②尺土无阶：不凭借（祖上留下）的一尺土地。阶：凭借。《明史》：太祖高皇帝（朱元璋）亲祀历代帝王庙，各献爵毕，独于汉高祖增一爵，曰："我与公，不阶尺土而有天下，比他人不同，特增一爵。"

③秦关约法：指刘邦入咸阳后的约法三章。

④抡材：选择材木。《周礼·地官·山虞》："凡邦工入山林而抡材，不禁。"这里指选拔人才。

⑤远引：远去，远游。张良精通黄老之道，不恋权位，晚年随赤松子云游四海。悲鸟兔：出自《史记·越王勾践世家》："飞鸟尽，良弓藏；狡兔死，走狗烹。越王为人长颈鸟喙，可与共患难，不可与共乐。子何不去？"意思是说：兔子捕杀完了，

猎狗也就无用可以烹煮吃了；鸟儿捕杀完了，良弓也就无用了可以收拾起来。比喻事情成功后把出过力的人抛弃或除掉。

⑥戚氏：汉高祖刘邦的宠姬，定陶人，刘邦做汉王时所娶，十分宠爱，戚姬生赵王刘如意，后因立太子事得罪吕后，被人彘而死。

⑦人彘：彘就是把四肢剁掉，挖出眼睛，用铜注入耳朵，使其失聪（熏聋），用暗药灌进喉咙，割去舌头，破坏声带，使其不能言语，然后扔到厕所里。这是吕后发明用来对付戚夫人的一种非常残忍的酷刑。

⑧工：精巧。

翻译：

不凭借祖上寸土而崛起于沛丰，一曲大风歌气势恢弘力压群雄。
入关后约法三章终于成就霸业，楚国内选拔人才为了守卫帝宫。
张良云游四海免于鸟兔的结局，韩信居功自傲则被困死于牢笼。
最可怜戚氏终被吕后人彘而死，谋略何曾什么事情都天衣无缝？

点评：

这首诗前两联赞高祖之功业：草根起家，气压群雄，成就王业，重视人才。后两联通过写张良、韩信和戚夫人的结局，说明一个人考虑问题总有失虑之处，怎么可能会细密到天衣无缝呢。意思是说，高祖虽功勋显赫，但也难免有失虑之处。

汉高庙①

金·李俊民

埃下未闻歌散楚②，泽中已见哭亡秦③。
乾坤到底归真主④，愁煞鸿门碎斗人⑤。

作者简介：

李俊民（1176—1260），字用章，自号鹤鸣老人，泽州晋城（今属山西晋城）人。

年幼时勤于经史百家，尤精通"二程"（程颢、程颐）理学。金章宗承安间（1196—1200）以经义举进士第一（状元），弃官教授乡里，隐居嵩山。金亡后，忽必烈召之不出，卒，谥"庄靖"。能诗文，其诗感伤时世动乱，颇多幽愤之音。有《庄靖集》。

注释：

①选自《庄靖集》，山西古籍出版社 2006 年 6 月出版。

②《史记·高祖本纪》："项羽卒闻汉军之楚歌，以为汉尽得楚地，项羽乃败而走，是以兵大败。""四面楚歌"即出于此。

③《史记·高祖本纪》："后人来至蛇所，有一老妪夜哭。人问何哭，妪曰：'人杀吾子，故哭之。'人曰：'妪子何为见杀？'妪曰：'吾子，白帝子也，化为蛇，当道，今为赤帝子斩之，故哭。'"

④真主：封建社会所谓的真命天子。也泛指贤明的皇帝。

⑤碎斗人：指项羽的谋士范增。《史记·项羽本纪》："亚父受玉斗，置之地，拔剑撞而破之，曰：'唉！竖子不足与谋。夺项王天下者，必沛公也。吾属今为之虏矣。'"

翻译：

垓下还未闻楚歌瓦解楚军时，大泽中已看见老妪痛哭亡秦。

江山到底还是归于真命天子，直愁煞鸿门宴击碎玉斗的人。

点评：

这首七绝句句含典，格律严谨。前两句用"未闻""已见"预兆了项羽失败的必然性；尾句用"愁煞"碎斗人范增，衬托了项羽的有勇无谋，从而得出结论：乾坤到底归真主。短短四句却一波三折。

萧相国庙①

元·王恽

海宇清澄入帝图，忍将牛渴饮泥污？
不知世教②从中降，得约秦苛意尽都③。

作者简介：

　　王恽（1227—1304），字仲谋，号秋涧，卫州路汲县（今河南卫辉市）人。元朝著名学者、诗人兼政治家。一生仕宦，刚直不阿，清贫守职，好学善文，成为元世祖忽必烈、元裕宗真金和元成宗皇帝铁穆耳三代著名谏臣。著有《秋涧先生全集》。

注释：

　　①选自《钦定四库全书·集部·秋涧集》。

　　②世教：指当时的正统思想、正统礼教，即周公孔孟之道。

　　③刘邦入关"与父老约，法三章耳：杀人者死，伤人及盗抵罪。余悉除去秦法。"（《史记·高祖本纪》）。秦苛：指"秦苛法"。尽都：二字为同意连用。谓约法三章其意就是完全彻底除去秦法。《史记·萧相国世家》："太史公曰：萧相国……谨守管籥，因民之疾秦法，顺流与之更始。"

翻译：

　　天下统一太平已入大汉版图，怎忍心让饥渴耕牛饮那泥污？

　　哪知正统礼法从萧相国诞生，三章约法彻底将秦苛法废除。

点评：

　　本诗从意识形态的角度赞美了萧何的独特贡献。战国时期各诸侯国都有自己的文化，大汉虽然统一了天下，但那只是领土的统一，真正的统一应该是意识形态的统一，萧何为此作出了独特贡献。

高祖故宅①

元·李凤

一剑西提与楚争，风云惨淡五年兵。

归来四海成家日，犹自悲歌气未平②。

作者简介：

　　李凤（1254—1317），字翔卿，一字舜仪，原籍单州，随家迁居东明。大德十年（1306）曾任国子监助教、临朐主簿。李凤所著较多，以《西林集》最为有名，但均未能流传下来。此诗在《沛县志》中为《沛县过歌风台》。

注释：

　　①选自清光绪《丰县志》卷十三"艺文类"（下）。
　　②此句指大风歌中"安得猛士兮守四方"一句对守住江山的担忧。

翻译：

　　手提一把宝剑西进与楚相争，风云变幻跌宕苦苦五载用兵。
　　功成衣锦还乡四海已成一家，一曲大风悲歌仍然忧思难平。

点评：

　　选材上，这首诗只截取刘邦最辉煌的五年楚汉相争的经历，高度赞扬了刘邦一统天下、四海成家的宏伟业绩。"惨淡"反映出取得成功的艰难，尾句反映了刘邦头脑的清醒：创业难，守业更难。

丰西亭^①

元·傅与砺

遥山寂寂对危亭^②，坏础欹沙^③柳自青。
四海久非刘社稷，千秋犹有汉精灵。

作者简介：

　　傅与砺（1303—1342），新喻（今江西省新余市）人，元代中后期的重要诗人之一。少贫，学徒编芦席。游食百家，发奋读书，后以布衣至京师。数日间，词章传诵京城，受到虞集、揭傒斯称赏，以异才荐于朝廷。曾以参佐身份出使安南（今越南），出色完成任务。欧阳玄赞其"以能诗名中国，以能使名远夷"。

注释：

① 选自清光绪版《丰县志》卷十三"艺文类"（下）。丰西亭：明万历增补本《丰县志·地理志·山河》载："西泽在县治西二十里许，即汉高祖为亭长，送徒骊山过西泽中亭，止，饮于此。（今淤）。"

②危亭：耸立于高处的亭子。

③础：垫在柱下的石礅；攲：倾斜。

翻译：

寂寂远山遥对高处空亭，基础倒地杨柳依旧青青。

四海早已不是刘家天下，千秋犹有汉皇不朽神灵。

点评：

前两句写沛宫亭础坏坍圮，表达方式是叙述描写；后两句写感慨，表达方式是议论，前者是铺垫，是引子，后者的结论是点睛，告诉人们：谁都不可能永远拥有江山，但精神可与日月同辉，光照万代。

汉高祖庙①

明·王正

汉皇千古一英雄，休笑当年马上功②。

试问后来为帝者，谁人曾出范围中③？

作者简介：

王正，字惟仲，山阴人。随父贤举占籍于丰，隐居教授。洪武初，宋濂荐明经，任翰林院孔目。升四川泸州知州，调嘉定州，进升四品俸，致仕，祀名宦。号秋林隐老。（清光绪《丰县志》卷八"人物类"）

注释：

①选自明万历增补本《丰县志》，清光绪《丰县志》卷十三、张伯英主编的《徐

州续诗征》卷十二均收入此诗，题目为《高祖故宅》。

②马上功：即战功。

③意思是有谁超出了他的功绩？

翻译：

汉高祖确实是千古一大英雄，莫要嘲笑当年凭借武力成功。

请问那些后来夺取帝位的人，有几个曾经超出他的功绩中？

点评：

这首七绝以明白如话的质朴之语，高度赞扬了刘邦的丰功伟绩。"千古一英雄""谁人曾出范围中"，用语之极，评价之高，无出其右也。

该诗采用平起首句入韵，格律规范。

过高祖故宅①

明·曾棨

秦皇失其鹿，咸阳为飞灰。

沐猴②万人敌，叱咤生风雷。

堂堂隆准翁③，仗剑起蒿莱。

天威动四海，顾视群雄摧。

垂衣④坐关中，黄屋⑤高崔嵬。

一朝念乡土，万乘⑥忽归来。

酒酣发浩歌，意气何壮哉！

大风撼枌榆，白日照尊罍⑦。

焉知天运移，炎祚⑧忽已颓。

凄凉千载后，秋草翳荒台。

流景⑨能几时？昆明⑩起尘埃。

飘飘芒砀云，飞散不复回。

至今中阳里，恻怆令人哀。

作者简介：

曾棨（1372—1432），字子启，号西墅，江西永丰人，以豪饮与奇才闻名于世。明永乐二年（1404）进士，殿试第一（状元），授撰修。曾棨早年被其父所厌弃，一边放猪，一边苦读。他天性聪明又博闻强记，工文辞，善草书，人称"江西才子"。曾棨作文如泉涌。成祖爱其才，在他的考卷上御批："贯通经史，识达天人，有讲习之学，有忠爱之诚，擢冠天下，昭我文明。"还在卷首朱书："第一甲第一名。"时人评其诗文如"园林得春，群芳奋发，锦绣烂然，可玩可悦，状写之工极其天趣"。他为人襟度坦夷，精神洒脱；事亲尽孝，待友尽义，喜奖掖后进。宣德七年（1432）卒于任上，谥"襄敏"。有《西墅集》等著作。

注释：

① 选自曾棨的《西墅集》万历十九年（1591）刊本。

② 沐猴：指项羽。沐猴（猕猴）而冠，比喻装扮得像人，实际却虚有其表。常用来讽刺依附权势窃据一定权位的人。出自《史记·项羽本纪》："人言楚人沐猴而冠耳，果然。"

③ 隆准翁：刘邦。出自《史记·高祖本纪》："高祖为人，隆准而龙颜，美须髯，左股有七十二黑子。"

④ 垂衣：即垂衣裳，意思是定衣服之制，示天下以礼。后用以称颂帝王无为而治。

⑤ 黄屋：帝王所居宫室。

⑥ 万乘：指天子。周制，天子地方千里，出兵车万乘；诸侯地方百里，出兵车千乘，故称天子为"万乘"。古代四马一车为"一乘"。贾谊《过秦论》："秦以区区之地致万乘之势，序八州而朝同列。"

⑦ 尊罍：酒杯。尊，通"樽"，盛酒的器具。罍：古代的一种酒器，多用青铜或陶制成。口小，腹深，类似现在的坛子。

⑧ 炎祚：五行家谓刘汉以火德王，因以"炎祚"指汉的国统。

⑨ 流景：闪耀的光彩。张衡《西京赋》："流景内照，引曜日月。"

⑩ 昆明：指汉代昆明池，位于陕西省西安市长安区鱼斗路，地处西安城西的沣水、潏水之间。昆明池总面积三点三二平方千米，始建于西汉汉武帝元狩三年（前120），这里代指汉朝。

翻译：

秦王失去了权位，咸阳化成了飞灰。

项羽力可敌万众，怒喝一声生风雷。

气势盛大汉高祖，持剑起事于草野。

天威一动惊四海，回头一看群雄摧。

无为而治坐关中，宫殿凌云高崔嵬。

一朝思念故乡土，天子衣锦还乡来。

酒酣击筑发浩歌，意气风发何壮哉！

大风一曲撼故乡，白日呆呆照酒杯。

哪知时来天运转，大汉呼喇已倾颓。

故宅凄凉千载后，秋草遮蔽石阶台。

光彩闪耀能几时？昆明池里起尘埃。

芒砀风云飘然去，从此飞散不复回。

至今古丰中阳里，愁苦悲切令人哀。

点评：

这首古风按从古到今的思路叙写，前十六句写昔日的辉煌；后十句写今日古庙的荒凉，抒发了昔盛今衰的伤感之情。

高祖庙①

明·程敏政

古原荒树倚村斜，高庙威灵②亦可嗟。

警跸③千年余塑马，铙箫④终夕舞神鸦⑤。

岚山落日销云气，泡水寒风卷岸沙。

汉楚兴亡那复问，一龛⑥灯火属僧家。

作者简介：

程敏政（1445—1499），字克勤，明徽州府休宁（今安徽省黄山市休宁县）人，南京兵部尚书程信之子。明成化二年（1466）进士。累官至礼部右侍郎兼侍读学士。阅唐寅乡试卷，激赏之。明弘治十二年（1499），与李东阳主持会试，举人徐经、唐寅预做文，与考试题相合。给事中华昶弹劾程敏政，说他出卖了试题。当时还未发榜，诏程敏政不阅卷，将录取的人令东阳会同考官复校。徐、唐二人试卷皆不在所取复校的试卷之中。李东阳向朝廷报告如此情况。批评者还不肯罢休，将程敏政、华昶、徐经、唐寅俱下狱。华昶以弹劾不符事实罪，调为南京太仆寺主簿。程敏政出狱愤慨不已，不久病逝。有《新安文献志》《明文衡》《篁墩集》等。

注释：

①选自清光绪《丰县志》卷十三"艺文类"（下）。

②威灵：这里指神灵的威力。

③警跸：古代帝王出入时，于所经路途侍卫警戒，清道止行，谓之"警跸"。

④铙箫：两种乐器。铙：铜质圆形的打击乐器，比钹大。箫：洞箫，管乐。

⑤神鸦：指在庙里吃祭品的乌鸦。

⑥龛：供奉佛像、神位等的小阁子。

翻译：

古原野树环绕村子横斜，高庙神威实在令人叹嗟。

侍卫千年如今只剩石马，铜铙洞箫昼夜舞动神鸦。

岚山落日消解天空云气，泡水寒风卷起弥漫岸沙。

汉楚兴亡无需再去追问，神龛灯火属于寺院僧家。

点评：

首联的"亦可嗟"领起全诗，也奠定了全诗的感情基调：悲凉低沉。前两联写人事沧桑，颈联写自然永恒。尾联总结全诗，点出"嗟"的具体内容：红尘滚滚，都是过眼云烟。流露出一种消极虚无的思想。

该诗采用平起首句入韵式。

谒汉高庙①

明·陆深

元冬曜白日②，旷野垂大风。

旅行齐楚交，密与丰沛通。

磊魂③半亩丘，乃有高皇宫。

堂堂赤帝子，仪像居当中。

天运苟不极④，未肯生英雄。

一时风云会，百辈皆王公。

野人守敦朴，香火祈年丰。

哪知千载上⑤，行天乘六龙⑥。

丈夫事真主，圣人优⑦百工。

感叹复感叹，岂必非遭逢⑧。

作者简介：

陆深（1477—1544），明代文学家、书法家。字子渊，号俨山，南直隶松江府（今上海）人。明弘治十八年（1505）进士，授编修。卒，赠礼部右侍郎，谥文裕。敕葬于浦江东岸，其墓于1970年因人防工程挖掘而毁。他著述宏富，为明代上海人中所少见，上海陆家嘴即因其故宅和祖茔而得名。著有《俨山集》《史通会要》《玉堂漫笔》《传疑录》等。

注释：

①选自《钦定四库全书·集部·俨山集》。

②元冬：即玄冬，冬日。曜：照耀。

③磊魂：众石累积的样子。

④不极：不到极点，不到顶点。

⑤千载上：千年前。

⑥六龙：指太阳。神话传说日神乘车，驾以六龙，羲和为御者，这里指高祖像太阳。

⑦优：优待，如拥军优属。

⑧遭逢：碰上，遇到。文天祥《过零丁洋》："辛苦遭逢起一经，干戈寥落四周星。"

翻译：

> 冬日里阳光灿烂通明，旷野里突然扬起大风。
>
> 我旅行在齐楚交界处，于是多次去丰沛旅行。
>
> 乱石堆起的半亩山丘，竟有高祖的神殿庙宫。
>
> 堂堂的赤帝子汉高祖，仪像庄重地居于当中。
>
> 天运如果没达到极点，怎能诞生这样的英雄。
>
> 一个时机遇上风云会，百世皆成为贵族王公。
>
> 农民们恪守敦厚淳朴，常燃一炷香祈求年丰。
>
> 哪知千年之前的秦汉，高祖乘车竟驾以六龙。
>
> 大丈夫侍奉真龙天子，圣人当优待世间百工。
>
> 面对高祖我感慨又感慨，他难道不是与天时相逢？

点评：

这是一首五言古风。"天运苟不极，未肯生英雄"，这是本诗的诗眼，作者过分强调天运的作用而忽视个人的能力，这是不可取的。一个人的成功固然有其运气，但这只是外因，他必须要通过内因即个人的主观努力才能起作用。

高祖庙

明·马暾

> 泽陂异瑞毓真人①，海宇皇皇正苦秦。
>
> 厌气筑时已迷鹿②，枌榆祀处即通津③。
>
> 一朝相业何共绾④，千载民风朱若陈⑤。
>
> 今日经过重惆怅，水村山郭漫铺茵。

作者简介：

马暾，明方志学家，字廷震，徐州人，明成化七年（1471）举人。历官潞州知州、南京户部员外郎、郎中。为官廉明，卒于官。著有《潞州志》《（弘治）重修徐州志》等。

注释：

①《史记·高祖本纪》："其先刘媪尝息大泽之陂，梦与神遇。是时雷电晦冥，太公往视，则见蛟龙于其上。已而有身，遂产高祖。"毓，生育，养育。真人，真龙天子，指刘邦。

②此句指秦始皇为镇压丰沛帝王气，曾东巡至丰县筑厌气台。迷鹿：指秦失其鹿，即失去权位。

③通津：喻险要职位，这里之高祖。

④何共绾：指萧何与卢绾。

⑤朱若陈：指朱陈村。白居易有《朱陈村》诗。

翻译：

泽边出现奇瑞诞生真龙天人，四海恐惧不安正痛苦于暴秦。
秦台筑时秦统治已摇摇欲坠，枌榆祭祀之处就是高祖至尊。
大汉的功业当数萧何与卢绾，千载淳朴民风要看古村朱陈。
今日经过又勾起我满腹惆怅，水村山郭春色弥望绿草茵茵。

点评：

这首诗不仅赞颂高祖，也赞颂了开国功臣萧何和卢绾，赞颂了民风淳朴的朱陈村。正是因为古丰的淳朴民风，才哺育了丰县的这些英雄的人物，从而赞颂了丰县是人杰地灵之地。尾句以景结情，表现古丰大地的无限生机。艺术上，本诗善于运用衬托的手法，以暴秦迷鹿，衬托高祖兴王，从而证明得道多助、失道寡助的道理。

登马维堌①

明·季珍

吊古寻幽入翠嵬②，逢人说是马维堆。
帝师异代名犹烈，王佐③当年骨已灰。
绿水平芜④只⑤雁远，白云空谷断烟哀⑥。
至今埋玉⑦秦台处，尚有余光照草莱⑧。

作者简介：

季珍，丰县人。嘉靖年间的岁贡生，任浙江乐清县主簿。

注释：

①选自明万历增补本《丰县志》"艺文志"，清光绪《丰县志》卷十三"艺文类"（下）也收录此诗，题目是《马维堌》。马维堌：见明万历增补本《丰县志》，"马维堌在县东北二里许，汉高祖幼时与卢绾同游马唯先生是也。后葬于此（今遗址尚存）"。堌：土堡、土堆。《康熙字典》引"正字通"："堌，古冢也。"丰县带"堌"字的地名，如马维堌（马维墓）、贺堌集（贺知章墓）、娥墓堌（西汉古墓）、杨陶堌（两姓墓）、吕堌寺、宝堌寺、青堌寺、桑家堌等，都是指大型古冢。

②翠嵬：翠绿的护城大堤。

③王佐：辅佐帝王的人。

④平芜：草木丛生的平旷原野。

⑤只：清光绪《丰县志》作"双"。

⑥断烟哀：断烟，孤烟。"哀"在清光绪《丰县志》作"回"。

⑦埋玉：即埋葬马维，以玉代人，言其道德高尚，品行如玉。

⑧草莱：杂生的草。

翻译：

吊念马维我进入翠绿的土丘，逢人便说这里是马维的坟堆。
帝师历经后世声名依旧显赫，当年帝王谋士骨头早已成灰。
绿水平野上只雁正飞向远方，白云空谷孤烟一缕备觉悲哀。

至今在古丰埋葬马维的地方，仍有余光照耀着周边的草莱。

点评：

首联扣题，交代去马维堌凭吊马维；颔联用衬托的手法，以帝王谋士早已成白灰，衬托马维却声名流芳；颈联尾联写景，渲染马维堌周围环境的寂静，"绿水平芜只雁远"意境辽阔、空灵，堪称名句。

高祖庙①

明·金甫

此地名存事已非，不胜感慨思依依。
残碑寂寞堪遗恨，古庙荒凉自落晖。
大泽忽逢灵媪哭，中阳谁识赤龙飞？
巡行天下秦无道，百二山河②属布衣③。

作者简介：

见前。

注释：

①选自清光绪《丰县志》卷十三"艺文类"（下）。
②百二：以二敌百，比喻山河险固之地。《史记·高祖本纪》："秦，形胜之国，带河山之险，县隔千里，持戟百万，秦得百二焉。"
③布衣：代平民百姓，因刘邦农民出身，所以这里代指刘邦。

翻译：

此地名字尚存人事已非，我不胜感慨仍思念依依。
残碑寂寞足以令人遗恨，古庙荒凉沐浴落日余晖。
丰西大泽忽遇老妪在哭，中阳谁能预料赤龙腾飞？

环顾天下世道纷乱黑暗，险固河山终属刘邦布衣。

点评：

以"感慨"领起全诗，"残碑""寂寞""遗恨""荒凉""落晖"等词语的接连运用，哀伤的抒情气氛扑面而来，表现出昔盛今衰的伤感。尾句以议论作结，颂刘抑项，态度分明。

该诗采用仄起首句入韵式，格律规范。

过汉高祖庙^①

明·公鼐

丰南松柏晚苍苍，汉祖遗宫古道旁。
父老袛今余涕泪，风云^②依旧各飞扬。
一抔事业归陵土，万岁神灵在故乡。
却忆炎精^③销歇后，千秋王气属吾王。

作者简介：

公鼐（1558—1626），字孝与，号周庭，谥"文介"。蒙阴（今山东省临沂市蒙阴县）人。明代著名文学家、诗人，与于慎行、冯琦时称明朝万历前期"山左三大家"。从公鼐高祖公勉仁开始，代代蝉联进士，到公鼐一代"五世进士，父子翰林"，成为明末著名的进士家族。天启初年，公鼐任礼部右侍郎，因生性刚直、嫉恶如仇，受到魏忠贤党羽的极力排挤。公鼐托病辞官，归乡赋闲，后逝于家。有《问次斋稿》传世。王士禛评价公鼐"万历中为词林宿望，诗文淹雅，绝句尤工"。

注释：

①选自《问次斋稿》点校本，赵广升点校，中国戏剧出版社 2008 年出版。
②风云：比喻变幻动荡的局势。
③炎精：指火德，也指应火运而兴的王朝。汉自称以火德王，故这里代指汉朝。

翻译：

丰南的松柏傍晚时分郁郁苍苍。汉祖的庙宫就矗立在古道边旁。

父老们而今面对古庙只是眼泪，变换动荡的局势依旧波澜飞扬。

千秋功业最终归于了一抔尘土，高祖的神灵却永远留在了故乡。

但是大汉的威严王气消歇之后，千秋王气则属于我们大明天皇。

点评：

这首诗的诗眼在尾联，主要表达"江山代有才人出，各领风骚数百年"的思想。人生是有限的，无论多么伟大，总会"一抔事业归陵土"，但功业却会永留青史，为后人所仰望，后继者会继续推动历史的前进。汉高祖和明太祖都是草根出身的皇帝，作为一位明朝的作者，在拜访高祖庙时，自然会联想到本朝开国皇帝朱元璋。

该诗用平起首句入韵式，格律规范。

过高帝庙①

明·陶望龄

路经丰沛山川古，龙起中原战斗多。

一代雄图②开赤帝，千秋遗庙傍黄河。

云归尚识真人气③，风起犹传猛士歌。

魂魄来游长此地，汉宫④秋色近如何？

作者简介：

陶望龄（1562—1609），字周望，号石篑，明会稽（今浙江绍兴）人。明万历十七年（1589），他以会试第一、廷试第三的成绩与董其昌、袁可立同年做翰林院编修，参与编纂国史；曾升侍讲，主管考试，后被诏为国子监祭酒。陶望龄为官刚直廉洁，不受滋垢。一生清真恬淡，以治学为最大乐事。他把做学问也当作息歇，并用"歇庵"二字名其居室，学人有时也称他为歇庵先生。工诗善文，著有《制草》若干卷、《歇庵集》二十卷、《解庄》十二卷、《天水阁集》十三卷。

注释：

①选自清光绪《丰县志》卷十三"艺文类"（下）。1983年修订版《沛县志》也录入此诗，题目是《沛县过汉祖庙》。

②雄图：伟大的谋略。

③真人气：指刘邦显示的天子之气。《史记·高祖本纪》载："秦始皇帝常曰'东南有天子气'，于是因东游以厌之。高祖即自疑，亡匿，隐于芒、砀山泽巖石之间。吕后与人俱求，常得之。高祖怪问之。吕后曰：'季所居上常有云气，故从往常得季。'高祖心喜。沛中子弟或闻之，多欲附者矣。"

④汉宫：指高帝庙。

翻译：

路经丰沛之地山川古老，龙起中原大地战争很多。

一代大帝具有宏图伟略，千秋古庙依傍滔滔黄河。

云气归来尚能识别高祖，风起仿佛还传猛士高歌。

魂魄来游长久流连此地，高祖古庙秋色近来如何？

点评：

该诗气势磅礴，节奏明快，基调高昂，高度赞扬了高祖业绩长存、万代景仰的伟大形象。"千秋遗庙傍黄河"既是实写，也是虚写。实写是言古庙真的依傍黄河，虚写是言高祖和江河一样万古永存。颈联是讲高祖虽去，但精神长存。尾联写自己梦魂常绕高祖故里，进一步表达对高祖的景仰。

该诗采用平起首句不入韵式，格律规范。

过高帝庙①

明·史文焜

汉帝威仪俨在兹，寒芜②漠漠野烟驰。

当时约法③除民患，不独兴王④见地奇。

过吊⑤纷来披野棘，咄嗟⑥难办起荒祠。

空堂衮冕⑦苔销尽，啼鸟吟螯⑧总涕洏⑧。

作者简介：

　　史文煃（？—1641），字五聚，丰县人。性情至孝好友，读书深沉，有远大志向。受业于句容人张榜，深得其指教。崇祯己卯（1639）中顺天榜。崇祯辛巳（1641）病死。才华未展，英才早逝，时人非常惋惜。（据清光绪《丰县志》）

注释：

　　①选自清光绪《丰县志》卷十三"艺文类"（下）。
　　②寒芜：指寒秋的杂草。
　　③约法：指刘邦攻入咸阳后约法三章之事，见《史记·高祖本纪》。
　　④兴王：指开创基业的君主。
　　⑤过吊：过，探望拜访；吊，凭吊。
　　⑥咄嗟：叹息。
　　⑦衮冕：衮衣和冕。古代帝王与上公的礼服和礼冠。这里代指人。
　　⑧吟螯：鸣叫的蝉。涕洏：形容泪流不止的样子。

翻译：

　　高帝容貌威严好像还在这里，寒秋平野寂寂云烟缭绕飞驰。
　　是当年三章约法消除了民患，不只是高祖的认识主张新奇。
　　凭吊者劈开荆棘都纷纷前来，感慨重新修建新祠这么不易。
　　庙堂人去楼空已被苔藓销蚀，鸟啼蝉叫总是让我泪水横飞。

点评：

　　该诗由眼前古庙之荒凉，联想到昔日高祖约法兴王的业绩，表达了极其悲凉伤感的情感，也流露出人生无常的感慨。
　　该诗采用仄起首句入韵式，格律规范。

卢绾故宅^①

明·邝颐

春水靡芜^②三月雨，夕阳城郭几家烟。
野禽不解兴亡恨，犹自飞飞下碧川^③。

作者简介：

邝颐，字维贞，广东南海进士。令丰，廉洁仁爱，升南宁府同知。既去而民思之。（清光绪《丰县志》）

注释：

①选自清光绪《丰县志》卷十三"艺文类"（下）。卢绾（前256—前194），泗水郡丰邑（今江苏省丰县）人，汉朝开国功臣之一。他与刘邦同年同月同日出生，幼年交好，深得刘邦信任。楚汉战争中，屡立军功，封为长安侯。刘邦建立汉朝，又被封为燕王。汉高帝十一年（前196），伙同代国陈豨和匈奴叛乱。刘邦亲自挂帅平叛，公元前194年，卢绾死于匈奴，享年六十三岁。明万历增补本《丰县志》载："卢绾故宅在县东北隅。即汉高祖同里、幼时读书友燕王宅也。宋建炎间改迁永宁寺于此。"清光绪《丰县志》载："卢绾宅县治西北隅。绾与高祖同里同学。封燕王，宋建炎改其地为永宁寺。"

②靡芜：一种香草，叶子风干可做香料。古人认为靡芜可以使妇人多子，后比喻人之美好。唐曹邺《筑城》："郎有靡芜心，妾有芙蓉质。"本诗是讲春水美好。

③碧川：绿色的大平原。

翻译：

春水温润如玉那是三月的桃花雨，夕阳下城郭几户人家正冒着炊烟。
野禽哪理解世间成败兴亡的遗恨，依旧自由自在飞翔在碧绿的平川。

点评：

这首诗是一幅春季田园画，画中有春水、桃花雨、夕阳、城郭、人家、炊烟、飞禽、碧川等，真正实现了苏轼评价王维的诗所言：诗中有画，画中有诗。但图画中也隐含哲理：人事沧桑，自然永恒！

汉高祖斩蛇处^①

清·练贞吉

> 沛公夜过芒砀路，白蛇当道撄^②其怒。
> 剑光飞动溅血红，蛇本无知身死误。
> 王业何曾关此蛇，事出偶然非有故。
> 如何竟有老妪啼？乃使千秋闻见怃。
> 白帝赤帝纷相传，土人指点路东西。
> 英雄挥剑不可见，至今云暗草萋萋。

作者简介：

练贞吉，字石林，明末清初河南永城县人，练国事之第三子，十三岁补博士弟子员。清顺治八年（1651）拔贡，与侯方域、贾开宗等相唱和。他自幼受其父影响，擅长文辞，尤其熟悉先朝典章制度。贞吉虽生长官宦之家，绝无纨绔习气，常布衣草笠，友皆文人学士。晚年，他披葛策杖，自娱于山水间，常与农夫、渔民一起叙谈。他喜爱作诗，古近体诗宗法盛唐，闲远高脱，为文则雄奇壮伟，不可羁勒。著有《丛言诗话》《扫叶居士诗文集》。

注释：

①选自《扫叶居士诗文集》。
②撄：触犯、扰乱。

翻译：

沛公夜里行经芒砀山路，白蛇当道触犯使其发怒。
宝剑寒光飞动血溅天红，大蛇不明就里身死于途。
高祖王业何曾与蛇有关，事出只是偶然没有缘故。
为何竟有老妪在此哭啼？致使千年以后闻听发怃。
白帝赤帝故事传言纷纷，土著居民指点路途东西。
英雄挥剑斩蛇无法再见，这里至今云暗碧草萋萋。

点评：

这首诗主要对高祖斩蛇一事进行评论，反驳了白蛇即白帝子（秦始皇）、高祖斩蛇预兆秦朝将被刘汉所取代的迷信观点，认为这条蛇纯属偶然的误杀，与高祖的王业没有丝毫关系。

邀帝城寺①

清·渠钧

不识何年寺，相传邀帝城。

汉皇留胜迹，父老艳②芳名。

断碣迷丹篆③，香尘护彩甍④。

旷然凭眺远，怀古有余情。

作者简介：

渠钧，丰县人，康熙四十三年（1704）选贡生。推宿迁县儒学训导，但未上任。

注释：

①选自清光绪《丰县志》卷十三"艺文类"（下）。邀帝寺：在县治西南二十里许，今丰县宋楼镇葛芭草集村。汉高祖十二年（前195）冬十月，刘邦回故乡省亲，在沛宫欢宴父老十数日后，驾返长安，父老空城相送数十里，复再邀之留歇。张帷帐，献牛酒，畅饮三日。刘邦去后，乡人遂将此地名为"邀帝城"，建高祖庙，以作祀奉，此庙即"邀帝城寺"。

②艳：羡慕。

③丹篆：用朱砂书写的篆文。

④彩甍：彩绘的屋脊。这里指庙宇。

翻译：

不知何年建此寺，相传此为邀帝城。

汉皇在此留胜迹，父老乡亲羡芳名。

断碣篆文难辨认，香尘犹护庙彩顶。

凭高眺望旷邈远，邀帝怀古有余情。

点评：

首联开篇扣题，语言质朴明了，"不识""相传"用语严谨；颔联通过写父老对高祖英名的羡慕表达自己对高祖的崇敬；颈联写石碑虽已断裂寺庙虽已破败，但香火依旧，表明父老乡亲对高祖的崇拜和怀念；尾联直抒胸臆表达对高祖的崇仰之情。

过丰邑拜汉高帝庙三首^①

清·徐元文

一

天授^②资人杰，神奇借地灵。

犹余汤沐旧，得荐黍茅^③馨。

荫户槐枝绿，缘庭蕹叶青。

沛儿歌舞处，樵唱不堪听。

二

魂魄依原庙^④，威仪俨汉官。

不存绵蕞^⑤礼，还识竹皮^⑥冠。

气象^⑦标隆准，精灵障急澜。

大风方四起，凭吊日初残。

汉皇在此留胜迹，父老乡亲羡芳名。

断碣篆文难辨认，香尘犹护庙彩顶。

凭高眺望旷邈远，邀帝怀古有余情。

点评：

首联开篇扣题，语言质朴明了，"不识""相传"用语严谨；颔联通过写父老对高祖英名的羡慕表达自己对高祖的崇敬；颈联写石碑虽已断裂寺庙虽已破败，但香火依旧，表明父老乡亲对高祖的崇拜和怀念；尾联直抒胸臆表达对高祖的崇仰之情。

过丰邑拜汉高帝庙三首[①]

清·徐元文

一

天授[②]资人杰，神奇借地灵。

犹余汤沐旧，得荐黍茅[③]馨。

荫户槐枝绿，缘庭蕹叶青。

沛儿歌舞处，樵唱不堪听。

二

魂魄依原庙[④]，威仪俨汉官。

不存绵蕞[⑤]礼，还识竹皮[⑥]冠。

气象[⑦]标隆准，精灵障急澜。

大风方四起，凭吊日初残。

三

数椽仍碧瓦，半亩竟苍苔。

城对空堤暮，门临涸渚开。

秦台余气色，沛筑⑧剩悲哀。

车马风烟外，椒浆⑨奠一杯。

作者简介：

见前。

注释：

①选自徐元文《得树园诗集》。

②天授：指上天所授予，天赋。

③黍茅：即茅黍，汉代茅容的黍食。郭泰遇见茅容，觉得他举止与众不同，便借宿于茅家。茅容杀了鸡给母亲吃，自己和客人只吃粗饭淡菜，对此，郭泰大为赞赏。后世因以"茅黍"称待客饭菜不丰盛。（见《后汉书》卷九十八）

④原庙：在正庙以外另立的宗庙。《史记·高祖本纪》："及孝惠五年，思高祖之悲乐沛，以沛宫为高祖原庙。"裴骃集解："谓'原'者，再也。先既已立庙，今又再立，故谓之原庙。"唐彦谦《长陵》诗："丰上旧居无故里，沛中原庙对荒丘。"

⑤绵蕞：制订整顿朝仪典章。见《史记·刘敬叔孙通列传》

⑥竹皮：刘邦微时以竹皮所作之冠，也借指戴竹皮冠的乡野之人。

⑦气象：气度，气局。《新唐书·王丘传》："（王丘）气象清古，行脩絜，于词赋尤高。"

⑧沛筑：筑，乐器。沛宫曾击筑高歌"大风歌"，这里代指高唱大风歌这件事。

⑨椒浆：以椒浸制的酒浆，古代多用以祭神。

翻译：

一

天赋总是赋予杰出人物，成就帝业需借土地秀灵。

当年的汤沐邑仍在那里，纵然粗茶淡饭也觉温馨。

槐树掩映门窗葱郁碧绿，蕙叶环绕庭院郁郁青青。

当年沛公击筑歌舞之地，如今只有樵歌不忍再听。

二

魂魄仍依恋往昔的古庙，容貌庄严俨然问政汉宫。
当年的朝仪典章已忘记，却无人不识高祖竹皮冠。
气度格局的高标是高祖，机警聪明可以止息狂澜。
大风正从四面八方骤起，凭吊结束已是日落红残。

三

数栋庙堂老瓦依旧青绿，半亩地面已经长满青苔。
古城遥对空堤日升日暮，大门临近干渚时常洞开。
秦台依然留有当年气韵，沛公高歌只剩满腔悲哀。
我驾车来到这红尘之外，把椒浸的美酒祭上一杯。

点评：

第一首从高祖汤沐邑丰沛着笔，从外因角度强调成就伟业的条件：天授才华，地赋秀灵。因此本诗笔墨侧重对环境的描写。第二首则从高祖着笔，从魂魄、威仪、气象、精灵几个方面高度赞扬高祖的智慧气度和格局，表达对高祖的崇敬之情。结句写凭吊直至日落，从侧面进一步突出对高祖的崇敬。第三首则从高祖庙着笔，通过写庙的破落凋零冷落表达一种悲凉的情绪。这是组诗，既各自独立又相互关联照应，从不同角度赞颂高祖，表达崇敬之情。

斩蛇沟①

清·徐元文

狂秦已绝苍生望，灵媪②空招白帝魂。
剑气化成虹去后，噷③将沟水更无存。

作者简介：

见前。

注释：

①选自清刻本徐元文《含经堂集》卷二。斩蛇沟：又名斩蛇泽、丰西泽，是汉高祖斩蛇处。《水经注疏》："到丰西泽，有大蛇当径，拔剑斩之。此即汉高祖斩蛇处也。……《续汉志》，丰西有大泽，高祖斩白蛇于此。《括地志》，斩蛇沟源出徐州丰县中平地，至县西十五里入泡水。"《明一统志》："斩蛇沟，在丰县西二十里，汉高祖斩白蛇于此。"《记纂渊海》："斩蛇沟在丰县西，汉高祖斩蛇处。"今丰县王沟乡之名即来自于此。

②灵媪：指汉刘邦所斩白帝子的母亲。

③噏：同"吸"。

翻译：

狂秦已让百姓彻底绝望，白帝之母空招白帝阴魂。

剑气化成长虹消失以后，吸干沟水从此再也不存。

点评：

秦前着一"狂"字，态度鲜明地批判了秦王的暴虐，揭示了秦朝灭亡的必然性，注定了灵媪招魂也只能是徒然。"剑气化虹"同样态度鲜明地赞颂了刘邦斩蛇起义的义举，告诉人们：唯有顺应天道民意，江山才能永固。

过汉高祖庙①

清·孔贞瑄

昔日刘季子②，龙潜泗水边。

东南天子气③，遥与咸阳连。

始皇东厌之，辄隐芒砀巅。

道斩白帝子，戮剑山河偏。

不须阶尺土，空手直搏天。

笑骂雷霆霁，强忍铁石坚。

量与海天阔，明并日月悬。

大智合天下，群力屈众贤。

宽承殷周④后，英辟宋唐先。

我行荒山中，偶到荒祠前。

狐鼠窜古瓦，风雨落桷椽⑤。

庙貌倾圮甚，神光尚蜿蜒。

恍瞻隆准动，悚恻气益虔。

忆昔宴父老，起舞泪潺潺。

游子故乡意，雄心转凄然。

千秋丰沛水，常与梦魂旋。

待乞南徐⑥吏，为君续香烟。

作者简介：

孔贞瑄（1634—1716），山东曲阜人，字璧六，号历洲，晚号聊叟，孔子六十三代孙。清顺治十八年（1661）会试副榜，由泰安学正升云南大姚知县。归后筑聊园以自乐，潜心研究经史，尤精算学、韵学，卒年八十三。有《聊园文集》《聊园诗略》《操缦新说》《大成乐律全书》等。

注释：

①选自《聊园诗略》前集卷二，清康熙刻本。过：探望，拜访。如孟浩然的《过故人庄》。

②刘季子：刘邦，字季。《史记·高祖本纪》："高祖，沛丰邑中阳里人，姓刘氏，字季。"

③《史记·高祖本纪》："秦始皇帝常曰'东南有天子气'，于是因东游以厌之。高祖即自疑，亡匿，隐于芒、砀山泽岩石之间。"

④殷周：殷就是商朝，周就是周朝，中国早期的两个开明时代。

⑤桷椽：即木椽子，屋梁上用于承受草或瓦的木条。

⑥南徐：古代州名，东晋侨置徐州于京口城，南朝（宋）改称"南徐"，即今江苏省镇江市，历齐梁陈，至隋开皇年间废。这里当指徐州，因为作者是山东曲阜人，位于徐州北面，故称徐州为"南徐"。

翻译：

> 当年汉高刘季子，赤龙潜伏泗水边。
> 东南惊现天子气，遥与三秦咸阳连。
> 始皇东巡去压气，刘邦隐藏芒砀巅。
> 中途斩杀白帝子，挥剑西指山河变。
> 不借祖上半尺土，赤手空拳直搏天。
> 笑骂能使雷雨晴，坚强忍耐铁石坚。
> 气度恰似海天阔，磊落当如日月悬。
> 大智天下成一统，群力归附招众贤。
> 宽厚承前殷周后，光彩开辟唐宋先。
> 今日我行荒山中，偶然来到荒祠前。
> 狐兔老鼠窜老瓦，风雨摧毁朽木橼。
> 古庙倾塌很严重，神圣光芒尚漫延。
> 仿佛看见高祖动，惶恐不安气更虔。
> 回忆当年宴父老，举杯起舞泪潺潺。
> 游子满怀故乡意，傲然雄心转凄然。
> 千秋不涸丰沛水，常与梦魂相周旋。
> 待我乞求南徐吏，为君年年续香烟。

点评：

　　从内容看，这首诗按照"古—今—古—今"的思路构思：第一部分从开始到"英辟宋唐先"，写"古"。这一部分的前五韵先以编年的方式简要回顾高祖从起事到成就王业的过程；接着六至九韵，高度赞扬高祖的白手起家、气度磊落、宽厚英明。第二部分从十至十三韵，写"今"，即眼中的高祖庙的荒凉不堪，到处是"狐鼠窜古瓦，风雨落桷橼"；第三部分从十四韵至十六韵写"古"，回忆高祖还乡在沛宫宴请乡亲父老的情况，突出高祖的故乡情结。第四部分是尾句，表达对高祖的追念崇敬之情。作者古今穿插，历史和现实并用，把叙述、描写和议论有机结合起来，既有感官之景，又有理性之思。

汉高帝庙^①

清·陈梓

布衣崛起拯穷黎^②，云覆真人^③芒砀低。
三尺断蛇归帝者，五年逐鹿泣虞兮。
趣呼销印^④机何捷，漫答分羹^⑤语不稽。
自是^⑥英雄多豁达，惜无王佐^⑦指岐迷。

作者简介：

陈梓（1683—1759），字俯恭、敷公、一斋，号古铭，又号客星山人，姚（浙江余姚）临山人。清朝康乾盛世时期的著名诗人、书法家。有《删后诗存》《删后文存》存世。

注释：

①选自清嘉庆二十年胡氏敬文堂刻本《删后诗存》。

②穷黎：贫苦百姓。

③《史记·高祖本纪》："秦始皇帝常曰'东南有天子气'，于是因东游以厌之。高祖即自疑，亡匿，隐于芒、砀山泽巖石之间。吕后与人俱求，常得之。高祖怪问之。吕后曰：'季所居上常有云气，故从往常得季。'"

④销印：销毁印章。《史记·留侯世家》："汉王恐忧，与郦食其谋桡楚权。汉王曰：'善，趣刻印。'张良从外来，曰：'诚用客之谋，陛下事去矣。'汉王辍食吐哺骂曰：'竖儒，几败而公事！'令趣销印。"

⑤《史记·项羽本纪》："当此时，彭越数反梁地，绝楚粮食，项王患之。为高俎，置太公其上，告汉王曰：'今不急下，吾烹太公。'汉王曰：'吾与项羽俱北面受命怀王，曰"约为兄弟"，吾翁即若翁，必欲烹而翁，而幸分一杯羹。'项王怒，欲杀之。"

⑥自是：自然是。

⑦王佐：王者的辅佐，佐君成王业的人。

翻译：

布衣高祖崛起拯救贫民百姓，紫气覆盖真人盘旋芒砀很低。

三尺宝剑断蛇皇位终归高祖，五年中原逐鹿霸王哭别虞姬。

急呼销毁印章心思多么迅捷，漫语回答分羹此事此言无稽。

英雄自然多是性格开朗大度，可惜缺少王佐之才指点津迷。

点评：

这首诗写了刘邦五件事：吕后观云找刘邦，挥剑斩蛇，楚汉相争胜出，趣呼销印，漫答分羹。这些事均来自《史记·高祖本纪》，可见《史记》是中国文学的母体，后世的不少文学作品均来自《史记》。这首诗既有对刘邦的赞颂，也有对他的惋惜，这是本诗流露出的两种主要情感。但从艺术上讲，这首诗有堆砌史实之嫌，显得笨拙而缺乏空灵。

汉高祖庙①

清·桑调元

一剑成王业，英雄丰沛多。

兴②随芒砀气，归③作大风歌。

螭断穿碑首④，鸦攒⑤古树柯。

良平祠墓近⑥，灵驭月中过。

作者简介：

桑调元（1695—1771），字伊佐，一字弢甫，号五岳诗人，浙江钱塘人。雍正十一年（1733）进士，授工部主事。幼时即聪明勤奋，且是远近闻名的孝子。他精于史学与性理之学，在教学方面卓有成就。诗文纵横排奡，才锋踔厉，著有《弢甫集》《弢甫续集》《五岳集》等。

注释：

①选自《桑调元集》，浙江古籍出版社 2016 年 9 月出版。

②兴：成就帝业。

③归：指高祖还乡之事。

④螭：古代传说中没有角的龙。穹碑，圆顶高大的石碑。

⑤攒：同"攒"，凑集，聚拢。

⑥良平祠墓近：良平即张良与陈平，刘邦的两个谋士。据唐代《括地志》载："汉张良墓在徐州沛县东六十五里，与留城相近也。""故留城在徐州沛县东南五十五里，今城内有张良庙也。"陈平的墓在陕西户县石井镇曹家堡村西北。本句主要指张良的祠墓。

翻译：

三尺宝剑成就帝业，丰沛自古英雄就多。
帝业伴随芒砀紫气，还乡高唱大风之歌。
石碑螭龙已经断首，乌鸦聚集古树枝柯。
良平祠墓坐落附近，神灵驭车月中飞过。

点评：

前两联写"古"：大气、豪迈、奔放，热情歌颂了高祖的英雄气概和盖世功业；后两联写"今"：通过"断碑""乌鸦""古树""祠墓"等意象渲染了高祖庙荒凉的环境和悲凉的气氛。两相比较，流露出一种昔盛今衰、世事无常的感慨。

汉高祖庙①

清·桑调元

大泽风云奋一呼，手除嬴项②总摧枯。
快抛酒色收天下，怕误英雄骂腐儒。

炎鼎③已消芒砀气，荒祠犹立虎狼都④。

丹青画壁精灵聚，犹忆韩彭⑤猛士无？

作者简介：

见前。

注释：

①选自《桑调元集》，浙江古籍出版社 2016 年 9 月出版。

②嬴项：秦王嬴政和项羽。

③炎鼎：这里指高祖。鼎，权力的象征，炎鼎即炎汉，汉自称以火德王，故称炎汉。

④虎狼都：项羽西楚的都城彭城（今徐州）。虎狼：代指项羽。

⑤韩彭：韩信与彭越，西汉的开国功臣。二人和英布并称汉初三大名将。

翻译：

大泽风云变幻奋臂一呼，手除嬴政项羽拉朽摧枯。

戒除酒色恶习统一天下，唯怕耽误英雄被骂腐儒。

而今高祖已消芒砀紫气，荒祠还屹立在西楚古都。

丹青画壁聚集很多精灵，还记得韩彭两个勇士无？

点评：

这首诗也是按由古到今的思路进行构思。前两联写"古"：盛赞高祖灭暴秦、除项羽、统天下的丰功伟绩，"奋一呼""手除""总摧枯"等词语，感情色彩鲜明，钦佩之情溢于言表。后两联回到眼前写"今"，突出古庙的荒凉破败。尾联通过反问，表达了对英雄，尤其是韩信、彭越等大英雄的崇拜。

谒汉高庙①

清·吕傚

亘古②风云会，兴王第一人。

白衣承社稷，火德耀蒙屯③。

财色虽云没，帝王自有真。

三章④施德普，五载举名新。

崛起惊汤武，成功迈楚秦。

天资全未凿，风俗半还醇。

丰沛故乡地，枌榆既复民。

恩深宜血食⑤，庙貌出风尘。

伏腊⑥传歌舞，威灵肃鬼神。

竹宫⑦团野月，兰若⑧枕荒蓁。

叠石围芳芷，随波跃锦麟。

地幽郛宿霭⑨，山僻瓮残春。

古壁短狐啸，枯松老鹤驯。

空传魂魄思⑩，那见翠华巡。

谁怀帝子贵？当阶三呼频。

绛灌承丹极⑪，萧曹翼紫宸⑫。

英雄多少泪，瞻拜洒衣巾。

作者简介：

见前。

注释：

①选自《石樵诗稿》。

②亘古：自古以来。

③蒙屯：蒙屯是清代于蒙古建立的屯田，代指边远地区。

④《史记·高祖本纪》："与父老约法三章耳；杀人者死，伤人及盗抵罪。"《汉书·刑法志》："高祖初入关，约法三章。"后泛指简单明确的法律或规章。

⑤血食：谓受享祭品，古代杀牲取血以祭，故称。也指用于祭祀的食品。

⑥伏腊：古代两种祭祀的名称。"伏"在夏季伏日，"腊"在农历十二月。

⑦竹宫：祠坛的泛称。钱谦益《田国戚奉诏进香岱岳》诗："天子竹宫亲望拜，贵妃椒室自焚香。"

⑧兰若：即阿兰若，泛指佛寺。

⑨郛：古代指城圈外围的大城。宿霭：久聚的云气。

⑩《汉书·高帝纪下》："谓沛父兄曰：'游子悲故乡。吾虽都关中，万岁之后，吾魂魄犹思沛……"

⑪绛灌：汉绛侯周勃与颍阴侯灌婴的并称，二人均辅佐汉高祖定天下，建功封侯。丹极：宫殿中的红色栋宇。

⑫萧曹：萧何和曹参，汉初两位著名宰相。翼：辅佐。紫宸：宫殿名，天子所居，泛指朝廷。

翻译：

自古以来风云会，草根成王第一人。
布衣白手担社稷，汉家火德耀边屯。
财色虽然被云没，帝王精神自有真。
三章施恩惠众生，五年征战大名新。
赤龙崛起惊汤武，功成名就超楚秦。
天资还未全开化，风俗一半犹朴醇。
丰沛本是故乡地，轻徭薄赋故乡民。
恩深应当享祭品，庙堂巍峨出凡尘。
祭祀时节传歌舞，高祖声威除鬼神。
祭坛荒凉伴冷月，佛寺冷落卧荒榛。
瓦砾叠石卧香草，随波跳跃是锦麟。
地处幽深易聚霭，山处偏僻留残春。
古墙常有野狐叫，枯松老鹤显驯顺。
高祖空有魂魄思，哪见銮舆故乡巡？
有谁怀念帝子贵，对着殿阶频呼魂。
周勃灌婴享殿宇，萧何曹参位朝臣。

英雄多少痛和泪，瞻拜纷纷湿衣巾。

点评：

前七韵盛赞高祖的伟业和崇高的历史地位；八九两韵从百姓入手，写为纪念高祖而为他建祠立庙，而且要巍峨出尘，说明人们对他的爱戴。十至十四韵则写高祖庙今日的荒凉。十五十六两韵用设问回答是谁频频呼唤高祖的灵魂，是陪伴高祖左右的周勃、灌婴、萧何和曹参。尾句表达对英雄的怀念和瞻拜。

过高帝庙①

清·方文蔚

华岚掩映帝城边，云树②参差古殿前。
一自③飞龙感梦寐，遂同逐鹿定山川。
英灵凭式④两千载，汤沐⑤熏沾四百年。
独抚离离双枣树⑥，苍茫遥带夕阳烟。

作者简介：

见前。

注释：

①选自清光绪《丰县志》卷十三"艺文类"（下）。

②云树：高耸入云的树。

③一自：自从。这句话是指高祖母亲在大泽之陂梦龙附身而生刘邦之事。见《史记·高祖本纪》。

④凭式：即"凭轼"，倚在车前横木上，谓驾车出征，这里借指做官。

⑤汤沐熏沾：汤沐，这里指汤沐邑，即国君、皇后、公主等收取赋税的私邑，沛郡是刘邦的汤沐邑，故这里代指沛郡。

⑥离离：盛多，浓密。如白居易《赋得古原草送别》："离离原上草，一岁一

枯荣。" 双枣树：清光绪《丰县志》："双枣树在县东北丰公祠下。老干虬屈，不华不实，大类孔庙桧柏，相传汉祖儿时手植者。其树坚劲，斧斤不能入。嘉靖丙戌始淤。"

翻译：

华山岚色掩映在帝城的旁边，古木高大错落矗立古殿之前。

自从汉母梦见蛟龙附身怀孕，于是高祖逐鹿平定万里江山。

汉高掌舵大汉已过两千余载，沛郡父老沐浴皇恩四百多年。

独自抚摸着茂盛的两棵枣树，苍茫的远方缭绕着夕阳云烟。

点评：

这首诗主要赞美高祖逐鹿中原、平定江山、建立大汉政权的功绩以及对故乡父老的恩泽。结构上，本诗首联和尾联写景，颔联和颈链论史，有别于一般先景后情（或理）的传统结构。首联之景引发，尾联之景结情，全诗笼罩于景物之中，给人以人世沧桑、自然永恒的感悟。

卢绾故宅①

清·卢世昌

朝来策马过中阳，传说吾家②旧日王。

绮岁③已为天子友，故居曾傍太公乡。

生逢羊酒④称双庆⑤，老借云龙⑥守一方。

不用停鞭几回首，汉家宫阙半沧桑。

作者简介：

见前。

注释：

①选自清光绪《丰县志》卷十三"艺文类"（下）。

②吾家：作者卢世昌与卢绾同姓，故称。

③绮岁：青春，少年。清赵翼《题〈吴梅村集〉》："才高绮岁早登科，俄及沧桑劫运过。"

④羊酒：羊和酒，亦泛指赏赐或馈赠的物品。《史记·韩信卢绾列传》："高祖卢绾同日生，里中持羊酒贺两家。"

⑤双庆：刘邦和卢绾是同年同月同日生，故庆生时称双庆。

⑥云龙：即龙，这里代指刘邦。《易·乾》："云从龙，风从虎，圣人作而万物睹。"孔颖达疏："龙是水畜，云是水气，故龙吟则景云出，是云从龙也。"

翻译：

早晨扬鞭驱马路过古丰中阳，传说这里曾住我家昔日燕王。

少年时就和高祖是近邻好友，故居曾依傍刘邦故宅的一旁。

生逢天子同日乡邻持礼同贺，年老借助龙恩为国守土一方。

没有停鞭我马背上几次回望，汉家宫阙在夕照中零落沧桑。

点评：

作者卢世昌曾做过丰县县令，和卢绾又同姓，故开篇就称卢绾为"吾家旧日王"，一种亲切感油然而生。接下来写卢绾和刘邦的关系：同年同月同日生，且是旧乡邻，自幼和刘邦好友，以此为皇上分担责任，守土一方，赞颂了卢绾知恩必报的侠义性格。尾联抒发故人已去、人世沧桑的感慨，表达怀念之情。

谒柳毅将军庙①

清·卢世昌

古庙结长林，春阴湿廊庑②。

时有灵风③吹，悦④疑夜来雨。

如入波涛中，龙蛇走江浒⑤。

肃肃⑥洞庭君，英灵生眉宇。

何当⑦拾香草，殷勤荐清醑⑧。
不见使者⑨归，神鸦⑩作人语。

作者简介：

见前。

注释：

①选自清光绪《丰县志》卷十三"艺文类"（下）。

②廊庑：堂下四周的廊屋。廊无壁，仅作通道；庑则有壁，可以住人。

③灵风：这里指阴惨的风。

④怳：同"恍"，恍然，犹忽然。

⑤江浒：江边。

⑥肃肃：恭敬的样子。

⑦何当：何日，何时。李商隐《夜雨寄北》："何当共剪西窗烛，却话巴山夜雨时。"

⑧清醑：清酒，美酒。

⑨使者：即柳毅。

⑩神鸦：庙里吃祭品的乌鸦。

翻译：

古庙周围长满浓密的树林，春天的阴气潮湿四周廊屋。

不时有阴惨的风猎猎吹来，忽然觉得是夜间来了暴雨。

犹如进入奔腾的狂涛巨澜，又如龙蛇游走曲折的江浒。

恭敬严正的洞庭使君柳毅，英俊灵异显现在脸庞眉宇。

何时能够持一束香花灵草，热情周到地献上一杯美酒。

再也没有见过柳将军归来，只听见神鸦似乎说着人语。

点评：

柳将军，名柳毅，唐代湖南人，后迁居丰县。称他"将军"是因为东海龙王小龙女嫁给柳毅后，龙王上奏玉皇大帝封柳毅为神，柳毅被玉皇大帝封为"圣水将军"，管理天下江河湖水大事。柳将军的故事在丰县几乎家喻户晓，丰县西关早就有柳将军庙。柳将军的故事来自《柳毅传》，它是唐代李朝威所著的传奇小说。原载《太平广记》，只题作《柳毅》，无"传"字，有时也称《柳毅传书》。柳将军在丰县的传说内容均为柳毅凭其智慧和勇敢为丰县消灾除难，护佑丰县平安，因此，深得丰县人敬仰。

卢世昌曾为丰县县令，且口碑很好，因此他对柳将军自然心怀崇敬，拜谒柳将军庙再正常不过了。这首古风前六句写将军庙的环境、拜谒时的天气状况以及自己的感受：阴风怒号，潮湿阴暗，犹如暴雨来临，给人你压抑悲凉之感。七八句正面写柳将军的形象，流露出作者的赞誉和崇敬。九十两句期盼柳将军再来，到时定会献上鲜花美酒。结尾写只见神鸦不见使君，流露出一种失望和怅惘之情。

龙雾桥祈雨感而有述得长歌百句①

清·卢世昌

大热烁石土欲焦，雨云深匿晴云高。
望舒离毕②望不见，石燕不飞屏师骄③。
肥蠖④乍见泽枯久，田如龟坼鲜流膏⑤。
村村烧楮⑥竞巫事，终朝击鼓声嘈嘈。

鼓声中有野老语，忽忆去秋泪如雨。
徐州大陆秋霖沉，电激雷殷海神怒。
黄河倒立排空行，轰然地裂声如鼓。
平地横流三丈泉，余命群争一张橹。
桑田为海居为河，黄茆卷尽生白波。
江鸥出没鱼虾聚，蓬门半穴鼋与鼍。
千村万村各乞食，心酸脚重肩相摩。
斗粟百钱鬻⑦儿女，三日不食声呵呵。

所幸我生逢尧舜，正值天家惜饥馑。

上官大府尽推恩，羽檄⑧纷驰开仓赈。
但怜荡析⑨散金钱，百万何曾为民靳⑩。
相看不用叹嗟来⑪，粒米无烦分余润。
更闻一骑云中临，已饥已溺传纶音⑫。
朝看河中沉美玉，暮看河上抛黄金。
昪畚提锸急疏瀹，一方土必较尺寻⑬。
长堤筑就河流顺，河流怎及恩波深？

奈何旱魃⑭复肆虐，重使田畴困枯涸。
春时望雨空殷勤，夏日临风转焦灼。
痛定思痛痛转深，忍见奇眚⑮复如昨。
吾侪⑯之命何足论，又恐九重⑰勤惕⑱若。

我听其语复嗟吁，此语切切诚不诬。
一州一邑关宵旰⑲，绸缪宁待流民图⑳。
粤稽㉑圣世足诧叹，九潦七旱古岂无？
当今天子实神圣，吏实不德民何辜？

五日不雨生蟊贼，十日不雨雨无及㉒。
可怜一片赤土中，民命今年叵难测。
荒原不见哀鸿㉓号，涸辙㉔先闻枯鱼泣，
终日呼天天益高，吏亦何颜宰此邑？
纷纷祷祀常不休，救荒自昔鲜良谋。
载籍所载类不一，春秋繁露㉕称最优。
丙丁甲乙各有日，青衣赤衣㉖纷献酬。

我谓此事亦恍惚，何如昭格邀神庥㉗？

况当此地实灵异，曾感明王㉘入梦寐。

神坛一筑应如响㉙，敢道随车㉚飒然至。

莫使潭沈玉虎㉛头，无劳泥洗石牛背㉜。

特虔蠡垆前致辞，神之听之莫予訾。

急需叱咤鞭雨工，猛驱丁甲㉝腾长空。

曰冻曰澍曰浅湆㉞，一南一北云逢逢㉟。

更须力卷沧溟水，倒瓶还滴骢马鬃㊱。

缟衣复聘十二童，永言嘉霆歌蚙蠓㊲。

亡见雷车踏阴轴㊳，漫天乱点如散菽㊴。

我疆我理㊵徧东南，膴膴周原㊶尽优渥。

五风十雨无差讹，顿使三农㊷生九谷。

要知涓滴也神功，何必雨珠兼雨玉㊸。

神乎神乎慎勿迟，龙德㊹先天天不违。

我皇今独立棍霏，君不见银奁㊺中有龙君飞。

作者简介：

见前。

注释：

①选自清光绪《丰县志》卷十三"艺文类"（下）。龙雾桥：位于丰县城东北五里许，《史记·高祖本纪》所载刘邦母亲梦神龙附身而怀孕生刘邦处。

②望舒：神话传说中为月神驾车的御者，后借指月亮。毕：指毕宿，星宿名，二十八宿之一。古人以为主兵主雨，故亦借指雨师。月离于毕：天象。月儿投入毕星，有雨的征兆。《诗经·小雅·渐渐之石》："月离于毕，俾滂沱矣。"

③石燕：北魏郦道元《水经注·湘水》："湘水东南流径石燕山东，其山有石，绀而状燕，因以名山。其石或大或小，若母子焉。及其雷风相薄，则石燕群飞，颉颃如真燕矣。"石燕不飞，即无雨。屏师：即屏翳，雨师，一说云神。

④肥蟥：一种水蛇。见《山海经》："太华之山有蛇焉，名曰肥蟥，六足四翼，

见则天下大旱。"

⑤龟坼：龟裂。坼：裂开。流膏：滋润土壤的雨水。

⑥烧楮：祭祀时烧香烧纸。楮：纸的代称。

⑦鬻：卖。

⑧羽檄：即羽书，古代军事文书，插鸟羽以示紧急，必须迅速传递。

⑨荡析：指动荡离散。南朝王融《永明十一年策秀才文》之五："晋氏不纲，关河荡析。"

⑩靳：吝惜。

⑪嗟来：嗟来之食，指带有侮辱性的施舍。语出《礼记·檀弓下》。

⑫纶音：帝王的诏令。刘禹锡《谢赐冬衣表》："三军挟纩，俯听纶音，九月授衣，载驰天使。"

⑬尺寻：喻微小或微细之物。

⑭旱魃：传说中引起旱灾的怪物。

⑮奇眚：严重的灾难。眚：灾异，疾苦。

⑯吾侪：我辈。

⑰九重：即九层，指天门，又代指朝廷或皇帝。

⑱勤惕：即忧勤惕厉。忧勤：忧愁劳苦；惕厉：警惕谨慎。

⑲宵旰："宵衣旰食"的简称。天不亮就穿衣起来，天黑了才吃饭。形容政务忙碌。旰：晚。

⑳流民图：宋熙宁六年，郑侠见岁歉而赋急，流民相携塞道，因命画工悉绘所见而成《流民图》，奏献宋神宗，并上疏极言新政之失。近代画家蒋兆和历时两年，也创作了纸本水墨设色中国人物画——《流民图》。它纵两百厘米，横两千七百厘米，塑造了一百多个无家可归、四处流浪、处于社会底层的劳苦大众形象，记录了日本侵略者给中华民族带来的深重灾难。该画残存的上半卷现藏于中国美术馆，下半卷已经遗失。

㉑粤稽：查考，考证之意。

㉒无及：来不及。

㉓哀鸿：悲鸣的鸿雁，比喻哀伤苦痛、流离失所的人。语出《诗·小雅·鸿雁》："鸿雁于飞，哀鸣嗷嗷。维此哲人，谓我劬（劳苦）劳。"

㉔涸辙：干涸的车辙，比喻穷困的境地。涸辙之鲋：意思是比喻在困境中急待援救的人。语出《庄子·外物》："周昨来，有中道而呼者，周顾视车辙中，有鲋鱼焉。"

㉕《春秋繁露》：汉代哲学家董仲舒所著的政治哲学著作。

㉖青衣：古代婢女所穿，代指地位低的人。赤衣：显贵者所穿，代指地位高的人。

㉗昭格：降临吉祥，赐福。主要用于祭祀、祈祷、歌颂、劝诫等。神麻：神灵护佑；麻：庇护。

㉘明王：旧时社神的封号。

㉙应如响：即应接如响。指应答不假思索，极为敏捷。

㉚随车：即随车致雨，指时雨跟着车子而降，比喻官吏施行仁政及时为民解忧。三国时期吴国谢承《后汉书》："弘（郑弘）消息繇赋，政不烦苛。行春天旱，随车致雨。"

㉛玉虎：井上的辘轳。

㉜裴氏《广州记》曰："有石牛，每旱，杀牛以血和泥，泥石牛背，既毕则雨，洗牛背泥尽方止。"

㉝丁甲：又名六丁六甲，是道教神名。《无上九霄雷霆玉经》："六丁玉女，六甲将军。"道教认为六丁（丁卯、丁巳、丁未、丁酉、丁亥、丁丑）是阴（女）神，六甲（甲子、甲戌、甲申、甲午、甲辰、甲寅）是阳（男）神，为天帝所役使，能行风雷、制鬼神，道士可用符箓召请，从事祈禳驱鬼。

㉞澍：及时雨，古同"注"，灌注。湑：下雨。

㉟云逢逢：见《墨子·耕柱》"逢逢白云，一南一北，一西一东"。孙诒让诂："逢，通蓬。《毛诗·小雅·采菽》传云：'蓬蓬，盛貌。'《庄子·秋水篇》云：'蓬蓬然起于北海。'"

㊱据唐代李复言《续玄怪录·李卫公靖》载：李靖尝射猎霍山中，投宿一朱门大第。夜间有人叩门，命主人家儿子行雨。太夫人请李靖去，告知此是龙宫，二子外出未归，恳求李靖代去行雨。李靖推辞不得，将行，夫人取出一小瓶水来，系于鞍前，诫曰："郎乘马，无勒衔勒，信其行，马蹶地嘶鸣，即取瓶中水一滴滴马鬃上，慎勿多也。"于是上马腾腾而行……风急如箭，雷霆起于步下。于是随所蹶，辄滴之，既而电掣云开，下见所憩村，思曰："吾扰此村多矣，方德其人，计无以报，今久旱，苗稼将悴，而雨在我手，宁复惜之。"顾一滴不足濡，乃连下二十滴，俄顷雨毕，骑马复归。夫人者泣于厅曰："何相误之甚！本约一滴，何私感而二十之！天此一滴，乃地上一尺雨也。此村夜半平地水深二丈，岂复有人。妾已受谴，杖八十矣。"后因以"马鬃一滴"为下雨之典。

㊲永言：长言，吟咏。《书·舜典》："诗言志，歌永言。"帡幪：本指古代帐幕之类的物品，后亦引申为覆盖。

㊳阴轴：地轴。

㊴菽：豆类的总称。

㊵我疆我理：出自先秦佚名诗《信南山》"信彼南山，维禹甸之。畇畇原隰，曾

孙田之。我疆我理，南东其亩"。意为终南山山势绵延不断，这里是大禹所辟地盘，成片的原野平展整齐，后代子孙们在此垦田。划分地界又开掘沟渠，田陇纵横向四方伸展。

㊶周原：周城的原野。周：地名，在岐山南。为周室之发祥地。《诗·大雅·緜》："周原膴膴，堇荼如饴。"郑玄笺："周之原，地在岐山之南。"泛指中国的土地。梁启超《中国积弱溯源论》："膴膴周原，茫茫禹壤，其竟如斯而长已矣耶？"也指广阔的原野。明何景明《七述》："神都天府之国，四通五达之关，缭以瀿堥，袤以周原。"

㊷三农：元《事林广纪》载：三农为"山农、泽农、平地农"。这里的"山农"当指猎户，"泽农"指渔夫，"平地农"才是现在所指的农民。

㊸雨珠兼雨玉：天上下珍珠和美玉。此处的"雨"为动词。

㊹龙德：圣人之德，天子之德。

㊺奁：古代妇女梳妆用的镜匣。

翻译：

奇热要把石头熔化土地晒焦，雨云深深藏匿晴云飘得很高。
月亮离开毕宿望不见其身影，石燕不见群飞雨师气傲神骄。
异蛇突现说明土地干枯很久，田地干裂好似龟背不见流膏。
村村焚香烧纸竞相祈祷佛事，终日击鼓咚咚声音杂乱嘈嘈。

杂鼓声里闻听村野老人话语，忽忆去年秋天之事泪奔如雨。
徐州大地秋雨霏霏连月阴沉，电闪火光雷声隐隐海神发怒。
大雨恰似黄河倒立排空而行，轰然天坼地裂声似重槌擂鼓。
大水平地横流恰是三丈涌泉，残留生命群争一张救命盾橹。
桑田变成大海路巷处处成河，黄茅草庐卷尽到处浪生白波。
江鸥到处出没鱼虾雀跃欢聚，柴门院落随处洞穴龟鳄出没。
千村万户只能各奔东西乞食，心酸脚重蹒跚而行接踵肩摩。
仅仅一斗粟一百钱就卖儿女，三日无食说话含混哼哼呵呵。

所幸运的是我生逢尧舜明君，恰值天子痛惜百姓消除饥馑。
各级官员想方设法为民施恩，加急文书雪片飞来开仓救灾。
怜惜百姓动荡离乱散发金钱，纵使发放百万何曾为民吝惜。
见面不用感叹嗟来食的窘迫，食物稀少无需为分余粮烦恼。

更闻一匹骏马忽从云中降临，饥饿羸弱的灾民如听到圣音。
早晨看到河底都沉淀着美玉，晚上看到河上皆漂浮着黄金。
肩扛箕畚和铁锸急速去疏浚，纵然一方土也一定计较尺寸。
长堤已筑成河流滔滔水柔顺，河流再深怎能比浩荡皇恩深？

无奈旱灾怪物又要开始肆虐，又使庄稼枯死田畴水流干涸。
春季望雨眼穿空对神灵殷勤，夏日临风百姓内心又变焦灼。
痛定思痛常使痛苦更加转深，实在不忍眼看奇灾再次如昨。
我辈的小命哪值得提到桌面，担心的是朝廷操劳如此折磨。

我听他们的话语又长吁短叹，此话言辞恳切确实没有欺骗。
一州一镇都关乎政务的忙碌，要未雨绸缪怎能等待流民图。
查考圣世足以让人惊诧叹息，九涝七旱的经历古代难道无？
当今的皇上实在神圣而崇高，小吏实在无才无德百姓何辜？

五天不下雨会因灾而生盗贼，十天不下雨再下雨就来不及。
可怜那大片龟裂的焦渴土地，黎民今年的命运确实难估测。
荒原还没闻流离失所者哀号，干涸的车辙已听到死鱼哭泣。
终日呼天抢地天却日益高旷，我有何颜面来主宰这个城邑？
纷纷祭祀祈祷常常不停不休，救灾恤荒自古就很少有良谋。
史籍所载灾荒类型参差不一，《春秋繁露》一书堪称其中最优。
丙丁甲乙各自择日捐款救助，地位高低贵贱纷纷奉献劳酬。

我对此事也感觉很惊奇恍惚，难道天降吉祥有神灵在护佑？
更何况当时此地确实很灵异，曾感觉有明王进入我的梦中。
神坛一旦筑好雨神应接如响，时雨随车而降如风飒然而至。
不要让井上的辘轳沉入井底，无需杀牛用血和泥涂石牛背。

特地很虔诚地在酒坛前致辞，神灵听到不要对我责骂呵厉。
现在急需威力无比的鞭雨工，来猛驱丁甲阴阳之神腾长空。
或冰冻或暴雨或下潇潇酥雨，东南西北到处是雨云厚蓬蓬。
更需要龙卷大海暴雨倾盆下，让李靖倾瓶倒出神水滴马鬃。
穿着白色丝绢又聘十二神童，在大帐内歌咏祈求好雨濛濛。

伫立观看雷车踏着地轴奔来，漫天雨点像上天散发的稻菽。
我们的肥田沃土在东南延伸，广阔的原野都有充足的时雨。
四季风调雨顺从不出现差错，很快使农民盛产出各类谷物。
要知道涓涓滴水也都有神功，何必要上天下珍珠又下宝玉。
雨神啊雨神啊千万不要迟到，天子圣德永不会和天时相违。
我皇今天独自站在飘雨窗前，君不见梳妆匣中也有龙王飞。

点评：

这首七言古诗通过对干旱、洪涝、祈雨等场面的细腻描绘，再现了在自然灾害面前下层人民的苦难和艰辛，表达了作者对下层劳动人民的悲悯和同情。作者因百姓的忧而忧，因百姓的乐而乐，反映了作为县令的卢世昌的亲民情怀。当然作为封建官吏免不了"万功归皇"的世俗思想。无论怎样这首诗所体现的县令卢世昌以民为本的亲民情怀都是值得点赞的，更是当今地方官员学习的榜样。

四望亭杂兴，和二树山人韵①

清·卢世昌

其一

结屋非求美，聊堪谢马蹄②。
有机③于此息，是物不须齐。
庭睡能言鸭④，窗呼解语鸡。
墨池春涨好，洗砚⑤漫⑥留题。

作者简介：

见前。

注释：

①选自清光绪《丰县志》卷十三"艺文类"（下）。二树山人：童珏，字璞岩，

号二树，浙江绍兴人。诗人、画家。尤工诗，亦以咏梅为胜，世称"二绝"。有"绝笔梅花绝笔诗"之誉，曾佐卢世昌预修《丰县志》。鲁迅在绍兴读书期间曾抄录他的咏梅诗集《二树山人写梅歌》，共二十五页，现存于绍兴鲁迅博物馆。著有《二树山人集》《香雪斋余稿》。四望亭：原建于丰县县衙东北池上，宋治平三年（1066），县令关景仁将此改建后易名为"凫鹥亭"，明代淤没。

②谢马蹄：歇足之意。

③有机：有机会。

④能言鸭：陆龟蒙《甫里先生文集》附录《杨文公谈苑》载，"唐陆龟蒙善为赋，绝妙……相传龟蒙多智数，狡狯，居笠泽。有内养自长安使杭州，舟出舍下，小童奴以小舟驱群鸭出，内养弹其一绿头雄鸭，折头。龟蒙遽舍出，大呼云：'此绿鸭有异，善人言，适将献状本州，贡天子，今持此死鸭以诣官自告耳。'内养少长宫禁，不知外事，信然，甚惊骇，厚以金帛遗之，龟蒙乃止。因徐问龟蒙曰：'此鸭何言？'龟蒙曰：'常自呼其名。'巧捷多类此。"宋苏轼《戏书吴江三贤画像·陆龟蒙》："千首文章二顷田，囊中未有一钱看，却因养得能言鸭，惊破王孙金弹丸。"后比喻文人囊中虽无所有，但其才智足以惊人。

⑤洗砚：传三国时期大书法家钟繇常邀胡昭字台上练字，穷究先师技法，久而久之写秃的笔堆积如山，写过的纸帛弃之成垛。由于洗笔洗砚，把满池的水都洗成了黑色。王羲之、王冕都留下了墨池洗砚的故事，都是表现他们练字刻苦认真。

⑥漫：随意。如漫笔、漫不经心。

翻译：

建房不一定要求多华美，姑且首要能够让人歇息。
有机会能够在里面歇脚，各种物品不一定要全齐。
庭院中睡着能说话的鸭，窗户边唤着能懂人的鸡。
墨池因春雨而水位上涨，洗好砚台随意题写一笔。

点评：

这首诗流露出作者追求天人合一、融入自然，过一种简单朴素、自由自在的诗意生活的愿望。这是久居官场为俗务所累的人常常流露的一种情感。

其二

犹忆家乡里，掺盂复挈蹄①。

每当风日好，同醉物华齐②。

自作笼中鹤③，谁怜瓮底鸡④？

相看万里外，旧事不须题。

注释：

　　①掺：持、握。盂：《说文》曰"盂，饮器也"。这里指酒器。挈：提。《史记·滑稽列传》"操一豚蹄，酒一盂"。

　　②意为同物华齐醉。物华：自然景物。

　　③笼中鹤：即官场中的自己。

　　④瓮底鸡：指身处底层的老百姓。

翻译：

　　还记得家乡的旧事，拿着酒盂握着猪蹄。

　　每当风日晴和时分，同自然陶醉在一起。

　　自己成了笼中仙鹤，有谁怜惜瓮底小鸡？

　　眼光注视万里之外，过去之事不必再提。

点评：

　　前两联回忆小时候家乡的生活情景：风和日丽的时候，提着酒，拿着猪蹄等下酒菜去野炊，然后醉倒在自然美景之中，与自然融为了一体。字里行间流露出对这种诗意生活的向往，也暗示了尘世俗务所造成的心累。颈联自比为"笼中鹤"，既有其身在官场而不自由的无奈，也有别人羡慕自己身处所谓上层的自嘲；对句不因自己为鹤而忘记"瓮底鸡"，表现了身为士大夫对底层人民的悲悯，作为封建社会的一个地方官员这是非常难能可贵的品质。尾联由回忆回到现在，表示自己责任在肩，要放宽眼界遥望万里江山，"旧事不须题"就是不能沉湎于过去那种自由自在的诗意生活，要向前看，勇于担当，造福一方。

其三

半生行役苦，得兔讵忘蹄①？
诗笑异仝②后，名惭卢骆③齐。
世情甘应马，壮志尚闻鸡④。
五十头将老，凭君⑤达者⑥题。

注释：

①讵：难道，岂。得兔忘蹄：犹言得鱼忘筌，意思是说达到目的后就忘记了原来的凭借。语出《庄子·外物》："筌者所以在鱼，得鱼而忘筌；蹄者所以在兔，得兔而忘蹄；言者所以在意，得意而忘言。"

②异仝：即异同。"仝"意"同"。

③卢骆：初唐四杰中的卢照邻与骆宾王。

④闻鸡：即闻鸡起舞，原意为听到鸡啼就起来舞剑，后来比喻有志报国之人即时奋起。语出《晋书·祖逖传》，传说东晋时期将领祖逖，年轻时就很有抱负，每次和好友刘琨谈论时局，总是慷慨激昂，满怀义愤。为了报效国家，他们在半夜一听到鸡鸣，就披衣起床，拔剑练武，刻苦锻炼。

⑤凭君：请你。凭：请、请求；君：古时候对对方的尊称，这里指二树山人。岑参《逢入京使》："马上相逢无纸笔，凭君传语报平安。"

⑥达者：即达人，通达之人，在某方面有专长的人，这种人乐观、旷达，洞穿生命。这与其说是一种十分健康的生命状态，毋宁说是一种生命的境界。

翻译：

半生公务繁忙身心俱疲，获得成功怎能忘记努力？
诗词最是嘲笑内容雷同，声名很惭愧和卢骆并齐。
世情要求甘做一匹骏马，胸怀壮志尚要舞剑闻鸡。
年至五十相貌沧桑变老，请你当以通达乐观自题。

点评：

这是一首带有反省、自励性质的诗。首联讲自己半生辛苦工作，现在有了小小的成功，不能得鱼忘筌，要继续努力。颔联讲自己在诗词创作上的总结，诗忌雷同，要不断创新，并因此取得了一定成绩，深得沈德潜赏识，诗名日隆，但自己清醒地认识到距离别人的赞誉还相差很远，面对卢骆很是惭愧。颈联是自励，时代要求自己要做一匹负重前行的骏马，胸怀壮志也要闻鸡起舞。尾联和二树山人共勉：要乐观旷达，做一位达者。整首诗基调乐观向上，给人以鼓舞。

过孝子丁兰里①

清·卢世昌

壮岁窃微禄，徘徊孝子里。

终日戴苍苍②，蓼莪③有余涕。

贻谷④感高堂，圣善⑤怀母氏。

三釜⑥不及存，列鼎⑦安足喜？

哀哀⑧百年中，何怙⑨复何恃？

色笑⑩不可追，刻木⑪徒为尔。

谁知孝子心，结念心梦寐。

不用反魂香⑫，慈容宛可拟。

顿令木偶人，生气勃然里。

至孝通神明，阴阳本一理⑬。

事亡如事存⑭，大圣有微旨。

至今千余年，高风谁能企！

朝来每一过，不觉颡有泚⑮。

风木何萧萧，慈乌⑯啼不止。

寸草何离离，春晖满庭圮⑰。

终当立丰碑，长为薄俗砥⑱。

徘徊复徘徊，吁嗟⑲乎孝子。

作者简介：

见前。

注释：

①选自清光绪《丰县志》卷十三"艺文类"（下）。丁兰里：见清光绪《丰县志》"丁兰里，城东北十二里"。即今天的凤城街道丁兰集村，村内有丁公祠遗址。过：拜访；里：家乡。丁兰：著名孝子，二十四孝之一，原文如下："丁兰，幼丧父母，未得奉养，而思念劬劳之恩，刻木为像，事之如生。其妻久而不敬，以针戏刺其指，血出。木像见兰，眼中垂泪。因询得其情，即将妻弃之。"

②戴苍苍：顶着苍天。苍苍：指天。汉蔡琰《胡笳十八拍》："泣血仰头兮诉苍苍，胡为生兮独罹此殃。"

③蓼莪：《诗·小雅》篇名，此诗表达了子女追慕双亲抚养之德的情思。后因以"蓼莪"指对亡亲的悼念。

④贻谷：指父祖的遗荫。

⑤圣善：聪明贤良。《诗·邶风·凯风》："母氏圣善，我无令人。"专用以称颂母德。

⑥三釜：即三釜养，即以薄俸供养父母。

⑦列鼎：谓陈列置有盛馔的鼎器。古代贵族按爵品配置鼎数。周代的礼制规定：天子用九鼎，诸侯用七鼎，大夫用五鼎，士用三鼎或一鼎。到了东周，则是天子、诸侯用九鼎，卿用七鼎，大夫用五鼎，士用三鼎或一鼎。

⑧哀哀：悲伤不已的样子。《诗经·小雅·蓼莪》："哀哀父母，生我劳瘁。"郑玄笺："哀哀者，恨不得终养父母，报其生长己之苦。"

⑨怙：意思是指依仗、凭借，引申为父亲、父母。出自柳宗元《封建论》。《诗经·小雅·蓼莪》："无父何怙，无母何恃？"

⑩色笑：指和颜悦色的态度。语本《诗·鲁颂·泮水》："载色载笑，匪怒伊教。"郑玄笺："和颜色而笑语，非有所怒，于是有所教化也。"

⑪刻木：指丁兰刻木事亲。

⑫反魂香：即返魂香，是传说中的一种药物，据说香气非常浓厚，能飘数百里，死人闻到此香也能活过来，在中国古书当中有许多关于返魂香的记载。

⑬一理：一个道理。宋真德秀《问格物致知》："万物各具一理，万理同出一原。"

⑭此句意为侍奉死去的如同侍奉活着的。

⑮《孟子·滕文公上》："其颡有泚，睨而不视。"赵岐注："颡，额也。泚，汗出泚泚然也。见其亲为兽虫所食，形体毁败，中心惄，故汗泚泚然出于额。"后因以"颡泚"表示心中惭愧、惶恐。

⑯慈乌：较小的一种乌鸦，有母慈子孝的美德，故称慈乌。白居易以此创作了一首五言古诗《慈乌夜啼》，该词以鸟喻人，借慈乌鸟表达自己的愧恨和哀伤。

⑰庭圮：庭院。

⑱即长期砥砺薄俗。

⑲吁嗟：叹词。表示忧伤或有所感。《楚辞·卜居》："吁嗟默默兮，谁知吾之廉贞。"《文选·谢脁》："平生仰令图，吁嗟命不淑。"

翻译：

壮年惭愧拿着菲薄的俸禄，徘徊在大孝子丁兰的故里。
一整天我头顶浩瀚的天空，追念双亲抚养我满面流涕。
享受父祖遗荫我感念父母，母亲聪明善良我怀念无比。
赡养父母的薄禄尚且不足，列置盛馔鼎器怎使我惊喜？
一生念及父母我悲伤不已，我已无父可靠又无母可依。
父母的和颜悦色已难追回，刻木还原相貌也徒然无益。
谁能了解孝子的良苦用心？念念不忘时常深入到梦里。
无需神药返魂香使她复活，慈容宛在栩栩然恰似真实。
这样做立刻使得木偶父母，生气勃然恢复又回到故里。
至孝感天动地可与神相通，天地间阴阳本为同一道理。
侍奉亡灵就如同侍奉活人，大圣必有精深微妙的意旨。
此事至今已过去悠悠千载，丁兰的高风亮节几人能及？
早晨我每次来到这里拜访，不觉间面有愧色心有惶恐。
风吹古木声猎猎多么萧瑟，慈乌思念父母悲鸣声不止。
小草一望无际是多么丰茂，春天温暖的阳光照满庭圮。
最终定会为他立一块丰碑，以此长期砥砺轻薄的习俗。
我在此反复地徘徊又徘徊，深深感叹丁兰这千古孝子。

点评：

这首诗可分成三部分，第一部分：前两句。开篇扣题，讲壮年时我瞻拜大孝子丁兰的故里。第二部分：从"终日戴苍苍"到"大圣有微旨"，着重追慕往事，怀念父母先人。第三部分：从"至今千余年"到结束。回到眼前，写对丁兰孝行的评价，再次表达对丁兰的崇敬。

丁兰祠怀古①

清·蔡庚谦

丁兰孝子祠②，观者共低徊。
留之不忍去，既往而复回。
孝本出至性，爱亲自提孩。
良知与良能，原从天赋来。
生物使一本③，树本有根荄。
孝自能感人，蔼然④眉宇开。
不言和可饮⑤，胜酌葡萄醅。
人往想流风，芳春淑气催⑥。
树静风掀簸⑦，吁嗟良可哀。

尝览丰邑志，丁兰孝事该⑧。
刻木肖亲容⑨，至诚理可推。
诚心开金石，何用费疑猜。
丁兰非丰产⑩，庙貌日崔巍。
河内野王人，流寓邠榆隈⑪。
殁而祀为神，德行不在才。
集以丁兰名，趁墟⑫人登台。
踌躇兮四顾，孝子安在哉。
祠宇传千秋，莫教长蒿莱⑬。
过客拜阶下，宿雨湿莓苔⑭。

作者简介：

见前。

注释：

①选自《徐州续诗征》卷十一。

②丁兰孝子祠：见清卢世昌《过孝子丁兰里》注释①。

③《孟子·滕文公章句上》："且天之生物也，使之一本。"一本：一个根源，就人而言指父母。

④蔼然：和悦的样子。

⑤此句意为和颜不语可当酒饮。

⑥流风：意思是前代流传下来的风尚，多指好的风气。《孟子·公孙丑上》："纣之去武丁未久也，其故家遗俗，流风善政，犹有存者。"淑气：指天地间神灵之气。《旧唐书·音乐志四》："祥符淑气，庆集柔明。"明郑仲夔《耳新·蔼吉》："劲骨干霄，品业兼擅，非钟川岳之淑气者不能。"

⑦此句取"树欲静而风不止，子欲孝而亲不在待"之意。"子欲养而亲不待"是刻木事亲所表孝道的积极意义所在，也是丁兰孝道核心思想。

⑧该：同"赅"，非常，不平常。

⑨《二十四孝刻木事亲》："汉丁兰，幼丧父母，未得奉养，而思念劬劳之因，刻木为像，事之如生。其妻久而不敬，以针戏刺其指，血出。木像见兰，眼中垂泪。兰问得其情，遂将妻弃之。诗赞：刻木为父母，形容在日时。寄言诸子侄，各要孝亲闱。"

⑩丁兰非丰产：丁兰不是丰县人。清光绪《丰县志》卷十一"人物类"（下）载："汉丁兰，河内野王（西汉河内郡野王县）人，流寓于丰。少丧父，十五岁丧母。乃刻木为母像事之，凡事必告。邻人张叔令妻假物兰妻。白像，像不悦，即弗与。张突入，击像。兰知之，杀张叔。吏捕兰去，木像为之垂泪。郡县嘉其孝，奏免免兰罪。宣帝特拜为中大夫。居县东十二里。后人即其所居之地，名曰丁兰里。里旧有孝子祠，今废。"

⑪此句意为流落定居在丰县。流寓：在异乡日久而定居。枌榆：指土地神祠枌榆社，刘邦初起兵于家乡丰县时，"祷丰枌榆社"，这里代指丰县。隈：山水等弯曲的地方，这里有怀抱之意。

⑫趁墟：赶集。如柳宗元《柳州峒氓》："青箬里盐归峒客，绿荷包饭趁虚人。"

⑬蒿莱：野草；杂草。杜甫《夏日叹》："万人尚流冗，举目唯蒿莱。"鲁迅《集外集·诗》："万家墨面没蒿莱，敢有歌吟动地哀。"

⑭莓苔：即青苔，阴湿地方生长的绿色苔藓。

翻译：

瞻拜丁兰孝子祠，观者低首共徘徊。
驻留久久不忍去，已经回去又复回。
孝心本自出品性，爱亲爱家自幼孩。
人之良知与良能，原本都从天赋来。
天生万物本源一，树木原本有根荄。
孝心本来能感人，和悦之情眉宇开。
和颜不语可醉饮，胜喝一杯葡萄醅。
前代风尚人想往，神灵之气芳春催。
树静风犹能掀簸，欲孝不能实可哀。

我曾观览丰邑志，丁兰孝事不寻常。
刻木酷似父母容，至诚之心理可推。
诚心自能开金石，此事何用费疑猜。
丁兰本非丰县人，祠庙日益高崔巍。
他本河内野王人，流落定居丰县怀。
死后祭祀作为神，品质德行不在才。
集镇命名为丁兰，赶集乡人纷登台。
犹豫彷徨四方顾，孝子祠堂在何哉？
祠宇本应传千秋，莫教祠庙长蒿莱。
过客纷纷拜阶下，久雨不停湿莓苔。

点评：

本诗主要表达了两层意思：一是对丁兰孝道的崇敬和赞颂；二是对丁兰祠破败荒凉的惋惜。这首诗押韵比较规范，除"巍"字出自上平五微韵，其余全部出自上平十灰韵，看来"巍"当是无意之失误，并非有意而为之。

古丰桃花行^①

清·詹榜

武陵桃源事绝奇，桃花流水莫可追。

问津渔人今已邈，扁舟欲往将何之？

余游古丰西郭外，武陵佳景忽在兹。

桃花缥缈三十里，殷红嫩萼何离离。

或如石家锦布帐^②，或如窦妇回文机^③。

或如赤城霞乍起，或如枫岸叶低迷。

或如丹砂焕彩蟠古鼎^④，或如骅骝汗血浴天池^⑤。

得非^⑥珊瑚出海底？毋乃^⑦晓日照芙渠？

宛似洛神凌囊绛雪^⑧，犹疑明妃^⑨洒泪湿胭脂。

悠然共坐花阴下，不觉心旷而神怡。

更饶麦浪相掩映，绿云缭绕掣虹霓。

如游扶桑^⑩五万里之玉洞，直窥瑶池三千岁之仙姿。

沽来新丰酒，痛饮倒金卮。

处处桑麻含宿雨，村村鸡犬出东篱。

置身已在桃源内，安问秦汉与轩羲^⑪！

人生对景当娱乐，嗟彼风尘役役者将胡为！

作者简介：

詹榜，清代历阳（今安徽省马鞍山市和县）人。事迹不详。

注释：

①选自清光绪《丰县志》卷十三"艺文类"（下）。行：歌行体文体标志，如白

居易《琵琶行》，杜甫《丽人行》等。

②石崇曾与贵戚晋武帝的舅父王恺以奢靡相比。王恺饭后用糖水洗锅，石崇便用蜡烛当柴烧；王恺做了四十里的紫丝布步障，石崇便做五十里的锦步障；王恺用赤石脂涂墙壁，石崇便用花椒。晋武帝暗中帮助王恺，赐了他一棵二尺来高的珊瑚树，枝条繁茂，树干四处延伸，世上很少有与它相当的。王恺把这棵珊瑚树拿来给石崇看，石崇看后，用铁制的如意把珊瑚树打得粉碎。王恺很愤怒，认为石崇是嫉妒自己的宝物，石崇说："这不值得发怒，我现在就赔给你。"于是命令手下的人把家里的珊瑚树全部拿出来，这些珊瑚树的高度有的三尺，有的四尺，树干枝条举世无双而且光耀夺目，像王恺那样的就更多了。王恺看了，露出失意的样子。明徐渭《夕霞》诗之一："石家锦步帐，海国紫玻璃。"

③《晋书》卷九十六"列女列传·窦滔妻苏氏"：窦滔妻苏氏，名蕙，字若兰，善属文。滔，即窦滔，苻坚时为秦州刺史，被徙流沙。苏氏思之，织锦为回文旋图诗以赠滔，宛转循环以读之，词甚凄惋，凡八百四十字，文多不录。

④此句意为丹砂绘制的有盘龙图案的古鼎。

⑤骅骝：指赤红色的骏马，周穆王的"八骏"之一，常指代骏马。汗血宝马，学名阿哈尔捷金马，一说原产于土库曼斯坦。头细颈高，四肢修长，皮薄毛细，步伐轻盈，力量大、速度快、耐力强。天池：位于新疆天山。

⑥得非：莫非是。

⑦毋乃：莫非，岂非。

⑧凌囊：白色的口袋。绛雪：炼丹家丹药名，比喻红色花朵。这句话是说像洛神红装素裹回风流雪。

⑨明妃：王昭君。王昭君（约前54—前19），名嫱，字昭君，乳名皓月。西汉南郡秭归（今湖北省宜昌市兴山县）人，与貂蝉、西施、杨玉环并称中国古代四大美女，是"沉鱼、落雁、闭月、羞花"之一的"落雁"。晋朝时为避司马昭讳，又称之为明妃、王明君。

⑩扶桑：古代神话传说中的地名。《梁书·诸夷传·扶桑国》："扶桑在大汉国东二万余里，地在中国之东，其土多扶桑木，故以为名。"《海内十洲记·带洲》："多生林木，叶如桑，又有椹，树长者二千丈，大二千余围。树两两同根偶生，更相依倚，是以名为扶桑也。"

⑪轩羲：轩辕、伏羲的并称。

翻译：

武陵源发生的事无比奇特，可桃花已随水去无法追回。

询问渡口的渔人已经遥远，扁舟欲去将要去往哪里？

我游览古丰城郭外的西郊，发现武陵的美景竟在这里。

无边的桃花隐约绵延三十余里，殷红的桃花嫩萼多么繁密。

犹如石崇家五十里的锦步蓬障，又如窦妇的织锦回文旋图诗。

犹如赤城的火云西霞满天舒卷，又如江岸秋枫红叶翩跹舞飞。

犹如那丹砂焕然一新的盘龙鼎，又如汗血宝马刚刚出浴天池。

莫非是珊瑚走出海底？莫非是红日照耀芙蕖？

宛如洛神红装素裹回风流雪，又像昭君流泪湿了红颜胭脂。

悠然地与人们同坐花阴之下，不觉间心境开阔心往神驰。

更有无边的麦浪相互掩映，绿云缭绕牵绊着五彩虹霓。

如游览扶桑国五万里的玉洞，直窥瑶池三千岁仙姿。

买来新丰出产的美酒，痛饮满满一金卮。

处处是带着露珠的桑麻，村村是走出东篱的鹅鸭犬鸡。

置身其中就是在武陵源内，何必问是秦汉还是轩辕伏羲！

人生面对美景应当娱乐，唉，那些为尘世所累的人将要干什么呢！

点评：

　　该诗从陶渊明的桃花源记写起，引发读者的美好回忆。陶翁的桃源已经远去，但偶然游览时，发现古丰西郊的美景竟和世外桃源无异。接着连用十个比喻，以排山倒海之势尽情描绘桃源的美好诱人，这要对作者产生怎样的震撼才能连用十个美好的比喻去描写桃花村的美好！这是一幅纯美的富有田园气息的风景画。美好的自然环境写好了，接着重点描写生活此地的人的活动。这里村民的生活图景与桃花源记中的生活图景十分相似，和谐快乐诗意！这是一幅富有诗意的田园生活的风俗画。最后呼应开头武陵源，并以自身的感受作结：人生应当学会享受美景，不能为尘世所累。全诗以描写为主，描写我眼中的景与人，事与理，而情则贯穿其中。

　　这是一首歌行体长诗，全诗以描写为主，描写我眼中的景与人、事与理，而情则贯穿其中。思路是先景后人，最后两句以情理作结，卒章显志。

龙雾桥①

清·李敬修

复沛同时不复丰②，人言隆准③愧英雄。
谁知万岁千秋后，犹在当年雨露中。④

（自注：至今祷雨辄应）

作者简介：

见前。

注释：

①选自清光绪《丰县志》卷十三"艺文类"（下）。龙雾桥：明万历增补本《丰县志》载"县治东北五里许，即汉高祖（母）遇神，息大泽之陂处"。清光绪《丰县志》载："（龙雾桥）县东北九里。太公治田，高祖母媪馈食。偶遇大雨，雷电晦冥，母媪避于桥下。太公往视，见二龙交于上。已而有娠，遂产高祖。每遇岁旱，于此祈雨辄应，至今沿之。"

②见《史记·高祖本纪》："高祖还归，过沛，留……'吾虽都关中，万岁后吾魂魄犹乐思沛。且朕自沛公以诛暴逆，遂有天下，其以沛为朕汤沐邑，复其民，世世无有所与。'……沛父兄皆顿首曰：'沛幸得复，丰未复，唯陛下哀怜之。'高祖曰：'丰吾所生长，极不忘耳，吾特为其以雍齿故反我为魏。'沛父兄固请，乃并复丰，比沛。"

③隆准：即刘邦。《史记·高祖本纪》载："高祖为人，隆准而龙颜，美须髯。"

④意思是说丰县至今享受着高祖隆恩。

翻译：

答复沛民的同时没有答复丰民，人们都说高祖愧对英雄的称号。
谁知晓汉皇高祖去世千年之后，丰县仍然沐浴在皇恩雨露之中。

点评：

这首诗运用了欲扬先抑的手法。先说高祖复沛不复丰，愧对英雄称号，然后再说千年之后丰县依然"祷雨辄应"。含蓄地回答了高祖千百年来一直在庇佑故乡丰县，赞颂了刘邦有情有义不负故乡父老的性格。

枌榆亭①

清·李敬修

虎斗龙争瞥眼②收，一亭犹为帝乡留。
樾③能风动天忘暑，棠④有人思荫不秋。
钱荚制更通利济⑤，楼桑根远藉绸缪⑥。
上林他日繁嘉植⑦，问有三椽⑧护得不？

作者简介：

见前。

注释：

①选自清光绪《丰县志》卷十三"艺文类"（下）。枌榆亭：即枌榆社。清光绪版《丰县志》载："《史记正义》以为高祖里社，《汉书》颜师古注曰：'以此树为社神，因名。'高祖初起，祷丰枌榆社。后四年，天下悉定，诏令丰治枌榆社，以时祀之。社在城东北十五里。"刘邦拔剑斩蛇起义之初，向故乡丰县的枌榆社牲宰致祭，乞求土地之神，赐他更多的土地。不知是土地神的圣灵，抑或是他个人力量，东奔西走，夷秦灭项，最终统一天下，取得了他意料不到的成功。为了对枌榆社神的崇德报恩，下令修缮枌榆社，四时奉祀；春祀更少不了猪羊，以示隆重。"枌榆"二字因此与"桑梓"一样成为家乡的代名词。枌榆社在明朝隆庆三年（1569）废。

②瞥眼：眨眼，形容时间短。

③樾：本意是路旁遮荫的树。

④棠：木名，即棠梨树，通称杜树，落叶乔木。甘棠遗爱：旧时颂扬离去的地方官员。《诗经·周南·甘棠》："蔽芾甘棠，勿翦勿伐，召伯所茇；蔽芾甘棠，勿翦勿拜，召伯所说。"

⑤钱荚：即荚钱，榆钱荚的简称。西汉时铸币名，铜质。西汉初年，因秦钱"半

两"重难用，改铸荚钱，面值仍为"半两"，因其轻薄如榆荚，故名。制更：即更制，这里指钱币改制。利济：救济；施恩泽。五代时齐己《送谭三藏入京》诗："阇梨与佛身同，灌顶难施利济功。"

⑥楼桑：即楼桑里，汉末刘备的故里名，在今河北省涿县境。据《三国志·蜀志·先主传》载：刘备少时，宅东南角有桑树，高五丈余，遥望如车盖，这里代指刘邦的故乡，因刘邦建都咸阳，离家很远，故曰楼桑根远。绸缪：情意殷切。这里指对家乡的感情。

⑦上林：上林苑，是汉代园林建筑。汉武帝刘彻于建元三年（前138）在秦代的一个旧苑址上扩建而成的宫苑，规模宏伟，宫室众多，有多种功能和游乐内容，今已无存。上林苑地跨长安区、鄠邑区、咸阳、周至县、蓝田县五区县境，纵横三百四十平方公里，有渭、泾、沣、涝、潏、滈、浐、灞八水出入其中。嘉植：美树，常比喻俊才。

⑧三椽：即三间屋，这里代指枌榆社。

翻译：

中原虎斗龙争转眼兵收，一亭未毁尚为帝乡保留。

樾树被风吹动能够避暑，甘棠有人思恩常荫不秋。

钱币改制有助畅通经济，桑梓根远可以慰藉乡愁。

上林曾经繁殖名木美树，请问枌榆神社可要维修？

点评：

修枌榆社不仅表达高祖对神佑的感恩，也是表达对故乡的怀念。枌榆社因此成为丰县的一张名片。

该诗采用仄起首句入韵式，格律规范。

斩蛇陂①

清·李敬修

雷雨交龙②久发祥，妖蛇何事触锋铓③？

酒催怒气红飞电，血溅平沙紫结霜。

此夕兴亡占两帝④，后来法令兆三章⑤。

而今重访神灵迹，草浅波平指牧羊。

作者简介：

见前。

注释：

①选自清光绪版《丰县志》卷十三"艺文类"（下）。斩蛇陂：又称斩蛇沟。陂，池塘的岸。明万历增补本《丰县志》："在县治西二十里许，汉高祖斩蛇于此（今淤）。"清光绪版《丰县志》："县西三十里，高祖斩蛇于此。"

②雷雨交龙：见《龙雾桥》注释①。

③锋铓：同"锋芒"。

④占：即占卜。两帝：赤帝子（刘邦）和白帝子（秦始皇）。这句是说刘邦斩蛇、灵母痛哭预兆了赤帝子和白帝子谁兴谁亡。

⑤兆：预兆。三章：指刘邦的约法三章。出自《史记·高祖本纪》："与父老约法三章耳；杀人者死，伤人及盗抵罪。"《汉书·刑法志》："高祖初入关，约法三章。"

翻译：

雷雨晦冥孕育赤龙持久呈祥，妖蛇因为何事触碰利剑锋芒？

酒催怒气挥剑血崩像是电火，血溅平沙凝成紫色结层寒霜。

这天夜里预兆两帝谁兴谁亡，后来的法令均源于约法三章。

今天重访当年神灵出现之地，草浅波平处处都是牧歌牛羊。

点评：

前两联描写，用浪漫主义手法礼赞刘邦当年斩蛇的壮举，颔联精彩的联想想象和比喻，使句子文采飞扬，气势宏大，堪称佳句。后两联议论，表达楚亡汉兴的必然性。该诗采用仄起首句入韵式，格律规范。

斩蛇泽 (限豪韵) ①

清·谢元淮

真人被酒②兴方豪，大泽风腥草木号。
三尺斩蛇开帝业，一时屠狗③建功高。
山中云气成龙彩，戏下④将军练豹韬⑤。
老妪当年闻野哭，断烟零雨长蓬蒿。

作者简介：

谢元淮（1784—1867），字钧绪，号默卿，湖北松滋人。他参加了陶澍所主持的淮北票盐改革，后来又主持了淮南票盐改革，有效地解决了清代中期盐政荒敝的局面。曾任徐州经历、权河库道篆，著有《养默山房诗稿》。谢元淮工诗，其《养默山房诗稿》描述了下层官吏奋斗到中级官吏的行藏和心理感受。

注释：

① 此诗见于清谢元淮《养默山房诗稿·彭城集》卷十五。从题目中的"限豪韵"看，这是几位诗友团聚时，搞分韵作诗游戏时所作。所谓"分韵"是指数人相约赋诗，选择若干字为韵，各人分拈，依拈得之韵作诗，谓之分韵。作者此时拈的下平四豪韵。也可能所有人均限"豪"韵作诗。斩蛇泽：见徐元文《斩蛇沟》注释①。

② 被酒：喝了酒，带有几分酒意或醉意。《史记·高祖本纪》："高祖被酒，夜径泽中。"

③ 屠狗：此处指樊哙，早年屠狗为生。

④戏下：谓在主帅的旌麾之下，引申为部下。戏，通"麾"。

⑤豹韬：古代兵书《六韬》篇名之一。相传为周吕尚所撰。这里借指用兵的韬略。

翻译：

高祖醉酒兴致正显雄豪，大泽风带腥味草木怒号。

三尺宝剑斩蛇开创帝业，一时间屠狗者建汉功高。

山中云气皆成斑斓色彩，主帅麾下将军苦练韬略。

老妪当年痛哭白帝之处，如今断烟零雨长满蓬蒿。

点评：

前三联盛赞刘邦的开国功绩及部下将帅的文韬武略。尾联写当年老妪痛哭白帝被斩的地方现在已是荒芜一片，长满蓬蒿，物是人非盛衰无常之感顿生

过汉高祖庙①

清·胡苏云

入关②天下定，四海一人家。

刘汉当年事，秋阳满树鸦。

大风思猛士，虚壁③走灵蛇。

犹自被黄裒④，蚰蜒⑤挂翠华⑥。

作者简介：

胡苏云（生卒年不详），字庄牧，号芥浦，江西南丰人。著有《芥浦诗删》，另有诗《登岳阳楼》《雨中赴巴陵》等。

注释：

①选自《芥浦诗删》，清乾隆刻本。

②入关：指刘邦定都关中。

③虚壁：空旷的墙壁。

④黄衮：古代君王等的黄色礼服。

⑤蚰蜒：虫名。即鼠妇虫，生活在阴暗潮湿处，故俗称"潮虫""地虱子"。

⑥翠华：本指天子仪仗中以翠羽为饰的旗帜或车盖，后常作御车或帝王的代称。唐代陈鸿《长恨歌传》："潼关不守，翠华南幸。"陆游《晓叹》："翠华东巡五十年，赤县神州满戎狄。"

翻译：

定都关中天下平，四海从此成一家。

刘汉当年事已过，唯见秋阳满树鸦。

大风歌里思猛士，空旷壁上走灵蛇。

黄色礼服犹在身，潮虫纷纷往上爬。

点评：

这首诗在写法上有别于前面几首从古到今的写作思路，而是古今交错对比。首联高度赞扬高祖平定天下、四海一统的殊勋；颔联则感慨人去楼空，乌鸦满树，人世沧桑之感溢于言表；颈联对比鲜明，一是心中猛士常在，二是眼中灵蛇走壁，同样表达了世事沧桑之感。尾联的对比更是鲜明且发人深思：黄袍犹在，只是袍身爬满潮虫。告诉人们：英雄总有落寞的时候，都将是一抔黄土，潮虫才不管你高贵或低贱呢。

过汉高祖庙偶与友人论史①

清·胡苏云

沛公长者②有芳名，牢落③群英裂土④轻。

秦世衣冠多说客，汉家礼乐岂书生。

关中辩士监门吏⑤，河内良才细柳营⑥。

不有残经出孔壁⑦，咸阳坑活⑧至今明？

作者简介：

见前。

注释：

①选自《芥浦诗删》，清乾隆刻本。

②长者：这里指显贵之人。

③牢落：犹寥落。稀疏零落貌；零落荒芜貌。

④裂土：分封土地，或割据土地。《史记·高祖本纪》："有功者辄裂地而封为王侯。"

⑤监门吏：守门小吏。

⑥河内：中国古代以黄河以北为河内。汉高祖即位时设置殷国，次年改名为河内郡，位于太行山东南与黄河以北。细柳营：西汉周亚夫（名将绛侯周勃的次子）将军屯兵处，在今咸阳西南。汉文帝巡视细柳营时，发现周亚夫治军有方，纪律严明，大加称赞。

⑦西汉景帝刘启末年，藩王鲁恭王刘余拆毁孔子旧宅来扩建其宫室，在孔氏墙壁中发现《尚书》四十六卷五十八篇，《逸书》十六篇，《礼古经》五十六卷，《逸礼》三十九篇，《礼记》一百三十一篇，《明堂阴阳》三十三篇，《王史氏》二十一篇，《春秋左氏传》三十篇，《古孝经》一篇，《古论语》二十一篇。因为这些经书都是用战国时六国文字写成，与汉代通行的隶书相较被称为"古文"，这就是历史上有名的"孔壁古文经"。

⑧坑活：指秦始皇为愚民而实行的焚书坑儒事件。

翻译：

沛公因为显贵而留千古芳名，群英寥落分封土地分量很轻。

秦朝时士绅贵族们多为说客，汉家推行礼乐教化岂止书生。

关中辩士原来曾是监门小吏，河内良才亚夫驻扎细柳军营。

如果没有在孔壁内发现残经，始皇焚书坑儒至今怎会透明？

点评：

首联通过写沛公显贵和群雄寥落的对比，表达皇帝的江山都是无数英雄努力的结果，而最终显贵和芳名都归于皇帝，英雄们则大江东去浪淘尽。颔联写秦朝和汉家的对比，揭示了秦朝短暂和汉朝长久的原因。颈链写关内辩士和河内良才，突出汉朝的任人为贤，正如诸葛亮《出师表》所言："亲贤臣远小人，此先汉所以兴隆也。"尾联批判秦始皇焚书坑儒的愚民政策，揭示他失败的必然性。此诗题目是"论史"，故通过对比揭示历史的规律。

斩蛇泽①

清·刘继志

芒砀云深龙匿迹，往来常戴竹皮冠②。
经过大泽长蛇断，侠气凌霄抚剑寒。

作者简介：

刘继志，砀山县同知，其他事迹不详。

注释：

①选自《徐州续诗征》卷十三（张伯英甄选，徐东侨编次）。
②竹皮冠：秦末刘邦微时以竹皮做的帽子。

翻译：

芒砀云深赤龙藏匿其间，往来此地常常竹皮草冠。
经过大泽挥剑把蛇斩断，侠气穿云抚剑至今犹寒。

点评：

前两句叙述刘邦藏匿山中的生活和装束，头戴竹皮草冠，一身山民装束。后两句则赞赏他挥剑斩蛇的义举和侠气。"侠气凌霄"，赞赏之情溢于言表。

同友人田汝凤等游梁寨渊泽^①

魏以旭

轻舟如叶放中流^②，万顷波涛景色幽。
宿雨^③乍晴菡萏秀，西风初动荻芦秋。
一行云影来新雁，两棹水声惊野鸥。
吟兴未穷日卓午^④，同归对酒话清游^⑤。

作者简介：

魏以旭（1903—1982），沛县崔堤口村人。1949年前曾在政府部门和粮行工作，但大半生为私塾先生。1949年后曾任生产队会计，是当地乡间有名的文化人。其堂侄魏嘉瓒写诗系由魏以旭发蒙教授。

注释：

①选自《以旭诗存》手写本。梁寨渊泽：梁寨是隶属于丰县的一个镇，位于丰县的东南方向。梁寨渊泽，俗称梁寨淹子，现在统称渊子湖。乾隆七年黄河决口，冲刷石林形成淹子，面积一点五平方公里，最深处二十多米，俗称"四两青丝"打不到底。湖里盛产的白莲藕曾经是清朝皇宫的贡品，所以梁寨白莲藕素有"贡品莲藕"的美称。渊子湖周围有娄子寺、石林旧址、张天师传教点等景点。

②中流：水流的中央。苏轼《石钟山记》："舟回至两山间，将入港口，有大石当中流，可坐百人。"

③宿雨：连续多日下雨。胡怀深《暮春野行》："宿雨昨宵霁，万木净如洗。"

④卓午：正午。李白《戏赠杜甫》诗："饭颗山头逢杜甫，头戴笠子日卓午。"

⑤清游：清雅游赏。晋代潘岳《萤火赋》："翔太阴之玄昧，抱夜光以清游。"

翻译：

轻舟如叶悠然飘荡中流，万顷波涛景色秀丽清幽。
久雨新晴荷花妖娆娇艳，西风初动芦荻花开渐秋。
一行云影原是南归新雁，两桨水声惊动栖息野鸥。
吟兴未尽日头已到正午，一同归来把酒趣话雅游。

点评：

这是一首写生活情趣的诗，时间是 1934 年夏秋之交。几人相约泛舟梁寨淹子，虽日已正午游兴未尽，把酒言欢之际犹不忘回味。全诗格调清新明快，人生的诗意和美好尽在其中。首联扣题写游览之地及美好感受；颔联写水中所见的荷花和芦荻，是平视，侧重植物；颈联写南归的大雁和惊飞的野鸥，是仰视，侧重动物。颔联颈联用笔分工明确，角度也多样，使有限的文字蕴含更多的容量。尾联写已是正午游兴未阑，把酒持螯犹谈雅游趣事，看似平淡的交代，实则突出此游的美好，难以忘怀。

世事感怀篇

大风歌①

西汉·刘邦

大风起兮云飞扬，
威加海内兮归故乡，
安得猛士兮守四方？

作者简介：

刘邦（前256—前195），字季，沛郡丰邑（今江苏丰县）中阳里人。中国历史上杰出的政治家、战略家和军事家，汉朝开国皇帝，汉民族和汉文化的伟大开拓者和奠基者。驾崩于长安，谥号高皇帝，庙号太祖（自司马迁时就称其为高祖，后世多惯用之），葬于长陵。

注释：

①选自《史记·高祖本纪》，中华书局1959年校点本。

翻译：

大风忽然刮起啊云彩漫天飞扬，
威势震于天下啊我荣归故乡，
如何得到杰出人才啊守护四方？

点评：

王业已成的雄威，衣锦还乡的自豪，江山永固的忧虑，治国人才的渴望，如此丰富复杂的感情都流露在这短短二十三字之中；帝王之乡人之性格展露无遗，可谓字字珠玑。

鸿鹄歌①

西汉·刘邦

鸿鹄②高飞，一举千里。
羽翮③已就，横绝四海。
横绝四海，当可奈何？
虽有矰缴④，尚安⑤所施？

作者简介：

见前。

注释：

①选自《史记·留侯世家》，中华书局 1959 年校点本。

②鸿鹄：鸿是指大雁，鹄则是天鹅，两者是近亲，均是鸟纲。

③羽翮：鸟的翅膀。

④矰缴：指猎取飞鸟的射具。《说文》："矰，射矢也。"《广雅》："矰，箭也。"
古代用来射鸟的拴着丝绳的短箭，因拴着丝绳而能收回再次利用。缴：古代指带有
丝绳的箭。

⑤尚安：还怎么。

翻译：

鸿鹄振翅高飞，一下飞越千里。
羽翼已经丰满，可以翱翔四海。
可以翱翔四海，你能将它怎样？
即使拥有利箭，又能把它怎样？

点评：

刘邦登基后，立长子刘盈为太子，封次子如意为赵王。刘盈天生懦弱，才华平庸，
而次子如意却聪明过人，才学出众，故刘邦有意废刘盈而立如意。刘盈的母亲吕
后闻讯，非常着急，便请开国重臣张良出面。张良开始以这属于刘家家务之事而推

脱，后不得已，只好用计请出"商山四皓"，使得刘邦放弃了易储打算。戚夫人大哭。刘邦强颜欢笑："你给我跳舞，我为你唱歌。"刘邦便以太子此事件即兴作了此歌。

"鸿鹄高飞，一举千里。羽翮已就，横绝四海"，用天空的大雁比喻羽翼已丰满的太子刘盈。"横绝四海，又可奈何？虽有矰缴，尚安所施？"刘邦面对戚夫人的哭泣，表达出自己爱莫能助、无可奈何的心情。寥寥三十二字，形象、生动，不仅标志着汉初易储之争的结束，吕雉母子的胜出，也令人清晰地看到刘邦此时欣喜、无奈、痛苦、冷静、果决的复杂心态，显然具有不同寻常的艺术价值与历史价值。这首诗通体四言，全篇用比，传达出歌者难以直述的多重情怀。

耕田歌①

西汉·刘章

深耕穊②种，立苗欲疏。
非其种者，鉏③而去之。

作者简介：

刘章（前200—前177），汉高祖刘邦的孙子，齐悼惠王刘肥的次子。吕后称制期间被封为朱虚侯，后来由于在诛灭吕氏的过程中有功而被加封为城阳王。去世后谥号"景王"。

注释：

①选自《史记·齐悼惠王世家》，中华书局1959年校点本。
②穊：这里为密植谷物的意思。《说文》："穊，稠也。"
③鉏：同"锄"。

翻译：

下种要深耕密植，立苗须去弱留壮。
不属同种的禾苗，则务必拔除去掉。

点评:

　　吕后篡政后,封刘章为朱虚侯,为了笼络并控制他,吕后还将吕禄之女嫁给了他。但刘章作为刘氏后裔仍僧恨吕氏篡权,于是在吕太后的酒宴上唱出了这首歌。面对大权在握的吕后,刘章不便直言对吕姓的不满,于是借耕田之事,用比喻道出了他对汉高祖去世后吕氏专权的不屑,表达了他想为汉朝根除吕氏的心声。该诗的前两句讲的是安刘,后两句讲的是除吕。后两句则是点旨之句。在刘章看来,只有刘氏,才是汉家正统,吕氏则不过是杂种而已,这极符合刘邦临终前的遗愿:"非刘氏而王者,天下共诛之。"刘章正是巧妙地用一"种"字,语带双关,以禾苗之"种",谐喻帝王将相之"种",欲使正"种"健康苗壮,则必须剔除杂"种"。

赵王囚歌^①

汉·刘友

诸吕用事兮刘氏危,

迫胁王侯兮强授我妃。

我妃既妒兮诬我以恶,

谗女乱国兮上曾不寤。

我无忠臣兮何故弃国?

自决中野兮苍天举直^②!

于嗟^③不可悔兮宁蚤^④自财^⑤。

为王而饿死兮谁者怜之!

吕氏绝理兮托天报仇。

作者简介:

　　刘友(?—前181),汉高祖刘邦的第六子,汉惠帝刘盈、汉文帝刘恒的异母弟,汉高祖十一年(前196),受封淮阳王。汉惠帝元年(前194),吕后派人毒杀赵王刘如意,改封刘友为赵王。吕后七年(前181),刘友的王妃(吕氏之女,可能是吕后的侄女）因刘友宠爱其他姬妾，心生妒忌，便向吕后诬告刘友谋反。吕后大怒，于是召刘友进京，将他软禁起来，并断绝食物，直至饿死在软禁之所。后以平民礼节下葬于百姓坟墓的旁边，谥号"幽王"。

注释：

①选自《史记·吕太后本纪》，中华书局 1959 年校点本。

②举直：即举直错枉。起用正直贤良，罢黜奸邪佞人。举：选拔。直：正直，指正直之人。出自《论语·为政》："哀公问曰：'何为则民服？'孔子对曰：'举直错诸枉，则民服。'"

③于嗟：感叹词，表示赞叹或悲叹。于，通"吁"。

④蚤：通"早"。《史记·项羽本纪》："旦日不可不蚤自来谢项王。"

⑤自财："财"通"裁"，自杀。

翻译：

诸吕朝中掌控大权啊，刘氏江山形势告危。
以势胁迫诸位王侯啊，强行嫁女为我作妃。
我妃嫉妒之心无比啊，竟然谗言诬我有罪。
谗女害人而且乱国啊，不料皇上也被蒙昧。
并非朝中没有忠臣啊，他们为何放弃故国？
途中自尽弃于荒野啊，苍天定会举正荐直。
实在叹息悔之已晚啊，宁愿及早自戕而死。
为王我却将要饿死啊，无声无息有谁会怜！
吕氏天理已经灭绝啊，祈望苍天报仇雪恨。

点评：

活活饿死刘邦之子刘友，反映出吕后残忍狠毒的一面。这首诗也反映出刘友至死不屈吕后、维护刘家正统、反对吕氏篡权的决心。以骚体写出，具有浓郁的抒情色彩，读之仿佛看见身居囹圄的刘友面对苍天诅咒吕后，呼唤苍天为其报仇的情景。

秋风辞①

西汉·刘彻

秋风起兮白云飞，草木黄落兮雁南归。
兰有秀②兮菊有芳，怀佳人③兮不能忘。
泛楼船兮济汾河，横中流兮扬素波④。
箫鼓鸣兮发棹歌⑤，欢乐极兮哀情多。
少壮几时兮奈老何⑥！

作者简介：

刘彻（前156—前87），即汉武帝，杰出的政治家、战略家。他十六岁登基，为巩固皇权，汉武帝独创了中朝制度，在地方设置刺史，开创察举制选拔人才，颁行推恩令，解决王国势力，并将盐铁和铸币权收归中央。文化上采用了董仲舒"罢黜百家，独尊儒术"的建议，结束了先秦以来"师异道，人异论，百家殊方"的局面。汉武帝时期攘夷拓土，国威远扬，东并朝鲜，南吞百越，西征大宛，北破匈奴，奠定了汉地范围。他首开丝绸之路，首创年号，兴太学，在各个领域均有建树，把汉代推向最辉煌时期。但他在位后期穷兵黩武，又造成了巫蛊之祸，为其留下人生瑕疵。征和四年（前89），刘彻下罪己诏。谥号"孝武皇帝"，庙号"世宗"，葬于茂陵。

注释：

①选自《乐府诗集·杂歌谣辞》卷十。辞：韵文的一种。

②秀：草本植物开花叫"秀"，这里比喻佳人颜色。芳：香气，这里比喻佳人香气。兰、菊：这里比拟佳人。"兰有秀"与"菊有芳"互文见义。

③佳人：这里指想求得的贤才。

④素波：白色波浪。

⑤棹：船桨，这里代指船。棹歌：船工行船时所唱的歌。

⑥奈老何：对于老该怎么办呢？

翻译：

> 秋风刮起啊白云乱飞，草木黄落啊大雁南归。
> 兰花秀美啊菊花芳香，思念美人啊痴心难忘。
> 乘坐楼船啊渡过汾河，船行中流啊激起雪浪。
> 箫鼓响起啊唱起船歌，欢乐过度啊哀情必多。
> 少壮日短啊衰老奈何！

点评：

　　公元前113年秋，秋风萧飒，鸿雁南归。汉武帝率领群臣到河东郡汾阳县祭祀后土。汉武帝乘坐楼船泛舟汾河，饮宴中流，触景生情，感慨万千，写下了这首骚体《秋风辞》。开头两句以景物起兴。明人谢榛以为，《秋风辞》之起句，出于汉高祖刘邦的"大风起兮云飞扬"（《四溟诗话》）。仅从字面看，固然不错，但两者的境界和情韵，却颇为异趣："大风起兮云飞扬"，苍莽辽阔，表现的是风云际会中崛起的雄主壮怀；"秋风起兮白云飞"，则清新明丽，荡漾着中流泛舟、俯仰赏观的欢情，联系后句，其韵味似乎更接近于《九歌·湘夫人》的"袅袅兮秋风，洞庭波兮木叶下"。接下来五句写楼船中歌舞盛宴的热闹场面：汉武帝与群臣祭祠后土之余，乘坐楼船渡过汾河。但见楼船过处，河中雪浪翻滚，楼船上宴饮正酣，箫鼓齐鸣；乐工歌伎们唱着舞着，与那艄公的船歌相应和。最后两句以感叹乐极生悲、人生易老作结。全诗比兴并用，情景交融，意境优美，音韵流畅，是中国文学史上"悲秋"的佳作，历来受到赞誉。"春"与"秋"是四季中最美的两个季节，但中国文人偏偏"伤春""悲秋"。一部中国文学史"伤春""悲秋"的佳作连篇，如杜甫的《登高》、李清照的《如梦令》、马致远的《秋思》等等。刘彻的这首《秋风辞》从年代上讲有奠基的地位，故后人好评如潮。《庚溪诗话》："武帝《秋风辞》言固雄伟，而终有感慨之语，故其末年，几至于变。"胡应麟《诗薮·内编》卷三："秋风百代情至之宗。"《诗薮·外编》卷一："帝王诗歌之美者，非当时臣下所及。"张玉谷《古诗赏析》卷三："此辞有感秋摇落系念仙意。怀佳人句，一篇之骨……"沈德潜《古诗源》卷二："《离骚》遗响。文中子谓乐极哀来，其悔心之萌乎？"鲁迅《汉文学史纲要》："缠绵流丽，虽词人不能过也。"汉武帝共流传下来八首诗词，《秋风辞》是其杰出代表。

与刘伯宗绝交书及诗①

东汉·朱穆

　　昔我为丰令，足下不遭母忧②乎？亲解缞绖③，来入丰寺④。及我为侍书⑤御史，足下亲来入台⑥。足下今为二千石⑦，我下为郎，乃反因计吏⑧以谒相与⑨。足下岂丞尉⑩之徒，我岂足下部民⑪，欲以此谒为荣宠乎？咄⑫！刘伯宗于仁义道何其薄哉！

北山有鸥，不洁其翼。

飞不正向，寝不定息。

饥则木揽，饱则泥伏。

饕餮贪污，臭腐是食。

填肠满嗉，嗜欲无极。

长鸣呼凤，谓凤无德。

凤之所趣，与子异域。

永从此诀，各自努力！

作者简介：

　　朱穆（99—163），字公叔，一字文元，东汉文学家。南阳宛县（今河南南阳）人。少以孝称，长即致学，博通经籍。二十岁为郡督邮，后举孝廉，为郎中。永兴元年（153），擢为冀州刺史，因严治权贵获罪，后数千人上书救之，赦免归家。数年后，复拜尚书。上疏请罢省宦官，遭诋毁，愤懑病死。蔡邕与其门人私谥之为"文忠先生"。顺帝永和时曾任丰县令。《后汉书》称所著"论、策、奏、教、书、诗、记、嘲，凡二十篇"。《隋书·经籍志》云："《朱穆集》二卷，录一卷，亡。"《全上古三代秦汉三国六朝文》辑其佚文十一篇。其愤世嫉俗之作，最著名的为《崇厚论》与《绝交论》。《后汉书》卷四十三有其传。

注释：

　　①选自《先秦汉魏晋南北朝诗》，逯钦立辑校，中华书局 2017 年 9 月出版。刘

伯宗：朱穆旧友，早先困顿之际，屡受朱穆的照顾。后来刘官至二千石，位列朱穆之上，便避凉趋炎，不再敬重自己的患难有恩之友。朱穆激于义愤，作书于刘伯宗，嗟叹："咄！刘伯宗于仁义道何其薄哉！"因附此诗，宣布绝交。

②母忧：母亲的丧事。

③缞绖：在古代缞和绖是丧服和丧带，"缞绖"合在一起说就指整套丧服，后来渐渐引申出服丧。

④丰寺：汉代称县衙为县寺。

⑤侍书：官名，汉"侍书侍御史"的简称。《后汉书·蔡邕传》："灵帝崩，董卓为司空，闻邕名高辟之……举高第，补侍御史，又转持书御史。"

⑥台：敬辞，用于称呼对方或跟对方有关的行为。

⑦二千石：指俸禄。汉代时二千石属于高级官吏。

⑧计吏：考成的官员。汉王充《论衡·须颂》："得诏书到，计吏至，乃闻圣政。"也指考察官吏。明赵南星《送郡伯二翁南公入朝序》："夫人朝以计吏也，计吏以安民也。"

⑨以谒相与：相互告发。谒：告发，检举。相与：相互。

⑩丞尉：县丞、县尉的合称。

⑪部民：统属下的人民，邑民。《魏书·序纪·神元帝》："积十数岁，德化大洽，诸旧部民，咸来归附。"

⑫咄：表示惊异。

翻译：

当年我担任丰县县令时，您不是恰好遭遇母亲去世吗？我亲自给你脱下丧服，接到丰县县衙。等我担任侍书御史，您亲自来我这里祝贺。您现在是高级官员了，我级别低下担任郎中，您却在考察的官员面前诬陷告发检举我。您岂能是像我这县丞之类的低级别的人，我岂能配做您统属下的人民，您想用这种告发行为而获得恩宠吗？实在令我吃惊！刘伯宗您对于仁义道德多么轻视啊！

北山之上有种鸱鸟，双翼不洁邋遢不堪。
飞行歪斜没有正向，就寝难安心神不定。
饿了偷食巢中幼鸟，饱了蜷伏污泥之中。
贪婪成性堪比饕餮，臭腐为食津津有味。
只管吃得肠塞嗓满，极度贪欲永无极限。
仰天大叫呼喊凤凰：想分我食凤凰无德！
凤凰所去自有其所，与你追求天壤之别。

志向不同从此永诀，各自努力好自为之！

点评：

该诗借物咏怀，以翅翼邋遢贪欲无底的鸥鸟，比喻无德无义的刘伯宗，鲜明表达了自己的立场。如果将这首诗的题目隐去，则纯是一篇形象生动的咏物诗。

鸥鸟，俗称鹞鹰，它双翼邋遢不整，且"飞不正向，寝不定息。饥则木揽（撮取），饱则泥伏"。这四句对鸥鸟作总的勾勒，寥寥数语，便使它行止食宿的丑态纤毫毕现，令人陡生厌恶之感。接着是一个近镜头特写：这鸥鸟正如传说中贪婪成性的"饕餮"，正津津有味地啄食着散发臭味的腐鼠。已填得肠塞嗉满，还仍然停不下来。"臭腐是食""填肠满嗉"八字把鸥鸟嗜欲无底的贪婪本性刻画得淋漓之至。更缺德的是它一面吃着臭腐之食，一边抬头向空中飞过的凤凰大叫："你这缺德的凤凰，竟想分享我的佳肴？""长鸣呼凤，谓凤无德"化用《庄子·秋水》"鸥吓鹓雏"的寓言，表现鸥鸟以卑劣之心度凤鸟之腹的可笑情态，令读者忍俊不禁。所以连诗人也忍不住在结句正告这可笑的鸥鸟："我凤鸟的所去之处，与你可有天壤之别。我们就此永诀，好自为之吧！"凤鸟高飞远去，蓝天留下它矫健的身影，而鸥鸟，还紧攥着腐肉嚼个不停。

单就咏物这一点看，鸥鸟的贪婪丑恶之形，情态逼真。有描述，有刻划，还有简炼而具个性的鸟间对话，堪称咏物佳作。而结合题目此诗的面貌就全改观了——它名为咏鸟，实为赋人。诗人以鸥鸟的贪食腐臭，直至"填肠满嗉"犹不厌足，还大喊大叫，"谓凤无德"，来表现旧友刘伯宗的趋炎附势，让利禄之欲，淹没了廉耻之心。刻划妙不可言，揭露入木三分。朱穆是一位刚性烈肠之人，当然不肯与附炎趋势之辈为友。

比兴手法的运用是本诗的一大特色。它通过对鸥鸟丑恶之形的勾勒，以凤鸟之趣与鸥"异域"，写自己与旧友的绝交之意；一无声色俱厉的挞伐之辞，而道不相谋之志自现。这在艺术表现上，应该说是巧妙而成功的。而明人胡应麟则认为朱穆《绝交诗》"词旨躁露，汉四言诗最下者"（《诗薮》）。诗无达诂，见仁见智，各人角度不同，观点各异乃正常之事。

唯汉行^①

西晋·傅玄

危哉鸿门会，沛公几不还。

轻装入人军，投身汤火间。

两雄不俱立，亚父见此权。

项庄奋剑起，白刃何翩翩。

伯身虽为蔽，事促不及旋。

张良慑坐侧，高祖变龙颜。

赖得^②樊将军，虎叱项王前。

嗔目骇三军，磨牙咀彘肩^③。

空厄让霸主，临急吐奇言^④。

威凌万乘主^⑤，指顾^⑥回泰山。

神龙困鼎镬^⑦，非哙岂得全？

狗屠^⑧登上将，功业信不原^⑨。

健儿实可慕，腐儒何足叹。

作者简介：

　　傅玄（217—278），字休奕，北地郡泥阳县（今陕西耀州区）人。魏晋时期名臣，文学家，思想家。傅玄少年随父逃难河内，专心经学，开始撰写《傅子》等书，后虽显贵，而著述不废。死后谥号"刚"，追封清泉侯。

注释：

　　①选自《乐府诗集·相和歌辞》卷二十七。行：歌行体文体的标志。

　　②赖得：幸亏，好在。

　　③彘肩：前猪腿。《史记·项羽本纪》："项王曰：'壮士！赐之卮酒。'则与斗卮酒。哙拜谢，起，立而饮之。项王曰：'赐之彘肩。'则与一生彘肩。樊哙覆其盾于地，加彘肩上，拔剑切而啖之。"《四库全书》本作"豚肩"。

④奇言：指樊哙在鸿门宴上指责项王的一段话："臣死且不避，卮酒安足辞！夫秦王有虎狼之心，杀人如不能举，刑人如不恐胜，天下皆叛之。怀王与诸将约曰：'先破秦入咸阳者王之。'今沛公先破秦入咸阳，毫毛不敢有所近，封闭宫室，还军霸上，以待大王来。故遣将守关者，备他盗出入与非常也。劳苦而功高如此，未有封侯之赏，而听细说，欲诛有功之人，此亡秦之续耳，窃为大王不取也。"这段话明显带有文学加工的成分，因为屠狗出身的樊哙是很难说出这样文采飞扬且逻辑严密的话的。

⑤万乘主：这里指项羽。万乘：代天子。当时楚怀王被项羽控制在手中，名虽为王，实则囚徒，故称项羽为"万乘主"。《史记·高祖本纪》："项羽怨怀王不肯令与沛公俱西入关，而北救赵，后天下约。乃曰：'怀王者，吾家项梁所立耳，非有功伐，何以得主约！本定天下，诸将及籍也。'乃佯尊怀王为义帝，实不用其命。"

⑥指顾：手指目视，指点顾盼。一指一瞥之间，形容时间短暂迅速。

⑦鼎镬：古代两种烹饪器，后用鼎镬烹人，成为古代的酷刑。这里代指危险处境。这句话是说刘邦在新丰鸿门陷入危险境地。

⑧狗屠：这里指樊哙，它原本是屠狗出身。

⑨原：推究。沈括《梦溪笔谈》："原其理，当是为谷大水冲激……唯巨石岿然挺立耳。"

翻译：

危险啊新丰鸿门宴，沛公啊差点不能还。
轻装就简深入项营，无异投身汤火中间。
刘项气势不能俱立，范增见此慎重衡权。
项庄奋起拔剑起舞，白刃闪光舞姿翩翩。
项伯虽然以身遮蔽，情势火急不及周旋。
张良恐惧坐在一侧，高祖惊恐变了龙颜。
幸亏屠户樊哙将军，如虎叱咤项王面前。
两眼一瞪惊骇三军，大口咀嚼一块猪肩。
喝干赐酒责备项王，面临危急口吐奇言。
威严凌压霸王项羽，短时之间稳定局面。
高祖被困险恶环境，不是樊哙岂能保全？
屠狗之人登上将坛，功业确实不需推演。
英雄实在令人钦佩，腐儒哪里值得赞叹。

点评：

　　这首诗取材于《史记·项羽本纪》中"鸿门宴"一段史实，重在赞美健儿樊哙临难不慌、英勇机智的行为。全诗可分为两部分：前六韵为第一部分，属于樊哙出场的背景。这一部分开篇即以感叹起句，突出情势的危机，接着具体描绘危机的场面，大有火并一触即发之势。而此时的刘邦龙颜惊恐变色，谋士张良也恐惧地坐在一侧，这又从侧面进一步衬托情势的危机。第二部分从"赖得樊将军"到结束，集中笔墨写樊哙。"山重水复疑无路，柳暗花明又一村"，危急之时，樊哙出场了，"虎叱""嗔目""磨牙""吐奇言""威凌""指顾"等一系列动作神态的刻画，使樊哙的形象跃然纸上。这一部分的最后三韵是议论评价，高度赞扬了樊哙在危难时期临危不惧的英雄形象。傅玄虽为书生，但也是朝廷官员，深知英雄在国难中的作用，故高调赞颂英雄，并在结尾以腐儒作反衬。

　　这首诗是歌行体，叙事议论抒情有机结合，把人物放在矛盾焦点中通过正面描写和侧面衬托相结合的手法刻画，构成了本诗的一大特色。

汉高祖画赞①

西晋·傅玄

赫赫汉祖，受命龙兴。
五星协象，神母告征②。
讨秦灭项，如日之升。
超从侧陋③，光据万乘④。

作者简介：

　　见前。

注释：

　　①选自清代严可均辑《全晋文》卷四十六。
　　②神母告征：高祖斩蛇，白帝子母亲哭诉，预兆了秦朝灭亡，汉朝龙兴。

③超从：超出随从，出类拔萃之意。侧陋：处在僻陋之处的贤人或卑贱的贤者。

④万乘：乘，一车四马；万乘，指万辆车，代指皇帝。贾谊《过秦论》："秦以区区之地致万乘之势，序八州而朝同列。"

翻译：

威势显盛汉高祖，承受天命龙业兴。

五星协调吉祥兆，神母哭诉露预征。

讨伐暴秦又灭项，气势如日东方升。

超出一般众贤人，光芒万丈履朝廷。

点评：

本诗高度赞扬了出身微贱的刘邦横扫天下建立汉朝的威猛气势和丰伟功绩，表达了作者的仰慕之情。但"受命""五星协调""神母告征"等则流露出迷信色彩。

高祖置酒沛宫画赞^①

南北朝·庾信

游子思旧，来归沛宫。

还迎故老，更召歌童。

虽欣入沛，方念移丰^②。

酒酣自舞，先歌大风。

作者简介：

庾信（513—581），字子山，小字兰成，南阳郡新野县（今河南省新野）人，南北朝时著名文学家，其家有"七世举秀才""五代有文集"之誉。他的祖父庾易，在南朝（齐）时不应朝廷征聘，父亲庾肩吾为南朝（梁）散骑常侍、中书令，为当时著名文学家。

注释：

①选自唐欧阳询《艺文类聚》。"画赞"，又名"图赞""像赞"，通俗讲就是"题画诗"。它是在东汉至魏晋南北朝时期逐步发展起来的一种以图画内容为题材、以赞美为主的诗歌形式。画赞是文学与绘画融通的产物，是中国绘画融诗、书、画为一体之特点的肇端，对唐以后的咏画诗、论画诗及画赞创作有积极的影响。

②方念移丰：高祖还乡后，先去沛宫，后因思念出生地又回到了丰县。丰县城南宋楼镇有"邀帝城"也可佐证。

翻译：

游子思乡念旧，欣然回归沛宫。
还乡宴请故老，更召百名歌童。
虽然欣喜入沛，正念故里古丰。
酒酣翩然起舞，先歌一曲大风。

点评：

本诗通俗易懂，主要描写了高祖还乡宴请父老乡亲及与童子击筑高唱大风歌的情景。这些内容在司马迁的《史记·高祖本纪》和班固的《汉书·高帝纪》中均有记载。本诗还透露一个细节：高祖不但在沛宫宴请了父老，还回到出生地丰县看望了丰县父老。

拟恨赋（节选）①

唐·李白

昔如汉祖龙跃，群雄兢奔，提剑叱咤，指挥中原。东驰渤澥②，西漂崐崘③。断蛇奋旅，扫清国步④，握瑶图⑤而倏升，登紫坛而雄顾。一朝长辞，天下缟素⑥。

若乃⑦项王虎斗，白日争辉。拔山力尽，盖世心违。闻楚歌之四合，知汉卒之重围。帐中剑舞，泣挫雄威。骓兮不逝，喑哑⑧何归？

作者简介：

李白（701—762），字太白，号青莲居士，又号"谪仙人"。别号有李十二、李翰林、李供奉、李拾遗等，是唐代伟大的浪漫主义诗人，被后人誉为"诗仙"。他与杜甫并称为"李杜"，是中国诗歌史上的"双子星座"，后人难以企及的高峰。其人爽朗大方，爱饮酒作诗，喜交友，是当时长安"饮酒八仙"的主角。有《李太白集》传世。

注释：

①选自《李白集校注》，上海古籍出版社1980年出版。此赋是李白拟江淹《恨赋》之作。

②渤澥：即渤海。

③崐崘：即昆仑山。

④国步：国家的命运。步：时运。《诗·大雅·桑柔》："於乎有哀，国步斯频。"高亨注："国步，犹国运。"南朝宋谢庄《宋孝武帝哀策文》："王室多故，国步方蹇。"

⑤瑶图：图籍，版图。

⑥缟素：白色的衣服，丧服。

⑦若乃：至于。用于句子开头，表示另起一事。

⑧喑哑：沉默不语。

翻译：

昔日高祖起事，群雄逐鹿，他手提三尺宝剑，叱咤风云，纵横中原。东到渤海，西至昆仑。举剑断蛇，振奋士卒，一路扫清不利的国运，然后手握江山倏忽而升，登上宫殿雄视天下。一朝永世长辞，天下臣民尽穿白色丧服。

至于项王勇猛无比，堪与日月争辉。到了拔山之力耗尽，盖世之气渐绝。闻听楚歌四面围合，知道汉军已四面重围。玉帐饮酒剑舞，泣下沾襟，雄威顿挫。战马乌骓也不愿奔驰，项羽四顾茫然，沉默无语，将归何处？

点评：

《恨赋》《别赋》是六朝时江淹的代表作，李白幼时（开元三四年间，约十五六岁）曾为拟作。此赋是李白拟江淹《恨赋》之作。萧注："《文选》：江淹尝叹古人遭时否塞，有志不伸，而作恨赋。李白此作终篇拟之云。"此赋通篇从内容到形式，亦步亦趋，紧紧相扣。《酉阳杂俎》云："李白前后三拟《文选》，不如意辄焚之，唯留《恨赋》《别赋》。"今《别赋》已佚，唯留《恨赋》。于此可见李白少年学习用功之一斑。此赋写汉高晏驾、霸王自刎、荆轲刺秦、阿娇失宠、屈原放逐、李斯受戮、从军永诀、富贵烟灭等八事，穷尽种种生愁死恨。李白为以往时代之俊杰写"恨"，重在鼓励和鞭策自己。李白对人生充满了希望，因而他的《拟恨赋》也积极向上，乐观豪迈。

赋戚夫人楚舞歌①

唐·李昂

定陶②城中是妾家，妾年二八颜如花。

闺中歌舞未终曲，天下死人如乱麻。

汉王此地因征战，未出帘栊人已荐③。

风花菡萏落辕门④，云雨⑤裴回⑥入行殿。

日夕悠悠非旧乡，飘飘处处逐君王。

闺门向里通归梦，银烛迎来在战场。

相从顾恩⑦不顾己，何异浮萍寄深水。

逐战曾迷只轮下，随君几陷重围里。

此时平楚复平齐，咸阳宫阙到关西。

珠帘夕殿闻钟磬，白日秋天忆鼓鼙⑧。

君王纵恣翻成误，吕后由来有深妒。

不奈君王容鬓衰，相存相顾能几时。

黄泉白骨不可报，雀钗翠羽从此辞。

君楚歌兮妾楚舞，脉脉相看两心苦。

曲未终兮袂更扬，君流涕兮妾断肠。

已见储君归惠帝，徒留爱子付周昌⑨。

作者简介：

李昂，生卒年不详，开元中考功员外郎。《全唐诗》录诗二首。

注释：

① 选自《全唐诗》卷120—37。"歌"文体标志，如《长恨歌》《茅屋为秋风所破歌》。

② 定陶：地名，今属山东，是戚夫人的故乡，刘邦在此称帝。

③ 荐：这里指婚配。

④ 辕门：古代帝王巡狩、田猎时的止宿处，以车为藩；出入之处，仰起两车，车辕相向以表示门，称辕门。后引申领兵将帅的营门或地方高级官署的外门。

⑤ 云雨：指男欢女爱之事。

⑥ 裴回：亦作"裵回"，彷徨，徘徊不进貌。

⑦ 顾恩：眷念皇恩。

⑧ 鼓鼙：大鼓和小鼓，借指征战。

⑨ 此句指刘邦有意改立戚夫人所生的刘如意为太子，但因阻力太大而未成，惠帝依旧为太子。为防刘如意被吕后所害，刘邦命周昌辅佐并保护赵王刘如意。

翻译：

定陶城中是贱妾我的家，贱妾年方十六容颜如花。

闺中歌舞一曲还未结束，天下死人横尸凌乱如麻。

汉王因在定陶此地征战，贱妾尚在帘枕却已婚嫁。

犹如风中莲苞嫁入官署，男欢女爱羞涩进了行宫。

时光悠悠一直远离故乡，四处飘零始终追随君王。

闺门里我常做回乡之梦，烛光中醒来却是在战场。

相从眷念皇恩不能顾己，无异于浮萍寄居在海洋。

南征北战曾藏车轮之下，追随夫君几度陷入重围。

此时平定了楚国又平齐，咸阳宫阙关东绵延关西。

秋日傍晚隔帘闻听钟声，白天则回忆昔日的鼓鼙。

君王恣意放纵酿成失误，吕后从来就是嫉妒心重。

无奈君王已经容老鬓衰，相互依存照顾还有几时？

黄泉下变成白骨难报答，我从此和玉坠金钗告辞。

君王唱楚歌啊我跳楚舞，脉脉相看两人心里皆苦。

一曲还未终了舞袖飞扬，君王泪流满面我痛断肠。

眼见着太子归于了惠帝，只好将爱子托付给周昌。

点评：

《西京杂记·卷一》："高帝戚夫人善鼓瑟击筑。帝常拥夫人倚瑟而弦歌，毕，每泣下流涟。夫人善为翘袖折腰之舞，歌《出塞》《入塞》《望归》之曲，侍妇数百皆习之。后宫齐首高唱，声入云霄。"本诗即根据《史记》及野史记载写成。这是一首凄美的歌，又是一支伤情的舞。作者简要叙述了戚姬和刘邦相识、相依和相离的过程，既有战乱流离中生活的艰辛与幸福，也有称帝后和平富贵生活的无奈和痛苦，更有争立太子失败后的不幸。作者用第一人称的写法，通篇让戚姬娓娓道来，如琵琶女诉说自己青春的辉煌和年老遭弃的不幸，伤感之情回荡于全篇。

新丰作贻殷四校书①

唐·储光羲

汉皇思旧邑，秦地作新丰。
南出华阳路，西分长乐宫。
安知天地久，不与昔年同。
鸡犬暮声合，城池秋雾空。
纷吾②从此去，望极咸阳中。
不见芸香阁③，徒思文雅雄。

作者简介：

储光羲（约706—763），润州延陵（今常州金坛）人。开元十四年（726）举进士，因仕途失意，曾隐居终南山，后复出任太祝，世称储太祝，官至监察御史。安史之乱中，叛军攻陷长安，被俘，迫受伪职。叛乱平定后，自归朝廷请罪，被系下狱，有《狱中贻姚张薛李郑柳诸公》诗，后贬谪岭南。江南储氏多为光羲公后裔，尊称为"江南储氏之祖"。其诗追慕魏晋，效法陶渊明闲适、隐逸的田园诗风格，较为质朴。为唐代田园山水诗派代表人物之一，著有《储光羲集》。

注释：

①选自《全唐诗》卷138—25。殷四：即殷遥，丹阳郡句容人，生卒年均不详，约唐玄宗开元二十三年（735）前后在世。天宝间，仕为忠王府仓曹参军，与王维结交，同慕禅寂。家贫，死不能葬，一女才十岁，仅知哀号。有怜之者，赗赠埋骨石楼山中。殷遥工诗，词彩不群，而多警句，杜甫尝称许之。有诗集传于世。同时代诗人的不少诗提到殷四，如刘希夷的《洛中晴月送殷四入关》。王维有《送殷四葬》（一作哭殷遥）："送君返葬石楼山，松柏苍苍宾驭还。埋骨白云长已矣，空余流水向人间。"

②纷吾：纷，盛多貌。屈原《离骚》："纷吾既有此内美兮，又重之以修能。"

③芸香阁：秘书省的别称。因秘书省司典图籍，故亦以指省中藏书、校书处。卢照邻《双槿树赋》："蓬莱山上，即对神仙。芸香阁前，仍观秘宝。"

翻译：

高祖思念古丰城，于是秦地建新丰。
向南连接华阳路，向西延伸长乐宫。
哪知天长地久后，新丰不与昔年同。
鸡犬入暮已归寂，城池秋雨晴后空。
我曾多次离此地，极目西望咸阳中。
从此不见秘书省，徒然思念文雅雄。

点评：

前八句写建新丰的原因、新丰城的格局规模及面貌。后四句写感慨，流露出时光流逝，昔胜今衰的惆怅，也流露出对当年京城生活的留恋。

出丰县界寄韩明府①

唐·刘长卿

回首古原②上，未能辞旧乡。
西风收暮雨，隐隐分芒砀③。

贤友此为邑，令名满徐方④。

音容想在眼，暂若升琴堂⑤。

疲马顾春草，行人看夕阳。

自非传尺素⑥，谁为论中肠⑦？

作者简介：

刘长卿（约 726—约 786），字文房，今安徽宣城人，河间（今属河北）为其郡望。唐玄宗天宝年间进士。756 年，唐肃宗即位，刘长卿被任命到苏州下属的长洲县当县尉。不久被诬入狱，遇大赦获释。唐代宗大历中，任转运使判官。德宗建中年间，官终随州刺史，世称刘随州。刘长卿工于诗，长于五言，自称"五言长城"。名作《逢雪宿芙蓉山主人》入选中国全日制学校教材。

注释：

①选自《全唐诗》卷 149—17。韩明府：事迹不详，从"贤友此为邑，令名满徐方"看，他是刘长卿的贤友。明府：汉魏以来对郡守牧尹的尊称，汉亦有以"明府"称县令，唐以后多用以专称县令。《后汉书·吴祐传》："国家制法，囚身犯之。明府虽加哀矜，恩无所施。"王先谦集解引沈钦韩曰："县令为明府，始见于此。"

②古原：又名乐游原，在长安（今西安）城南，是唐代长安城地势最高地，登上它可望长安城。乐游原在秦代属宜春苑的一部分，得名于西汉初年。汉宣帝立乐游庙，又名乐游苑，因"苑"与"原"谐音，乐游苑即被传为"乐游原"。李商隐《登乐游原》："向晚意不适，驱车登古原。夕阳无限好，只是近黄昏。"

③芒砀：指芒砀山，刘邦避难处，在河南永城县境内。

④徐方：指徐州境内。

⑤琴堂：出自《吕氏春秋·察贤》，"宓子贱治单父，弹鸣琴，身不下堂而单父治"。后遂称州、府、县署为琴堂。

⑥自非：倘若不是。郦道元《水经注·三峡》："重岩叠嶂，隐天蔽日，自非亭午时分，不见曦月。"尺素：书信。张九龄《当涂界寄裴宣州》诗："委曲风波事，难为尺素传。"

⑦中肠：犹内心。元稹《春月》诗："四邻非旧识，无以话中肠。"

翻译：

回首长安古原上，遗憾未能辞故乡。

西风飕飕暮雨停，隐隐识别芒与砀。
好友来此做宰邑，贤德扬名徐四方。
音容笑貌犹在眼，像是新任登府堂。
疲马只顾寻春草，行人惆怅看夕阳。
倘若不是传书信，向谁倾心话衷肠。

点评：

这是一首两人均在异乡的送别诗。看内容是刘长卿离开丰县界时，写给在徐州做官的好朋友韩明府的。首句写回忆，写自己离开长安时没来得及和故乡告别。刘长卿祖籍安徽宣城，后迁居洛阳，因此视唐都长安洛阳为故乡。"西风收暮雨，隐隐分芒砀。贤发此为邑，令名满徐方"，这四句写到达朋友所任职的徐州府时的季节天气及朋友在徐州为官的美好名声。"音容想在眼，暂若升琴堂"这句是想象朋友刚至徐州上任时的情景，"疲马顾春草，行人看夕阳"则写分别时的场景，这两句犹好。马儿因为疲劳饥饿只顾自己寻草，他哪里理解主人离别的惆怅之情，以马儿无情反衬人之有情。尾句直抒胸臆表达惜别相思之苦。

汉高皇帝亲斩白蛇赋①

唐·白居易

高皇帝将欲戡时难，拨祸乱。乃耀圣武，奋英断。提神剑于手中，斩灵蛇于泽畔。何精诚之潜发，信天地之幽赞②。卒能灭强楚，降暴秦，创王业于炎汉。于时瓜剖③区宇，蜂起英豪。以坚甲利兵相视，以壮图锐气相高。皆欲定四海之汹汹，救万姓之嗷嗷。帝既心窥咸阳，气王芒砀。率卒晨发，纵徒夜亡。有大蛇兮，出山穴，亘路傍。凝白虹之精彩，被素龙之文章④。鳞甲皑以雪色，睛眸烨其电光。耸其身，形蜿蜿而莫犯；举其首，势矫矫而靡亢⑤。勇夫闻之而挫锐，壮士睹之而摧刚。于是从者，告于高皇。

高皇乃奋布衣，挺干将⑥。攘臂直进，瞋目高骧⑦。一呼而猛气咆哮，再叱而雄姿抑扬。观其将斩未斩之际，蛇方欲纵毒蛰，肆猛噬。我则审其计，度其势。口噪⑧雷霆，手操锋锐。凛龙颜而作色，振虎威而声厉。荷天之灵，启神之契⑨。举刃一挥，溘然而毙。不知我者谓我斩白蛇，知我者谓我斩白帝⑩。于是洒雨血，摧霜鳞⑪，涂野草，溅路尘。嗟乎！神化⑫将穷，不能保其命；首尾虽在，不能卫其身。盛矣哉！圣人之草昧经纶⑬，应乎天，顺乎人。制勍敌⑭必示以乃武乃文，静灾祸不可以弗躬弗亲⑮。若夫龙泉⑯黯黯，秋水湛湛。苟非斯剑，蛇不可断。天威煌煌，神武洸洸。苟非我王，蛇不可当。是知人在威不在众，我王也万物之防⑰；器在利不在大，斯剑也三尺之长。于以奢万物⑱，于以威八方。历数⑲既终，闻素灵⑳之夜哭；嗜欲㉑将至，知赤帝之道昌。由是气吞豪杰，威震幽遐。素车降㉒而三秦㉓归德，朱旗建而六合㉔为家。彼戮鲸鲵与截犀兕，未若我提青蛇㉕而斩白蛇。

作者简介：

见前。

注释：

①选自《律赋衡裁（二）》汤稼堂编。

②幽赞：暗中受神明佐助。

③瓜剖：瓜分。剖：剖开，解剖。

④文章：错杂的色彩或花纹。《后汉书·张衡传》："文章焕以粲烂兮，美纷纭以从风。"宋梅尧臣《赋孔雀送魏生》："一身粲烂文章多，引声笙竽奈远何。"此指白色花纹的蛇。

⑤靡亢：谓不可抗衡。扬雄《赵充国颂》："料敌制胜，威谋靡亢。"吕延济注："靡：无。亢：拒也。"

⑥干将：春秋时期吴国人，是楚国最有名的铸剑师。楚王知道后，就命令干将为他铸宝剑，后与他的妻子莫邪奉命为楚王铸成，一把剑叫干将，一把剑叫莫邪。

这里代指古宝剑。

⑦高骧：腾越，腾飞。班固《西都赋》："列梦橑以布翼，荷栋桴而高骧。"

⑧口噪：大声喧嚷。

⑨神之契：即神契。谓与神灵相合。汉蔡邕《琅邪王傅蔡君碑》："君雅操明允，威厉不猛……知机达要，通含神契。"

⑩白帝：传说刘邦为赤帝子，秦统治者为白帝子。《史记·高祖本纪》："有一老妪夜哭，曰：'吾子，白帝子也，化为蛇，当道，今为赤帝子斩之。'"

⑪霜鳞：指刘邦所斩蛇的白色鳞片。

⑫神化：神灵的变化。南朝梁庾肩吾《书品论》："疑神化之所为，非人世之所学。"

⑬草昧经纶：创始治国。草昧：犹创始；草创。经纶：整理丝缕、理出丝绪和编丝成绳，统称经纶。引申为筹划治理国家大事。

⑭勍敌：强敌。《左传·僖公二十二年》："勍敌之人，隘而不列，天赞我也。"

⑮弗躬弗亲：古人谓亲身从事各样事情为"躬亲"。不亲身从事各样事情叫"弗躬弗亲"。《诗·小雅·节南山》："弗躬弗亲，庶民弗信。"此诗意为静灾祸必要"躬亲"。

⑯龙泉：古宝剑名。

⑰万夫之防：指刘邦之威勇足敌万人。

⑱于以：因此，是以。奢：震慑。《后汉书·东夷传序》："时辽东太守祭肜威奢北方，声行海表。"柳宗元《晋问》："南瞰诸华，北奢群夷。"

⑲历数：朱熹曰"历数，帝王相继之次第，犹岁时气节之先后也"。古人以帝位相承与天象运行的次序相应，故称帝王继承的次第为"历数"。这里指秦始皇帝位将终。

⑳素灵：白蛇的精灵，指刘邦所斩白蛇之母。晋陆机《汉高祖功臣颂》："彤云昼聚，素灵夜哭。"

㉑嗜欲：指嗜好与欲望。此指刘邦灭秦称帝的愿望。

㉒素车降：指汉元年十月，"秦王子婴素车白马，系颈以组，封皇帝玺符节，降轵道旁。"

㉓三秦：陕西被称"三秦"有地理原因和历史原因，地理原因是陕西分陕北、关中和陕南，故称"三秦"。历史原因：秦居关中，秦灭，项羽将秦地分封给秦三降将为王。章邯为雍王，司马欣为塞王，董翳为翟王。"三秦王"统治地区为关中、陕北和甘南。后"三秦"代表陕西或关中。

㉔六合：东西南北上下，天地四方，即整个宇宙空间。

㉕青蛇：古宝剑名。元谷子敬《城南柳》第一折："则是这袖里青蛇胆气粗，

怕什么妖精物。"

翻译：

　　高祖皇帝将要武力平定时世厄难，消除祸乱。于是显耀自己的圣明与武威，展示自己的英明与果断。手中提着三尺神剑，在丰西泽斩断灵蛇。至诚精神潜滋暗长，实在是暗中受到神明的帮助，才最终能够灭掉强楚，降伏暴秦，创立了大汉王业。

　　这时天下四分五裂，英豪蜂拥而起。他们以坚硬的铠甲和锋利的兵器相对视，以宏伟的谋略和锐气一比高低。都想平定纷乱的天下，拯救哀号的万民百姓。高祖已经窥视咸阳，王气彰显于芒砀。率领役夫早早出发，放纵他们夜间逃亡。有一条大蛇啊，爬出山穴，横亘在路傍。浑身凝聚着白的底色，外加错杂的多彩花纹。鳞甲洁白如雪，红眸闪着电光。耸其身，形体屈曲而莫敢侵犯；举其首，威势勇猛而不可抗衡。勇夫听说它而大挫锐气，壮士看到它而摧毁刚强。于是跟从者告诉了高皇。高皇于是挽起布衣，拔出宝剑。捋起衣袖伸出手臂直逼大蛇，双目圆睁，腾空跃起。一呼而猛气咆哮，再吼而雄姿高扬。只见高祖在将斩未斩的时候，大蛇正想放纵蛰伏的毒躯，肆意张着大口像要猛吞高祖。我则看清它的伎俩，估摸它的情势，大声一呼，声如雷霆，手持锋利宝剑。龙颜严厉而有怒色，虎威发作而声色俱厉。肩负上天之命，开启上天神灵。举剑一挥，大蛇溘然而毙。不了解我的人以为我斩的白蛇，了解我的人才知道我斩杀的是白帝子。于是血溅如暴雨，白鳞纷落如秋叶，涂在野草上，溅在尘土中。唉，神灵变化穷尽，也不能救其命；首尾虽然都在，但已不能全其身。威猛啊！圣人初创王业，听从天命，顺应民意。制强敌必须文武双全，平定灾祸必须亲力亲为。至于宝剑暗淡，秋水深深，假如不是这把剑，白蛇就不能斩断。天威显耀，神武威猛。如果不是我们圣王，大蛇就不可抵御。这才了解人在威猛而不在多，我王啊有万夫不当之勇；器物在锋利而不在大小，这把剑仅三尺之长。因此可以震慑万物，可以威震八方。秦王帝位已经倾覆，因此听到白帝之母秋夜痛哭；高祖愿望将要实现，知到高祖帝业将要隆昌。由此他气吞豪杰，威震远近。秦王投降而关中大地归于大汉，赤旗举起而天下为家。那些杀戮巨鲸与犀牛的人，还不如我提着宝剑而斩杀白蛇。

点评：

　　这篇赋最精彩之笔在中间部分刘邦斩蛇时的描写，文笔灿然，光彩夺目。其文学手法有渲染夸张，虚实结合，正面侧面结合等。对大蛇凶残与刘邦勇猛无畏的描绘栩栩如生，令人有身临其境之感，具有很强的感染力。对刘邦的赞颂也洋溢在字里行间。

读 史①

唐·鲍溶

鬼书②报秦亡，天地亦云闭。

赤龙吟大野，老母哭白帝。

苍苍无白日，项氏徒先济③。

六合④已姓刘，鸿门事难制。

坑降⑤嬴政在，衣锦人望替⑥。

宿昔⑦见汉兵，龙蛇满旌柝⑧。

始矜山可拔，终叹骓不逝。

区区⑨亚父心，未究天人际。

萧张马无汗⑩，盛业垂千世。

作者简介：

鲍溶，字德源，生卒年及籍贯均不详。元和四年（809）进士，是中唐时期的重要诗人。《全唐诗》存其诗三卷一百九十六首，《全唐诗补编》补诗一首。宋代欧阳修、曾巩等对他的诗歌也颇为欣赏。

注释：

①选自《全唐诗》486—26。

②鬼书：指神秘莫测的兵法。王充《论衡·自然》："张良游泗水之上，遇黄石公授太公书，盖天佐汉诛秦，故命令神石为鬼书授人，复为有为之效也。"《史记·留侯世家》有详细记载。

③济：渡河。《史记·项羽本纪》："项羽乃悉引兵渡河，皆沉船，破釜甑，烧庐舍，持三日粮，以示士卒必死，无一还心。"

④六合：指东西南北上下，泛指天下。《史记·秦始皇本纪》："六合之内，皇帝之土。"李白《古风》诗："秦王扫六合，虎视何雄哉！"贾谊《过秦论》："履至尊而制六合。"

⑤坑降：秦国和赵国爆发的"长平之战"，秦将白起一次坑杀赵国将士

四十五万人。

⑥衣锦人：指项羽。鸿门宴后，项羽引兵进咸阳，杀了秦王子婴和秦贵族八百多人，并一把大火焚毁了阿房宫。然后，他带着大批财宝和妇女，归乡炫耀。项羽说："富贵不归故乡，如衣锦夜行，谁知之者。"望替：见《史记·项羽本纪》："秦始皇帝游会稽，渡浙江，梁与籍俱观。籍曰：'彼可取而代也。'"

⑦宿昔：从前，往日。

⑧柝：通"拓"，开拓。《淮南子·原道》："廓四方，柝八极。"又如：柝境（开拓境域）。这句四说天下都处都是汉家的旗帜和土地。

⑨区区：真情挚意。苏轼《与陈公密书》："即造宇下，一吐区区，预深欣跃。"

⑩萧张马无汗：指萧何、张良无马上之功。

翻译：

神奇兵法预报秦朝灭亡，天地六合烟云笼罩封闭。

赤龙正在大泽荒野行吟，神母夜半秋风痛哭白帝。

天地一派苍茫没有白日，项氏徒然率先大河独济。

天下都已经归附于刘姓，当年鸿门非你所能控制。

活埋降卒的嬴政还在，衣锦昼行的项羽就想取替。

往昔看到满眼汉家兵士，天下到处已是汉家土地。

当初炫耀壮力可拔高山，最终感叹乌骓停步不逝。

可惜了亚父的真情挚意，终未搞透天道人事关系。

萧何张良马无一滴汗水，辉煌大业却留万代千世。

点评：

本诗题目是"读史"，内容自然是写对一些历史人物和事件的看法和评价。这首诗里面涉及的人物有刘邦、项羽、范增、萧何、张良。首句"鬼书报秦亡"，是说从张良得道黄石老人的"鬼书"起，就预示了秦朝的灭亡，从而表达了对谋士张良的敬佩和赞颂。接下来十二句写刘邦和项羽，在批评项羽的同时似乎又包含对他失败的惋惜。最后四句写三位谋士，"区区亚父心，未究天人际"表达了对亚父范增壮志未酬的同情，"萧张马无汗，盛业垂千世"则对无车马寸功的萧何张良给予高度的评价。

本诗有叙有议有评，是一篇用诗写成的史论。

舞曲歌辞·公莫舞歌(并序)^①

唐·李贺

公莫舞歌者,咏项伯翼蔽刘沛公也。会中壮士,灼灼于人,故无复书;且南北乐府率有歌引。贺陋^②诸家,今重作公莫舞歌云。

> 方花古础排九楹^③,刺豹淋血盛银罂^④。
> 华筵鼓吹无桐竹^⑤,长刀直立割鸣筝。
> 横楣粗锦生红纬^⑥,日炙锦嫣^⑦王未醉。
> 腰下三看宝玦^⑧光,项庄掉鞘^⑨栏前起。
> 材官^⑩小尘公莫舞,座上真人赤龙子。
> 芒砀云端抱天回^⑪,咸阳王气清如水^⑫。
> 铁枢铁楗重束关^⑬,大旗五丈撞双环^⑭。
> 汉王今日须秦印,绝膑刲肠臣不论^⑮。

作者简介:

李贺(790—816),字长吉,河南府福昌县昌谷乡(今河南省宜阳县)人,祖籍陇西郡。唐朝中期浪漫主义诗人,与诗仙李白、李商隐并称为"唐代三李",后世称"李昌谷"。他仕途不顺,热心于诗歌创作。作品慨叹生不逢时、内心苦闷,抒发对理想抱负的追求,反映藩镇割据、宦官专权和社会剥削的历史画面。李贺的诗想象极为丰富,引用神话传说,托古寓今,后人誉为"诗鬼"。二十七岁(一说二十四岁)英年早逝。李贺是继屈原、李白之后,中国文学史上又一位享有盛誉的浪漫主义诗人,有"太白仙才,长吉鬼才"之说。作为中唐到晚唐诗风转变期的代表人物,李贺与诗仙李白、诗圣杜甫、诗佛王维齐名。"黑云压城城欲摧","雄鸡一声天下白","天若有情天亦老"等均为千古佳句。著有《昌谷集》。

注释:

①选自《全唐诗》卷22—6。公莫舞:古舞名,即后世之巾舞。
②陋:认为简陋。
③此句意指刻花的方形石础上并列排着九根楹柱。础:柱脚石。古有"月晕而

风，础润而雨"之语。楹：堂屋前部的柱子。

④此句形容"有杀伐声"。银罂：银质或银饰的贮器，用以盛流质。唐代杨巨源《石水词》之一："银罂深锁贮清光，无限来人不得尝。"

⑤华筵：丰盛的筵席。鼓吹：演奏乐曲。唐沈亚之《湘中怨解》："有弹弦鼓吹者，皆神仙娥眉。"桐竹：代指管弦乐器。"桐"指琴瑟之类，"竹"指箫笛之属。

⑥横楣：门窗上方的横框。粗锦：粗丝织成的锦。生：露出。纬：织布时用梭穿织的横纱，编织物的横线。

⑦炙：烤，此指晒。嫣，通蔫，植物失去水分而萎缩，此指颜色不鲜艳。

⑧宝玦：珍贵的佩玉。《史记·鸿门宴》："范增数目项王，举所佩玉玦以示之者三，项王默然不应。"杜甫《哀王孙》诗："腰下宝玦青珊瑚，可怜王孙泣路隅。"

⑨掉鞘：拔剑出鞘。

⑩材官：武卒或供差遣的低级武职。《史记·张丞相列传》："申屠丞相嘉者，梁人，以材官蹶张从高帝击项籍，迁为队率。"杜甫《诸将》诗之一："多少材官守泾渭，将军且莫破愁颜。"

⑪此句意指芒砀山的云气在天空弥漫回旋。

⑫此句意指高祖先于项籍入咸阳之事。清：清晰，明显。

⑬楗：门上关插的木条，横的叫"关"，竖的叫"楗"。重束：双重控制。

⑭大旗五丈：代指刘邦的军队。撞双环：代指攻破关隘。

⑮绝脰：绝，断也。脰，胫骨也，指折断胫骨。梅尧臣《古柳》："卧干越大鼎，绝脰不可扛。"刳肠：剖腹摘肠。臣：指樊哙。最后两句以樊哙的语气出之。不论：不在乎。

翻译：

公莫舞歌是咏叹项伯翼蔽刘沛公那件事的。鸿门宴中，壮士樊哙目光炯炯，直刺项王，不在这里复述；况且南北乐府都有歌引。我认为诸家描写过于简陋，于是现在重新作公莫舞歌。

方形刻花的古础上排列九根木柱，刺杀斑豹的鲜血都盛入银质器中。
华美宴席上竟没有管弦丝竹之乐，只有长刀铿锵雄壮像是割断鸣筝。
门额上的横幅粗锦焕发鲜红色彩，烈日暴晒粗锦褪色项王握杯踱行。
腰间晶莹的玉玦范增连瞟了三次，项庄于是拔剑在围栏前杀气腾腾。
你这卑贱如土的小臣请不要妄动，座位上的宾客刘邦乃是赤帝真龙。
当年芒砀的祥云瑞气在天空萦回，咸阳王气分明像秋水晨露般澄清。

巨大坚固的铁门牢牢紧锁着雄关，五丈大旗却一举撞破大门的双环。

赤帝汉王今日必须掌管秦朝官印，为汉王我樊哙断膝挖肠毫不在乎。

点评：

据诗序所言，《公莫舞歌》原为歌颂在鸿门宴上保护刘邦的项伯，而诗人却意在翻新，将旧题改为赞颂刘邦的新内容。此诗起笔不凡，一连六句铺排鸿门宴杀机四伏的紧张气氛。随后以范增示玦、项庄舞剑继续渲染刘邦所处的困境。最后八句不正面描写刘邦的言行举动，而是模拟樊哙口吻追述刘邦事迹，理直气壮地提出"汉王今日须秦印"的主张，语气雄健，气势雄壮。

《公莫舞歌》以"鸿门宴"为素材，充分发挥想象和联想进行了独具匠心的艺术再创造。前半篇描绘宴会厅的高大宽敞，宴饮的豪华粗犷，项羽的威武和优柔寡断，范增三次举玦的焦急神态，有声有色，情景逼真，人物也生动传神。

过新丰①

唐·温庭筠

一剑乘时帝业成，沛中乡里到咸京②；
寰区③已作皇居贵，风月犹含白社④情。
泗水旧亭春草遍，千门遗瓦古苔生；
至今留得离家恨，鸡犬相闻落照明。

作者简介：

温庭筠（812—870），原名岐，字飞卿，晋阳（今太原）人。他少负才名，然屡试不第，又好讥讽权贵，多犯忌讳，因而长期抑郁，终生不得志。他精通音律，熟悉词调，在词的格律形式上，起了规范化的作用。他诗词兼工，诗与李商隐齐名，时称"温李"；词与韦庄齐名，并称"温韦"，艺术成就远在晚唐其他词人之上，但他的词题材较狭窄，多红香翠软，开"花间词"派香艳之风。有《温庭筠诗集》，存词七十余首，收录于《花间集》《金奁集》等书中。

注释：

①选自《全唐诗》卷582—18。

②咸京：西汉定都关中后以咸阳为都，故称"咸京"。

③寰区：天下，人世间。杜甫《解闷》诗之八："最传秀句寰区满，未絶风流相国能。"

④白社：借指隐士或隐士所居之处。

翻译：

高祖手提宝剑趁势王业告成，由此从沛郡乡野到咸阳天京。

天下已成为汉皇的高贵居地，美景似乎还蕴含着隐士深情。

泗水旧亭已被春草遍绕覆盖，旧院的万间老瓦也青苔丛生。

至今仍留有远离故土的乡情，鸡犬之声相闻响彻残照之中。

点评：

这首七律按照从古到今的思路构思，前两联写高祖斩蛇起义终成帝王大业；后两联写作者所见到的眼前的新丰：泗水亭被野草铺盖，旧院老瓦也青苔遍布，一片破败凄凉之景；鸡犬依旧在斜阳中鸣叫，令人想起初建新丰时鸡犬互识家门的情景。尾句以情景作结，回味无穷，昔胜今衰的伤感流露其中。

题汉祖庙①

唐·李商隐

乘运应须宅八荒②，男儿安在恋池隍③。

君王自起新丰后，项羽何曾在故乡。

作者简介：

李商隐（约813—858），字义山，号玉溪生，又号樊南生，祖籍怀州河内（今河南省沁阳县），生于荥阳。晚唐著名诗人，与杜牧合称"小李杜"，与温庭筠合称"温李"。唐文宗李昂开成二年（837）进士及第，起家于秘书省校书郎，因卷入"牛李党争"的政治旋涡，备受排挤，一生困顿不得志。他的无题诗写得缠绵悱恻，广为传颂，被称为中国最早的朦胧诗。他的诗因用典太多，过于含蓄而显晦涩难懂。著有《李义山集》。

注释：

①选自《全唐诗》卷540—2。

②宅八荒：以四海为家之意。

③池隍：古代掘土筑城，城下之地，有水者称池，无水者称隍，故以"池隍"借指城市。这句诗暗用了一个典故，《史记·高祖本纪》载，高祖破秦入咸阳后，见宫室豪华，欲不思进取贪图享乐，樊哙、张良苦谏，才约法三章，终成霸业。

翻译：

趁势承运而起需要志在四方，有志男儿怎能眷恋都市城隍。

高祖自从新丰鸿门崛起之后，项羽再也没有机会返回故乡。

点评：

这首诗一改作者"无题诗"晦涩难懂的风格，写得通俗易懂，与《夜雨寄北》风格相似，但《夜雨寄北》以情胜，情趣丛生；《题汉祖庙》则以理胜，理趣盎然。这首诗前两句写一个人成功的条件：一要趁势承运；二要志在四方；三不能贪图安逸眷恋城市。后两句实际上是举刘邦成功之例，证明前两句的道理。此诗热情歌颂了有志者的远大抱负，表达了对汉高祖的崇羡之情。全诗气势恢宏，视野开阔，格调明快激昂，表现了李商隐初涉仕途的政治热情和立志要效仿汉高祖干一番事业的宏伟抱负。

新　丰①

唐·唐彦谦

沛中歌舞百余人②，帝业功成里巷新。
半夜素灵先哭楚③，一星遗火④下烧秦。

貔貅扫尽无三户⑤，鸡犬归来识四邻⑥。
惆怅故园前事远，晓风长路起埃尘。

作者简介：

唐彦谦（？—893）字茂业，号鹿门先生，并州晋阳（今山西省太原市）人。官至兴元（今陕西省汉中市）节度副使、阆州（今四川省阆中市）、壁州（今四川省通江县）刺史。晚年隐居鹿门山，专事著述。最终卒于汉中。

注释：

①选自《全唐诗》卷671—36。新丰位于陕西临潼，《史记·高祖本纪》："七月，太上皇崩栎阳宫。楚王、梁王皆来送葬。赦栎阳囚。更命郦邑曰新丰。"历史上著名的鸿门宴就发生在这里。唐代著名诗人王维的《少年行》写到："新丰美酒斗十千，咸阳游侠多少年。相逢意气为君饮，系马高楼垂柳边。"

②见《大风歌》注释。

③《史记·高祖本纪》载："高祖被酒，夜径泽中，令一人行前。行前者还报曰：'前有大蛇当径，愿还。'高祖醉，曰：'壮士行，何畏！'乃前，拔剑击斩蛇。蛇遂分为两，径开。行数里，醉，因卧。后人来至蛇所，有一老妪夜哭。人问何哭，妪曰：'人杀吾子，故哭之。'人曰：'妪子何为见杀？'妪曰：'吾子，白帝子也，化为蛇，当道，今为赤帝子斩之，故哭。'"哭楚，这里用了个典故：伍子胥率吴军攻破楚国都城，楚臣申包胥奔秦国求救兵，秦开始不肯发兵，申包胥立于秦廷哭了七天七夜，秦君为他的爱国之心所感，于是答应出兵。后形容国破家亡的悲愤之情。

④遗火：遗落的火种。这句是说项羽火烧阿房宫的事。

⑤貔貅：传说的一种凶猛的瑞兽。它有辟邪功能，传说貔貅是天庭的守卫，威武勇猛，那些邪祟都十分惧怕它。古时候人们还常用貔貅来作为军队的称呼。这里代指刘邦的军队。三户：古楚地。《史记·项羽本纪》："夫秦灭六国，楚最无罪。自怀王入秦不反，楚人怜之至今，故楚南公曰'楚虽三户，亡秦必楚'也。"

⑥葛洪《西京杂记》卷二载："高祖既作新丰，并移旧社，衢巷栋宇，物色唯旧，士女老幼，相携路首，各知其室，放犬羊鸡鸭于通涂（途），亦竞其家。"成语"鸡犬识新丰"即出自于此。

翻译：

邀约沛宫歌舞一百余人，帝业功成故里万象一新。

先有老妪半夜秋风哭楚，后来一星遗火烧了暴秦。

军队扫尽楚军再无楚地，鸡犬迁来新丰都识四邻。

面对故园惆怅前事远去，晓风吹来大路又飞埃尘。

点评：

这首七律采用从古到今的写作思路，前三联写古，用倒叙的写法回顾历史，首联写高祖衣锦还乡、高歌大风故里面貌气象一新的情景，颔联和颈联回顾历史从斩蛇起义到楚汉相争的过程。尾联写今，写过新丰的感受。尾句以景结情，"晓风""长路""埃尘"三个意象构成凄冷清静的画面，表达了作者的惆怅之情。

过长陵①

唐·唐彦谦

长安高阙②此安刘，祔葬③累累尽列侯。

丰上旧居无故里，沛中原庙④对荒丘。

耳闻明主提三尺⑤，眼见愚民盗一抔⑥。

千载腐儒⑦骑瘦马，灞陵斜日⑧重回头。

作者简介：

见前。

注释：

①选自《全唐诗》671—49。长陵：刘邦的陵墓，位于陕西省咸阳市东约二十公里的窑店镇三义村北，又名"长山"。

②高阙：高大的宫阙。阙：皇宫门前两边供瞭望的楼。

③祔葬：合葬。亦谓葬于先茔之旁。

④原庙：在正庙以外另立的宗庙。《史记·高祖本纪》："及孝惠五年，思高祖之悲乐沛，以沛宫为高祖原庙。"裴骃集解："谓'原'者，再也。先既已立庙，今

又再立，故谓之原庙。"

⑤提三尺：出自《汉书·高帝纪》，"吾以布衣提三尺剑取天下，此非天命乎？名乃在天，虽扁鹊何益？"后常用"三尺"代指剑。

⑥盗一抔：即盗取高祖坟上的一捧土。"一抔"后省略了"土"。

⑦腐儒：迂腐之儒者。这里是作者的自谦。

⑧灞陵：汉孝文帝刘恒陵寝。灞，即灞河，因灞陵靠近灞河，因此得名。位于西安东郊白鹿原东北角，即今灞桥区席王街办毛窑院村。灞陵是诗词中经常出现的一个词，多指人们送别止步之所。如李白《忆秦娥》："秦楼月，年年柳色，灞陵伤别。""灞陵斜日"有版本作"渭城斜月"。

翻译：

长安高大宫阙里安放着汉刘，那相临的累累坟茔尽是王侯。
古丰是其故里而今已无旧居，沛郡的原庙空对着山野荒丘。
听说高祖曾经手提三尺宝剑，而今眼见愚民盗其坟土一抔。
千载后我这腐儒骑一匹瘦马，行走在灞陵斜阳中不时回头。

点评：

此诗的颈联黄庭坚备为推崇。这两句巧妙的地方在于隐藏手法。提三尺，本来应该是提三尺剑，隐藏了一个剑字；盗一抔，本来应该是盗一抔土，隐藏了一个土字。这正是诗人妙用而黄庭坚高度赞扬的原因之一。"眼见愚民盗一抔"是有出处的：汉武帝时，有人盗取宗庙祭器，被判死罪，汉武还不满意，希望将此人满门抄斩。主持这个案子的张释之说：假令愚人取长陵一抔土，何如？意思是拿了宗庙祭器就处以最重的刑罚，那么假如有人挖了长陵一点土（指盗墓），又该如何处置呢？尾联"瘦"字与马、腐儒配合，一个穷酸又穷困潦倒不得志的破落士大夫形象跃然纸上。

这首诗虽然通篇都是写汉代，但字里行间充满着借古讽今的味道，分明就是以汉代唐，说的晚唐时期那种没落的余晖，也因此，这首诗被黄庭坚高度推崇，被认为是诗人模仿的标杆。

汉 嗣①

唐·唐彦谦

汉嗣安危系数君，高皇决意势难分。
张良口辨周昌吃②，同建储君第一勋③。

作者简介：

见前。

注释：

①选自《全唐诗》卷672—21。汉嗣：汉家江山的继承人。嗣：继承；子孙。

②周昌（？—前192），沛郡人，西汉初期大臣。秦时为泗水卒吏。秦末农民战争中，随刘邦入关破秦，任御史大夫，封汾阴侯。周昌有口吃的毛病，在改立太子斗争中，他站在吕后一边，为维护刘盈的太子地位作出了重要贡献。

翻译：

汉家太子安危牵系数位君臣，高祖主意难定情势一时难分。
张良口才伶俐周昌说话口吃，为立储君共同建立第一功勋。

点评：

刘邦改立太子是西汉初期的重大历史事件。吕后生的刘盈是先立的太子，后来戚夫人想让自己的亲生儿子刘如意为太子，于是戚夫人多次怂恿刘邦改立太子。刘邦很宠爱戚夫人，而且刘盈确实不如刘如意聪明有能力，于是决定改立刘如意为太子，这不但遭到吕后的强烈反对，而且也遭到大多数大臣的反对，其中张良和周昌对维护刘盈的太子地位贡献最大。刘邦一看反对势力太大，就放弃了改立太子的决定。刘邦去世后，刘盈称帝，吕后得势，就把戚夫人"人彘"了，刘如意也被吕后所杀。这首诗主要赞颂张良、周昌在稳定刘盈太子地位上所起的举足轻重的作用。

这首七绝运用仄起首句入韵式，格律规范。

登汉高庙闲眺①

唐·韦庄

独寻仙境上高原，云雨深藏古帝坛。

天畔晚峰青簇簇，槛前春树碧团团。

参差郭外楼台小，断续风中鼓角残②。

一带③远光何处水，钓舟闲系夕阳滩。

作者简介：

　　韦庄（约836—约910），字端己，长安杜陵人，诗人韦应物的四世孙。晚唐诗人，五代时前蜀宰相。他与温庭筠同为"花间派"代表作家，并称"温韦"。韦庄所著长诗《秦妇吟》，反映战乱中妇女的不幸遭遇，在当时颇负盛名，与《孔雀东南飞》《木兰诗》并称"乐府三绝"。有《浣花集》十卷，后人又辑其词作为《浣花词》。《全唐诗》录其诗三百一十六首。韦庄官终吏部侍郎兼平章事，卒谥"文靖"。宋代张唐英曾高度评价其："不恃权，不行私，唯至公是守，此宰相之任也。"

注释：

　　①选自《全唐诗》卷695—41。从内容看，这首诗所写的高祖庙当是指汉文帝在芒砀山上所建。位置虽不在丰县，因该庙是高祖庙中建筑年代较早的一座，故收录其中。

　　②残：不完整。

　　③一带：一条带子，常用来形容东西或景物象一条带子。唐冷朝阳《登灵善寺塔》诗："华岳三峰小，黄河一带长。"前蜀毛文锡《醉花间》："银汉是红墙，一带遥相隔。"

翻译：

　　独自寻找仙境我健步登上高原，云雨中深藏着古代帝王的祭坛。

　　晚峰绵延天边满眼是青翠簇簇，春树列队门前到处是碧绿团团。

　　城外的楼台高低错落看去矮小，风中的鼓角时断时续听去不全。

　　明亮像一条玉带那是何处水系？垂钓小舟悠闲地系在夕阳沙滩。

点评：

　　首联扣题直言登高祖庙之目的是寻仙，后三联则紧承首联写登高所望之景，即所寻的仙境。颔联出句写远景，对句写近景，皆目之所见，均显静态之美；颈联出句写所见之远景，对句写所听之远声，一动一静，动静皆美。尾联继续写远景，但出句是自然之景，对句是人的活动。整首诗紧扣"远眺"突出远望之景，但每联均有变化，笔法可谓摇曳多姿。

　　这首七律平起首句入韵，用孤雁出群格，格律规范。

大　泽①

唐·胡曾

白蛇初断路人通，汉祖龙泉②血刃红。
不是咸阳将瓦解，素灵哪哭月明中？

作者简介：

　　胡曾（约840—？），湖南邵阳人，唐代诗人。代表作是《咏史诗》，共一百五十首，皆七绝，每首以地名为题，评咏当地历史人物和历史事件。胡曾以关心民生疾苦。针砭暴政权臣而著称。《唐才子传》称赞他"天分高爽，意度不凡"。

注释：

　　①选自《全唐诗》卷647—92。清光绪《丰县志》卷十三"艺文类"（下）收录其诗，题名为《斩蛇沟》。
　　②龙泉：代指宝剑。龙泉本是地名，以出产名剑著称，故常代指宝剑。

翻译：

　　白蛇刚被斩断道路畅通，高祖的剑锋还鲜血通红。
　　假如不是咸阳将要瓦解，灵母怎能痛哭月明之中？

点评：

前两句是一般性叙述描写，没什么特别之处。后两句是议论，是本诗的诗眼。他表达的观点和司马迁是一样的，即刘邦斩蛇意味着秦朝将被刘汉所取代，这是灵母痛哭的原因。

鸿门宴①

唐·王毂

寰海②沸兮争战苦，风云愁兮会龙虎。

四百年汉欲开基，项庄一剑何虚舞。

殊不知人心去暴秦，天意归明主。

项王足底踏汉土，席上相看浑③未悟。

作者简介：

王毂，生卒不详，字虚中，宜春（今属江西）人。乾宁五年（898）进士，官终尚书郎。著有《王毂诗集》《历代忠臣临老不变图》等，均佚。《全唐诗》存其诗十八首。

注释：

①选自《全唐诗》卷694—5。

②寰海：海内，全国。南朝（梁）江淹《为建平王庆明帝疾和礼上表》："仁铸苍岳，道括寰海。"

③浑：全，完全。

翻译：

海内翻腾啊争战艰苦，风云惨淡啊会聚龙虎。

四百年大汉将要开基，项庄舞剑是多么虚无。

殊不知人心背离暴秦，是天意让江山归明主。

项王脚下已踏着汉土，席上相看却全然未悟。

点评：

民心就是天意，民心向背是一个政权能否长久稳定的关键。

古 剑①

五代·谭用之

铸时天匠待英豪，紫焰寒星②匣倍牢。
三尺何年拂尘土，四溟③今日绝波涛。
雄应垓下收蛇阵，滞想溪头伴豹韬④。
惜是真龙懒抛掷，夜来冲斗⑤气何高。

作者简介：

谭用之，字源远，唐末五代人，约 932 年前后在世，籍贯及生卒年均不详。善为诗，一句"秋风万里芙蓉国"令湖南获得了芙蓉国之千年美誉，足见才情。不仅如此，诗人抱负匪浅，只可惜未能出仕，空老林泉，著有诗集一卷，《新唐书·艺文志》传于世。

注释：

①选自《全唐诗》卷 764—37。古剑：这里指刘邦斩蛇的剑。

②紫焰寒星：两个著名的宝剑名。寒星剑相传为唐代豪侠所铸，它青光闪闪，寒气逼人，形状古朴，长约二尺半左右，剑柄雕有一条青色的龙，剑芒神缩，忽高忽低，震颤不停。这里代指刘邦斩蛇的这把剑。

③四溟：亦作"四冥"，四海，也指全国、天下。

④豹韬：古代兵书《六韬》篇名之一，相传为周朝时吕尚所撰，后也借指用兵的韬略。

⑤冲斗：气冲斗牛之意。斗牛，即北斗星和牵牛星，指天空。

翻译：

铸剑时天工神匠本就等待英豪，名剑紫焰寒星剑匣更倍加固牢。

三尺宝剑何年拂去剑鞘的尘土？天下升平今日没有了风浪波涛。

得势时应像高祖破解垓下龙阵，穷途时应学姜公研究武略文韬。

可惜君王懒得让利剑纵横挥掷，夜间独冲斗牛雄气是何等的高！

点评：

这是一首典型的托物言志的诗。谭用之抱负远大，只可惜未能出仕，空老林泉，故该作品系诗人以古剑自比，叹怀才不遇。

首联言古剑乃天匠锤铸，其锋必利，厚匣藏之，以待英豪。一个"待"字，一个"牢"字，既道出天匠厚望，又设置悬念，如此神品将有何传奇？读者不禁满怀期待。颔联文势一转，言四海升平，古剑生不逢时，青锋拂尘遥遥无期。此联三尺对四溟，尘土对波涛，前者渺小，后者宏大，深得顿挫之妙。颈联述古剑之志，"收蛇阵"与"伴豹韬"，前者张后者弛，前者壮后者柔。"收蛇阵"一句化用楚汉相争的典故，诗人经时济世、建功立业之赤子情怀毕现；"伴豹韬"用姜太公之典，此联言古剑进则斩将杀敌，退则以待天时，但总而言之是要干一番事业。上句之金戈铁马与下句之溪头垂钓可谓张弛交错、动静结合。尾联照应开头，言君王不用，古剑空自气冲斗牛。一个"懒"字，作者之愤懑已跃然纸上。作者虽然悲愤不平，但毫不颓废，古剑之壮志英发便是诗人内心写照。

该诗文气充沛，字句铿锵，豪迈之美和悲壮之美兼得。行文斗折蛇行、起伏跌宕，前有悬念，后有结穴，写得煞有介事，诗虽尽而意无穷。

斩 蛇①

宋·无名氏

皇统承尧运②，朱旗③启汉家。

未诛秦始鹿，先斩泽中蛇。

注释：

①选自《全宋诗》，北京大学出版社 1998 年 12 月出版。

②尧运：《史记》《汉书》均说汉取代是承天命，继尧运。刘邦故里至今流传刘邦是帝尧之后裔和神龙转世的传说。

③朱旗：红色的旗帜，这里指赤帝子刘邦的大旗。

翻译：

汉皇血统承继尧运，赤色大旗开启汉家。

还未夺得秦朝权位，已经先斩泽中大蛇。

点评：

这首五绝四句皆对偶，且节奏明快，热情歌颂了刘邦上承尧运，开启汉家的丰功伟绩。后两句看是叙述史实，实际上预示了秦亡汉兴的必然性，揭示了"得道多助，失道寡助"的道理。

过　丰①

宋·张方平

刘季当年在古丰，芒砀王气已连空。
天机先露由啼妪②，人意冥符③自董公④。
历数⑤有归徒胜负，风云相会尽英雄。
不然樊郦萧曹⑥辈，尽老屠商掾吏中。

作者简介：

见前。

注释：

①选自《张方平集》，中州古籍出版社 1992 年 10 月出版。

②啼姬：指刘邦斩蛇后，老妪哭白帝子，见《史记·高祖本纪》。

③冥符：默契，暗合。

④董公：洛阳新城掌管教化的小官。汉王二年，刘邦由汉中出兵讨伐项羽到了洛阳，新城三老董公拦路对汉王劝说："臣闻顺德者昌，逆德者亡。兵出无名，事故不成。"（东汉·班固《汉书·高帝纪上》）董公建议刘邦一定要指明敌人是反贼，才能容易平定。项羽无道，放逐并缢杀天下共立的主上楚怀王，他就是天下公认的反贼。大王应当率领三军将士，为义帝楚怀王发丧，穿素服，并通告诸侯，共同去讨伐项羽。这样一来，四海之内，没有不仰慕大王的大德的，这才是古代汤王、文王、武王的义举。刘邦听了这番话，认为有道理，马上就为义帝发丧，宣告是项羽缢杀了大家共立的义帝。同时，命令部下哀祭三日，然后分别派遣人员，告诉坐镇四方的诸侯："天下共立义帝，我们都愿为他的臣属。项羽大逆不道，寡人尽发关中精兵，收集河内、河东、河南士众，南浮江汉以下，愿从诸侯王去攻讨楚国杀义帝之人。"刘邦因了董公的建议，赢得各路诸侯的精兵一共五十六万人，向东一直打到彭城（今江苏徐州）。董公以一乡里小官而向汉王献此大计，使得刘邦师出有名，成为各路诸侯的统帅。人轻言重，实在难得。

⑤历数：指帝位相继，朝代更替的次序，古人认为和天象运行的次序相应（迷信）。

⑥樊郦萧曹：樊哙出身屠贩，郦食其、萧何、曹参均出身于小吏，后来都成为刘邦麾下的大臣。

翻译：

刘邦年少时生活在古丰，芒砀王气浩荡直冲碧空。

天机先露始于老妪啼哭，人愿天意暗合始自董公。

朝代更替只是因为胜负，遇上好的机遇尽是英雄。

如若不然樊郦萧曹之辈，都将老死在商贩小吏中。

点评：

这首七律的诗眼在颈联，作者认为帝位相继不是什么君权神授，完全是因为实力的强弱、战争的成败，而战争的成败则往往决定于遇到高人的指点和遇上好的机遇，不然的话那些叱咤风云的英雄都将老死于屠商小吏之中而无用武之地了。作者把刘邦的胜利归因于董公的指点，是遇到了高人和机遇，显然作者把成败归因于偶然因素而没有看到刘邦胜利、项羽失败的必然性，其思想局限性显然。

咏 史^①

宋·郑獬

汉家行赏尽论功，祸福于人岂易穷^②。
解把旧恩酬项伯^③，独将大义斩丁公^④。

作者简介：

郑獬（1022—1072），字毅夫，一作义夫，号云谷，祖籍江西宁都梅江镇，因祖父前往湖北安陆经营，遂寄居于此。獬少年时，即有才名，词章豪伟峻整，为其他同辈所难及。宋皇佑壬辰科举人，癸巳状元及第，有《郧溪集》，《幻云居诗稿》存世。

注释：

①选自《钦定四库全书·集部·郧溪集》。
②易穷：改变人生的穷和达。
③解把旧恩酬项伯：指鸿门宴项伯帮助刘邦之事。解：懂得、明白。
④据《史记·季布栾布列传》记载：丁公为项羽逐窘高祖彭城西，短兵接，高祖急，顾丁公曰："两贤岂相厄哉！"于是丁公引兵而还，汉王遂解去。及项王灭，丁公谒见高祖。高祖以丁公徇军中，曰："丁公为项王臣不忠，使项王失天下者，乃丁公也。"遂斩丁公，曰："使后世为人臣者无效丁公！"

翻译：

汉家行赏全是根据勋功，祸福岂能改变人生穷通。
高祖不忘旧恩酬谢项伯，单单秉持大义斩了丁公。

点评：

这首诗前两句是观点，后两句是论据。先赞高祖论功行赏，祸福未必能改变人的命运，后两句以项伯、丁公为例证明观点。项伯和丁公都是刘邦的救命恩人，但结局却相反，一个受赏，一个被杀，其原因就在于刘邦审时度势，从大局出发，而不是拘泥于私情。

读 史[①]

宋·苏辙

诸吕更相王[②]，陈平气何索[③]？
千金寿绛侯[④]，刘宗知有托[⑤]！

作者简介：

苏辙（1039—1112），字子由，眉州眉山（今属四川）人。北宋时期官员、文学家，与父亲苏洵、兄长苏轼齐名，合称"三苏"，其生平学问深受其父兄影响，以散文著称，擅长政论和史论，苏轼称其散文"汪洋澹泊，有一唱三叹之声，而其秀杰之气终不可没"，为"唐宋八大家"之一。其诗力图追步苏轼，风格淳朴无华，文采少逊。嘉佑二年（1057），苏辙登进士第，初授试秘书省校书郎、商州军事推官。宋神宗时，因反对王安石变法，出为河南留守推官。此后随张方平、文彦博等人历职地方。宋哲宗亲政后，因上书谏事而被贬知汝州，连谪数处。宰相蔡京掌权时，再降朝请大夫，遂以太中大夫致仕，筑室于许州。死后追复端明殿学士、宣奉大夫。宋高宗时累赠太师、魏国公，宋孝宗时追谥"文定"。有《栾城集》等行于世。

注释：

①选自《栾城集》，上海古籍出版社 1987 年出版。

②诸吕：皇后吕雉的宗亲。更相王：一个个封为王。吕雉在刘邦死后，执政十六年。为了巩固她的统治，杀害了刘邦的几个儿子和功臣，封她的宗亲吕台为吕王、吕产为梁王、吕禄为赵王、吕通为燕王，另封了六个亲属为列侯，追赠她父亲为吕宣王、哥哥为悼武王。

③陈平：刘邦的重要谋臣，封曲逆侯，历任惠帝、吕后、文帝的丞相。气索：恐惧、害怕。此句意为在诸吕更相封王时，陈平为什么害怕呢？

④寿：作动词，祝福，致敬。绛侯：刘邦的大将周勃，封绛侯。他为人朴实，忠心耿耿，屡建奇功。吕后死，他和陈平等合计诛杀了吕产、吕禄等人，迎立汉文帝，任右丞相。

⑤刘宗：刘氏宗室，这里指西汉刘氏王朝。托：寄托、希望。此句意为应当用千金向周勃表示敬意，因为他诛了诸吕，汉朝江山才算有了希望。

翻译：

诸吕一个个都封了诸侯王，陈平对此为什么害怕担惊？

应该用千金去为绛侯祝寿，因他汉家江山又走向正统！

点评：

苏辙的《读史六首》是组诗，这里选择一首与丰县有关的内容。这首诗对汉初吕后专权事件作了评论，热情歌颂了周勃在粉碎吕氏集团中的历史功绩。

丰沛怀古①

宋·文天祥

秦世失其鹿，丰沛发龙颜②。

王侯与将相，不出丰沛间③。

当时数公起，四海王气④闲。

至今尚想见，虹光⑤照人寰。

我来千载下，吊古泪如潸。

白云⑥落荒草，隐隐芒砀山。

黄河天下雄，南去不复还⑦。

乃知盈虚⑧故，天道⑨如循环。

卢王⑩旧封地，今日毂函关⑪。

作者简介：

文天祥（1236—1283），字宋瑞，又字履善，号文山，吉州庐陵（今江西吉安）人，南宋末大臣，民族英雄，文学家。宋宝祐四年（1256）进士第一（状元）。恭帝德佑元年（1275），元兵长驱东下，文于家乡起兵抗元。次年（1276），临安被围，他除右丞相兼枢密使，奉命往敌营议和，因坚决抗争被拘。脱险后历尽磨难南归，坚持抗元。祥兴元年（1278）兵败被俘，在狱中坚持斗争三年多，后从容就义。著有《文山诗集》，其中《过零丁洋》《正气歌》《指南录后序》等作品入选中小学课本，成为弘扬爱国主义精神的名篇。"人生自古谁无死，留取丹心照汗青""臣心一片磁针石，不指南方不肯休"则成为家喻户晓的爱国警句格言。

注释：

① 选自清光绪《丰县志》卷十三"艺文类"（下）。1983 年修订版《沛县志》题作《过沛怀古》。文天祥《文山集》卷十九《指南后录》题为《沛歌》，题下署："山东藤山沛县，初十日。"南宋德祐二年（1276）正月，临安被围，文天祥以右丞相兼枢密使身份，奉命单骑使虏与敌谈判，为敌所拘。羁押从临安出发，沿运河经苏州、无锡、常州到京口。暂驻京口时，文天祥乘敌不备，脱逃南归。历时四个多月，跋涉数千里，写作纪行诗三十五题九十五首收在《指南录》里。南宋祥兴元年（1278）12 月 20 日文天祥在五坡岭兵败被执，次年被押送大都。4 月 22 日从广州出发，于 6 月 12 日至建康，停留两个多月，8 月 24 日渡江继续北上，于 10 月 1 日抵达燕京。文天祥这次北征，历时五个月，途经六省，写下纪行诗六十九题七十七首收在《指南后录》里。至沛县这天是九月初十日，作五言古诗《沛歌》。该诗题下署的"藤山"当是地名，然而古今山东、江苏两省均无此地名。《金史·地理志》载：沛县在山东西路，为滕州辖。当时滕州辖"县三，镇一"（滕县、沛县、邹县、陶阳镇），由此可见"藤山"当是"滕州"之误。

② 失其鹿：比喻失去地位、天下。语出《史记·淮阴侯列传》："秦失其鹿，天下共逐之。"龙颜：帝王的容颜，借指帝王。

③ 丰沛间：在《指南后录》收录的《沛歌》中作"徐济间"，即徐州与济州（今山东济宁）之间，丰县、沛县在其间。因首句有"丰沛"一词，故原作应为"徐济"，题目换成《丰沛怀古》，"徐济"改为"丰沛"应是编县志者所改。

④ 王气：旧指象征帝王运数祥瑞之气。刘禹锡《西塞山怀古》："王濬楼船下益州，金陵王气黯然收。"

⑤ 虹光：虹的色彩，指非凡的光亮瑞气。《沛县志》《丰县志》中均作"龙光"。

⑥ 白云：代指刘邦。

⑦ 有史以来，黄河与灾难始终相伴，"三年两决口，百年一改道"，丰县早年也是黄河的重灾区。清咸丰元年（1851）八月十九日，黄河决口于安徽砀山的蟠龙集，决口形成了现今的丰县大沙河。此后，在咸丰二年（1852）二月、咸丰三年（1853）六月初八连续在此地决口，直至清咸丰五年（1855）春，黄河于河南省兰考县铜瓦厢决口，夺大清河改道，北徙入海，从此结束了黄河夺淮入海的历史。千百年来，始终流经于丰县南部的古黄河变成了"黄河故道"，丰县也从此摆脱了黄河泛滥所

形成的洪水威胁。

⑧盈虚：盈满和虚空，谓发展变化。

⑨天道，指自然界变化规律。

⑩卢王：指卢绾。《史记·卢绾列传》："卢绾遂将其众亡入匈奴，匈奴以为东胡卢王。"

⑪崤函关：崤山与函谷关的合称。

翻译：

秦王暴政失天下，丰沛祥云现龙颜。
帝王诸侯和将相，不出丰沛两地间。
反秦义军狼烟起，四海之内王气闲。
至今还能想象到，瑞气非凡照人寰。
千载以后我来此，吊古伤今热泪潸。
赤帝落难藏荒草，龙身隐匿芒砀山。
黄河浩荡天下雄，南下一去不复还。
须知盈虚常变化，天道运行往复环。
卢绾昔日分封地，今日竟成崤函关。

点评：

该诗前半部分以叙述描写为主，高度赞扬丰沛是祥云缭绕、英雄辈出的宝地，令人崇敬向往，"我来千载下，吊古泪如潸"这两句直抒胸臆表达了国运昔盛今衰的伤感；后半部分则以议论为主，表达天地自然盈虚变化是常态，是天道运行的规律，作者以此似乎在慰藉自己，充满辩证法思想。

读 史①

宋·于石

其三

秦亡四海角群雄，三尺②胡然③起沛丰。

首录酂侯忘纪信④，不诛项伯戮丁公⑤。

亲而寡助宁非⑥叛，国尔忘身始是忠。

赏罚于斯庸⑦未当，终然击柱⑧或争功。

其五

今来古往一封疆⑨，虎斗龙争几帝王。

百二山河秦地险，八千子弟楚天亡。

朝廷有道自多助，仁义行师岂恃强！

往事废兴何处问，寒烟衰草满斜阳。

作者简介：

于石（1247—1320），字介翁，号紫岩，晚更号两溪，兰溪紫岩乡（今灵洞乡洞源村）人。貌古气刚，自负其高。宋亡，隐居不出，清淡终日，专究诗学，诗风苍劲豪宕。石为诗多哀厉之音，有《紫岩诗选》三卷，《四库总目》传于世。

注释：

①选自《钦定四库全书·集部·紫岩诗选》卷三。

②三尺：指剑。《史记·高祖本纪》："吾以布衣提三尺剑取天下，此非天命乎？命乃在天，虽扁鹊何益！"

③胡然：突然。

④首录酂侯：酂侯是汉高祖刘邦赐给萧何的诸侯封号。刘邦平定天下后，论功行赏，分封诸侯。因萧何在"镇国家、抚百姓、供军需、给粮饷"方面功绩卓著，定其为首功，位列众卿之首，被称为"开国第一侯"。纪信（？—前204），汉朝将军，曾参与鸿门宴，随刘邦起兵抗秦。由于身形及样貌酷似刘邦，在荥阳城危时假装刘邦的样貌，向西楚诈降，被俘。他宁死不降，最后被项羽用火刑处决。

⑤丁公：季布的舅公，与季布都是项羽手下的将领，曾经在彭城大战中追击围困过高祖刘邦。高祖感觉事态危急，便回头对丁公说："两个好汉难道要相互为难困斗么！"丁公于是领兵撤还。等到项羽灭亡，丁公来谒见高祖。高祖随即把丁公拉到军营中示众，说："丁公身为项王的臣子却不忠诚，是使项王失去天下的人！"随后就把他杀了，并说："让后世为人臣子的人不要效法丁公！"

⑥宁非：难道不是。

⑦庸：表反问，岂。

⑧终然：最终。击柱：刺柱。《汉书·叔孙通传》曰："群臣饮，争功，醉或妄呼，拔剑击柱。"后亦用以指臣下争功无礼。《隋书·经籍志一》："汉氏诛除秦项，未及下车，先命叔孙通草緜蕝之仪，救击柱之弊。"

⑨封疆：疆域、疆土。杜甫《遣兴》："汉虏互胜负，封疆不常全。"

翻译：

其三

秦国失去王位四海逐鹿争雄，刘邦手提宝剑突然起事沛丰。

首封萧何酂侯忘了替身纪信，同是功臣不杀项伯却杀丁公。

亲近而少相助难道不是背叛？为国舍生忘才是真心忠诚。

如此标准赏罚哪是处置不当，最终举止无礼或许因为争功。

其五

古往今来为了守土拓疆，虎斗龙争历经多少帝王。

三秦大地山河险要坚固，八千子弟为了西楚战亡。

朝廷有道自应得以多助，仁义行师岂能依势逞强。

往事兴废之理何处去问？只见寒烟衰草沐浴斜阳。

点评：

"其三"主要对刘邦的两件事展开议论评价：一是功成封侯时把萧何封为第一功臣，而在荥阳之战中替刘邦去死的纪信却身无寸功；二是同属项羽阵营里的项伯和丁公都帮助过刘邦，而项伯被感激，丁公却被杀。作者用"亲而寡助宁非叛"评价项伯、丁公之事；用"国尔忘身始是忠"评价纪信之事。作者站在普世价值观的立场，认为对相助自己的人就应该感恩，能为主为国而死的人就是忠诚，都应该受到善待。从而批评了刘邦的做法。当然刘邦从政治和治国的角度考虑，这样处理也有他的道理，因为项伯相助是在自己处于弱势的时候，对相助的人都应感激，这样才能赢得更多人的帮助，从而使自己变弱为强。刘邦成功后，需要的是大臣对自己的忠诚，所以杀丁公是让后世为人臣子的人不要效法丁公背叛自己的主人。对人对事的评价有时要放在特定的历史条件下，对具体问题进行具体分析。

"其五"该诗鲜明表达了对用武力逞强称霸的批判，认为只要有道，自会有天助人帮，无需拼命硬干，并以项羽兵败八千弟子消亡的例子证明。同时也表达了对战争给百姓带来苦难的同情。尾联一议一景，以景结情，表达了作者悲凉的心情。

酂　城①

金·李俊民

谁是兴刘第一功，我侯只合②最先封。
当时猎犬犹争甚，得鹿权都在指踪③。

作者简介：

见前。

注释：

①选自《庄靖集》，山西古籍出版社 2006 年 6 月出版。酂城：现在的永城酂城镇，古酂城遗址（永城市城西二十五公里处）有一椭圆形高台，形如龟背。因当年西汉丞相萧何在这座高台上为刘邦建立汉朝撰制律条，人们便称此高台为"造律台"。

②合：应当，应该。

③《史记·萧相国世家》曰："汉五年，既杀项羽，定天下，论功行封。群臣争功，岁余功不决。高祖以萧何功最盛，封为酂侯，所食邑多。功臣皆曰：'臣等身被坚执锐，多者百余战，少者数十合，攻城掠地，大小各有差。今萧何未尝有汗马之劳，徒持文墨议论，不战，顾反居臣等上，何也？'高帝曰：'诸君知猎乎？'曰：'知之。''知猎狗乎？'曰：'知之。'高帝曰：'夫猎，追杀兽兔者狗也，而发踪指示兽处者人也。今诸君徒能得走兽耳，功狗也。至如萧何，发踪指示，功人也。且诸君独以身随我，多者两三人。今萧何举宗数十人皆随我，功不可忘也。'群臣皆莫敢言。"

翻译：

谁是助刘兴汉的第一功，我侯萧何理应最该先封。
当时猎犬相互争斗犹甚，能否得鹿全在指点行踪。

点评：

这首绝句情感取向也非常明确：力挺刘邦封萧何为第一功臣，表达了对萧何的崇敬和赞美。这个观点也符合儒家"劳心者治人，劳力者治于人"的思想。

古丰道中①

元·杨载

泽陂异瑞②毓真人③，海宇皇皇④正苦秦。

厌气筑时已迷鹿⑤，枌榆祀处即通津⑥。

一朝相业何并绾⑦，千载民风朱若陈⑧。

今日经过重惆怅，水村山廓漫铺茵⑨。

作者简介：

　　杨载（1271—1323），字仲弘。祖籍福建浦城（今福建省浦城县），后迁居杭州，遂为杭人。少孤，博涉群书，为文有跌宕之气。年四十岁而未能入仕，后由户部的贾国英屡次推荐，遂以布衣召为翰林院编修，修《武宗实录》。元仁宗延祐初年（1314）登进士第，授承务郎。有《杨仲弘集》。这首诗是他在就任路上过丰时所作。

注释：

　　①选自明万历增补本《丰县志》"艺文志"。

　　②异瑞：奇异的祥瑞之事，即汉母遇龙附身而怀刘邦之事。

　　③毓：生育，养育。真人：即真龙天子刘邦。

　　④皇皇：指大之意。《庄子·知北游》："其来无迹，其往无崖，去门无房，四达之皇皇也。"

　　⑤迷鹿：指因暴政秦王的权位已摇摇欲坠。鹿，代指皇位。

　　⑥通津：通达的渡口。

　　⑦相业：宰相的功业，亦喻巨大的功绩。何并绾：萧何与卢绾，都曾是汉相。

　　⑧朱若陈：指丰县朱陈村，白居易有长诗《朱陈村》。

　　⑨铺茵：像铺了一层草甸。茵，古代车子上的垫子，后泛指铺垫的东西。

翻译：

　　泽边奇异的瑞兆孕育了天人，天下广阔无边正痛苦于暴秦。

　　厌气台修筑时秦朝已经动摇，枌榆祭祀处就是通达的要津。

　　一朝的相业当数萧何与卢绾，千载民风淳朴莫若朱陈古村。

今日经过这里忽又惆怅重重，水村山廓遍野都是绿草茵茵。

点评：

这是一首怀古诗，写作者路经古丰时想到此地的人与事，遂产生思古之幽情。前两联写刘邦的奇异降生和秦朝摇摇欲坠，表达了汉承尧运灭秦兴汉的历史必然性；颈联则写萧何、卢绾两位丞相的功业以及民风淳朴的朱陈村，表达作者的由衷赞叹；尾联出句直抒胸臆，表达昔胜今衰的惆怅，尾句以景结情，用遍野的绿草喻惆怅之重，犹如贺铸的"试问闲愁都几许？一川烟草，满城风絮，梅子黄时雨"，化抽象为具体，生动形象。

澄江诗社赋得斩白蛇剑①

元·张端

芙蓉秋水湛青萍②，曾伴高皇起沛亭。
蛇断惝闻神妪泣，人传疑带鲍鱼腥③。
山河帝业凭三尺，雷电龙光护百灵。
却笑丰城深瘗土，精英空射斗牛星④。

作者简介：

张端（？—1383），江阴州（今江阴市）人，字希尹，号沟南，人称沟南先生。博学好修，以荐授绍兴路和靖书院山长，历官海盐州判官、江浙行枢密院都事，工诗，所著有《沟南漫存稿》。

注释：

①选自《元曲选·沟南漫存稿》，顾嗣立编，吉林出版集团 2005 年 5 月出版。

②"芙蓉"和"青萍"均是宝剑的别称。李白《宝剑双蛟龙》："宝剑双蛟龙，雪花照芙蓉。精光射天地，雷腾不可冲。"湛：清澈。

③鲍鱼腥：秦始皇死在东巡的路上，时值夏季，尸体很快变臭，为掩人耳目，

赵高以鲍鱼放置车内掩饰。

④据《晋书·张华传》载,晋初,牛、斗二星之间常有紫气照射。张华请教精通天象的雷焕,雷焕称这是宝剑之精,上彻于天。张华命雷焕为丰城令寻剑,果然在丰城(今江西省丰城市,古属豫章郡)牢狱的地下,挖出一石函,中有双剑,一曰龙泉,一曰太阿。后这对宝剑入水化为双龙。剑出土后,牛、斗二星之间的紫气就没有了。王勃《滕王阁序》中有"物华天宝,龙光射牛斗之墟"即用此典。

翻译:

芙蓉青萍两剑清澈如秋水,曾经相伴高皇起事在沛亭。
蛇断后恍惚听见神妪哭泣,人传始皇的灵车带有鱼腥。
山河帝业凭借着三尺宝剑,雷电龙光护佑着世间百灵。
可笑丰城地下的两把宝剑,彻天的紫气空射斗牛两星。

点评:

首句扣题点出本文主角——宝剑,是它伴随高祖起事沛亭。颔联回顾历史:高祖斩蛇和始皇病死东巡途中。这两件事看是不相关,其实这两件事是有关联的,按司马迁观点,刘邦斩的蛇是白帝子,也就是秦王,斩蛇就预示着秦王会被刘邦取而代之,秦亡汉兴是历史必然。颈联直抒胸臆夸赞宝剑既可建立王业,又可护佑百灵。尾联用龙泉、太阿两把宝剑空射斗牛之墟,来反衬刘邦三尺斩蛇之剑的伟大作用。

斩白蛇剑①

元·许恕

君不见,天人手中三尺冰,乃翁授之赤帝精②。
白蛇斫断天始惊,川原流血野草腥。
天荒地老泣素灵,炎刘帝业一扫成。
归来歌风八极清,吴钩巨阙③皆虚名。
流传典午④气未平,精光彻天奋如霆⑤。

郁攸扇妖武库倾⑥，化为霹雳凌紫冥⑦。

壮士感时涕泪零，剑兮剑兮，何由得汝跨海斩长鲸？

作者简介：

许恕（？—1374），字如心，号北郭生，元代江阴人。性沉静，博学能文。元至正中荐授澄江书院山长，不乐，即弃去。会天下乱，遁迹海上，与山僧野子为侣。工诗，收有《北郭集》。

注释：

①选自《钦定四库全书·集部·北郭集》卷一。

②乃翁：你的父亲。陆游《示儿》："王师北定中原日，家祭无忘告乃翁。"这里指刘邦父亲。赤帝精：指刘邦。《汉书·哀帝纪》："待诏夏贺良等言赤精子之谶。"颜师古注引应劭曰："高祖感赤龙而生，自谓赤帝之精。"据晋王嘉《拾遗记》：汉太上皇微时，佩一刀，长三尺，上有铭，其字难识，疑是殷高宗伐鬼方之时所作也。上皇游丰沛山中。寓居穷谷里有人冶铸。上皇息其傍，问曰："此铸何器？"工者笑而答曰："为天子铸剑，慎勿泄言？"上皇谓为戏言，而无疑色。工人曰："今所铸铁钢砺难成，若得公腰间佩刀杂而治之，即成神器，可以克定天下，星精为辅佐，以歼三猾。木衰火盛，此为异兆也。"上皇曰："余此物名为匕首，其利难俦，水断虬龙，陆斩虎兕，魑魅魍魉，莫能逢之。斫玉镂金，其刃不卷。"工人曰："若不得此匕首以和铸，虽欧冶专精，越砥敛锷，终为鄙器。"上皇则解匕首，投于炉中。俄而烟焰冲天，日为之昼晦。及乎剑成，杀三牲以衅祭之。铸工问上皇："何时得此匕首？"上皇云："秦昭襄王时，余行逢一野人，于陌上授余，云是殷时灵物，世世相传，上有古字，记其年月。"及成剑，工人视之，其铭尚存，叶前疑也。工人即持剑授上皇。上皇以赐高祖，高祖长佩于身，以歼三猾。及天下已定，吕后藏于宝库。库中守藏者见白气如云，出于户外，状如龙蛇。吕后改库名曰"灵金藏"。及诸吕擅权，白气亦灭。及惠帝即位，以此库贮禁兵器，名曰"灵金内府"也。

③巨阙：古代名剑，相传为春秋时期铸剑名师欧冶子所铸，巨阙钝而厚重，坚硬无比，故号"天下至尊"，其他宝剑不敢与之争锋。巨阙与承影、纯钧、鱼肠、泰阿、湛泸、龙渊、工布，合称为"八荒名剑"；与湛卢、纯钧、胜邪、鱼肠并称"越五剑"。

④典午："司马"的隐语。《三国志·蜀志·谯周传》："周语次，因书版示立'典午忽兮，月酉没兮。'典午者，谓司马也；月酉者，谓八月也。至八月而文王（司马昭）果崩。"晋帝姓司马氏，后因以"典午"指晋朝。此句谓刘邦斩蛇之剑流传到晋朝。

晋惠帝元康五年（295）武库失火而丢。

⑤《资治通鉴》卷八十二曰："冬，十月，武库火，焚累代之宝及二百万人器械。""冬，十月"即晋惠帝元康五年（295）闰十月庚寅（初四日）。高祖的斩蛇剑即在此大火中被毁。精光：火焰。

⑥郁攸扇妖：猛烈的火势如妖魔扇动。郁攸：火气，火焰。武库：古代储藏器物的仓库。《汉书·高帝纪下》："萧何治未央宫，立东阙、北阙、前殿、武库、太仓。"

⑦紫冥：天空。《魏书·高允传》："发响九皋，翰飞紫冥。"李白《与诸公送陈郎将归衡阳》："衡山苍苍入紫冥，下看南极老人星。"

翻译：

君不见天子高祖手中的三尺宝剑，是他的父亲授予的。

白蛇被砍断上天开始吃惊，原野遍地流血野草味道也发腥。

天荒地老都在哭白蛇的精灵，火德高祖一剑扫去帝业告成。

衣锦还乡唱大风天下被扫清，吴钩与巨阙名剑都徒有虚名。

传说这宝剑传到晋朝杀气难平，火焰照彻天空猛烈如雷霆。

烈焰犹如妖魔扇风武库瞬间塌倾，宝剑化作霹雳飞越天空。

壮士有感于时事涕泪交零，宝剑啊，宝剑啊，怎么才能得到你去渡过大海力斩长鲸？

点评：

这首古体诗融历史人物、历史事件和丰富的想象于一炉，富有鲜明的浪漫主义色彩。后人论其诗："诗得古体，思深旨远，论事多激昂。"

般涉调·哨遍·高祖还乡①

元·睢景臣

社长排门告示②，但有的差使无推故③。这差使不寻俗④，一壁厢纳草也根⑤，一边又要差夫索应付。又言是车驾，都说是銮舆，今日还乡故。王乡老⑥执定瓦台盘，赵忙郎⑦抱着酒葫芦。新刷来的头巾，恰糨⑧来的绸衫，畅好是粧么大户⑨。

【耍孩儿】瞎王留引定火乔男女⑩，胡踢蹬⑪吹笛擂鼓。见一彪⑫人马到庄门，匹头里几面旗舒⑬：一面旗白胡阑套住个迎霜兔⑭，一面旗红曲连打着个毕月乌⑮，一面旗鸡学舞⑯，一面旗狗生双翅⑰，一面旗蛇缠葫芦⑱。

【五煞】红漆了叉，银铮⑲了斧，甜瓜苦瓜⑳黄金镀。明晃晃马镫㉑枪尖上挑，白雪雪鹅毛扇上铺。这几个乔人物，拿着些不曾见的器仗，穿着些大作怪衣服。

【四】辕条上都是马，套顶上不见驴。黄罗伞柄天生曲㉒。车前八个天曹判㉓，车后若干递送夫。更几个多娇女㉔，一般穿着，一样粧梳。

【三】那大汉下的车，众人施礼数，那大汉觑得人如无物。众乡老展脚舒腰拜，那大汉挪身着手扶。猛可里㉕抬头觑。觑多时认得，险气破我胸脯！

【二】你须身姓刘，您妻须姓吕，把你两家儿根脚从头数。你本身做亭长㉖耽几盏酒，你丈人教村学读几卷书。曾在俺庄东住，也曾与我喂牛切草，拽垻㉗扶锄。

【一】春采了桑，冬借了俺粟。零支了米麦无重数。换田契强秤了麻三秤㉘，还酒债偷量了豆几斛。有甚胡突㉙处？明标着册历㉚，见放着文书。

【尾】少我的钱，差发㉛内旋拨还；欠我的粟，税粮中私准除㉜。只道刘三㉝，谁肯把你揪捽㉞住，白甚么㉟改了姓、更了名唤做汉高祖！

作者简介：

睢景臣，一作舜臣，字景贤，扬州（今江苏省扬州市）人，生卒年不详。据钟嗣成《录鬼簿》记述：“大德七年，公自维扬来杭州，余与之识。自幼读书，以水沃面，双眸红赤，不能远视。心性聪明，酷嗜音律。”撰有杂剧《屈原投江》等三种，均不传。后人辑有《睢景臣词》。这里所选《般涉调·哨遍·高祖还乡》是他的代表作，收在《朝野新声太平乐府》中。《录鬼簿》提到：“维扬诸公俱作《高祖还乡》套数，唯公《哨遍》制作新奇，皆出其下。”足见他是很副时望的。

注释：

①选自隋树森编《全元散曲》，中华书局1964年出版。

②社：古时地方的基层单位，或谓二十五家为一社，社长犹村长之类。排门告示：即挨户通知。

③此句谓任何差使均不得借故推托。

④不寻俗：不寻常。

⑤一壁厢：一边。纳草也根：供给马饲料。也，衬字，无义。

⑥乡老：乡里较有地位的头面人物。

⑦忙郎：农民的通称。

⑧糨：用米汁给洗净的衣服上浆。

⑨畅好是：正好是。粧么大户：装充有身份的阔人。

⑩王留：杂剧中对一般农民的通称。火：一伙。乔：装模作样，亦含丑、贱之意。

⑪胡踢蹬：胡乱。踢蹬：语助词，用以加强语气。

⑫一彪：一队。周密《癸辛杂识》别集下“一彪”条：“虏中谓一聚马为彪，或三百疋，或五百疋。”

⑬“匹头里”同“劈头里”，意为犹当头。舒：飘展。

⑭此句指月旗。胡阑，“环”的复普，即圆圈。套住：在月形圈中画白兔。古代神话谓月中有玉兔。

⑮此句指日旗。曲连：“圈”的复音。红圈，日之形状。毕月乌：传说云日中有三足金乌。古代星历家以七曜配二十八宿，又以各种鸟兽配二十八宿，如“昂日鸡”“毕月乌”等。这里“毕月乌”指乌。

⑯鸡学舞：指凤旗。

⑰狗生双翅：指飞虎旗。

⑱蛇缠葫芦：指龙戏珠旗。以上五旗，均借乡民口吻加以讽刺，用来讥讽帝王虚伪阔绰的排场。

⑲银铮：镀银。

⑳甜瓜苦瓜：指卧瓜、立瓜等金瓜锤，此处代指仪仗器械。

㉑马镫：即朝天镫，仪仗器物。

㉒指帝王仪仗中所用的曲盖。

㉓天曹判：天上的判官。此处喻威风凛凛的侍从人员。

㉔多娇女：指宫娥。

㉕猛可里：忽然间。

㉖亭长：刘邦曾作泗上亭长。秦制：十里为亭，十亭为乡。

㉗拽坝：拉犁耙耕之意。乡间以两牛并耕为一坝，"坝"亦作具。

㉘麻三秤：麻三十斤。乡间以十斤为一秤。

㉙胡突：糊涂。

㉚册历：账簿。

㉛差发：当官差，不愿应役者，可出钱雇人代替。旋：马上、立刻。

㉜私准除：暗地扣除。

㉝刘三：刘邦排行不详，此当因其兄字仲，故称。或为表此村民与刘邦谙熟。

㉞揪捽：抓。

㉟白甚么：作"平白无故地为甚么"解。此处系质问刘邦为什么改名汉高祖，有嘲讽之意。

翻译：

社长挨家挨户通知每个差使：任何差使均不得借故推托。这些差使真不寻常，一边要供给马草料，一边要派服劳役，都必须认真对待。有说是车驾，都说是銮舆，今天要回乡。乡里的头面人物老王拿着个托盘，姓赵的一位农民抱着个酒葫芦，戴着新洗过的头巾，穿着新糨过的绸衫，正好充装有身份的阔人。

【耍孩儿】一位不正经的乡民忽然叫来一伙稀奇古怪的男女，胡乱地吹笛打鼓。一大队人马从村口进来，前头的人举着几面旗子迎风飘展：一面是月旗，在月形环中画着一只白兔；一面是日期，在红圈中画一只乌；一面是凤旗，上面画着一只跳舞的鸡；一面是飞虎旗，上面画着长翅膀的狗；一面是龙戏珠旗，上面画着一条蛇缠住葫芦。

【五煞】又都用红漆刷过，斧头都用银镀过，各种仪仗器械都镀了金。仪仗器物朝天镫尖儿明晃晃的，扇子上都铺了一层雪白的鹅毛。这几个装模作样的人，拿着一些不曾见过的器仗，穿着些稀奇古怪的衣服。

【四】车辕上套的全是马，套顶上没有驴。黄色丝绸做成的车盖。车前站着八个侍卫，车后跟着若干个随从。更有几个漂亮的宫娥身着艳装，一样的乔妆打扮。

【三】那个大汉下了车，众人马上行礼，但他却都没有看在眼里。见乡亲们舒展腰肢跪拜行礼，他弯下身子用手扶。猛然间我抬头看，这个人我认识啊，差点气破我胸膛！

【二】你本来姓刘，你妻子姓吕，把你两家的底细从头数到脚：你以前是亭长，平常喜欢贪杯。你丈人在村里教书，读过几卷书。你曾在俺庄的东头住，还曾和我一起割草喂牛，扶锄整地耕田。

【一】春天你摘了俺家的桑叶，冬天你借了俺家的米粟，零零碎碎借了有无数多。趁着换田契，强迫俺称了三十斤麻，还酒债时偷着少给我几斛豆。有什么糊涂的？清清楚楚地写在账簿上，现成的放着字据文书。

【尾】过去欠我的钱要在现在摊派的官差钱里扣除；欠俺的粮食你要从粮税里暗地里扣除。我只想对你说刘三：谁愿意把你抓住，凭什么你改了姓、换了名唤做汉高祖！

点评：

这篇套曲把显赫一时的汉高祖刘邦作为讽刺的对象，描写了汉高祖刘邦衣锦还乡的历史画面。睢景臣没有按照史实描写刘邦还乡，而是换了一个全新的角度，作者巧妙地借助于曲中一个熟悉刘邦的乡民的口吻，历述了迎驾时的见闻和感叹，生动地勾划了刘邦发迹后的傲慢神情。由于作者立意用散曲讽刺封建统治者，散曲的战斗作用得到了发挥。这篇套曲，一向被公认为元代散曲最有价值的代表作之一。作品形象鲜明、情节生动，很像一幕讽刺喜剧。刘邦的时代距离元朝已经很遥远，但元曲作家却多以"高祖还乡"题材作套曲，这大约与元朝皇帝每年都要回一次上都有关。异族统治文字狱一般都比较厉害，因此作者往往借古讽今指桑骂槐。阅读取材于历史人物的文学作品，必须区分历史和文学的不同。历史讲究客观实录，而文学则可想象虚构，且因为作者的立场问题，作品往往带有鲜明的主观感情，因此他笔下的人物往往和历史上的这个人物差距很大。譬如，曹操，历史上的曹操是一位著名的政治家，军事家，文学家，而《三国演义》的作者罗贯中站在的"扬刘抑曹"的立场，把曹操塑造成了一个奸臣，由于《三国演义》在民间影响巨大，以至曹操成了奸臣的代名词。刘邦与曹操的"不幸"也很相似，也是因为后代的文艺作品选取了刘邦的非主流素材进行夸张演绎，把刘邦塑造成了一个流氓痞子的形象，这和历史上的刘邦形象大相径庭了。这首套曲由于其影响巨大，对于"黑"刘邦起到巨大作用，这在阅读时是要辩证分析的。

本散曲有如下艺术特色：一、乡民的独特视角。作者在曲作中通过一个小人物——无知乡民的特殊视角来展现汉高祖这个不可一世的大人物，把至高无上的皇帝贬得一文不值，写作手法实属高妙。皇帝驾到本是一件极其隆重严肃的大事，可是在乡民的眼中不过是乱哄哄的一场戏："瞎王留引定火乔男女，胡踢蹬吹笛擂鼓。"到村口迎接皇帝的就是这么一伙不三不四的人，吹吹打打乱七八糟的。封建社会的最高统治者在这个世界里遭到了最无情的嘲弄，完全失去了他的庄严与神圣，展现了无法伪装的本来面目。二、幽默的讽刺喜剧。这套散曲有背景、有人物、有故事情节，情节中有铺垫、有发展、有高潮，堪称一部情节完整、充满夸张和幽默的讽刺喜剧。三、生动的口语方言。这首套曲是以乡民叙述的口吻展开的，因此用的是与乡民身份一致的语言，亦即乡间生动的口语方言，收到很好的表达效果。

旦春词①

元·杨维桢

儿为王②，母为囚，旦春暮春无时休。
天高地辱日月流，母苦不得从儿游。
汉家谋臣张留侯，老人立致商山头③。
君王轻信羽翼愁，十年身后知安刘，
髡钳之人④何以留。

作者简介：

杨维桢（1296—1370），字廉夫，号铁崖。今浙江诸暨枫桥镇全堂村人，元末明初著名诗人、文学家、书画家和戏曲家。与陆居仁、钱惟善合称为"元末三高士"。杨维桢的诗，最富特色的是他的古乐府诗，既婉丽动人，又雄迈自然，史称"铁崖体"，极为历代文人所推崇。有称其为"一代诗宗""标新领异"，也有誉其"以横绝一世之才，乘其弊而力矫之"。当代学者杨镰更称其为"元末江南诗坛泰斗"。有《东维子文集》《铁崖先生古乐府》行世。

注释：

①选自《铁崖先生古乐府》卷一。旦春：本指凌晨起来春米，这里是讲戚姬从早到晚忙着春米。

②儿为王：戚姬的儿子刘如意被封为赵王。

③汉家谋臣张留侯，老人立致商山头：指吕后与太子刘盈用张良计谋请出商山四老，使刘邦更立太子的计划落空。立致：马上能得到。

④髡钳之人：此处指戚姬。髡钳：系古代刑罚，剃去头发，用铁圈束颈。《史记·季布栾布列传》："迺髡钳季布，衣褐衣，置广柳车中。"

翻译：

儿子为王，母亲为囚，从早到晚舂米无时无休。天高地阔时光不停地流，母亲痛苦的是不能跟儿子同住同游。汉家谋臣留侯张良，立刻请到四位老人于商山头。君王轻信辅佐他的人，让他更立太子犯了愁，知道身后十年周勃能安刘，戴着枷锁失去自由的戚姬怎么可能被吕后留！

点评：

对戚姬无休无止地舂米的哀怨，对她不能与儿子相见的痛苦，对张良为吕后出谋划策的责备，对君王刘邦无力更立太子的抱怨，多种复杂的感情流露于字里行间，表达了作者对戚姬的满腔同情。

旦春词①

元·张宪

子为王，母为囚②，
赭我衣，髡我头。
终日春兮，不死不得休。
东望邯郸③兮漳水流。
使谁报汝兮终无由。
忆君王兮解安刘，
不能远虑兮为姜谋，
彼四老④兮君何求？

作者简介：

　　张宪，生卒年均不详，约元惠宗至正初前后在世。字思廉，山阴（今浙江绍兴）人。家于玉笥山，因号玉笥生。学诗于杨维桢，最受赞许。著有《玉笥集》十卷，《四库总目提要》评称其作"磊落肮脏（编者注：高亢刚直貌），豪气坌涌"。

注释：

　　①选自《钦定四库全书·集部·玉笥集》卷一。

　　②子为王，母为囚：刘邦宠姬戚夫人，其子刘如意封赵王，都邯郸。吕太后元年，将戚夫人囚禁，并罚作役令舂，戚夫人舂且歌曰："子为王，母为虏，终日舂薄暮，常与死为伍。相离三千里，当谁使告汝！"

　　③邯郸：戚姬儿子赵王刘如意封地的都城。

　　④四老：指商山四皓。

翻译：

　　儿子为王，母亲为囚。让我穿着囚衣，剃着光头。终日舂米啊，不死不得休。东望儿子所在的邯郸啊漳水日夜流。让谁去告诉你啊终无机会。忆起君王啊懂得周勃能安刘，却不能远虑啊为妾谋，那商山四老啊您对他们还有什么要求？

点评：

　　以第一人称的写法，便于主人公直接抒情，因此通篇回荡着戚姬极其痛苦而无奈的呐喊和祈求，希望和绝望。

朱虚侯行酒歌①

元·张宪

长乐宫中女天子②，盛设宾筵懂戚里③。

百官侍坐莫敢违，诸吕諠阗④笑声起。

御史中丞⑤不纠仪，叔孙制作成虚礼⑥。

朱虚奉勅起行觞，手提三尺昆吾钢^⑦。
田歌声振野鸡防^⑧，颈血光寒汉道昌。

作者简介：

见前。

注释：

①选自《钦定四库全书·集部·玉笥集》卷一。朱虚侯即刘章，详见汉刘章《耕田歌》。歌：歌行体的文体标志，如《长恨歌》《茅屋为秋风所破歌》等。

②女天子：指吕太后。吕太后虽未称帝，但高祖死后，她执掌朝政十五年，临朝称制八年，是实际上的女皇帝，故司马迁把她列入"本纪"，故称"女天子"。

③戚里：帝王外戚聚居的地方。

④諠闐：同"喧闐"，喧闹嘈杂。

⑤御史中丞：官名。汉为御史大夫的助理。外督部御刺史，内领侍御史，受公卿章奏，纠察百官，其权颇重。

⑥此句指汉初叔孙通制定的礼仪。

⑦朱虚奉勅起行觞，手提三尺昆吾钢：见宋陈普《咏史·吕后》注③。昆吾钢：昆吾山铜冶炼的刀剑。《山海经·中山经》："又西二百里，曰昆吾之山，其上产赤铜。"郭璞注："此山出名铜，色赤如火，以之作刃，切玉如割泥也。"此借指利剑。

⑧田歌声振：朱虚侯刘章曾作《耕田歌》。野鸡：吕后名雉，雉就是野鸡。这里代指诸吕。

翻译：

长乐宫中的女天子吕雉，在戚里迎宾设盛大筵席。
百官侍坐两边不敢违逆，各位吕氏喧闹笑声四起。
御史中丞不敢制止纠正，叔孙制订礼仪成了虚拟。
朱虚侯奉旨起身去行酒，手提三尺明晃晃的剑戟。
耕田歌声振起诸吕伏法，颈项血寒汉道从此昌隆。

点评：

这首诗主要赞颂朱虚侯刘章在铲除外戚诸吕恢复刘家正统中的重要作用。作者没从正面进行宏大叙事，而是通过一次宴会来刻画朱虚侯的机智沉着英勇的形象。

本诗特别写到一个细节：诸吕的喧闹不懂礼仪，暗示了其失败的必然性。

过徐州洪至丰沛作①

元·王冕

落月苍凉野色迷，过洪忽听五更鸡。

河流东海奔腾去，天尽中原渐觉低。

败垒②有基栖碧草，古台无石堕青泥。

汉家住处人能识，只在丰南沛水西。

作者简介：

王冕（1310—1359），字元章，号煮石山农，梅花屋主等，因其书斋叫"竹斋"，时人又称他为王竹斋或竹斋先生。浙江省绍兴市诸暨枫桥人，元朝著名画家、诗人、篆刻家。他出身贫寒，幼年替人放牛，靠自学成才，一生爱好梅花，种梅、咏梅，又攻画梅。他是元代画坛以画墨梅开创写意新风的花鸟画家，对明清画坛产生深远影响。存世画迹有《南枝春早图》《墨梅图》《三君子图》等。诗有《竹斋集》三卷，续集两卷。《明史》有传。

注释：

①选自王冕《竹斋集》，西泠印社出版社 2011 年 1 月出版。徐州洪：泗水在徐州城东北与西来的汴水相会后继续东南流出徐州，其间因受两侧山地所限，河道狭窄，形成了秦梁洪、徐州洪、吕梁洪三处急流险滩。"三洪之险闻于天下"，而尤以徐州、吕梁二洪为甚。徐州洪位于现在徐州市区故黄河和平桥至显红岛一带，长约百步，苏轼知徐州时与弟苏辙分别有咏歌百步洪的多首诗词传世，故后人多以百步洪名之，"徐州洪"反而无人提起了。

②败垒：指坍塌的厌气台。

翻译：

月落时分野色苍凉迷离，过徐州洪忽听五更鸣鸡。

黄河东流入海奔腾而去，天到中原尽头感觉矮低。

秦台尚余台基生满野草，古台无石到处滑落青泥。

高祖住处人们还能识别，就在古丰南面沛水之西。

点评：

这首诗写作者到丰沛时想到高祖，表达了对高祖的崇敬和怀念。首联交代经过徐州洪的时间；颔联写作者所看到的"徐州洪"景象及其感受，这联写景意境阔达，气势恢宏；颈联写到达古丰之后看到的厌气台的凋敝荒凉景象；尾联交待高祖古宅的方位。后两联均是作者的想象之景。

这首七律采用仄起首句入韵式，格律严整。

斩蛇剑①

明·林鸿

秦氛②炽天地，大泽蟠蜿蜒。

潜龙厄初九③，鹿迹方茫然。

千里送徒人，三杯拂龙泉④。

紫剑混赤精，红光吐青莲⑤。

壮哉三尺锋，可以摧金天⑥。

粉首⑦明月中，饮血⑧秋风前。

素灵何嗷嗷，老泪翻蛟涎⑨。

芒砀起风云，咸阳若浮烟。

挥洒六合清，提挈⑩神气完。

始知百炼钢，永与金刀坚。

作者简介：

　　林鸿，字子羽，福建福清人。洪武初年，荐授将乐儒学训导；洪武七年（1374），拜礼部精膳司员外郎。善作诗，诗法盛唐。据《明史·林鸿传》载："闽中善诗者，称十才子，鸿为之冠。"著有《鸣盛词》。

注释：

　　①选自《闽中十才子诗》，福建人民出版社 2005 年 1 月出版。

　　②秦氛：秦王的气焰。氛：气，气焰。炽：火旺盛。

　　③此句出自于周易第一卦"乾卦"的象辞：初九，潜龙勿用。这个象隐喻事物在发展之初虽然有发展的势头，但是比较弱小，所以应该小心谨慎，不可轻动。

　　④龙泉：指龙泉剑，是中国古代十大名剑之一，又名龙渊剑。传说是由欧冶子和干将两大剑师联手所铸。

　　⑤紫剑混赤精，红光吐青莲：这句是用含蓄的语言描写斩蛇的场面。赤精：谓眼球赤红。青莲：代指宝剑。

　　⑥金天：指西方之天，王禹偁《日月光天德赋》："月之始也，出金天。"这里代指西面的秦国。

　　⑦粉首：这里当指白蛇之母。

　　⑧饮血：血泪满面，流入口中，形容极度悲愤。

　　⑨蛟涎：指蛟龙的口液。

　　⑩提挈：扶助。

翻译：

　　秦王的气焰炙烤着天地，大泽中的蟠龙腾挪蜿蜒。

　　赤龙风头初始必须谨慎，秦朝权位飘摇正在茫然。

　　刘邦千里押送徒人服役，途中三杯下肚挥举宝剑。

　　眼球赤红紧握紫光宝剑，一道红光出自宝剑青莲。

　　壮哉！三尺锋利剑，可以摧毁暴秦的天。

　　灵母在明月中痛哭流涕，血泪满面伫立秋风面前。

　　神姬的哭声是多么哀伤，老泪翻飞恰似蛟龙口涎。

　　刘邦芒砀起事风云突起，咸阳风雨飘摇恰如浮烟。

　　宝剑挥洒四海天朗气清，提剑的神气也已经耗完。

　　才知道千锤百炼的好钢，应永远与金刀一样刚坚。

这首诗托物言志，通过对斩蛇剑的歌颂，表达了对刘邦除暴灭秦的伟大功绩的歌颂，也表达了自己对英雄的倾慕和向往。

题汉宫图①

明·罗伦

白蛇中断赤旗②开，四百年③中梦两回④。
唯有终南旧山色，雨余犹自送青来。

作者简介：

罗伦（1431—1478），字应魁，一字彝正，号一峰，吉安永丰（今属江西）人。明代理学家。家贫好学，明成化二年（1467）进士第一，授翰林院修撰。晚年隐于金牛山，钻研经学，开门教授，从学者甚众。学术上笃守宋儒为学之途径，重修身持己，尤以经学为务。为文有刚毅之气，诗作磊落不凡，著有《一峰集》等。

注释：

①选自《钦定四库全书·集部·一峰文集》卷十二。

②赤旗：刘邦起义时的旗帜。《史记·高祖本纪》："众莫敢为，乃立季为沛公。祠黄帝，祭蚩尤于沛庭，而衅鼓旗，帜皆赤。由所杀蛇白帝子，杀者赤帝子，故上赤。"

③四百年：指两汉的延续时间，即前202年西汉建立至公元220年东汉结束。

④梦两回：指西汉和东汉的兴亡。

翻译：

白蛇中断赤旗高举展开，四百年间梦圆梦破两回。
唯有终南山的旧有山色，雨后仍葱葱郁郁送青来。

点评：

人世沧桑，朝代更迭，这是历史的必然，唯有绿水青山、日月星辰年年依旧，表达了人世沧桑、自然永恒的道理。

过断蛇岸①

明·刘景星

层层云树锁山隈②，勒马山边看石苔。
蛇断遗踪还似旧，沛公何事不重来？

作者简介：

刘景星，生卒事迹不详。明正统十三年（1448）戊辰科殿试金榜第二甲十三名，赐进士出身。

注释：

① 选自明崇祯十二年（1639）《砀山县志》
② 山隈：山的弯曲处。

翻译：

层层高大的树木环绕山怀，扬鞭勒马到山边观看石苔。
当年蛇断的地方遗踪如旧，沛公因为何事不能再重来？

点评：

此诗的亮点在尾句。作者明知高祖已逝去不可能再来，却故意问：沛公何事不重来？令人深思！人总会随风而去，而自然却依旧花开花落、日升日落，人世沧桑之感扑面而来。

新丰行①

明·李东阳

长安风土②殊不恶，太公③但念东归乐。
汉皇真有缩地功，能使新丰为故丰④。
人民不异山川同，公不思归乐关中。
汉家四海一太公，俎上之对⑤何匆匆。
当时幸不烹若翁⑥。

作者简介：

李东阳（1447—1516），字宾之，号西涯，出生于顺天府玄武湖，明朝官员。他历任左柱国、内阁首辅大臣等，在政治上多采取忍让的态度，著有《怀麓堂集》《怀麓堂诗话》等，是茶陵诗派代表人物之一，死后被追赠太师，谥文正。

注释：

①选自《钦定四库全书·集部·怀麓堂集》卷一。

②风土：指一个地方特有的自然环境和风俗习惯的总称。

③太公：刘邦的父亲。

④此句指刘邦为博得父亲的高兴，特按照故丰格局在潼关建了新丰，把故丰的人及牲畜也迁了过来，鸡犬来到后都能找到自己的家。成语"鸡犬识新丰"即来自于此。详见《西京杂记》卷二。

⑤俎上之对：这里指刘项在荥阳对峙时关于烹翁的一段对话。见本诗注释⑥。俎：菜板。

⑥见《汉书·项籍传》："吾翁即汝翁。必欲烹乃翁，幸分我一杯羹。"《史记·高祖本纪》也有详细记载。若翁：这个老翁。若：这个，用于近指。

翻译：

长安的风土民情非常不错，可太公却只念着东归享乐。
高祖皇帝果真有缩地神功，竟能使新丰变得全像古丰。
生民没有差异山川也相同，太公不再思归从此乐关中。

汉家天下只有这一位太公，荥阳烹翁对话是多么匆匆。
当时项羽幸亏没有油烹这老翁。

点评：

这是一首七言歌行体古诗。前六句写刘邦为了博得父亲刘太公的高兴而建新丰，让太公在异地也能感受家乡的温馨，不再因思乡而闷闷不乐。后三句写当初若是项羽真的油烹太公，就没有后来新丰的故事了，其调侃的意味很重。

题《高祖斩蛇图》①

明·唐寅

真人受命整干枢②，失鹿狂秦不足诛。
四海横行无立草③，妖蛇那得阻前驱！

作者简介：

唐寅（1470—1524），字伯虎，又字子畏，号六如居士、桃花庵主等，南直隶苏州府吴县人，明代著名画家、书法家、文学家，"吴中四才子"之一。他诗书画三绝，人物画色彩艳丽清雅，体态优美，亦工写意人物，笔简意赅，饶有意趣；花鸟画长于水墨写意，洒脱秀逸；书法奇峭俊秀，取法赵孟頫。有《唐伯虎先生集》《唐伯虎先生外编续刻》等传世。

注释：

①选自四库之外古籍"别集类"《唐伯虎先生集外编续刻》卷五。此诗是《高祖斩蛇图》的题诗，图已不存。

②干枢：犹干轴，即天轴，古人认为天体运行如车有轴，故云。元稹《苦雨》："煌煌启闾阖，轧轧掉干枢。"这里代指乾坤。

③立草：当风挺立的草。

翻译:

高祖承奉天命整肃乾坤,狂秦江山已去不足挂齿。

四海纵横万物难以阻挡,妖蛇哪能阻碍向前驱驰。

点评:

该诗大气磅礴节奏明快,大有秋风扫落叶一般,对高祖的赞颂溢于言表。

丰沛怀古①

明·罗坤泰

翠华②遥指故乡来,隆准③高歌亦壮哉。

海内风云三尺剑,沛中烟雨数层台。

斩蛇空洒秦灵泪,戏马④常怜楚霸才。

二十四陵⑤俱寂寞,古碑犹自枕苍苔。

作者简介:

罗坤泰,江西吉水人,永乐戊戌(1418)科进士,因"历事内廷,有能声",1421年"遂擢知广德州"。罗坤泰到广德上任后不久,看见治事厅(大堂)后面的二堂"久圮,因其旧",于是"葺之",并"加闳焉",扩大了原堂的规模,使修整以后的二堂"闳爽靓深",从而"喧嚣之声,尘杂之迹,皆不及",可以"舒畅烦恼,澄心颐神,而启发灵知",并取名思政之堂。又亲自书信一封,请时任礼部左侍郎兼华盖殿大学士的杨士奇作记,于是就有了《思政堂记》。思政堂虽数次易名,但都体现了时任地方官的封建官吏重视修身、事君、治民的传统,而杨士奇的这篇《思政堂记》更是很好地诠释了这个传统。

注释:

①选自1983年版《沛县志》。

②翠华:本指天子仪仗中以翠羽为饰的旗帜或车盖。南朝(梁)沈约《九日侍

宴乐游苑》："虹旌迢递，翠华葳蕤。"后为御车或帝王的代称。唐陈鸿《长恨歌传》："潼关不守，翠华南幸。"陆游《晓叹》："翠华东巡五十年，赤县神州满戎狄。"清陈维崧《游顾龙山》："闻说当年翠华巡，朱旗暗卷残碑在。"

③隆准：指刘邦。《史记·高祖本纪》："高祖为人，隆准而龙颜，美须髯，左股有七十二黑子。"

④戏马：项羽定都彭城后常在南山戏马练兵，后将南山称之为戏马台。

⑤二十四陵：指汉朝二十四帝的陵墓。

翻译：

高祖遥指故乡车马直奔而来，沛公击筑高歌大风可谓壮哉。

海边风云际会纵横三尺宝剑，沛中烟雨之中矗立数层高台。

大泽斩蛇之处空洒神母眼泪，高台戏马时候最爱西楚雄才。

二十四位帝王都已魂归寂寞，古碑仍旧静卧枕着满目苍苔。

点评：

这首七律以高祖还乡为背景，歌颂了高祖三尺宝剑建帝业的英雄壮举，同时也表达了对项羽雄才失败的惋惜与同情。最后两句则流露出即便帝王将相也将归于寂寞，人生无常之叹溢于言表。

丰沛道中即事①

明·郭天锡

丰沛民饥水独肥②，高侵木杪上渔矶③
风帆错愕④谁方向，云树⑤苍茫果⑥是非。
拂日晓星鸥鹭起，漫空柳絮荇花飞。
凭谁写入丹青⑦里，欲叫天阁⑧献衮衣⑨。

作者简介：

见前。

注释：

①选自明万历增补《丰县志》"艺文志"。

②水独肥：水大。李清照《如梦令》："知否，知否，应是绿肥红瘦。"这里"肥"指叶子茂盛肥大。

③渔矶：可供垂钓的水边岩石。

④错愕：犹嶙峋。愕，通"崿"，这里有高低错落之意。

⑤云树：高耸入云的树木。

⑥果：确实，真的。

⑦丹青：丹指丹砂，青指青腠，本是两种可作颜料的矿物。因为我国古代绘画常用朱红色和青色两种颜色，后丹青成为绘画艺术的代称。杜甫《丹青引赠曹将军霸》："丹青不知老将至，富贵于我如浮云。"

⑧天阁：即尚书台。东汉光武帝始设，综理政务。魏始以尚书台为独立机构，国家正式政务中枢。在这句诗中应代表朝廷，

⑨衮衣：古代帝王及王公穿的绘有卷龙的礼服。这里代指百姓必须解决温饱的衣食。

翻译：

丰沛百姓饥荒唯独水大，洪水上攀树梢下漫渔矶。

风帆高低错落不知方向，云树无边实在难辨是非。

拂晓鸥鹭伴着晨星飞起，漫天柳絮则像芦花乱飞。

由谁把这景象绘成图画，好让朝廷救济衣被粮食。

点评：

本诗诗题是"即事"，主要写在丰沛道中的所见所感。前三联写所见，尾联写所感。首联正面写水大，一个"肥"字令人产生无穷遐想，应是受李清照"绿肥红瘦"的启发吧；颔联从船和树入手间接突出水之大；颈联写鸥鹭、柳絮，看是写暮春之景，实则表现水灾后的荒凉，因为春季应是忙碌的季节，却只见鸥鹭和满天的飞絮不见田间劳作的身影；尾句是呼唤，希望能够有人把灾难报告给上天，好降福于人间，表现了作者的悲悯情怀。他的另一首诗《丰县城》也是写凤城被淹的惨状，与这首诗当属于同一时期。

寓丰官舍有感^①

明·金廷金

萧萧^②短鬓倩人妆，浅薄功名日夜忙。
衰病岂胜缘我赖，疏才无赖^③趁诗狂。
山禽竹外喧尘语，古渡滩头过野航^④。
公案满前频较量^⑤，不知春去误年芳^⑥。

作者简介：

　　金廷金，丰县人，祖籍山西泽州（今山西省晋城市）东金村。明永乐六年（1408）迁民来丰县。先后移居于丰城西南刘鄂村、欢口镇的汪屯村。金廷金于明武宗正德年间任丰县主薄兼典史。其后裔现仍居住于欢口镇汪屯村。

注释：

　　①选自明万历增补本《丰县志》"艺文志"。
　　②萧萧：头发花白稀疏的样子。
　　③无赖：没有出息。
　　④野航：指农家小船。杜甫《南邻》："秋水才深四五尺，野航恰受两三人。"元王祯《农书》卷十七："野航，田家小渡舟也。或谓之舴艋，谓形如蚱蜢，因以名之。"
　　⑤较量：考核验证。
　　⑥年芳：指美好的春色。李商隐《判春》："一桃复一李，井上占年芳。"宋代卢祖皋《鱼游春水》："风翻征袂，触目年芳如许。"

翻译：

　　短发花白稀疏请人为我梳妆，微薄的功名却使我日夜繁忙。
　　衰弱的病体怎能寄予我厚望，才疏没有出息只好借诗疏狂。
　　竹外山禽鸣叫显示尘世气息，滩头古渡穿梭着农家的船航。
　　公案堆满书桌需要反复验证，不觉间春天已过耽误了春芳。

点评：

正如题目所言，这是一首写人生感悟的诗。首联写早晨上班的准备：整理好头发，穿好衣服。从这一细节看，作者的工作态度还是很认真的。颔联自我剖析，之所以没有大的功名，是因为自己体弱多病才疏学浅。这里显然有谦虚的成分。颈联犹好，作者抓住竹外山禽的鸣叫、滩头古渡的野航，描绘了一幅幽静安然的田园图，表达了作者对生活的热爱。尾联的"频较量"，反映了作者认真的工作态度，正因为态度认真，忙于公务，故觉时间飞逝，春季的美好景色也耽误了。整首诗塑造了一位工作态度认真、热爱生活的基层公职人员形象。

和丰沛道中即事韵①

明·李琼

王孙无地策坚肥②，多少渔人失钓矶。

浴日③波光真是④大，障天岚气杳还非。

蒿莱⑤蔽野难供税，鸥鸟无心却绕飞。

惭愧丰中⑥待哺者，芦花大半制为衣。

作者简介：

李琼，字符贵，丰县人，明正德末年的岁贡生，授任浙江归安县县丞。善政惠民，其县人曾作歌盛赞："嘉靖而今第九年，归安有个李青天。"深受抚按官员的嘉奖，后从祀于丰县乡贤祠。

注释：

①选自明万历增补本《丰县志》"艺文志"。清光绪《丰县志》作《道中即事》。顺治《新修丰县志》卷十艺文志和1935年版《徐州续诗征》卷十二（张伯英主编），题为《丰沛道中即事》。这首诗是和韵郭天锡而作。

②策：马鞭，这里作动词驱赶之意。坚肥："坚"是牢固的车，"肥"是健硕的马，两字均是以形容词作名词。

③浴日：太阳初从水面升起。唐杨巨源《寄昭应王丞》："光动泉心初浴日，气蒸山腹总成春。"

④真是：确实，的确。

⑤蒿莱：野草，杂草。鲁迅《无题》："万家墨面没蒿莱，敢有歌吟动地哀。"

⑥丰中：丰县境内。

翻译：

王孙无地依旧驾着雕车宝马，多少渔民因水灾而失去生资。

太阳初升水面波光确实浩渺，遮天岚雾缭绕时而杳无踪迹。

野草遮蔽田野百姓难供赋税，鸥鸟恣意盘旋原野自由翻飞。

愧对丰境内嗷嗷待哺的百姓，芦花大半都做了御寒的棉衣。

点评：

这首诗次韵郭天锡的《丰沛道中即事》，两诗的内容也相似，都反映丰沛的水灾，表达对百姓的悲悯。首联用鲜明的对比手法讽刺统治者不劳而获，老百姓却因水灾而流离失所，情感取向非常鲜明；颔联写水之浩渺和岚雾，但这不是表现自然之美，而是写水灾之重；颈联以鸥鸟的悠闲反衬农民因水灾而交不上税赋的愁苦；尾联直抒胸臆，表达对灾民的同情，体现了作者的悲悯情怀。诗如其人，实际工作中他也是一位深受百姓爱戴的好官，在浙江归安县任县丞时，善政惠民，百姓作歌盛赞："嘉靖而今第九年，归安有个李青天。"深受抚按官员的嘉奖。后入丰县乡贤祠。

高帝斩蛇剑①

明·范钦

争传赤帝斩蛇符②，挥霍③当年胆气麤④。

武库忽飞⑤神母杳，苍凉泽径血模糊。

作者简介：

范钦（1506—1585），字尧卿，号东明，浙江鄞县（今宁波市鄞州区）人。嘉靖十一年（1532）进士。明代著名藏书家，中国现存最古老的藏书楼（天一阁）的主人。一生喜爱藏书。嘉靖四十年至四十五年（1561—1566）间，在宁波月湖西岸的居宅东侧建造了藏书楼，取"天一生水、地六成之"之义，名"天一阁"。其藏书以明版地方志及登科录为世人所重，在明时已有浙东藏书第一家之誉。历经四百余年后的今天，已成为国内最古老的藏书楼。著述有《天一阁集》《四明范氏书目》等多部。

注释：

①选自《天一阁集》卷十七，宁波出版社 2006 年 11 月出版。

②蛇符：蛇蜕，即蛇皮。这里代指蛇。

③挥霍：敏捷、迅疾貌。语出张衡《西京赋》："跳丸剑之挥霍，走索上而相逢。"

④麤：古同"粗"。

⑤武库忽飞：《晋书·列传第六章》载："武库火，华（编者注：张华）惧因此变作，列兵固守，然后救之，故累代之宝及汉高斩蛇剑、王莽头、孔子履等尽焚焉。时华见剑穿屋而飞，莫知所向。"

翻译：

争传赤帝高祖挥剑斩断蛇符，动作迅疾展现当年胆壮气粗。

武库起火剑飞老妪杳无踪迹，苍凉的丰西泽也已血迹模糊。

点评：

前两句赞颂高祖当年的义举豪气，"争传"与《念奴娇·赤壁怀古》中"人道是三国周郎赤壁"中的"人道是"相似，说明高祖斩蛇只是一种传说，未必是史实。后两句是说斩蛇事已去千年，宝剑也因武库失火而消失，历史只留下血溅小径的想象背影。该诗表达了"风流总被雨打风吹去"的感慨。

汉高斩蛇便面①

明·林大春

堪笑②群雄竟逐鹿，谁知白帝化为蛇。

今朝老妪当涂③哭，明日车书④是汉家。

作者简介：

林大春（1523—1588），字井丹、邦阳，号石洲，潮州府潮阳县（今汕头市潮阳区）人。明嘉靖二十九年（1550）中庚戌科进士。他为人操守高洁，为官廉洁刚正，晚年作为潮州府最为著名的乡贤之一，积极参与乡梓事务，对当地社会具有很大的贡献。林大春主要著述有《井丹诗文集》《潮阳县志》《瑶草编》等。

注释：

①选自《井丹诗文集》，1980年香港潮州会馆编辑出版。便面：扇子的一种。《汉书·张敞传》："自以便面拊马。"颜师古注："便面，所以障面，盖扇之类也。不欲见人，以此自障面，则得其便，故曰便面，亦曰屏面。"后亦泛指扇面，也就是说这是一首题在扇面上的诗。

②堪笑：可笑。

③当涂：即当道。涂通"途"。

④车书：《礼记·中庸》曰"今天下车同轨，书同文，行同伦"。谓车乘的轨辙相同，书牍的文字相同，表示文物制度划一，天下一统。后因以"车书"泛指国家的文物制度，也指推行制度。

翻译：

群雄竞相逐鹿实在可笑，哪知始皇竟然化为白蛇。

今朝老妪半夜当道痛哭，明日统一天下则是汉家。

点评：

这首诗表面带有调侃的性质，实际上揭示了一个历史规律：顺应民心则得天下，反之则失天下。

高帝斩蛇剑①

明·王世贞

大泽云腥碧血侵，芙蓉②犹在匣中吟。
天教武库穿云③去，负尽残年斩马④心。

作者简介：

王世贞（1526—1590），字符美，号凤洲，又号弇州山人。南直隶苏州府太仓州（今江苏太仓）人，明代文学家、史学家。嘉靖二十六年（1547）进士，历任数职，后因恶张居正被罢归故里。张居正死后，王世贞起复为应天府尹、南京兵部侍郎，累官至南京刑部尚书，卒赠太子少保。他与李攀龙、徐中行、梁有誉、宗臣、谢榛、吴国伦合称"后七子"。李攀龙故后，王世贞独领文坛二十年，著有《弇州山人四部稿》《弇山堂别集》《嘉靖以来首辅传》《艺苑卮言》《觚不觚录》等。

注释：

①选自王世贞《弇州山人四部稿续集》卷二十三。这是他的组诗《古乐府杂题二十绝》其四。

②芙蓉：指宝剑。

③武库穿云：见范钦《高帝斩蛇剑》注释⑤。

④斩马：推翻司马氏政权。

翻译：

大泽里碧血散发腥味浸透暮云，宝剑闪着寒光还在剑匣中呻吟。
上天让武库失火宝剑穿云而去，空负了我残年欲推翻司马之心。

点评：

汉以后虽有三国，但实际上是汉的余脉，汉代真正结束应是在司马氏的晋朝。因此这把斩蛇的宝剑是汉朝的象征，时时想着推翻司马氏，重回汉代荣光，不成想晋朝时一把大火把宝剑给弄飞了。头两句是说三尺宝剑虽说创造了王业，但似乎意犹未尽，不想在剑匣中辜负时光，仍想横行天下。"芙蓉"代宝剑，直言赞美之情，"吟"字以拟人手法盛赞宝剑的不平之气。后两句内容陡转，表达了壮志未酬的遗憾。

斩蛇曲^①

明·骆问礼

　　汉高起亭长，五年而成帝业，又七年即晏驾^②。以今观之，一春梦尔。人有小小得志而意气遂盈者，援赠处之义，作此曲遗^③焉。

芒砀山深异云起，沛中亭长心自喜^④。

醉横长剑夜出游，峥嵘此志何当酬？

睁睛怒视无宇宙，况尔小丑何足戮。

神光一闪妖血腥，烟云四散星月明。

先诛秦，后蹙^⑤项，削除既尽大泽泱。

把酒高歌慰故乡，骊山亡徒八荒长。

大度宏模策力^⑥奇，龙城凤历^⑦风电驰。

赤松辟谷潜机早，蜚鸟藏弓见事迟^⑧。

将相权，帝王业，孰千年，不成劫^⑨？

请君莫诧斩蛇时，到头一梦庄生蝶^⑩。

作者简介：

　　骆问礼（1527—1608），字子本，号缵亭，浙江诸暨枫桥镇人。明嘉靖四十四年（1565）进士。张岱评价骆问礼："遇事敢言，不避权贵。"生平佩服朱文公，治家严肃。自制家礼，深合古制。人称"朱紫阳（朱熹）之功臣，海忠介（海瑞）之高弟"。著有《续羊枣集》《万一楼集》《外集》，编纂隆庆《诸暨县志》。《明史》有传。

注释：

　　①选自《钦定四库全书·集部·万一楼集》卷二十。

　　②晏驾：古时帝王死亡的讳称。

　　③遗：赠送。

　　④芒砀山深异云起，沛中亭长心自喜：据《史记·高祖本纪》载"秦始皇帝常曰

'东南有天子气'，于是因东游以厌之。高祖即自疑，亡匿，隐于芒砀山泽岩石之间。吕后与人俱求，常得之。高祖怪问之。吕后曰：'季所居上常有云气，故从往常得季。'高祖心喜。沛中子弟或闻之，多欲附者矣"。

⑤蹙：逼迫，追逼。

⑥策力：谋略与武力。

⑦龙城：诞生皇帝的地方，这里指丰沛。凤历：岁历，年历。

⑧赤松辟谷潜机早，蜚鸟藏弓见事迟：这两句，前者写张良聪明识相，功成身退，得以善终；后者写文种眼拙迂腐，落得悲剧结局。赤松辟谷：源自"留侯慕赤松"，指修仙学道。赤松，即赤松子，汉王充《论衡·无形》："赤松、王乔，好道为仙，度民不死。"辟谷，谓不食五谷，系道教的一种修炼术。蜚鸟藏弓：见《史记·越王勾践世家》，"范蠡遂去，自齐遗大夫种书曰：'蜚鸟尽，良弓藏；狡兔死，走狗烹。越王为人长颈鸟喙，可与共患难，不可与共乐。子何不去？'"大意是飞鸟没有了，好的弓箭只能当成收藏了；兔子没有了，猎狗就只有被烹杀的命运。越王勾践这个人长得长脖子尖嘴巴，只能患难时相处，成功后是不会与人分享快乐的，应该早点离开他。这是范蠡离开越国到了齐国后对文种的告语。他看出勾践长得似狼相，容易忘恩负义，所以懂得功成身退。文种却认为自己对勾践有大功，功成后更是自己大有作为的时候。文种无识人之明，同时也是居功自矜，结果被赐红绫缢死。见事迟：认清事物晚。

⑨劫：系印度各教关于时间的术语，后被中国道教借鉴，认为一轮回为一劫，据《度人经》称："生身受度，劫劫长存。随劫轮转，与天齐年。"唐代李少微注："按天地一成一败，谓之一劫。"

⑩庄生蝶：即庄生梦蝶。出自《庄子·齐物论》："昔者庄周梦为蝴蝶，栩栩然蝴蝶也。自喻适志与！不知周也。俄然觉，则蘧蘧然周也。不知周之梦为蝴蝶与？蝴蝶之梦为周欤？周与蝴蝶则必有分矣。此之谓物化。"这个故事通过对梦中变化为蝴蝶和梦醒后蝴蝶复化为己的事件的描述与探讨，提出了人不可能确切地区分真实与虚幻和生死物化的观点。后来常用庄周梦蝶比喻人生的变幻无常。

翻译：

汉高祖起事于泗水亭长，五年时间而成就帝王大业，又过了七年就去世了。用今天的观点来看，这只不过是一场春梦罢了。有一位有了小小的成绩就志得意满的人，我援引高祖之事告诫他处世的大义，于是作了此曲赠送予他。

芒砀山势高深异云涌起，沛郡泗水亭长心自欢喜。

醉后手持长剑夜间出游，这卓越的志向何时实现？

眼睛怒视无视天下宇宙，何况这小丑哪值得杀戮。
宝剑神光一闪妖蛇血腥，从此烟云四散星月清明。
先除秦王，再戮项王，对手削除已尽汉泽泱泱。
回丰沛把酒高歌慰故乡，当年骊山的亡徒八方长。
大度恢弘谋略武力出奇，故乡岁月永记大风疾驰。
张良求仙访道隐逸很早，文种认清鸟尽弓藏太迟。
将相权势，帝王大业，哪一个千年后不成轮回？
请君不要惊诧高祖斩蛇起事时的辉煌，到头来人生无常，都是虚幻一场。

点评：

这是一首七言为主的古诗，作诗意图已在小序中讲得很清楚：用高祖的事例告诉一些好自满的人，成就帝王之业的人尚且如春梦、似过客，何况芸芸众生？所以做人要谦虚谨慎不要骄傲，这是做人之道。

高帝纪①

明·郑学醇

亲提三尺抚②山河，汉帝归来猛气多。

何事不禁游子恨，酒酣犹倚③大风歌。

作者简介：

郑学醇，广东顺德人，字承孟。隆庆元年（1567）举人。任武缘知县。有《句漏集》。

注释：

①选自《钦定四库全书·集部·句漏集》。此诗为组诗"史记三十六首"其一。
②抚：占有。《礼记》："西方有九国焉，君王其终抚诸。"
③倚：依照，合着音乐，伴奏。

翻译：

亲提宝剑占有了神州山河，汉高帝衣锦归来豪气正多。

何事使他禁不住思乡恋旧，酒酣时击筑高唱大风悲歌。

点评：

乡情是融入一个人骨子里的情愫，纵然你飞得再远，登得再高，也不会淡忘这种情感。

月　表①

明·郑学醇

芒砀山前气结龙②，干戈天地各争雄。

尽收人杰摧强楚，倡义谁知是董公③。

作者简介：

见前。

注释：

①选自《钦定四库全书·集部·句漏集》此诗为组诗"史记三十六首"其七。月表：按月记事之表。

②刘邦隐匿芒砀山，常有紫气伴随，吕后每每根据祥云找到刘邦，秦始皇常说"东南有天子气"，于是东游以厌之。见《史记·高祖本纪》。

③见前张方平《过丰》注释④。

翻译：

芒砀山前紫气萦绕凝结成龙，四方豪杰挥动干戈纷纷争雄。

刘邦尽收人杰摧毁强大西楚，有谁知道倡导义师的是董公。

点评：

　　秦失其鹿，群雄竞逐，刘邦为何天下云集响应脱颖而出？只因率领义师挟义行道，而出此计谋的就是董公。本诗在赞颂刘邦的同时，着力突出了董公在刘邦成就帝业过程中的重要作用。

丰沛怀古①

明·刘存义

遍历中阳感慨多，沉吟漫忆汉山河。

枌榆社古湮尘土，厌气台荒长薜萝。

故里不闻崇庙祀，雄心空寄大风歌。

当年汤沐成沤梦②，回首斜阳满绿波。

作者简介：

　　刘存义，明嘉清末年（1566）县庠生。明隆庆三年（1569），县令尹梓倡导修志，丰县儒学教谕李星（字望山，浙江海盐人）和训导夏时（字寅谷，德清人）同修。丰县庠生崔动、周如金负责考订，刘存义、曹可教、渠有澜（民瞻子）、刘光久负责编集。隆庆三年（1569）七月，稿成刊印，成为丰县第一部传世志书。

注释：

　　① 选自清光绪版《丰县志》卷十三"艺文类"（下）。

　　② 沤梦：泡影般的梦。沤，水泡。同治《徐州府志》卷十八中"古迹考"作"鸥梦"。鸥梦，指隐逸的志趣，根据上文用在这里显然与语境不符。

翻译：

　　遍游中阳故里感慨良多，深思低吟漫忆汉家山河。

　　古老枌榆社已没于尘土，厌气台也荒芜长满薜萝。

　　故里不再听到宗庙祭祀，雄心空寄托于大风悲歌。

当年的汤沐邑已成泡影，回首斜晖脉脉铺满绿波。

点评：

　　首联出句以"感慨"领起全诗，弥漫着浓郁的抒情色情，对句则以"忆"字领起下文的具体内容；颔联写枌榆社和厌气台的荒凉；颈联则写因寺庙荒芜而不再有祭祀活动，汉高祖当年寄托于大风歌的雄心都化作了泡影；尾句以景结情，以斜阳犹满绿波，说明自然的永恒，同时尾句化抽象为具体，以绿草萋萋喻惆怅之多，显得含蓄蕴藉。

高帝斩蛇剑①

明·佘翔

拔剑长驱万里心，蛇分鬼母哭空林②。
元康武库流为火③，火德④将无属卯金⑤。

作者简介：

　　佘翔，字宗汉，号凤台，福建莆田人。明嘉靖三十七年（1558）举人，官全椒县知县。因与巡按御史牴牾，投劾弃官而去，放游山水以终。其诗以雄丽高峭为宗，声调气格，颇近七子，故王世贞赠诗云："十八娘红生荔枝，蚝房舌嫩比西施。更教何处夸三绝，为有佘郎七字诗。"著有《薜荔园诗集》《佘宗汉稿》《游梁新编》《金陵纪游文》等。

注释：

　　①选自《钦定四库全书·集部·薜荔园诗集》卷三。

　　②见《史记·高祖本纪》："高祖醉，曰：'壮士行，何畏！'乃前，拔剑击斩蛇。蛇遂分为两，径开。行数里，醉，因卧。后人来至蛇所，有一老妪夜哭。人问何哭，妪曰：'人杀吾子，故哭之。'人曰：'妪子何为见杀？'妪曰：'吾子，白帝子也，化为蛇，当道，今为赤帝子斩之，故哭。'"

　　③晋元康五年（295）闰十月武库失火，历代奇珍异宝皆荡然无存。其中最珍

贵的是三件国宝：刘邦的斩蛇剑、王莽的人头和孔丘的木屐。武库：萧何建造的用于存放国宝和兵器的地方。

④火德：以五行中的火来附会王朝历运的称火德。五行对应的颜色为：金为白，木为青，水为玄，火为赤，土为黄，分别代表西、东、北、南、中。五行相生相克：水克火，火克金，金克木，木克土，土克水。《史记·秦始皇本纪》："始皇推终始五德之传，以为周得火德，秦代周德，从所不胜。"张守节正义："秦以周为火德。能灭火者水也，故称从其所不胜于秦。"如果按照《史记》的说法，周火德，秦灭周故为水德，那么汉朝取代秦朝，应该说汉属于土德。但是汉朝初年刘邦根据五德终始说，定正朔为水德，至汉武帝时，又改正朔为土德。后来方采用刘向、刘歆父子的说法，认为汉属于火德。汉光武帝光复汉室之后，正式承认这一说法，从此确立东汉正朔为火德，东汉及以后的史书如《汉书》《三国志》等采用汉为火德这种说法，故称汉为"炎汉"。之所以如此，大概认为赤帝子杀白帝子的传说。班固《汉书·高纪赞》曰："旗帜尚赤，协于火德。"清袁枚《赤壁》诗："汉家火德终烧贼，池上蛟龙竟得云。"

⑤卯金：卯金刀的简称，谓刘姓，卯金刀即繁体的"劉"。《汉书·王莽传中》："夫'劉'之为字，卯、金、刀也。"

翻译：

拔剑长驱有吞并天下的雄心，大蛇身分两段老妪痛哭空林。

晋代元康年间武库燃起大火，汉朝江山从此不再属于卯金。

点评：

前两句写汉之盛，后两句写汉之衰。昔胜今衰、朝代更迭，人生无常之叹蕴含其中。

高帝斩蛇剑二首①

明·虞淳熙

一

芒砀云迷白帝魂②，风吹赤电滈池③翻。

七星不厌元康火④，武库烟高紫气奔⑤。

二

阵云他日变龙蛇，早向秦山⑥拂剑花。

白帝魂飞洒秋血，不知三世⑦属谁家。

作者简介：

　　虞淳熙（1553—1621），字长孺，浙江钱塘人。曾任兵部职方事、礼部员外郎等职，一度隐居于回峰。著有《虞德园先生集》及《孝经集灵》一卷。

注释：

　　①选自明虞淳熙《虞德园先生集》诗集卷八。

　　②典出《史记·高祖本纪》："秦始皇帝常曰'东南有天子气'，于是因东游以厌之。"

　　③滈池：即镐池，古池名，在西周镐京（今陕西省西安市西丰镐村一带）。池水经由滈水北注入渭。唐以后湮废。这里代指秦王朝。

　　④七星：这里指刘邦的斩蛇剑，剑上有七彩珠、九华玉以为饰，刃上常若霜雪。元康火：指晋惠帝元康二年（291）发生的武器库失火事件。

　　⑤此句见范钦《高帝斩蛇剑》注释⑤。

　　⑥秦山：指秦朝。

　　⑦三世：指秦三世。秦朝灭于秦二世，故曰"不知三世属谁家"。

翻译：

　　　一

芒砀祥云牵系了始皇心魂，赤龙携风带电把秦朝推翻。

宝剑经不住元康时的大火，趁着武库的浓烟腾飞入天。

二

阵阵祥云他日都变成了赤龙，很早就向秦王朝拂拭着剑花。

白帝魂飞升天大泽尽洒秋血，不知秦王三世最后属于谁家。

点评：

第一首主要写斩蛇剑因武库失火而失踪；第二首写高祖手提三尺宝剑而灭秦。突出了宝剑的神秘和作用，侧面赞颂高祖的不朽业绩。

丰县道中①

明·董其昌

宵征②不容晏③，路出古徐东。

堤树一千里，村墟十九空。

防河薪比桂④，乘遽⑤马如龙。

犹有蠲逋⑥诏，年年省⑦故丰。

作者简介：

董其昌（1555—1636），字玄宰，号思白、香光居士，松江华亭（今上海市）人。明朝后期大臣、书画家，尤擅山水画，师法于董源、巨然、黄公望、倪瓒等。明万历十七年（1589）考中进士，授翰林院编修，谥号"文敏"。

注释：

① 选自《董其昌全集》，严文儒、尹军主编，上海书画出版社 2013 年 12 月出版。

② 宵征：夜行。

③ 晏：迟，晚。

④ 薪比桂：化用成语"桂薪玉粒"，指柴米昂贵。典出《战国策·楚策三》："苏

秦之楚，三日乃得见乎王。谈卒，辞而行。楚王曰：'寡人闻先生若闻古人，今先生乃不远千里而临寡人，曾不肯留，愿闻其说。'对曰：'楚国之食贵于玉，薪贵于桂，谒者难得见如鬼，王难得见如天帝，今令臣食玉炊桂，因鬼见帝。'"

⑤遽：送信的快车或快马。

⑥蠲逋：指免除积欠的租税。

⑦省：减少，精简。

翻译：

夜间赶路不宜晚行，我急走古徐州之东。

河堤树木绵延千里，村庄人去十室九空。

治水使得柴米昂贵，送信骏马络绎如龙。

还有免租税的诏书，年年削减帮助故丰。

点评：

首联开篇扣题，交代行路的时间（夜里）、地点（古徐东）。领联和颈联写沿途所见：树木绵延而村中无人；洪水决口的地方到处是材薪封堵的痕迹，大路上送信的骏马奔跑如飞络绎不绝。尾联属于猜测：这信使传递的莫非是免除丰县赋税的诏书？"犹"字很有意味，当年高祖免除汤沐邑丰沛的劳役赋税，难道现在还在执行？作者希望免除灾民赋税，反映了作者的悲悯情怀。丰县曾在1526和1851年两次因黄河决口而遭受大的水患，其中1526年的决口迫使丰县府衙迁于华山；1851年的决口是黄河的最后一次自然决口，从此黄河由黄海入口改道渤海入口，为丰县留下了黄河故道大沙河。

高帝斩蛇剑①

明·陈继儒

王气千年属至尊②，剑梢星古赤花昏。

阴阴大泽黄云起，空望咸阳哭帝阍③。

作者简介：

陈继儒（1558—1639），字仲醇，号眉公、麋公。明代文学家、书画家。华亭（今上海松江）人。年二十九岁时隐居小昆山，后居东佘山，杜门著述。他工诗善文，书法苏、米，兼能绘事，屡奉诏征用，皆以疾辞。擅墨梅、山水，殁后葬于东佘山。有《梅花册》《云山卷》等传世。著有《妮古录》《陈眉公全集》《小窗幽记》等。

注释：

①选自《陈眉公全集》，民国中央书店上海刊本。

②至尊：指皇帝。贾谊《过秦论》：“履至尊而制六合，执敲扑而鞭笞天下。”这里指高祖刘邦。

③帝阍：古人想象中掌管天门的人，这里指高祖刘邦。

翻译：

王气千年依旧属于帝身，剑梢玉星已古红花已昏。

丰西大泽阴阴黄云又起，空望咸阳痛哭高祖至尊。

点评：

尾句的“空”和“哭”写出了对高祖的深深怀念和昔人已去的无奈。

帚草铭①

明·裴爵

汝亦草属，俗呼为扫帚草②，因汝扫而得名。汝殆③有意于吾，故生于吾庭。吾故爱汝，欲常接汝于目。以扫除为吾民害者，而其最先以扫除吾心。

作者简介：

裴爵，山西泽州（今属山西晋城市）人，正德十四年任丰县知县，其间草创《丰县志》并任主编。该县志未及完成就已调走，直到隆庆年间该县志才在此基础上正式刻板成书，其时的主编是当时的丰县知县、河北省南宫县人尹梓。

注释：

①选自清光绪《丰县志》卷十二"艺文类"（上）。

②扫帚草：即地肤，藜科一年生草本植物，今俗称扫帚菜。嫩叶可食，老枯枝茎可制扫帚。

③殆：大概，恐怕。

翻译：

你也隶属于草类，俗称你为扫帚草，因你除污而得名。你大概对我有意，所以生长在我的庭院。我为此因而爱你，所以常想看到你。想扫除危害百姓的祸害，必须最先清洁我们的内心。

点评：

这是一首咏物的铭文，尾句画龙点睛，以富有哲理的语言点亮全诗：欲扫除别人身上之污，必先扫除自己的内心之污。文如其人，他用行动践行了自己的思想。他"历任六载，无犯秋毫。律己公廉，处事勤慎。开久塞之路，而商旅以通；开积荒之土，而民居以奠。筑堤而河势少杀，均赋而制用无亏；辞数百之金，不为苟得；持三尺之法，庭中称平；敷教淑徒，而留神学校；平心莅政，而无愧循良。至今士庶称之。有颂有记，见艺文。从祀名宦"。（万历增补本《丰县志》）

瓜　铭①

明·裴爵

瓜田纳履，君子避之。呜呼！凡人避嫌者，皆内不足也。夷齐至清，假使饮盗泉，而亦不易其心②。其内若足，则亦何嫌疑之避、之足云？汝盖为吾所避乎？不然，何以生吾庭？

作者简介：

见前。

注释：

①选自清光绪《丰县志》卷十二"艺文类"（上）。

②此句意为：伯夷和叔齐极其高洁，假如喝了盗泉水，也不会改变心性。伯夷、叔齐：商末孤竹君之二子。二人相互推让君位，先后逃至周国。武王灭商后，二人耻食周粟，采薇而食，饿死于首阳山。

翻译：

在瓜田提鞋，君子常常避开。唉！凡是避嫌之人，都因内心修养还不足够深厚。伯夷叔齐极其清纯廉洁，假使让他喝了盗泉的水，也是不会改变清纯之心的。内心修养如果真正深厚了，那么又有什么嫌疑要回避、有什么传言可惧怕的呢？你大概因为我才避在这里的吧？不然为什么生长于我的庭院呢？

点评：

常言说："瓜田不纳履，李下不整冠。"这首诗从瓜田不纳履谈起，讲到"避嫌"皆是因为自己内心修养还不足够强大，如果真正强大了就无需避嫌了。

胡村泰山行宫铭①

明·渠澄清

于赫泰山，天下所瞻②。

福善祸淫，谛鉴③昭然。

云胡④行宫，特建于丰？

山川云气，翼护赤龙。

正嘉之际⑤，庙貌几坠。

灾眚⑥以兴，阴阳以忒⑦。

唯侯来牧⑧，灵祇降福。

雍雍其和，民用悦服⑨。

拊循行春⑩，爰命立石。

纪神功德⑪，传于万祀。

作者简介：

渠澄清，字允洁，号霁寰，丰县人，明万历年间贡生，富文藻，著有《四书、易经问辨录》《三馀漫草》，惜经兵火，所存甚微。曾参与纂修县志。《徐州府志》载其事迹。

注释：

①录自《胡村泰山行宫碑文》，题目为编者所加。作于明万历十九年（1591）三月。该碑原立于凤城街道史套楼村（古名胡村），现存丰县博物馆。

②于赫：叹美之词。《诗·商颂·那》："于赫汤孙，穆穆厥声。"《后汉书·光武帝纪赞》："于赫有命，系隆我汉。"李贤注："于赫，叹美之词。"陶潜《命子》诗："于赫愍侯，运当攀龙。"瞻：仰慕。

③谛鉴：即以吾心、吾智、吾理为鉴。谛：佛教名词，谓真实无谬的道理，后常用于事物的内在含义或意义。鉴：镜子。

④云胡：为什么。《诗·郑风·风雨》："既见君子，云胡不夷？"

⑤正嘉之际：指明武宗正德至明世宗嘉靖年间。

⑥灾眚：祸患灾难。眚：眼睛长白翳，引申为过错。《后汉书·郎𫖮传》："以此消伏灾眚，兴致升平。"明代郑若庸《玉玦记·梦神》："罹灾眚，叹三年，把身拘坎窜。"

⑦阴阳以忒：阴阳颠倒。忒：变更。

⑧唯侯来牧：侯，古时对士大夫的尊称，此处指费思箴。牧：本是放养牲口，引申为统治；治理。又演变为古代治民官名，即一个地方的长官，如豫州牧。

⑨雍雍其和：意为鸟的和鸣声，声音和谐、和洽、和乐貌。用：因此。曹植《美女篇》："行徒用息驾，休者以忘餐。"悦服：心悦诚服。

⑩拊循：安抚，抚慰。《荀子·富国》："垂事养民，拊循之，呴呕之。"杨倞注："拊循，慰悦之也。"行春：谓官吏春日出巡，这里指知县费思箴巡视胡村。

⑪纪神功德：记载神灵的功德。纪，通"记"，记载，记录。

翻译：

　　巍峨雄伟的泰山啊，天下人都非常仰慕。
　　世间的福善祸淫啊，道理像明镜样鲜明。
　　为什么美好的行宫，特地要建造在古丰？
　　山川的祥云与紫气，像翅膀样保护赤龙。
　　明代正德嘉靖之时，泰山行宫将近坍圮。
　　祸患灾难随之兴起，阴阳颠倒逆施倒行。
　　费侯受命来做县令，这是神灵降福百姓。
　　社会融洽平安和谐，百姓因此心悦诚服。
　　抚慰百姓春日出巡，于是为此勒石刻铭。
　　以此记载神灵功德，传于后世供人瞻拜。

点评：

　　这篇碑文主要记述知县费思箴到丰县胡村龙雾桥、泰山行宫为民祈福的经过。前八句写泰山行宫建在丰县的原因，接下来四句写费令来丰县前的社会状况：阴阳颠倒，动荡不堪。最后写费令到丰县后取得的成就：社会和谐，百姓生活安定。出于对费令的感激，故勒石纪念，世代铭记。

古丰秋兴①

明·张以诚

其一

黄河东下绕华山，千里惊涛淮泗②间。
出没鱼龙窥断岸③，飘零村市傍徐关④。
风尘荏苒⑤销愁骨，岁月蹉跎老客颜⑥。
昔日金华献赋侣⑦，五云深处列仙班⑧。

其二

丰沛当年想汉功⑨，龙旗西指定关中。

威加寰海思枌社⑩，气压河山歌大风。

砀泽云深波影碧，秦台月照剑光红。

英雄千古韩彭恨，何似商山园绮⑪翁。

作者简介：

见前。

注释：

①秋兴：面对秋景产生的感受。兴，起也。

②淮泗：淮河、泗水的合称。丰县地处两水之间。

③断岸：江边绝壁。苏轼《后赤壁赋》："江流有声，断岸千尺。"

④徐关：设在徐州的关隘，因为徐州自古为兵家必争之地，关隘较多。

⑤风尘：尘世，纷扰的现实生活。荏苒：时间渐渐过去，常形容时光易逝。

⑥老客颜：使客人容颜变老。作者是青浦人（今上海青浦区），在丰县任儒学教谕，即作客丰县。

⑦金华：指汉长乐宫和未央宫，皆有金华殿。班固《西都赋》："金华玉堂，白虎麒麟。"献赋侣：献赋的同伴，这里当指西汉词赋家司马相如。

⑧五云：五色瑞云，多作吉祥的征兆。《南齐书·乐志》："圣祖降，五云集。"骆宾王《为齐州父老请陪封禅表》："瑞开三眷，祥洽五云。"仙班：天上仙人的行列。意思是这些人早已仙逝升天了。

⑨丰沛：这里代指刘邦。想汉功：指刘邦见到始皇东巡的浩荡车队，叹曰："大丈夫当如此也！"

⑩枌社：即枌榆社，代指丰县。

⑪园绮："商山四皓"中的东园公和绮里季的并称，这里代指"商山四皓"。

翻译：

其一

黄河奔腾向东绕过华山，千里惊涛纵横淮泗之间。

鱼龙出没窥探两岸绝壁，飘零村市依傍徐州雄关。

尘世纷扰光阴消磨愁骨，岁月蹉跎催老客子容颜。

当年金华大殿献赋之人，都已列入彩云中的仙班。

    其二

刘邦当年想建不世之功，高举大旗向西定都关中。

威加寰宇依然想念故里，气压河山还乡高歌大风。

芒砀大泽云深波影碧绿，秦台明月映剑一道火红。

千古英雄韩彭终身遗恨，何不效仿商山几位老翁。

点评：

    第一首从黄河泛滥给丰县带来的自然灾害入手，表达自己的感受。"销愁骨""老客颜"可以看出作者对丰县底层民众的关怀和同情。尾联则通过回忆过去的美好反衬现今的忧愁。

    第二首主要从刘邦建立大汉、衣锦还乡入手，盛赞高祖的丰功伟绩。尾联则为韩彭的不幸而遗憾、同情。

墨池记事诗三首①

明·张以诚

    己卯春日，于堂之东偏开辟岁秽，得"墨池"二字深土中，后署"守素"二字，约略可辨。予念前令唯唐时有李守素②，此其遗迹欤？考之县志，竟不载。

    噫！沧桑屡易，古迹之不传者，岂仅仅勺水间哉！予近有辑志之役③，而古迹辄能乘时而见，不可谓非笔墨之灵也。爰凿一池，以复旧观，而载其事于志中，与好古者稽焉，并纪以诗。

一

斯文传灭没，古迹喜摩挲。

想得前贤令，犹与④逸兴多。

霜毫留渴兔⑤，春水簇红鹅⑥。
日夕临流处，清风濯⑦素波。

二

墨池不可见，得见墨池名。
太息百千载，徒深感慨情。
凫鹥⑧空在望，蔓草遍生成。
容待歌豳后，吾当结数楹⑨。

三

偶尔闲疏凿，惊传古有之。
八分⑩还旧迹，三尺得新池。
素影涵晴霭，奇文出晚飔⑪。
李君⑫如有识，吟魄定依斯。

作者简介：

见前。

注释：

①选自清光绪《丰县志》卷十三"艺文类"（下）

②李守素：唐代赵州（今河北省赵县）人，唐太宗贞观初年任丰县令。

③此句指作者曾参与明版《丰县志》的编写。

④犹与：犹豫。这里当作徜徉讲。

⑤霜毫：白色兽毛制成的毛笔。由于"霜毫"可借指白兔，故"渴兔"在这里指墨池。

⑥此句指晋时书圣王羲之的故事。王羲之性爱鹅，曾写《黄庭经》而换得山阴道士的红冠白鹅，专研"之"字。这里指练习书法。

⑦濯：古通"棹"，划船。

⑧凫鹥：指凫鹥亭，为宋代丰县县令关景仁所建。

⑨歌豳：即豳歌，指《诗·豳风·七月》。豳地在今陕西旬邑、彬县一带，公刘时代周之先民还是一个农业部落。由于《七月》反映了这个部落一年四季的劳动生活，因此这里的"歌豳"可指代"农忙"。结：建造，构筑。陶渊明《饮酒》："结庐在人境，而无车马喧。"

⑩八分：指隶书。

⑪飔：凉风。

⑫李君：指李守素。

翻译：

一

这碑文年久已经模糊，喜欢古迹我反复摩挲。

想想那些先贤县令们，流连胜迹逸趣何其多。

白毫毛笔常浸泡墨池，像春水里游动的红鹅。

日暮我依旧流连墨池，清风划起一簇簇清波。

二

墨池已不可能再见到，只能看见墨池的名称。

深深叹息这百年千载，徒然生出这感慨深情。

凫鹥亭空空徒然相望，蔓草遍生于空亭之中。

等待农忙时节过去后，当修补数根廊檐柱楹。

三

偶尔闲凿疏挖一地基，惊现古老石碑的影迹。

隶书旧痕竟依然还在，发掘出三尺新的墨池。

清波映照出天光晴霭，奇文诞生于凉风习习。

县令李君若知道此事，定会因此而吟出好诗。

点评：

这三首诗的认识价值大于审美价值。它实际上和前面的小序一样，只是用诗的形式记载发现墨池和石碑的经过。不过透过此事此诗可看出作者的敬业精神和诗意的生活情趣。

丰沛怀古三首①

明·叶向高

一

汉帝歌风去不回，空山落日照高台。

一从芒砀无云气，几见昆明有劫灰②。

原庙草荒清跸路③，断碑苔掩浊流隈。

长余魂魄千年在，惆怅枌榆事可哀。

二

泗水亭边御辇过，只今犹说汉山河。

风云自护兴王地，父老争传击筑歌。

酒散夕阳宫树冷，台临春岸野花多。

最怜楚舞情愁绝④，遗恨千秋尚不磨。

三

留连十日⑤气如虹，醉舞酣歌乐未穷。

帝业已从孤剑起，雄心不向酒杯空。

一时鸡犬依农社，万岁欢娱忆沛宫。

此日伤心来此地，菰蒲极望莽秋风。

作者简介：

　　叶向高（1559—1627），字进卿，号台山，晚号福庐山人，福州府福清（今福建福清市）人。明朝大臣、政治家，万历、天启年间两度出任内阁辅臣。屡与宦官魏忠贤抗争，被魏党指为"东林党魁"。天启四年（1624），因遭魏忠贤排挤，再次去官。著有《说类》。

注释：

①这三首诗见于歌风台碑阴诗刻，这三首诗的拓片曾在北京中汉 2014 年春季拍卖会上拍卖，起拍价是两千五百元，当时的名字是"过歌风台诗三首拓片"。《沛县志》收录了第一首。

②几见：何曾见，少见。昆明：即昆明池，位于陕西省西安市长安区鱼斗路，地处西安城西的沣水、潏水之间。始建于汉武帝元狩四年（前 119），总面积三点三二平方千米。昆明池建设之初是为练习水战，后为泛舟游玩的场所，唐时干涸为陆。这里代指汉朝。劫灰：本谓劫火的余灰。南朝（梁）慧皎《高僧传·译经上·竺法兰》："昔汉武穿昆明池底，得黑灰，问东方朔。朔云：'不知，可问西域胡人。'后法兰既至，众人追以问之，兰云：'世界终尽，劫火洞烧，此灰是也。'"后因谓战乱或大火毁坏后的残迹或灰烬。陆游《数年不至城府丁巳火后始见》："陈迹关心已自悲，劫灰满眼更增歔。"

③清跸：古代帝王出行时，禁行人以清道。

④此句见前刘邦的《鸿鹄歌》。

⑤留连十日：《史记·高祖本纪》载"沛父兄诸母故人日乐饮极欢，道旧故为笑乐。十余日，高祖欲去，沛父兄固请留高祖。高祖曰：'吾人众多，父兄不能给。'乃去。沛中空县皆之邑西献。高祖复留止，张饮三日"。根据这段记载，高祖在丰沛大约停留十五天，"流连十日"是取其整数。

翻译：

一

高祖大风歌罢一去不回，空山落日照耀歌风高台。
自从芒砀没有祥云紫气，再难见大汉的残迹劫灰。
原庙坍圮荒草湮没御道，青苔布满断碑静卧河隈。
魂魄长留千年依然还在，面对枌榆往事惆怅可哀。

二

泗水亭边曾有銮驾停过，而今依旧谈论汉家山河。
祥云自当护佑王兴之地，父老争相传唱大风高歌。
酒席散后夕阳宫树清冷，高台临近春岸野花繁多。
最可怜戚姬楚舞悲难绝，遗恨千年依旧没有消磨。

三

丰沛流连十日气势如虹，醉舞酣歌故乡其乐未穷。

帝业已从孤剑斩蛇算起，雄心从不对着玉杯酒空。

鸡犬能够识别老家枌社，皇帝高兴欢娱回忆沛宫。

今天我伤心地来到此地，极望菰蒲莽莽沐浴秋风。

点评：

第一首着重于高祖原庙、高台的残破凋零，表达世事沧桑的感慨，感情基调沉郁伤感。第二首着重于高祖还乡这个重大历史事件，感情基调豪迈明快，尾联以霸王别姬的凄楚反衬高祖胜利的欢快。第三首前三联依然以高祖还乡为主要事件，格调比第二首更豪迈奔放明快，尾联回到现实，调子低沉悲凉些。

读汉书后①

明·刘城

高皇有大度，不事家人业。

文叔②唯直柔，稼穑勤躬涉。

酒色崛以兴，谨厚望尤协③。

斩蛇固恢奇④，骑牛亦凌躐⑤。

皇王⑥未起时，神龙在井渫⑦。

送徒猥役⑧亲，讼租鄙事摄⑨。

安知古少康⑩，垄畔日相接⑪。

作者简介：

刘城（1598—1650），字伯宗，明末诸生，安徽贵池人，入清后屡荐不起，隐居以终。有《春秋左传地名录》《峄桐集》《古今事异同》《南宋文范》等。

注释：

①选自 1893 年养云山庄刻本《峄桐集》卷三。

②文叔：是光武帝刘秀的字。直柔：坦率温和。《后汉书·光武帝纪下》："文叔少时谨信，与人不款曲，唯直柔耳。"刘秀（前 5—57），字文叔，南阳郡蔡阳县人，出生于陈留郡济阳县。他相貌堂堂，面相忠厚，九岁成了孤儿。二十八岁之前，一直在南阳郡老家种地，"性勤于稼穑"，是个干农活的"好把式"。史称其才兼文武，豁达有大度。他长于用兵，善于以少胜多，出奇制胜。在昆阳之战中，他知人善任，中兴二十八将大部拔擢自小吏、布衣、行伍之中。他对待臣僚"开心见诚"，不念旧恶，但赏罚严明，虽仇必赏，虽亲必罚，是中国历史上著名的政治家、军事家。

③谨厚：谨慎笃厚。望：声誉，名声。协：调和，和谐。

④恢奇：杰出，不平常。

⑤此句指刘秀开始起兵时，因没有马，只好骑牛作战。凌躐：超越，超出寻常顺序。

⑥皇王：指古圣王。《诗·大雅·文王有声》："四方攸同，皇王维辟。"毛传："皇，大也。"后亦泛指皇帝。

⑦井渫：谓井已浚治，比喻洁身自持。渫：除去，淘去污泥。晋陆机《与赵王伦笺荐戴渊》："（戴渊）砥节立行，有井渫之洁。"在这首诗中就代表水，即蛟龙藏身的地方。

⑧猥役：杂役。颜之推《颜氏家训·杂艺》："画绘之工亦为妙矣，自古名士多或能之……若官未通显，每被公私使令，亦为猥役。"

⑨此句指光武帝曾为春陵侯佃户欠租投诉于严尤，时宛人朱福亦为舅讼租于尤，尤止车独与上语，不视福。上归，严尤见光武奇相而惊异。鄙事：鄙俗琐细之事。摄：代理。

⑩少康：又名杜康，是夏朝第六世君王，为夏后相之子，因酿酒出名，后来杜康成了酒的代名词。

⑪垄畔：指田野，垄是田埂，畔是田地的界限。日相接：和太阳接触，指在田野劳作。杜康擅长酿酒，免不了和粮食土地打交道。

翻译：

高祖胸襟豁达大度，不屑从事农业家务。

刘秀性格坦率温和，耕种收获亲力亲顾。

酒色刘邦崛起兴盛，谨厚刘秀名声尤著。

斩蛇起事固然卓越，骑牛作战也很杰出。

圣王刘邦未起之时，蛟龙隐身井漠之中。
刘邦担任送徒杂役，刘秀代理佃户诉讼。
怎知古代的杜少康，曾在田野风吹日晒。

点评：

这首诗在写法上的突出特征是对比，处处把西汉的开国皇帝刘邦和东汉的开国皇帝刘秀进行对比，突出两人不同的性格和价值取向，但殊途同归都奠基了王业，当了皇帝，表达出对两位开国皇帝的赞美，尤其对刘秀的赞美。尾句写到杜少康，意在说明即便身处最底层，只要努力也可成功。这首诗意在告诉人们：无论你怎样的出身，怎样的人生之路，只要胸怀大志并坚持不懈，定能取得成功。其励志意义显然。

斩蛇剑①

明·徐孚远

菱光三尺起秋风，斩取秦关百二②中。
却忆当年解佩③力，未央卮④酒复新丰。

作者简介：

徐孚远（1599—1665），字暗公，晚号复斋，松江华亭（今上海松江）人，明末诗人。崇祯二年（1629）陈子龙、夏允彝、徐孚远、彭宾、杜麟征、周立勋六人组成文社"几社"，以道义文章名于时。明亡后曾起兵抗清，后追随郑成功到台湾。著有《钓璜堂集》，合编有《几社会义集》等。

注释：

①选自《几社壬申合稿》。

②百二：以二敌百。后喻山河险固之地。

③解佩：《汉书·龚遂传》载，"宣帝任遂为勃海太守，其地因岁饥，多盗劫。遂到任后，劝民务农桑，民有持带刀剑者，使卖剑买牛，卖刀买犊"。后因以称买

牛务农为"解佩"。成语"卖剑买牛"即源于此。这里讲刘邦当年是农民身份。

④卮：酒器。

翻译：

三尺宝剑卷起狂飙秋风，斩取暴秦险固雄关之中。

却忆当年高祖只是布衣，未央宫里杯酒建了新丰。

点评：

前两句盛赞高祖像秋风扫落叶一样推翻了秦王朝，后两句则说，他只是一位农民，却"卮酒"获得成功，以退为进，进一步称赞其伟大，钦佩之情溢于言表。

村居杂咏①

明·阎尔梅

一

静悟三生②理，来空去亦空。

枌榆荒旧社，鸡犬乐新丰。

世事皆身外，人情在眼中。

嗟予游子③意，岁暮感无穷。

二

空林听语鸟，野水噪鸣蛙。

土润新沾雨，山晴晚映霞。

仙松移五鬣④，佛贝⑤赏三花。

偶尔吟哦倦，珠兰⑥一盏茶。

作者简介：

见前。

注释：

①选自《白耷山人诗集编年注》，中国文联出版社 2002 年出版，清光绪《丰县志》卷十三"艺文类"（下）收录了此诗。

②三生：佛家所说的三世转生，即前生、今生和来生。

③游子：作者本人。明亡后，作者为反清复明到处游历，正如他诗中所言："一驴亡命三千里，四海为家十二年。"

④五鬣：即五粒松或五针松，即松叶每五根一组，是松树的一种。《酉阳杂俎》卷十八《广动植之三·木篇》："松，凡言两粒、五粒，粒当言鬣。"

⑤佛贝：即贝多罗树，又称多罗树，盛产于印度、缅甸、锡兰、马来群岛及热带非洲。树高七十余尺，花大而白，果熟即赤，状若石榴，一年开三次花。此树之树叶呈扇状，叶面平滑坚实，人称贝叶或贝多罗叶，可书写经文。印度最古老的佛经即刻写于贝多罗树的叶片上，后集结成册，称为贝叶经，距今已有千年历史。

⑥珠兰：珠兰又称金粟兰，属常绿多年生草本植物。因为其花型小，黄色如粟米，清香似兰，而得名。珠兰枝叶碧绿柔嫩，姿态优雅，夏季家庭养植，花香浓郁，适合窗前、阳台、花架陈列，馥郁盈室，令人心旷神怡。其叶形状似茶树叶子，其花可薰茶，又名茶兰。

翻译：

一

静静悟得三生之理，现世是空来世也空。

枌榆旧社已经荒芜，鸡犬曾经乐在新丰。

世事皆是身外之物，人情都在两眼当中。

嗟叹我这游子之意，年老尤觉感慨无穷。

二

空林中听鸣唱的百鸟，野水里有鸣叫的青蛙。

干涸的土地刚刚下雨，晴朗的山谷映照云霞。

移栽三五棵五针松树，观赏多罗树一年三花，

赋诗吟哦偶尔有疲倦，泡一盏珠兰品味茗茶。

点评：

这组诗有三十首，从内容看是他晚年出家后的作品，有顿悟红尘之意。

第一首，首联明显带有佛家的禅意，万事皆空，是本诗的诗眼。颔联讲枌榆社曾经香火旺盛，而今却已荒芜；新丰曾经繁荣一时，而今却无影无踪。这一联用红尘之事说明万事皆会"空"。颈联是议论，进一步表达"来空去亦空"的道理，万物皆是身外之物，要想开看透。尾句表达游子的岁末之感。这种感觉只有漂泊半生身为抗清复明志士的阎尔梅心里最清楚，感受最深。

第二首，以描写为主。听鸟语蛙鸣，闻花香茶味，看云卷云舒，吟诗词曲赋。好一个陶翁式的隐士情怀。

过丰县饮李子璿、渠廷表诸君斋次题之①

明·阎尔梅

环城绿水浸楼台，珠履②登堂锦障③开。
谷雨恰逢三月半，桃花深处酒人来。

作者简介：

见前。

注释：

① 选自清光绪《丰县志》卷十三"艺文类"（下）。李子璿，璿同"璇"，故也写作李子璇，生平不详。渠廷表（1621—1694），名家坊，字廷表，丰县人。清顺治年间邑增生，与阎尔梅好友。

② 珠履：珠饰之履。《史记·春申君列传》："春申君客三千余人，其上客皆蹑珠履。"储光羲《同王维偶然作》："宾客无多少，出入皆珠履。"后指身份高贵之人。

③ 锦障：锦步障。王勃《春思赋》："锦障萦山，罗帏照野。"戴望舒《我用残损的手掌》："春天，堤上花如锦障。"

翻译：

绿水环城浸润轩榭楼台，贵宾登堂罗帏锦障敞开。

谷雨时节恰逢三月过半，桃花深处酒客纷纷而来。

点评：

三春美景，友情如人间四月天，桃花深处宾朋如云，珠履满座，快哉！基调轻盈明快，愉悦之情溢于言表。

过丰县游张月三北园
时同李五修渠廷表朱尊彝诸君^①

明·阎尔梅

昔年花坞艳新妆，二十余年竹桧苍。

汤沐^②犹存残父老，枌榆已改旧冠裳。

携琴仙子红鱼逝^③，抱器王孙白马伤^④。

且就春亭盘薄^⑤醉，人衣吹得满园香。

作者简介：

见前。

注释：

①选自《白耷山人诗集编年注》，中国文联出版社 2002 年出版。张月三，即张逢宸的号。李五修，即顺治间庠生李澳，字武修，亦作五修，丰县人；朱尊彝，即明末丰县名士朱埏。

②汤沐：刘邦还乡时封丰沛为自己的汤沐邑，这里代指丰县。

③典出琴高"跨鲤入海"的故事。《水经注》卷二十三记载："赵人有琴高者，以善鼓琴，为康王舍人，行彭、涓之术，浮游涿郡间二百余年，后入涿水中取龙子，与弟子期曰：皆洁斋待于水旁，设屋祠。果乘赤鲤鱼出，入坐祠中，涿中有可万人

观之，留月余，复入水也。"

④ 抱器王孙白马伤：曹彪是曹操的儿子，曹丕、曹植的弟弟。曹叡做皇帝的时候，曹彪得到升迁，封地在白马，故称"白马王"。后因起兵反抗司马懿失败而被赐死。曹植为之写过著名的诗《赠白马王彪》。

⑤ 盘薄：箕踞。伸开两腿坐，引申为不拘形迹，旷放自适。

翻译：

当年这花坞鲜艳像披上新妆，二十多年翠竹青松郁郁苍苍。

丰县依旧绵延昔日那些父老，枌榆古社已改旧时华冠靓裳。

琴高仙子也会骑着红鱼消逝，曹彪怀抱利器壮志未酬先伤。

姑且在春亭里潇洒痛饮大醉，微风吹拂衣服满园都是酒香。

点评：

阎尔梅抗清复明失败后，绝望隐居并剃度出家，诗风也随之大变。看破红尘的洒脱，禅家的静气都鲜明体现出来。

移 居①

明·阎尔梅

游倦名山未卜居，西林草草结吾庐。

经春缮补才容榻，入夏清和稍著书。

抱器王孙嘶白马，凌波仙子跨红鱼②。

荣哀天定毋奢望，但不饥寒即有余。

作者简介：

见前。

注释：

①选自《白耷山人诗集编年注》，中国文联出版社 2002 年出版。清光绪《丰县志》卷十三"艺文志"（下）收录了此诗。清光绪《丰县志》载，阎尔梅晚年曾移居丰县丁兰里（即丁兰集），《移居》诗即为佐证。他居丰期间与丰县人唱和诗甚多。

②此句见《过丰县游张月三北园时同李五修渠廷表朱尊彝诸君》注释③④。

翻译：

游倦了名山我还未选择居处，西林里草草建好了我的茅庐。
经过春天修缮才能放下卧榻，进入夏天清静和平稍可著书。
白马王彪胸怀理想壮志未酬，凌波仙子入水取龙骑乘红鱼。
荣衰成败都是天定不要奢望，只要不饥不寒就是生活有余。

点评：

陶翁的田园风光、隐逸之趣尽在诗中显露无遗，而当年反清复明的一腔热血、金戈铁马的冲天豪气则慢慢消磨在田园风光东篱小酒之中。

丰县李湛六夜雨索诗题之①

明·阎尔梅

灯花烟烟②戏春风，微雨濂潜③响夜桐。
犹有人来持赫蹏④，半酣题在锦屏⑤东。

作者简介：

见前。

注释：

①选自《白耷山人诗集编年注》，中国文联出版社 2002 年出版。清光绪《丰县志》卷十三"艺文类"（下）收录了此诗。李湛六：丰县人，与阎尔梅是好友。

②烟烟：亮光闪烁不定。

③潇潇：雨下不止貌。

④赫蹏：亦作"赫蹄"，古代称用以书写的小幅绢帛。后亦借指纸。《汉书·外戚传下·孝成赵皇后》："武（籍武）发箧中，有裹药二枚，赫蹏书。"应劭曰："赫蹏，薄小纸也。"

⑤锦屏：锦绣的屏风。李益《长干行》："鸳鸯绿浦上，翡翠锦屏中。"前蜀魏承班《玉楼春》词："愁倚锦屏低雪面，泪滴绣罗金缕线。"

翻译：

灯花闪烁似乎在逗春风，微雨淅沥夜里敲响梧桐。

还有人来手持小幅纸张，似醉非醉题字屏风之东。

点评：

这是一首记录日常生活的小诗，下雨天，半夜来人索字，说明两人关系不错。"半酣"说明刚刚饮酒，富有生活诗意。其实，作者把这种日常小诗记录下来，本身就赋予生活以诗意，说明作者是热爱生活、善于品味生活的人，是能从生活中发现美的人。

元宵东庄看影戏①

明·阎尔梅

其一

枌榆旧社徙郊东，元夜新添击筑童②。

角抵③鱼龙随影幻，花烧梨菊缀烟空。

霓裳舞④碎邗江月⑤，渔鼓⑥挝⑦残溉水⑧风。

欢醉少年场里去，不知身是白头翁。

其二

生平喜入少年场，不问他乡与故乡。

但有山川藏出处，毋随草木悼兴亡。

栖鸟近借柴三片，归雁遥停字一行。

试看元宵灯火会，花飞爆碎月如霜。

作者简介：

见前。

注释：

①选自《白耷山人诗集编年注》，中国文联出版社 2002 年出版。东庄：指阎尔梅晚年寓居的丰县城东丁兰集。

②击筑童：参与影戏活动的儿童。源自刘邦还乡时邀一百二十位儿童击筑同唱《大风歌》。

③角抵：指角抵戏，是秦汉时期盛行的有故事情节和配乐的武打娱乐活动，是一种历史悠久的传统民俗娱乐表演艺术。

④霓裳舞：即霓裳羽衣曲，又称霓裳羽衣舞，是一种唐代的宫廷乐舞，为唐玄宗所作之曲，安史之乱后失传。它是唐代歌舞的集大成之作，至今仍无愧于音乐舞蹈史上的一个璀璨明珠。南宋年间，姜夔发现商调霓裳曲的乐谱十八段，这些片断还保存在他的《白石道人歌曲》里。

⑤邗江月：即扬州月。徐凝《忆扬州》："天下三分明月夜，二分无赖在扬州。"杜牧《寄扬州韩绰判官》："二十四桥明月夜，玉人何处教吹箫。"

⑥渔鼓：又称道筒、竹琴。宋代已出现，是一种汉族传统乐器，常用于戏曲表演。渔鼓主要分布于湖北、湖南、山东、安徽、河南等地。沔阳渔鼓是渔鼓戏的代表，艺人们大胆改革，还把渔鼓融入皮影戏，形成楚地特色的渔鼓皮影戏。2021 年 5 月 24 日，湖北省天门市申报的沔阳渔鼓经国务院批准，列入国家级非物质文化遗产代表性项目名录扩展项目名录。

⑦挝：敲打。

⑧溱水：发源于新郑市辛店镇，东南流经长葛市、许昌市、临颍县和鄢陵县，于鄢陵县注入颍河。溱水具有极高的历史文化价值。上古时代，黄帝出生于有熊，乃有熊国君少典与有蟜氏之子，长在姬水之畔故称姬氏，姬水即今溱水。

翻译：

其一

枌榆旧社迁徙到城郊之东，元夜新添很多歌舞的儿童。

角抵戏的鱼龙随皮影变幻，梨菊图案的花灯点缀夜空。

霓裳羽衣曲舞碎扬州明月，渔鼓敲打击破溟水的春风。

我像欢醉的少年挤进场里，忘记了自己已是白头老翁。

其二

平生最喜欢进入少年场，不管是在他乡还是故乡。

但凡有山川可以去陶醉，就决不随草木悲悼兴亡。

栖鸟就近借得木柴三片，归雁远处排成人字一行。

试看这欢乐的元宵灯会，直至花灯尽灭明月如霜。

点评：

这两首诗描写了丰县城东丁兰集元宵节灯会的热闹盛况，记载了作者与丰县文友在一起观看皮影的快乐情景，表现了当时农村祥和安宁的生活。作者一如少年挤在观灯的人群跑前跑后，心情愉悦欢畅。两首诗节奏明快，感情基调昂扬，弥漫着快乐的气氛。

天启二年十二月十七日，寓姑孰，逢辰男自丰至，语妖寇，有感而赋①

明·张盛治

小饮二三子②，当门有儿步。

喜深招之入，惊心问其故。

贼徒作何状？风雨争驰骛。

所至遭焚劫，按堵③失其素。

吾邑坐弹丸，雉堞非孔固④。

吾家如栖乌，摧残虞旦暮。
逃难纷如织，奔命争先赴。
人禽俱骇散，百里断烟雾。
仓卒绌人谋⑤，欻忽⑥感天祚。
南北大兵合，天戈⑦时雨布。
一战戮鲸鲵⑧，再战翦狐兔。
三战荡妖氛，辎重获无数。
杀声震地来，原野肉交互。
渠魁⑨既已歼，胁从谁能顾？
可怜愚夫妇，并命⑩已成聚。
母死不顾儿，儿仍哺母乳。

语次一及此，四座泪如注。
嗟哉无禄⑪民，谁使遭其蠹⑫！
抚字不劳心，教化非所务。
但知饱囊橐，钱粮加耗⑬足。
民困不知恤，民乱不能措。
坐视人命残，甘心人国误。
不佞⑭亦有言，闻寇七字赋⑮。
豹虎未可嗔，催科⑯鸡犬惧。
所以闻儿说，展转寐成寤。
功则归熊罴，罪专在吾属。
定乃愈知痛，生还念死趣。
寄语峨冠⑰者，休堕沉冥⑱路。

作者简介：

　　张盛治，字德甫。性至孝，竭力奉甘旨；与伯兄友爱，白首如一日。为诸生，负重名。妖人赵古元之变，当事欲多所诛戮，邑人汹汹。盛治力辩，至触宪怒，卒赖以全。由明经选应天学博，历虢、姑孰教谕，皆有名。屡摄邑篆，多惠政。摄溧水时，有荫生击杀其从兄，盛治执之。荫生托所知馈金暮夜，怒叱之，卒置于法。生平磊落，多大节。见明季纪纲废弛，常感愤。好汲引寒士就学，至老不倦。所著有《粉榆正续集》。［录自清光绪《丰县志》卷八人物类（上）］

注释：

①选自清光绪《丰县志》卷十三"艺文类"（下）。姑孰：即姑孰镇，今隶属于安徽省马鞍山市当涂县，张盛治曾在此作教谕。逢辰：即张逢宸，作者的二儿子。

②二三子：两三个人，指喝酒的几个人。

③按堵：安居，安定。《汉书·高帝纪上》："吏民按堵如故。"

④孔固：很坚固。孔：很，副词。如孔武有力。

⑤绌人谋：缺少一起谋划的人。绌：不足，缺少。如相形见绌。

⑥歘忽：指忽然，迅疾貌。明李寅《恒雨叹》："崩墙倒屋坏城郭，歘忽似有蛟龙争。"

⑦天戈：帝王的部队。

⑧鲸鲵：即鲸。雄曰鲸，雌曰鲵。杜预注："鲸鲵，大鱼名，以喻不义之人吞食小国。"后比喻凶恶的敌人。康有为《遣人入北寻幼博墓携骸南归》诗："鲸鲵横波斜日曛，誓起义师救圣君。"

⑨渠魁：大头子，旧指武装反抗集团或敌对方面的首脑。《书·胤征》："歼厥渠魁，胁从罔治。"孔传："渠，大。魁，帅也。"

⑩并命：效命，拼命。

⑪无禄：犹不幸。

⑫蠹：蛀蚀器物的虫子，这里作动词用。

⑬加耗：古代在租税正额以外加收的损耗费。也指白银交换中加补的损耗量。

⑭不佞：没有才能。谦辞，称自己。

⑮七字赋：指此诗。"七言赋"当为"五言赋"之误，或理解为"七"是虚数。

⑯催科：催征赋税。租税有科条法规，故称。

⑰峨冠：亦作"羲冠""高冠"，代指官员。

⑱沉冥：昏暗，幽暗。

翻译：

二三好友正小饮，忽闻当门儿脚步。

非常惊喜招儿进，心惊急忙问其故。
跳梁蟊贼怎么样？风雨无阻抢入户。
所到之处烧掠劫，安定生活失常路。
古丰县城弹丸小，城墙不是很坚固。
我家危如树上鸦，担心摧残旦与暮。
逃难人群纷如织，奔命逃难争先赴。
人与家禽都惊散，百里村荒无烟雾。
仓促缺少人谋划，忽然感动天降福。
南北大兵四面合，帝王部队像雨幕。
一战戮杀鲸与鲵，再战翦灭狐和兔。
三战荡平毒妖雾，辎重物资获无数。
杀声如雷震地来，原野肉搏尸交互。
匪徒头目已歼灭，胁从谁还能相顾？
可怜一对愚夫妇，拼命相搏死相聚。
母死难顾怀中儿，幼儿仍在哺母乳。

话语刚刚谈到此，四座闻者泪如注。
哀哉这些不幸民，谁使他们遭其蠹！
安抚百姓不用心，教化又不去操劳。
只知中饱私囊橐，钱粮额外更加足。
民生困顿不体恤，民乱心慌无所措。
坐视人命被摧残，甘心把人把国误。
不才我也有句话，闻听贼事把诗赋。
豹虎不可对其怒，催缴赋税鸡犬惧。
所以闻听儿今说，辗转反侧难寐寤。
功成归于贪婪者，罪责专由我辈负。
痛定思痛愈知痛，生还犹品死意趣。
寄语那些为官者，莫要坠入昏暗路。

点评：

这首诗可分为两部分，前半部分听儿子介绍家乡遭难的情况，后半部分写自己闻听之后的感慨。前半部分以叙述描写为主，后半部分以议论为主。前半部分的叙述有面有点，描写有大场面也有细节，如母亲被杀，幼儿不知却还在吃奶的细节描写，令人动容。后半部分的议论感慨，则让我们认识到作者的悲愤之情，悲悯之心。因此，该诗既有教育功能，又有认识价值。

斩蛇剑①

清·尤侗

望夷宫②中争逐鹿，骊山道上白蛇伏③。
丰沛少年醉遇之，袖出青锋相奔触。
霜花④怒落锦麟飞，一夜风雷妖母哭。
徒中壮士却顾走，咄哉神物真稀有。
指秦百二血流城，麾楚八千人白首。
项王学剑又不成⑤，如何不死赤帝手？
赤帝亡何⑥亦已死，单父野鸡杀龙子⑦。
不闻三尺吼悲声，沉埋玉匣疑老矣。

作者简介：

尤侗（1618—1704），字同人，一字展成，号悔庵。明末清初诗人、戏曲家，曾被顺治誉为"真才子"。江南长洲（今江苏苏州）人。明诸生，入清，为顺治三年（1646）副榜贡生；康熙十八年（1679）举博学鸿儒，授翰林院检讨，参与修《明史》，分撰列传三百余篇、《艺文志》五卷，康熙二十二年（1683）告老归家。四十二年（1703）康熙帝南巡，给他晋官号为"侍讲"，誉为"老名士"，有《西堂剩稿》《尤太史西堂全集》存世。

注释：

①选自《尤太史西堂全集·西堂诗集》。

②望夷宫：秦时宫殿，故址在今陕西泾阳县蒋刘乡五福村、二杨庄之间。赵高曾于此杀秦二世胡亥，史称"望夷宫之变"。

③骊山道：去骊山的路。高祖押送役徒去骊山，途中遇蛇伏道，挥剑斩之。

④霜花：代指刘邦的斩蛇剑。《西京杂记》："以七彩珠、九华玉为饰，五色琉璃为匣，刃上常如霜雪，光景照外。开囊拔鞘，辄有风气射人。"

⑤项王学剑又不成：《史记·高祖本纪》载，"项籍少时，学书不成，去；学剑，又不成，项梁怒之。籍曰：'书足以记名姓而已。剑一人敌，不足学，学万人敌。'"

⑥亡何：不久。

⑦此句指吕雉杀掉了刘邦第三子赵王刘如意和第六子淮阳王刘友。单父：单县的古称。野鸡：指吕雉，山东单县终兴镇人。

翻译：

望夷宫中竞相争夺权位，骊山道上白蛇藏身潜伏。
丰沛青年刘邦醉酒遇蛇，袖中拿出宝剑径直斩去，
宝剑怒起落下蛇断血飞，一夜风雷妖母对蛇痛哭。
役徒壮士遇蛇回头逃跑，惊奇神物世间真是稀有。
剑指险固秦关血流满城，挥旗楚兵八千子弟白首。
项王弃书学剑又没成功，怎能不死赤帝刘邦手中？
赤帝刘邦不久也已死去，单县吕雉残忍毒杀龙种。
从此不再闻听宝剑悲声，玉匣沉埋已久疑是老了。

点评：

此诗叙述了刘邦挥剑斩蛇起事、推翻秦朝、打败项羽等重大历史事件，赞颂了刘邦的伟大功绩。后四句是刘邦人已去，剑已埋，只留下英雄的背影，有对刘邦的追怀，也有世事沧桑的感慨。

读《高祖本纪》①（七首）

清·蒋楛

一②

田家耕馌惯相从，此日翻寻老妇踪。

雷电满陂方入梦，休将冷眼妒蛟龙。

二

咸阳宫阙负青天，流水游龙警跸③传。
入眼寻常何足慕，丈夫七尺岂徒然。

三④

负媪垆头不用酤，常留醉卧见龙雏。
雄心自在云霄际，酒色何能误丈夫？

四⑤

相逢忽与约婚姻，隆准何曾信故人。
不是吕公偏好相，大言谁动满堂宾。

五⑥

慷慨中宵解送徒，斩蛇开径醉长驱。
哭儿老妪谁人见，应似陈胜卜鬼乎？

六⑦

亡匿无过芒砀间，每依云气辄寻还。
始皇正向东南望，欲脱还须早入关。

七⑧

故旧相逢酒一杯，筑声初起和歌来。
白云飞尽秋风暮，烟景犹然系夜台。

作者简介：

　　蒋棨（1628 一？），字荆名，江南长洲（今江苏省苏州市）人，客游淮上不能归，衣食居屋均由马骏、张鸿烈给济。善为诗，诗清丽以则，晚号天涯布衣，有《天涯诗钞》二卷。蒋棨在淮三十余年，与明末清初淮安文人名士交游颇广，诗集中往来唱和俯拾皆是，对研究这一时期淮安历史文化，颇具价值。

注释：

　　①选自《天涯诗钞四卷，读史一卷，诗馀钞一卷》，北京出版社 2000 年 1 月出版。

　　②这首诗所记之事见《史记·高祖本纪》："其先刘媪尝息大泽之陂，梦与神遇。是时雷电晦冥，太公往视，则见蛟龙于其上。已而有身，遂产高祖。"馌：给在田里耕作的人送饭。如：馌妇：往田头送饭的妇女。馌饷：送饭到田头。

　　③警跸：古代帝王出入时，于所经路途侍卫警戒，清道止行。

　　④这首诗所记之事见《史记·高祖本纪》："及壮，试为吏，为泗水亭长，廷中吏无所不狎侮，好酒及色。常从王媪、武负贳酒，醉卧，武负、王媪见其上常有龙，怪之。高祖每酤留饮，酒雠数倍。及见怪，岁竟，此两家常折券弃责。"

　　⑤这首诗所记之事见《史记·高祖本纪》："高祖为亭长，素易诸吏，乃绐为谒曰'贺钱万'，实不持一钱。谒入，吕公大惊，起，迎之门。吕公者，好相人，见高祖状貌，因重敬之，引入坐。萧何曰：'刘季固多大言，少成事。'高祖因狎侮诸客，遂坐上坐，无所诎。酒阑，吕公因目固留高祖。高祖竟酒，后。吕公曰：'臣少好相人，相人多矣，无如季相，愿季自爱。臣有息女，愿为季箕帚妾。'"

　　⑥这首诗所记之事见《史记·高祖本纪》："高祖以亭长为县送徒骊山，徒多道亡。自度比至皆亡之，到丰西泽中，止饮，夜乃解纵所送徒。曰：'公等皆去，吾亦从此逝矣！'徒中壮士愿从者十余人。高祖被酒，夜径泽中，令一人行前。行前者还报曰：'前有大蛇当径，愿还。'高祖醉，曰：'壮士行，何畏！'乃前，拔剑击斩蛇。蛇遂分为两，径开。行数里，醉，因卧。后人来至蛇所，有一老妪夜哭。人问何哭，妪曰：'人杀吾子，故哭之。'人曰：'妪子何为见杀？'妪曰：'吾子，白帝子也，化为蛇，当道，今为赤帝子斩之，故哭。'人乃以妪为不诚，欲告之，妪因忽不见。后人至，高祖觉。后人告高祖，高祖乃心独喜，自负。诸从者日益畏之。"

　　⑦这首诗所记之事见《史记·高祖本纪》："秦始皇帝常曰'东南有天子气'，于是因东游以厌之。高祖即自疑，亡匿，隐于芒砀山泽岩石之间。吕后与人俱求，常得之。高祖怪问之。吕后曰：'季所居上常有云气，故从往常得季。'高祖心喜。沛中子弟或闻之，多欲附者矣。"

⑧这首诗所记之事见《史记·高祖本纪》："高祖还归，过沛，留。置酒沛宫，悉召故人父老子弟纵酒，发沛中儿得百二十人，教之歌。酒酣，高祖击筑，自为歌诗曰：'大风起兮云飞扬，威加海内兮归故乡，安得猛士兮守四方！'令儿皆和习之。高祖乃起舞，慷慨伤怀，泣数行下。"

翻译：

一

农家耕田送饭已习惯相从，这天却到处寻找老妇影踪。
雷电大作刘媪正水边入梦，切莫用冷眼去嫉妒这蛟龙。

二

咸阳宫阙林立高耸青天，侍卫恰似流水游龙相连。
所见皆是寻常何足羡慕，七尺丈夫岂能徒立世间。

三

在武负王媪酒店不用买酒，常留醉卧身上常出现龙雏。
有志者雄心自在云霄之间，酒色怎么能耽误了大丈夫？

四

一相逢就与刘邦约为婚姻，刘邦何曾被故人如此信任。
并不是单父吕公看重面相，是谁大话惊动了满堂来宾。

五

豪爽大方深夜释放役徒，醉酒斩蛇开路一行长驱。
哭儿的老妪有谁见过？大概像陈胜占卜鬼神乎？

六

逃亡躲藏无非芒砀山间，常常依靠云气就能寻还。
此时始皇正向东南遥望，想要脱身必须尽早入关。

七

故旧乡邻相逢把酒一杯，筑声刚起唱和歌声涌来。
秋风中白云飞尽夜暮降，热闹的场景还萦绕歌台。

点评：

这几首诗皆取材于《史记·高祖本纪》，对刘邦的这几个故事，表达了作者的基本立场和观点。一二两首表达了"大丈夫当如刘邦"的思想，既是对刘邦的赞颂，也是对英雄业绩的向往。第三首表达了自己对常常诟病刘邦好酒色的看法：酒色是男人的小节，耽误不了大事业。第四首要表达的观点是：吕公把女儿许配给刘邦不是因为吕父会相面，而是因为刘邦的胆识。第五首颇有见地：灵媪夜哭是假，是刘邦特意制造的聚拢人心的手段而已，一如当年陈胜的占卜。第六首表达的观点是被动躲避不是长久之计，唯有入关推翻秦朝才能确保久安。第七首主要描绘高祖还乡的盛况。七首诗既各自独立又互相关联，颇像《水浒传》的链条结构。

过徐州作①

清·屈大均

百战悲丰沛，群雄问草莱②。
斩蛇留大泽，戏马失高台③。
山向彭城出，云从泗水来。
萧条王气尽，父老有余哀④。

作者简介：

屈大均（1630—1696），号非池，字骚余，又字翁山，广东广州府番禺县（今广州市番禺区）人。明末清初著名学者、诗人，与陈恭尹、梁佩兰并称"岭南三大家"，有"广东徐霞客"的美称。屈大均的前半生致力于反清运动，晚年著述讲学，移志于对广东文献、方物、掌故的收集和编纂。著有《广东文集》《广东文选》《广东新语》等作品。著作多毁于雍正、乾隆两朝。后人辑有《翁山诗外》《翁山文外》《翁山易外》《广东新语》及《四朝成仁录》。1996年整理出版了《屈大均全集，》由人民文学出版社出版。

注释：

①选自《屈大均全集·翁山诗外》，人民文学出版社 1996 年出版。

②草莱：犹草野，代指乡野民间或布衣平民。

③此句比喻项羽失败。戏马台：位于徐州市区，是当年项羽屯兵练兵的地方。

④余哀：不尽的悲哀。

翻译：

频繁战争苦了丰沛百姓，群雄多崛起于乡野民间。

斩蛇刘邦远去留下大泽，戏马项羽失败跌下高台。

大山从彭城向四面延伸，祥云则从泗水飞扬而来。

王气已尽一片萧条冷落，父老满面是不尽的悲哀。

点评：

"悲"字开篇，直抒胸臆，揭露了战争给百姓带来的苦难，表达了对战争的控诉和对百姓的同情。中间两联是说楚汉战争的两位首领都已远去，唯有山依旧，云依旧，表达了人事沧桑自然永恒的感慨。尾联是说再辉煌的英雄也有谢幕的时候，而战争留给父老乡亲的悲哀却一直难消，进一步表达对百姓的同情。

元日同丰县友人游凤凰嗉二首①

——丰为吾师太原阎昆浦先生旧莅

清·徐元文

一

汉室兴龙地，犹传是凤城。

回翔春岸晓，照耀锦衢②明。

晚荚榆偏古，初芽柳尚轻。

待逢梧竹实③，昂首合长鸣。

二

乘高临万井④，览物庆三元⑤。

为得良朋赏，因思知己恩。

风琴泉溜泻⑥，官树郭阴繁。

风德⑦何当隐，诸生正及门⑧。

作者简介：

见前。

注释：

①选自《含经堂集》。元日：农历大年初一。凤凰嗉：民间相传丰县城建成之后不久，忽然一只金色的大凤凰飞来。它一只翅膀伸展到东南角的城墙上，另一只翅膀伸展在西北角的城墙上，而这只凤凰的头却伸向西南方，嗉子正好搭到西南角的城墙上，因此，丰县县城西南角的城墙独高丈余，世人取名"凤凰嗉"。相传刘邦的母亲自从在龙雾桥遇龙受娠以来，一连十多月，总是生不下来，最后听风水先生的话，喝了凤凰嗉上土熬的水才生下刘邦。

②锦衢：铺满鲜花的大道。

③梧竹实：古人认为凤凰非梧桐不栖，非竹实不食。如《晋书·苻坚载记》说：当初因长安有童谣"凤凰凤凰止阿房"，苻坚就"以凤凰非梧桐不栖，非竹实不食，乃植桐竹数十万株于阿房城待之"。

④万井：古代以地方一里（一平方里）为一井，万井本意即一万平方里。引申为千家万户。

⑤三元：指中国传统节日上元节、中元节和下元节的合称。三元节分别为农历正月十五、七月十五与十月十五，这里代指春节。

⑥指泉水流动，发出的声音像风琴一样动听。

⑦风德：风范德行。《北齐书·郑述祖传》："郑尚书风德如此，又贵重宿旧，君不得譬之。"

⑧及门：登门，指正式登门拜师受业，后指受业弟子。

翻译：

一

汉王朝天下兴龙的宝地，至今还传说是一座凤城。
流连城河两岸正值春晓，金光照耀花街祥和清明。
去年榆荚犹在只是偏老，春柳新发嫩芽还很轻盈。
等到梧桐茂盛翠竹结实，凤凰昂首相向同时长鸣。

二

登高俯瞰满眼万户居民，游览风物以此春节庆新。
为了能够受到好友欣赏，于是就应多想知己之恩。
春水流动悦耳恰如琴弦，官树环绕城郭郁郁繁阴。
我师风范德行沉隐和善，诸位后生正在登临师门。

点评：

第一首以写景为主，写游中所见所思，是一篇用诗写成的游记，表达方式以描写为主。颔联和颈联写眼中所见，属于实写；尾联写想象的情景，属于虚写。全诗喜庆明快，喜悦闲适之情跃然纸上。

第二首则以写人为主，紧扣了副标题，表达方式以叙述议论为主。首联交代游览的立足点在高处，即凤凰嗉上。颔联写人际感想，想到了在丰县工作的恩师阎昆浦先生，于是趁春节之际看望老师并陪同旅行。颈联写望中之景，出句写听觉，对句写视觉。这两句景物既是愉悦心情的外化，又与恩师有关联：出句写泉流悦耳如琴，令人想到高山流水觅知音的故事；对句写郭门树荫繁茂，令人想到大树枝叶遮蔽阳光，比喻尊长照顾晚辈或祖宗保佑子孙。尾联写因为老师品德高尚，所以弟子盈门，表达对恩师的赞颂。

风雪丰沛道

乙未年

清·魏裔鲁

鸡鸣东庄天尚早，极目郊原白皓皓。

冰霜凛冽扑面来，朱颜对之忽若老。

马毛卷缩不能前，仆夫①僵扑伤怀抱。

骨冻腹馁无气力，寒风拽曳拖素缟。

乌鸦翱翔类②鹭鸶，毛羽莫分白与皂③。

天高日暮吹海水④，雪浪奔雷倾蓬岛。

茫茫烟雾数千里，可怜夜度丰沛道。

当年崛起隆准公，斩蛇沟中哭老媪。

列宿⑤从龙今安在，歌风台畔埋宿草⑥。

裨篆⑦无复片石存，汉家基业成枯槁。

萧条异代⑧生感慨，我欲诉之问苍昊⑨。

仆仆一官走风尘，唇敝舌焦发欲燥。

君不见门外雪深三尺余，袁安高卧无人扫⑩。

作者简介：

魏裔鲁（1612—1684），字竞甫，号曦庵，明末清初直隶柏乡（今河北省柏乡县）人。吏部尚书魏裔介之兄，顺治二年（1645）副榜贡生。在山东费县及江西建昌县（今江西永修县）期间政绩突出，擢升为淮安河防同知，分镇徐州。徐州多水患，筑长堤百里，开渠以灌田，岁获丰熟。后又擢升四川龙安府知府，郡罹张献忠乱，白骨膏野，乃购城东地掩之。报最（旧时长官考察下属，把政绩最好的列名报告朝廷叫报最），移山左，父老阻泣，拥道不得行。累官至山东盐运使。他不但政绩显著，也工诗文，著作有《蜀道吟》《曦庵诗集》。此诗作于顺治十二年（1655）冬。

注释：

①仆夫：驾驭车马的人。《诗·小雅·出车》："召彼仆夫，谓之载矣。"毛传：仆夫，御夫也。

②类：类似。

③皂：黑色

④海水：这里把无际雪原比作大海，大风吹起的雪比作海浪。

⑤列宿：众星宿，特指二十八宿。这里指当年跟随刘邦起义的萧何、张良、韩信、樊哙、周勃等众将领谋臣。

⑥宿草：指墓地上隔年的草。《礼记·檀弓上》："朋友之墓，有宿草而不哭焉。"孔颖达疏："宿草，陈根也，草经一年则根陈也，朋友相为哭一期，草根陈乃不哭也。"后多用为悼亡之辞。

⑦裨篆：当为"碑篆"之误。记载事迹的碑铭。

⑧异代：这里指后世之人。

⑨苍昊：苍天，天帝，古人想象中的万物主宰者。

⑩此句见刘湘《敬一亭雪中偶成》注释③。

翻译：

> 东庄雄鸡刚叫天色还早，极目远望原野白雪皓皓。
> 冰霜凛冽挟风扑面而来，朱颜对之忽然感觉变老。
> 马毛卷缩瑟瑟不能向前，车夫冻僵摔倒跌伤怀抱。
> 饥寒交迫实在没有气力，寒风呼啸猛烈拽拖素缟。
> 乌鸦翱翔雪身象是白鹭，鸟羽难分白毛还是黑毛。
> 天高日暮北风狂吹雪海，雪浪声如响雷倾覆蓬岛。
> 茫茫烟雾绵延四方千里，可怜我夜行在丰沛古道。
>
> 此地当年崛起高祖刘邦，斩蛇沟中老媪月夜痛哭。
> 随从高祖的将相今何在，歌风台畔一堆荒冢旧草。
> 石碑铭刻已无片石残存，汉家百年基业已成枯槁。
> 面对萧条后人顿生感慨，我想倾心诉说询问苍昊。
> 勤苦为官匆匆行走尘世，唇破舌干头发也变干燥。
> 君不见门外大雪三尺厚，袁安高卧屋内无人打扫。

这是一首歌行体古诗，前十四句主要写行走丰沛道上的所见，描写了雪之大，天之冷，读后仿佛一股冷气扑面而来。表达方式以描写为主，对象是大自然。后面十二句主要写一路所思所感，从眼前穿越到古代，写刘邦从斩蛇起义到汉业凋零，表达人世沧桑的感慨，最后四句直抒胸臆，袒露心迹，表示自己也将像袁安卧雪那样锤炼意志，立志做一名好官。这一部分在表达方式上叙述描写议论等结合进行。

阎侯甘棠吟①

清·崔连云

专符百里绶花浓②，恺悌③贤声万井④通。
桃李香来风细细，桑麻绿遍露蒙蒙。
独悬冰鉴甄流品⑤，时借秋霜⑥运化工⑦。
最是萑苻⑧今息警⑨，弦歌⑩终日御薰风⑪。

作者简介：

崔连云，字云横，邑庠生①。美容止②，工诗赋古文词，性孝友。父南溟官京兆③日，连云以省试，江舟感梦，觉而疾归。至彭城，果闻讣南溟殁。二弟齐云、际云，为异母弟，延师④训督，即徭赋如猬，不以闻；成立分产，举无所私。尝自署"同观道人"。自达官以迄小儿，凡纳接者无不得其欢心去。明末，里甲⑤差累，连云蒿目⑥条议，当事者著为令，人多便之。著有《天问阁稿》。（录清光绪《丰县志》卷八人物类（上）第二百三十五页）（注释：①邑庠生：邑，这里指本邑，即丰县。庠，古代的学校，庠生，指科举制度中府、州、县学的生员的别称。②美容止：善辞令。③官京兆：在西安做官。京兆：西安的古称。④延师：聘请老师，延：邀请。⑤里甲：州县统治的基层单位。⑥蒿目：形容对时局忧虑不安）

注释：

①选自《徐州续诗征》卷十二（张伯英主编）。阎侯甘棠吟：阎侯，即阎珝。甘

棠：本是一种树。《诗经·召南·甘棠》是赞美召伯的诗篇。《毛诗序》云："《甘棠》，美召伯也。召伯之教，明于南国。"郑笺云："召伯听男女之讼，不重烦百姓，止舍小棠之下而听断焉，国人被其德，说其化，思其人，敬其树。"朱熹《诗集传》云："召伯循行南国，以布文王之政，或舍甘棠之下。其后人思其德，故爱其树而不忍伤也。"后来甘棠便成了用于称颂对民众有惠政官吏的代名词。本首及后面几首《甘棠吟》全是用来称颂阎珝知县。

②专符：这里指专门迎接阎珝所佩戴的标记。绶花：花名，因其蔓生如绶，故名。唐陈子良《春晚看群公朝还人为八韵》："迎风采蕤转，照日绶花开。"

③恺悌：和乐平易。悌：顺从兄长。

④万井：泛指千家万户。古代以地方一里为一井，万井即一万平方里。

⑤冰鉴：明镜。流品：品类，等级。本指官阶，后亦泛指门第或社会地位。清唐孙华《国学进士题名碑》："流品澄清官序肃，稂莠不许侵嘉禾。"

⑥秋霜：这里表示威严。成语有"春露秋霜"，比喻恩泽与威严。也用在怀念先人。出自南朝（梁）刘勰《文心雕龙·诏策》："眚灾肆赦，则文有春露之滋；明罚敕法，则辞有秋霜之烈。"

⑦化工：造化之功。

⑧萑苻：出自《左传·昭公二十年》："郑国多盗，取人于萑苻之泽。"杜预注："萑苻，泽名。于泽中劫人。"后代指盗贼、草寇。如《明史·李俊传》："尸骸枕籍，流亡日多，萑苻可虑。"

⑨息警：不再告警。谓平静无匪盗、战事。张居正《答应天抚院宋阳山言防倭》："近年海寇息警，人心颇懈，仆窃以为忧。"

⑩弦歌：指礼乐教化。

⑪薰风：和暖的南风，出自先秦佚名的《南风歌》："南风之薰兮，可以解吾民之愠兮。南风之时兮，可以阜吾民之财兮。"这首上古歌谣，相传为虞舜时歌唱运城盐池和人民生活关系的民歌。此古谣以舜帝口吻，说世间万物迎承薰风的恩泽，抒发了中国先民对"南风"既赞美又祈盼的双重感情，表达了作者为民着想，以民忧为己忧的思想。

翻译：

迎接阎珝的绶花标记百里香浓，他和乐平易的贤德被万家传颂。
桃李的幽香随风飘来轻柔细细，桑麻绿遍原野叶片上露水蒙蒙。
独悬明镜可以甄别品类的高下，时借威严则可以运作造化之工。
最好是盗贼平静无事不再告警，礼乐教化终日借助和暖的南风。

点评：

首联从民众对阎珆知县的热情态度侧面反映他的爱民之心，治理之功。颔联用春风春露作比喻，描写在他的治理下丰县生活安宁，一派欣欣向荣的景象，这一联侧重于经济层面。颈联写他怎样治理丰县的：明镜高悬，公正执法，赏罚分明。尾联进一步写他治理的结果：社会安定，民风淳厚礼。这一联侧重于社会层面。作者运用正面侧面相结合、治理手段和治理效果相结合的手法高度评价了阎珆知县的功绩。

甘棠吟①

清·董汉儒

春来喜气动华嵁②，露冕③郊迎仙令骖④。

奉命为郎堪寄百⑤，好生解网幸开三⑥。

眼前泽柳荫彭北⑦，日后甘棠歌召南⑧。

陌上人间吏不扰，隰⑨原处处有耕男。

作者简介：

董汉儒，字策三，丰县欢口镇董堂村人。拔贡生，任济宁学教谕。性方正，不畏强御；好义疏财，所交游多名士。著有《去菔草》尤善制艺（八股文），杨维斗、陈百史为之序。[录自清光绪《丰县志》卷八"人物类"（上）]

注释：

①选自《徐州续诗征》卷十二（张伯英主编）。

②华嵁：丰县境内的华山。嵁：凹凸不平或险峻的山岩。

③露冕：太阳露红之时。

④仙令骖：县令的车马。仙令：对县令的尊称。骖：本意是古代在车前两侧的马，引申义是驾三匹马。

⑤为郎：担任知县。郎：古代官名，这里指丰县知县。堪寄百：可以寄托很多事。

⑥好生：爱惜生灵，指有爱惜生灵，不事杀戮的品德。《尚书·大禹漠》："与其杀不辜，宁失不经；好生之德，洽于民心。"后"好生之德"成为成语。开三：即网开三面。《史记·殷本纪》记载，汤走到野外，看见打猎的人，四面都张满了网。并且祷告说，天下四方的鸟兽，都到我的网里来。汤说，这样一来，就把鸟兽都捕光了，于是把网收起了三面给鸟兽留下一条生路。现多用"网开一面"，比喻从宽处理罪犯，给以改过自新的出路。

⑦彭北：彭城以北，这里特指丰县地区。

⑧召南：《诗经》十五"国风"之一，主要赞美召伯的德政。详见崔连云《阎侯甘棠吟》注释①。

⑨隰原：隰，阪下湿也。《公羊传·昭公元年》："上平曰原，下平曰隰。"

翻译：

春天到来喜气惊动险峻华山，日出时分郊外迎接阎珝车辇。
奉命担任知县能够委托百事，爱惜生灵不事杀戮网开三面。
眼前水边的翠柳覆盖了丰县，日后世代百姓称颂阎令德贤。
田野上农人没有官吏的干扰，平坦的土地处处是劳作耕男。

点评：

前四句写百姓热情隆重地迎接阎珝及对他的介绍。后四句则写他治理下的丰县祥和安宁的景象。

甘棠吟①

清·王缉敬

寒夜曾陪宿戍楼②，只今犹自忆嘉谋③。
声喧中泽千鸿集④，险设重关百雉⑤修。
碧草软尘⑥闲试马，林花过雨看驱牛。
春风吹得江淮润，沛水⑦何缘占上游？

作者简介：

王缉敬，字文雅，通书画。与诸生处，类侪偶①。常俸②之外一无所受，士③益重之。[录自清光绪《丰县志》卷八人物类（上）]（注释：①侪偶：同辈。②常俸：固定的俸禄。③士：读书人。）

注释：

①选自《徐州续诗征》卷十二（张伯英主编）。

②戍楼：边防驻军的瞭望楼。唐许浑《金陵怀古》："《玉树》歌残王气终，景阳兵合戍楼空。"这里指城墙上的瞭望楼。

③嘉谋：高明的经国谋略。苏轼《题永叔会老堂》："嘉谋定国垂青史，盛事传家有素风。"

④此句典出《诗经·小雅·鸿雁》："鸿雁于飞，集于中泽。"毛传："中泽，泽中也。"这里借指因阎珝善政，人才纷纷聚集而来。

⑤百雉：这里借指城墙。雉，古代计算城墙面积的单位。长三丈高一丈为一雉。《礼记·坊记》："都城不过百雉。"郑玄注："雉，度名也，高一丈，长三丈。"《左传·隐公元年》："都城过百雉，国之害也。"这句诗是说阎珝为了减轻民众负担，自己捐俸修固城墙，以抵御贼寇的侵扰。详见清光绪《丰县志·阎珝传》。

⑥软尘：飞扬的尘土。

⑦沛水：即济水。中国古代四渎之一。古济水的流向在《禹贡》中这样记载："导沇水，东流为济，入于河，溢为荥；东出于陶丘北，又东至于菏；又东北，会于汶；又北，东入于海。"汉时在定陶北入巨野泽，出泽流经梁山东至安民亭南接汶水，又北经戴庙东、埠子头西，至鱼山向东北入渤海。唐末断流。

翻译：

寒夜我曾陪伴阎珝住宿戍楼，而今仍然忆起他的嘉略良谋。
泽中欢叫那是鸿雁纷纷聚集，建塞筑关于是百丈城墙重修。
碧草蒙尘那是阎珝悠闲试马，林花过雨他则农田观看耕牛。
春风吹得江淮大地到处滋润，济水缘于什么可以占据上游？

点评：

首联回忆自己曾和阎珝同住戍楼，并与交谈中得知他有很多的嘉略良谋。颔联写他的政绩：引进人才，建造城墙。颈联写他因善于治理，百姓祥和安宁，自己也因而轻松悠闲。尾联揭示在他的管理下社会祥和安宁的原因。

甘棠吟①

清·尹圻

曲江曾试五花骢②，帝简经营宇县中③。

日暖千村鸠唤雨，春阴④四野燕翻风。

莎痕⑤叠叠官衙寂，草色萋萋囹圄空。

自此潢池绥德化⑥，烽烟无复照山红。

作者简介：

尹圻，明末清初之丰县人。事迹不详。

注释：

①选自《徐州续诗征》卷十二（张伯英主编）。

②这句诗是比喻阎珩考中了进士。曲江：即曲江池，位于唐代长安城东南，是当年达官贵人游览的胜地。唐时考中的进士，放榜后大宴于曲江亭，谓之曲江会（见唐李肇《唐国史补》卷下）。五花骢：即五花马，唐代把骏马的鬃毛修成五瓣，称为五花马或五花。这里比喻人才。李白《将进酒》："五花马，千金裘，呼儿将出换美酒，与尔同销万古愁。"

③帝简：皇帝选拔人才。宇县：即天下，这里特指丰县。

④春阴：春日的时光。

⑤莎：花叶脱落、凋谢。

⑥潢池：即天潢，本是星名，转义为天子之池，也借指皇室，这里特指丰县县衙。绥德化：绥，即安抚、平安。德化，旧指以道德感化人。

翻译：

参加科举阎珩有幸中榜进士，荣幸皇帝选中管理丰县民生。

日暖天气千村鸠鸟呼唤甘雨，春日时光四野紫燕翻飞舞风。

花叶凋零覆地官衙一派安静，野草到处萋萋监狱四壁皆空。

从此丰县安宁祥和德正风淳，烽火不再照得山河一片通红。

点评：

首联写阎珝考中进士被朝廷任命为丰县知县；颔联用乐景表达丰县人民的喜悦心情；颈联写县衙清静，监狱空空，用以表明知县阎珝治理下的丰县祥和安宁；尾联直抒胸臆夸赞知县阎珝的政绩。

甘棠吟①

清·李庄

霜肃②一堂除弊政，春来百里布和祥。

神情清入藐姑射③，仁惠留看蔽芾棠④。

尝引饥寒问妇子，却将保障答君王。

三年雨露回凋瘵⑤，重见文川与武乡⑥。

作者简介：

李庄，丰县人，县庠生。清光绪《丰县志》中没有关于他的事迹的记载，但有他哥哥李秉中的传记，内中涉及他。"李秉中，居身俭朴，有古隐人风。晚年累举乡饮。长子岑，性友爱，其弟兆、庄，皆邑庠，食贫，岑代为完赋，恤其举火，岁以为常。"

注释：

①选自《徐州续诗征》卷十二（张伯英主编）。

②霜肃：威严的意思。

③藐姑射：古代传说中的山名。《庄子·逍遥游》："藐姑射之山有神人居焉，肌肤若冰雪，绰约若处子。"用此典是说阎珝知县死后进入藐姑射名山，表达了阎知

县将与青山同在的思想。

④蔽芾棠：即"蔽芾甘棠"。语出《诗经·召南·甘棠》："蔽芾甘棠，勿剪勿伐，召公所茇。"用此典故是怀念阎珩知县的政德。

⑤凋瘵：衰败，困乏。指困穷之民或衰败之象。唐王勃《广州宝庄严寺舍利塔碑》："昔者万人疾疫，神农鞭草而救之；四维凋瘵，夏禹刊木以除之。"

⑥文川武乡：原指出文臣武将的地区，后指教化普及、风俗纯正的地区。

翻译：

严明公正清除积弊腐政，春来百里布满和合吉祥。

神色音容清纯进入仙山，仁慈厚爱留给后人怀想。

曾经拉着妇子询问饥寒，却以保民职责报答君王。

三年的恩惠改变了衰败，又重见风俗纯正的城乡。

点评：

首联开篇直抒胸臆，赞美阎珩的功绩；颔联是说人虽然去了，但精神财富永存，百姓永远铭记，侧面赞颂了他生前的功绩；颈联写他深入百姓亲民爱民，对上对下尽责，这是百姓铭记他的根本原因；尾联写他丰县治理的结果。这首诗通篇以议论说明为主，用直抒胸臆的笔法赞美了阎珩的功绩美德，这是一种发自内心的称颂。

甘棠吟①

清·张基

占年②未慰三农望③，祷雨真悬④万姓忧。

和气⑤前朝⑥逐马动，惠霖⑦今夜傍龙游。

遥沾芳树轻如雾，尽入平田细不流。

莫道春当甲子日⑧，天心原自答君侯⑨。

作者简介：

张基，丰县人。清顺治十七年（1660）贡生，曾随其兄张型在巢县（今安徽省巢县）任教，不久告归，后卒于家。未仕。

注释：

①选自《徐州续诗征》卷十二（张伯英主编）。这首诗写阎知县为民祷雨而应验的事。

②占年：占卜年成的丰歉。柳宗元《柳州峒氓》："鹅毛御腊缝山罽，鸡骨占年拜水神。"

③三农望：农民的愿望、愿景。三农：泛指农民，"三"是虚数。现在的"三农"指农村、农民和农业。

④悬：悬挂，牵挂。

⑤和气：指能带来吉利的祥瑞之气，这里指刘邦带来的祥云紫气。

⑥前朝：刘邦时代的汉朝。

⑦惠霖：惠泽于民的甘霖雨。

⑧甲子日：中国干支历法中的第一天。六十年一轮回。中国传统认为甲子日为天德贵人之日。

⑨君侯：指阎珝知县。

翻译：

占卜丰歉并没有使农民心安，祈祷下雨真心牵挂万民忧愁。
祥瑞紫气驱使高祖逐马而动，甘霖惠雨今夜傍着祥龙漫游。
远处花树经雨滋润轻盈如雾，好雨点点浸入农田细不外流。
不必说今天正是天德贵人日，老天内心愿意报答爱民君侯。

点评：

尾句是这首诗的诗眼，点出了大旱时节祷雨如愿的原因：老天报答爱民如子的阎知县。祈祷是降不了甘霖的，这是科学常识，但在古代科学不发达的时代，祷雨则是很普遍的行为，即便降雨了那也是小概率事件。本诗通过祷雨如愿这件事歌颂了阎知县善有善报的美德。

甘棠吟^①

清·张镠

为民忧旱祷星台，走拜冲炎^②去复来。
润物忽飞清夜^③雨，惊人何用碧潭雷^④。
凭将素履^⑤通三极^⑥，岂是临祈洒一回。
最喜轻尘无着处，一帘爽气到书斋。

作者简介：

　　张镠，丰县人。张型之子，县庠生。清光绪《丰县志》关于他父亲张型的传记中有他的零星记载："子镠，庠生，诗才清健。"

注释：

　　①选自《徐州续诗征》卷十二（张伯英主编）。同上一首一样，也是写阎知县亲自带头祷雨而应验的事，歌颂了阎知县为民分忧的优良品行。
　　②冲炎：冒着炎热。
　　③清夜：寂静的深夜。
　　④碧潭雷：九天碧潭雷祷雨大法。
　　⑤素履：白色的鞋子。比喻人以朴素坦白之态度行事，后用以比喻质朴无华、清白自守的处世态度。
　　⑥三极：指的是三才，即天、地、人。《易·系辞上》："六爻之动，三极之道也。"

翻译：

　　为民忧虑旱灾祈祷登上星台，冒着炎热祈拜踱步回回来来。
　　寂静深夜忽然降雨滋润万物，使人惊喜何必用九天碧潭雷。
　　凭借质朴打通天时地利人和，岂能是临时祈祷才下雨一回。
　　最喜的是微尘没有落脚之地，打开窗子一帘爽气直扑书斋。

点评：

　　首联写阎知县冒着酷暑亲自登台祷雨，"忧"凸显了爱民情怀，"去复来"凸显祷雨时的虔诚，一个爱民的好知县跃然纸上；颔联写老天感应阎知县的真诚，果真降下甘霖；颈联是说因为阎知县的高尚品德，才使天时地利人和"三极"通达，岂能是祷雨的侥幸；尾联表达喜悦的性情。全诗格调明快，喜悦之情流露在字里行间。

甘棠吟①

清·章生锜

南飔②吹雨稚禾苏，牸牸③犹劳抱瓮④无。
须信循良能格帝⑤，岂为旱魃⑥遂焚巫。
商羊⑦欲舞频惊翼，坎豕⑧群来已负涂⑨。
自是田家成梦稳，开门一望水平湖。

作者简介：

章生锜，明末清初丰县人，生平事迹不详。

注释：

①选自《徐州续诗征》卷十二（张伯英主编）。这首诗也是记载阎知县为民祷雨而成功的事，歌颂阎知县为民分忧的优良品行。

②南飔：清凉的南风。

③牸牸：牛群。

④抱瓮：本意就是抱着水瓮。源自《庄子·天地》："子贡南游于楚，反于晋，过汉阴，见一丈人方将为圃畦，凿隧而入井，抱瓮而出灌，搰搰然用力甚多而见功寡。子贡曰：'有械于此，一日浸百畦，用力甚寡而见功多，夫子不欲乎？'为圃者卬而视之曰；'奈何？'曰：'凿木为机，后重前轻，挈水若抽。数如泆汤，其名为槔。'为圃者忿然作色而笑曰：'吾闻之吾师，有机械者必有机事，有机事者必有机心。机心存于胸中，则纯白不备；纯白不备，则神生不定；神生不定者，道之所不载也。吾非不知，羞而不为也。'子贡瞒然惭，俯而不对。"后形容保持本心，安于拙陋的

淳朴生活。本诗句用的本意。

⑤循良：奉公守法的官吏，这里指阎珝。格帝：匡正上帝。格：纠正，匡正。这里可引申为感动。

⑥旱魃：古代传说中能造成旱灾的怪物。

⑦商羊：古代神话传说中只有一只脚的神鸟，每当大雨到来之前便会翩翩起舞。《孔子家语·辩政》："齐有一足之鸟，飞集于宫朝下，止于殿前，舒翅而跳，齐侯大怪之，使使聘鲁问孔子。孔子曰：'此鸟名商羊，水祥也。'昔童儿有屈其一脚，振讯两眉而跳。且谣曰：'天将大雨，商羊鼓舞。'"《论衡·变动》："商羊者，知雨之物也；天且雨，屈其一足起舞矣。"

⑧坎豕：即猪。李时珍《本草纲目》："豕，在畜属水，在卦属坎，在禽应室星。"因犬喜雪，马喜风，豕喜雨，故天将久雨，则豕进涉水波。

⑨负涂：置身泥涂之中，这里是说路途已经下雨。

翻译：

南风吹来绵绵细雨幼苗苏醒，田野牛群忙碌而无抱水老翁。

须信守法官吏自能感动上帝，怎能因为旱魃而去焚香敬巫。

独脚神鸟欲舞频频煽动翅膀，小猪一群过来已是满身泥涂。

这自然是农家美梦稳稳做成，开门一望大水弥望像是平湖。

点评：

久旱之际，祷雨雨注，其欢乐兴奋之情跃然纸上，对阎知县的赞美及与百姓同忧共乐之情也溢于言表。

甘棠吟①

清·孙日炽

朝天新自九重边②，玺诏③优褒继昔贤。

文学惊能兼政术，郎星合许近台躔④。

诗书化美开榛莽⑤，襦袴歌深睹惠鲜⑥。

看取桐乡千载意⑦，崇祠聿起拂云烟⑧。

作者简介：

孙日炽，丰县人。生平待考。

注释：

①选自《徐州续诗征》卷十二（张伯英主编）。

②此句意为阎珆知县新建的祠堂高大雄伟直插九霄。九重：指天门，天。

③玺诏：诏书。上有御印，故称。玺：自秦代以后专指帝王之印。

④郎：古代官名。郎星：杰出的官吏，这里特指阎珆县令。合：应该。韦庄《菩萨蛮》："人人尽说江南好，游人只合江南老。"许：这样。台：敬辞，旧时用于称呼对方或跟对方有关的动作。躔：践履。

⑤榛莽：本指杂芜丛生的草木，代指不成才的人。

⑥襦裤：折叠短衣与裤，亦泛指衣服。这里指衣衫不整的贫民百姓。惠鲜：犹惠赐。

⑦看取：看的意思。"取"作助词，无义。孟浩然《题大禹寺义公禅房》："看取莲花净，应知不染心。"桐乡：《汉书·循吏传·朱邑》"（朱邑）少时为舒桐乡啬夫，廉平不苛，以爱利为行，未尝笞辱人，存问耆老孤寡，遇之有恩，所部吏民爱敬焉……初邑病且死，属其子曰：'我故为桐乡吏，其民爱我，必葬我桐乡。后世子孙奉尝我，不如桐乡民。'及死，其子葬之桐乡西郭外，民果共为邑起冢立祠，岁时祠祭"。后因以为官吏在任行惠政、有遗爱之典。

⑧崇祠：高大的祠庙，这里指丰县百姓捐资为阎珆知县修建的生祠。聿：古汉语助词，用在句首或句中起顺承作用。拂云烟：言其高。

翻译：

新落成的生祠巍峨直插云天，皇帝下诏褒奖他能承继前贤。

文学才华横溢且又擅长理政，杰出的官吏就应当这样实践。

诗书化美可以启智愚昧大脑，目睹官府惠赐百姓真心喜欢。

看到阎珆惠政理当传颂千载，特使生祠巍峨能够拂动云烟。

点评：

这首诗是为百姓自发捐款捐地为阎珆县令所建的生祠竣工而写。百姓自发捐款捐地为一个在任的知县建生祠，那是多么深得人心的一个官吏啊！俗话说：金杯银杯不如百姓的口碑，此言甚是！

烹翁索羹[①]

清·戴名世

心肠不硬事难成，人欲烹翁尚索羹。
所斩白蛇曾附母[②]，原来隆准是龙生。

作者简介：

戴名世（1653—1713），字田有，一字褐夫，号药身，别号忧庵，晚年号称南山先生，又称忧庵先生。江南桐城（今安徽桐城）人。康熙四十八年（1709）己丑科榜眼。康熙五十年（1711），左都御史赵申乔据《南山集·致余生书》中引述南明抗清事迹，参奏戴名世"倒置是非，语多狂悖"，"祈敕部严加议处，以为狂妄不敬之戒"，于是被逮下狱。五十二年（1713）二月初十日被杀于市。此案株连数百人，震动儒林。当时政界和学术界的知名人士如桐城派开山鼻祖方苞、侍郎赵士麟、淮阴道王英谟、庶吉士汪汾等三十二人都被牵连其中。这就是著名的"清初三大文字狱"之一的"《南山集》案"。戴名世后归葬故里，立墓碑文曰"戴南山墓"。有《戴名世集》存世。

注释：

①选自中华书局《戴名世集》，2000年9月出版。
②附母：指刘邦的母亲龙雾桥梦龙附身而怀孕生刘邦之事。蛇被称为小龙，故有"所斩白蛇曾附母"之说。

翻译：

心肠不硬大事难以成功，项羽烹翁刘邦竟然索羹。
所斩白蛇曾经附身汉母，原来刘邦就是神龙所生。

点评：

首句提出观点，后三句用分羹、斩蛇两事证明第一句的观点。

丰邑怀古①

清·李蟠

古道春荫赤帝城②，疏藤斜竹隐丹楹。
鸿沟③未许中分立，龙彩常惊五色横④。
台上风云⑤丰沛酒，马头烟雨⑥古今情。
相逢莫叹山河改，莺语犹能吐汉声。

作者简介：

李蟠（1655—1728），字仙李，又字根庵，号莱溪。祖籍河北真定，元朝至正年间迁来今丰县梁寨镇程子院村，自二世祖迁居今丰县大沙镇六座楼村。明末，其祖上从丰县徙居徐州户部山，李蟠就出生在徐州户部山。他生于书香门第，祖父李向阳是明代天启年间的举人；父亲李贲是南明小朝廷弘光年间的拔贡。康熙三十六年（1697）殿试时，李蟠因答对贴切，见解独到，遂被康熙皇帝钦点为一甲进士第一名，是徐州明清两朝唯一一位文状元，授官翰林院修撰。康熙三十八年（1199），己卯科乡试，李蟠、姜宸英担任顺天府乡试考场的主、副考官。李蟠、姜宸英正直不阿，坚持以才取人，从应试的秀才中挑选诸多有才干的俊彦，如鄂尔泰、史贻直、厉杜讷等。这些人后来成为一代名臣。不料考试结束后，京城出现流言，说这次考试存在舞弊行为，甚至连受贿官员、贿赂银两都传得有鼻子有眼。孔尚任还据此创作了戏曲《通天榜》，火上浇油，让此次考试成为人们议论的焦点。康熙帝震怒之下"议拟将顺天正副考官李蟠、姜宸英等革职"，但很快康熙就冷静下来，传下旨意，要将所有举人齐集内廷复试，亲自验看坊间传言真假。复试结果表明，这一科乡试并不存在舞弊情况。"至于落第者，在外怨谤，势必所有，焉能杜绝？诸生试卷，朕一一观其大略，三等以上者，皆可观"。但是李蟠、姜宸英仍未能被平反。最终，年迈的姜宸英冤死狱中，李蟠则因要平息民间的议论，被流放沈阳，直到三年后，其门生鄂尔泰等上书悬请朝廷，李蟠方才蒙赐归里，从此心灰意冷，只知闭门著书，不再出山为官。凭空遭遇不白之冤，怀才而不为朝廷所用，其郁闷愁苦之情和流放结束后回乡的喜悦在其诗中多有反映，如《送杨甥西归》《岁暮南归》：

送杨甥西归

一

辽海从来未有春，况逢雪里问征尘。
我当患难流离日，尔是东西南北人。
今夜一灯犹共影，来朝两地总孤身。
伤心不敢重言别，只道还乡后会频。

二

从前有梦总成春，醒眼惊看几丈尘。
不信孤踪留异域，每将邻叟当乡人。
三年作客千行泪，一夕还家万里身。
寄语窗前小儿女，诗成呼酒兴犹频。

岁暮南归
百年何事太匆匆，我已颓然半百翁。
犹幸生还和氏璧，无妨自失楚人弓。
储将村酒千杯绿，买得歌儿一字红。
从此优游甘岁暮，漫劳车马到山中。

1705 年，康熙帝南巡，途经徐州时，想起了李蟠，把他召到御前，问他："何故去官？"李蟠答道："唯引咎，弗白也。"雍正六年，李蟠以七十四岁高龄逝世，葬于徐州城南焦山。今徐州丰县梁寨镇黄楼村李蟠先祖居住地有状元碑园、李蟠纪念馆，为丰县重点文物保护单位。今徐州户部山有状元府旧址，云龙山上有其撰写的碑文三种。2017 年，江苏师范大学退休副教授于盛庭无意中从旧书市购得李蟠诗集《根庵诗稿》。此前文学界公认的李蟠诗作仅一百余首，而《根庵诗稿》共载录了李蟠诗作四百八十首。因这些诗作的发现，李蟠在文学史上的地位或将被重新定位。

注释：

①选自《明清十人文萃·李蟠集》。

②赤帝城：赤帝子刘邦的出生之城，即丰县城。

③鸿沟：本是位于河南省中部的古运河之名。故道在今河南省荥阳，北引黄河之水，南至淮阳入颍水，构成黄淮平原上的水道交通网络。《史记·项羽本纪》："项王与汉约，中分天下，割鸿沟以西者为汉，鸿沟而东者为楚。"

④《史记·项羽本纪》："吾令人望其气，皆为龙虎，成五采。"后因以"龙彩"指斑斓的色彩，也指帝王紫气。

⑤风云：代指《大风歌》，内有"大风起兮云飞扬"句。

⑥马头烟雨：指戎马倥偬的经历。

翻译：

古道的春色笼罩了丰县旧城，疏藤斜竹掩映着红色的廊楹。

汉王不愿鸿沟为界平分天下，人们常惊丰邑五色龙彩纵横。

歌风台上大风一曲美酒一杯，戎马倥偬也不会忘千古乡情。

而今相逢切莫感叹山河巨变，黄莺啼叫犹能吐出大汉之声。

点评：

首联写今之所见，由此引发遥想。颔联颈联写忆，写楚汉相争，写始皇惊诧东南天子气，写高祖还乡唱大风歌。尾联议论，结句犹好，黄莺鸣叫尚有汉音，何况人呢？它通过黄莺的鸣叫写大汉虽去，但其精神影响深远。

丁丑纪恩作（其二）①

清·李蟠

十年辛苦对青灯②，豪气染成万丈虹。

笔架山头腾彩凤，砚池波内起纹龙。

马蹄踏碎长安月③，玉管吹消紫陌④风。

十二朱楼⑤帘尽卷，佳人争看状元红。

作者简介：

见前。

注释：

①选自《明清十人文萃·李蟠集》。此诗写于李蟠被康熙钦点状元后。李蟠于康熙三十六年（1697）中状元，这一年是丁丑年，所以题目是"丁丑纪恩"，表达对皇上的感恩。

②青灯：借指孤寂、清苦的生活。《天雨花》第二回："不念我，少年春，空房独守；不念我，红颜女，一世青灯。"

③唐代诗人孟郊登科后，写了一首诗《登科后》："昔日龌龊不足夸，今朝放荡思无涯。春风得意马蹄疾，一日看尽长安花。"李蟠借用这一典故表达自己中状元后的喜悦心情。

④紫陌：帝都的道路。这里指清代都城北京的道路。贾至《早朝大明宫》诗："银烛朝天紫陌长，禁城春色晓苍苍。"

⑤十二楼：出自清代李渔的白话短篇小说集《十二楼》。《十二楼》由十二篇可独立的以不同楼名为题的故事汇成。这里代指街市的豪华之所。

翻译：

十年辛苦孤对寂寞清冷，一腔豪气染成万丈彩虹。
笔架山头飞翔紫鸾彩凤，砚池波内舞起蛇纹飞龙。
马蹄轻快踏碎长安明月，玉管悠悠吹消紫陌熏风。
十二朱楼玉帘对街尽卷，佳人争相观看状元榜红。

点评：

宋代的汪洙写过一首流传很广的五言绝句《喜》："久旱逢甘雨，他乡遇故知。洞房花烛夜，金榜题名时。"后被人总结为"人生四喜"。当年孟郊登科后挥笔写下"春风得意马蹄疾，一日看尽长安花"即"金榜题名"之喜。李蟠状元及第，登上最高金榜，其内心的喜悦快意无需言说。人生都有得意之时，因此文学史上的"快诗"很多，李蟠这首诗就是。"一腔豪气""万丈彩虹""紫鸾彩凤""蛇纹飞龙""马蹄轻快""玉管悠悠""十二朱楼""佳人争相""状元榜红"这些字眼无不透露出作者的喜悦兴奋之情，因此该诗通篇节奏明快，如阪上走丸。

清朝的殿试按规定只考策文一项，一般是清晨入殿，日落交卷。李蟠考试当天用篮子装了三十六个馍馍走进考场。考官见此大吃一惊，把馍馍翻了又翻，也未发现可疑之处。考场上，其他举子奋笔疾书，而李蟠却深思熟虑，落笔迟迟，傍晚时，考生已陆续交卷而李蟠却才开了个头。监考官多次催促，李蟠含泪哀求："毕生之业，在此一朝，幸毋相促，以成鄙人功名。"监考官见他可怜，发给他几支蜡烛。直到四更，李蟠才交卷。康熙帝听到考官奏报李蟠考试时的情形，便将李蟠的卷子拿来细阅，发现这篇文章见解独特，字迹工整，认为李蟠是一位难得的"苦心之士"，便御笔钦点，李蟠成为状元。李蟠喜不自胜，即兴吟成了这首诗。而该榜探花为"老名士"姜宸英，在"传胪唱名"后，心有不服，作五言打油诗《赠李根大》，对李蟠大加嘲讽：

> 望重彭城郡，名高进士科。
>
> 仪容好绛勃，刀笔似萧何。
>
> 木下还生子，虫边还着番。
>
> 一般难学处，三十六馍馍。

由于姜宸英素有诗名，且这首诗又是戏谑新科状元，故而很快流传开来。李蟠"馍馍状元"之名，也由京师传遍各地。事实上，李蟠是很有见地的一个人。他出身书香世家，祖父李向阳是举人，父亲李弇也是拔贡，李蟠幼承家训，年少聪颖。这年殿试策文涉及有关治水的话题，李蟠自幼生长在黄河之滨，饱受水患之苦，对治河策略多有思考，故而廷试中对河水治理一事胸有成竹，策文条分缕析，见解独特，且文笔流畅，书法端庄，因而深惬圣意，于是康熙皇帝钦点他为状元。

汉高帝庙怀古①

清·鲁之裕

削平大敌五年中②，衣锦还乡唱大风。

天子王侯歌舞会，父兄姻娅③酒樽同。

斩蛇帝里④金钱满，屠狗人家铁券⑤崇。

旷览⑥古今兴创事，大都贫贱有英雄。

作者简介：

鲁之裕（1665—1746），字亮侪，祖籍安徽太湖县，一说湖北麻城县，生于父亲云南任上。其父鲁启昌于康熙年间出任云南永顺镇总兵，当时正值清廷与三藩会盟，鲁之裕七岁时，曾作为质子前往云南吴王府中。他为官数十年，在兴修水利、发展生产、革除旧习等方面多有建树。乾隆七年（1742），鲁之裕偕家人到湖北江夏定居，颐养天年。主要著作有《式馨堂集》《经史提纲》等。

注释：

①选自《式馨堂诗集》，该集收入鲁亮侪从少年至耄耋老翁近六十年间的诗歌创作共一千三百零一首。

②楚汉战争自公元前 206 年到公元前 202 年 12 月结束，大约五年的时间。

③姻娅：指亲家和连襟，泛指姻亲。

④帝里：犹言帝都，京都。

⑤铁券：铁券，是中国封建时代皇帝赐给功臣、重臣的一种带有奖赏和盟约性质的凭证，类似于现代普遍流行的勋章，始于汉高祖刘邦。

⑥旷览：放眼四望，高瞻远瞩。

翻译：

铲除西楚霸王仅在五年之中，高祖衣锦还乡高歌一曲大风。
天子王侯相会一派欢声歌舞，父兄姻亲同贺共举美酒金盅。
斩蛇起事成功帝都荣华富贵，纵然屠狗人家也对铁券尊崇。
纵览古今中外开元兴国大事，大都是贫贱家庭里多出英雄。

点评：

这首诗格调欢快，节奏明快，一如杜甫的《闻官军收河南河北》。值得注意的是本诗的选材，该诗从高祖衣锦还乡写起，重点描写宴会时的欢乐场景，突出胜利的喜悦，揭示自古贫贱出英雄的规律。尾联是本诗的诗眼，给读者以励志之效。

读史杂诗二首①

清·程瑞祊

其一

亭长斩蛇去，中原逐鹿来。

阿房宫女散，一炬便成灰②。

其二

汉皇休沐③邑，井干泐银床④。

一夜呼牛饮⑤，三军入醉乡。

作者简介：

程瑞祊（1666—1719），字姬田，清代休宁（今安徽省休宁县）人，有《槐江诗钞》存世。

注释：

①选自《槐江诗钞》卷四，北京出版社 2001 年 1 月出版。

②《史记·项羽本纪》："居数日，项羽引兵西屠咸阳，杀秦降王子婴，烧秦宫室，火三月不灭，收其货宝妇女而东。"

③休沐：休息洗沐，犹休假。范成大《次韵韩无咎右司上巳泛湖》："休沐辰良不待晴，径称闲客此闲行。"

④井干：井上的围栏。《庄子·秋水》："出跳梁乎井干之上，入休乎缺甃之崖。"成玄英疏："干，井栏也。"泐：裂开，解裂。银床：井栏，一说辘轳架。

⑤牛饮：泛指狂饮、豪饮。

翻译：

其一

亭长提剑斩蛇去，中原逐鹿大军来。

阿房宫女四方散，一炬阿房成土灰。

其二

汉皇曾经的休息洗沐地，而今井栏早已断裂荒凉。

当年衣锦还乡通宵畅饮，三军酩酊大醉沉入梦乡。

点评：

"其一"本色入诗，写刘邦参与起义推翻了秦朝，项羽一把大火烧掉了阿房宫，表达了失民心则失天下的道理。"其二"写高祖大功告成，衣锦还乡，而今却人去井干。"一夜呼牛饮，三军入醉乡"两句尤好，用夸张的手法描写了高祖还乡时的狂欢景象，"呼""牛饮""入"颇有表现力，让人有身临其境之感。写法上，该诗用了倒叙，先感慨人去楼空，再倒叙昔日辉煌。

咏 史①

清·程瑞祊

听罢而翁广武惊②，河山难换一杯羹。
项王若遂③烹高俎，过丰何颜见父兄？

作者简介：

见前。

注释：

①选自《槐江诗钞》卷四，北京出版社 2001 年 1 月出版。

②"而"同"尔"，《史记·项羽本纪》："汉王则引兵渡河，复取成皋，军广武，就敖仓食。项王已定东海来，西，与汉俱临广武而军，相守数月。当此时，彭越数反梁地，绝楚粮食。项王患之，为高俎，置太公其上，告汉王曰：'今不急下，吾烹太公。'汉王曰："吾与项羽俱北面受命怀王，曰"约为兄弟"，吾翁即若翁。必欲烹而翁，则幸分我一杯羹。"

③遂：成功。

翻译：

听罢烹翁对话整个广武震惊，河山怎能去换父亲一杯肉羹！

项王假若真的烹了刘老太公，高祖回丰有何颜面面对父兄。

点评：

江山可以失而复得，而父亲只有一个，死了就不会复生，河山怎么能用父亲的生命去换取呢？假如项羽真的烹了刘太公，你有何脸面面对父兄呢？这首诗明显表现出作者对刘邦分羹之言的批判，认为这是一种违背人伦的极端不孝的行为。

新 丰①

清·屈复

汉時②今谁祀？新丰名尚存。

枌榆思旧社，鸡犬自孤村③。

风起长安暮，云飞泗水昏。

十千无美酒④，兹意与谁论？

作者简介：

屈复（1668—1745），字见心，号晦翁，晚号逋翁、金粟老人，世称"关西夫子"。陕西蒲城县罕井镇人，蒲城望族。后定居于山东郯城，卒于此，终生未回故乡。屈复把自己的诗作集在一起共两千两百十七首，编成《弱水集》，此外，还有《楚辞新注》《玉溪生诗意》《杜工部诗评》等多部。

注释：

① 选自民国铅印本《弱水集》卷六。

② 汉時：汉时帝王祭天地五帝的地方。

③《西京杂记》："高祖少时，常祭枌榆之社。及移新丰，亦还立焉。高帝既作新丰，并移旧社，衢巷栋宇，物色唯旧。士女老幼，相携路首，各知其室。放犬羊鸡

鸭于通涂，亦竟识其家……"

④ 王维《少年行》其一："新丰美酒斗十千，咸阳游侠多少年。相逢意气为君饮，系马高楼垂柳边。"

翻译：

祭坛今日谁去祭祀？新丰名字还在留存。

枌榆思念古丰旧社，鸡犬来自昔日孤村。

风起长安笼罩暮色，云飞泗水变成黄昏。

纵使十千也无美酒，这种心情向谁去论？

点评：

物是人非的伤感，人生无常的感叹，对高祖的崇敬怀念，无人诉说的孤独无奈，多种感情都融化于这四十字之中。

和陈树滋徐州怀古①

清·沈德潜

沛丰千里莽②纵横，楚汉纷纭此斗争。

将相王侯宁有种③？英雄竖子孰成名④？

山连芒砀云常合，水绕彭城浪不平。

戏马歌风总消歇⑤，荒原烟雨遍春耕。

作者简介：

沈德潜（1673—1769），字确士，号归愚，江苏苏州府长洲（今江苏苏州）人。清代大臣、诗人、学者。乾隆四年（1739），以六十七岁高龄得中进士，授翰林院编修，乾隆帝喜其诗才，称其"江南老名士"。历任侍读、内阁学士、上书房行走，乾隆十四年（1749）升礼部侍郎，乾隆二十二年（1757）加礼部尚书衔，乾隆三十年（1765）封光禄大夫、太子太傅。死后赠太子太师，祀贤良祠，谥文悫。乾隆四十三年（1778），因卷入徐述夔案，遭罢祠夺官。著有《沈归愚诗文全集》七十三卷，乾隆年间成书。另有学术著作《古诗源》《唐诗别裁》《明诗别裁》《国朝诗别裁》等。

注释：

①选自《沈归愚诗文全集》有清乾隆年间教忠堂刻本。陈树滋，生平不详，沈德潜在《古诗源·序言》中说"予前与树滋陈子辑唐诗成帙，窥其盛矣"。说明他曾与沈德潜共事。沈德潜称其为"陈子"，表明对他的尊重。沈德潜还写过《泊舟千亩潭怀陈树滋》一诗。

②莽：广大，辽阔。谭嗣同《出潼关渡河》："平原莽千里，到此忽嵯峨。"

③句出《史记·陈涉世家》："壮士不死即已，死即举大名耳，王侯将相宁有种乎！"

④英雄：这里指刘邦。竖子：骂人的话，小子之意，这里指项羽。出自《史记·项羽本纪》（亚父）曰："唉！竖子不足与谋！夺项王天下者必沛公也。吾属今为之虏矣！"

⑤此句谓楚汉相争已经硝烟停歇。"戏马歌风"分别代指项羽和刘邦。戏马：项羽曾在彭城南山戏马练兵，后此处称"戏马台"。歌风：高祖还乡曾与乡亲欢聚畅饮，席间击筑高歌《大风歌》，后此处称"歌风台"。总：总归，终究。

翻译：

沛丰平原辽阔极目千里纵横，楚汉兵戎相见在此逐鹿相争。
将相王侯难道天生身份高贵？刘邦项羽最终是谁成就英名？
芒砀山川相连时常云开云聚，彭城黄河环绕波浪起伏难平。
楚汉相争而今硝烟早已消歇，原野烟雨农民到处都在春耕。

点评：

楚汉战争的两个主帅故里虽然一个在徐州丰县，一个在宿迁，相距不远，但项羽的根据地在彭城，两人为首的楚汉战争主要在徐州一带展开，因此才有首联的"沛丰千里莽纵横，楚汉纷纭此斗争"。项羽是贵族出身，刘邦是一介布衣，因此颔联借用陈胜的一句著名反问"王侯将相宁有种乎"，含蓄回答了布衣可以创造历史，成为英雄，而贵族反而成了不足与谋的"竖子"，此联扬刘抑项的情感取向非常鲜明。颈联出句写芒砀山，主角是刘邦；对句写彭城，主角是项羽。两地都是战争的中心，因此都风雨激荡波涛汹涌。前三联写历史，尾联则回到眼前：硝烟早已散去，春天的原野到处是劳碌的农民，一派和平安宁的景象。这首诗在说：成就帝王的英雄刘邦也好，无颜见江东父老的项羽也罢，都是历史长河的一朵浪花，转眼就成过眼的云烟。但长河依旧在流，生活依旧在继续，要珍惜当下，珍惜和平安宁的生活。

丰邑怀古四首^①

清·卢世昌

一

九折黄河^②一气奔，汉高故里至今存。
贱贫^③自不关豪杰，酒色^④何曾损至尊。
径去斩蛇清大泽，居然逐鹿定中原。
刘家四百开基事，好共中阳父老论。

二

圣王谁不是天钟，豪气先能夺九重。
盖代虎狼惊落马，漫天雷电感交龙。
云山^⑤自带氤氲气，汤沐曾沾雨露浓^⑥。
袖得一枝怀古笔，几回踏破紫苔封。

三

小小丰城古帝基，山川无恙水弥弥^⑦。
正逢日月光华世，空忆风云龙虎时。
瓦砾丛中卢绾宅，蓬蒿影里汉高祠。
白驹^⑧一曲歌初罢，无数寒鸦上夕陴^⑨。

四

日落平原风满天，浮云灭没古台边。

锦衣欢宴真奇事，大醉征歌尽少年⑩。

双枣⑪已无前代树，白榆⑫常带社时烟。

新丰胜概⑬今存否？不特⑭荒城一怆然。

作者简介：

见前。

注释：

①选自清光绪《丰县志》卷十三"艺文类"（下）

②黄河：丰县是黄泛区，黄河曾经流经丰县入黄海，清咸丰五年（1855）黄河决口后改道从山东东营入渤海。

③贱贫：指刘邦出身农民，地位贫贱。

④酒色：指刘邦好酒色。《史记·高祖本纪》："及壮，试为吏，为泗水亭长，廷中吏无所不狎侮，好酒及色。"

⑤云山：指芒砀山。刘邦曾隐身于此，山上祥云缭绕。

⑥指刘邦封丰沛为汤沐邑，免除徭役。

⑦弥弥：水大的样子。

⑧白驹：即白驹山。据明万历增补《丰县志》载，白驹山在县治东南十里许，地形高阜。父老相传，汉高祖与乡人曾会于此。

⑨夕陴：夕阳中的城墙。陴：女墙。

⑩《史记·高祖本纪》："高祖还归，过沛，留。置酒沛宫，悉召故人父老子弟纵酒，发沛中儿得百二十人，教之歌。酒酣，高祖击筑，自为歌诗曰：'大风起兮云飞扬，威加海内兮归故乡，安得猛士兮守四方！'令儿皆和习之。高祖乃起舞，慷慨伤怀，泣数行下。"

⑪双枣：指双枣树。顺治《丰县志》："双枣树在县东北丰公祠下，老干虬屈，不华不实，类孔庙桧柏，相传高祖儿时手植者。其树坚劲，斧斤不能入，嘉靖丙戌始淤。"

⑫白榆：指枌榆社中的老榆树，王恺心的《拗榆行》即写的此树。

⑬胜概：美景，美好的境界。李白《夏日陪司马武公与群贤宴姑熟亭序》："此亭跨姑熟之水，可称为姑熟亭焉。嘉名胜概，自我作也。"

⑭不特：不仅，不但。顾炎武《日知录·古人集中无冗复》："古人之文，不特一篇之中无冗复也，一集之中亦无冗复。"鲁迅《热风·"与幼者"》："将来便不特没有解放的话，并且不起解放的心。"

翻译：

一

黄河九曲一气向东狂奔，汉高故里至今依然尚存。
贫贱并不影响成为豪杰，酒色何曾有损皇帝至尊。
径直斩蛇清障丰西大泽，诸侯逐鹿居然平定中原。
刘家四百年奠基的往事，好让中阳父老茶余议论。

二

圣王谁不是上天所钟情，气壮才能先机夺得朝廷。
盖世虎狼尚且惊魂落马，漫天雷电汉母身附蛟龙。
芒砀自带祥云紫气飘荡，丰沛之地享受皇恩露浓。
我袖中拿出一枝怀古笔，几回踏破青苔覆盖的小径。

三

小小丰城是帝王高祖的根基，山川无恙突然黄河大水迷离。
正逢日月光华天下河清海晏，空忆英雄豪杰风云际会之时。
瓦砾丛中是燕王卢绾的旧宅，蓬蒿影里有高祖刘邦的古祠。
白驹山上一曲高歌刚刚唱罢，无数寒鸦突然飞上夕阳城池。

四

日落平原晚风吹拂满天，浮云随风消失在古台边。
衣锦还乡欢宴真是奇事，大醉征集伴唱尽是少年。
两棵枣树已无再没古树，白榆却还常带社庙香烟。
新丰的美景今天还在否？不仅是荒城才让人怆然。

点评：

这组诗内容均和刘邦有关，但侧重点不一样。第一首象是总领，盛赞高祖奠基四百年大汉伟业的功绩，就连被人诟病的酒色之习，在作者看来也丝毫不影响其至尊的地位。第二首重在赞高祖的"豪气"，正是这豪气让虎狼落马，让天神感动，让风云变色，给汤沐邑的父老以福利，对此作者深怀敬意。第三首从县城着笔，表达人去楼空、英雄不在的感慨。第四首从高祖还乡和刘邦亲手栽种的两棵枣树着笔，表达了桑梓之情和人世沧桑的感慨。

丰邑怀古①

清·吴昉

西京龙去鼎湖枯②，大泽犹传此一区③。
故里漫嗟④纷社杳，新丰曾似汉时无？
柳营⑤垒废仍千缕，榆荚钱飞尚五铢⑥。
自古雄才多远略，楚猿秦鹿⑦敢同驱。

作者简介：

吴昉，字五玉，号梅里，桐城人，由副榜铎丰。端严诚悫，一以恬静为主。尤工文辞，士类多所指南云。[录自清光绪《丰县志》卷四职官类（下）]康熙四十六年（1707）任丰县儒学教谕。

注释：

①选自清光绪《丰县志》卷十三"艺文类"（下）。

②西京：指长安。鼎湖：位于小秦岭之北、荆山脚下，现河南灵宝阳平镇所在地。远古时期，这里是一处湖泊，因黄帝在此汲水铸鼎而名曰鼎湖，传说黄帝在鼎湖乘龙升天。《史记·封禅书》云："公孙卿曰：'黄帝采首山铜铸鼎于荆山。鼎既成，有龙垂胡髯，下迎黄帝。黄帝上骑，群臣后宫从上者七十余人。龙乃上去，余小臣不得上，乃悉持龙髯，龙髯拔堕，堕黄帝之弓。百姓仰望黄帝既上天，乃抱其弓与胡髯号，故后世因名其处曰鼎湖，其弓曰乌号。'"这就是说，轩辕黄帝仙逝升天于鼎湖。龙去：意为高祖刘邦已远去。

③大泽：指鼎湖。此一区：指鼎湖所在的地区。

④漫嗟：也写作"谩嗟"，空叹之意。王安石《桂枝香·金陵怀古》："千古凭高

如此，谩嗟荣辱。"

⑤柳营：即细柳营，西汉周亚夫将军屯兵处，在今咸阳西南。汉文帝巡视细柳营时，发现周亚夫治军有方，纪律严明，大加称赞。后用作咏军营的典故，也用来咏军纪严明的将军。出自《史记·绛侯周勃世家》。

⑥五铢：即五铢钱。它是中国古代的一种铜制通货，因钱上有"五铢"二篆字，故名。汉武帝于元鼎四年（前113）下令禁止郡国铸钱，把各地私铸的钱币运到京师销毁，将铸币大权收归中央。五铢钱最初铸于汉武帝元狩五年（前118），终止于唐武德四年（621），是我国流通最久的钱币。因硬币像榆荚形状故又称榆钱，于是拿五铢钱作比。

⑦楚猿：指项羽。《史记·项羽本纪》："人言楚人沐猴而冠耳，果然。"秦鹿：指秦始皇。

翻译：

西京龙已远去鼎湖也已干枯，鼎湖大泽还留传在这一区域。
故里空叹粉榆旧社消失无影，新丰而今难道会像汉代一样？
细柳故垒已废柳丝依旧千缕，榆荚凋零飞舞形状仍像五铢。
自古英雄豪杰多有远大谋略，高祖敢把秦皇项羽一同驱逐。

点评：

这首诗采用总分总的结构。首联总写高祖已去，神奇犹传；颔联和颈联通过粉榆社、新丰、细柳营、拗榆等表达了世事沧桑的感慨；尾联直抒胸臆表达观点：自古雄才多远略，表达了对高祖的赞美。

喜 雨①

戊子夏

清·王初集

丰处河北区②，民风真而朴。
服贾③非所长，竭力播百谷。

余尹④四载余，民幸无仰屋⑤。

昨年庆有秋，炮羔⑥欣聚族。

今夏天降丹，麦秋才半熟。⑦

禾黍满郊原，篝车⑧勤致祝。

连旬乏甘霖，余心若转轴。

时雨挽天工，耘籽恐不速。

戴笠和云锄，高下如新沐。

疏柳荫平畴，细流响深谷。

蛙鸣穷巷中，莺啭深林麓。

妇子各奔趋，皇皇谋旨蓄⑨。

将期⑩大有⑪书，含哺而鼓腹⑫。

帝力⑬颂无疆，吹邠介景福⑭。

作者简介：

见前。

注释：

①选自清光绪《丰县志》卷十三"艺文志"（下）。

②河北区：指古黄河北部区域。黄河是 1855 年最后一次改道，由入黄海改道入渤海，作者生活的年代丰县地处黄河之北，故曰河北区。

③服贾：经商。

④余尹：指作者曾在丰县作县令。尹：治理，由治理引申指官名。

⑤仰屋：仰望屋顶，深深叹息。形容处于困境，无可奈何。

⑥炮羔：烧烤乳羊，烹制美食。

⑦天降丹：指天气酷热。丹，指火。麦秋：麦子成熟的时候。

⑧篝车：即水车。陈三立《遣兴》："晓移舴艋溪桥稳，晨听篝车田水喧。"

⑨皇皇：同"遑遑"，匆忙的意思。旨蓄：贮藏的美好食品。

⑩将期：意为正指望，刚刚准备要。

⑪大有：大丰收。丰收。储光羲《观竞渡》："能令秋大有，鼓吹远相催。"

⑫此句为"含哺而熙，鼓腹而游"的缩写，意思是口里含着食物嬉戏，鼓着吃

饱的肚子游玩。语出《庄子·外篇·马蹄》："夫赫胥氏时，民居不知所为，行不知所之，含哺而熙，鼓腹而游。民能以此矣！"

⑬ 帝力：帝王的作用或恩德。

⑭ 吹邠：即以渲染的文笔宣扬幸福美景。景福：洪福，大福。

翻译：

丰县地处黄河北，民风真诚而淳朴。

经商不是它所长，竭尽全力播百谷。

我执丰县四年余，百姓幸好少困楚。

去年庆祝秋丰收，烧烤美食欢欣聚。

今年夏天酷热旱，麦子成熟才半粒。

禾黍茂盛满郊野，面对水车勤祷祝。

连月干旱少甘霖，我心焦虑若转轴。

时雨手挽天工下，农民耕耘恐不速。

头戴斗笠扛银锄，农田高低如新沐。

疏柳掩映农田畴，细流淙淙传深谷。

十里蛙鸣简陋巷，百鸟啼叫深山麓。

妇女孩子各奔跑，欢天喜地谋食物。

正要期望载丰收，含哺鼓腹百姓足。

皇恩浩荡歌不尽，浓墨重彩颂洪福。

点评：

这首五言古诗用质朴的语言表达了一位时刻为民着想的县令形象，干旱时节，内心焦虑，心如转轴；喜雨天降，欢欣鼓舞，援笔赋诗。为百姓的苦而悲，为百姓的喜而乐，这才是真正的以民为本。

题新丰图①

清·乾隆（爱新觉罗·弘历）

上皇不乐居关中，诏徙丰沛为新丰。

通寰带阓②开九市，簇簇旗亭③凡九重。

货别遂分庶且富④，甲第连云车马凑⑤。

沽酒屠儿煮饼商，一一物色⑥皆帷旧。

老幼初来似久居，鸡鸣于埘⑦犬留间。

统纪或尊三辅尉⑧，市政无须周大胥⑨。

钩陈之外接阁道⑩，穹隆曾命般尔巧⑪。

枌诣天梁石对开⑫，凭轩下视凌云鸟。

古今都令称长安，谁与营者匠胡宽⑬。

只今荒土基难觅，还留图画人间看。

作者简介：

　　清高宗爱新觉罗·弘历（1711—1799），清朝第六位皇帝。年号"乾隆"，寓意"天道昌隆"。他二十五岁登基，在位六十年，禅位后又任三年零四个月太上皇，实际行使国家最高权力长达六十三年零四个月，是中国历史上实际执掌国家最高权力时间最长的皇帝，也是中国历史上最长寿的皇帝。弘历在康熙、雍正两朝文治武功的基础上，进一步完成了多民族国家的统一，推动社会经济文化进一步发展，达到了康乾盛世以来的最高峰。

注释：

　　①现台北故宫博物院存有两幅关于新丰城的图画，其中一幅上有乾隆皇帝御题的诗文。2008年，原民国时期丰县县长黄体润之子黄蕴中将影印彩图寄回丰县，让家乡人终于可以一睹"新丰"的风采。其中一幅是唐岱、孙祜、沈际、周熊、丁观鹏等所绘院本"新丰图"，长203.8厘米，宽96.4厘米。另一幅是唐岱、孙祜等所绘"庆丰图"，长393.7厘米，宽238厘米。两幅图内容布局大致相同，上半部分为一般民房，显然是仿丰县原有市容所建，下半部分有山、石、湖、水，楼阁、

台榭，曲桥连贯，林木分明，想是太上皇的行宫。图上有乾隆皇帝御题的诗文《题新丰图》。

②通寰带阓：语出张衡的《西京赋》："郭开九市，通阓带阛，旗亭垂立，俯崇百隧。"寰：广大的区域。阓：进入市区的门，常借指市区。

③旗亭：市楼。古代观察、指挥集市的处所，上立有旗，故称。

④货别遂分：不同的货店列于不同的路边。庶且富：百姓众多而且富裕。语出班固《西都赋》："内则街衢洞达，闾阎且千，九市开场，货别隧分。""红尘四合，烟云相连。于是既庶且富，娱乐无疆。"

⑤甲第：原指封侯者的住宅，后泛指贵显的宅第。连云：形容高耸入云。凑：聚集。

⑥物色：形状，形貌。《西京杂记》卷二："高帝既作新丰，并移旧社，衢巷、栋宇，物色唯旧。士女老幼相携路首，各知其室；放犬羊鸡鸭于通涂，亦竟识其家。"

⑦埘：凿垣为鸡窝曰埘，亦指在墙壁上挖洞做成的鸡窝。

⑧统纪：纲纪。《汉书·董仲舒传》："邪辟之说灭息，然后统纪可一而法度可明。"三辅：西汉治理京畿地区的三个职官的合称，亦指其所辖地区。

⑨市政：市场贸易事务。周大胥：见张衡《西京赋》"周制大胥，今也唯尉"。周为"周礼"，大胥为古代的官名，指乐师的助手。

⑩钩陈：指后宫。班固《西都赋》："周以钩陈之位，卫以严更之署。"李善注："钩陈，后宫也。"阁道：复道。

⑪穹隆：见班固《西都赋》"于是钩陈之外，阁道穹隆"。李善注："穹隆，长曲貌。"般尔：指古代巧匠鲁般和王尔，后泛指技艺精湛的工匠。

⑫枍诣天梁：均是汉宫殿名。在建章宫内。班固《西都赋》："经骀荡而出馺娑，洞枍诣以与天梁。"李善注："天梁，亦宫名也。"《三辅黄图·建章宫》："天梁宫，梁木至于天，言宫之高也。四宫（骀荡、馺娑、枍诣、天梁）皆在建章宫。"

⑬与：赞许。胡宽：设计建造新丰的工匠。

翻译：

太上皇不乐意居住在关中，高祖下诏迁徙丰沛建新丰。
市区四通八达市井又繁荣，市楼林立前后排列很多重。
货店分列百姓众多且富庶，显贵者豪宅连云车马聚集。
卖酒屠户煮饼者各色商贩，看形貌个个都是丰沛乡旧。
老幼初来乍到却好似久居，鸡犬各自能够找到窝巢。
治理京畿的职官尊崇纲纪，市场贸易无需那周礼大胥。

后宫向外连接着楼宇复道，复道长曲彰显能工的精巧。
枌栌天梁两大宫殿门相对，凭窗俯瞰自己仿佛凌云鸟。
古今都称颂长安京城美好，有谁赞许建造新丰的胡宽。
现如今废墟一片踪影难觅，只留一副图画在人间观看。

点评：

这是一首题图诗，即根据画图内容展开想象描写新丰城的情况。可分三部分：前两句是第一部分，写建新丰的原因；最后两句是第三部分，表达昔胜今衰的感慨并扣题；中间部分是第二部分，描写新丰的格局和繁荣，这是本诗的主体部分。这首诗依然显示了乾隆作诗好用典、掉书袋的特征，因此他的诗往往晦涩难懂。这也就是他虽写了四万多首诗却极少有千古流传的好诗的原因。这首诗的中间描写新丰石井的部分深受班固《西都赋》的影响，好多词语都来自《西都赋》，模仿抄袭的成分很重。

车中杂忆古人作五六七言诗①

清·袁枚

大度如刘季②，难忘嫂戛羹③。
偶将雍齿④赏，终逐郑君行⑤。

作者简介：

袁枚（1716—1798），字子才，号简斋，晚年自号仓山居士、随园主人、随园老人。钱塘（今浙江省杭州市）人，祖籍浙江慈溪。清朝乾嘉时期代表诗人、散文家、文学批评家和美食家。乾隆十四年（1749），辞官隐居于南京小仓山随园，吟咏其中，广收诗弟子，女弟子尤众。去世后葬在南京百步坡，世称"随园先生"。后人辑有《随园全集》。

注释：

①选自《小仓山房诗文集》卷一。袁枚著，周本淳标校，上海古籍出版社1988

年1月出版。

　　②见《史记·高祖本纪》："高祖为人……仁而爱人，喜施，意豁如也。常有大度，不事家人生产作业。"

　　③见清张玉纶《读史》注释②。

　　④雍齿：秦末丰邑（今江苏丰县）人。前209年刘邦反秦，雍齿随从，但雍齿素轻刘邦，第二年，在刘邦最困难的时候，雍齿献出了丰县城投靠了魏国周市。刘邦大怒，数攻丰邑而不下，只好到薛县投奔项梁，刘邦因此对雍齿非常痛恨。后雍齿属赵，再降刘邦。前202年，汉高祖刘邦恩赏功臣封为列侯。他听说有人不服，天天发牢骚，刘邦问计于张良，张良说陛下平生最恨谁就厚赏谁，这样让所有人都有得赏的希望。刘邦于是封雍齿为什邡侯（两千五百户）。

　　⑤郑君即项羽部将郑荣。项籍垓下大败，虞姬自刎，郑君尝事项籍为亲将，项籍死而郑君被汉所俘。汉高祖下诏，凡是项籍故臣，都要去项归汉，郑君独不奉诏。后奉诏者皆拜为大夫，而逐郑君。苏轼《虞姬墓》："帐下佳人拭泗痕，门前壮士气如云。仓黄不负君王意，只有虞姬与郑君。"表达了对不负项羽的虞姬和郑君的赞美。

翻译：

　　高祖为人非常豁达大度，虽然嫂子曾拒绝供给食物，登基后依然封侄子羹颉侯。雍齿曾经背叛过刘邦，但还是封他为什邡侯。郑君原是项羽的部将，项羽失败后被刘邦所俘，后不愿事汉终被驱逐。

点评：

　　首句看似赞美刘邦的大度，而从"难忘""偶将""终逐"三词看，作者实际上是在讽刺刘邦"大度"的虚假。

读 史①

清·洪亮吉

　　缘②知隆准是真龙，白帝先愁试剑锋③。
　　功狗已烹高鸟尽，只留一雉④锥深宫。

作者简介：

洪亮吉（1746—1809），字君直，号北江，晚号更生居士。阳湖（今江苏常州）人，祖籍安徽歙县。乾隆五十五年（1790）科举榜眼，授职翰林院编修。清代经学家、文学家。乾隆五十七年（1792），洪亮吉奉命到黔地考察，历时一年。这其间，他在与社会各阶层广泛的接触中，敏锐地看到了人口过快的繁衍速度与经济发展速度之间的矛盾，于乾隆五十八年（1793）写出了著名的蕴含着人口论思想的专著《意言》，特别是《意言》中的第六篇《治平篇》，更是集中地表现了洪亮吉的人口论思想，比英国经济学家马尔萨斯的《人口论》发表还早五年，是世界上最早的人口论专著。后因上书极论时弊，免死戍伊犁。

注释：

①选自洪亮吉《洪亮吉集·读史六十四首》，中华书局 2001 年 10 月出版。
②缘：因为。李白《秋浦歌》："白发三千丈，缘愁似个长。"
③此句指秦始皇还在刘邦斩蛇时就开始发愁了。
④一雉：指吕雉皇后。

翻译：

因为知道高祖是下凡的真龙，刘邦斩蛇始皇就已满面愁容。
兔尽功狗已烹高鸟也已飞尽，只留吕雉锥子一样钻在深宫。

点评：

前两句是说，秦王原本知道高祖是真龙下凡，所以当高祖斩蛇起义时就开始恐怖犯愁。后两句是说宫廷在玩兔死狗烹的清君侧行动，只有吕后却稳稳地扎根在宫中。表达了作者对帝王杀害功臣、纵容小人的讽刺和批判。

新丰市①

清·赵希璜

大孝②备，寰宇宁。

大孝备，宏汉京③。

未央酒欢，新丰市成。

写放④丰沛，俪佻输名⑤。

广陌通衢，画栋飞甍。

狺狺⑥犬吠，粥粥⑦鸡声。

岂曰舍旧，忘新门庭。

何必改作，异地同情？

新莫新兮，新丰行人。

情未改，地未更，

生产孰如仲所营？⑧

呜呼！孝哉冯翼⑨承。

家天下，为亲荣。

太上皇，拥彗迎⑩。

作者简介：

　　赵希璜（1746—1805），字子璞，一字渭川，长宁（今广东新丰）人。乾隆四十四年（1779）举人，历任延川、济源、安阳知县。少读书罗浮山，嘘吸云烟，其诗无尘俗之气。好交海内名士，好金石，善山水，兼善花卉，以学识与诗艺闻名岭南，被誉为岭南四大才子之一。但应举落第，归乡苦读，数年后北上游学京华。死后葬于安阳县以西二十里的土旺村。尝刻《黄仲则集》，著《安阳县志》《四百三十二峰草堂诗钞》等。

注释：

　　①选自赵希璜《四百三十二峰草堂诗钞》卷五。中国视觉艺术出版社 2019 年 2

月版。

②大孝：高祖建新丰就是为了解决父亲的思乡情结，让父亲高兴，故曰大孝。

③汉京：这里指汉朝都城长安。亦借指其他古代汉族政权的都城。班固《西都赋》："博我以皇道，弘我以汉京。"

④写放：亦作"写倣"，模仿。《史记·秦始皇本纪》："秦每破诸侯，写放其宫室，作之咸阳北阪上。"

⑤俪佻：意为新丰克隆了古丰的格局。俪：并列的。佻：《尔雅》"偷也"。

⑥猗猗：狗叫的声音。

⑦粥粥：鸡相呼声，引申为众口藉藉，声音嘈杂。韩愈《琴操·雉朝飞》："随飞随啄，群雌粥粥。"

⑧见《史记·高祖本纪》："未央宫成。高祖大朝诸侯群臣，置酒未央前殿。高祖奉玉卮，起为太上皇寿，曰：'始大人常以臣无赖，不能治产业，不如仲力。今某之业所就孰与仲多？'殿上群臣皆呼万岁，大笑为乐。"

⑨冯翼：无形之貌。

⑩拥彗迎：即拥彗迎门，是指拿着扫帚扫地，在门前迎候贵客，表示对来客非常尊敬。出自汉荀悦《汉纪·高祖纪》："后上朝太公，太公拥彗迎门，却行欲拜。"

翻译：

大孝具备了，天下就会安宁。

大孝具备了，就会光大京城。

未央宫里酒歌欢，新丰城邑已落成。

模仿古丰格局，克隆古丰名称。

大道四通八达，建筑雕梁画栋。

有汪汪犬吠，有咯咯鸡鸣。

谁说房舍旧？忘记了是新门庭。

何必改旧舍，地异而情同。

新的不能再新啊，新丰的居民。

乡情未改变，地名未变更。

我与刘仲比谁能生产善经营？

唉！大孝啊在无形中得以传承。

以天下为家，为亲友共荣。

太上皇也打扫庭除把客迎。

点评：

这首诗了描写了大孝所带来的和谐美好的境界，热情歌颂了和谐美好的新丰居民的生活。这是一首孝的颂歌。

新丰怀古①

清·邓廷桢

骊山北去渭流东，万瓦如鳞镇尚雄。
鸡犬当时知故宅，枌榆何处认离宫②？
酒楼佣保③乡音在，猎陈④旌旗昼锦⑤同。
毕竟杯羹言太忍，承欢枉自⑥筑新丰。

作者简介：

邓廷桢（1776—1846），字维周。南京人，祖籍苏州洞庭西山明月湾。清代官吏，鸦片战争将领之一。嘉庆六年（1801）进士，工书法，擅诗文，授编修，官至云贵、闽浙、两广总督，与林则徐协力查禁鸦片，击退英舰挑衅。在粤时因办事不利被贬戍伊犁，后释还，迁至陕西巡抚。他是中国力拒割让香港的第一人。1997 年 7 月 1 日在静海寺，由邓廷桢的六世孙邓源敲响了香港回归钟声的第一响。有《石砚斋诗抄》等多部著作传世。

注释：

①选自清刻本《石砚斋诗抄》卷三。

②离宫：封建时代皇帝在都城之外的宫殿，也泛指皇帝出行时的住所。这里指刘邦故里古丰。

③佣保：雇工、佣人。

④猎陈：旗子飘动发出的声音。猎：即猎猎。陈：陈列，排列。

⑤昼锦："衣锦昼行"的简称，指富贵还乡。《汉书·项籍传》："秦末项羽入关，屠咸阳。或劝其留居关中，羽见秦宫已毁，思归江东，曰：'富贵不归故乡，如衣锦

夜行。'"《史记·项羽本纪》作"衣绣夜行"。后遂称富贵还乡为"衣锦昼行"，省作"昼锦"。吴伟业《项王庙》"凄凉思昼锦，遗恨在彭城。"

⑥枉自：徒然，白白地。

翻译：

骊山向北延渭水流向东，万瓦如鳞片古镇依旧雄。

鸡犬当年能够识别故宅，枌榆何处可以相认古丰？

酒楼的雇工们乡音依旧，旌旗猎猎似乎衣锦昼行。

毕竟分羹之言太过残忍，为父欢心徒然筑了新丰。

点评：

首联写今，颔联写古，颈联又写今，尾联议论评价。这种写法有别于怀古诗"先叙后议，先古后今"的传统思路。尾联在说分羹之言是残忍不孝之语，纵然为父欢心建了新丰也是徒然，也消除不了分羹之语造成的恶劣影响。

舟中杂忆古人①

清·邓显鹤

寄奴②王者是真龙，微贱行踪③类沛公。

泽畔斩蛇江畔射④，刘家天子两英雄。

作者简介：

邓显鹤（1777—1851），字子立，一字湘皋，晚号南村老人，湖南新化人。湖南后学尊他为"楚南文献第一人"，而梁启超则称他为"湘学复兴之导师"。嘉庆九年（1804）中举，官宁乡县训导，晚年应聘主讲邵阳濂溪书院。除自作诗文外，他一生致力于对湖南地方文献的搜集整理，校勘并增辑周圣楷所作《楚宝》；搜集整理王夫之遗作成《船山遗书》；编纂《资江耆旧集》及《沅湘耆旧集》。

注释：

①选自清道光二十三年（1843）邓氏刻本《沅湘耆旧集》卷一百七十六。本诗应是作者船行至镇江时想起刘裕而作。题目中的古人指刘裕和刘邦。

②刘裕（363—422），字德舆，小名寄奴。中国东晋至南北朝时期杰出的政治家、改革家、军事家，南朝（刘宋）开国君主。他是汉高祖刘邦的弟弟楚元王刘交的子孙，本是东晋将领，后来代晋自立，建立宋朝，史称刘宋或南朝（宋），被后人誉为南朝第一帝。

③微贱行踪：《宋书·武帝本纪》记载，刘裕出生时，其母即死，其父刘翘因家境贫寒，便想将刘裕抛弃。与刘裕同郡的刘怀敬之母是刘裕的从母，当时生刘怀敬尚未满月，闻此事，便前去阻止了刘翘，"断怀敬乳而乳之"（《资治通鉴·卷第一百一十一》）。

④江畔射：这里指刘裕北伐时数次激战长江两岸，取得北伐胜利。辛弃疾《京口北固亭怀古》："斜阳草树，寻常巷陌，人道寄奴曾住，想当年，金戈铁马，气吞万里如虎。"怀念并高度赞扬了刘裕的业绩。

翻译：

王者武帝刘裕是一条真龙，他出身微贱正像高祖沛公。

刘邦泽畔斩蛇他江畔鏖战，刘家两位天子真不愧英雄。

点评：

作者不吝赞美之词，热情赞颂了为中华民族作出重大贡献的两位皇帝刘裕和刘邦。刘邦和刘裕两人同族，且出身经历相似，作者于是自然而然把两人联系在一起，并给予热情的歌颂。

彭城怀古①

清·刘培丰

其一

大泽龙蛇蛰已振，彭门何事复东巡②？

空传厌气来天子③，不及瞻云有妇人。

泗水唯求迁洛鼎④，神仙终遇报韩臣⑤。

可怜来往蓬壶路⑥，未向圯桥⑦一问津。

其二

朱陈村里杏花天，父老犹传太守⑧贤。

归洗泥靴几重九⑨，待留马蹬仅三千⑩。

肩舆谁访山人宅⑪，载酒空回月夜船⑫。

莫上黄楼⑬思往事，斜阳满树草芊芊。

作者简介：

见前。

注释：

①作者诗集《红雪书屋集》已遗失，这两首诗由作者后人提供给白光华先生。

②东巡：始皇十二年为帝，先后巡游达六次，死于第六次巡游途中。巡游时间地点大致如下：第一次巡视是公元前 220 年，统一后的次年。"始皇巡陇西、北地、出鸡头山，过回中"。第二次是公元前 219 年，主要是巡行东方郡县。这是因为东方是原六国之地，是在统一战争中新设立的郡县，秦始皇去巡视是为了巩固统治，展示威风。第三次是公元前 218 年，"始皇东游至阳武博浪沙中，为盗所惊。求弗得，乃令天下大索十日"。第四次巡游是在公元前 215 年。第五次巡游是公元前 214 年，征发那些曾经逃亡的犯人，典押给富人做奴隶，设置桂林、象郡、南海等郡，把受贬谪的人派去防守。第六次是公元前 210 年十月。先后到达湖北、湖南、安徽、江苏、浙江、山东、河北。这一次巡游至平原津秦始皇得病，死于途中。

③出自《史记·高祖本纪》："秦始皇帝常曰'东南有天子气'，于是因东游以厌之。高祖即自疑，亡匿，隐于芒砀山泽岩石之间。吕后与人俱求，常得之。高祖怪问之。吕后曰：'季所居上常有云气，故从往常得季。'"空传：指作者认为这传说虽然《史记》有记载，也值得怀疑。

④"泗水捞鼎"一事最早见于《史记·秦始皇本纪》："始皇还，过彭城，斋戒祷祠，欲出周鼎泗水。使千人没水求之，弗得。"此"周鼎"据传是禹铸九鼎之一。《史记·封禅书》："其后百二十岁而秦灭周，周之九鼎入于秦。或曰宋太丘社亡，而

鼎没于泗水彭城下。"秦始皇在彭城捞鼎未果因而徐州大运河（古泗水）一带有"不捞河"遗迹，捞出的石头在两岸堆成长长的石梁，"秦梁洪"即由此得名。

⑤此处指张良在下邳遇见黄石公得其指点之事。韩臣，即张良，原为韩国人。祖父、父亲都曾经是韩国的相国。秦灭韩，断了张良的前途，因此恨秦，于是在秦王东巡的必经地博浪沙椎杀秦始皇。《史记·留侯世家》："留侯张良者，其先韩人也。韩破，良家僮三百人，弟死不葬，悉以家财求客刺秦王，为韩报仇，以大父、父五世相韩故。"

⑥蓬壶：古代传说中的海中仙山。晋王嘉《拾遗记·高辛》："三壶则海中三山也。一曰方壶，则方丈也；二曰蓬壶，则蓬莱也；三曰瀛壶，则瀛洲也。形如壶器。"秦始皇曾多次派人去此求长生不老之药，但终无所获。

⑦圯桥：张良为黄石公拾履之处，在此得其指点迷津。这里代指黄石公。

⑧太守：指苏轼。宋神宗熙宁十年（1077）四月至元丰二年（1079）三月任徐州知州。其诗《题陈季常蓄〈朱陈村嫁娶图〉二首》中有"我是朱陈旧使君，劝农曾入杏花村"。

⑨黄楼竣工于重阳节，当日苏轼作《九日黄楼作》，有"黄花白酒无人问，日暮归来洗靴袜"句。重九：即九月九日重阳节。

⑩苏轼主政徐州不足两年，其间的1077年秋，黄河决口，"彭门城下，水二丈八尺"。苏轼喊出了"吾在是，水决不能败城"的决心，积极组织军民筑堤抢险。本人也亲荷畚锸，布衣草屦，"庐于城上，过家不入"。抗洪胜利后，苏东坡又提出"筑堤防水，利在百世"的主张，继续带领民众筑堤"七百九十丈"。"苏堤"成了苏轼在徐治水的永恒纪念碑。为此当苏轼离开徐州时，百姓依依不舍，甚至抱住他的马头割断他的马蹬。"三千"是虚数，夸张用法，表达百姓对苏轼的不舍。

⑪肩舆：轿子。山人宅：张山人之宅。张山人即北宋隐士张天骥（1041—?），字圣涂，自号云龙山人，又称张山人。家有花园、田宅，却在徐州云龙山西麓黄茅岗筑有草堂，爱好诗书、花木。苏轼在徐州期间，与之结为挚友，饮酒唱和，苏轼屡大醉而归。

⑫指苏轼《赤壁赋》中所载的江上月夜饮酒之事。

⑬黄楼：位于今徐州市庆云桥东故黄河南岸大堤上，由时任徐州知州的苏轼在战胜洪水之后，于宋神宗元年（1078）八月在徐州城东门之上建造的高楼，九月九日落成。苏轼为祝贺黄楼落成，写下了著名的《九日黄楼作》一诗，表达自己的喜悦心情，当时苏辙、秦观、陈师道等三十多位名士来此祝贺。莫通"暮"。

翻译：

其一

大泽赤龙刘邦冬眠已经觉醒，彭城发生何事始皇又要东巡。

空传丰沛要出天子故来压气，还不及观云寻找刘邦的妇人。

来到泗水只求国宝西周神鼎，黄石公终遇刺嬴报韩的良臣。

可惜始皇来往求仙的蓬壶路，遗憾未能让黄石公指点迷津。

其二

朱陈村里杏花开得灿烂满天，父老乡亲犹传苏轼太守德贤。

重阳黄楼竣工归来清洗泥靴，百姓挽留太守割掉马蹬三千。

是谁乘着轿子拜访山人庐宅，太守载酒而去月夜回来空船。

傍晚登上黄楼回首想起往事，斜阳笼罩树木到处野草芊芊。

点评：

"其一"的主人公是秦始皇。作者批评了他的迷信行为：东巡压紫气，泗水捞宝鼎，蓬壶寻仙药。独独没有像张良找到黄石公那样的高人指点迷津，结果失败也就必然了。

"其二"的主人公是苏轼。苏轼曾作徐州太守，多有善政，其治水功绩尤显，留下了"苏堤""黄楼"等纪念遗迹，也留下了《放鹤亭记》《九日黄楼作》等不少的名篇佳作。这首诗主要写了苏轼在徐州期间的两件事：一是治水，一是和张山人的友谊。前者体现了政治家的勤政爱民，后者则表现了苏轼个人的人生情趣。尾句"斜阳满树草芊芊"以景结情，表达了作者对物是人非、人世沧桑的感慨。

桥畔杂吟①

清·刘培丰

其一

天津桥接文明桥②，泮水③斜通泡水潮。

桥北桥南访佳丽，依稀风景似南朝④。

作者简介：

见前。

注释：

①作者诗集《红雪书屋集》已遗失，这组诗由作者后人提供给白光华先生。

②据明万历增补本《丰县志》载："天津桥，县治中阳坊前。"清光绪《丰县志》载："天津桥，县北门内。旧有古碑。今淤。""天津晚钓"是当时古丰八景之一。文明桥两本《丰县志》均没记载，一说是文庙中大成殿前的泮水桥。

③泮水：学宫前的水池，成半月形。《诗·鲁颂·泮水》："思乐泮水，薄采其芹。"毛传："泮水，泮宫之水也。"郑玄笺："芹，水菜也。"古时学宫有泮水，入学则可采水中之芹以为菜，故称入学为"采芹"。还有一说，读书人若是中了秀才，到孔庙祭拜时，须到大成门边的泮池采些芹菜插在帽上，这才算得上是个真正的读书人。泡水：又称泡河，位于丰城北，已淤。"泡水风光"是古丰八景之一。

④南朝（420—589），是中国历史上由汉族建立的四个王朝宋、齐、梁、陈的统称，它上承东晋下启隋朝，共二十四帝，历一百六十九年。因为六朝皆以建康为都城，所以后世许多文献皆以六朝或南朝来代指南京。这两句是说天津桥畔美女如云，犹如南京秦淮河畔的秦淮八艳。

翻译：

天津桥相连着文明桥，泮水沟通泡水的浪潮。

桥北桥南来往着佳丽，风景依稀是当年南朝。

点评：

这是一幅风景画，也是风俗画；小桥流水，佳丽如云，如浪漫的秦淮河，又如大唐曲江的丽人行。这首诗是这一组诗的总领，提供了一个整体的背景。

其二

北部胭脂近擅名①，陈家姊妹②亦多情。

嗟来莫作西洲梦③，秋水红莲④处处生。

注释：

①擅名：享有名声。

②陈家姊妹：应是当地佳丽中的佼佼者，具体是谁，不得其详。

③西洲梦：南北朝时有著名爱情诗篇《西洲曲》，内有"南风知我意，吹梦到西洲"的句子。西洲梦即指爱情梦。

④秋水红莲：代指美丽的女子。《西洲曲》有"树下即门前，门中露翠钿。开门郎不至，出门采红莲"句子。

翻译：

北部的美女一直享有美名，陈家姊妹亦顾盼神飞多情。

提醒她们千万莫作爱情梦，因为这里美女如云似莲生。

点评：

这首诗意在警告陈家姊妹不要自以为美忘乎所以做这西洲美梦，这里美女像秋水红莲，处处皆是。三四句用《西洲曲》里的典故，含蓄蕴藉，耐人寻味。

其三

栏杆街上摇钱树①，老去徐娘②有后身。

一自蓉花③零落后，李花④独占一城春。

注释：

①栏杆街：书院街的旧名。清康熙年间建造乐育书院，后改名凤鸣书院，故该街现更名书院街。摇钱树：旧时妓女为老鸨挣钱，俗称为"摇钱树"。

②徐娘：梁元帝（萧绎）之妃徐氏。"徐娘虽老，犹尚多情"，后称年老而尚有风韵的妇女为"徐娘"。

③蓉花：这里指栏杆街徐二之女徐蓉。刘培丰自注："栏杆街徐二，饶有资财，其养女名蓉者，有盛名。自今夏病殁，城内群推小李矣。小李，姓李氏，名凤仙。"

④李花：即李凤仙，见注释③。

翻译：

栏杆街上的那些摇钱大树，容颜已老但不乏接班之人。

自从徐蓉这朵鲜花零落后，凤仙独秀占尽了一城之春。

点评：

　　这首诗选了一个点：李凤仙。她在头牌凋零以后，自己上位成了头牌。反映清代青楼生活的繁荣。

其四

青衫红袖两相欢①，名士倾城②遇每难。

幸有画眉京兆尹③，善和坊里访端端④。

注释：

　　①青衫：唐制，文官八品、九品服以青。白居易《琵琶引》："座中泣下谁最多？江州司马青衫湿！"后因借指失意的官员。

　　②倾城：全城，满城。形容女子艳丽，貌压全城。

　　③画眉京兆尹：京兆尹是中国汉代官名，为三辅（治理京畿地区的三位官员，即京兆尹、左冯翊、右扶风）之一。主管今西安及其附近地区，在西汉时期相当于今日首都的市长。张敞做京兆尹时曾在闺房为夫人画眉。诗中指泗水郡太守张鹗荐。刘培丰自注："泗上张鹗荐一见倾倒，即赠诗四首。"

　　④唐代河中名妓崔徽有诗句："善和坊里觅端端。"端端：唐时长安城中一妓女名。这里代指妓女。

翻译：

　　官员美女两情相悦常寻清欢，名士相遇到佳丽却每每很难。

　　幸运的是泗水郡的风流太守，善和坊每每悠闲地约会名媛。

点评：

　　本诗的主人公是泗上风流太守张鹗荐，幸遇倾城佳丽并赋诗相赠，约会清欢。这在当时是常态，因为青楼是合法存在，官员嫖妓也是生活的日常，这种现象一直延续到民国。

其五

静掩柴扉屋一椽①，小庭杂艺尽红鲜。

何来丹凤花千朵②，恰称其名号凤仙③。

注释：

①椽：椽子，承托屋面用的木构件。圆的叫椽，方的叫桷，这里代指房子。

②该句见刘培丰自注："马三者，送丹凤花二十余种，作缠头之赠。"此花是送给妓女李凤仙的。

③凤仙：指妓女李凤仙，这里有双关之意。

翻译：

小院柴门静掩只有房屋一间，庭内杂花缤纷满目尽是红鲜。

哪里来的丹凤鲜花千枝万朵，恰好李家仙女的名号叫凤仙。

点评：

柴门小院，万千鲜花点缀，顿觉生机盎然，情意满满，丹凤花分外耀眼，原是情人相赠，颇富生活气息。

其六

清言①何必唤提壶，漫吹黄泥小茗炉②。

红破樱唇香霭霭，金筒③亲递淡巴菰④。

注释：

①清言：指魏晋时期名士崇尚老庄、摈弃世务、竞谈玄理的风气。

②黄泥小茗炉：煮茶的小泥炉。白居易《问刘十九》："绿蚁新醅酒，红泥小火炉。晚来天欲雪，能饮一杯无？"

③金筒：古刻漏上的贮水壶和引水筒。《文选·陆倕〈新刻漏铭〉》："金筒方圆之制，飞流吐纳之规。"李善注："金则壶也，而形方；筒则引水者，而形圆。"这里指水烟袋。

④淡巴菰：烟草。清王士禛《香祖笔记》卷七："吕宋国所产烟草，本名淡巴菰，又名金丝薰。"亦作"淡巴姑""淡巴芯"。清俞正燮《癸巳存稿·吃烟事述》："烟草出于吕宋，其地名曰淡巴姑。"

翻译：

谈玄说理何必唤客提只茶壶，只需轻吹煮茶的黄泥小茶炉。

樱嘴红唇微张香气升腾缭绕，亲自递上水烟名字叫淡巴菰。

点评：

其情其景犹如白居易的《问刘十九》，人生的诗意、快意尽在其中。

其七

十六生儿似莫愁①，泥人②秀色更明眸。

着来新样麟衫③好，绿水溪边弄阿侯。

注释：

①见梁武帝萧衍《河中之水歌》："河中之水向东流，洛阳女儿名莫愁。莫愁十三能织绮，十四采桑南陌头。十五嫁于卢家妇，十六生儿字阿侯。"

②泥人：指孩童。唐卢仝《示添丁》诗："不知四体正困惫，泥人啼哭声呀呀。"

③麟衫：即蝉衫麟带，薄绢制的衣衫，有文采的衣带。指飘逸华美的服装。元陈孚《春日游江乡园》诗："蝉衫麟带谁家子，笑骑白马穿花来。"

翻译：

十六生儿就像那当年的莫愁，如孩童秀色鲜嫩更有双明眸。

穿着一身新样式的华美服装，在绿水溪边照顾着儿子阿侯。

点评：

作者所写的此女子是谁不得而知，作者由眼前的这位年轻妈妈照看儿子就联想起当年的莫愁，诗意油然而生。寥寥几笔，十六岁少妇的风采跃然纸上。当时社会的早婚现象也在诗中得以认识。

其八

恶木何堪托女萝①，果然平地起风波。

若非得遇怜香客②，狼藉花枝恨更多。

注释：

①女萝：又名松萝，是一种地衣类植物，全体为无数细枝，状如线，长数尺，靠依附他物生长。

②怜香客：惜爱女色之人。作者自注："今夏忽遭强暴（指妓女李凤仙），赖程

敬亭排解，始安。"

翻译：

朽木岂能支撑一架女萝，果然平地掀起一股风波。

若不是遇到怜香的客人，只怕花枝狼藉零落更多。

点评：

该诗用比喻的手法记载了李凤仙被强暴、程敬亭排解纠纷的过程。事虽常见不鲜，但比喻手法的运用却使得该诗形象而富有诗意。

其九

胶牙①曾掷三刀果②，消渴还投五色瓜③。

惹得伊川程正叔④，心心口口⑤是伊⑥家。

注释：

①胶牙：本指（食物）坚硬难嚼。钱谦益《灯楼行壬寅元夕赋示施伟长》："怜君旅食山城下，钟罢炉残守僧舍。胶牙生菜粥不糜，蜇鼻村酤酒未筝。"根据下句的"解渴"及感谢之意，这里当解为待客的食品。

②三刀果：油炸糕点，丰县俗称"三刀子"。

③五色瓜：即东陵瓜。汉初有召（邵）平，本秦东陵侯，秦亡，为民，种瓜于长安城东，故称。南朝（梁）任昉《述异记》卷下："吴桓王（指的是孙策，谥号桓王）时，会稽生五色瓜。吴中有五色瓜，岁时充贡献。"《太平广记》同载。根据作者自注，这里是指哈密瓜。

④伊川程正叔：程颐（1033—1107），字正叔，世居中山，后徙为河南府洛阳，世称伊川先生，北宋理学家、教育家。为程颢之胞弟。程颐认为逢帝后忌辰应在寺观设斋焚香，且食素食，苏轼反问他："你不好佛，为何食素？"程颐说：按礼法居丧不饮酒，不食肉。作者自注："感敬亭排解之恩，谢以饧果、哈密瓜。"

⑤心心口口：念念不忘。

⑥伊：表示第三人称，相当于"她""他""彼"。

翻译：

为饱口福曾经送来三刀果，消解口渴还送来了五色瓜。

惹得北宋伊川先生程正叔，念念不忘这里好像是他家。

点评：

后两句有双关之意，借程颐比作程敬亭，反客为主之感正说明李凤仙对为自己排忧解难的程敬亭的感激和热情。丰县人的好客感恩之心跃然诗中。

其十

听来絮语①似娇莺，典雅尤堪博士②名。

不逞珠喉歌串串，耐人每是读书声③。

注释：

①絮语：絮叨的话。

②博士：古代博士不是一种学位，而是一种通晓史事的官职，专门负责保管文献档案，编撰著述，传授学问。

③作者自注：李凤仙"性厌歌舞，善谈说部。暇以编摩自娱，近又各处索借书籍"。逞：夸耀。珠喉：圆转如珠的歌喉。耐人：专指某个事物或某个人很可爱、很讨人喜欢。

翻译：

絮叨的话听起来像是婉转娇莺，优美不俗尤能堪比博士的声名。

不夸耀一串串圆转如珠的歌喉，讨人喜欢的每每是她的读书声。

点评：

李凤仙成为头牌不是紧靠她的容貌，内在的气质和涵养是她作为头牌的最大支撑，这正验证了苏轼的一句话：腹有诗书气自华。

十一

黑罡风①里易踉跄，软玉柔香②托可当。

日向诸郎诉风泊，阿谁为觅郁金堂③。

注释：

①罡风：道教谓高空之风，后亦泛指劲风。诗中比喻黑恶势力。方荣杲《题红薇感旧记》："十日五日欢娱多，忘却人间罡风猛。"

②软玉柔香：指美女，这里指妓女。

③郁金堂：《玉台新咏》卷九引南朝（梁）武帝《河中之水歌》有"卢家兰室桂为梁，中有郁金苏合香"之句，描绘卢家妇莫愁的居室，后因以"郁金堂"或"郁金屋"美称女子芳香高雅的居室。唐沈佺期《古意》："卢家少妇郁金堂，海燕双栖玳瑁梁。"作者自注："每欲移居，未得主所。"是说李凤仙意欲从良，但未能找到合适的对象。

翻译：

在恶劣的环境里混容易跌倒，妓女们也向往有个依托可当。

每天向诸位郎官倾诉其坎坷，有谁能为她们觅得郁金香堂。

点评：

风尘女渴望稳定正常生活的愿望呼之欲出。

十二

一枕红楼梦欲苏①，应知万相总虚无。

等闲谁与参禅悟，空负琴娘②在圣湖③。

注释：

①作者自注："李（即李凤仙）爱读《红楼梦传奇》。"

②琴娘：即琴操（1073—1098），姓蔡，名云英，艺名琴操，原籍华亭（今上海市），是北宋钱塘艺人名。十六岁那年因改了北宋诗人秦观的《满庭芳》词而在杭州红极一时。后受到大诗人苏东坡的赏识，引为红颜知己，常携之同游西湖。一日，苏轼与她一起参禅，琴操悟得禅理，遂削发为尼。这里暗示李凤仙最后出家为尼。

③圣湖：这里指西湖。

翻译：

一枕红楼美梦开始醒苏，应知人间万相总归虚无。

平常与谁一起参悟禅理，空负琴娘携手同游西湖。

点评：

红楼梦醒，红尘看破，遂遁空门。这十二首诗题为"杂吟"，因其"杂"，内容才丰富，色彩才绚烂。这十二首诗是风景画，更是风俗画，描绘出清代丰县世俗生活的一幅幅画面，是了解当时丰县日常生活的一个窗口。

读 史①

清·张玉纶

大度由来说汉王，疑团千载费猜详。
辇羹②原是寻常事，何至终身恨不忘。

作者简介：

张玉纶（1789—？），字君掌，号绣江，出生于辽阳城西二十里的绣江堡。他"生性颖悟，有才气"，但他痛恨八股文的束缚，而决意走教授生徒、埋头著述、传播文化的道路。他在教书之余"专力经史，锐意著述"，留下许多著作。其中《毛诗古乐音》是从音乐角度研究《诗经》古韵的一部很有价值的学术著作。

注释：

①选自《辽海丛书·梦月轩诗钞》，金毓绂主编，辽沈书社 1933—1936 年刊行。

②辇羹：指刮锅有声，等待烧火做饭，形容生活艰难。辇：刮、撞击。《史记·楚元王世家》："始高祖微时，尝辟事，时时与宾客过巨嫂食。嫂厌叔，叔与客来，嫂佯为羹尽，栎釜，宾客以故去。已而视釜中尚有羹，高祖由此怨其嫂。及高祖为帝，封昆弟，而伯子独不得封。太上皇以为言，高祖曰：'某非忘封之也，为其母不长者耳。'于是乃封其子信为羹颉侯。"

翻译：

豁达大度从来当数汉王，疑团千载费神难猜其详。
拒绝混吃原本寻常之事，岂有终身记恨念念不忘。

点评：

这首诗实际上是在讽刺刘邦的"大度"。首句看是赞美刘邦的大度，而第二句却说我对高祖的大度持怀疑态度。后两句用事实论证自己的猜疑：刘邦对他嫂当年不给他饭吃，而记恨在心，因而迟迟不封其侄。讽刺之意显然。

题《红雪书屋集》①

清·蒋兆鲲

朱陈村外旧诗豪②，啸傲林泉③岁月高。
笔阵纵横苏内翰④，文章清丽谢功曹⑤。
吟联白社推牛耳⑥，路入丹山羡凤毛⑦。
不愧常留行卷⑧在，惊看咳唾⑨入风骚。

作者简介：

蒋兆鲲（1807—1862），字瀚槎，号南溟，一号茗仙。德璟长子也。性颖异，读书一过不忘。弱冠入邑庠，年二十三中萃科。乡试未售，遂负笈入都，受业于先达季公芝昌、吕公贤基之门，膏晷无间者十年。道光丙午，应顺天乡试中式。丁未，联捷南宫与馆选。适德璟来京临省，遘疾不起，遂归里营葬，泣血尽哀，庐墓三年。服阕入都，散馆，授编修，纂国史与修《宣宗实录》。钦简东河，即用知府；遇缺。以道员即补。宣力工次，经年未遑归省。旋闻母病，即日归，一日夜驰五百里。抵家，母病已剧，未逾月卒。以哀毁过度，得肺痿疾，三年不瘳，遂捐馆。著有《求是室诗存》，板藏于家。[录自清光绪《丰县志》卷九，人物类（上）]

注释：

①《红雪书屋集》是作者老师刘培丰的诗集。
②旧诗豪：作者对老师刘培丰的尊称。
③林泉：林木山泉，代指隐居之地。刘培丰晚年隐居乡里收徒授课。
④笔阵：比喻写作文章，谓诗文谋篇布局譬画如军阵。苏内翰：指苏轼，因苏

轼曾任翰林学士承旨，而此官又称内翰、内相。

⑤谢功曹：指谢朓。朓曾任南齐随王萧子隆镇西功曹，故名。李商隐《江上忆严五广休》："逢着澄江不敢咏，镇西留与谢功曹。"

⑥白社：特指某些社团。牛耳：古代诸侯会盟时，割牛耳取血盛敦中，置牛耳于盘，由主盟者执盘分尝诸侯为誓，以示信守。后用以指在某方面居于领袖地位的人。文天祥《二月六日海上大战向南恸哭》："身为大臣义当死，城下师盟愧牛耳。"

⑦语出李商隐诗句："桐花万里丹山路，雏凤清于老凤声。"

⑧行卷：指刘培丰的《红雪书屋集》。

⑨咳唾：咳唾成珠的简称。咳唾：咳嗽吐唾沫，比喻谈吐、议论。"咳"也写作"欬"。比喻言辞精当，议论高明。也形容文词极其优美。

翻译：

朱陈村外有位老派诗豪，他啸傲于林泉年长岁高。

挥笔纵横他堪比苏东坡，文章清丽又直追小谢朓。

吟联白社推举他为领袖，路入丹山羡慕他为凤毛。

不愧诗卷还常留于尘世，惊看文辞优美独领风骚。

点评：

为别人诗集、文集题诗，犹如为他人书籍作序，多为评价赞美之语，自古如此，本诗也不例外，更何况为自己老师的诗集题诗。感觉本诗夸赞之语有余，而客观评价不足。

丰北歌①

清·张伟庚

丰北决兮河綮流②，邻国为壑兮浩浩浮浮。

灌微山兮注骆马，泛滥溶滴③兮伤农稼。

农稼伤兮可奈何，荡析离居④兮虑殚为河。

勤宵旰⑤兮忧吾民，河公降酷⑥兮何⑦不仁。

鱼鳖窜兮蛰龙徙，离常轨兮水维陁⑧。

作者简介：

　　张伟庚（生卒年不详），江苏省宿迁人，字少白，又字珠南。道光十一年（1831）举人，著有《白云轩吟稿》五集。

注释：

　　① 选自《徐州诗征》卷七，清桂中行辑并序，光绪辛卯三月刊成。丰北：即丰北厅，是清朝设置的管理黄河的行政机构。咸丰元年（1851），黄河在丰北厅三堡（位于现安徽省砀山县蟠龙集，紧邻丰县）决口，此诗所记载的应该是此次决口。歌：文体标志，如《长恨歌》《茅屋为秋风所破歌》等。属古乐府歌行体。

　　② 紊：乱，无绪，如有条不紊。

　　③ 溶漓：水荡动的样子。

　　④ 荡析离居：家人离散，没有定居。荡析：离散。

　　⑤ 宵旰：宵衣旰食的略语。天不亮就穿衣起床，天黑了还不休息。形容人勤奋。

　　⑥ 河公降酷：河伯降临灾难。河公：即河伯。《汉书·沟洫志》："皇谓河公兮何不仁，泛滥不止兮愁吾人！"颜师古注引张晏曰："河公，河伯也。"酷：《汉语大词典》："灾难，困苦。"

　　⑦ 何：副词，多么。

　　⑧ 常轨：合理的、习惯使用的方法。陁：倾斜的样子。

翻译：

　　丰北厅辖区决口啊黄河水乱流，邻近地区大水汇聚啊浩渺浮游。
　　先灌满微山湖啊又注入骆马湖，大水泛滥波涛汹涌啊毁伤庄稼。
　　农业生产严重受损啊又能如何？家人离散为之殚精竭虑因为河。
　　辛勤地劳作啊只因为担忧我民，河伯降临灾难啊是多么地不仁。
　　鱼鳖四处乱窜啊蛰龙也已迁徙，大水不合常理啊洪水倾泻而下。

点评：

　　这首歌行体古诗，采用骚体诗的形式，描写了黄河决口给丰县人民带来的灾难，表达了对受灾百姓的深深同情。艺术上，这首诗有鲜明的民歌风味，一唱三叹，很好地配合了感情的表达。

黄河水①

清·张伟庚

黄河水，与堤平。

堤外居民夜数惊，河上列火如昼明。

巡丁②各守汛，分营报水信。

不见搴一荇，筑一堰③，但见奔走报水时时详尺寸。

水退庆安澜④，剡荐⑤列河员。

今年水长倍去年，防秋再请司农⑥钱。

作者简介：

见前。

注释：

①选自《徐州诗征》卷七，清桂中行辑并序，光绪辛卯三月刊成。

②巡丁：巡逻看护河堤水情的差役。

③搴：采摘。荇：一种水生植物。《汉书·沟洫志》："搴长荇兮沉美玉。"这里当指用粗荇细石筑成的一种挡水建筑物。宋范镇《东斋纪事》卷四："盖蜀州江来远，水势缓，故为硬堰。硬堰者，皆巨木大石。汉州江来近，水声湍悍，猛暴难制，故为软堰。软堰者，以粗荇细石，各有所宜也。"

④安澜：指河流平静，没有泛滥现象，后比喻太平。最早语出《文选·王褒》："天下安澜，比屋可封。"

⑤剡荐：上书举荐。

⑥司农：官名。汉始置，掌钱谷之事。亦称大司农，为九卿之一。汉建安年间改为大农，由魏至明，历代相沿，或称司农，或称大司农。

翻译：

黄河水与堤坝平，堤外的居民夜里多次被惊醒，河堤上火把列队明亮如白昼。差役各守着河堤注视着水汛，分营上报水文信息。不见采一根草，筑一个堰，只见差役奔走报告，时时详细告知水的深浅尺寸。水退后庆贺平安无事，上书举荐巡河员。今年比去年水势大一倍，预防秋季水患再请求大司农多拨钱。

点评：

这首诗很像元曲的风格，它本色化，口语化，把洪水泛滥之烈，预防控制洪水之严，控制成功之喜悦，描写得栩栩如生，如临其境。

高祖斩蛇剑①

清·史梦兰

武库森严傍未央，灵金②万丈见光芒。

斩蛇剑上铭③如旧，来自殷宗伐鬼方④。

作者简介：

史梦兰（1812—1898），字香崖，祖籍江阴，明万历间迁至直隶乐亭（今河北乐亭县）西南大港。晚清著名文学家、诗人、藏书家。清道光二十年（1840）举人，选任山东朝城知县，以母老为由不赴，筑别墅于碣石山，名曰"止园"，奉其母于此，藏书数万卷，日以经史为娱。著述颇丰，留有《尔尔书屋诗草》《异号类编》《古今谣谚补注》《全史宫词》《舆地韵编》等。尤其《全史宫词》更为一代巨著。

《全史宫词》共载宫词一千四百九十五首，写了我国上迄黄帝，下至明崇祯，上下纵横四千五百多年的历史，显示出了异乎寻常的集成性和规模性，正所谓"四千年事千秋鉴，彤管丹书尽相传"。

注释：

①选自清咸丰六年（1856）刻本清《全史宫词》卷六（汉）。

②灵金：指高祖斩蛇剑。《古文苑·班固》："御师勒陈，破敌以威，灵金曜楚，火流乌飞。"章樵注："灵金，高祖斩白蛇剑也。"

③铭：这里是指斩蛇剑上雕刻的铭文"赤霄"。赤霄剑是中国历史上著名的宝剑，十大名剑之一，汉高祖所得。高祖"斩白蛇、提三尺剑立不世之功"都指这把剑。

④ 殷宗：殷代先王。鬼方为殷商时敌对的边境部落，后世以"伐鬼方"泛指征讨边陲敌对部族。出自《周易·既济》："（殷）高宗伐鬼方，三年克之。"张九龄《饯王尚书出边》："汉相推人杰，殷宗伐鬼方。"

翻译：

武库威严依傍皇宫未央，斩蛇宝剑放射万丈金光。

斩蛇剑上铭文赤霄依旧，来自先人讨伐部族鬼方。

点评：

据《三辅黄图》载：太上皇微时，佩一刀，长三尺，上有铭字，难辨。传云，殷高宗伐鬼方时，所作也。上皇游丰沛山中，寓居穷谷，有人冶铸，上皇问曰："铸何器？"工者笑曰："为天子铸剑。得公佩剑，杂而冶之，即成神器，可克立天下。昴星精为辅佐，木衰火盛，此为异兆。"上皇解匕首投炉中，剑成，工即持授上皇。上皇以赐高祖，高祖佩之斩白蛇是也。天下即定，藏于宝库。守藏者见白气，状若龙蛇。吕后改库曰"灵金藏"。惠帝名曰"灵金内府"。《拾遗记》上记有"上皇刀上有古字，记其年月及成剑，其铭尚有"。这段记载赋予这把剑以神奇的色彩。本诗从斩蛇剑的藏身处、光泽、铭文和出处等四个角度写出了该剑的神奇与不凡，从一个侧面也赞美了该剑主人的不凡。

汉高祖宴沛宫图①

清·龙启瑞

老妪夜哭大蛇死，丰邑龙飞赤帝子。

三尺迅扫神州定，千骑万乘还乡里。

佳气葱葱绕故乡，芒砀之下烟云翔。

儿童但望旌旄影，村叟来依日月②光。

道旁俯伏不敢仰，口称臣民悉稽颡③。

此时快意哪可论，却忆当年作亭长。

家庭置酒重盘桓④，浩歌一阕天为寒。

旧日韩彭⑤复谁在？旁人未识吞声酸。

长安西望春日晓，惆怅翠华⑥归太早。

复民世世传子孙⑦，德意区区⑧留父老。

君不见天目山前霸主归⑨，大树将军⑩亦锦衣。

作者简介：

　　龙启瑞（1814—1858），字翰臣，临桂（今广西桂林）人。道光二十一年（1841）三月在殿试中被皇帝钦点为辛丑科状元，成为清代广西的第二个状元。他六岁即能背颂四书五经等儒家经典，八岁就能诵读唐诗宋词，十岁便能写文章诗赋，十一岁便考中秀才，十三岁即补为廪生，成为当时广西全省最年轻的秀才廪生。但他深知天外有天、人外有人的道理，除了自己勤学苦读之外，还四处访友寻师，以提高自己的修养和学业。考中状元后被授翰林院修撰。咸丰六年（1856）四月，龙启瑞又被任命为通政司副使，官居三品。同年十一月，任江西学政。龙启瑞上任后，整个江西只有南昌和建昌两座孤城尚未落入太平军之手，但内无粮草，外无救兵，加上天旱蝗灾，军心动摇，人人自危。龙启瑞终日操劳，忧心如焚，茶饭不思，病逝于南昌任上，年仅四十四岁。著有《浣月山房诗集》。

注释：

　　①选自光绪四年（1878）其子龙继栋京师刻本《浣月山房诗集》卷四。

　　②日月：这里指汉高祖皇帝。

　　③稽颡：古代一种跪拜礼，屈膝下拜，以额触地，表示极度的虔诚。颡：额头。《仪礼·士丧礼》："吊者致命，主人哭拜，稽颡成踊。"《汉书·李广传》："若乃免冠徒跣，稽颡请罪，岂朕之指哉！"

　　④盘桓：逗留的意思。指父老设法挽留高祖，不忍让其离去。《史记·高祖本纪》："十余日，高祖欲去，沛父兄固请留高祖。高祖曰：'吾人众多，父兄不能给。'乃去。沛中空县皆之邑西献。高祖复留止，张饮三日。"

　　⑤韩彭：韩信与彭越，刘邦手下的大将。

　　⑥翠华：本是天子仪仗中以翠羽为饰的旗帜或车盖，也为御车或帝王的代称，这里代指刘邦。

　　⑦此句指答复丰沛为汤沐邑，并世代免除徭役。《史记·高祖本纪》："且朕自沛公以诛暴逆，遂有天下，其以沛为朕汤沐邑，复其民，世世无有所与。"

⑧德意：布施恩德的心意。区区：真情挚意。

⑨天目山前霸主归：指早年刘秀曾被王莽追杀，隐匿于河南信阳的天目山，后得以脱身。

⑩大树将军：指冯异。冯异（？—34），字公孙，汉族，颍川父城（今河南省宝丰县东）人，东汉开国名将、军事家，云台二十八将第七位。冯异原为新朝颍川郡掾，后归顺刘秀，随之征战，大破赤眉、平定关中。协助刘秀建立东汉。刘秀称帝后，冯异被封为征西大将军、阳夏侯。死后谥曰节侯。冯异为人谦和，行军休息的时候，人家都乐意坐在一起夸耀自己的功劳，只有冯异自己静静地找棵大树休息一旁。时间长了，将士们都管他叫"大树将军"。

翻译：

老妪因蛇被斩半夜哭啼，丰城蛟龙腾飞那是赤帝。

宝剑速扫天下神州已定，千骑万乘衣锦回归故里。

佳气葱茏环绕丰沛故乡，芒砀山下云烟四处飞翔。

儿童只望见旌旗的影子，村里老头共沐皇帝辉光。

匍匐道路两旁不敢仰视，口称臣民全都跪地叩颡。

此时快意实在难以言说，忽然忆起当年曾作亭长。

各家盛邀逗留日复一日，高歌大风一曲忽觉悲凉。

往日韩彭大将还有谁在？旁人不解高祖内心忧伤。

西望长安春日那个拂晓，父老惆怅高祖回去太早。

答复父老恩惠长传子孙，布恩之心真挚永留父老。

君不见刘秀天目山前归，共苦的冯异也穿着锦衣。

点评：

高祖还乡是刘邦一生的重大事件，为历代津津乐道，但由于没有相机，到底怎样个情景只能根据当时的口口相传，然后被正史和野史记录下来。口口相传难免有讹传之处，而绘画则成为最直观真实的记载，但其局限也很明显，即画出的只是静态的一瞬间的情景，不能再现整个动态的过程，且绘画难免加入作者的主观想象。即便如此很多绘画也淹没在历史的长河里，这时，那些流传下来的题画诗就成了重要的历史见证。

本诗所题的图是"高祖宴沛宫"，因此这个内容应是该诗的主体。故前三句略写，仅用二十一个字就把刘邦从斩蛇起义到平定天下的过程概括完毕。第四句起就直奔还乡这个主体事件。五到十二句写高祖在回乡路上的情景：五六句写故乡的外围环境：佳气葱茏，芒砀祥云飞翔；七至十句写人的活动，主要描写儿童和老人的动作神态；十一至十二写高祖面对此景的心理活动，这是作者的想象。十三至十六写宴会和高唱大风歌的情景，其中十五句与十六句是作者的猜测：韩信、彭越和英布最著名的三大部将都因反叛而被杀了，将来守江山的猛士哪里去找呢？想到这里，高祖难免悲伤。十八句至结束，写家乡父老依依不舍高祖的归去，并感激被封汤沐邑世代免除徭役的恩惠，以刘秀和冯异的事表达高祖对有养育之恩的故乡的回报。

这首七言古诗虽然不长，但情节相对完整，选材裁剪得当，画面描写形象生动，心理描写揣摩准确，使得高祖的形象栩栩如生。

丰邑竹枝词①

清·孙翔凤

驼岚②西去是中阳，画野③由来大泽乡。
泡水一湾山一点，闲将底事④说沧桑。

作者简介：

孙翔凤，字鸣岐，号亭附，丰县城北褚庄（今属常店镇）人。清乾隆、嘉庆年间附贡生，清兵马副指挥使孙璧之父。著有《恕堂诗钞》。

注释：

①选自清嘉靖刻本《恕堂诗钞》卷下。竹枝词：是一种诗体，是由古代巴蜀间的民歌演变过来的。唐代刘禹锡把民歌变成文人的诗体，对后代影响很大。竹枝词在漫长的历史发展中，由于社会历史变迁及作者个人思想情调的影响，其作品大体可分为三种类型：一类是由文人搜集整理保存下来的民间歌谣；二类是由文人吸收、融会竹枝词歌谣的精华而创作出有浓郁民歌色彩的诗歌；三类是借竹枝词格调而写出的七言绝句，这一类文人气较浓，仍冠以"竹枝词"。之后人们对竹枝词越来越有好感，便有了"竹枝"的叫法。

②驼岚：即东华山群体中的驼山与岚山。东华山由三山构成：由南往北依次为

华山、岚山和驼山。

③画野：即画野分疆，指划分疆域而治。

④底事：此事。宋林希逸《题达摩渡芦图》："若将底事比渠侬，老胡暗中定羞杀。"清李渔《蜃中楼·怒遣》："归向慈亲告，底事羞还怕。"

翻译：

驼山岚山西去是古丰中阳，画野分疆以来这属大泽乡。

一湾泡水怀抱着华山一点，茶余饭后闲将此事话沧桑。

点评：

竹枝词本为民歌性质，语言通俗易懂，乡土气息浓郁，很接地气。这首竹枝词同样具有这些特点。

杂 咏①

清·孙翔凤

一

汉高斩丁公②，用以警人臣。

如何忘项伯？同是背主人③。

二

安刘必在勃④，能知身后事。

何以泣楚舞⑤，不为美人地⑥。

作者简介：

见前。

注释：

①选自清嘉庆刻本《恕堂诗钞》卷下。

②季布与丁公都曾是项羽的部将，都曾数窘汉王。项羽灭亡后，季布逃难于濮阳周氏，周氏为避祸又将其卖于山东朱家为奴，后朱家通过汝阴侯滕公游说高祖，高祖得以赦免季布并拜为郎中。季布的舅父丁公曾与高祖在彭城西，短兵相接，高祖急，顾丁公曰："两贤岂相厄哉！"于是丁公引兵而还，汉王遂解去。项王被灭后，高祖以丁公为项王臣不忠，遂斩丁公，曰："使后世为人臣者无效丁公！"见《资治通鉴》第十一卷"汉纪三·太祖高皇帝中·季布传"。

③项伯在鸿门宴前向高祖通风报信，鸿门宴中又设法保护刘邦。两人都背叛过项羽。

④周勃（？—前169），沛县人。西汉时期开国将领、宰相，名将周亚夫之父。汉高祖六年（前201），封为绛侯。带兵讨平韩王信、陈豨、卢绾等叛乱，拜为太尉。刘邦死前预言："安刘氏天下者，必勃也。"吕后死后，周勃联合陈平，夺取吕禄军权，诛杀吕氏诸王，拥立汉文帝即位，两度成为丞相，最终罢职归国。汉文帝十一年（前169）去世，谥号为"武"。

⑤楚舞：见刘邦《鸿鹄歌》。

⑥此句意为刘邦的伤感不主要是因为戚姬。地：表示思想或行动的某种活动领域。

翻译：

一

高祖断恩斩了丁公，只为用来警示人臣。
怎么忘记鸿门项伯？两人同是背叛主人。

二

能安稳刘家江山的必是周勃，高祖已预知到他身后的结果。
为什么要在戚姬起舞时哭泣？不仅仅是因为爱妾将来落寞。

点评：

高祖对待季布的态度是经过滕公之口，听了山东朱家的建议后才改变的，这个改变足见高祖的大度和大局感。为政者最忌树敌过多，特别是树立了死敌之后迟早要报应到自己身上。在对待曾经的死对头这个问题上，高祖这种及时化敌为友的做法值得学习，但在对待丁公的问题上，高祖的做法为何相反呢？司马光的看法值得借鉴：他说，汉高祖刘邦从丰沛起事以来，网罗强横有势力的人，招纳逃亡反叛的人确实很多，待到登上帝位，为何唯独丁公因为不忠诚而遭受杀戮？是由于进取与守成，形势不同了。当群雄并起争相取胜的时候，百姓没有确定的君主，为壮大自己，谁来投奔就接受谁。待到贵为天子，四海之内无不臣服时，如果不明确礼义以示人，致使身为臣子的人，也怀有二心以图求取厚利，那么国家还能长治久安吗？因此高祖据大义作出决断，使天下人明白：身为臣子却不忠诚的人没有自己可以藏身的地方。杀一人可使千万人畏惧。时移而事异，这就是杀丁公而不杀项伯的原因。

小华山馆书怀①

清·魏月香

驿路转蓬身②，生涯措③大贫。
江村连夜雨，烟柳乱山春。
烽火时驱我，儒冠总误人。
慈亲无恙否？别久益伤神。

作者简介：

见前。

注释：

①选自《看云草草堂诗集》。小华山馆，见清人蔡赓谦《水后再到华山》"忆我馆山寺，诗书课读诵"句。

②驿路：大道。王昌龄《送吴十九往沅陵》诗："沅江流水到辰阳，豁口逢君驿路长。"转蓬：蓬草随风飘转。常用来比喻行踪无定或身世飘零。曹植《杂诗》："转蓬离本根，飘飘随长风。"李商隐《无题》："嗟余听鼓应官去，走马兰台类转蓬。"

③措：安排，安放。

翻译：

大道上飘零我孤独一身，似乎上帝安排一生清贫。

江村里淅沥着连绵夜雨，无边杨柳装点盎然山春。

战乱不时驱动无法安宁，读书之身每每误事误人。

家里慈祥的亲人无恙否？分别久了更加令人伤神。

点评：

本诗紧扣"书怀"，把战乱年代动荡不安的忧虑，自身无力改变命运的无奈，辗转飘零久别亲人的忧愁，尽在诗中，读来令人伤神。

乡闱报罢寄同舟诸人即呈翼云兄①

清·李汝鹤

检点征衫②一担挑，穷途兄弟雁行③遥。

感深淮海④宵同被，输与郊祁锦夺标⑤。

水不断流终到海，鸟能丰羽定冲霄。

季方⑥更喜年华富，莫把凌云壮志消。

作者简介：

李汝鹤（1837？—1907），字云白，一字季仙，清末江苏省徐州府丰县大乌里（今江苏丰县大沙河镇）人。同治十三年岁贡生，光绪五年（1879）己卯科中举人。光绪九年（1883）癸未科三甲进士，排名第一百六十二，赐同进士出身。清代二百六十余年，丰县籍文科进士仅有三位，李汝鹤即为其一。光绪九年（1883），年近五十的李汝鹤以进士之身，签分陕西任知县，从此仕途再未离开过三秦之地。他历署华阴、延川、平利、礼泉、略阳、户县、周至、石泉、永寿知县，官秦二十余载，清廉自律，勤于政事，实惠及民。后卒于陕西华山所隐居别墅内，被门徒尊为华山龙雷洞仙真。今存《企皋诗存》六卷。门生同县人邵悟亭民国时刊刻其部分诗作一卷，以其字名曰《云白山人诗存》。

2017 年夏季，丰县首羡镇人张雷（北京大学硕士，美国雪城大学博士，香港岭南大学助理教授，主要研究历史地理）在美国著名的亨廷顿图书馆做短期研究员。查询档案时，竟意外发现清代丰县籍进士李汝鹤的名帖、照片、诗歌等珍贵资料，被藏百年无人识。张雷不忍前贤埋没他乡，遂决定将其带回故乡，填补了丰县文献的一块空白。

注释：

①选自《徐州续诗征》卷十二（张伯英主编）。乡闱：科举时代士人应乡试的地方，亦代指乡试。

②检点征衫：检点，查点的意思。征衫：旅人之衣。郁达夫《重过杭州登楼望月怅然有怀》："走马重来浙水滨，征衫未涤去年尘。"

③雁行：群雁飞行的行列，因这些雁除头雁外都是同等的，所以又比喻兄弟。

④淮海：本指以徐州为中心的淮河以北及海州（连云港市）一带的地区。这里代指李汝鹤的故乡丰县。

⑤输与：不如，比不上。郊祁：宋代宋郊、宋祁兄弟的并称，郊，后改名庠。俱以文学知名，同时举进士。礼部奏祁第一，庠第三。章献太后不欲以弟先兄，乃擢庠第一，而置祁第十。时人称为二宋或大、小宋。见《宋史·宋祁传》。后遂以"郊祁"为称人兄弟并美之词。清姚鼐《怀朱竹君》："肯令节似郊祁诎，何必才为绛灌怜！"锦标：五代王定保《唐摭言》卷三记载，卢肇与同郡黄颇齐名，但卢贫黄富，两人一同赶考，当地刺史嫌贫爱富只在离亭为黄颇饯行。第二年，卢肇中了状元，衣锦还乡。一次，刺史宴请卢肇看划船比赛，席间，卢肇即兴赋诗道："向道是龙则不信，果然衔得锦标归。"一语双关，从前是龙，你不相信，如今真应了这句话，衔得锦旗而归。"锦标"一词最早使用于唐代，是当时最盛大的体育比赛——竞渡（赛龙舟）的取胜标志。为了裁定名次，人们在水面上插上一根长竿，缠锦挂彩，鲜艳夺目，当时人们称之"锦标"，亦名"彩标"。

⑥季方：东汉陈寔有子陈纪（字元方）、陈谌（字季方），两人皆以才德见称于世。元方之子长文与季方之子孝先各论其父功德，争之不能决，于是问于祖父陈寔，寔曰："元方难为兄，季方难为弟。"意谓两人难分高下。事见刘义庆《世说新语·德行》。后称兄弟皆贤为难兄难弟或元方季方。唐杨炯《唐上骑都尉高君神道碑》："有元方季方之长幼，传学诗学礼之门风。"这里代指赶考的好友。

翻译：

查点旅途行装一肩担挑，穷途兄弟并行路途迢遥。

深深感动故乡夜晚同被，不如郊祁兄弟同夺锦标。

水不断流最终流到大海，鸟能丰羽所以定冲云霄。

更喜兄弟正值年华正茂，切切莫把凌云壮志蚀消。

点评：

这是一首鼓励科举落第的好友的一首勉励诗，首联写兄弟查点行装赴京赶考，言语中流露出对兄弟的关切和祝愿。颔联回忆当年两人睡觉同被，共同祈祷前程的情况，表达了两人的深厚情谊。最后两联是诗眼，表达对落第好友的鼓励。

感仕寄王琴九徐葵南①

清·李汝鹤

驱车来秦中，倏忽二十载②。

少壮嗜读书，五十学作宰③。

作宰期致用④，所施竟安在？

膏泽⑤不及人，出山云有悔⑥。

旧雨⑦复如何，我伤客鬓⑧改。

回首望乡树，暮云连海岱⑨。

君与葵南师同出岳封叔宝瑾之门，同为岳氏婿。一时有冰清玉润之目。葵师即徐又铮之尊人⑩。

作者简介：

见前。

注释：

①选自《徐州续诗征》卷十二（张伯英主编）。感仕：有感于仕途。

②1883年，李汝鹤以进士之身，签分陕西任知县，从此仕途再未离开过三秦之地。根据时间推算，此诗应写于1903年。

③1883 年以进士之身进入官场，此年已近五十。宰：主管，主持。古代官名，如县宰。

④致用：尽其所用或用作付诸实用之意。

⑤膏泽：滋润作物的及时雨，后比喻给予恩惠。王安石《上皇帝万言书》："朝廷每一令下，其意虽善，在位者犹不能推行，使膏泽加于民。"

⑥此句是作者的自谦之词。出山：出仕之意。云：自称，作者字云白。

⑦旧雨：见杜甫《秋述》："常时车马之客，旧，雨来；今，雨不来。"意思是过去宾客遇雨也来，而今遇雨却不来了。后以"旧雨"作为老友的代称。

⑧客鬓：旅人的鬓发。杜甫《早花》："直苦风尘暗，谁忧客鬓催。"元尹廷高《思乡》："世情巇崄多溪壑，客鬓萧疏易雪霜。"清程恩泽《邳州道中》："树如客鬓凋疏早，路似人心坎廪多。"

⑨海岱：《尚书·禹贡》称青、徐二州之地为"海岱"，约今东海与泰山之间。岱：指泰山。这里代指作者故乡。

⑩此注为《徐州续诗征》编者张伯英所加。君：指李汝鹤。葵南：即徐忠清，是《徐州续诗征》编者张伯英的老师，又是徐树铮（字又铮）的父亲。李汝鹤与徐忠清同为岳宝瑾的女婿。岳宝瑾是丰县顺河镇岳庄人士，同治甲子举人，长女嫁给李汝鹤，次女嫁给徐忠清（1838—1906），字葵南，萧县人，同治十二年拔贡，一生以教书为业。徐忠清的幼子为徐树铮（1880—1925），字又铮，号铁珊，又号则林，因区别于同时期的另一政治人物徐世昌，人称"小徐"。中国近代史上的政治、军事人物，北洋军阀皖系名将。他文武双全，才华横溢，著有阐述他政治思想的《建国铨真》及文学作品《视昔轩文稿》《兜香阁诗集》《碧梦庵词》等。李汝鹤为进士，徐忠清为拔贡，所以岳宝瑾的两位女婿被称为"冰清玉润"。

翻译：

奉命驱车来秦中，转眼已过二十载。
少壮特好博览书，五十高龄做县宰。
作宰期望尽其用，所做业绩竟安在？
所施恩惠不及人，为官一世我有悔。
昔年老友又如何，我心忧愁客鬓改。
回首遥望家乡树，暮云相连是海岱。

点评：

仕途之感慨和家乡之情思流露字里行间。

官兵过并序①

清·李光化

同治十一年，自夏徂②秋，两月不雨。城南恶少吴柱聚党三四十人，不分昼夜，四出掠夺，甚至放火杀人。县官不能制，具状上请，郡兵数百连夜至。

诘旦③，严队出，列旆鸣角，若将灭此朝食者。众睹之喜，曰："今而后卧安枕矣。"

去盗穴数里，止不前，所至各村，则驰突噪呼，若群犬狂噬。乡民愕怡④，不知其欲何为。有走避者，辄追执之，曰："汝不为盗，见何避？避何急也？"系人于马，蜂拥入室，发筐箧，碎盆盎，饮之，食之，取之，挟之，怀拥而囊纳⑤之，曰："此盗赃也。"

搜括尽，疾驰归，驱人先马，狂奔入县署，高唱献俘。不待伏地敲扑而其人已九死一生矣。

官不察，遽震怒，三木⑥严求，酷毒横施。良懦求死不得，多诬服。即或关节辗转⑦，间得省释，比脱械，悲悬磬⑧矣。

嗟乎！一日捕盗，兵受赏，官录功，戚友、仆从、胥役饱溪壑⑨；盗东西跳梁，扬扬鸣得意。哀此无辜，身亡家破，恶莠而芟其苗，僵桃而代以李，赫赫天日⑩，此理何从证之！

迨上官以捕盗不尽诘⑪，则又张大其词，以为支党蔓延，非大军压境不克，议剿抚。

适淮军大营驻徐，道府移请一统领督兵至，遣人说吴，赂以爵赏，誓以日月。吴喜，就抚率其党，缓辔入城。翌日，淮军归，吴昂然逐队去，顶翎袍靴，拥卫而前。

跅踷乎卫霍捷径也⑫。史迁云："窃钩者诛，窃国者侯。"其言激矣，使及见今之世，当更何说？乃悟咸丰纪元以来十余年，杀劫糜烂几遍天下，岂非冤愤不平之气，沈埋郁结积久，上干天和⑬，而非旦夕致乎？即事推思天下事，可胜浩叹！惨焉书此，藉抒感喟，登之采风，亦足备观省焉。

天无纤云霹雳轰，万木不动号悲风。虎狼怒吼魑魅啸，为民捕盗来官兵。盗何在？兵不知。盗何状？兵不思。但见乡民遇兵走相避，即以为盗执缚之。絷之马前鞭仗驱，驰入官衙气如丝。见官官果怒不疑，指鹿为马恣棰笞。肌肤堕裂血淋漓，心不为盗身不支。以额叩地乞恩施，呼我为盗死不辞，虽死请暂缓须臾。吁嗟乎！堂上民，充盗首，乡中兵，穷盗薮⑭。倾筐倒箧罄所有，衣襦簪珥⑮不胫走。饱其酒食碎其釜，东西追扑及鸡狗。钩锄梃刃⑯杂捆载，束之鞍旁沿路卖。向夕望尘远，妇孺悄窥门。人不知何往，物不知何存。东村痛哭西村贺，这边幸无官兵过。

作者简介：

李光化，丰县人，约生于清道光年间，事迹不详。

注释：

①选自清光绪《丰县志》卷十三"艺文类"（下）。

②徂：往。

③诘旦：平明，清晨。《宋书·柳元景传》："自诘旦而战，至于日昃，虏众大溃。"

④愕怡：也写作"愕眙"，惊视。颜真卿《浪迹先生元真子张志和碑铭》："观者如堵，相顾愕怡。"

⑤囊纳：用口袋收纳。囊：口袋。这里名词作状语。

⑥三木：古代加在犯人颈、手、足上的三件刑具。《汉书·司马迁传》："魏其，大将也，衣赭，关三木。"颜师古注："三木，在颈及手足。"

⑦关节辗转：通过关系，打通关节。

⑧悬磬：亦作"悬罄"，悬挂着的磬。形容空无所有，极贫。王禹偁《陈情表》："四海无立锥之地，一家有悬磬之忧。"

⑨溪壑：比喻贪欲。

⑩赫赫天日：与朗朗乾坤同义。赫赫：光明炫耀貌。

⑪诘：追问，查究。

⑫此句意为当大盗是成为将领的捷径。跖蹻：盗跖和庄蹻，系传说中的两个大盗。卫霍：即卫青和霍去病，是汉武帝时期两位抗击匈奴的著名将领。

⑬上干天和：向上冲犯天理。

⑭盗薮：强盗聚集的地方。

⑮簪珥：发簪和耳饰，皆妇女首饰。

⑯梃刃：棍棒和刀。

翻译：

同治十一年（1872），从夏至秋，两个多月没有下雨。城南恶少吴柱聚集党徒三四十人，不分昼夜，四出掠夺，甚至放火杀人。县官不能制止，于是备办公文向上请求援助，郡里派官兵数百人连夜赶到。

第二天一早，整队出发，举着旗帜吹着号角，像是要将他们消灭在吃早饭的时候。众人看到都很高兴，说："今后可以高枕无忧了。"

距离强盗老窝数里，（郡兵）却止步不前了。跑进各村，狂奔呼叫，像群犬狂吠。乡民吃惊地看着，不知他们要干什么。有逃跑躲避的就追上他们控制起来，说："你不是盗贼，为何躲避？躲避为何这么急？"他们把人系在马上，蜂拥进入民宅，打开筐箧，砸碎盆罐，能喝的就喝，能吃的就吃，手臂夹着，怀里抱着，口袋里装着，说："这是盗贼的赃物。"

搜刮干净，疾驰而归，把抓获的冤枉平民驱在马前，一路狂奔回到县署，高唱凯歌献上"战俘"。这些被冤枉的平民等不得伏地挨打就已经历九死一生了。

官员也不考察问询，立马震怒，给这些人披枷带锁，施以酷刑。怯懦的良民求死不得，大多被屈打成招。即使有的通过关系打通关节，得以反省释放，等到脱掉刑具，可悲的是已家徒四壁一贫如洗了。

唉！一天捕盗，士兵受赏，官员获功，亲戚朋友、侍仆从官、胥吏差役等都满足了贪欲；盗贼上蹿下跳东偷西抢，扬扬得意。可悲的是这些无辜百姓，身亡家破，禾苗被当恶草铲除，好人被当坏人拘捕，朗朗乾坤，这理到哪里去说？

等到上官因为捕盗不彻底追查，而又夸大其词，以致盗贼蔓延，非大军压境不能够清剿，于是才商议剿抚。

恰好淮军大营驻防徐州，道府派遣一个统领督兵到丰县，派人游说匪首吴柱，以官位作奖赏，并对天发誓。吴柱很高兴，于是就率领自己的队伍招安了。他们骑着马缓缓进入城内。第二天，淮军归来，吴柱昂然跟随队伍离开了，头戴花翎，身穿官袍，簇拥者前呼后拥。

当大盗是成为将领的捷径。司马迁说："偷了衣带钩的人被杀头，窃取了国家的人却被封侯。"此话有点偏激了，他假使看见当今社会的现象，应当怎么说呢？于是明白咸丰皇帝登基以来十余年，杀人抢劫腐败几乎遍布天下，难道不是冤愤不平之气深埋于心郁结积久，才向上冲犯天理，而非一早一晚导致的吗？由这件事推及思考天下的事，不能不令人深深叹息！很悲惨啊，记载这件事，借以抒发感喟，也等待采风的人了解此事，齐备了他们要观察反省的材料。

天上没有一丝轻云却雷声轰鸣，万木不动却呼号悲风。虎狼怒吼各类坏人呼啸，为民剿捕盗贼来了官兵。盗贼在哪里？官兵不知道。盗贼什么样？官兵不寻思。只见乡民遇兵就逃跑躲避，于是就以为他们是盗贼而抓捕捆绑起来。（把他们）捆缚在马前用鞭子驱赶着跑，到达官衙时已气若游丝。见到官员，官员果然大怒却不生疑，他们指鹿为马恣意用竹杖鞭笞无辜的乡民。肌肤被打得开裂鲜血淋漓，心知自己没做盗贼却身体不支。乡民以额叩地乞求恩施，县官却厉声说我为盗该死不辞，即使该死请求暂缓一会。呜呼！堂上百姓，被充当了盗首，乡中官兵才是强盗聚集之处。翻箱倒柜抢完所有的东西，衣服发簪和耳饰也不翼而飞。酒食吃饱喝足临走再把锅砸碎，还东南西北到处追扑鸡狗。钩锄棍棒和刀一捆捆满载而归，置放在鞍马旁边沿路叫卖。傍晚时分百姓窥望官兵走远，妇孺小孩才敢悄悄回到家门。人不知都去了哪里，物不知都存放何处。东村人痛哭西村人却庆贺，原来这边幸亏没有官兵过。

点评：

　　这篇长文以尖锐辛辣的文笔揭露鞭笞了官府与官兵草菅人命、残害百姓的恶行，表达了作者对官府、官兵暴行的强烈愤恨和对广大底层百姓的深切同情。不仅如此，此文还具有重要的认识价值，是了解晚清底层社会的一面镜子。

感　事①

清·李光化

　　吁！丰之俗敝久矣。士不务学，农趋末利②，工商随靡③，巧伪日滋。天耶人耶！果有数④存其间耶？每一涉想，嘅叹移时。宵深不寐，枯坐增寒，把酒孤吟，聊用自遣。

一

二千年后溯流风⑤，隆准河山大不同。
屠狗吹箫⑥名将相，都随王气入关中。

二

英雄原不薄修儒，甲胄文章用并储。
谁料士林无陆贾⑦，只贪骑马不谈书。

三

甘将酖毒换桑麻，可惜无人劝拔茶。
从此三农抛九谷，秋来齐种米囊花⑧。

四

泰西机巧过离般⑨，层出新奇妙不传。
偏是丰人工窃取，家家合料造洋烟。

五

沿街灯火列星罗，上下床间聚鬼魔。
怪底征商添垄断，买烟人比买粮多。

六

垒块⑩年来满肚皮，东坡果不合时宜⑪。
千杯浊酒浇难尽，更触中宵感事诗。

作者简介：

见前。

注释：

①选自清光绪《丰县志》卷十三"艺文类"（下）。

②末利：古代指工商业。出自《史记·商君列传》："僇力本业，耕织致粟帛多者复其身。事末利及怠而贫者举以为收孥。"

③随靡：追随奢侈浪费之风。靡，浪费。

④数：天数，命运，成语有"劫数难逃"。

⑤流风：前代流传下来的风尚。

⑥屠狗吹箫：指樊哙和周勃。《史记·樊郦滕灌列传》："舞阳侯樊哙者，沛人也。以屠狗为事，与高祖俱隐。"《史记·绛侯周勃世家》："绛侯周勃者，沛人也。其先卷人，徙沛。勃以织薄曲为生，常为人吹箫给丧事，材官引强。"

⑦陆贾：（约前240—前170），汉初楚国人，西汉思想家、政治家、外交家。他早年追随刘邦，因能言善辩常出使诸侯。刘邦和文帝时，两次出使南越，说服赵佗臣服汉朝，对安定汉初局势做出极大的贡献。吕后时，说服陈平、周勃等同力诛吕。陆贾是汉代第一位力倡儒学的思想家，他针对汉初特定的时代和政治需要，以儒家为本、融汇黄老道家及法家思想，提出"行仁义、法先圣、礼法结合、无为而治"，为西汉前期的统治思想奠定了一个基本模式。著有《新语》等。

⑧米囊花：罂粟花的别称。

⑨泰西：即欧洲。康有为劝光绪帝尽快实行宪政时说："泰西讲求三百年而治，日本施行三十年而强，吾中国国土之大，人民之众，变法三年，可以自立，此后则蒸蒸日上，富强可驾万国。"离般：离，即离娄，亦作"离朱"，古代传说中的人物。《孟子·离娄上》："离娄之明。"赵歧注："离娄者，古之明目者，盖以为黄帝之时人也。黄帝亡其玄珠，使离朱索之，离朱即离娄也。能视于百步之外，见秋毫之末。"般：鲁班，我国古代著名的建筑工匠。公输氏，名般，春秋时鲁国人。因"般"与"班"同音，故而又称之为鲁班。曾创造出攻城的云梯和磨粉的石磨，发明了锯和木工工具，后世被尊为木匠和建筑工匠的"祖师爷"。

⑩垒块：比喻心中郁积的不平之气。刘义庆《世说新语·任诞》："阮籍胸中垒块，故须酒浇之。"

⑪苏东坡因其政治观点不合于时，多次被政治对立者贬谪。在"以诗谤讪朝廷"的罪名下，被贬为黄州团练副使，因而其侍女曾说苏轼是"腹内不是满腹经纶，而是一肚皮不合时宜"。

翻译：

唉！丰县的风俗流弊已很久了，读书人不致力于学问，农民弃农趋商，工商业跟风浪费，虚伪不实之风日益滋长。这是天命，还是人事？果真有命运存在世间？每次想到此事，感慨良久。夜深不能入睡，无所事事地干坐着，倍增心寒，于是把酒孤独地吟咏，姑且抒发内心的郁闷。

一

二千年后追溯当年的风尚，高祖河山与今天大不相同。

樊哙周勃都成了著名将相，皆随高祖的王气进入关中。

二

英雄原本不轻视崇奉儒道，应文武兼擅两者兼容并蓄。
谁料读书人中没有了陆贾，现如今只贪骑马而不读书。

三

甘愿种植罂粟而放弃桑麻，可惜却无人劝农种桑采茶。
从此农民却抛弃种植谷物，秋来一起去种植罂粟毒花。

四

西方人灵活胜过离娄鲁班，新奇层出实在是妙不可传。
最是丰县人精于模仿学习，家家都配制材料仿造洋烟。

五

沿街灯火陈列像满天星罗，上下床间群聚着一堆烟魔。
奇怪的是征税偏重在专营，买烟的人比买粮的人还多。

六

一年来不平之气积满肚皮，像东坡居士果然不合时宜。
千杯浊酒也难浇郁闷之气，心有触动半夜写下感事诗。

点评：

这是一组既各自独立又相互关联的诗，第一首是作者赞颂的标杆，颂扬高祖时代积极昂扬进取的精神风貌。第六首是总结，表达自己的满腹郁闷。第二首至第五首，从不同方面揭示作者所处时代的不良现象，批判不良的社会风气。第二首着重批判重武轻文现象，作者认为真正的英雄都是文韬武略、文武兼备的，只重武而轻读书只能成为莽汉，不能成为真正的英雄。第三四五首批判农民放弃农业种植生产大烟的情况。中国自古是农业大国，因此"农"一直是"本"，工商业则被认为是"末"。但作者生活的年代已是清代晚期，国门开始逐渐打开，西方的东西也慢慢进来。与西方的鸦片贸易红红火火，农民看到种植鸦片有利可图，纷纷抛弃桑麻种植鸦片，而且学习西方技术生产鸦片，一时间国人抽大烟成风，最终引发了林则徐虎门销烟。这组诗就创作于这一时期。作者的忧虑，反映出作者为国家为百姓担忧的优良品质。

虎穴叹①

清·李光化

正月将尽，突土匪百余，窜踞村西僧寺，昼向各村索讨财物，夜则分出剽掠。郡遣兵剿捕，驻县城，数日不出。匪闻兵至，夜他徙。越日，兵徐徐来至寺，无所见怒焚之，就圩蓐食②；而匪等已由东南趋西北间数里，与兵不相值，兵食讫，东南驰十余里，耀威无人之境，凯唱而还。

正月之日二十五，平地飞来百猛虎。
大虎哮吼怒雷轰，小虎跳踉旋风舞。
虎有爪牙森锋刃，虎有羽翼严部伍③。
适逢梵宇④峙空廊，虎遂踞之作穴处。
穴中虎聚各有长，穴外虎游分卒两。
昼出耽耽怒向人，人不多仪⑤虎不享。
夜出逐逐⑥恣所求，得意不止再三往。

我与虎邻心惊懦，日夜惕息⑦看虎过。
虎已骄极不畏人，倦归纷作犬羊卧。
我闻捕虎能生献，惜乎其人今不见。
又闻刺虎诩⑧双获，就此乘隙立可得。
若但逐虎呼大众，虎虽暂去恶益纵。
在此在彼等咥⑨人，以邻为壑策何用！

吁嗟乎！入虎穴，探虎子，即无其事有其理。
明明负嵎莫敢撄，何必冯妇方冷齿⑩！

作者简介：

见前。

注释：

①选自清光绪《丰县志》卷十三"艺文志"（下）。

②就圩蓐食：靠近寨圩吃饭。圩：也作"围"，村庄用土坯、砖石或版筑建成的围绕村落四周的障碍物，以防御盗匪。这种围墙称为圩子、寨墙或寨圩子。清末及民国时期，丰县境内很多。蓐食：早晨未起身，在床席上进餐，谓早餐时间很早。

③部伍：军队的编制单位，泛指军队。

④梵宇：佛寺。

⑤仪：礼物，馈赠给某人或单位的钱或物。

⑥逐逐：急于得利的样子。秋瑾《支那逐魔歌》："四邻环绕欲逐逐，失权割地无时止。"

⑦惕息：心跳气喘，形容极其恐惧。

⑧诩：说大话，夸耀。

⑨咥：咬，吃。

⑩冯妇：古代男子名，善搏虎。《孟子·尽心下》："晋人有冯妇者，善搏虎，卒为善士。则之野，有众逐虎。虎负嵎，莫之敢撄。望见冯妇，趋而迎之；冯妇攘臂下车。众皆悦之，其为士者笑之。"冷齿：耻笑，好笑。

翻译：

正月将尽的时候，突然出现一百多名土匪。他们逃窜到村西的寺庙并盘踞在那里，白天向各村索讨财物，夜里则分头外出抢劫掠夺。郡里派遣军人进行围剿搜捕。这些军人驻在县城，多日都不出城。土匪听说军人到了，夜里就转移到别处。过了几天，军人慢慢来到寺庙，一个土匪也没见到，于是怒火中烧把寺庙给烧了。然后就靠近寨子吃饭，而土匪则已经由东南向西北撤退数里远，避开军人不与之相遇。军人吃过饭，就向东南奔跑十余里，在无人之境耀武扬威，然后高唱凯歌回来了。

> 农历正月二十五，平地飞来百猛虎。
> 大虎吼叫如雷轰，小虎强横旋风舞。
> 虎有爪牙如利刃，虎有帮凶严队伍。
> 恰好遇到寺庙空，于是盘踞作住处。
> 穴中虎聚有等级，穴外活动分兵行。
> 昼出圆目怒向人，人无财物虎不动。
> 夜出恣意掠财物，若不满足再三去。
> 我与虎邻心恐惧，日夜心惊看虎过。

虎已骄狂不怕人，倦归纷作犬羊卧。

听说捕虎能生献，可惜其人今不见。

又夸杀虎可双获，就此乘机立可得。

若呼大众逐老虎，虎虽暂去恶更纵。

在这在那等吃人，嫁祸与邻策何用！

呜呼！入虎穴，探虎子，即无其事有其理。

明明虎群凭险在顽抗，捕虎人却胆怯不敢近，何必是冯妇才会耻笑！

点评：

　　土匪不藏于山间险地，却居于村寨附近的寺庙，一方面反映出土匪的猖獗，社会治安的混乱；另一方面也反映出郡府剿匪无力，敷衍应付，若统治有力，切实把百姓的安全放在心上，也就不会有土匪公然抢劫了。作者把土匪比作猛虎，令人想起"苛政猛于虎"的比喻，表达了作者对土匪的憎恨，对百姓的同情，对官府不作为敷衍应付的讽刺和批判。

经李蟠第[①]

清·周祥骏

零落[②]谁家第？人云李状元。

严姜争鼎足[③]，徐泗[④]起龙门。

遗集无完帙[⑤]，传奇剩琐言[⑥]。

想因家祚[⑦]薄，手泽[⑧]殉荒原。

作者简介：

　　周祥骏（1870—1914），江苏省睢宁县马浅村人。字仲穆，号更生，县廪生，世称"凤山先生"。系清末民初著名学者、辛亥革命烈士。自幼好学，积劳成疾，九死一生，康复后自号"更生"。1909 年加入南社，张勋占领徐州后，他又潜回城中，暗中发展民团，侦察军情，准备迎接革命军。后被张勋以"乱党"罪逮捕入狱。

1914 年 5 月 16 日，周祥骏被"辫帅"张勋杀害于徐州。有诗文集《更生斋全集》存世。

注释：

①选自《明清十人文萃·周祥骏集》第一百一十五页，2017 年 1 月出版。

②零落：衰颓败落。王逸注："零、落，皆堕也。草曰零，木曰落。"

③严、姜指严虞惇和姜宸英。清康熙三十六年（1697）丁丑科廷对，李蟠第一，严虞惇第二，姜宸英第三。姜宸英对李蟠不服，结果两人在康熙三十八年（1699）任顺天府正副主考官时，因闱试不公之罪入狱，后李蟠得以平反，姜却死于狱中。

④徐泗：徐州、泗水地区的简称。龙门：比喻声望卓著的人的府第。这里指状元李蟠的府第。

⑤此句指李蟠诗文流传下来的是残卷。李蟠的文章和墨迹在当时备受推崇，留有《偶然集》和《根庵文集》。《偶然集》已经失传，其后人辑录的《殿撰公诗文稿》亦毁于劫火。故此前学界一直认为李蟠现流传诗文百余篇。直到 2017 年江苏师范大学副教授于盛庭在旧书摊无意发现《根庵诗稿》，该稿共收录李蟠诗作四百八十首。该诗稿是李蟠去世的第二年，儿子李杜请人印刷的，距今已近四百年了。帙：古代书画外面包着的布套。

⑥康熙三十八年（1699），李蟠任顺天府乡试主考官期间，正直不阿，坚持以才取人，从应试的考生中挑选出许多有才干的俊彦，如鄂尔泰、史贻直、杜讷等。这些人后来都成为清朝的一代名臣，其中鄂尔泰更是官至乾隆皇帝的总理大臣。但是，由于李蟠不循私贿，任才唯贤，遭到一些落弟举子的中伤和嫉恨。又由于他清高亮节，不谙逢迎权贵，便有人蜚语中伤，散播谣言，说他在主考乡试中营私舞弊。此事传到康熙耳里，于是将他在乡试中点中的举人，内朝廷大臣主考，重新复试。复试结果，无一落榜，洗清污点。但由于孔尚任据传闻创作了《通天榜传奇》一剧，在京城宣播，一时之间闹得满城风雨。李蟠终因与此事脱不了干系，被流放沈阳，三年后蒙赐故里。康熙帝在南巡时，还欲起用李蟠，但李蟠无意再仕，遂作罢。琐言：琐碎的言谈。

⑦家祚：家运。

⑧手泽：犹手汗，后多用以称先人或前辈的遗墨、遗物等。李清照《〈金石录〉后序》："今手泽如新，而墓木已拱。"

翻译：

这破败的院落是谁家宅第？人们说这里曾住李蟠状元。

严姜二人与李蟠相争鼎足，状元府第崛起于徐泗之间。

李蟠遗留的诗集已成残本，《通天榜传奇》所剩尽是闲言。

想来因为他的家运不好吧？他的遗物大都毁弃在荒原。

点评：

用"严姜""鼎足""龙门"写出了李蟠的才华；"零落""无完帙""剩琐言""家祚薄""殉荒原"则写出了李蟠的不幸，表达了对李蟠才华的赞颂和遭遇的同情。

风流人物篇

高祖颂^①

汉·班固

汉帝本系^②，出自唐帝^③。
降及于周，在秦作刘。
涉魏而东，遂为丰公^④。

作者简介：

班固（32—92），字孟坚，扶风安陵（今陕西咸阳）人，东汉著名史学家、文学家、辞赋家。班固九岁即能属文，诵诗赋，十六岁入太学，博览群书。建武三十年（54）班彪过世，班固开始在班彪《史记后传》的基础上，与其弟班超一同撰写《汉书》。班超投笔从戎后，班固继续撰写，前后历时二十余年修成，为此与司马迁并称为"班马"。除《汉书》外，《两都赋》（《西都赋》《东都赋》）《白虎通义》也是其代表作。

注释：

①选自《汉书·高帝纪》。

②本系：一作"世系"，一姓代代相传的谱系。

③唐帝：即唐尧帝，是黄帝子孙陶唐氏的首领。被史学界所认同的刘姓历史上第一位名人、国内外刘姓所信奉的始祖刘累（前 1898—前 1788）即唐尧帝的后裔。

④丰公：即丰邑邑令，刘邦的祖父刘荣，曾做魏国丰公。

翻译：

汉高家族之谱系，本源出自唐尧帝。
后来延续到周朝，在秦朝时称刘氏。
由魏向东迁到丰，刘荣于是任丰公。

点评：

这段话主要交代刘邦家族的族谱流变。《汉书·高帝纪》载，西汉皇族刘向曾说："战国时刘氏自秦获于魏。秦灭魏，迁大梁，都于丰。"东汉学者文颖解释说战国时期刘氏随秦军征战，被魏国所虏获。秦昭襄王二十一年（前286）伐魏，魏国割让旧都安邑，秦国赶走城中民众，将其迁往大梁。前286年宋国灭亡，魏国取得旧宋国丰地一带，设立大宋郡，又从大梁迁徙民众到丰地建立城邑。刘邦的祖父刘荣于是担任魏国的丰公（丰邑邑令），由于迁移过来的时间短，刘氏在丰邑的坟墓很少，故《汉书·高帝纪》："丰公，盖太上皇父，其迁日浅，坟墓在丰鲜焉。"刘邦的祖父虽然曾是魏国丰公，由于当时天下动荡变迁，刘家到了刘邦父辈这一代已沦落为平民了。刘邦的曾祖父刘清，曾任战国末期魏国大夫，后来魏迁大梁都于丰，因为刘清是魏国大夫，刘氏家族属于秦国要防患的对象，为了避免秦朝的迫害，曾隐姓埋名，取"劉"字之"金"画，改姓金氏。丰县金刘寨之名即来源于此。2010年底，县政府规划设计、历经五年建成的占地三千多亩的"汉皇祖陵"胜景，是目前丰县汉文化的标志性景点。

颂汉高祖铭①

汉·班固

皇矣汉祖，纂尧之绪②。

实天生德③，聪明神武。

秦人不纲，罔漏于楚④。

爰兹发迹，断蛇奋旅⑤。

神母告符，朱旗乃举⑥。

粤蹈秦郊，婴来稽首⑦。

革命创制，三章是纪⑧。

应天顺民，五星同晷⑨。

项氏畔换，黜我巴汉⑩。

西土宅心⑪，战士愤怨。

乘衅⑫而运，席卷三秦。

割据河山，保此怀民⑬。

股肱萧曹，社稷是经⑭。

爪牙信布，腹心良平⑮。

恭行天罚，赫赫明明⑯。

作者简介：

见前。

注释：

① 选自《汉书·叙传》第七十下，清光绪《丰县志》卷十二"艺文类"（上）选录此诗时加了题目。

② 《说文》："皇，大也。"《尔雅》："纂，继也。"尧：帝喾之子，原封于唐，故称陶唐氏。绪：世系，即宗族的脉络。

③ 实在是天生的贤德。《论语》子曰："天生德于予。"

④ 秦人不遵守行为规范，导致陈胜吴广率众起义，并建立"张楚"政权。纲：本为提网的总绳，这里引申为维持正常秩序必不可少的行为规范。罔通"网"。

⑤ 于是高祖从此发迹，挥剑断蛇起兵反秦。爰：于是。奋旅：起兵，举兵。

⑥ 神母哭蛇泄露白帝失败的征兆，于是反秦起义举起红旗。神母：即白帝之母，也称灵母。符：征兆。袾旗：红旗。《史记·高祖本纪》："乃立季为沛公。祠黄帝，祭蚩尤于沛庭，而衅鼓旗，帜皆赤。由所杀蛇白帝子，杀者赤帝子，故上赤。"

⑦（刘邦）抵达秦都郊，秦王子婴叩首投降。粤：文言助词，用于句首或句中。《史记·高祖本纪》："汉元年十月，沛公兵遂先诸侯至霸上。秦王子婴素车白马，系颈以组，封皇帝玺符节，降轵道旁。"秦用颛顼历，汉初承秦之制，颛顼历以十月为岁首，十月在夏历甲午年中，正相当于公元前207年11月。

⑧ 革除旧制创建新制，以约法三章作为纲纪。革命：本义指变革天命，后词义扩大，泛指重大革新，不限于政治。因古代认为天子受天命，故更替朝代，谓之革命。最早见于《周易·革卦·象传》："天地革而四时成，汤武革命，顺乎天而应乎人。"

⑨ 指金木水火土聚集同一轨道，是一种吉祥预兆。晷通"轨"。

⑩ 项羽暴戾违背盟约，把我贬至巴蜀与汉中。畔换：又作"畔援"，跋扈，专横暴戾。《史记·项羽本纪》："故立沛公为汉王，王巴、蜀、汉中，都南郑。"

⑪ 西部百姓心向着汉。西土：指汉王管辖的巴蜀汉中一带。宅心：放在心上；用心。

⑫乘衅：利用机会，趁空子。乘：趁着，就着。

⑬怀民：安抚百姓。

⑭股肱：大腿和胳膊，古代用以比喻左右得力的帮手，这里是说萧何与曹参是辅佐大汉的得力栋梁。社稷是经：即治理国家。是：宾语提前的标志，其结构类似"唯利是图""唯命是从"。社稷："社"是土神，"稷"是谷神。土载育万物，谷养育民众，两者是人们首要的最基本的生活条件，是古代的立国之本，所以后用来泛称国家。经：治理。

⑮韩信英布为干将，张良陈平是心腹。这两句为互文句。爪牙：得力帮手。信布：韩信和黥布，刘邦麾下的两名著名武将；良平：张良和陈平，刘邦麾下的两名著名谋士。

⑯奉天之命进行惩罚。出自《尚书·甘誓》："天用剿绝其命，今予唯恭行天之罚。"赫赫明明：即明明赫赫，意思是形容光亮夺目，声势显赫。出自《诗经·大雅·大明》："明明在下，赫赫在上。"

翻译：

伟岸高大汉高祖，承继唐尧世系谱。
实是天生之贤德，秉性聪明又神武。
秦人不守纲常纪，陈胜起义建张楚。
高祖从此发王迹，挥剑断蛇起兵旅。
神母哭蛇现败征，于是起义赤旗举。
汉军抵达秦都郊，秦王子婴遂叩首。
革除旧制创新制，约法三章作纲纪。
顺应天命和民意，五星会聚在同轨。
项羽暴戾背盟约，贬我巴蜀与汉中。
西部百姓心向汉，士兵对羽满腔怨。
乘羽东归好时机，席卷关中踞三秦。
割据河山驱西楚，安抚百姓保汉土。
佐臣萧曹栋梁材，江山社稷善治理。
韩信英布为干将，张良陈平乃心腹。
恭奉天命惩罪恶，赫赫功业耀千秋。

点评：

铭是铸、刻或写在器物上记述生平事迹或警诫自己的文字，后来成为一种文体，这种文体一般都是用韵的。放在书案上用以自警的铭文叫"座右铭";刻在石碑上,叙述死者生平并加以颂扬追思的铭文叫"墓志铭"。本文是称颂高祖的一篇铭文,故主要运用了叙述这种表达方式,概括了高祖一生的奋斗历程,赞颂了高祖顺应天理,剪灭无道暴秦和项羽的伟绩。

萧何铭①

汉·班固

耽耽相国②,弘策不追③。
御国维纲④,秉统枢机⑤。
文昌四友⑥,汉有萧何。
序功⑦第一,受封于酂。

作者简介:

见前。

注释:

①选自班固《十八侯铭》。《十八侯铭》出自《古今图书集成·明伦汇编·官常典·勋爵部·艺文一》(官常典一百七十三卷)。"十八侯铭"是班固为刘邦麾下助其一统天下、建立汉室江山功劳最大、能力最强的十八位开国功臣所作的铭。这十八侯是:酂侯萧何,将军舞阳侯樊哙,将军留侯张良,太尉绛侯周勃,将军平阳侯曹参,丞相户牖侯陈平,南宫侯张敖,卫尉曲阳侯郦商,将军颖阳侯灌婴,将军汝阴夏侯婴,将军阳陵侯傅宽,将军信武侯靳歙,丞相安国侯王陵,将军襄平侯韩信,将军棘津侯陈武,曲成侯虫达,御史大夫汾阴侯周昌,将单青阳侯王吸。《史记索隐》引姚氏曰:萧何一,曹参二,张敖三,周勃四,樊哙五,郦商六,奚涓七,夏侯婴八,灌婴九,傅宽十,靳歙十一,王陵十二,柴武十三,王吸十四,薛欧十五,周昌十六,丁复十七,虫达十八。

②耽耽:深邃的样子。相国指萧何。《史记·萧相国世家》:"上已闻淮阴侯诛,

使使拜丞相何为相国，益封五千户，令率五百人一都尉为相国卫。"

③谋划弘大的国策无人能及。

④治理国家靠纲纪、法度。御：统治，治理。贾谊《过秦论》："振长策而御宇内，吞二周而亡诸侯。"维纲：纲纪，法度。汉桓宽《盐铁论·刺复》："夫维纲不张，礼仪不行，公卿之忧也。"汉初建国律令制度皆由萧何制定。其所作《九章律》今已佚。

⑤执掌统驭中央的机要部门。秉统：执掌统驭。枢机：指中央政权的机要部门或职位。

⑥周文王姬昌的四个朋友。晋张华《博物志》卷六："文王四友：南宫括、散宜生、闳夭、太颠。"

⑦序功：功劳位次。

翻译：

思想深邃萧相国，谋划国策无人及。
治国依靠纲常纪，执掌国家之枢机。
文王姬昌有四友，大汉帝国有萧何。
按功排位他第一，受封领地在酂城。

点评：

先叙萧相国的才能功绩，再讲对他的封赏奖励。后以高祖有萧何类比周文王有四友，对萧何之赞颂可谓高也。

太尉绛侯周勃①

汉·班固

懿懿②太尉，惇厚朴诚③。
辅翼④受命，应节御营⑤。
历位卿相⑥，土国兼并⑦。
见危致命⑧，社稷以宁。

作者简介：

见前。

注释：

①选自班固《十八侯铭》。周勃（？—前169），西汉时期开国将领、右丞相，名将周亚夫之父。秦二世元年（前209），随沛公刘邦起兵反秦，屡建战功。汉高祖六年（前201），封为绛侯。带兵讨平韩王信、陈豨、卢绾叛乱，拜为太尉。刘邦死前预言："安刘氏天下者，必勃也。"吕后死后，他联合陈平夺取吕禄军权，诛杀吕氏诸王，拥立汉文帝即位，两度成为丞相，最终罢职归国。汉文帝十一年（前169）去世，谥号为"武"。关于周勃的籍贯由于史书记载不详，存在争议，民间多认为他是丰县人，丰县有他的衣冠家。全国周家的堂号有近四十个，而丰县周家的堂号则是"细柳堂"，来自周亚夫驻军"细柳营"的故事，这也可以作为一个佐证。《史记·降侯周勃世家》："绛侯周勃者，沛人也。其先卷人，徙沛。勃以织薄曲为生，常为人吹箫给丧事，材官引强。"《汉书·周勃传》："周勃，沛人。其先卷人也，徙沛。勃以织薄曲为生，常以吹箫给丧事。"《汉书·周勃传》关于周勃的籍贯记载基本来自《史记》。这里最关键的是"沛人"的"沛"范围有多大。《史记·高祖本纪》对刘邦的籍贯记载是："高祖，沛丰邑中阳里人。"说明那时丰县在行政级别上和沛县不是并列的，丰县归属于沛郡，就像现在丰县隶属于徐州市。周勃和刘邦是同时期人，这就有可能周勃和刘邦一样也是"丰生沛养"，即出生在丰，起事在沛。这也就难免造成民间关于周勃是丰是沛的争议。

②懿懿：醇美貌。

③惇厚：亲厚、敦厚。朴诚：朴实忠诚。

④辅翼：辅佐，辅助。

⑤应对非常时期，控制驻京部队。节：时期。御营：控制军营。吕太后时，周勃身为国家最高军事长官的"太尉"，却无一兵一卒的军权。军权全由吕太后的两个侄子吕产、吕禄掌握。吕太后一死，诸吕欲为乱，危刘氏，关键时刻周勃与陈平谋划夺取兵权，诛杀诸吕，挽救了汉朝。

⑥历位：指所任官职达到的地位或品阶。卿相：卿和相的统称，指某朝代的执政大臣、高官。《史记·周勃世家》："文帝既立，以勃为右丞相。"由于周勃文化水平低，处理政务不是他的长项，不久右相就被陈平取代。但陈平只当了一年多就病死了。汉文帝只好请回周勃再度拜相。

⑦卿士国士集于一身。卿士：卿，即大夫，借指高级官员。国士：一国之中才能最优秀的人物。

⑧在危急关头勇于献出自己的生命。出自《论语·子张》："士见危致命，见得思义。"也写作"见危授命"。

翻译：

淳朴美好周太尉，敦厚朴实且忠诚。
受命辅佐刘宗室，非常时期控军营。
文帝继位擢丞相，卿士国士一肩并。
危急关头勇献身，社稷江山得安宁。

点评：

"周勃重厚少文，然安刘氏者必勃也，可令为太尉"，这是刘邦对周勃的评价和预言。刘邦不愧识人高手，刘邦死后，周勃果然为铲除吕氏恢复汉刘做出了突出贡献。为此，汉文帝重赏周勃，封其为右丞相，集卿士国士于一身，名至实归。作者以满腔热情高度赞颂了厚重少文的周勃。

汉高帝赞①

三国（魏）·曹植

屯云②斩蛇，灵母告祥。
朱旗既抗，九野披攘③。
禽婴克羽，扫灭英雄。
承机帝世④，功著武汤。

作者简介：

曹植（192—232），字子建，沛国谯（今安徽省亳州市）人。他是曹操与武宣卞皇后所生第三子，生前曾为陈王，去世后谥号"思"，因而又称之为"陈思王"。三国时期著名的文学家，"建安七子"的代表人物及集大成者。后人将他与曹操、曹丕合称为"三曹"，其代表作有《洛神赋》《白马篇》《七哀诗》，宋代编有《曹子建集》。

注释：

①选自《曹子建集》卷七。

②屯云：积聚的云气，帝王登基的瑞兆。《史记·高祖本纪》："秦始皇帝常曰："东南有天子气。'于是因东游以厌之。高祖即自疑，亡匿，隐于芒砀山泽岩石之间。吕后与人俱求，常得之。高祖怪问之。吕后曰："季所居上常有云气，故从往常得季。'"

③朱旗：见班固《颂汉高祖铭》注释⑥。九野：九州的土地，代指天下。披攘：犹披靡。

④机：先兆、征兆。帝世：帝王的世系。

翻译：

高祖芒砀聚云大泽斩蛇，灵母夜哭预示高祖吉祥。

红色大旗已经高高举起，九州大地响应势如披靡。

擒获秦王子婴再克项羽，一举扫灭四面八方英雄。

顺应时势进入帝王世系，功勋卓著盖过周武商汤。

点评：

曹植写了系列的帝王和名人赞，表达了他对帝王前贤的追慕，也表明了自己是一个有理想欲作为的人。他也确实深得父亲曹操的赏识，但最终在宫廷争斗中败给了有心计的哥哥曹丕。本诗虽短，却概括了高祖的一生。"功著武汤"给予高祖崇高的评价。

汉文帝赞①

三国（魏）·曹植

孝文即位，爱物俭身②。

骄吴抚越③，匈奴和亲。

纳谏赦罪，以德让民。

殆至刑错④，万国化淳⑤。

作者简介：

见前。

注释：

①选自《曹子建集》卷七。

②爱物：爱护万物。《孟子·尽心上》："亲亲而仁民，仁民而爱物。"俭身：自身节俭。

③爱抚吴越。骄：通"娇"，宠爱，爱怜。

④刑错：亦作"刑措""刑厝"，即置刑法而不用。《荀子·议兵》："传曰：'威厉而不试，刑错而不用。'"

⑤万国：天下。《易传·乾象》："首出庶物，万国咸宁。"化淳：教化淳厚。

翻译：

孝文皇帝继帝位，爱护万物俭自身。

向南爱抚吴越国，向北则与匈奴亲。

纳谏如流免民罪，以德教化宽让民。

待到刑法无需用，全国民风质朴淳。

点评：

汉文帝是中国历史上少有的宽厚仁义而又十分自律的好皇帝。他本身也是个大孝子，中国古代二十四孝之一，因此，特别提倡孝廉节俭。他率先垂范，对内对外宽容仁厚，薄赋敛，轻刑法，休养生息，形成了中国历史上第一个盛世"文景之治"。爱民，才得民心，得民心才能长治久安，这就是孝文帝给我们的启示。

汉景帝赞①

三国（魏）·曹植

景帝明德②，继文之则③。

肃清王室，克灭七国④。

省役薄赋，百姓殷昌⑤。

风移俗易，齐美成康⑥。

作者简介：

见前。

注释：

①选自《曹子建集》卷七。

②明德：光明之德，美德，也指才德兼备的人。

③继承汉文帝的规范。则：规范，榜样。

④平定吴王刘濞为首的七王之乱。

⑤殷昌：富庶，昌盛。

⑥成康：周成王与周康王的并称。史称其时天下安宁，刑措不用，故用以称至治之世。

翻译：

景帝具有光明美德，继承文帝优良规范。

对内肃清王室之患，对外平定七国之乱。

减轻百姓徭役赋税，百姓因此昌盛富赡。

改变旧的风俗习惯，社会大美河清海晏。

点评：

景帝"萧规曹随"，继承文帝的优良传统，对内消除王室之患，对外平定七国叛乱，社会进一步安定发展，终于成就了"文景之治"。

汉武帝赞^①

三国（魏）·曹植

世宗光光^②，文武是攘^③。
威振百蛮，恢拓土疆^④。
简定律历^⑤，辩修旧章。
封天禅土^⑥，功越百王。

作者简介：

见前。

注释：

①选自《曹子建集》卷七。

②世宗：帝王的庙号之一，言其文治武功为一世之宗，这里指汉世宗刘彻。光光：光明显耀。

③用文德与武功抵御敌人，治理天下。文武：文德与武功。攘：排除、排斥。《说文》："攘，推也。"

④恢拓：拓展。土疆：疆土、领土。曾巩《本朝政要策·军赏罚》："国家所取，唯土疆尔。"

⑤简定：审定，核定。律历：指乐律和历法。出自《大戴礼记·曾子天圆》："圣人慎守日月之数，以察星辰之行，以序四时之顺逆，谓之历；截十二管，以宗八音之上下清浊，谓之律也。律居阴而治阳，历居阳而治阴，律历迭相治也。"

⑥即祭天祭地，以求江山永固。要很有功绩的皇帝才能进行，一般是去泰山。汉武帝去过泰山封禅。

翻译：

世宗刘彻显耀荣光，文治武功伟业辉煌。
威名远播震慑蛮夷，开拓扩展万里土疆。
审定乐律核定历法，分辨修订旧有典章。
泰山封禅祭天祭地，功劳超越百代之王。

点评：

　　历经高祖奠基、文景之治，汉朝到了汉武帝手中达到鼎盛。他对内发展经济，统一思想，罢黜百家独尊儒术，完善法律制度，以孝廉选拔人才；对外开疆扩土，反击匈奴，威震四夷。最终成就了"汉武大帝"的称号。

汉高祖赞①

晋·挚虞

汉祖明达，兼咨权武②。

总御群雄，剪翕③强楚。

奄正华夏，经略区宇④。

遂登天位，缵尧之绪⑤。

作者简介：

　　挚虞（？—311），字仲洽，西晋时期文学家。京兆长安（今陕西西安市）人。他少年好学，拜关中著名学者皇甫谧为师，学习经史。成年后，在文学、史地学方面均有较成功的研究，是关中的知名学者。《晋书》有其传。

注释：

　　①选自唐代徐坚《初学记》卷九"帝王部"，中华书局 2004 年 2 月出版。

　　②咨：通"资"。兼具两种资质，具备文武全才。晋潘岳《杨荆州诔》："君以兼资，参戎作弼。"权武：有勇有谋。权：谋略，计谋。

　　③剪翕：剪灭。翕：合拢，收敛。

　　④奄：急遽，突然地。区宇：境域，天下，这里指汉朝。

　　⑤缵：继承。《说文》："缵，继也。"绪：前人遗留下来的未竟的事业。《诗·鲁颂·閟宫》："奄有下土，缵禹之绪。"

翻译：

汉皇智慧又明达，既有谋略又善武。

总揽全局御群雄，歼灭收服霸王楚。

迅速匡正我华夏，谋划处理大汉域。

于是登上天子位，继承尧舜之宏图。

点评：

前两句总体称颂评价高祖明达且从善如流。中间四句从战中和战后两大方面概括了高祖打仗和治国的功绩。最后名至实归登上皇位。简洁却具有高度的概括力。

汉文帝赞①

晋·挚虞

汉之光大，实唯②孝文。

体仁③尚俭，克己为君。

按辔细柳，抑尊成军④。

营兆⑤南原，陵不崇坟⑥。

作者简介：

见前。

注释：

①选自唐代徐坚《初学记》卷九"帝王部"，中华书局 2004 年 2 月出版。

②实唯：真确是。出自柳宗元《永州韦使君新堂记》："永州实唯九疑之麓。"

③体仁：躬行仁道。即身体力行实行人道。曾巩《到任谢职司诸官员状》："伏遇某官体仁为任，充美在躬。"清戴震《原善》下："君子体仁以修身，则行修也。"

④见《史记·绛侯周勃世家》："上自劳军。至霸上及棘门军，直驰入，将以下骑送迎。已而之细柳军，军士吏被甲，锐兵刃，彀弓弩，持满。天子先驱至，不得

入。先驱曰：'天子且至！'军门都尉曰：'将军令曰：军中闻将军令，不闻天子之诏。'居无何，上至，又不得入。于是上乃使使持节诏将军：'吾欲入劳军。'亚夫乃传言开壁门。壁门士吏谓从属车骑曰：'将军约，军中不得驱驰。'于是天子乃按辔徐行。至营，将军亚夫持兵揖曰：'介胄之士不拜，请以军礼见。'天子为动，改容式车。使人称谢：'皇帝敬劳将军。'成礼而去。既出军门，群臣皆惊。文帝曰：'嗟乎，此真将军矣！曩者霸上、棘门军，若儿戏耳，其将固可袭而虏也。至于亚夫，可得而犯邪！'称善者久之。"

⑤营兆：即营葬，办理丧葬的事。

⑥不建造高大的皇陵。崇：高。《史记·孝文帝本纪》："治霸陵皆以瓦器，不得以金银铜锡为饰，不治坟，欲为省，毋烦民。"

翻译：

大汉能够显扬发展，确实依赖孝文帝的功劳。他亲自践行仁道崇尚节俭，担任国君时常克制约束自己。他视察细柳军营遵守规矩按辔徐行，抑制自尊成全军纪。他葬于南原，要求不建造高大的皇陵。

点评：

如果说汉代的基业是刘邦打下来的，那么大汉的辉煌则与孝文帝的仁政、宽容、崇德有密切关系。他的仁德治国在中国皇帝中是罕见的。他在视察周勃之子周亚夫所驻守的细柳军营时所展现出的宽容心胸，充分体现了他对制度的尊崇和军礼的敬重。司马迁的《史记》一个明显倾向是崇尚英雄，如项羽、李广、廉颇、蔺相如、信陵君甚至荆轲等，但帝王在他笔下就逊色很多，独独对孝文帝崇尚有加。封建时代帝王的德行如何决定了普天下百姓的福祉，所以，期盼明君成为历代百姓永恒的追求。

萧何颂①

晋·陆机

堂堂萧公，王迹是因②。

绸缪睿后③，无竞维人④。

外济六师⑤，内抚三秦⑥。

拔奇夷难⑦，迈德振民⑧。

体国垂制，上穆下亲⑨。

名盖群后，是谓宗臣⑩。

作者简介：

  陆机（261—303），字士衡，吴郡吴县（今江苏省苏州市）人。西晋著名文学家、书法家。出身吴郡陆氏，是孙吴丞相陆逊之孙、大司马陆抗第四子，与其弟陆云俱为西晋著名文学家，被誉为"太康之英"，合称"二陆"。晋太安二年（303），任后将军、河北大都督，率军讨伐长沙王司马乂，却大败于七里涧，最终遭谗遇害，被夷三族。陆机"少有奇才，文章冠世"，诗重藻绘排偶，骈文亦佳。与潘岳同为西晋诗坛的代表，形成"太康诗风"，世有"潘江陆海"之称。陆机亦善书法，其《平复帖》是中古代存世最早的名人书法真迹。

注释：

  ①选自《文选》卷四十七，陆机《汉高祖功臣颂》。

  ②萧公：萧何为丞相，故曰公。王迹：帝王之功业，此指刘邦之足迹。因：顺应，意为顺应刘邦的大汉功业。

  ③绸缪：喻事前做好准备工作，此借指运筹谋划。睿后：圣明的君主，这里指刘邦。

  ④没有强于能得到贤人的。竞：强，强盛。维：于。语出《诗·大雅·抑》："无竞维人，四方则训之。"意思是说，没有强于能得到贤人的，得到贤人，四面八方的人就会归顺。训同"顺"，顺从。这句话夸赞萧何是辅佐高祖的不二人选。

  ⑤此句写萧何坐镇关中，设法补益增援前方军队。《史记·萧相国世家》："关中事计户口转漕给军，汉王数失军遁去，何常兴关中卒，辄补缺。"济：补益。六师：

天子所统领的军队。《左传·襄公十四年》："周为六军，诸侯之大者，三军可也。"后因以"六军"为国家军队的统称。

⑥对内安抚三秦之地的百姓。三秦：秦亡以后，项羽三分秦故地关中，封秦降将章邯为雍王，司马欣为塞王，董翳为翟王，合称"三秦"。

⑦拔奇：选拔奇异人才。《汉书·萧何曹参传》："何进韩信，汉王以为大将军。"夷难：平定祸乱。《汉书·萧何曹参传》："黥布反，上自将击之，数使使问相国何为。曰'为上在军，抚勉百姓，悉所有佐军。'"

⑧迈德：勉力树德。振民：救济百姓。振，通"赈"，救济。《史记·汲郑列传》："持节发河南仓以振贫民。"

⑨治理国家申明法度，则上下和穆亲善。体国：治理国家。垂制：申明法度。上穆下亲：上下和睦亲善。《汉书·叙传·萧何曹参传》：营都立宫，定制修文。重威则上穆，刑约则下亲。

⑩宗臣：世所敬仰的名臣。《汉书·萧何曹参传赞》："淮阴、黥布等已灭，唯何、参擅功名，位冠群臣，声施后世，为一代之宗臣，庆流苗裔，盛也哉！"

翻译：

> 志气宏大萧相国，高祖足迹紧相随。
> 运筹谋划助高祖，无可争议唯一人。
> 对外补益天子师，对内安抚定三秦。
> 选拔奇才平祸乱，勉力树德赈贫民。
> 治理国家明法度，上下和穆倡善亲。
> 声名盖世冠群芳，可谓一代之名臣。

卢绾颂①

晋·陆机

卢绾自微，婉娈我皇②。
跨功逾德，祚尔辉章③。
人之贪祸，宁为乱亡④。

作者简介：

见前。

注释：

①选自《文选》卷四十七，陆机《汉高祖功臣颂》。

②据李善《文选注》："《汉书》曰'高祖与绾同学书又相爱也'。"婉娈：依恋的样子。

③跨功：超过功劳。逾德：越过德行。祚：赐，赐福。《史记·韩信卢绾列传》："太史公曰：韩信、卢绾非素积德累善之世，徼一时权变，以诈力成功，遭汉初定，故得列地，南面称孤。"辉章：光辉的印章，喻显耀的官爵。

④此两句是指燕王卢绾以谋反叛汉结束了自己的一生。贪祸：喜欢祸乱，谓不肯安分守己。《文选·陆机〈汉高祖功臣颂〉》："人之贪祸，宁为乱亡。"吕延济注："言人之贪祸，乃为乱亡之道。"

翻译：

卢绾自从幼儿起，情深依恋高祖皇。

超越功劳和德行，赐予官爵显耀光。

其人喜欢作祸乱，怎能不遭祸乱亡。

点评：

《汉高祖功臣颂》是西晋文学家陆机为西汉开国功臣写的一篇颂文。萧统将其收录于《文选》卷四十七颂、赞类。因其结构是环式结构，即所赞颂的每位功臣在文中是相对独立的，因此可以单独拉出来而独立成篇。每个人所占篇幅并不一样，有详有略，这是作者根据自己的认识所定。这两篇就是从陆机的长篇颂文中节选的，因为这两位都是丰县人。他们各以自己的才华为大汉的建立做出了卓越贡献。作者以热情的笔触歌颂了他们的历史功绩，表达了作者对英雄的崇敬。

周勃颂

晋·陆机

绛侯质木①，多略②寡言。

曾是忠勇，唯帝攸叹③。

云骛灵丘④，景逸上兰⑤。

平代禽豨⑥，奄有燕韩⑦。

宁乱⑧以武，毙吕以权⑨。

涤秽紫宫⑩，征帝太原⑪。

实维太尉⑫，刘宗以安。

挟功震主⑬，自古所难。

勋耀上代，身终下藩⑭。

作者简介：

见前。

注释：

①绛侯质木：绛侯即周勃。汉六年（前201）正月，周勃被封为绛侯，封地在今山西侯马市东北。质木：质朴。《汉书·地理志下》："民俗质木。"颜师古注："质木者，无有文饰，如木石然。"

②多略：多谋略。

③攸叹：长长的赞叹。攸通"悠"。

④云骛：像流云一样急驰，奔趋。骛：驰。灵丘：汉代县名，属代郡，即今山西省灵丘县。《史记·绛侯周勃世家》："（汉十一年，周勃）因复击豨灵丘，破之，斩豨，得豨丞相程纵、将军陈武、都尉高肆。定代郡九县。"

⑤景：同"影"，影子。逸：逃跑。上兰：水名，又名马兰溪，在今河北省上谷、怀来东北。此句是说，如影随行地追击逃跑中的燕王卢绾于上兰河。高祖十二年（前195）二月，燕王卢绾反，周勃将兵击燕王绾。"破绾军上兰，复击破绾军沮阳，追至长城，定上谷十二县……"（《史记·绛侯周勃世家》）

⑥平代禽狶：见注④。

⑦奄有：全部占有，多用于疆土。燕韩：燕国、韩国。燕国为卢绾封国，都于蓟（今北京市西南）。卢绾谋反逃亡匈奴，失败后封国入于汉。韩为韩信封国，都晋阳，同年谋反。周勃破之，追北八十里。韩王信逃亡匈奴，封国入于汉。

⑧宁乱：平息灾祸战乱。

⑨权：权谋。吕太后"称制"，高后七年（前181）七月死，诸吕"秉汉权，欲危刘氏。勃为太尉，不得入军门；陈平为丞相，不得任事。于是勃与平谋，卒诛诸吕而立孝文皇帝"。（《史记·绛侯周勃世家》）

⑩指清洗污秽的皇宫。涤：清洗。秽：污浊肮脏。紫宫：帝王宫禁。

⑪即征帝于太原。远行去太原郡的中都迎立汉文帝。汉文帝是刘邦的第四子，高帝十一年（前196）"立为代王，都中都"。中都在今山西平遥县西南，属太原郡。

⑫太尉：秦汉时期的全国军政首脑。汉七年（前200）"勃迁为太尉"。

⑬周勃"诛诸吕，立代王，威震天下"，当然新皇帝也有"不放心"的通病，要周勃"免相就国"，远离京城，到封地去。周勃到封地之后，"有人上书告勃欲反，下廷尉"。周勃在狱中"吏稍侵辱之。勃以千金与狱吏"，后又将"益封受赐，尽予薄昭。及系急，薄昭为言薄太后，太后亦以为无反事"，才得以死里逃生。出狱后叹曰："吾尝将百万兵，然安知狱吏之贵乎！"（《史记·绛侯周勃世家》）

⑭指周勃死于藩国。藩：分封之国称藩国。

翻译：

> 绛侯周勃性质朴，多有谋略却寡言。
> 曾经忠勇无可比，高帝为此作长叹。
> 急如星火赴灵丘，如影随行追卢绾。
> 平定代郡擒陈狶，全部占有燕与韩。
> 平息战乱以武力，清除吕氏靠权变。
> 清洗皇宫去污秽，远迎文帝到太原。
> 此事关键在太尉，刘家宗室得平安。
> 功高震主被疑虑，自古功臣之所难。
> 赫赫功勋耀上代，善终身死在封藩。

咏汉高祖①

唐·王珪

汉祖起丰沛，乘运以跃鳞②。

手奋三尺剑，西灭无道秦。

十月五星聚，七年四海宾③。

高抗④威宇宙，贵有天下人⑤。

忆昔与项王，契阔⑥时未伸。

鸿门既薄蚀⑦，荥阳亦蒙尘⑧。

虮虱生介胄，将卒多苦辛。

爪牙驱信越⑨，腹心谋张陈⑩。

赫赫西楚国⑪，化为丘与榛。

作者简介：

王珪（570—639），字叔玠。河东祁县（山西祁县）人，为初唐四大名相之一。

注释：

①选自《全唐诗》卷30—1。

②跃鳞：跳过龙门的鲤鱼，喻人登上显赫的地位。李白《古风五十九首》之一："群才属休明，乘运共跃鳞。"

③十月：即公元前209年10月，刘邦率众杀掉沛县令，被大家举为沛公，与萧何、曹参等一起率众起义。五星聚：即五星联珠，指金、木、水、火、土五行星同时见于一方。古人以日月合璧、五星联珠称为七曜齐元，这种现象很少见，被视为祥瑞。七年：从公元前209年高祖斩蛇起义到公元前202年建立汉朝历时七年。宾：归服，顺从。《礼记·乐记》："暴民不作，诸侯宾服。"

④高抗：刚强。《后汉书·梁鸿传》："（高）恢亦高抗，终身不仕。"

⑤人：应作"民"，避唐太宗李世民讳。

⑥契阔：要约，生死相约。《诗经·邶风·击鼓》："死生契阔，与子成说。执子之手，与子偕老。"本诗是指楚怀王"先破秦入咸阳者为王"的约定。

⑦薄蚀：日月相掩蚀（食）。《吕氏春秋·明理》注："薄，迫也。日月激会相掩，名为薄蚀。"

⑧指汉王刘邦与项羽在荥阳对峙，被困，绝食，以将军纪信诈为汉王，诳楚，而汉王率数十骑从西门遁逃。蒙尘：被蒙尘土，多喻帝王流亡或失位，遭受垢辱。

⑨指刘邦以武臣韩信、彭越为爪牙。爪牙：喻得力武将。

⑩指刘邦以谋士张良、陈平为亲信。腹心：亲信。

⑪见《史记·项羽本纪》："项王自立为西楚霸王，王九郡，都彭城。"《史记集解》引孟康曰："旧名江陵为南楚，吴为东楚，彭城为西楚。"

翻译：

> 刘邦起事在丰沛，乘运飞身跃龙门。
> 高举三尺斩蛇剑，向西诛灭无道秦。
> 十月众贤如星聚，七年天下皆归顺。
> 刚正不屈震天下，身居皇位统黎民。
> 犹忆当年与项王，怀王约定未能伸。
> 鸿门已经遭威胁，荥阳对峙又蒙尘。
> 虱子跳蚤生甲胄，将军士兵多苦辛。
> 韩信彭越是虎将，张良陈平为谋臣。
> 显赫霸王西楚国，化为荒丘与荆榛。

点评：

此诗前八句概述刘邦从起义到获得天下的过程，之后四句写刘邦和项羽从兄弟联手到分道扬镳的转变过程，最后六句点明刘邦战胜西楚霸王夺取天下的缘由。全篇神采飞动如行云流水，自然浑成而感情充沛。全诗将汉高祖一生重大经历浓缩入诗，以创业之艰难烘托其建立西汉王朝的伟大功绩，同先唐其他诗作高昂的感情基调一致，而全用史事，选材典型，简练概括，寓慨良深。

《史记·高祖本纪》述赞①

唐·司马贞

高祖初起，始自徒中②。

言从泗上③，即号沛公。

啸命④豪杰，奋发材雄。

彤云郁砀，素灵告丰⑤。

龙变星聚，蛇分径空⑥。

项氏主命，负约弃功⑦。

王我巴蜀⑧，实愤于衷。

三秦既北，五兵遂东⑨。

汜水即位⑩，咸阳筑宫。

威加四海，还歌大风。

作者简介：

　　司马贞（649—732），字子正，唐代河内（今河南省沁阳市）人，著名史学家，唐玄宗开元中，官至朝散大夫、宏文馆学士，主管编纂、撰述、起草诏令等。著有《史记索引》三十卷，与南朝（宋）裴骃的《史记集解》、唐张守节的《史记正义》合称"史记三家注"，后世史学家称《史记索引》"价值在裴、张两家之上"，人颂雅号"小司马"。

注释：

　　①选自《史记·高祖本纪》，中华书局1959年校点本。

　　②见《史记·高祖本纪》。高祖起事是从护送役徒去咸阳的途中拔剑斩蛇、解散役徒开始的。

　　③语言始从于泗上，即家在泗水畔的意思。泗上：泛指泗水北岸的地域。《左传·哀公十九年》："执邾悼公以其伐我故，遂次于泗上。"刘邦故里丰县及刘邦起事之地沛郡即处"泗上"。

　　④啸命：高声命令。《汉武内传》："王母言语既毕，啸命灵官使驾龙严车欲去。"

⑤详见《史记·高祖本纪》。陆机《汉高祖功臣颂》："彤云昼聚，素灵夜哭。"彤云郁砀：指芒砀山有紫气萦绕，吕后每每依据这云气找到刘邦。素灵告丰：指汉高祖斩白蛇时老妪夜哭之事。告：预兆。丰：美好的容貌与姿态，这里代指美好的征兆，即秦亡汉兴。

⑥星聚：行星聚于某宿，会聚。宋代方逢辰的《赠星命舒云峰》："五星聚东井，天下王业开。五星聚奎宿，下下多贤才。"《史记·张耳陈余列传》："甘公曰：'汉王之入关，五星聚东井。东井者，秦分也。先至必霸。'"蛇分径空：见《史记·高祖本纪》"高祖被酒，夜径泽中，令一人行前。行前者还报曰：'前有大蛇当径，愿还。'高祖醉，曰：'壮士行，何畏！'乃前，拔剑击斩蛇。蛇遂分为两，径开"。

⑦反秦时，楚怀王曾与诸将约定，谁先攻破咸阳谁称王。刘邦率先攻占咸阳，秦王子婴举白旗投降刘邦，但项羽凭借实力强大，不遵守约定，擅自封侯，刘邦被封汉王。

⑧刘邦被封汉王后，管辖巴蜀地区。大致范围包括四川省中东部及陕南、鄂西等地，主要居民为汉族。

⑨北：败北。刘邦反攻关中，称为"还定三秦"。五兵：指刘邦第一次向项羽开战时联合的五个诸侯的兵力。

⑩指刘邦在氾水登基。氾水：古代济水支流之一，流经今山东省菏泽市定陶区南、曹县北，汇入古菏泽，是一条比较古老的河道，因刘邦即皇帝位于泛水之阳，使该水名垂后世。

翻译：

高祖最初起义事，始自亭长送徒中。
只缘家在泗水畔，于是称呼其沛公。
威严高声令豪杰，群雄振奋精神盈。
紫气浓郁笼芒砀，神母哭诉兆美征。
汉王入关五星聚，蛇分两段路径空。
项氏擅自作主张，背负约定否战功。
封我巴蜀做汉王，着实令我内心怒。
关中三王已平定，五路诸侯遂向东。
氾水北面即帝位，咸阳建都筑皇宫。
神威震动华夏地，还乡高歌唱大风。

点评：

"述赞"即述中有赞，"述"是手段，"赞"是目的。这首诗从刘邦押送徒役至咸阳，中途斩蛇起义写起，到成就王业衣锦还乡结束，叙述了刘邦从草根到皇帝的过程。但全诗平铺直叙，且表达方式相对单一，因此艺术上乏善可陈，这可能与作者是一位理性的考据学者有关。

《史记·吕太后本纪》述赞①

唐·司马贞

高祖犹微，吕氏作妃。
及正轩掖②，尚私食其③。
志怀安忍，性挟猜疑。
置鸩齐悼④，残彘戚姬。
孝惠崩殂，其哭不悲⑤。
诸吕用事，天下示私。
大臣菹醢⑥，支孽芟夷⑦。
祸盈斯验，苍狗为菑⑧。

作者简介：

见前。

注释：

①选自《史记·吕太后本纪》，中华书局 1959 年校点本。

②轩掖：宫禁，借指帝王后妃。

③私：偏爱。食其：即审食其（？—前 177），沛县人，刘邦出征，他则以舍人身份照顾刘邦的妻子儿女，渐为吕雉所亲信，被封为辟阳侯。后与吕后发展成情人关系，被汉惠帝发现，想要诛杀之，但其朋友帮助他躲过一劫。吕后死后，诸吕被杀，

淮南王刘长伺机杀了他，死后谥号"幽侯"。

④鸩：传说中的一种毒鸟，羽毛有剧毒，置酒中能毒死人。齐悼：指齐悼惠王刘肥。"悼惠"是他的谥号。据《汉书》载，汉惠帝二年，齐王刘肥入朝，惠帝对其礼遇有加，结果遭到吕后的不满，便令人赠鸩酒意图谋害。后用其内史计，献地给鲁元公主作汤沐邑，才得以脱险。

⑤见《史记·吕太后本纪》："七年秋，孝惠帝崩。发丧，太后哭，泣不下。留侯子张辟彊为侍中，年十五，谓丞相曰：'太后独有孝惠，今崩，哭不悲，君知其解乎？'丞相曰：'何解？'辟彊曰：'帝毋壮子，太后畏君等。君今请拜吕台、吕产、吕禄为将，将兵居南北军，及诸吕皆入宫，居中用事，如此则太后心安，君等幸得脱祸矣。'丞相乃如辟彊计。太后说，其哭乃哀。吕氏权由此起。"

⑥此句指彭越被吕后以菹醢刑罚致死，并灭其族。菹醢：把人剁成肉酱。醢：肉酱。《史记·魏豹彭越列传》载，"吕后白上曰：'彭王壮士，今徙之蜀，此自遗患，不如遂诛之。'于是吕后乃令其舍人告彭越复谋反。廷尉王恬开奏请族之。上乃可，遂夷越宗族，国除"。

⑦此句指韩信被吕后杀害并灭三族。支蘖：旁生的树枝，这里喻旁出的宗族。《史记·淮阴侯列传》："信入，吕后使武士缚信，斩之长乐钟室。信方斩，曰：'吾悔不用蒯通之计，乃为儿女子所诈，岂非天哉！'遂夷信三族。"

⑧苍狗：即青狗、天狗，古代视为不祥之物。菑：同"灾"。

翻译：

> 高祖地位卑微时，吕氏嫁他作其妻。
> 等到正式成皇后，她还偏爱审食其。
> 心怀大志能安忍，性情狭隘好猜疑。
> 曾欲毒死齐王肥，残忍人彘戚夫人。
> 孝惠英年早崩殒，其母吕后哭不悲。
> 诸吕专权篡朝政，公然天下示其私。
> 彭越被剁成肉酱，韩信几代被平夷。
> 祸满盈天得验证，天狗显现有祸灾。

点评：

> 吕后是个颇受争议的人物。她有政治才干，不但协助刘邦平定了天下，成就了大汉王业，而且在刘邦死后，她独当一面，当政十五年，社会安定，人民安居乐业，为后来的"文景之治"奠定了基础。所以司马迁评价她："孝惠皇帝、高后之时，黎

民得离战国之苦，君臣俱欲休息乎无为，故惠帝垂拱，高后女主称制，政不出房户，天下晏然。刑罚罕用，罪人是希。民务稼穑，衣食滋殖。"但她杀害韩信彭越，人彘戚姬，毒杀赵王，又显示她残忍的一面。司马贞的这首诗主要批评她残忍的一面。

《史记·萧相国世家》述赞①

唐·司马贞

萧何为吏，文而无害②。

及佐兴王，举宗从沛③。

关中既守，转轮是赖④。

汉军屡疲，秦兵必会⑤。

约法可久，收图可大⑥。

指兽发踪，其功实最⑦。

政称画一，居乃非泰⑧。

继绝宠勤，式旌砺带⑨。

作者简介：

见前。

注释：

①选自《史记·萧相国世家》，中华书局1959年校点本。

②文而无害：即"文无害"，也作"文毋害"，谓能为文书而无疵病。《史记·萧相国世家》："萧相国何者，沛丰人也。以文无害，为沛王史掾。"

③此句指萧何带领宗族数十人皆从沛公。

④此句指萧何守关中，前方刘邦军队粮饷草料全靠萧何筹集，组织车辆转运。《史记·萧相国世家》："汉二年，汉王与诸侯击楚，何守关中。关中事计户口转漕给军，汉王数失军遁去，何常兴关中卒，辄补缺。"

⑤此句指汉军屡次疲惫不堪，秦军定会乘机进攻。

⑥约法可久：指刘邦与秦父老"约法三章"，可长治久安。收图可大：指萧何收秦丞相御史府中律令图书，可大为我用。《史记·萧相国世家》："沛公至咸阳，诸将皆争走金帛财物之府分之，何独先入收秦丞相御史律令图书藏之。"

⑦《史记·萧相国世家》载："汉五年，既杀项羽，定天下，论功行封。群臣争功，岁余功不决。高祖以萧何功最盛，封为酂侯，所食邑多。功臣皆曰：'臣等身被坚执锐，多者百余战，少者数十合，攻城略地，大小各有差。今萧何未尝有汗马之劳，徒持文墨议论，不战，顾反居臣等上，何也？'高帝曰：'诸君知猎乎？'曰：'知之。''知猎狗乎？'曰：'知之。'高帝曰：'夫猎，追杀兽兔者狗也，而发踪指示兽处者人也。今诸君徒能得走兽耳，功狗也。至如萧何，发踪指示，功人也。且诸君独以身随我，多者两三人。今萧何举宗数十人皆随我，功不可忘也。'群臣皆莫敢言。"

⑧政称画一：即政令统一。《史记·曹相国世家》："萧何为法，颛若画一。"司马贞索引："画一，言其法整齐也。"非泰：不骄纵傲慢。《玉篇·水部》："泰，骄也。"《论语·子罕》："拜下礼也；今拜乎上，泰也。"何晏集解："时臣骄泰，故于上拜。"

⑨此句是说萧何制定法度为一面红旗，永远不倒，传之无穷。继绝：继绝世的略语，即恢复已灭绝的宗祀，承续已断绝的后代。《三国志·蜀志·诸葛亮传》："受遗托孤，匡辅朕躬，继绝兴微，志存靖乱。"式：准则，法度。旌：旗帜。砺带：《史记·高祖功臣侯者年表序》曰，"封爵之誓曰：'使河如带，泰山若砺，国以永宁，爰及苗裔。'"后以比喻封爵与国共存，传之无穷。

翻译：

> 萧何身为汉官吏，能为文书无疵病。
> 及助刘邦兴王业，宗族全部从沛公。
> 全力镇守大后方，筹集粮草前线送。
> 汉军多次力疲惫，秦兵一定乘机攻。
> 约法能够长久安，收集图籍堪高明。
> 为猎指示兽行踪，据此封赏列首功。
> 政令约法齐划一，居功从不傲骄纵。
> 承续前世尚敬业，法度旗帜续无穷。

点评：

与上几篇述赞类似，本文着重叙述了萧何一生的主要功绩，表达了对萧何的由衷赞美。

汉高祖赞①

唐·李旦

天造草昧②，雄图③纠纷。

赫赫汉祖，应若兴云。

秦原鹿丧，沛泽蛇分。

大风一起，南面称君。

作者简介：

　　李旦（662—716），初名李旭轮，先后改称李轮、李旦、武轮等，陇西成纪（今甘肃省秦安）人。唐高宗李治的第八子，高宗与武则天所生第四子，与唐中宗李显为同母兄弟。前后两次登基（684—690，710—712），实际掌权两年。谥号"玄真大圣大兴孝皇帝"，庙号"睿宗"，葬于桥陵。

注释：

　　①选自唐代徐坚《初学记》卷九"帝王部"，中华书局 2004 年 2 月出版。

　　②草昧：天地初开时的混沌状态；蒙昧。《易·屯》："天造草昧。"王弼注："造物之始，始于冥昧，故曰草昧也。"

　　③雄图：伟大的谋略，这里代指有伟大谋略的人。

翻译：

　　天地初开时状态混沌，宏图伟略者争斗纷纷。

　　威武显赫的大汉高祖，四方响应者多如秋云。

　　中原逐鹿暴秦失其位，大泽遇白蛇举剑两分。

　　大风吹起来云飞四野，履步至尊位面南称君。

点评：

　　前四句交代高祖应运而生的背景，后四句则叙述从斩蛇起义到王业功成、衣锦还乡的经历。该诗篇幅虽短，但含量丰富，有背景，有事件，有评价；表达方式有叙述，有描写，有议论。

祖天师赞①

唐·李隆基

邈②矣真仙，孤高峻节③。

气贯穹冥，元元示诀④。

落落神仪，亭亭皓月⑤。

诛邪斩精，魅驱鬼彻⑥。

汉代明威，流传奕叶⑦。

作者简介：

李隆基（685—762），又称唐明皇。712年受禅即位，改元为"开元"。继位之初，他励精图治，任用姚崇、宋璟等为相，鼓励生产，发展经济，革除弊害，史称"开元之治"。晚年因骄奢淫逸，所重用的李林甫、高力士和安禄山等人把持朝政，引发了"安史之乱"。

注释：

①选自娄近垣《龙虎山志》卷十《艺文·纶言一》。张道陵（34—156），原名陵，字辅汉，东汉丰邑（今江苏徐州丰县）人。张良八世孙。曾任江州令。道教正一道实际创立者，后世尊称为"老祖天师"、"正一真人"、张天师等。与葛玄、许逊、萨守坚合称四大天师。《太平广记·神仙》有张道陵的详细传记。

②邈：高远，超卓。

③孤高：情趣不合流俗。峻节：高尚的节操。南朝宋颜延之《秋胡》："峻节贯秋霜，明艳侔朝日。"清顾炎武《哭归高士》诗之二："峻节冠吾侪，危言惊世俗。"

④元元：指老子。唐追崇老子为玄元皇帝，故称。诀：做某事的窍门、方法。

⑤落落：形容举止潇洒自然。神仪：神情仪表，也泛指状貌。亭亭：明亮美好的样子。南朝梁沈约《丽人赋》："亭亭似月，嬺婉如春。"

⑥精：妖精。彻：撤除，撤去。

⑦明威：指上天圣明威严的旨意。奕叶：累世，代代。

翻译：

太师是高远超卓的真神仙，他情趣脱俗、节操纯洁高尚。他的正义精神直冲霄汉，且从老子那里学到修炼的方法。他神态仪表堂堂、举止潇洒自然，就像明亮美好的一轮皓月。他铲除邪恶斩杀妖精，驱除妖魔鬼怪。让汉代圣明威严的旨意流传千秋万代。

点评：

道教自东汉创立后，至唐代进入了兴盛的时代。唐初，道教被列为儒、释、道三教首位，道士的社会地位显著提高，人数不断增长。道教官观在唐代也遍布全国，规模日益宏大。道教经典图书也日益增多，并汇编成《道藏》。许多著名的道教学者被统治者延请入宫，参与政事，讲道说法。道教的这些重要发展，都是与当时统治阶级的大力提倡和支持分不开的。唐朝统治者，特别是李唐王室对道教的尊崇和扶持，还有其特殊的政治需要，即利用道教为其统治制造合法的理论根据。唐朝皇室原来出身于北朝鲜卑军户，并非名门望族。当李渊、李世民父子在隋末起兵争夺天下时，为了抬高其门第，争取上层贵族的支持，便巧妙地利用道教祖师老子姓李的巧合，尊老子为唐王室祖先，宣称自己是神仙之苗裔，借此制造"君权神授"的舆论。这时一些道教上层人士为了争取新统治者对道教的支持，也到处制造所谓"老君显灵"、降授"符命"的宗教神话和谶语，以迎合唐朝王室的需要。武德八年，李渊正式下诏宣布三教次序道教最先，儒教次之，佛教最后。李世民上台后，以老子为李唐祖先和道教对李唐夺取天下有功为理由，在佛道斗争中偏袒道教。贞观十一年（637），唐太宗下诏贬佛崇道，指出"朕之本系，起自柱下（老子），鼎祚克昌，既凭上德之庆天下大定，亦赖无为之功。宜有改张，阐兹玄化。自今以后，斋供行立至于称谓，道士女冠可在僧尼之前，庶敦本之学畅于九有，尊祖之风贻诸万叶"。唐高宗时，继续执行崇道政策。

乾封元年（666），高宗幸亳州老君庙，下诏追封老君"太上玄元皇帝"尊号，令天下各州皆置道观一所，各度道士七人。仪凤三年（678），又下诏以《道德经》为上经，作为国家科举考试的正式科目，列于《论语》等儒家经典之前，贡举人皆须兼通。同年又下令道士隶属管理王室宗族事务的宗正寺，班在诸王之次。

这样，道教不仅成为唐朝的国家宗教，而且成了唐朝王室的家族宗教。其在唐玄宗统治时，道教的发展更达到了前所未有的鼎盛阶段。唐玄宗对道教的迷信，表现在他继续唐朝开国以来诸帝的传统，狂热地尊崇道教祖师，亦即李唐皇室认同的先祖，太上老君。唐高宗乾封元年（666），已加封老君为"太上玄元皇帝"，在亳州老子故居创立祠堂，其庙置令、丞各一员。唐玄宗上台后，又于开元十年（722）

诏令两京及诸州各置玄元皇帝庙一所，每年设醮斋祀。开元十九年又令五岳各置老君庙。到了开元二十九年，玄宗对老君的尊崇陡然升级。天宝十二年，玄宗再次朝献于太清宫，上玄元皇帝尊号为"大圣祖高上大道金阙玄元天皇大帝"。对于老子的尊崇，达到了无以复加的程度。由于玄宗的尊礼，道士在社会上的地位大为提高。许多公主嫔妃也纷纷入道为女冠，接受道教封号，如睿宗二女入道后号称为金仙、玉真公主，杨贵妃也曾被度为太真宫女道士，号太真。还有不少王公大臣纷纷舍宅为道观。道士升官晋爵者不乏其人，以至时人有"终南捷径"的讥诮，意为欲作官最好先入终南山作道士。

公元 749 年，唐玄宗李隆基亲自召见第十五代天师张高，命他在京师设法坛传法箓，而且在京师专门设立了"授箓院"，赏赐金帛，免去龙虎山的租税，唐玄宗还亲自册封张道陵为"太师"，并作了《祖天师赞》。在该赞中，唐玄宗以饱满的热情从相貌、品质、作用、地位、影响等方面给予张道陵以崇高的评价。

咏汉高祖①

唐·于季子

百战方夷②项，三章且代秦。
功归萧相国，气尽戚夫人。

作者简介：

于季子，字里，约公元 685 年前后在世，工诗。唐咸亨中（672）登进士第。武后称制，官司封员外郎。季子所作诗，今仅存七首于全唐诗中。

注释：

①选自《全唐诗》卷80—25。
②夷：灭掉；杀尽。

翻译：

历经百战才灭项羽，约法三章取代暴秦。

功劳归于丞相萧何，立嗣害死了戚夫人。

点评：

前两句用十个字高度概括了刘邦吞秦灭项遂成王业的功绩。"功归萧相国"一句是评价萧何对刘邦成就王业的贡献。《史记·高祖功臣侯者年表》里有一份刘邦钦定的"西汉开国功臣排行榜"，共收录了一百四十五位列侯，按照功绩大小，萧何排名第一。这反映出刘邦过人的识人用人之才。尾句写刘邦死后，吕后残忍杀害了戚姬，表达了对刘邦没能保护好爱妾的惋惜。此诗一句一事，点评了高祖一生的重大事件，具有高度的凝练性。艺术上，该诗格律工稳，四句全部对仗。

朱虚侯赞①

唐·李白

赢氏秽德②，金精③摧伤。

秦鹿克获，汉风飞扬。

赤龙登天，白日升光。

阴虹④贼虐，诸吕扰攘。

朱虚来归，会酌高堂。

雄剑奋击，太后震惶⑤。

爰锄产禄⑥，大运乃昌。

功冠帝室，于今不亡⑦。

作者简介：

见前。

注释：

①选自《全唐文》第四部卷三百五十。朱虚侯：即刘章，刘邦之孙，齐悼惠王

刘肥次子。吕后二年（前186）五月，吕后封刘章为朱虚侯，国都城在今山东临朐县东南城头村处之北境。

②嬴氏：指秦帝。秽德：秽恶之行。《书·泰誓中》：“无辜吁天，秽德彰闻。”

③金精：指秦。王琦注：“秦在西方，西为金行，故曰金精。”

④阴虹：指蜺。相传虹由雄性的虹和雌性的蜺组成。喻指佞臣。

⑤“朱虚来归，会酎高堂。雄剑奋击，太后震惶”：语出《史记·齐悼惠王世家》，“朱虚侯年二十，有气力，忿刘氏不得职。尝入侍高后燕饮，高后令朱虚侯刘章为酒吏。章自请曰：‘臣，将种也，请得以军法行酒。’高后曰：‘可’……顷之，诸吕有一人醉，亡酒，章追，拔剑斩之而还，报曰：‘有亡酒一人，臣谨行法斩之。’太后左右皆大惊。业已许其军法，无以罪也，因罢”。

⑥爰：连词，于是的意思。产禄：吕产和吕禄，均是吕后的侄子。

⑦亡：通“忘”。《诗·邶风·绿衣》：“心之忧矣，曷维其亡！”郑玄笺：“亡之言忘也。”

翻译：

　　嬴氏德行不端，秦朝终被灭亡。
　　秦鹿束手就擒，大汉风彩飞扬。
　　高祖一步登天，白日熠熠升光。
　　佞臣国贼肆虐，诸吕篡位扰攘。
　　朱虚刘章归来，宴会酌酒高堂。
　　雄剑出鞘奋击，吕氏太后震惶。
　　于是铲除产禄，刘汉大运隆昌。
　　功劳雄冠帝室，至今人们不忘。

点评：

　　刘邦临终前与吕后有段对话：“陛下百岁后，萧相国即死，令谁代之？”上曰：“曹参可。”问其次，上曰：“王陵可。然陵少憨，陈平可以助之。陈平智有余，然难以独任。周勃重厚少文，然安刘氏者必勃也，可令为太尉。”（《史记·高祖本纪》）刘邦的预言真的成真了，在铲除诸吕恢复刘家天下的过程中，周勃确实功至伟，但也因此忽视了另一个恢复刘家天下的功勋人物：朱虚侯刘章。他是关键环节的实际操刀人，连周勃也是承认的。本诗作者李白以“功冠帝室，于今不亡”高度赞扬了朱虚侯刘章铲吕扶汉的伟大功绩。该诗从“嬴氏秽德，金精摧伤”写起，意在强调大汉取代秦朝的正义性、合理性，“阴虹贼虐，诸吕扰攘”以鲜明的感情色彩，点出了诸吕悖逆正统的失道行为，这就为刘章铲吕扶汉的正义性作了铺垫，从而点明了为什么要赞颂朱虚侯。

前汉门·酂侯①

唐·周昙

共怪酂侯第一功，咸称得地②合③先封。
韩生不是萧君荐，猎犬何人为指踪④？

作者简介：

周昙，生卒年、籍贯均不详。唐代诗人，唐末曾任国子真讲，著有《咏史诗》八卷，《全唐诗》将其编为两卷，共一百九十五首。

注释：

①选自《全唐诗》卷729—10。酂侯：汉高祖刘邦赐给萧何的诸侯封号。古酂城为今河南省永城市的酂城镇，此处有萧何的"造律台"遗址。

②得地：这里指攻城略地。

③合：应该。如韦庄《菩萨蛮》："人人尽说江南好，游人只合江南老。"

④见司马贞《〈史记·萧相国世家〉述赞》注释⑦。

翻译：

都不服酂侯被封第一功，认为攻城略地者应先封。
韩信如果不是萧何推荐，猎犬捕兽何人指示行踪？

点评：

这首诗认同高祖把萧相国封为第一功的观点。他实际上就是用诗的形式复述《史记·萧相国世家》中高祖与众臣关于封萧何为第一功的对话，表明自己对刘邦观点的赞同。

戚夫人^①

宋·李觏

百子池^②头一曲春，君恩和泪落埃尘。
当时应恨秦皇帝，不杀南山皓首人^③。

作者简介：

　　李觏（1009—1059），字泰伯，号盱江先生，北宋建昌军南城（今江西抚州南城县），北宋时期重要的哲学家、思想家、教育家、改革家。虽出身寒微，但能刻苦自励、奋发向学、勤于著述，以求安国济民。李觏博学通识，尤长于礼。他不拘泥于汉、唐诸儒的旧说，敢于抒发己见，推理经义，成为"一时儒宗"。今存《直讲李先生文集》三十七卷，有《外集》三卷附后。

注释：

　　①选自《直讲李先生文集》，上海商务印书馆1929年出版。

　　②百子池：古代宫中池名。《三辅黄图·池沼》："七月七日，（高祖）临百子池，作于阗乐。"《西京杂记》："戚夫人侍儿贾佩兰，后出为扶风段儒妻。说在宫内时，见戚夫人侍高帝……至七月七日，临百子池，作于阗乐。乐毕，以五色缕相羁，谓为相连爱……"

　　③皓首人：即商山四皓。四皓本秦末人，"年皆八十有余，须眉皓白"。张良出谋划策，让刘盈出重金请商山四皓出山辅佐自己，刘邦见此，无可奈何的叹道："羽翼已成，难动矣。"遂停止了废立太子的计划。刘邦死后，太子刘盈即位，吕后为皇太后，遂将戚夫人残害致死。

翻译：

　　百子池边一曲歌舞盎然如春，君王恩宠和着眼泪落入埃尘。
　　当时最应该恨的就是秦始皇，没有杀掉商山四皓这几个人。

点评：

　　首句写高祖与戚夫人当年恩爱幸福的生活，次句写随着更立太子的失败和高祖的去世，戚夫人陷入被吕后人彘的悲惨境地。后两句从戚夫人的心理角度抱怨当初如果秦始皇杀掉了商山四皓，更立太子就不会失败了。全诗流露出对戚夫人的同情和惋惜。

过安乐山，闻山上木叶有文，如道士篆符，云，此山乃张道陵所寓①。

宋·苏轼

其一

天师化去知何在②？玉印③相传世共珍。

故国子孙今尚死④，满山秋叶岂能神？

其二

真人⑤已不死，外慕⑥堕空虚。

犹余好名意，满树写天书。

作者简介：

见前。

注释：

①选自《苏轼诗集》，清王文诰辑注，中华书局 1982 年 2 月出版。安乐山：位于蜀中泸州合江县东八十三里处。篆符：也称符篆，道家指以篆文书写的符咒。安乐山上有一似冬青又非冬青的树叶，上有类似道家以篆文书写的符咒，且叶叶不同，传说是张道陵客居蜀中时，在鹤鸣山学道，造作符咒，教化百姓所为。

②天师：即张道陵，后世尊称他为张天师。化去：道家称死为羽化升仙。知何在：即知在何。疑问句中疑问代词作宾语要提前。

③玉印：这里指道教镇妖驱邪的印。

④故国：这里指家乡。尚：差不多。

⑤真人：道家称存养本性或修真得道的人，亦泛称成仙之人。这里指张道陵。

⑥外慕：犹言他求，别有喜好。《宋书·隐逸传·雷次宗》："于时师友渊源，务训弘道，外慕等夷，内怀怫发。"韩愈《送高闲上人序》："尧、舜、禹、汤治天下，养叔治射，庖丁治牛，师旷治音声，扁鹊治病，僚之于丸，秋之于弈，伯伦之于酒，乐之终身不厌，奚暇外慕？"

翻译：

其一

张天师已羽化登仙而今在哪里？他镇妖驱邪的玉印世代相传被视作奇珍。

家乡的子孙们也差不多都已死去，这满山的秋叶难道都能够成神？

其二

张道陵羽化成仙已不会死去，难道他下落到凡间别有喜好而追求尘世虚名？

犹如我喜好人世的虚妄的名声，他在安乐山的每棵树上写下了这天书经文。

点评：

据《太平广记》载，张道陵本太学书生，博通《五经》，晚年叹息"此无益于寿命"，于是学长生不老术，由于家贫无法炼就"黄帝九鼎丹"，而治生营田牧畜，又非其所长，在听说蜀人多淳厚易教化，且多名山后，于是与弟子入蜀。忽有天人传授给张道陵治病之道，于是蜀中百姓奉事之以为师。后来，张道陵修炼得道成仙。苏轼似乎对张道陵修炼成仙之道很是不屑，于是质问：天师张道陵您修炼成仙飞升天界在何处？您所遗留的镇妖驱邪的大印等物品子孙们累世相传视作珍品，如今您看见了吗？安乐山上满山都是您留下的篆符文叶，而家乡的子孙却早已死去了，您的长生之道难道能显灵吗？在第二首诗中，苏轼又调侃道：张道陵已修炼成仙成为不死的真人，于是下落天界别有喜好，追求尘世虚名，在安乐山的满山树上写下这天书经文。

苏轼这两首诗的意思是说：安乐山上的篆符文叶，是张道陵为追求尘世虚名，下落天界所为，是其别有喜好而已。他这一业余爱好却使家乡的子孙曾虔诚地累世守之。如今安乐山上满山仍是您留下的篆符文叶，而家乡的子孙却早已死去了，您的长生之道难道能显灵吗？苏轼对张道陵成仙的质问，显示了苏轼的唯物主义思想。

萧 何①

宋·张耒

萧公俯仰②系安危，功业君王心独知。
犹道邵平能缓颊③，君臣从古固多疑。

作者简介：

张耒（1054—1114），字文潜，号柯山，亳州谯县（今安徽亳州市）人。北宋时期大臣、文学家。宋徽宗初，召为太常少卿，成为苏门四学士（秦观、黄庭坚、张耒、晁补之）中辞世最晚而受唐音影响最深的作家。诗学白居易、张籍，平易舒坦，不尚雕琢，但常失之粗疏草率。其词流传很少，语言香浓婉约，风格与柳永、秦观相近。著有《柯山集》《柯山诗余》。

注释：

①选自《柯山集》，新文丰出版公司印制，1984 年 6 月出版。

②俯仰：举动，举止。《史记·范雎蔡泽列传》："范雎恐，未敢言内，先言外事，以观秦王之俯仰。"

③邵平：秦国时封为东陵侯，秦亡后，沦为布衣，于是在长安城东青门外种瓜，瓜味甜美，时人谓之"东陵瓜"，也叫"邵平瓜"。缓颊：婉言劝解或替人求情。邵平曾献计萧何，使萧何免于灾祸。《汉书·萧何传》："上已闻诛信，使使拜丞相为相国，益封五千户，令卒五百人一都尉为相国卫。诸君皆贺，唯平独吊。平谓何曰：'祸自此始矣。上暴露于外，而君守于内，非被矢石之难，而益君封置卫者，以今者淮阴新反于中，有疑君心。夫置卫卫君，非以宠君也。愿君让封勿受，悉以家私财佐军。'何从其计，上说。"

翻译：

萧何的举止都事关国家安危，他显赫的功业高祖内心独知。
还认为邵平之策能婉言解惑，君臣间自古本来就存在多疑。

点评：

萧何作为"汉初三杰"，建国第一功，可写的故事很多。本诗抓住这件事情，点出朝中君臣之间自古多疑的历史现象，表现出作者清醒的头脑和认识。

汉高帝①

宋·吕浦

阅尽千辛与万艰，不如长戴竹皮冠②。
谁知四百年天下③，缩首甘心送阿瞒④。

作者简介：

生卒年不详。有《竹溪稿》存世。

注释：

①选自影印本民国续金华丛书《竹溪稿》。

②竹皮冠：秦末刘邦微时常以竹皮制作帽子，后称之为"刘氏冠"，借指戴竹皮冠为乡野之人。

③四百年天下：汉朝建于公元前202年，亡于公元220年，共四百二十二年。如果从公元前206年封汉王算起，则是四百二十六年，其中包括王莽的"新"时期。

④阿瞒：曹操的乳名，借指曹操。汉献帝时大权已旁落曹操之手，他挟天子而令诸侯，成为东汉的实际掌权者。

翻译：

成就帝业历尽千辛万难，不如终生常戴竹皮草冠。
君不见大汉江山四百年，最终甘心拱手给了阿瞒。

点评：

这首诗字面浅显，但寓意却耐人寻味。在作者看来刘邦成就了王业，还不如一直做个农民更好。他费尽千辛万苦建立的大汉王朝还不是得而复失？这是赤裸裸的历史虚无主义思想。每个人的生命都是有限的，一个朝代也是阶段性的，差距也就是长短而已，人生的辉煌更是短暂的，都有转手或消亡的时候。如果因为会转手或消亡而都不去努力，那么社会怎么进步？人生的价值和意义并不仅仅在于结果，而更在于奋斗的过程中。

高　祖①

宋·李纲

落魄刘郎仗众谋，无心将将却成优。
谁言大度能容物，旧怨还封羹颉侯②。

作者简介：

李纲（1083—1140），字伯纪，号梁溪先生，祖籍福建邵武，祖父时迁居江苏无锡。两宋之际抗金名臣，民族英雄。宋徽宗政和二年（1112）进士。靖康元年（1126）金兵入侵汴京时，任京城四壁守御使，团结军民，击退金兵。但不久即被投降派所排斥。宋高宗即位初，一度起用为相，曾力革新内政，仅七十七天即遭罢免。他多次上疏陈诉抗金大计，均未被采纳。著有《梁溪先生文集》《靖康传信录》《梁溪词》。

注释：

①选自《梁溪先生文集》，凤凰出版社 2011 年 2 月出版。

②羹颉侯，即刘信。刘邦封长兄之子刘信为羹颉侯，这个侯是戏谑、嘲讽性封号。据《史记·楚元王世家》记载：刘邦在未发迹前，游手好闲，不务农事，常呼朋唤友去兄嫂家吃饭，嫂厌其常来，故意敲锅以示"羹尽"。刘邦建汉统一后，分封同姓诸侯王，唯独不封侄子刘信。经"太上皇"劝说，才怀着情绪封刘信为"羹颉侯"。颜师古注："颉，音戛，言其母戛羹釜也。"刘信在封地兴修水利，建七门堰，此为安徽古代重要的水利工程。该堰位于今舒城县新街乡七门堰村的七门山下。

翻译：

落魄刘邦依仗众人计谋，无心率将反却成了最优。
谁说大度之人能够容物？却因旧怨封侄子羹颉侯。

点评：

这首诗抓住刘邦因为蹭饭而被嫂子赶出家门，于是封侄子刘信为羹颉侯的事，对刘邦的大度宽容进行了质疑。

萧 何

宋·马永卿

创业艰难尚尔①为，太平奢侈可前知？
欲令后世无能过②，可笑萧何尔许③痴。

作者简介：

马永卿（？—1136），字大年，其先合肥人，迁扬州。徽宗大观三年（1109）进士。为永城主簿，时刘安世谪亳州，寓居是县，于是求教，遂从学二十六年。高宗绍兴间追录安世语为《元城语录》，又有《懒真子》。两本杂记记载了不少珍贵的史料，而司马光的个人资料犹多，因为马永卿的老师刘安世是司马光的学生，多从其口中获得。

注释：

①尚尔：尚且如此。《古诗十九首》："客从远方来，遗我一端绮。相去万余里，故人心尚尔！"

②出自《史记·高祖本纪》："八年……萧丞相营作未央宫，立东阙、北阙、前殿、武库、太仓。高祖还，见宫阙壮甚，怒，谓萧何曰：'天下匈匈苦战数岁，成败未可知，是何治宫室过度也？'萧何曰：'天下方未定，故可因遂就宫室。且夫天子以四海为家，非壮丽无以重威，且无令后世有以加也。'"

③尔许：如许、如此。杨万里《自音声岩泛小舟下高溪》："舟稳何妨小，波恬尔许平。"

翻译：

当年创业艰难尚且如此作为，而今太平奢侈可知当年不易？

宫殿壮丽想让后世无法超越，可笑萧相国你是如此的愚痴。

点评：

这首诗主要批评萧何。从刘邦与萧何关于宫殿的对话看，刘邦"天下匈匈苦战数岁，成败未可知，是何治宫室过度也？"的回答无异是正确的。战争刚刚结束，一切百废待兴，民生问题才是首要问题，大兴土木不顾民生艰难，无异会引起民怨。萧何针对刘邦观点的反驳显得强词夺理。仔细揣摩难免有贿赂之嫌，以投刘邦之所好。刘邦刚攻入咸阳后就想不思进取过富翁的日子，后经萧何樊哙的劝说才放弃享受，乘胜前进，终于建立帝业。萧何是了解刘邦贪图享受的心理的，所以萧何辩驳后刘邦就默认了。作者批评萧何"痴"，其实这"痴"恰恰折射出萧何的官场机巧。

汉高帝二首^①

宋·王十朋

一

百战功成汉业新，洛阳置酒问群臣^②。
区区^③高起王陵辈，岂识龙颜善用人。

二

仗剑崎岖起沛丰，只将谩骂驭英雄。
虽然能用三人杰^④，已失商山四老翁^⑤。

作者简介：

王十朋（1112—1171），字龟龄，号梅溪，温州乐清人。南宋著名政治家、诗人、爱国名臣。宋绍兴二十七年（1157）他以"揽权"中兴为对，被宋高宗亲擢为进士第一（状元），官秘书郎。曾数次建议整顿朝政，起用抗金将领。叶适说他"素负大节""士类常推公第一"。《四库全书总目》说"十朋立朝刚直，为当代伟人"。追谥"忠文"。

注释：

①选自《王十朋全集》，上海古籍出版社 2012 年出版。

②见《史记·高祖本纪》："高祖置酒洛阳南宫。高祖曰：'列侯诸将无敢隐朕，皆言其情。吾所以有天下者何？项氏之所以失天下者何？'高起、王陵对曰：'陛下慢而侮人，项羽仁而爱人。然陛下使人攻城略地，所降下者因以予之，与天下同利也。项羽妒贤嫉能，有功者害之，贤者疑之，战胜而不予人功，得地而不予人利，此所以失天下也。'高祖曰：'公知其一，未知其二。夫运筹策帷帐之中，决胜于千里之外，吾不如子房。镇国家，抚百姓，给馈饷，不绝粮道，吾不如萧何。连百万之军，战必胜，攻必取，吾不如韩信。此三者，皆人杰也，吾能用之，此吾所以取天下也。项羽有一范增而不能用，此其所以为我擒也。'"

③区区：愚拙、凡庸。《孔雀东南飞》："阿母谓府吏：何乃太区区！"

④三人杰：指汉初三杰张良、萧何和韩信。

⑤商山四老翁：指商山四皓。

翻译：

一

百战终于功成大汉王业一新，高祖洛阳南宫置酒询问群臣。

愚拙凡庸的高起王陵等人物，怎可能了解高祖的善于用人。

二

沛丰仗剑起事道路坎坷不平，只用肆意乱骂驾驭麾下英雄。

虽然这样依然能用三位人杰，但却已经失去商山四位老翁。

点评：

第一首运用反衬的手法。先以高起、王陵之愚拙凡庸，反衬高祖之雄才大略，高大伟岸；又以高起、王陵不识高祖之意，反衬高祖的善于识人用人。

第二首是在评价刘邦的驭人术，批评他靠"谩骂"的粗暴方式可以驾驭武人，但不能够驾驭士人谋士。言外之意就是对待不同的人才要用不同的驾驭方式。

四绝赠马浩然法师·张道陵①

宋·葛立方

灵桃入手亦艰勤②，正一门中仅策勋③。
未说赵升王长在④，鹄鸣衣钵已输君⑤。

作者简介：

葛立方（？—1164），字常之，自号懒真子，江阴（今属江苏）人，随父徙居吴兴（今浙江湖州）。绍兴八年（1138）进士。累官至吏部员外郎、左司郎中、权吏部侍郎，出知袁州。隆兴元年（1163），命知宣州。隆兴二年卒。《宋史》附《葛宫传》。事迹另见于《建炎以来系年要录》。清人缪荃孙撰有《葛立方传》刊于《归愚集》卷末。著有《韵语阳秋》二十卷、《归愚集》十卷。汲古阁《宋六十名家词》有《归愚词》一卷。

注释：

①选自诗词迷网站。

②灵桃：传说中的仙桃，三千年结一次果实。出自《艺文类聚》卷七八引南朝梁简文帝《招真馆碑》："西岳灵桃，千年未子。"东晋葛洪著《神仙传》，曾记有祖天师"七试赵升"的典故，其中第七试是试验其道心是否坚定。某日，祖天师带领一众弟子三百余人登至山崖，崖中有一桃树，硕果累累，不过崖下就是万丈深渊，祖天师对众弟子说，谁能于崖中取桃，便向谁传授道法精要，但是众弟子望崖生畏，唯有赵升攀岩而下，取得二百桃果，将之挨个向上抛回，待摘完了桃，却发现自己已然无路可退，只见祖天师忽现三十丈长臂，将赵升给拉了回来。等大家把桃子吃完，祖天师笑言："深渊之下，更有大桃。"随后当众从崖边一跃而下，众弟子莫不惊叹悲涕，而后离去，唯有赵升、王长二人留在原地，相互说道："一日为师，终生为父，父亲既然投崖，我们又怎能后退？"于是二人也跟着往深渊跳去，不想竟能够安然无恙地掉落在祖天师提前搭设好的帐篷当中。最后三百弟子里面，能够跟随祖天师白日飞升的，也唯独赵升、王长二位真人。艰勤：艰辛。

③正一门：即正一道门派，祖师是张道陵。策勋：记功勋于策书之上。出自《左传·桓公二年》："凡公行，告于宗庙；反行，饮至、舍爵、策勋焉，礼也。"杜预注："既饮置爵，则书勋劳于策，言速纪有功也。"

④见注释②。

⑤鹄鸣：指鹄鸣山，即鹤鸣山，在四川省崇庆县西北。《三国志·魏志·张鲁传》："祖父陵，客蜀，学道鹄鸣山中，造作道书以惑百姓，从受道者出五斗米，故世号米贼。"衣钵：原指佛教中师父传授给徒弟的袈裟和饭碗，后泛指传授下来的思想、学术、技能等。君：这里指马浩然法师。

翻译：

仙桃能够入手要历尽万苦千辛，正一道派唯有张祖师策中记勋。

如果不说赵升与王长两位真人，鹤鸣山正一道派已经输给了您。

点评：

正如题目"四绝赠马浩然法师"所言，这是作者葛立方赠给马浩然法师的四首绝句，每首写一个或两个宗教界的名人或神仙，分别为魏伯阳、张道陵、李筌吴真君、木公。作者意在鼓励赞扬马浩然法师。这首绝句前两句以张道陵为例说明修成正果的艰难，后两句以张道陵的两位升仙弟子赵升与王长作衬托，赞美马浩然的成就。

题滕茂实祠①

宋·姚孝锡

本期苏郑共扬镳②，不意芝兰失后凋③。
遗老④只今犹涕泪，后生无复识风标⑤。
西陉⑥雁度霜前塞，溓水⑦樵争日暮桥。
追想平生英伟魄，凌云一笑⑧岂能招。

作者简介：

姚孝锡（1099—1181），字仲纯，号醉轩，徐州丰县人，徽宗宣和六年进士。授代州兵曹。金兵侵雁门，州将议以城降，孝锡投床大鼾，略不为意。后脱身移居五台，不仕。善治生，积粟至数万石，遇岁饥，尽出以赈贫乏，多全活。中年后，以家事付诸子，日与宾朋纵吟山水诗酒间。卒年八十三。有《鸡肋集》，但已佚失，其诗保存于元好问所编的《中州集》（金朝诗歌总集，共辑录二百五十一位作家的两千零六十二首作品）中。《中州集》选南冠（囚犯或战俘）五人，即司马朴、滕茂实、何宏中、姚孝锡、朱弁，其中共收集了姚孝锡的诗三十二首。

注释：

①选自元好问所编的《中州集》，华东师范大学出版社 2014 年 6 月出版。《齐东野语》卷十一"姚孝锡传"也载有此诗，原文如下："姚孝锡，字仲纯，丰县人，登宣和六年第，调代州兵曹。金人寇雁门，州将恇怯议降，孝锡竟投床大鼾，不与其议。既得脱去，遂往五台薄移疾不仕，因家焉，时年三十九。治生积粟至数万石，遇饥岁，尽出以赈贫乏，乡人德之。所居正据五台之胜，亭榭数十座，花竹百亩。中岁，尽以家事付诸子，日与宾朋放浪山水诗酒间，自号醉轩。至八十三乃终，有集号《鸡肋》。《题滕茂实祠》云：'本期苏、郑共扬镳，不意芝兰失后凋，遗老祇今犹涕泪，后生无复识风标。西陉雁度霜前塞，滹水樵争日暮桥，追想平生英伟魄，凌云一笑岂能招。'"滕茂实（？—1128），字秀颖，政和八年（1118）进士。靖康元年二月与路允迪一同出使金营，告知金帅完颜宗翰割让太原、中山、河间三镇的和议决定，不料宋钦宗反悔，又密诏河北固守三镇，引得完颜宗翰大怒，将滕茂实扣下，因于云中。次年，宋钦宗被俘，经过代州时，"秀颖谒见，涕泣请从行"，没有得到许可，忧愤成疾，很快去世。临终前，"令黄幡裹尸而葬，仍大刻九字云：宋使者东阳滕茂实墓"。他的《临终诗》（并序）是其忠烈情怀的实录，感动了许多人。其小序云："某奉使亡状，不复反父母之邦，犹当请从主行，以全臣节，或怒而与之死，幸以所仗节幡裹其尸，及有篆字九，为刊之石，埋于台山寺下，不必封树，盖昔年大病，梦游清凉境界，觉而失病所在，恐于此有缘，如死穷徼，则乞骸骨归，悉如前祷，预作哀词，几于不达，方之渊明则不可，亦庶几少游之遗风也。"

②本期：本希望。苏郑：根据这句的"共"字，苏、郑应是滕茂实姓苏与姓郑的两位战友，具体事迹不详。扬镳：提起马嚼子，谓驱马。

③不意：不料；没想到的事。芝兰：古时比喻德行的高尚或友情、环境的美好等。后凋：比喻守正而有晚节。《南史·王镇之传》："论者以为梧桐虽有栖凤之美，而失后凋之节。"

④遗老：指北宋旧臣遗民。

⑤风标：指风度、品格，也形容优美的姿容神态。

⑥西陉：又称西陉关，位于代县西北隅，与宁武关、偏关合称"三关"。在代

县北境内长城蜿蜒起伏，犹如一条苍龙将雁门山、馒头山、草垛山连成一体，北拒塞外高原，南屏忻定盆地。素以关山雄固、军事要冲而名于世，历来为兵家必争之地。作者姚孝锡曾任代州兵曹。

⑦滹水：即滹沱河，发源于山西省繁峙县泰戏山孤山村一带，东流至河北省献县臧桥与子牙河另一支流滏阳河相汇入海。

⑧凌云一笑：典出黄庭坚写乐山大佛的一首诗，诗曰"凌云一笑见桃花，三十年来始到家。从此春风春雨后，乱随游水到天涯"。这首诗刻在四川乐山大佛碑林里。乐山大佛，位于四川省乐山市南岷江东岸凌云寺侧，又名凌云大佛。诗的意思是说：黄庭坚到凌云见大佛一笑，如"世尊拈花，迦叶微笑"，他豁然顿悟，自己寻找了三十年的心心相印、心灵清净超脱的禅境突然在此找到，就像四处飘泊的游子终于找到了自己的家。一旦悟得自心清净的佛性，即使不削发入寺、斋戒焚香，也能无往不适。姚孝锡引用这一典故意在说明：我对滕茂实的追想和怀念难以止息，我依然不能超脱红尘达到佛家的这种境界，从而表达了对滕茂实难以忘怀的深沉怀念。

点评：

首联写滕茂实壮志未酬的遗憾和惋惜；颔联写滕茂实去世对北宋老臣和后生的影响；颈联追念滕茂实的战斗岁月和经历；尾联借用典故表达了对故人难以忘怀的怀念，并借此表达了自己对故国的怀念。作者和滕茂实都曾是羁留金国的囚犯，都有着对故国深沉的爱和思念，因此作者才饱含深情地写下这首怀念滕茂实的诗。他通过题北宋滕茂实的祠堂，展示出作者内心对于自己故国的忠诚，但由于所处的环境限制，其手法比较隐曲含蓄。

次韵李相公偶成①

宋·姚孝锡

帘鸟唤归梦②，竹风③追夕凉。
感时④空有泪，却老分无方⑤。
流水依山白，孤云带日黄。
无人共樽酒，散发卧藜床⑥。

作者简介：

见前。

注释：

①选自元好问所编的《中州集》，华东师范大学出版社 2014 年 6 月出版。

②归梦：归乡之梦。此时作者远离故乡丰县，被滞留在金人统治区。

③竹风：指竹间之风，常指清凉之风。杜甫《远游》："竹风连野色，江沫拥春沙。"苏轼《西斋》："褰衣竹风下，穆然中微凉。"

④感时：感慨时序变迁或时势变化。杜甫《春望》："感时花溅泪，恨别鸟惊心。"

⑤却老：避免衰老。分：料想。无方：没有方法，不得法。《穀梁传·昭公十九年》："就师学问无方，心志不通，身之罪也。"

⑥散发：喻指弃官隐居，逍遥自在。《后汉书·袁闳传》："延熹末，党事将作，闳遂散发绝世，欲投迹深林。"李白《宣州谢朓楼饯别校书叔云》："人生在世不称意，明朝散发弄扁舟。"藜床：藜草编的床榻。泛指简陋的坐榻。杜甫《寒雨朝行视园树》："衰颜动觅藜牀坐，缓步仍须竹杖行。"

翻译：

帘外的鸟儿唤起我归乡之梦，竹间的风更增添傍晚的寒凉。

感慨时序时势眼中空含热泪，阻止生理衰老料想百无良方。

流水依傍山脚流动澄清碧透，孤云映照阳光看去颜色发黄。

无人与我共举酒杯解除忧愁，于是我弃官隐居于草堂藜床。

点评：

姚孝锡滞留金朝年至八十三寿终，他同期的朋友差不多都已作古，身边无人与其交谈共酒唱和，其内心常常伴随着浓烈的孤苦之感和贫病交加的痛苦。同时诗人入金后辞官而去，放浪山水，寄情诗酒，但诗人依旧无法摆脱乡愁。漂泊之感、高洁孤苦之情也常常难以被他人感同身受加之诗人老年之后年老体弱疾病缠身，因此内心的孤寂和巨大的失落之感跃然纸上。

读《萧何传》有感①

宋·张镃

汉祖肇炎图②，三杰咸辅翼。

功成及酬赏，相国独第一。

发踪指示语③，谁曰匪其实？

焉知英主心，方谨④操纵术。

勋高疑益深，固异亭长日⑤。

守关忠弗念，置卫防百出⑥。

堂堂明且审，自计亦无失。

护军给饷馈，入秦收图籍。

用智既有余，保身岂难必⑦。

逊封散宏财，非真召平力⑧。

污名起田宅⑨，犹愈受斧锧⑩。

终加恭谨辞，贤哉史臣笔。

作者简介：

张镃（1153—1235），字时可，号约斋。南宋文学家，先世成纪（今甘肃天水）人，寓居临安（现浙江杭州），卜居南湖。出身显赫，为宋南渡名将张俊曾孙。他又是宋末著名诗词家张炎的曾祖，是张氏家族由武功转向文阶过程中的重要环节。今传《南湖集》十卷，《玉照堂词》一卷，《全宋词》共存词八十四首，与辛弃疾有唱和，词风也稍近，好作咏物词。

注释：

①选自《钦定四库全书·集部·南湖集》卷二。

②炎图：大汉帝业。因其火德而兴，故曰"炎图"。

③见唐司马贞《〈史记·萧相国世家〉述赞》注释⑦。

④方谨：方正严谨。

⑤意为不同于高祖当亭长的时候了。

⑥见上一首宋张耒《萧何》注释③。

⑦难必：难以肯定。鲁迅《书信集·致王志文》："唯近来之出版界，真是战战兢兢，所以能登与否，亦正难必。"

⑧见上一首宋张耒《萧何》注释③。

⑨见《汉书·萧何传》："其秋，黥布反，上自将击之，数使使问相国何为。曰：'为上在军，抚勉百姓，悉所有佐军，如陈豨时。'客又说何曰：'君灭族不久矣，上所谓数问君，畏君倾动关中。今君胡不多买田地，贱贳贷以自污？上心必安。'于是何从其计，上乃大说。"

⑩斧锧：也写作"斧质"，即斧子与铁锧，古代刑具。行刑时置人于锧上，以斧砍之。司马光《五哀诗·晁大夫》："旋闻就斧质，不得解衣冠。"

翻译：

高祖始创帝王业，三杰皆是左右翼。
王业功成封酬赏，相国萧何独第一。
高祖"发踪指示"语，谁说此话不真实？
哪里知道英主心，方正严谨掌控术。
功高之人疑更深，远非当年亭长时。
忠心守关君勿念，五百卫兵防纰漏。
心底明亮且周密，自料亦应无闪失。
保障军队供给养，入秦先收册图籍。
理政智慧绰绰余，保身岂能有问题。
退让封号散宏财，并非真是召平力。
污名起自购田宅，胜过伏身受斧锧。
史传终加恭谨辞，贤相载入史臣笔。

点评：

这首古体诗以《汉书·萧何传》为素材，用史论之笔，夹叙夹议，赞颂了萧何的理政智慧与忠诚磊落的品德，并对邵平为萧何献计之事提出质疑，认为如此智慧之人，岂能不懂保身之术。读史而不盲信，难能可贵！

高 祖①

宋·乐雷发

逝骓走鹿②各消磨，剑外功臣③剩几多。
四皓两生元不听④，故乡枉费大风歌。

作者简介：

乐雷发（1210—1271），字声远，号雪矶，汉族，湖南宁远人。南宋政治家、军事家、文学家、诗人。乐雷发毕生最大的建树在于诗歌创作，入选《宋百家诗存》《南宋群贤小集》。留存于世的诗有一百四十余首，很多诗都显出了强烈的民本意识，洋溢着很深的家国情怀、浓厚的屈原《离骚》遗风。《四库全书》录有其《雪矶丛稿》。

注释：

①选自《钦定四库全书·集部·雪矶丛稿》卷四。

②逝骓走鹿：指秦王朝和西楚灭亡。逝骓：出自《史记·项羽本纪》："力拔山兮气盖世，时不利兮骓不逝。骓不逝兮可奈何，虞兮虞兮奈若何！"这里指项羽失败西楚灭亡。走鹿：出自《史记·淮阴侯列传》："秦失其鹿，天下共逐之。"这里指秦朝灭亡。

③剑外功臣：武将之外的功臣，指谋士。

④四皓：指"商山四皓"（注释见前）。两生：见陈普《咏史上·汉高帝》八首（一）注释④。元：开始，起初。

翻译：

西楚与秦朝都已被高祖消灭，武将之外的功臣还剩多少呢？
四皓和两生的话起初不愿听，枉费了还乡时所唱的大风歌。

点评：

《大风歌》中有一句"安得猛士兮守四方"，表达了刘邦渴求猛士以保江山永固的思想，也包含着江山能否巩固的担忧。孟子说："生于忧患，死于安乐。"刘邦在大风歌中表达的这种担忧之情是对的，结果因为起初不愿听"四皓两生"的话，江山还是没能永固，故曰"故乡枉费大风歌"。

高 帝①

宋·徐钧

土能生物有深功，金价何如可与同。
不是君王无识别②，只缘得土笑谈中。

作者简介：

徐钧（1231—1303），字秉国，号见心，兰溪（今属浙江金华市）人。以父荫为定远尉。宋亡不仕。他精于史学，曾据《资治通鉴》所记事实，为史咏一千五百三十首，是历史上咏史诗写得最多的人。今存《史咏集》二卷，五代部分已佚失。清光绪《兰溪县志》卷五有传。徐钧诗共传二百九十七首。

注释：

①选自《史咏集》，江苏古籍出版社 1988 年影印出版。
②无识别：指不识别土与金哪个更珍贵。

翻译：

土能生万物说明它有深功，金价怎么可与土并提相同。
不是君王不识土与金谁贵，只因为得土在轻松笑谈中。

点评：

土地是人们赖以生存的根本，是一个国家的根基所在，尤其在农业社会，所以我国古代以社稷（土神和谷神）代指国家，如孟子说："民为贵，社稷次之，君为轻。"这首诗中的"土"是指土地，实际上是国家皇权的象征，自然比黄金珍贵。这首诗表面是在比较土与金哪个更贵重，实际上表达了作者对君王不顾百姓死活，只为争权夺位的讽刺。

汉高祖①

宋·徐钧

商后誓师因亳众②，周王致业述豳风③。
不阶尺土一人俩④，谁似皮冠⑤一沛公？

作者简介：

见前。

注释：

①选自《史咏集》，江苏古籍出版社 1988 年影印出版。

②此句是说成汤号召民众攻伐无德的夏桀时，民众纷纷响应。《史记·殷本纪》："'夏德若兹，今朕必往。尔尚及予一人致天之罚，予其大理女。女毋不信，朕不食言。女不从誓言，予则帑僇女，无有攸赦。'以告令师，作汤誓。"亳：商汤时都城（今河南商丘）。南亳，在今河南商丘东南，相传汤原居于此；北亳，在今商丘北，相传诸侯拥戴汤为盟主于此；西亳，在今河南偃师西，相传汤灭夏时驻此。《史记·殷本纪》："成汤，自契至汤八迁。汤始居亳，从先王居，作帝诰。"

③周王致业：见《史记·周本纪》，"弃为儿时，屹如巨人之志。其游戏，好种树麻、菽，麻、菽美。及为成人，遂好耕农，相地之宜，宜谷者稼穑焉，民皆法则之。帝尧闻之，举弃为农师，天下得其利，有功。帝舜曰：'弃，黎民始饥，尔后稷播时百谷。'封弃于邰，号曰后稷，别姓姬氏。后稷之兴，在陶唐、虞、夏之际，皆有令德"。豳风：是《诗经》十五国风之一，为先秦时代豳地华夏族民歌。豳同"邠"，古都邑名，在今陕西旬邑、彬县一带，是周族部落的发祥地。《豳风》共有诗七篇，其中多描写豳地的农家生活，农人辛勤劳作的情景，是中国最早的田园诗。

④不阶：不凭借。俩：这里指前两句说的成汤与周王。

⑤皮冠：刘邦以竹皮所作之冠。见《史记·高祖本纪》："高祖为亭长，乃以竹皮为冠，令求盗之薛治之，时时冠之，及贵常冠，所谓'刘氏冠'乃是也。"

翻译：

成商誓师伐桀依靠亳地民众，周王发展农业事迹载于豳风。
高祖没借他人寸土功盖商周，有哪个人能做到像高祖沛公？

点评：

前两句写成汤和周王的成就意在为后面写刘邦作对比衬托，商汤、周王是我国历史上著名的明君，作者认为刘邦一人创立的事业超过他两人的总和，足见作者对高祖评价之高。

吕　后①

宋·徐钧

父识英雄婿沛公②，家因骄横血兵锋③。
始知善相元非善④，不是兴宗是覆宗。

作者简介：

见前。

注释：

①选自《史咏集》，江苏古籍出版社 1988 年影印出版。吕雉（前 241—前 180），字娥姁，通称吕后，或称汉高后、吕太后等。单父（今山东单县）人。汉高祖刘邦的皇后（前 202—前 195），高祖死后，被尊为皇太后（前 195—前 180），是中国历史上有记载的第一位皇后和皇太后。同时吕雉也是秦始皇统一中国，实行皇帝制度之后，第一个临朝称制的女性，被司马迁列入记录皇帝政事的本纪，后来班固作汉书仍然沿用。她开汉代外戚专权的先河。吕雉统治期间，实行黄老之术与民休息的政策，废除挟书律，鼓励民间藏书、献书，恢复旧典，为后来的文景之治打下了很好的基础。司马迁在《史记·吕后本纪》中对她的评价是："政不出户，天下晏然；刑罚罕用，罪人是希；民务稼穑，衣食滋殖。"给予吕后施政极大的肯定。

②见《史记·高祖本纪》："酒阑，吕公因目固留高祖。高祖竟酒，后，吕公曰："臣少好相人，相人多矣，无如季相，愿季自爱。臣有息女，愿为季箕帚妾。'酒罢，吕媪怒吕公曰：'公始常欲奇此女，与贵人。沛令善公，求之不与，何自妄许与刘季？'吕公曰："此非儿女子所知也。'卒与刘季。"

③此句指吕后死后，吕氏家族被清灭。

④《史记·高祖本纪》："吕后与两子居田中耨，有一老父过请饮，吕后因哺之。老父相吕后曰：'夫人天下贵人。'令相两子，见孝惠，曰：'夫人所以贵者，乃此男也。'"元：根源。

翻译：

父亲慧眼识珠把女儿许配沛公，吕家却因吕后骄横而血染兵锋。

才知道好面相根源上并非真善，吕后不是兴了宗族是覆灭族宗。

点评：

诗的本意在告诉我们：善相不一定本质善，只有内心真善多行善事，顺应时势，遵循天理，才能得天保佑，得以善终。

萧　何①

宋·徐钧

相国②人夸佐沛公，收图③运饷守关中。

不知用蜀为根本④，此是兴王第一功。

作者简介：

见前。

注释：

①选自《史咏集》，江苏古籍出版社 1988 年影印出版。萧何（前 257—前 193），沛郡丰邑（今江苏省丰县）人。西汉开国功臣、政治家、丞相。汉惠帝二年（前 193）七月去世，谥号"文终"。

②相国：即丞相、宰相。宰相最早起源于春秋时期，秦始皇统一六国后，宰相作为官制首次确定下来。管仲就是中国历史上第一位杰出的宰相。到了战国时期，宰相的职位在各个诸侯国都建立了起来。秦朝时，宰相的正式官名为丞相，有时分设左右，以右为上，称为"右丞相""左丞相"，宦官担任宰相职务的称为"中丞相"。

汉朝沿袭秦朝的称呼，只是如果称为相国的话地位更高一些。

③收图：见《史记·萧相国世家》，"沛公至咸阳，诸将皆争走金帛财物之府分之，何独先入收秦丞相御史律令图书藏之。沛公为汉王，以何为丞相。项王与诸侯屠烧咸阳而去。汉王所以具知天下厄塞、户口多少、强弱之处、民所疾苦者，以何具得秦图书也"。这些资料为制定正确的方针政策和律令制度找到了可靠的根据，对日后西汉政权的建立和巩固，起到了巨大的作用。这也足见萧何的深谋远虑。

④见《史记·高祖本纪》："更立沛公为汉王，王巴、蜀、汉中，都南郑。"刘邦先一步攻入咸阳，但项羽依仗自己的强大，撕毁"先破秦入咸阳者王之"的约定，把刘邦赶出咸阳，一脚踢到巴蜀。刘邦自然心里很窝火，所以立誓要和项羽争一个高低。这时，萧何站出来劝诫刘邦：不如先服从项羽分封，到巴蜀等地休养生息，扩充智囊团，待准备充分再举大计。刘邦听从了萧何的建议。

翻译：

人人夸赞相国最善于辅佐沛公，收集档案运送粮饷坚守在关中。

岂不知巴蜀休养待机才是根本，这才是助刘邦成就王业的首功。

点评：

这首绝句的观点比较新颖，一般认为萧何的第一功是"镇国家，抚百姓，给馈饷，不绝粮道"，而本诗认为萧何的第一功应是他建议先以蜀汉为根据地进行休养生息，储备人才，建立安全稳固的大后方，待机反攻。这一观点则突出了萧何战略思想的重要性。这才真正符合刘邦对萧何的评价："发踪指示兽处者人。"

周 勃①

宋·徐钧

功成无罪付廷平，借援东朝始得生②。

若使当时逢吕后，诛夷又是一韩彭。

作者简介：

见前。

注释：

①选自《史咏集》，江苏古籍出版社 1988 年影印出版。

②这两句话包含的故事如下："其后人有上书告勃欲反，下廷尉。廷尉下其事长安，逮捕勃治之。勃恐，不知置辞。吏稍侵辱之。勃以千金与狱吏，狱吏乃书牍背示之，曰'以公主为证'。公主者，孝文帝女也，勃太子胜之尚之，故狱吏教引为证。勃之益封受赐，尽以予薄昭。及系急，薄昭为言薄太后，太后亦以为无反事。文帝朝，太后以冒絮提文帝，曰：'绛侯绾皇帝玺，将兵于北军，不以此时反，今居一小县，顾欲反邪！'文帝既见绛侯狱辞，乃谢曰：'吏方验而出之。'于是使使持节赦绛侯，复爵邑。"（见《史记·绛侯周勃世家》）。廷平：即廷尉，官职名。东朝：指汉长乐宫，太后所居，因在未央宫之东，故称。这里指汉文帝的母亲。

翻译：

功成无罪却被交给廷平，借助薄太后才得以再生。

假使当时遇到的是吕后，诛灭三族又是一个韩彭。

点评：

这首诗抓住周勃被冤入狱后被薄太后救出一事，感慨周勃命运逢时。封建时代王公大臣的生命就掌握在"宫中"，朝不保夕，流露出作者"伴君如伴虎"的思想。

周亚夫①

宋·徐钧

削平吴楚大功成②，一旦生疑触怒霆。

自是君王多任刻③，非关许负相书灵④。

作者简介：

见前。

注释：

①选自《史咏集》，江苏古籍出版社 1988 年影印出版。周亚夫（前 199—前 143），字亚夫，太尉周勃的次子。汉文帝时期，袭封绛侯，出任河内太守。驻守细柳营，抵御匈奴进犯。因治军严明，得到汉文帝称赞，后升任中尉，负责京师安全。汉景帝即位，出任车骑将军，平定七国之乱。凭借功勋，出任丞相，改封"绛侯"。汉景帝后元元年（前 143），蒙冤下狱，绝食自尽。

②汉景帝时期，诸侯国发生叛乱，参与叛乱的是七个刘姓宗室诸侯王：吴王刘濞、楚王刘戊、赵王刘遂、济南王刘辟光、淄川王刘贤、胶西王刘昂、胶东王刘雄渠，故称"七国之乱"，又称"七王之乱"。吴楚：指代七王，因为吴王刘濞、楚王刘戊是七国之乱的主谋。七国之乱的平定，标志着西汉诸侯王势力的威胁基本被清除，中央集权进一步得到加强，从而成为周亚夫军旅生涯最辉煌的功绩。

③任刻：谓滥施严刑峻法。出自《史记·秦本纪》唐司马贞述赞："里奚致霸，卫鞅任刻。"

④许负：本为秦末汉初的一位普通妇人，因善于相面而被高祖封为"鸣雌亭侯"。相传她曾给周亚夫看过相，说他会贵为丞相，但有纵纹入口，为"饿死之相"，周亚夫果然因绝食而饿死。相书：谈相术的书。

翻译：

平定七国之乱大功告成，皇帝一旦生疑触怒雷霆。
从来君王滥施严刑峻法，非关许负相面灵与不灵。

点评：

首句摆出他一生的最大功绩——平定七王之乱，稳固大汉江山。接着笔锋一转，写他因耿直而多次触怒景帝之事，"一旦生疑"，揭露了伴君如伴虎的危险。后两句则站在同情的立场，直陈周亚夫悲剧命运的根本原因：不是许负看相灵验，而是君王刻薄寡情滥施峻法。诗人在深刻揭露他死因的同时，表露出对其悲惨结局的痛惜同情和对君王刻薄寡恩的批判。

萧 何①

宋·陈普

三人断尽楚关梁②，一诎雄吞十七王③。
高帝功臣总功狗④，汉家无爵赏萧张。

作者简介：

陈普（1244—1315），字尚德，号惧斋。福州宁德人，南宋著名教育家、理学家。其铸刻漏壶为世界最早钟表之雏形。宋亡，陈普以宋遗民自居，誓不仕元，元廷曾三次诏聘他为福建教授，均坚辞不就。隐居授徒，四方及门者岁数百人，学者称石堂先生。《四库全书·两宋名贤小集》卷三五五有《石堂集》，并附录《石堂先生传》。

注释：

①选自《石堂先生遗集》，江苏凤凰文艺出版社 2019 年 4 月出版。

②三人：指汉初三杰萧何、张良和韩信。关梁：关隘、津梁。

③诎：同"屈"，意为使……屈服。十七王：除汉王之外的诸侯王。项羽攻入咸阳，杀掉秦王子婴后共分封了十八个诸侯王。

④高帝功臣总功狗：见唐司马贞《〈史记·萧相国世家〉述赞》注释⑦。

翻译：

三杰断尽了西楚的关隘津梁，高祖凭此因而雄吞十七侯王。
莫言高帝封功总封征战将军，汉家自己无爵却赏萧何张良。

点评：

这首七绝在赞美三杰建立大汉之功的同时，突出了萧何的独特贡献。作者赞同高祖"功人"高于"功狗"的观点，实际上就是强调战争"谋"比"勇"更重要，这和《孙子兵法》"上兵伐谋，其次伐交，其次伐兵，其下攻城"的观点是一脉相承的。

吕 后①

宋·陈普

酌酏②樽前气似虹，朱虚酒令却相容③。
王陵平勃浑无策，安汉当年一触龙④。

作者简介：

见前。

注释：

①选自《石堂先生遗集》，江苏凤凰文艺出版社 2019 年 4 月出版。

②酌酏：酣饮。

③见李白《朱虚侯赞》注释⑤。

④安汉：安定汉室。触龙：即触龙鳞的略词。触犯龙的逆鳞。比喻臣子对君主的过失犯颜直谏。《后汉书·李云传》："故敢触龙鳞，冒昧以请。"此以"一触龙"借指朱虚侯刘章。刘章是第一个知道诸吕"欲为乱"的，于是"乃阴令人告其兄齐王，欲令发兵西，诛诸吕而立"。在诛除诸吕的过程中，又是朱虚侯刘章第一个先把相国吕产"杀之郎中府吏厕中"。所以"太尉（周勃）起，拜贺朱虚侯曰：'所患独吕产，今已诛，天下定矣'"。（《史记·吕太后本纪》）

翻译：

樽前酣饮豪爽气势如虹，朱虚酒令吕后竟能相容。
王陵陈平周勃全然无策，安定汉室幸亏刘章英明。

点评：

这首诗主要赞美朱虚侯刘章在铲除外戚吕氏安定汉室中的重要贡献。一般认为安定汉室天下的是周勃，其实刘章的作用也非同小觑，连周勃也不得不拜贺。艺术上以王陵、陈平、周勃的"浑无策"，反衬刘章平定吕氏的作用和功绩，更能突显刘章的贡献。

《咏史上·汉高帝》八首①

宋·陈普

一

气力才胜野外仪②，情怀颇乐汉中儿③。

两生④礼乐留侯箸⑤，此事而翁⑥却自知。

作者简介：

见前。

注释：

①选自《石堂先生遗集》，江苏凤凰文艺出版社 2019 年 4 月出版。

②野外仪：高祖六年，叔孙通征来鲁生三十人及当地年轻人在野外拉起长绳，结扎茅草定礼仪之位，进行演习。《史记·刘敬叔孙通列传》："遂与所征三十人西，及上左右为学者与其弟子百余人为绵蕞野外。习之月余，叔孙通曰'上可试观'。"

③汉中儿：泛指关中少年。

④两生：见《史记·刘敬叔孙通列传》，"于是叔孙通使征鲁诸生三十余人。鲁有两生不肯行，曰'……今天下初定，死者未葬，伤者未起，又欲起礼乐。礼乐所由起，积德百年而后可兴也，吾不忍公所为。公所为不合古，吾不行'"。

⑤留侯箸：留侯即张良。项羽与刘邦荥阳对峙时，刘邦处境危急，于是向郦食其谋划突围之事。郦食其建议把秦所灭六国的后人重新召起来，帮助自己与项羽对抗。刘邦一听很高兴，马上分付刻制印章，就叫郦食其一一送过去。六国印章刻好后，郦食其吃过饭刚要上路的时候，张良来见刘邦。刘邦就把郦食其的意见告诉了张良。"良曰：'谁为陛下画此计者？陛下事去矣。'汉王曰：'何哉？'张良对曰：'臣请籍前箸为大王筹之。'"（《史记·留侯世家》）此句借"箸"作策，即张良的谋策。

⑥而翁：指刘邦。

翻译：

刘邦实力高于礼节仪式，情怀豪爽颇似汉中少儿。

朝中礼乐与张良的谋策，孰轻孰重高祖自然晓知。

二

诗书礼乐敢忘钦①，自是而翁力不任。

莫把溺冠②轻议论，要观过鲁太牢心③。

注释：

①此句指刘邦对诗书礼乐态度不庄重严肃。钦：严肃，庄重。王安石《洪范传》："'恭'则貌钦，故作肃。"

②溺冠：见《史记·郦生陆贾列传》，"沛公不好儒，诸客冠儒冠者来，沛公辄解其冠，溲溺其中"。

③太牢：古代祭祀时牛、羊、豕三牲具备谓之太牢。《前汉书·高帝纪》："十一月行自淮南，还过鲁，以太牢祠孔子。"

翻译：

诗书礼乐竟敢鄙视它的庄重，自然是刘邦对礼乐力不能任。

莫把刘邦尿冠之事轻率议论，要看他过鲁用太牢祭孔之心。

三

煨烬三王①不复收，子孙大辱辟阳侯②。

无边智力皆骑虎③，高绝还能四百秋④。

注释：

①煨烬三王：煨与烬都是物体燃烧后剩下的灰，这里指杀害了三位赵王。三王：见《史记·吕太后本纪》，"孝惠崩，高后用事，春秋高，听诸吕，擅废帝更立，又比杀三赵王"。吕太后接连杀害的三个赵王是：第一个是刘邦与戚姬所生的赵王刘如意，在孝惠元年十二月，被吕太后用毒药毒死；第二个是刘邦的第六子赵王刘友，吕太后七年正月，被吕太后活话饿死。第三个是刘邦第五子赵王刘恢，吕太后七年六月，被吕太后逼迫自杀。

②辟阳侯：即吕后时的左丞相审食其，为吕后宠幸，后吕后儿子汉惠帝知晓，要杀死审食其，未成。辟阳侯之事，子孙以为奇耻大辱。

③骑虎：犹言骑虎难下。这句是讲刘邦对吕后骑虎难下。

④高绝：高超卓绝。四百秋：指汉有天下四百年。西汉东汉共四百一十二年，

此举其整数。

翻译：

　　害死三个赵王吕后杀气依然不收，刘家子孙受辱只因吕后宠幸阳侯。

　　高祖无边智力对吕后也骑虎难下，高超卓绝大汉还能延续四百余秋。

<h1 style="text-align:center">四</h1>

金创可愈不容医①，应念丁公相厄②时。

不赖西风吹楚卒③，千龙万虎亦何为。

注释：

　　①金创：指金属利器对人身体所造成的创伤。《史记·高祖本纪》："高祖击布时为流矢所中，行道病，病甚，吕后迎良医。医入见，高祖问医。医曰：'病可治。'于是高祖谩骂之曰：'吾以布衣提三尺剑取天下，此非天命乎？命乃在天，虽扁鹊何益！'遂不使治病……"

　　②丁公：项羽部将，彭城大战时曾私放刘邦逃命。《史记·季布栾布列传》："季布母弟丁公，为楚将。丁公为项羽窘逐高祖彭城西，短兵接，高祖急，顾丁公曰：'两贤岂相厄哉！'于是丁公引兵还，高祖遂解去。及项王灭，丁公谒见高祖。高祖以丁公徇军中，曰：'丁公为项王臣不忠，使项王失天下者，乃丁公也。'遂斩丁公，曰：'使后世为人臣者无效丁公！'"相厄：互相困苦；彼此妨碍。

　　③《史记·项羽本纪》："汉军却，为楚所挤，多杀，汉卒十余万人，皆入睢水，睢水为之不流。围汉王三匝。于是大风从西北起，折木发屋，扬沙石，窈冥昼晦，逢迎楚军。楚军大乱，坏散，而汉王乃得与数十骑遁去。"

翻译：

　　箭伤可以治愈却不让去医，应当怀念当年丁公放你时。

　　如果不因西风吹散了楚兵，纵然有千龙万虎又能何为。

<h1 style="text-align:center">五</h1>

扶剑裹血过家乡①，四顾何人守四方②？

梁楚淮南残一国③，山河争属将狼羊④。

注释：

①此句意为刘邦亲率大兵平定黥布叛乱，结束后返回京城时顺道回到了家乡。裹血：指"高祖击布时，为流矢所中"之事。过家乡：指高祖还乡之事。过：拜访。

②守四方：《大风歌》有"安得猛士兮守四方"句。

③梁：指梁王彭越。楚：指原楚王韩信（后降为淮阴侯）。淮南：指淮南王黥布。《史记·高祖本纪》："（十一年）春，淮阴侯韩信谋反关中……夏，梁王彭越谋反……秋七月，淮南王黥布反。"一国：指汉。

④争属：怎属。"争"通"怎"。将狼羊：见《史记·留侯世家》，"汉十一年，黥布反，上病，欲使太子将，往击之……（商山四皓）乃说建成侯曰：'太子将兵，有功则位不益太子；无功还，则从此受祸矣。且太子所与诸将，皆尝与上定天下枭雄也，今使太子将之，此无异使羊将狼也……'"。

翻译：

手持宝剑裹着伤口探望家乡，击筑高歌四顾何人守护四方？

彭越韩信英布谋反残害大汉，山河怎么能让山羊统领虎狼。

六

羽未禽①时胆屡寒，羽禽不得一朝闲。

卯金②四百年天下，却在双娥一笑间③。

注释：

①禽：通"擒"，擒拿。

②卯金：卯金刀的简称，代指"刘"，繁体"劉"由卯、金、刀三个部首组成。

③双娥：指刘邦的两位美人管夫人和赵子儿。《前汉书·外戚传》："薄姬有召入内宫，岁余不得幸。始姬少时，与管夫人、赵子儿相爱，约曰：'先贵毋相忘。'已而管夫人赵子儿先幸汉王。汉王四年，坐河南成皋灵台，此两美人侍，相与笑薄姬初时约。汉王问其故，两人俱以实告。汉王心悽然怜薄姬。是日召欲幸之，对曰：'昨暮梦龙据妾胸。'上曰：'是贵徵也，吾为汝成之。'遂幸，有身。岁中生文帝。"此句是说，如果不是当初管夫人、赵子儿在刘邦面前耻"笑薄姬初时约"的话，薄姬就不会被召幸，也就不会生文帝，当然就不会有汉家四百年的天下了。

翻译：

项羽未被打败时刘邦屡屡胆寒，项羽被擒后他也未能一朝清闲。

刘家大汉四百余年的辉煌天下，却在管赵两夫人的嫣然一笑间。

七

一带阴山浪引弓①，运移婚媾②一朝通。

英雄白首消磨尽，甘与枭雏作妇翁③。

注释：

①阴山：在今内蒙古中部，古为匈奴之地。浪：随便，滥。引弓：拉弓，借指开战。

②此句谓由战争转为和亲政策。汉初，经济凋敝，连同一色的四匹马都找不到，而匈奴屡屡挑衅，有一次刘邦亲率大军攻打匈奴结果被围七天七夜，差点丧命。刘邦感到形势上不允许再爆发大规模战争了，但匈奴咄咄逼人，刘邦一筹莫展。这时大臣刘敬建议"和亲誓盟"迅速恢复国家力量。吕后当然不会让自己的女儿嫁过去，刘邦只好将庶人的女儿认作公主远嫁匈奴，这才缓和了边境危机。这是历史上的第一次和亲。运移：犹运转，此指改变方针。婚媾：犹婚姻。

③此句意为甘心当匈奴人的岳父。枭雏：指匈奴单于冒顿。妇翁：妻父。

翻译：

阴山一带时常开战引弓，运用和亲之策一朝和戎。

英雄逐渐老去消磨殆尽，高祖甘愿做枭雏的岳翁。

八

欲来不来自操持①，白日明庭抱爱姬②。

世降的从何处起③？醉眠王武二家时④。

注释：

①此句意为谁要来就来，不来就不来，我想干什么就干什么。

②明庭：这里指圣明的朝廷。抱爱姬：见《史记·张丞相列传》"周昌传"，"昌尝燕时入奏事，高帝方拥戚姬，昌还走，高帝逐得，骑周昌项，问曰：'我何如主也？'

昌仰曰：'陛下即桀纣之主也。'"

③世降：即世心归降。世心指世道人心。汉蔡邕《文范先生陈仲弓铭》："夫其仁爱温柔，足以孕育群生……正身体化，足以陶冶世心。"的：究竟。张相《诗词曲语辞汇释》："的，究也。"苏轼《光禄庵二首》之二："城中太守的何人，林下先生非我身。"何处起：何处开始。

④见《史记·高祖本纪》："好酒及色。常从王媪、武负贳酒，醉卧。武负、王媪见其上常有龙，怪之。"此诗的第三、四两句是说，天下人心归降刘邦，在刘邦"从王媪、武负贳酒"之时就开始了。

翻译：

欲来不来各随便我自在由己，大白天在庄严朝廷抱着爱姬。

世人之心归降是从何处开始？醉酒酣睡在王媪武负二家时。

点评：

八首诗像一部电视连续剧，串连了高祖一生的主要事迹，有宏大事件，也有日常琐事，甚至有细节描写，使高祖的形象栩栩如生立在读者面前。

高 帝①

宋·于石

吕氏强梁②刘氏危，宫中枕卧复谁知？

酿成外戚中官③祸，兴汉已开亡汉基。

作者简介：

于石（1250—？），字介翁，号紫岩，晚更号两溪，浙江兰溪人。貌古气刚，自负甚高。宋亡，隐居不出，一意于诗。于石为诗多哀厉之音，生前刊有集七卷，卒后散失，后由门人吴师道就藏本及所藏续抄者选为《紫岩诗选》三卷。

注释：

①选自《钦定四库全书·集部·紫岩诗选》。

②强梁：凶暴，强横，不讲理。

③中官：这里指宫内、朝内之官。

翻译：

吕氏残暴强横刘氏处境艰危，宫中枕边秘闻又有几人晓知？

酿成外戚朝内篡权夺位之祸，兴汉的时候已埋下亡汉根基。

点评：

刘邦死后，惠帝刘盈柔弱，吕后专权，大封吕氏后人，排斥刘氏。本诗讽刺的就是这件事。首句用"强梁"直接亮明态度，表达对吕后的愤恨，体现了作者的封建正统思想。末句批评刘邦纵容吕后才导致后来的吕氏篡权。

高 帝①

宋·真山民

未央前殿养亲②时，想记当年俎上危③。

借问④杯羹何等语，如今安用玉卮为？

作者简介：

真山民，《钦定四库全书·真山民集》中署名真桂芳，生卒年不详，宋末进士，宋亡后遁迹隐沦，所至好题咏，自称山民。括苍（今浙江丽水西）人。

注释：

①选自《钦定四库全书·集部·真山民集》，署名真桂芳。

②养亲：这里指高祖定都咸阳后把父亲接到宫中赡养。

③俎上危：楚汉两军在广武对峙时，项羽扣押刘邦的父亲，扬言要烹杀他，以威胁刘邦就范。

④ 借问：询问，请问。敬辞，为向人打听情况时的客气话。杜牧《清明》："借问酒家何处有？牧童遥指杏花村。"

翻译：

在未央前殿赡养父亲的时候，何曾想过当年父亲肉案临危。

请问分我一杯羹是何等言语，如今可否更换成玉制的酒杯？

点评：

这首诗从人伦常理的角度表达了对刘邦分羹之事的讽刺。而在封建社会皇族争夺权位的斗争中，杀子灭亲牺牲亲情的事则比比皆是。但刘邦此举并非真心如此，而是抓住项羽的心理而采取的斗争策略。

丰县汉高祖庙碑（节录）①

元·郝经

词曰：

汉承天统，奄有四方②。

生民有王，中国不亡。

蠲除③凶残，苏完疮痍④。

代虐以宽，视民如伤⑤。

虎气龙文，属天有光。

为民请命，师于咸阳。

释缚受玺⑥，还军灞上。

才举孽秦，又突暴项。

推功弗有，销铄倔强。

曾不芥蒂，宇宙在量⑦。

蠖居梁汉⑧，潜构大象⑨。

建坛授钺⑩，有相有将。

缟素百万⑪，讨贼诛儡。

从天而下，扼其襟喉。

遂宏三纲，维系九州。

人谋鬼谋，转圜如流⑫。

踬强踦顽⑬，宛转宽柔。

卒活斯民⑭，归凉燠休⑮。

海内既平，犹不称帝。

既得弗名⑯，襟度尤异⑰。

视彼汲汲，夸徒儿戏⑱。

天命人归，始践大位。

围鲁弗诛⑲，天下之义。

亲祠圣人⑳，万世之计。

大明赏罚，儡封恩诛㉑。

祖述汤武，宪章唐虞㉒。

制作礼乐，说称诗书㉓。

兴灭继绝㉔，论功剖符㉕。

盘石之宗，匪秦之孤㉖。

复见三代㉗，大哉规摹。

传世数十，载祀数百㉘。

七制之主㉙，鸿休庞泽㉚。

至今称汉，炎炎赫赫㉛。

庙食世祀㉜，中阳之宅。

小子作颂，大书深刻㉝。

民未忘汉，式告罔极㉞。

作者简介：

郝经（1223—1275），字伯常，祖籍泽州陵川（今山西晋城陵川），生于许州临颖城皋镇（今河南许昌），元初名儒。作为政治家，郝经反对"华夷之辨"，推崇四海一家，主张天下一统；作为思想家，郝经推崇理学，希望在蒙古人汉化过程中，以儒家思想来影响他们，使国家逐步走向大治；作为学者文人，郝经通字画，著述颇丰，版刻存世的有《续后汉书》《陵川集》。

注释：

①选自《陵川集》，吉林出版集团有限责任公司，2005年5月出版。

②天统：天之正统。《汉书·高帝记赞》："汉承尧运，德祚已盛，断蛇著符，旗帜上赤，协于火德，自然之应，得天统矣。"奄有：尽有。奄：覆盖，引申为尽、全。《诗·鲁颂·閟宫》："奄有下国，俾民稼穑。"郑玄注："奄犹覆也。"

③蠲除：清除。蠲：除去，免除。《史记·李斯列传》："臣请诸有文学《诗》《书》百家语者，蠲除去之。"

④苏完：恢复完善。苏：缓解，复苏。疮疡：本指痈疽疔疖等体表疾患，这里指社会动乱等积弊。

⑤此句意为用宽厚代替暴虐，对待百姓有怜悯之心。代虐以宽：即以宽代虐，状语后置。伤：哀怜。唐杜甫《垂老别》："老妻卧路啼，岁暮衣裳单。孰知是死别，且复伤其寒。"

⑥这里指刘邦打进咸阳后接受秦二世投降之事。释缚：松开捆绑。受玺：接受玉玺。

⑦指刘邦如宇宙一样大的肚量。

⑧意思是曾像蠖虫一样屈居于魏国大梁和巴蜀汉中。蠖：尺蠖蛾的幼虫，生长在树上，颜色像树皮色，行动时身体一屈一伸地前进。蠖居：比喻人不遇时屈居下位。梁：即大梁，魏国首都，刘邦的曾祖父刘清，曾任魏国大夫，后来魏迁大梁都于丰，因为刘清是魏国大夫，刘氏家族属于秦国要防患的对象，为了避免秦朝的迫害，曾隐姓埋名。汉：指刘邦被封汉王时管辖的巴蜀、汉中一带。

⑨此谓刘邦在汉中无形中尽收人心。潜搆：谓无形中造成。唐宋之问《自洪府舟行直书其事》："安位岅潜搆，退耕祸犹起。"大象：大道。《老子》："执大象，天下往。"河上公注："象，道也。圣人守大道，则天下万民移心往归之。"

⑩建坛：指筑坛拜韩信为大将军。钺：古兵器，圆刃，形似斧而较大，亦称钺斧。由于斧钺形体笨重，杀伤力远不如戈、刀、矛，渐渐脱离战场，成为一种礼兵器。天子所用的钺斧称"天钺"，君王用钺象征军事指挥权。这里授之于韩信

钺斧，表示授予他军事指挥权。

⑪指刘邦接受新城三老董公的建议，为义帝发丧，因名正言顺，诸侯联军达五十六万人，"皆缟素"。"百万"，极言其多。

⑫人谋鬼谋：指占卜吉凶。《易·系辞下》："人谋鬼谋，百姓与能。"孔颖达疏："卜筮于鬼神，以考其吉凶，是与鬼为谋也。"转圜：调停，斡旋。

⑬蹶强：打倒强敌。蹶：绊倒。《左传·宣公十五年》："杜回蹶而颠，故获之。"杨伯俊注："蹶，谓行走时足遇阻碍而触之也。"此引申作打倒。踦顽：抵抗顽敌。踦：用膝顶住。《庄子·养生主》："手之所触，肩之所倚。足之所履，膝之所踦。"

⑭意为终于拯救了老百姓。卒：终于。活：使之活，动词的使动用法，此处指拯救、救活。斯民：指老百姓。《孟子·万章上》："予将以斯道觉斯民也。"鲁迅《悼杨铨》："何期泪洒江南雨，又为斯民哭健儿。"

⑮此句是说废除苛法，施行仁政，抚慰百姓。归凉：恢复轻徭薄赋及宽松的法令法规。凉，轻微。《左传·昭公四年》："君子作法于凉，其敝犹贪；作法于贪，敝将若之何？"燠休：抚慰病痛者的声音。即优恤，抚慰。休：通"煦"，温和，温暖。《左传·昭公三年》："民人痛疾，而或燠休之。"

⑯弗名：矫枉之名。弗：矫正。《说文》："弗，矫也。"谓矫秦之枉。此借指灭秦之名。

⑰指襟怀气度。尤异：封建时代对官吏的考语。指政绩优异、卓异。

⑱此二句是说，看你们儿戏一样夸张地赞美我，急切地要我当皇帝。汲汲：心情急切貌。《礼记·问丧》："其往送丧，望望然，汲汲然，如有追而弗及也。"孔颖达疏："汲汲然者，促急之情也。"夸徒，谓夸张的意思。《史记·高祖本纪》："（汉五年）正月，诸侯及将相相与共请尊汉王为皇帝。汉王曰：'吾闻帝贤者有也，空言虚语，非所守也，吾不敢当帝位。'群臣皆曰：'大王起微细，诛暴逆，平定四海，有功者辄裂地而封为王侯，大王不尊号，皆疑不信。臣等以死守之。'汉王三让，不得已，曰：'诸君必以为便，便国家。'甲午，乃即皇帝位氾水之阳。"

⑲指秦二世三年，楚怀王封项羽为鲁公，及"项王已死，楚地皆降汉，独鲁不下，汉乃引天下兵欲屠之，为其守礼义，为主死节，乃持项王头视鲁，鲁父兄乃降。"（《史记·项羽本纪》）

⑳据《前汉书·高帝纪》："（十二年）十一月，行自淮南，还过鲁，以太牢祠孔子。"

㉑此句为"封雠诛恩"的倒装。汉六年封功臣，因不公而众将欲谋反，张良因此对刘邦说："陛下起布衣，以此属取天下，今陛下为天子，而所封皆萧、曹故人所亲爱，而所斩者皆生平所仇怨。"因建议刘邦赶快封一个最恨的人以安定众将之

心。于是刘邦封了他最恨的雍齿为"什方侯"。

㉒此二句谓仿效汤武二王，以尧舜二君之法为法。祖述：效法，仿效。《礼记·中庸》："仲尼祖述尧舜，宪章文武。"汤武：商汤王与周武王，二人均为创业圣王。宪章：典章制度，此处活用为动词。唐吴兢《贞观政要·论赦令》："智者不肯为恶，愚人好犯宪章。"唐虞：唐尧与虞舜的并称，二人均为古代圣君。

㉓据《史记·刘敬叔孙通列传》载，汉五年，叔孙通对刘邦说："'臣愿征鲁诸生，与弟子共起朝仪。'高帝曰：'得无难乎？'叔孙通曰：'五帝异乐，三王不同礼。礼者，因时世人情为之节文者也。故夏、殷、周之礼所因损益可知者，谓不相复也。臣愿颇采古礼与秦仪杂就之。'上曰：'可试为之……'"《史记·郦生陆贾列传》："陆生时时前说称《诗》《书》。高帝骂之曰：'乃公居马上而得之，安事《诗》《书》！'陆生曰：'居马上得之，宁可以马上治之乎？……'高帝不怿而有惭色，乃谓陆生曰：'试为我著秦所以失天下，吾所以得之者何，及古成败之国。'陆生乃粗述存亡之征，凡著十二篇。每奏一篇，高帝未尝不称善。"

㉔此谓把秦始皇灭绝了的东西重新振兴起来，延续下去。

㉕剖符：犹剖竹。古代帝王分封诸侯、功臣时，以竹符为信证，剖分为二，君臣各执其一。后因以"剖符""剖竹"为分封、授官之称。《史记·韩信卢绾列传》："遂与剖符为韩王，王颍川。"

㉖盘石之宗：指刘姓宗室封藩巩固如盘石。《汉书·中山靖王刘胜传》："诸侯王自以骨肉至亲，先帝所以广封连城，犬牙相错者，为盘石宗也。"匪秦之孤：秦始皇不封藩子弟，危难之时孤立无援。三国魏曹冏《六代论》："汉鉴秦之失，封植子弟，及诸吕擅权，图危刘氏，而天下所以不能倾动，百姓所以不易心者，徒以诸侯强大，盘石膠固。"

㉗三代：夏商周。

㉘此句指前、后汉，共四百零五年。刘邦建汉，子孙相继，传二十三世，前后二十四帝。载祀：年。《左传·宣公三年》："桀有昏德，鼎迁于商，载祀六百。"杜预注："载、祀皆年。"

㉙语出隋代大儒王通《中说·天地篇》："文中子曰：'二帝三王，吾不得而见也，舍两汉将安之乎？大哉七制之主，其以仁义公恕统天下乎？其役简，其刑清，君子乐其道，小人怀其生。四百年间，天下无二志，其有以结人心乎？终之以礼乐，则三王之举也。'"此处"七制之主"指刘邦。

㉚此句是说万民共享雨露德泽之鸿福。鸿休：鸿福。称美上级或长者的荫庇与关怀。韩愈《为宰相贺雪表》："臣等职在燮和惭无效用，睹斯庆泽，实荷鸿休。"庞泽：大德泽。

③形容势焰炽盛。《汉书·叙传下》："胜广燖起，梁籍扇烈。赫赫炎炎，遂焚咸阳。"（胜广：陈胜、吴广；梁籍：项梁、项羽）

②庙食：谓死后立庙，受人奉祀，享受祭飨。苏轼《潮州韩文公庙碑》："能信于南海之民，庙食百世。"世祀：世世代代享受祭祀。

③小子：旧时自称谦词。作颂：指写这篇碑记。深刻：指痕迹深。

④此句谓按仪式祭祀，无有穷尽之时。式：仪式。告：祭告，祷告。罔极：无穷尽。此指对高祖庙的祭祀。

翻译：

大汉承袭天统，江山覆盖四方。
百姓拥有君王，华夏不会灭亡。
清除凶残顽敌，治愈社会创伤。
宽厚取代暴虐，对待百姓善良。
虎气龙文异彩，皆属上天瑞光。
高祖为民请命，出师攻破咸阳。
解绑接受御玺，挥师还军灞上。
刚刚推翻孽秦，迅速又破暴项。
推功不占己有，削敌态度顽强。
为人不存芥蒂，宽宏宇宙肚量。
屈居大梁汉中，赢得万民景仰。
筑坛拜将授权，有相又有名将。
百万三军穿素，张弓讨贼诛仇。
大军从天而下，一举扼其襟喉。
于是制定三章，纲纪维系九州。
占卜鬼神凶吉，策划斡旋如流。
打倒抵抗顽敌，手段宛转宽柔。
终于拯救百姓，轻徭薄赋优抚。
四海已经平定，仍不愿意称帝。
已得灭秦美名，襟怀气度卓异。
急切要我即位，众人夸似儿戏。
天命人心所归，这才登上大位。
包围鲁国不杀，秉持天下大义。
太牢亲祭孔子，希求万世之计。

赏罚严格分明，不惜封仇诛恩。

仿效汤武二王，效法尧舜之法。

制作朝仪礼节，称颂诗经尚书。

恢复振兴绝学，论功奖赏分封。

大汉固如盘石。匪秦孤立无援。

复现夏商及周，伟大威武汉朝。

传世二十四帝，历经四百余年。

七制之主刘邦，万民共享鸿福。

至今称颂大汉，势焰仍然炽盛。

立庙世代受奉，矗立中阳老宅。

后学我作此颂，力刻石碑痕深。

百姓不会忘汉，祭祀世代无尽。

点评：

碑文，顾名思义是指刻在石碑上的文字。这种文字是专为刻碑而作。碑文这种体裁有文，有铭，又有序。立题时，看包括哪些形式而定，或直题为某某碑，或题为某某碑铭，或题为碑并序、铭并序之类，没有固定的格式，有的就不题碑铭等字，直书文章题目。有些文章虽刻在碑上，但不是为立碑而作的，就不能叫作碑文。这篇碑文直言诗为汉高祖庙碑所题，有序有铭，这里节录的只是铭文部分。为某人物题碑文一般以叙述赞颂为主，在叙述人物的生平事迹中表达对该人物的崇敬和赞美，本文也不例外。古代碑文多用典雅的文言，用词为显古雅，多用生僻的文言词语，甚至故意掉书袋，这就为阅读带来一定的困难。

[中宫] 朝天子·沛公①

元·薛昂夫

沛公，大风，也得文章②用。却教猛士叹良弓③，多了游云梦④。驾驭英雄，能擒能纵，无人出彀中⑤。后宫⑥，外宗⑦，险把炎刘并。

作者简介：

薛昂夫（1267？—1359），元代散曲家。回鹘（今维吾尔族），原名薛超吾，以第一字为姓。先世内迁，孟路（今河南沁阳）人。祖、父皆封覃国公。汉姓为马，又字九皋，故亦称马昂夫、马九皋。薛昂夫善篆书，有诗名，诗集已佚。诗作存于《皇元风雅后集》《元诗选》等集中。

注释：

①选自《元诗选》，顾嗣立编，吉林出版集团 2005 年 5 月出版。

②文章：礼乐制度。《礼记·大传》："考文章，改正朔。"郑玄注："文章，礼法也。"孙希旦集解："文章，谓礼乐制度。"《论语·泰伯》："巍巍乎其有成功也，焕乎其有文章。"朱熹集注："文章，礼乐法度也。"

③猛士叹良弓：猛士，指韩信。汉六年，刘邦用陈平计伪游云梦泽，发使告诸侯会陈，韩信至，"上令武士缚信，载后车。信曰：'果如人言：狡兔死，良狗烹，高鸟尽，良弓藏，敌国破，谋臣亡。天下已定，我固当烹。'上曰：'人告公反。'遂械系信。至洛阳，赦信罪，以为淮阴侯"。（《史记·淮阴侯列传》）当然最终韩信还是被吕后用萧何计杀于未央宫。

④游云梦：指刘邦用陈平之计假装游云梦泽，诈捕韩信之事。楚汉战争胜利后，刘邦为夺韩信兵权，将其徙封为楚王。当刘邦听说韩信在楚陈兵出入，又采取陈平伪游云梦之计，逮捕韩信，贬为淮阴侯。后以"云梦游"代指阴谋诡计。

⑤彀中：此指圈套之中。五代王定保《唐摭言·述进士上》："（唐太宗）尝私幸端门，见新进士缀行而出，喜曰：'天下英雄入我彀中矣！'"

⑥后宫：指吕后。

⑦外宗：指外戚诸吕。刘邦死后，吕太后称制，打击刘氏，残杀刘邦子孙。大封诸吕为王，将国家军政大权交与吕产、吕禄。后诸吕欲为乱灭刘氏而自立，被周勃陈平等大臣诛之而迎立汉文帝。

翻译：

沛公还乡高歌大风，也知道礼乐制度有用。可是却教猛士韩信慨叹良弓，且用了阴谋诡计伪游云梦。

（沛公）驾驭英雄，收放自如，能擒能纵，无人能跳出他的圈套中。可是吕后与外戚却险些把刘汉吞并。

点评：

智慧谋略在对立面看来就是伎俩阴谋。"伪游云梦"在汉家看来本是谋士陈平的计策，作者站在反汉立场却认为是阴谋。下篇是讲刘邦纵使驾驭英雄的能力很强，却还是险些被外戚吕氏吞并了帝业。全曲的情感取向是讽刺揶揄。

送张天师归龙虎山①

元·揭傒斯

闭户京城昼懒开，初闻北觐②却南回。
冯夷③击鼓乘龙出，王子吹笙跨鹤来。
囊里天书明日月，匣中神剑閟④风雷。
回瞻魏阙⑤红云拥，应在山中看早梅。

作者简介：

揭傒斯（1274—1344），字曼硕，号贞文，龙兴富州（今江西丰城杜市镇大屋场）人，元代著名文学家、书法家、史学家。修辽、金、宋三史，他为总裁官。《辽史》成，得寒疾卒于史馆，谥文安，著有《文安集》。他善楷书、行、草，朝廷典册，多出其手。与虞集、杨载、范梈同为"元诗四大家"之一。门人为其校录《揭文安公全集》十四卷。

注释：

①选自《揭傒斯全集》，李梦生校注，上海古籍出版社 2012 年 9 月出版。龙虎山：位于江西省鹰潭市西南二十公里处。《龙虎山志》载："山本名云锦山，第一代天师于此炼九天神丹，丹成而龙虎见，因以山名。"东汉中叶，张道陵偕弟子到龙虎山修炼"九天神丹"，传说三年丹成。龙虎山现在还有炼丹岩、濯鼎池等遗址，还曾在壁鲁洞发现《制命五岳》《檄召万灵》及《神虎秘文》等法术之书。张道陵在龙虎山前后达三十余年。据道教典籍记载，张道陵第四代孙张盛在公元 230 年前后从汉中迁往龙虎山定居，此后张天师后裔世居龙虎山直至 20 世纪，承袭六十三

代，历经一千七百多年。2010 年 8 月 2 日，龙虎山与龟峰被一并列入《世界自然遗产名录》。它是世界地质公园、国家自然文化双遗产地、国家ＡＡＡＡＡ级旅游景区、全国重点文物保护单位。

②觐：臣民朝见君主或宗教徒朝拜圣地。

③冯夷：传说中的黄河之神，即河伯。泛指水神。

④閟：关闭、深闭。

⑤魏阙：古代宫门外两边高耸的楼观。楼观下常为悬布法令之所。亦借指朝廷。《庄子·让王》："身在江海之上，心居乎魏阙之下。"

翻译：

在京城大门紧闭白天也少打开，刚刚听说朝见过皇帝立马南回。

河神们擂着鼓乘着龙出来送行，王子吹着笙骑着鹤也急忙赶来。

腹中装满的经书可使日月明亮，匣中的神剑可以关闭暴风响雷。

回首瞻望朝廷被满天红云簇拥，张天师此时应在山中欣赏早梅。

点评：

这是一首送行诗，诗中描写了张天师进京朝见皇帝时的表现和受到的热烈欢迎及其袖藏天书、腰匣神剑的不俗形象，表现了他道行高深、自尊自重的高尚品格，也显示了他的崇高地位和深奥法术。

首联从张天师进京写起，"闭户"说明他不接俗客，显出道行的高深，同时也说明他自尊自重。用"北觐"二字，说明他进京是为见皇帝而来，"却南回"说明他并不迷恋京师的生活。颔联用夸张的手法，渲染天师要回去了，神仙们都来迎接他的法驾。此联对仗工整、用典贴切，堪称名言佳句。"龙""鹤"相对，通过描写水神和仙人热情欢迎的场面，表现了张天师驭神驱鬼的高超本领。颈联写张天师具有崇高的地位与深奥的法术。尾联则是想象天师回到龙虎山后的情况。

全诗围绕着送行一事，对天师的道行、法术、生活情性，作了多方面的描写，塑造了正一道后期教主的形象。揭傒斯的律诗刻意学杜，这首诗就颇似杜甫《送翰林张司马南海勒碑》的笔法。

《题三杰·萧何》二首①

元·叶颙

一

匹马追亡古道傍②，便知韩信世无双。
筑坛不用萧侯语，垓下焉能灭楚王？

二

独收相府旧图书，形势③高低尽得知。
镇抚关中成帝业④，沛公马上岂能为。

作者简介：

　　叶颙（1296—？），元明间金华府金华人，字景南，一字伯恺，自号云颙天民。元末隐居不出，至正中自刻其诗，名《樵云独唱》。

注释：

　　①选自《钦定四库全书·集部·樵云独唱》卷四。
　　②指汉元年，韩信随汉王刘邦至南郑，因不得重用而逃走。萧何闻讯即驾马追去，约二日才将韩信追回，极力保举韩信"以为大将"，刘邦于是筑坛拜韩信为大将军。
　　③形势：地势。
　　④《史记·萧相国世家》载："汉王与诸侯击楚，何守关中，侍太子，治栎阳，为法令约束……关中事计户口转漕给军，汉王数失军遁去，何常兴关中卒，辄补缺。上以此专属任（萧）何关中事。"

翻译：

　　一
　　萧何单枪匹马古道追回韩信，便知韩信军事才能举世无双。
　　如果不用萧侯建议筑坛拜将，垓下之战怎能一举灭掉楚王？

二

萧何独收相府御史律令图籍，秦国地势高低险隘全部详明。

萧何镇抚关中终成汉家帝业，沛公只凭金戈铁马岂能成功。

点评：

这两首诗从两个角度赞美了萧何在帮助刘邦成就帝业过程中的重要贡献。第一首写萧何匹马追回韩信，并力荐韩信为大将军，从"备人"的角度赞美了萧何；第二首写萧何在刘邦外出打仗时，自己镇抚关中筹备粮草，为刘邦建立了巩固的大后方，使得刘邦能全力在前线作战，从"备物"的角度赞美了萧何的卓越贡献。

汉高祖①

元·侯克中

芟荑②暴楚灭强秦，约法犹能趏③假仁。

信越④有功终见杀，绮园无自肯称臣⑤。

每因纳谏称明主，几为分羹作罪人？

无党无偏⑥王者事，只除汤武得丘民⑦。

作者简介：

侯克中（？—1315），字正卿，号艮斋先生，真定（今河北省正定县）人。《录鬼簿》将其入编"前辈已死名公才人"之列，著有杂剧《关盼盼春风燕子楼》，朱权《太和正音谱》将其列入杰作中，称之曰："其词势非笔舌可能拟，真词林之英杰。"惜已佚。有《艮斋诗集》存世。

注释：

①选自《钦定四库全书·集部·艮斋诗集》卷二。

②芟荑：同"芟夷"，刈除。

③趏：本义是一足行走、单腿转动。这里有扭转的意思。

④信越：韩信与彭越，都是刘邦手下的大将。

⑤绮：指"商山四皓"中的绮里季吴实。园：指"商山四皓"中的东园公唐秉，这里代指"商山四皓"。无自：通"兀自"，竟自、仍然的意思。

⑥无党无偏：形容处事公正，没有偏向。出自《尚书·洪范》："无党无偏，王道平平。"

⑦此句意为除非汤武方能赢得生民。只除：犹除非。《醒世姻缘传》第十九回："你只除另娶了奶奶，俺两个还不知肯让不肯让哩！"汤武：汤是商汤，商朝开国皇帝；武是周武王，周朝开国皇帝。他们都因为主上残暴，然后起兵夺天下，所以历史上常常把他们连起来。《易·革》："汤武革命，顺乎天而应乎人。"丘民：泛指百姓。《孟子·尽心下》："民为贵，社稷次之，君为轻。是故得乎丘民而为天子。"王夫之稗疏："丘民者，众民也。"

翻译：

削除了暴楚又消灭强秦，约法三章尚能扭转假仁。

韩信彭越有功最终被害，四皓归隐仍然愿意称臣。

每因善于纳谏被称明主，几乎因为分羹被称罪人。

处事公正才是王者之道，除非汤武方能赢得众民。

点评：

这首诗的可贵之处在于看问题坚持两点论。该诗既赞颂了高祖灭秦吞项的建汉之功，约法三章的治国之术，善于纳谏的优良品质，也批评了他杀害功臣的残酷。尾联以汤武作衬托，称颂了刘邦因得民心才成就了王业。

刘向墓（城北二里）①

明·胡俨

十年封事遗编在②，三尺荒丘宿草摧③。

鸿宝浪传谁见得④，藜灯一去不重来⑤。

作者简介：

　　胡俨（1360—1443），字若思，南昌人。洪武年间考中举人。明成祖朱棣成帝后，以翰林检讨直文渊阁，迁侍讲。永乐二年（1404）累拜国子监祭酒。重修《明太祖实录》《永乐大典》《天下图志》，皆充总裁官。洪熙时进太子宾客，仍兼祭酒。后退休回乡。著有《颐庵文选》《胡氏杂说》。

注释：

　　①选自《钦定四库全书·集部·颐庵文选（下卷）·徐州十二咏之八》。刘向（前77—前6），字子政，本名更生，成帝时更名向，沛郡丰邑（今江苏省丰县）人。汉朝宗室大臣、文学家，楚元王刘交（汉高祖刘邦异母弟）之玄孙，阳城侯刘德之子，经学家刘歆之父，中国目录学鼻祖。所撰《别录》是我国最早的图书公类目录。今存《新序》《说苑》《列女传》《战国策》《五经通义》。编订《楚辞》，联合儿子刘歆共同编订《山海经》。散文主要是奏疏和校雠古书的"叙录"，较有名的有《谏营昌陵疏》和《战国策·叙录》，作品收录于《刘子政集》。

　　②此句是指刘向在汉宣帝、汉文帝和汉成帝时期作大臣，常上奏章之事。十年当是虚数。封事：密封的奏章。古时臣下上书奏事，防有泄漏，用皂囊封缄，故称。

　　③荒丘：指刘向的坟墓。宿草：意思是指墓地上隔年的草，用为悼念亡友之辞。摧：伤痛。

　　④鸿宝：道教修仙炼丹之书。也泛指珍贵的书籍。浪传：空传，妄传。这里有一个典故：汉代时淮南王刘安的王后特别喜欢神仙，于是召集一群方士在自己的王府中铸鼎炼丹。汉武帝时期，淮南王刘安密谋造反，结果还没等造反事情就败露了，最终被迫自杀。当时刘向负责淮南王的案子，他在搜查王府的时候，从刘安的家中搜到了一本叫做枕中鸿宝秘密的书籍，这本书记录的就是神仙方术。刘向是汉朝的大文学家，饱读天下书，当时任职简大夫，即专门给皇帝提意见的一个官职。按理说像这种人是比较排斥神仙方术的，但是刘向却对神仙的存在十分肯定，他为了证明神仙的存在，就写下了《列仙传》一书。这句中"鸿宝"当指此书。

　　⑤传说刘向奉命在皇家图书馆天禄阁校书至深夜，当烛尽灯灭之后，仍不肯就寝，就在暗室中背诵经书。忽有一位黄衣老人，手拄青藜杖叩门进来，接着将手中青藜杖顶端一吹，藜杖竟然燃烧起来，发出光芒，照亮了暗室。刘向见状，对老人肃然起敬，施礼相迎，并询问老人尊姓大名。老人答道："我乃太乙之精，闻知卯金氏之子好学，特来视察。现赠你《洪范五行》之文。"老人说完，果从怀中取出一卷简牍，传授给刘向。此后，刘向果然成为一代著名学者宗师，在中国文化史上建立起不朽伟业。回来刘氏后人为了纪念这一燃藜夜读的神奇传说，鼓励族人发奋

读书，就以刘向为一世祖的"藜照堂"作为堂号，并将"忠厚承宗祖，读书迪后坤"录入宗谱。

翻译：

十年大臣所上奏章的遗编还在，可三尺荒塚已被隔年野草掩埋。

列仙传只是空传又有几人见得？青藜燃灯之事一去再不会重来。

点评：

前两句写刘向的精神遗产尚在，而人却早已淹没于荒冢野草之中，表达了肉体生命短暂而精神生命常青的道理，既有人生短暂的悲凉之叹，也有对其精神生命常青的赞美。后两句是说修仙之事只是传说，而他刻苦攻读确是事实。尾句既是对刘向刻苦攻读立德立言的赞美，似乎也流露出对当时缺乏刘向刻苦精神的感慨。

萧 何①

明·李昱

刀笔区区②起沛丰，经纶③事业尽关中。

抚民为有三章法，转饷④能先百战功。

汉祖难忘上林苑⑤，韩侯谁使未央宫⑥。

可怜一代兴王略，只与当时主吏⑦同。

作者简介：

李昱，生卒年均不详，元末明初人，字宗表，号草阁，钱塘人。元末避居永康、东阳间，授徒为业。洪武中官国子监助教。著有《草阁集》六卷，拾遗一卷，文集一卷。

注释：

①选自《钦定四库全书·集部·草阁集》。

②刀笔区区：刀笔，即刀笔吏，此处指萧何。《史记·萧相国世家》："萧相国何秦时为刀笔吏，录录未有奇节。"区区：凡庸。《隋书·来护儿传》："大丈夫在世当如是。会为国灭贼，以取功名，安能区区久事陇亩？"

③经纶：整理丝缕、理出丝绪和编丝成绳，统称经纶。引申为筹划治理国家大事。南北朝吴均《与朱元思书》："鸢飞戾天者，望峰息心；经纶世务者，窥谷忘反。"

④转饷：亦作"转饟"，运送军粮。

⑤上林苑：秦旧苑，汉初荒废。《三辅黄图·园囿》："汉上林苑，即秦之旧苑也。"代指豪华宫殿、园林。

⑥汉十年，陈豨反，高祖自将往击之。吕后闻人上告韩信谋反，用萧何之计将韩信骗入未央宫斩首。

⑦主吏：即主吏掾，县令下属小吏，主管官吏升降。萧何当初在沛县时，"以文无害为沛主吏掾"。（《史记·萧相国世家》）

翻译：

平凡小吏萧何起于沛丰，筹划国家大事尽在关中。
安抚百姓制定三章约法，转运粮草高于百战之功。
迎合高祖修建豪华宫殿，施计使韩侯断头未央宫。
可惜一代兴王股肱之臣，只与当年主吏身份相同。

点评：

前三联高度赞扬了萧何为汉朝建立做出的不朽功绩，尾联似乎为萧何贡献与地位不相符而鸣不平。

沛公歌①

明·王慎中

沛公尺剑应金符②，指顾③便成大丈夫。
诛项灭秦若风雨，定都列壤④成规模。
横行海内已威加，反过枌榆驻翠华⑤。

戎服七年⑥归故里，瑶图⑦六合化为家。

连营缭绕杂帷宫，喧引传观井闬⑧空。

争看今日炎精帝，乃是当时隆准公。

始识好施非落魄，谁言亡命有成功。

小往大来矜得志，感今怀昔张高会⑨。

拆牲酾酒象川丘⑩，考鼓撞钟震天地。

泗亭旧长亲扫除，邑社健儿俯伏拜。

白衣⑪且尽故人欢，黄屋⑫亦知天子贵。

非徒宽法涤秦馀，更普殊恩洽里闬⑬。

锡爵⑭分荣千级羡，优施⑮赐复⑯百年除。

地转天旋回警跸，沛上父老皆如失。

已戴鸿私⑰振万春，难留龙驭更一日。

壮心慷慨悲还喜，大风飞扬帝歌起。

千人齐唱万人和，蜚声翻入彩云里。

旭日祁祁⑱照四方，本从旸谷⑲发辉光。

六龙⑳整驾中天去，此地犹能恋太阳。

作者简介：

王慎中（1509—1559），字道思。早年因读书于清源山中峰遵岩，故号遵岩居士，后号南江。因家庭排行第二，又称王仲子，晋江（今属福建）人。明代诗人、散文家，"嘉靖八才子"之首，为明朝反复古风的代表人物之一。

注释：

①选自《钦定四库全书·集部·遵岩集》卷二。

②金符：犹符命，即上天预示帝王受命的符兆，以为受命之凭证。

③指顾：一指一瞥之间。形容时间的短暂、迅速。苏轼《乞诏边吏无进取及论鬼章事宜札子》："边臣贾勇，争欲立功，以为河南之地，指顾可得。"

④列壤：分封土地。汉史岑《出师颂》："介珪既削，列壤酬勋。"

⑤此句讲的是高祖还乡之事。反：同"返"。过：拜访。枌榆：指枌榆社，代

指刘邦故里。翠华:天子仪仗中以翠羽为饰的旗帜或车盖,后为御车或帝王的代称。

⑥戎服七年:指从斩蛇起义到消灭项羽建立汉朝征战七年。戎服:即战袍。

⑦瑶图:版图。

⑧井闾:是指里门、乡里。

⑨高会:盛大宴会。

⑩此句喻指宰杀的家畜像山丘,饮用的酒可汇成河流。

⑪白衣:本义是白色衣服,古代的平民服,因即指平民。

⑫黄屋:古代帝王专用的黄缯车盖,这里代指帝王。

⑬殊恩:特别的恩宠,常指帝王的恩宠。洽里闾:《说文》:"洽,沾也。"里闾:里巷、乡里,泛指民间。

⑭锡爵:赐酒。锡通"赐";爵:古代盛酒的器皿。

⑮优施:即优旃,是秦国的一位歌舞艺人,个子非常矮小。他擅长说笑话,寓教于乐,以此规劝他人甚至皇上,是个懂得体察民情的人。他适时对皇帝提出谏言,使人民的生活能过得更好。秦朝灭亡后,优旃归顺汉朝。其事迹见《史记·滑稽列传》。

⑯赐复:谓以特恩免除丰沛赋税和徭役。《史记·高祖本纪》:"沛父兄皆顿首曰:'沛幸得复,丰未复,唯陛下哀怜之。'高祖曰:'丰吾所生长,极不忘耳,吾特为其以雍齿故反我为魏。'沛父兄固请,乃并复丰,比沛。"

⑰鸿私:犹鸿恩。宋叶适《代宋彦远青词》曰:"誓坚晚节,以答鸿私。"

⑱祁祁:娴静、和顺的样子。

⑲旸谷:古称日出之处。日出于谷而天下明,故称旸谷。

⑳六龙:古代天子的车驾为六马,马八尺称龙,因以为天子车驾的代称。

翻译:

沛公三尺宝剑应了上天符命,转眼之间他便成了大丈夫。

削秦灭项其势恰似暴风骤雨,定都长安分封诸侯形成制度。

纵横天下大汉威仪已加海内,衣锦还乡枌榆社内御驾纵横。

戎马倥偬七年今日荣归故里,四海收归大汉天下成为一家。

玉帐连营环绕中间夹杂帷宫,喧嚣引人围观乡里街巷皆空。

争相观看当今圣上高祖皇帝,他原来是当时的赤龙隆准公。

才知道喜好施舍者不会落魄,谁说取得成功靠的铤而走险。

从小到大一路高升志得意满,感今怀昔决定举行宴会庆功。

祭祀牛羊成山醴酒流淌成河,击鼓撞钟天地震动直冲苍穹。

泗水亭的老亭长亲自大扫除，旧邑里巷的健儿则俯伏拜敬。
百姓尚且尽享着故人的欢乐，帝王也知晓天子的高贵尊崇。
不只是用宽法涤除暴秦残余，更是希望普降龙恩泽惠百姓。
赐酒分享荣耀令人非常艳羡，优游婉劝丰沛赋税百年免征。
地转天旋銮驾回都撤除警卫，沛上父老怅然若失送上一程。
享受皇帝鸿恩精神振作万载，难留高祖御驾能够多驻分钟。
高祖酒酣壮心慷慨且悲且喜，大风飞扬一曲高歌雄壮悲声。
千人齐声高唱万人同声相和，歌声悲壮慷慨声音翻入云中。
旭日娴静柔和照耀四面八方，它本是从日出之处发出辉光。
六龙所驾车队中天时分离去，丰沛大地还依旧眷恋着暖阳。

点评：

这是一首歌行体长诗，题目中的"歌"是文体标志。这首诗主要取材高祖衣锦还乡的故事，它的突出特点是用渲染烘托的手法进行场面描写、人物刻画，让读者有一种身临其境的感觉，尤其是设宴时的高兴，唱大风歌的悲壮，刘邦的形象栩栩如生地呈现在读者面前。离别时百姓依依不舍怅然若失的感情也深深感染着读者。君爱民，民拥君，鱼水相谐之欢，也给后世国君提供了样板。

汉高帝①

明·殷奎

宏规大度②，威灵赫奕③。
扫除烦苛④，民以宁壹⑤。
皇有天下，统承前烈⑥。
爰敕守臣⑦，侍祠⑧陵阙。

作者简介：

殷奎（1331—1376），字孝章，一字孝伯，明代吕巷人，晚年迁居昆山。曾从杨维祯学《春秋》。

注释：

①选自《钦定四库全书·集部·强斋集》。

②意为大度的伟大典范。宏规：伟大的典范。大度：胸怀开阔，气量宽宏。《史记·高祖本纪》："（高祖）仁而爱人，喜施，意豁如也。常有大度，不事家人生产作业。"

③威灵：声威、威势。赫奕：显耀盛大的样子。

④烦苛：繁杂苛细。多指法令。

⑤宁壹：亦作"宁一"。安定统一之意。《宋书·沉文秀传》："今天下已定，四方宁壹，卿独守穷城，何所归奉？"

⑥前烈：前人的功业。

⑦爰：于是。敕：告诫，整顿。守臣：镇守一方的地方长官。

⑧侍祠：陪从祭祀。《史记·孝文本纪》："诸侯王列侯使者侍祠天子，岁献祖宗之庙。"

翻译：

气量宽宏堪称典范，声势威严显耀盛大。

扫除繁杂严法苛令，百姓得以安定统一。

汉皇高祖坐拥天下，继承前人功德大业。

于是告诫地方长官，陪从祭祀山陵城阙。

点评：

作者用古雅的语言，庄重的四言，为汉高祖奉上了一首庄严的颂歌。

挽都阃邓旻死节①

明·邓岸

往岁曾提郴桂②兵，东南深赖得长城③。

去思④久系安民念，守备重来讨贼行。

捧檄⑤戴星趋险阻，誓天投剑扫纵横。

捐躯鱼岭输忠⑥地，泪洒英雄恨未平。

作者简介：

邓岸，明代某部尚书。具体情况不详。

注释：

①选自明万历增补版《丰县志》下卷"艺文志"。都阃：明清对都指挥使、总兵的称谓。邓旻，字克柔。袭祖职，任湖广靖州卫指挥。剿叛苗有功，迁都指挥使。时守备郴桂地方。弘治十八年，奉诏屡受犒劳。正德间，流贼至郴桂鱼岭。旻遇贼对敌身先士卒，被执骂不绝口，遂罹害。抚按以闻，赐专祠于靖州城西，春秋祀之。其次子邓鉴，号西村。于城西飞山之麓，筑台建亭于其上，额曰"思亲"，人称为孝子云。（录自清光绪《丰县志》）

②郴桂：郴州和桂州的合称。

③长城：比喻坚强雄厚的力量，这里代指邓旻。陆游《书愤》："塞上长城空自许，镜中衰鬓已先斑。"

④去思：谓地方士民对离职官吏的怀念。语出《汉书·何武传》："欲除吏，先为科例以防请托，其所居亦无赫赫名，去后常见思。"郁达夫《留别同学》诗："鲁君不解封东岳，莫立丰碑作去思。"

⑤捧檄：接受征讨的命令。檄文：古代官府用于声讨、征召或晓喻的文书。

⑥输忠：献出忠诚。

翻译：

往年你曾统率郴桂两地大兵，东南深深依赖你这塞上长城。

此地对你感念因你久系百姓，守备兵马重来又启讨贼壮行。

接受命令披星戴月奔赴战场，对天宣誓挥舞宝剑驰骋纵横。

献身鱼岭此地成为尽忠之地，为你洒泪遗憾志愿没有完成。

点评：

挽诗类似于悼词，既有对人物事迹的叙述，也要有对其事迹与品质的评价和赞颂。这首诗前三联是对邓旻经历和事迹的概述，叙述中包含着对他的称颂。尾联写他英勇献身，表达对他事业未竟身先死的遗憾和悲伤。

挽都阃邓旻死节①

明·崔岩

奇才挺出圣朝时，躬率貔貅②殄叛夷。
错落③将星俄有坠，迷茫乡梦杳无期。
英英④气节冰霜励，耿耿心肠天地知。
深喜箕裘⑤今有托，巍巍麟阁⑥令名垂。

作者简介：

崔岩（生卒不详），字民瞻，明代湖广郴州（今湖南省郴州市）人。明宪宗成化十七年（1481）辛丑科进士，授以户部主事。明武宗正德元年（1506），迁右副都御史，巡抚大同（今山西省大同市），其间遇两次外敌入侵，在他的奋力抵御下获胜。正德四年（1509）九月，黄河自河南仪封北徙，泛滥横流，直抵丰沛。武宗命崔岩主持修治黄河。治河工程尚未竣工，因受刘瑾案党附牵连，被弹劾而致仕。

注释：

①选自明万历增补版《丰县志》下卷"艺文志"。
②貔貅：本是古代传说中的猛兽，这里喻指勇猛的军队。
③错落：闪烁，闪耀。唐李贺《春归昌谷》："宫台光错落，装画遍峰峤。"
④英英：奇伟的，杰出的。
⑤箕裘：比喻祖先的事业。《礼记·学记》："良冶之子，必学为裘；良弓之子，必学为箕。"孔颖达疏："言积世善冶之家，其子弟见其父兄世业钩铸金铁，使之柔合以补冶破器，皆令全好，故此子弟仍能学为袍裘，补续兽皮，片片相合，以至完全也。"良冶：善于冶金的人。良弓：善于造弓的人。箕：用荆条、柳条编织的器具。裘：用毛皮缝制的衣服。
⑥麟阁：即麒麟阁，用于记载和表彰卓越功勋和最高荣誉的地方。

翻译：

盖世奇才脱颖于圣明之时，您亲率威猛之师剿灭叛敌。
明亮闪耀的将星忽然坠落，从此归乡的美梦遥遥无期。

奇伟气节由艰苦环境磨砺，耿耿忠心永远为天地所知。

深喜祖先的事业有人后继，麒麟阁内您的英名将永垂。

点评：

这首和上一首同题，但写法不同。前一首用了七句的篇幅叙述邓旻的经历和事迹，只在尾句直抒胸臆表达出师未捷身先死的遗憾和悲伤；本诗则以议论和评价为主，事迹则点缀于议论之中。从取材的角度看，上一首用的是纵剖面，本诗则用的是横断面，只取材牺牲生命的这次剿灭战。

汉高祖①

明·孙承恩

皇矣高祖，天锡神武。

一剑兴戎②，光登九五③。

坦乎其真，廓乎其容。

包括④英豪，范围⑤之中。

作者简介：

孙承恩（1485—1565），字贞甫，号毅斋，松江（今属上海市）人，孙衍之子。明正德六年（1511）进士，授编修，官至礼部尚书，兼掌詹事府，明嘉靖三十二年（1553），斋宫设醮，以不肯遵旨穿道士服，罢职归。谥"文简"。他诗词、书法、绘画兼善，著有《历代圣贤像赞》《让溪堂草稿》《鉴古韵语》等。《钦定四库全书》有其《文简集》。

注释：

①选自《钦定四库全书·集部·文简集》卷四十一。

②兴戎：发动战争。

③九五：代指帝位、至尊。九，谓阳爻；五，第五爻，指卦象自下而上第五位。

语本《易·乾》："九五，飞龙在天，利见大人。"孔颖达疏："言九五，阳气盛至于天，故云'飞龙在天'。"

④包括：包含，总括。

⑤范围：限制，概括。

翻译：

伟岸高大汉高祖，上天赐他以神武。

手提一剑起义事，光彩荣登至九五。

心底坦诚存率真，气量阔大有海容。

尽揽天下英豪杰，一举尽收吾囊中。

点评：

钦佩之至，仰之弥高，发乎内心，至真至诚。

汉高祖①

明·孙承恩

一剑兴王业，三章易暴秦。

宽仁多伟度②，明达更殊伦③。

好善若在已，听言如转轮④。

鲁邦经一祀⑤，国脉倍精神。

作者简介：

见前。

注释：

①选自《钦定四库全书·集部·文简集》卷二。

②伟度：非凡的气度。

③殊伦：出类拔萃。杜甫《奉赠鲜于京兆二十韵》："异才应间出，爽气必殊伦。"

④转轮：比喻刘邦听从别人意见如转轮子一样容易。

⑤此句指刘邦祭拜孔子一事。鲁邦：指鲁国。《史记·孔子世家》："高皇帝过鲁，以太牢祠焉。诸侯卿相至，常先谒然后从政。"《汉书》："十一月，行至淮南还。过鲁，以大牢祠孔子。"

翻译：

三尺宝剑建立王业，约法三章取代暴秦。

宽仁显示非凡气度，明达更是超出群伦。

好善如果出自内心，听言则像转动飞轮。

经过鲁国祭祀孔子，国脉倍加长了精神。

点评：

高祖以恢宏大度、宽仁爱人除秦暴虐，此其造汉之本；又加之以天性明达，知人善任，乐善好谋，所以成就了帝业。至于鲁邦祭孔，则汉家之元气实系焉，其识见卓越由此可见。

挽邓旵①

明·王教

岁在龙蛇②命竟倾，英雄感慨恨难平。

青天露下秋虫泣，故垒风高战马鸣。

九地③应知心未死，千年想见气犹生。

郴阳厉鬼④还擒贼，已见旌旗⑤出凤城。

作者简介：

王教（1539—1603），字子修，号秋澄，明代山东淄川（旧县名，1955 年并入今山东省淄博市）西部苏李庄人。明隆庆五年（1571）进士，授户部主事。万历二十年（1592）春天回到家乡，著书立说，简朴生活；万历二十九年（1601），时任知县朱万春亲自登门恳请主持续修《淄川县志》，三十一年完成使命，就在当年因积劳成疾而病逝，著有《铨部王先生文集》。

注释：

①选自清光绪《丰县志》卷十三"艺文类"（下）。

②岁在龙蛇：指命数当终，典出《后汉书·郑玄传》："五年春，梦孔子告之曰：'起，起，今年岁在辰，来年岁在巳。'既寤，以谶合之，知当命终，有顷寝疾。"岁：岁星，即太岁，用以喻灾祸。龙：指辰。蛇：指巳。竟：完毕，终了。倾：倾覆，倾倒。

③九地：九泉，黄泉。

④郴阳：即郴州。厉鬼：代指邓旻。邓旻任都指挥使时驻守郴州，后讨伐流寇时，战死于郴州地界的鱼岭。

⑤旌旗：作战时用于指挥三军的旗帜。这里代指士兵。陈毅《梅岭三章》："此去泉台招旧部，旌旗十万斩阎罗。"

翻译：

灾祸从天而降命运当终，感叹英雄遗恨难以复平。

青天露下秋虫唧唧悲泣，故垒风急战马悲怆嘶鸣。

九泉应知英雄壮心未死，千年之后想起英气如生。

在郴阳成厉鬼也要擒贼，已看见士兵正走出凤城。

点评：

首联交代英雄战死，遗恨难平。颔联以秋虫战马之悲衬托人们对英雄战死的悲哀，物犹如此，人何以堪！颈联写千年以后人们依然会记住烈士的英名和英气，英雄会永远活在人们心中。尾联表现英雄虽死仍不忘杀敌，进一步表现英雄的杀敌决心和崇高气节。

戚姬① （咏古十首之四）

明·朱鹤龄

楚舞悲歌泪满巾，娥姁②而主切酸辛。
可怜三尺③夷秦项，身后难存一妇人。

作者简介：

朱鹤龄（1601—1683），字长孺，江苏吴江人。颖敏嗜学，尝笺注杜甫、李商隐诗，盛行于世。他屏居著述，晨夕一编，行不识途路，坐不知寒暑，人或谓之愚，遂自号"愚菴"。尝自谓"疾恶如仇，嗜古若渴。不妄受人一钱，不虚诳人一语"。著有《愚庵小集》《松陵文集》《杜工部集辑注》《寒山集》《春秋集说》《易广议略》《尚书埤传》《诗经通义》等。

注释：

① 选自《愚庵小集》上海古籍出版社 1979 年 6 月线装出版。
② 娥姁：即吕后。《高后纪》曰："吕后，名雉，字娥姁。"
③ 三尺：本指刘邦的斩蛇剑，这里代指刘邦。

翻译：

戚姬楚舞伴着悲歌泪水满巾，吕雉终成太后让我切实酸辛。
可惜高祖挥剑可以平秦灭项，而身后却难以保护一个妇人。

点评：

前两句是叙述，写刘邦更立太子失败后，戚姬跳着楚舞，刘邦唱着《鸿鹄歌》，气氛悲怆哀伤；后两句是议论，字里行间流露出对戚姬的同情和惋惜。

汉高帝颂^①

明 · 阎尔梅

在昔帝王，历历可谱。

唯我沛公，绝伦今古。

天授真人，不阶寸土^②。

善任勿疑，从谏勿阻。

三章约秦，十罪数^③羽。

安刘必勃^④，洞如观火。

雅有闲情，楚歌楚舞。

风起云飞，创新乐府^⑤。

既雄且英，斯称神武。

作者简介：

见前。

注释：

①选自《白耷山人诗集编年注》，中国文联出版社 2002 年出版。

②即不以寸土为台阶，白手起家之意。

③数：责备，列举错误。

④见《史记·高祖本纪》："周勃重厚少文，然安刘氏者必勃也，可令为太尉。"

⑤指刘邦创作的《大风歌》，像是独创的新乐府诗。

翻译：

古代帝王，历历可数。

唯我沛公，超越今古。

天授王权，不靠寸土。

善任勿疑，从谏如流。

三章代秦，十罪批羽。

安刘必勃，洞如观火。
雅性闲情，楚歌楚舞。
大风一曲，创新乐府。
既雄且英，堪称神武。

点评：

　　这首诗用了"总—分—总"的结构。前四句总评，是全诗的总领。不用"唯有沛公"而用"唯我沛公"，一个"我"字，既言明了同为老乡，又拉进了彼此的感情；而"唯"字更是把高祖推向所有封建帝王之首，其钦佩敬仰之情溢于言表。最后两句呼应开头四句收尾总评。中间部分从白手起家、知人善任、从谏如流、生活情趣、诗歌创新等方面分述他的绝伦之处。

汉 高①

清·孙枝蔚

圣祖贻谋②万代长，枕谁同卧拒危王③？
可知四百年天下，毕竟能因宦者④亡。

作者简介：

　　孙枝蔚（1620—1687），清初著名诗人，字豹人，号溉堂，陕西三原人。孙家世代为大商人。李自成入关，孙家即散家财组织团勇抵抗李自成，却为之所败。只身走江都，折节读书，肆力于诗古文。王士祯官扬州，先赠以诗，称为奇人，又特访之，与订莫逆交。他的诗词多激壮之音，有《溉堂集》存世。

注释：

　　①选自《溉堂集》，全八册线装，上海古籍出版社 1979 年 10 月出版。
　　②圣祖：多特指开国的庙号，这里指刘邦。贻谋：父祖对子孙的训诲。出自《诗·大雅·文王有声》："诒厥孙谋，以燕翼子。"
　　③危王：危主，濒于危亡的君主。

④东汉以后，非阉竖、嬖幸（皇帝所宠幸狎昵之人）不得以日侍宫廷，而贤能措绅之士，孤幽卓越之臣，只能以备员朝会而已。故诸葛亮在《出师表》说："亲贤臣，远小人，此先汉所以兴隆也；亲小人，远贤臣，此后汉所以倾颓也。"

翻译：

高祖对子孙的训诲万代流长，与谁同朝方可避免成为危王？

可知道大汉四百多年的天下，毕竟是因为重用宦官才灭亡。

点评：

这首七绝主要总结了大汉王朝失败的原因。东汉以后，用人不当，"亲小人，远贤臣"，身边多用了宦官，没能接受汉初刘邦的教诲，导致大汉灭亡。从侧面赞颂了高祖的过人之处。

挽节妇王谢氏①

清·王初集

天地正气不孤行，忠贞节烈每间生。
侍中热血凝成碧②，文山③从容就义轻。
从来忠节传青史，几见奇节出女子。

丰邑贤淑钟谢庭，铁骨冰心何卓尔！
丝萝④缔结在王门，星河机锦制天孙⑤。
忽焉微云蔽河汉，连理芳树蒙朝昏⑥。
虽云于归⑦谐凤卜⑧，良人⑨遘疾心转轴。
药灶炉烟不敢辞，中夜焚香仰天祝。
岂期应召赴玉楼⑩，麻衣⑪泣血涌泉流。

餐甘同穴无二志，几回引决⑫不自由。

毁我黄金钏，裂我明月扇⑬，

银壶玉漏⑭添凄凉，鹤唳猿啼彻空院。

干丝百缕竟自经⑮，凛凛正气勒丹青。

夜台共订同心结，化作双剑吼雷霆。

直等乐羊妇⑯之节烈，远迈鲁伯姬⑰之冰清。

仿佛湘江之洒泪，恍如挂树之哀鸣。

人为烈妇悲，我为烈妇羡。

叻尹⑱兹土志表扬，聊用长歌⑲代作传。

太史采风将上闻，泡河⑳千古同清练。

作者简介：

见前。

注释：

① 选自清光绪《丰县志》卷十三"艺文类"（下）。王谢氏：丰县人，县人王莘之妻，谢璐之女。王莘未娶妻时，因悲恸其父死而得呕血之疾。谢氏闻知后，誓不独生。嫁娶后，亲奉汤药，日夜不懈。及夫故，则自缢相殉。县令王初集亲往祭之，故有此挽歌。

② 侍中：官名，此处指嵇绍。嵇绍是嵇康之子，因天子蒙尘，绍奉诏前往救驾。恰值王师败绩于荡阴，百官及侍卫莫不散溃，唯绍俨然端冕，以身捍卫，兵交御辇，飞箭雨集。绍遂被害于帝侧，血溅御服，天子深哀叹之。及事定，左右欲浣衣，帝曰："此嵇侍中血，勿去。"后因以"嵇侍中血"指忠臣之血。凝成碧：即血凝固后变成绿色。出自《庄子·外物》："人主莫不欲其臣之忠，而忠未必信，故伍员流于江，苌弘死于蜀，藏其血三年而化为碧。"后来就把刚直忠正、为正义事业而流的血称作碧血。

③ 文山：民族英雄文天祥的号。他是南宋丞相，在抗元斗争中被俘，宁死不屈英勇就义。在狱中作有《正气歌》。

④ 丝萝：指菟丝、女萝，均为蔓生，缠绕于草木，不易分开，故诗文中常用以

比喻结为婚姻。

⑤天孙：星名，即织女星。天孙锦：即如织女星所为，形容其纺织的精巧。现已成为锦类丝织物中著名品种。

⑥此句指家庭遭难，夫君病亡。朝昏：早晚，代指日子、生活。

⑦于归：出嫁。《诗·周南·桃夭》："之子于归，宜其室家。"朱熹集传："妇人谓嫁曰归。"

⑧凤卜：占卜佳偶。出自《左传·庄公二十二年》："初，懿氏卜妻敬仲。其妻占之，曰：'吉。是谓凤皇于飞，和鸣锵锵。'"

⑨良人：古代妻子对丈夫的称呼，但也有丈夫称呼妻子为良人的。本诗中指王谢氏的丈夫。

⑩赴玉楼：死亡的委婉说法，意思是升天了。玉楼：传说中天帝或仙人的居所。

⑪麻衣：麻布做成的衣服，旧俗用作孝服。《礼记·间传》："又期而大祥，素缟麻衣。"郑玄注："谓之麻者，纯用布，无采饰也。"

⑫引决：自裁，自杀。司马迁《报任少卿书》："及罪至罔加，不能引决自裁。"

⑬此句意为砸烂我的黄金镯子，撕毁我的明月宝扇。表示不想再存活于世。

⑭银壶玉漏：计时的器具。古代以漏刻之法计时，具体方法是用铜壶盛水，壶底打通一小孔，壶中立以刻度箭，壶中的水逐渐减少，箭上的度数就依次显露，就可按刻度计时，击鼓报更。

⑮自经：上吊自杀。

⑯乐羊妇：即乐羊子妻。《后汉书·列女传》："后盗欲有犯妻（乐羊子妻）者，乃先劫其姑。妻闻，操刀而出。盗人曰：'释汝刀从我者可全，不从我者，则杀汝姑。'妻仰天而叹，举刀刎颈而死。盗亦不杀其姑。太守闻之，即捕杀贼盗，而赐妻缣帛，以礼葬之，号曰'贞义'。"

⑰鲁伯姬：即共姬，原名伯姬，是春秋时期鲁宣公的女儿，嫁与宋共公瑕，称共姬。共姬嫁宋共公仅七年，宋共公就驾鹤西去了。此后，她恪守妇道，在宋四十年，很受国人拥戴。公元前543年，宋宫中夜间起火。宫人见火起，劝共姬避之。共姬说："妇人之义，傅母不在，皆下火堂，火势虽迫，岂可废义？"但是等到傅母来时，共姬已焚死矣。由于伯姬拘守着缺一个人陪伴，女人夜间就不能外出的礼法，于是便凄惨地送了命。这在今天看来，实在是愚蠢之极。但是，历代封建统治者都对她这样坚守礼法被活活烧死而大加喝彩。我国古代第一部撰写妇女的著作刘向的《列女传》，把共姬列入"贞顺类"，认为"伯姬心专，守礼一意，宫夜失火，保傅不备，逮火而死，厥心靡悔，春秋贤之，详录其事"。到清初，马骕著《绎史》，犹把共姬事迹编撰为其中的一卷。

⑱叨尹：叨，为谦辞，表示受到（别人好处）。尹：治理。
⑲长歌：即本诗。
⑳泡河：又名泡水，位于丰县北关，"泡水波光"是丰县古八景之一。现已淤没。

翻译：

天地正气从来不会孤立行世，忠贞节烈之士常常间或产生。
忠义之士的热血会苌弘化碧，文山从容就义生命看得很轻。
从来忠义节烈都会载入青史，几时见过伟大节操出自女性？
丰邑的贤淑女子多集于谢家，她们铁骨冰心多么卓尔不群！
女大当婚缔结姻缘嫁于王门，穿着织女纺织的精美的衣裙。
忽然间乌云翻滚遮蔽了银河，喜结连理的生活蒙上了暗尘。
虽说嫁给了和谐美满的佳偶，哪知夫君染病心里翻江倒海。
药灶炉烟不断未曾离开半步，半夜焚香跪拜对天虔诚祈祷。
难道一同相约应召同赴黄泉？披着麻衣痛哭泣血泉涌如流。
一心一意心甘情愿共寝同穴，多少次决心自杀却不得自由。
砸烂我的黄金镯子，撕毁我的明月宝扇。
银壶玉漏滴答备添我心凄楚，鹤叫猿啼回荡在空寂的庭院。
对尘世虽有千丝百缕竟然还是自缢，凛凛正气就此刻进青史。
阴间共订同心结，化作双剑吼雷霆。
直等于乐羊子妻之节烈，远超过鲁伯姬之冰清。
滔滔湘江仿佛为之洒泪，巍巍桂树恍如为之哀鸣。
人们都为谢烈妇而悲，我却为谢烈妇而羡慕。
我治理丰县这片土地应铭记这种精神，于是借用这首诗用以相传。
太史采风时将此上报，让泡河的水千古清澈如练。

点评：

董家遵根据《古今图书集成》统计，历代节妇数目：周代六人，秦代一人，汉代二十二人，魏晋南北朝二十九人，隋唐三十二人，五代两人，宋代一百五十二人，元代三百五十九人，明代两万七千一百四十一人，清代九千四百八十二人。历代烈女数目：周代七人，汉代十九人，魏晋南北朝三十五人，隋唐二十九人，辽五人，宋代一百二十二人，金代二十八人，元代三百八十三人，明代八千六百八十八人，清代两千八百四十一人。

从上述统计看，明清两代的节烈妇女数量达到了顶峰。据对淮北方志所录的被旌列女统计，明代徐州殉夫烈妇（以下简称"烈妇"）一百十一人，殉未婚夫烈女（以下简称"烈女"）十六人；清朝烈妇九百十八人，烈女一百六十七人。雍正十一年（1733）徐州升府后，隶铜山、萧、砀、丰、沛、遂宁（睢宁）、宿迁及邳州八个州县，县均殉死女性为一百五十一点五人。

成就自己的"大义"时，表现出缺乏人性、丧失母性的病态人格。这些女性殉死时，极少考虑其幼子弱女的生命及其自己应承担的母亲的责任，有的甚至直接杀害自己的亲生儿女。这些女性为了"大义"而亲手杀害自己的幼女，不但不会受到主流社会的责备，反而会备受颂扬，并已全部被政治至上的官府所旌表，反映了专制意识形态远高于法律、蔑视人性、践踏人命的本质。许多因殉夫被旌表为节烈的妇女，事实上是旌表其没有人伦的恶行、罪行！

赐总督李卫[①]

清·雍正（爱新觉罗·胤禛）

保障鸿才奏绩新[②]，每将重寄[③]委贤臣。
须知令器承殊眷[④]，贵有丹忱答紫宸[⑤]。
训练多方资辑旅[⑥]，抚绥无怠在诚民[⑦]。
龙章用锡昭旌劝[⑧]，益勖嘉猷辅一人[⑨]。

作者简介：

爱新觉罗·胤禛（1678—1735），清朝第五位君主（1722—1735 在位），年号雍正。康熙帝第四子，生于北京紫禁城永和宫。他在位期间的一系列社会改革，对于康乾盛世的连续具有关键性作用。庙号世宗，葬清西陵之泰陵，传位于第四子弘历（即乾隆帝）。

注释：

①选自《世宗宪皇帝御制文集》卷二十九，见《四库全书》集部·别类。李卫（1688—1738），字又玠，号恰亭，今江苏徐州丰县大沙河镇人，清代名臣。历经康

熙、雍正、乾隆三朝。深受雍正皇帝赏识，历任户部郎中、云南盐驿道、云南布政使、浙江巡抚、浙江总督、兵部尚书、署理刑部尚书、直隶总督等职。他为官清廉，不畏权贵，不论所任何职，在位时能体察民间疾苦，深受百姓爱戴。公元1735年，雍正驾崩，乾隆帝召见李卫说："尔累任封疆，实心办事，勇往直前，无所瞻顾"。赠先帝所遗"朝珠杂佩，珊蝴、荷囊"两匣，并赐其长子李星垣为武探花，并且把治理北方水害的任务交给了他。李卫亲勘河道，行程三千里，终因积劳成疾，病逝。李卫死后，乾隆派大臣驰往李卫家乡丰县"酬奠茶酒"，并下令，所过州县奠祭护送葬于县南杨家集之东赐茔，大学士张廷玉为其铭，谥号"敏达"。乾隆五年，入祀贤良祠。1972年"破四旧"大兴平坟运动，李卫的墓也难以幸免，因是大官，大家认为会有很多珍宝，因此当时挖墓时临近很多百姓围观。我恰好在现场，亲眼目睹了李卫坟墓的被挖过程，令人失望的是开棺后里面并没有人们想象的珍宝，与普通人几乎无异，这充分看出他为官的清廉。挖出的少量文物也都已妥善保存。

②鸿才：大才，卓越的才能，也指才能卓越的人。奏绩：取得成绩，建立功绩。

③重寄：国家重大的托付。

④令器：优秀人才。令：美好。殊眷：指特别恩宠和关怀。

⑤丹忱：赤诚的心。紫宸：本是宫殿名，天子所居，后泛指宫廷或借指帝王。

⑥辑旅：这里代指部队。李卫做过兵部尚书，主管全国军队。

⑦抚绥：安抚安定。谐民：使百姓和谐。

⑧龙章：指龙旗。锡：赐给。旌劝：表彰奖励。

⑨勖：勉励。嘉猷：治国的好规划。猷：计谋，打算，谋划，如鸿猷。

翻译：

保障卓越人才你频建新的功勋，我常将国家重任托付你这贤臣。
须知优秀人才沐浴着特别恩宠，可贵的是用赤诚之心答谢皇恩。
操练手段多样有利于军队强大，安抚百姓不倦怠旨在和谐安稳。
龙旗因为用于表彰奖励赐予你，更加勉励你这治国辅臣第一人。

点评：

李卫是治国良才，是康熙、雍正、乾隆三朝元老，尤得雍正信赖。我们常说"康乾盛世"，其实康乾中间的雍正承上启下继往开来，为康乾盛世做出了卓越贡献。康熙开疆拓土平定外患，稳定版图。雍正则实行改革，巩固成果，发展经济，于是才有了乾隆几十年的太平天子。而李卫则是雍正最得力、最可靠的首助，所以从某种程度上说，李卫为康乾盛世做出了卓越贡献。这首诗通篇洋溢着雍正对李卫的信赖和赞美，尤其对他在保障人才、训练军队、和谐百姓方面更是推崇。君臣之间如此信赖是不多见的。李卫死后葬在家乡，现碑、茔仍在。

这首诗和乾隆的诗风相近，用词太古雅，掉书袋，增加了阅读的困难。

题赠蒋烈女①

清·李荐翊

幽怀落落②守吾真，十九年来未字③身。

生死等闲同草木，血痕沥尽染松筠④。

贞心岂为传青史？劲节于今见古人。

愧杀铅华⑤应不理⑥，楱榛⑦荆枥⑧益伤神。

作者简介：

李荐翊，丰县人，清世宗雍正七年（1729）岁贡生，桃源县（今湖南省桃源县）儒学训导。

注释：

①选自清光绪《丰县志》卷十三"艺文类"（下）。蒋烈女：丰县人，生员蒋廷佐之女，许配生员孙廷械之子孙明新为妻。明新病死，讣至，该女即以线缝衣，抱砖坠楼，以殉死。肢体残毁，气绝后复生，数日滴水不入。在其婆母的劝说下始进食延治，侍奉孤婆终身。县令立匾旌表，曰"贞烈可风"。

②幽怀：隐藏在内心的情感。落落：犹磊落，常用以形容人的气质、襟怀。

③未字：旧指女子尚未许配。"字"的本义为妇人孕育。

④松筠：松树和竹子。《礼记·礼器》："其在人也，如竹箭之有筠也，如松柏之有心也。二者居天下之大端矣，故贯四时而不改柯易叶。"后因以"松筠"喻节操坚贞。

⑤愧杀：同"愧煞"，意为很惭愧，多出现于明清话本小说。铅华：本是妇女化妆用的铅粉，借指妇女的美丽容貌、青春年华，或借指青年妇女。

⑥不理：不理会，不在乎，不当一回事。

⑦棋榛：代指婚姻。棋：即枣。榛：即榛子。古时，枣子、栗子、榛果还有肉干都是新娘的随嫁礼品，是送给夫家的见面礼，给翁姑品尝的。如《礼记·曲礼下》："妇人之挚，棋榛、脯修（脩）、枣栗。"为何送这些东西呢?《国语》说："夫妇贽，不过枣、栗，以告虔也。"新娘以枣、栗、榛等美果作初见夫家的见面礼，内含虔诚相守、敬栗待老的坚定心意，对新婚家庭抱着甜蜜的期待。

⑧荆栉：披荆斩棘、栉风沐雨之意，形容辛苦地为生活四处奔波。这里代表婚姻危机或陷入绝境。根据首联内容，应为女子未嫁而未婚夫先死。而从"血痕沥尽染松筠"一句看，女子也殉情而去。

翻译：

感情坚贞赤诚恪守内心纯真，十九春秋过去还未嫁出玉身。
生死都很寻常一生如同草木，一腔鲜血流尽遍染青松竹筠。
坚定不移岂是为了流传青史? 坚守节操是为无愧见到古人。
虽然愧对青春但我全不在乎，婚姻不能圆满才更使我伤神。

点评：

妇女的贞洁观念产生于南宋朱熹理学，从此在妇女的心灵上加上了一具沉重的精神枷锁，明清时候尤甚。统治者为了巩固皇权地位，把守节和忠君绑架在一起，不惜扼杀人性，于是无数个美好生命毁灭在"贞洁""守节"之上。因此过去的无数贞洁牌坊，在今天看来都是古代妇女血泪的见证。十九岁未婚之女，在未婚夫去世后，有何理由随他而去呢? 你还有赡养父母的责任啊! 追求人生的美好幸福、人性的纯洁自由才是文明时代的应有之意。

怀汉高祖①

清·毕沅

斩蛇一剑剿②群英，威斗高临北斗城③。
亭长开基原创格，金仙④垂泪总关情。

吏循实并经明⑤重，阉孽还同党祸倾⑥。

凭吊七陵⑦禾黍⑧外，空留残照满西京⑨。

作者简介：

毕沅（1730—1797），字秋帆，因从沈德潜学于苏州灵岩山，故自号灵岩山人。江苏镇洋（今江苏太仓）人。清代著名学者。乾隆二十五年（1760）状元及第，授翰林院编修。病逝后，赠太子太保，赐祭葬。死后二年，因受和珅案牵连，被抄家，革世职。毕沅对于经史、书画、小学、金石、地理、诗文之学，无所不通，续司马光书，成《续资治通鉴》，又有《传经表》《经典辨正》《灵岩山人诗集》等。

注释：

①选自《灵岩山人诗集》。

②剸：统领。

③威斗：新莽为显示威严，所作的器物形似北斗。《汉书·王莽传下》："威斗者，以五石铜为之，若北斗，长二尺五寸，欲以厌胜众兵。"北斗城：即长安。《三辅黄图·汉长安城》："城南为南斗形，城北为北斗形，至今人呼叹京城为'斗城'。"

④金仙：金仙是道教仙的一种境界，也用金仙代指佛教的最高果位。

⑤经明：即经明行修。意思是指通晓经学，品行端正。出自《汉书·王吉传》。

⑥见清孙枝蔚《汉高》注释④。

⑦七陵：虚数，出于格律的需要，西汉葬在长安附近的帝陵是十一座。

⑧见《诗·王风·黍离序》："《黍离》，闵宗周也。周大夫行役至于宗周，过故宗庙宫室，尽为禾黍。闵宗周之颠覆，彷徨不忍去而作是诗也。"后以"禾黍"为悲悯故国破败或胜地废圮之典。唐许浑《金陵怀古》："楸梧远近千官塚，禾黍高低六代宫。"

⑨西京：长安，即现在的西安。

翻译：

挥剑斩蛇起事统领群英，威斗高高摆放长安京城。

亭长开辟基业奠定格局，金仙垂泪因为关乎民情。

官吏务实重视修行明道，阉孽连同党祸使汉覆倾。

凭吊皇陵四野禾黍离离，空留一抹残阳斜照西京。

点评：

赞赏高祖开辟奠基大汉伟业的同时，也为东汉滥用太监导致政权灭亡而感惋惜。尾句以景结情，以青山依旧夕阳几度，衬托人世的沧桑，有李白的"西风残照，汉家陵阙"之妙，颇耐人寻味。

高　帝①

清·谢启昆

治生比仲孰为强②？ 云气东南隐砀芒。
囊乏一钱惊吕父③， 手提三尺入咸阳。
斩蛇未必成真帝， 烹狗终难恕假王④。
孔费将军⑤竟何在？ 空歌猛士大风扬。

作者简介：

谢启昆（1737—1802），字蕴山，号苏潭。江西南康（今江西省南康市）人。乾隆二十六年（1761），殿试钦取第一名，授翰林庶吉士，分习国书。他不仅为官清廉，政绩卓著，且治学有方，著作等身，其代表作有《西魏书》《小学考》《广西通志》《粤西金石略》《树经堂诗初集》《树经堂诗续集》等。在方志学方面，除修有乾隆《南昌府志》外，最成功的还是对《广西通志》的修撰，影响深远，梁启超称为"省志楷模"，时人称颂为"体例精审，征引赅博，为各省志书之冠"。谢启昆逝世于广西巡抚任上，清朝廷赐丧银三千两，命江西巡抚代祭，准谢启昆灵柩入江西，葬于新建县桃花乡大山。

注释：

①选自清刻《树经堂咏史诗》，清嘉庆三年（1798）刻本。

②治生：经营家业，谋生计。《史记·高祖本纪》："未央宫成，高祖大朝诸侯群臣，置酒未央前殿。高祖奉玉卮，起为太上皇寿，曰：'始大人常以臣无赖，不能治产业，不如仲力。今某之业所就孰与仲多？'殿上群臣皆呼万岁，大笑为乐。"

③见《史记·高祖本纪》："高祖为亭长，素易诸吏，乃给为谒曰'贺钱万'，实不持一钱。谒入，吕公大惊，起，迎之门。吕公者，好相人，见高祖状貌，因重敬之，引入坐。"

④烹狗：源自《史记·越王勾践世家》，"蜚鸟尽，良弓藏；狡兔死，走狗烹"。这里指韩信被杀害。假王：指韩信。《史记·高祖本纪》曰："韩信已破齐，使人言曰：'齐边楚，权轻，不为假王，恐不能安齐。'汉王欲攻之。留侯曰：'不如因而立之，使自为守。'乃遣张良操印绶立韩信为齐王。"

⑤据《史记·高祖本纪》："五年，高祖与诸侯兵共击楚军，与项羽决胜垓下。淮阴侯将三十万自当之，孔将军居左，费将军居右，皇帝在后，绛侯、柴将军在皇帝后。项羽之卒可十万。淮阴先合，不利，却。孔将军、费将军纵，楚兵不利，淮阴侯复乘之，大败垓下。"张守节《史记正义》释孔将军、费将军："二人韩信将也。孔将军，蓼侯孔熙；费将军，费侯陈贺也。"

翻译：

经营家业刘邦与刘仲谁更强？东南云气缭绕高祖隐藏砀芒。
囊中不名一文却能惊动吕父，手提三尺宝剑昂首杀入咸阳。
斩蛇之人未必都能成就帝业，心怀反意被杀终难宽恕韩王。
当年孔费两位将军今日何在？空歌呼唤猛士唯有大风飞扬。

点评：

该诗以热情之笔高度赞扬了刘邦生活中的不寻常之处和不朽的政治伟业，尾联以大风歌"安得猛士兮守四方"的徒然呼唤收尾，表达了作者对刘邦功业难继的惋惜。

吕 后①

清·谢启昆

称制居然设九宾②，编年犹是汉家春③。
酒筵竟许行军法④，钟室亲能缚将臣⑤。

轵道犬伤高帝子⑥，厕中戚痛戚夫人⑦。
绛侯纵守丹书约⑧，诸吕难逃喋血频⑨。

作者简介：

见前。

注释：

①选自清刻《树经堂咏史诗》，清嘉庆三年（1798）刻本。

②称制：代行皇帝的职权。《汉书·高帝纪》："惠帝崩，太子立为皇帝，年幼，太后临朝称制。"九宾：古代朝会大典所设"九宾"大礼。

③编年：按年代顺序编排史料。吕太后虽临朝称制，但仍奉汉家正朔，故司马迁按照帝王标准为其作"本纪"，与汉家诸帝无异。

④《史记·齐悼惠王世家》："朱虚侯年二十，有气力，忿刘氏不得职。尝入侍高后燕饮，高后令朱虚侯刘章为酒吏。章自请曰：'臣，将种也，请得以军法行酒。'高后曰：'可'……顷之，诸吕有一人醉，亡酒，章追，拔剑斩之而还，报曰：'有亡酒一人，臣谨行法斩之。'太后左右皆大惊。业已许其军法，无以罪也，因罢。"

⑤钟室：即长乐宫中的悬钟之室。《史记·淮阴侯列传》："（韩）信入，吕后使武士缚信，斩之长乐钟室。"

⑥轵道：古亭名，在今陕西西安市东北。犬伤高帝子：即高帝子化犬伤吕后。高帝子：高祖和戚姬所生的儿子赵王刘如意。据说有一次吕后从灞上回宫，走到轵道时发现有物如苍狗来据腋下，心中大惊，定睛一看忽又不见，但觉腋下疼痛，回到宫中解衣一看，竟是被物击伤。于是命太史卜得一卦，说是赵王刘如意作祟。吕后忧惧，从此一病不起。（《史记·吕太后本纪》）

⑦刘邦死后，其爱姬戚夫人被吕后断其双足、双手，弄瞎双眼，饮瘖药使哑吧，使居厕中命曰"人彘"。（《史记·吕太后本纪》）

⑧绛侯：即周勃。丹书约：古代帝王与大臣共宰白马歃其血，以示坚守誓约。《史记·吕太后本纪》："王陵曰：'高帝刑白马盟曰；非刘氏而王，天下共击之。'勃等对曰：'高帝定天下，王子弟，今太后称制，王昆弟诸吕，无所不可。"

⑨吕后死后，周勃陈平等高祖旧臣策动禁军兵变，杀死执政的吕禄、吕产等吕氏亲贵，迎立刘邦之子代王刘恒为帝。（《史记·吕太后本纪》）

翻译：

吕后临朝称制竟设大礼九宾，史迁为之作传沿袭汉家标准。

酒筵上竟允许刘章执行军法，钟室里亲自逮捕了将臣韩信。

轵道里赵王化作犬击伤吕后，厕所中吕后残忍人彘戚夫人。

绛侯周勃纵然坚守丹书誓约，诸吕最终也难逃喋血的命运。

点评：

这首诗前三联主要罗列吕后的几件人神共恨的不仁不义之事，尾联写恶有恶报罪有应得。全诗表达了因果报应的观点。

文 帝①

清·谢启昆

大横占兆得庚庚②，三让③风高尚朴诚。

产惜中人宫室俭④，马无千里属车轻⑤。

玉杯阙下奸难售⑥，金鼎汾阴⑦祀未成。

二十余年致刑措⑧，休将孝景⑨比升平。

作者简介：

见前。

注释：

①选自《树经堂咏史诗》清嘉庆三年（1798）刻本。

②大横：占卜时龟甲上大的横向裂纹；庚庚，坚强的样子。《史记·孝文本纪》载，汉大臣迎立刘恒时，刘恒曾向下属征询意见，属官们意见不一。通过占卜，卦兆为大横，其卜辞为："大横庚庚，余为天王，夏启以光。"此为吉兆，预示着刘恒将取得帝位。

③三让：据《史记·孝文本纪》载，汉大臣劝进时，刘恒"西乡（向）让者三，

南乡让者再"。

④据《史记·孝文本纪》载，文帝即位二十三年，大力提倡节俭，连皇宫中的帏帐都规定不得文绣，以示敦朴。又曾想建露台，工匠估价要费百金，文帝说："百金中民十家之产，吾奉先帝宫室，常恐羞之，何以台为？"于是取消建露台的计划。

⑤据《资治通鉴·汉文帝元年》载，汉文帝登位之初，厉行节俭。有人献千里马，文帝说："鸾旗在前，属车在后，吉行日五十里，师行三十里。朕乘千里马，独先安之？"于是归还其马，并下诏说："朕不受献也，其令四方毋求来献。"

⑥阙下：宫殿门下。《史记·孝文本纪》载，赵人新垣平以善于观云望气占卜吉凶而进见文帝，劝文帝在渭阳建立五帝庙，据说可以引出失传多年的周代传国宝鼎，还会有精美的宝石出现。两年后，文帝得到个玉杯，上面刻有"人主延寿"字样。不久，有人告发此玉杯为新垣平伪造进献，新垣平因骗局败露而被处死。

⑦金鼎：即周代传国宝鼎。汾阴：地名，在今山西省万荣县西南。

⑧刑措：一作"刑错"。指无人犯法，刑法搁置不用。《史记·周本纪》："故成、康之际，天下安宁，刑错四十余年不用。"应劭曰："错，置也，民不犯法，无所置刑。"《汉书·刑法志》称赞文帝统治时"刑罚大省，至于断狱四百，有刑错之风"。

⑨孝景：即汉文帝之子汉景帝刘启（前156—前140在位）。

翻译：

占卜吉兆抽得大横庚庚，三让之举崇尚品高朴诚。

怜惜中民物产宫室节俭，不受良马出行就简车轻。

宫殿门下玉杯行骗难售，汾阴传国宝鼎祭祀未成。

二十余年刑法搁置不用，不要相比孝景谁更太平。

点评：

前三联列举六件事表现汉文帝的节俭爱民谦让，这是"因"，尾联写文帝时期海晏河清天下太平，则是"果"。该诗让人明白了中国第一个太平盛世"文景之治"出现的原因。

萧 何①

清·谢启昆

咸阳图籍②得周知，阨塞山河指掌窥。
转漕独肩关内任③，买田能释汉王疑④。
无双国士追亡者⑤，第一功臣孰代之。
清静兴歌遵约束⑥，治平允作⑦后贤师。

作者简介：

见前。

注释：

①选自清刻《树经堂咏史诗》，清嘉庆三年（1798）刻本。

②咸阳图籍：见宋徐钧《萧何》注③。

③转漕：陆行水载运送物资。这句是说刘邦在外带兵打仗，萧何在关内负责粮草物资供给。

④据《史记·萧相国世家》："汉十二年秋，黥布反，上自将击之，数使使问相国何为……客有说相国曰：'君灭族不远矣……上所为数问君者，畏君倾动关中。今君胡不多买田地，贱贳以自污？上乃安心。'于是相国从其计，上乃大悦。"

⑤此句指韩信随刘邦大军去封地行至南郑，因念不得重用而逃亡，被萧何星夜追回。并极力向刘邦推荐韩信，称韩信"国士无双"，要筑坛封大将军。

⑥清静：指清静无为的治国方法。遵约束：指萧何死后，曹参接任相国，"举事无所变更，一遵萧何约束"。（《史记·曹相国世家》）

⑦治平：谓政治清明，社会安定。《晏子春秋·谏上》："故明所爱而贤良众，明所恶而邪僻灭，是以天下治平。"允作：确实能作。允：确实；果真。

翻译：

尽收咸阳图籍国情得以周知，阨塞山河人口户籍轻易可窥。

运送粮草关内独自身担重任，购买田地自污只为汉王释疑。

无双国士韩信萧何月夜追回，第一功臣地位谁能取而代之？

无为治国方略曹参沿袭萧规，社会安定确实可做后贤之师。

点评：

作者抓住萧何"收缴秦朝图籍""关内筹集粮草转运""圈田买地自污""月下追回韩信""无为而治且萧规曹随"等重大历史事件，高度赞颂了萧何的雄才大略和高贵品质。

李烈妇哀词[①]

清·刘培丰

茹荼[②]莫辞苦，堂上每有衣待补。

嚼雪莫辞寒，堂上尤须劝加餐。

唯松有操竹有节，千秋终被风霜折。

卓哉吾宗女，生小娴诗礼。

快选乘龙婿，许字蟠根李[③]。

李郎才调世无比，初采芹[④]香泛绿浉。

夭桃方歌宜室华[⑤]，玉树惊堕临风子。

敢嗟薄命联婚媾，暗将身世权终始。

谓父母兮何恃？君去尚有悌弟。

谓舅姑[⑥]兮何倚？妾去尚有妯娌。

高堂赖尔慰晨昏，夜台[⑦]谁与捧盘匜？

一丸灯火小如萤，三尺素练冷于水。

终身之计乃决矣，慷慨激烈竟如此。

吁嗟乎！悲风凄恻，惨月昏黄；

云天黯黯，泉路茫茫。

冰魂一缕，云车何方？

望藁砧⑧兮目极，辞春萱兮恨长。

和故鬼之啾啾，弹血泪之浪浪。

蓬岛⑨同归凭梦幻，玉楼有诏⑩非荒唐。

不识草间有独活⑪，敢向人前称未亡。

翳余同是中垒嗣⑫，十里惊闻频雪涕。

彤管辉炜⑬青史光，绰楔⑭褒荣圣朝事。

乃歌其志俾勿失，更将时月纪一一。

同生于嘉庆丁丑年，同死于甲午嘉平中旬日。

于归于是年三月之吉。

作者简介：

见前。

注释：

①选自清光绪《丰县志》卷十三"艺文类"（下）。

②茹荼：比喻受尽苦难。荼：苦菜。骆宾王《畴昔篇》："茹荼空有叹，怀橘独伤心。"

③此句意为许配给了姓李的人家。许字：把女子许配于人。蟠根李：传言老子李耳生于李树下，人称为仙李蟠根。

④采芹：出自《诗·鲁颂·泮水》，"思乐泮水，薄采其芹"。毛传："泮水，泮宫之水也。"郑玄笺："芹，水菜也。"古时学宫有泮水，入学则可采水中之芹以为菜，故称入学为"采芹""入泮"。后亦指考中秀才，成了县学生员。

⑤《诗·周南·桃夭》诗中有"之子于归，宜其室家"之句，后以"咏《夭桃》"表示求偶之意。

⑥舅姑：公婆。因古代多以姑表兄妹联姻成亲，故将公婆不改口，仍称之为"舅姑"。唐朱庆馀《近试上张水部》："洞房昨夜停红烛，待晓堂前拜舅姑。"

⑦夜台：坟墓，亦借指阴间。刘禹锡《酬乐天见寄》："华屋坐来能几日？夜台归去便千秋。"

⑧藁砧：古代处死刑，罪人席藁，伏于砧上，用鈇斩之。鈇，"夫"的谐音，后因以"藁砧"为妇女称丈夫的隐语。

⑨蓬岛：即蓬莱山，代指仙界。清唐孙华《同年沉昭嗣明府谈杭州西溪之胜》：

"桃源与蓬岛，仙界疑未遥。"

⑩玉楼有诏：文人早死的婉词。玉楼：传说中仙人居住的楼宇。

⑪独活：草名，根可入药，有镇痛、发汗、利尿之效。

⑫中垒嗣：中垒的后代。西汉有中垒校尉，掌北军营垒之事。刘向曾任此职，后世因以"中垒"称之。唐独孤及《送李宾客荆南迎亲》："宗室刘中垒，文场谢客儿。"

⑬彤管辉炜：形容红润美丽。见《诗经·邶风·静女》："静女其娈，贻我彤管。彤管有炜，说怿女美。"

⑭绰楔：古时树于正门两旁，用以表彰孝义的木柱。明清官署牌坊。

翻译：

受尽磨难从不诉苦，父母常有衣服等待去补。

含冰吃雪从不说寒，父母尤其需要劝饭加餐。

唯有青松有操翠竹有节，但千年后终被风霜折断。

不平凡啊我宗族的女儿，从小就知书明礼。

很早就选好了乘龙快婿，许配给了姓李的人家。

李郎才气举世无比，初入学堂就脱颖而出。

正要准备结婚成家，郎君却殒命随风而去。

慨叹郎君命薄婚姻短暂，暗暗发誓要将此身许诺始终。

问父母啊，（我走了）你们依靠什么？你不在还有敬爱兄长的弟弟。

问公婆啊，（我走了）你们依靠什么？你离开了家里还有妯娌。

父母依赖你的安慰度过晨昏，你死了谁给端盘送水？

一盏灯火小如萤，三尺白布冷于水。

终身之计决定了，慷慨激烈义无反顾竟如此。

嗟乎！悲风为之哀痛，月亮惨淡昏黄；

云天暗淡无光，泉路烟波茫茫。

冰魂一缕，仙车将载你何方？

眼睁睁望着丈夫，辞别了母亲啊遗恨久长。

面对着丈夫哭声呜咽，泪流如注满面浪浪。

梦幻着同赴仙界，你却提前被招太荒唐。

不知道草中可有独活这种神药，敢向人称夫君能够不亡。

你我都是刘向的后代，十里外惊闻你的不幸泪水流淌。

你光辉美丽将彪炳青史流光，圣朝将会为你立牌褒奖。

于是我歌颂你的心志使其不要失传，更要将时日纪载切勿淡忘。

同生于嘉庆丁丑年（1817），同死于 1834 年 12 月中旬日。

出嫁于这年（1834）三月之吉。

点评：

十七岁守节和夫君同生共死，这在封建社会是被褒扬的一种传统美德，能够被官府立守节牌坊褒奖，更是本人乃至家族的荣耀。封建社会强调守节，实际上就是强调"忠"，是为巩固封建统治服务的。随着时代的发展，这种靠泯灭人性而守节的思想已经过时，尊重人性才是合乎时代潮流的思想。

汉高祖

清·孙珩

醉酣大泽斩蛇余，气压中原逐鹿初。
一世英雄归驾驭，三秦父老望旌旟①。
太牢过鲁独先祀②，苛政入关能首除③。
可惜萧何真计吏，只收图籍不收书④。

作者简介：

孙珩（1772—?），字汝苇，号兰陔，清代福建惠安县张坂镇大坪村人。孙珩自幼天资聪敏，性格刚毅，刻苦读书，日诵千言。他十七岁入府学，"冠群庠"。嘉庆十四年（1809）赴京试，中式恩科第二十三名进士，授河南郏县知县，他筑城开渠，设立义学，扶持寒士。时徐广缙家贫，珩馈金为其建家课业，至登进士。后徐广缙官居一品，徐为报知遇之恩，特馈建大坪孙府东花园，至今尚存。

注释：

①旌旟：旗帜。旟，本意是一种军旗，上面绘有鸟隼图案，后泛指旌旗。
②指刘邦以太牢之礼，在帝王中第一位祭祀孔子。太牢：古代帝王祭祀社稷

时，牛、羊、豕（猪）三牲全备为"太牢"，是最隆重的礼节；只用羊、豕二牲为"少牢"。

③指刘邦入关定都后，首先取消秦时的苛政。

④计吏：古代州郡掌簿籍并负责上计的官员。只收图籍不收书：见《史记·萧相国世家》，"沛公至咸阳，诸将皆争走金帛财物之府分之，何独先入收秦丞相御史律令图书藏之"。

翻译：

高祖大泽醉酒斩蛇之后，气压群雄中原开始逐鹿。

一世英雄纷纷归他驾驭，三秦父老痴痴盼望旌旗。

过鲁太牢祭孔高祖最先，入关定都苛政首先废除。

惋惜萧何不愧是真计吏，他只收图籍而不收图书。

点评：

从斩蛇写起，高度概述了刘邦的一生。首联写斩蛇起事；颔联写吞秦灭项王业兴起；颈联写过鲁拜孔，废除秦王苛政；尾联看似赞萧何，实则侧面赞高祖善用人才。正面和侧面相结合刻画人物是本诗的一大特色。首联、颈联正面写高祖；颔联、尾联则侧面衬托：通过一世英雄及萧何，衬托刘邦善用人才；通过三秦父老表明高祖深得民心。

吕　后①

清·黄金石

楚歌楚舞泪双弹②，野雉登天③束手看。
太息④君王才略⑤尽，斩蛇容易割鸡难⑥。

作者简介：

黄金石，清代诗人，《秀华续咏》三十二首七绝，全是咏历史名女人。

注释：

①选自《秀华续咏》。

②刘邦因为嫌吕雉所生的儿子太子刘盈为人过于仁厚软弱，想改立爱妾戚夫人的儿子赵王刘如意为太子。吕雉采用张良的计策，以"商山四皓"辅佐太子，使得高祖的想法未能实现。当他告知戚夫人无法改立太子时，戚夫人十分悲伤，泣不成声。刘邦宽慰她说：你为我跳只舞吧，我为你唱首楚歌。于是高祖作《鸿鹄歌》，以说明无力更换太子的道理。戚夫人含泪跳着楚舞，刘邦无奈地唱着这首《鸿鹄歌》，悲切凄婉，无可奈何。

③野雉：这里指吕雉。登天：指吕后成功阻止高祖改立太子及日后登顶女皇。

④太息：叹息。屈原《离骚》："长太息以掩涕兮，哀民生之多艰。"

⑤才略：政治或军事上的才能和智谋。金庞铸《田器之燕子图》："田君才略燕云客，少年累有安边策。"

⑥此句指刘邦斩蛇容易而废掉吕后则难。鸡：指吕后，因为她名吕雉。雉：通称野鸡，有的地区叫山鸡。

翻译：

唱着楚歌跳着楚舞戚姬泪流满面，束手无策眼看吕后成功一步登天。

叹息高皇的才能谋略都已经退尽，挥剑斩蛇容易可是割断吕雉却难。

戚 姬①

清·黄金石

太息深宵唱楚歌②，君王英略③尽消磨。

斩蛇尚有当年剑，鸿鹄高骞④唤奈何！

作者简介：

见前。

注释：

①选自《秀华续咏》。

②楚歌：这里指高祖为戚夫人所唱的《鸿鹄歌》。

③英略：英明的谋略。

④鸿鹄高骞：指刘盈像鸿鹄一样可以独自高飞了。高骞：高飞。

翻译：

叹息声声高祖深夜唱着楚歌，高祖英明的谋略已全部消磨。

当年斩蛇尚有一把三尺宝剑，刘盈已能振翅高飞徒唤奈何！

点评：

咏史或咏历史人物的诗，如果不了解史实或所咏人物的事迹是很难读懂的，像这两首诗就是。必须了解高祖想改立太子这个史实，这样才能了解吕后和戚姬两个女人的恩怨及各自后来的命运，才能真正读懂高祖的《鸿鹄歌》。这就必须要熟悉《史记》中关于高祖、吕后、戚姬、张良等相关人物的篇章。因此有时读懂一首小诗必须要有相当雄厚的知识储备。

咏古诗十四首·汉高帝^①

清·张之洞

身经百败^②事寻常，顽钝^③终能定四方。

芒砀风云钟佐命^④，鸿门神鬼护真王^⑤。

英雄哪解治生产^⑥，富贵何须返故乡！

莫唱西风残照曲^⑦，长陵烟树郁苍苍。

作者简介：

张之洞（1837—1909），字孝达，号香涛。时为总督，称"帅"，故时人皆呼之为"张香帅"。晚清名臣、清代洋务派代表人物，祖籍直隶南皮（今河北省沧州市南皮县），出生于贵州兴义府（今安龙县）。清咸丰二年（1852）十六岁中顺天府解元，同治二年（1863），二十七岁中进士第三名探花，授翰林院编修，历任山西巡抚、两广总督、湖广总督、两江总督、军机大臣等职，官至体仁阁大学士。张之洞与曾国藩、李鸿章、左宗棠并称"晚清中兴四大名臣"。谥文襄，有《张文襄公全集》存世。

注释：

①选自《张文襄公全集》，中国书店 1990 年出版。

②身经百败：刘邦和项羽交手几乎全败，只在最后一战全歼项羽。

③顽钝：愚昧迟钝。

④佐命：辅助帝王创业的人。

⑤真王：指刘邦

⑥解：懂得。《史记·高祖本纪》："（高祖）仁而爱人，喜施，意豁如也。常有大度，不事家人生产作业。"

⑦语出李白《忆秦娥·箫声咽》："箫声咽，秦娥梦断秦楼月。秦楼月，年年柳色，灞陵伤别。乐游原上清秋节，咸阳古道音尘绝。音尘绝，西风残照，汉家陵阙。"

翻译：

历经百败事情本很平常，愚顽迟钝终能平定四方。

芒砀风云钟爱佐命之人，鸿门神鬼保护高祖真王。

英雄哪里懂得农业生产，富贵何必一定返回故乡。

不要高唱西风残照哀曲，长陵绿树繁茂郁郁苍苍。

点评：

这是一首有所寄托的诗，因此本诗中明显有"我"的存在，作为晚清四大中兴名臣之一的张之洞是在借写高祖寄托自己的思想和理想。

汉高祖①

清·易顺鼎

已将胜广②备驱除，更把韩彭③付醢菹④。
绵绝威仪三代后⑤，笋冠⑥富贵五年⑦余。
公然亭长能为帝，奇绝英雄不读书⑧。
抔土长陵终寂寞，未知比仲究何如⑨。

作者简介：

　　易顺鼎（1858—1920），清末官员、诗人，龙阳（今湖南汉寿）人。清光绪元年（1875）举人，曾被张之洞聘主两湖书院经史讲席。《马关条约》签订后，上书请罢和义。曾两去台湾，帮助刘永福抗战。"辛亥革命"后去北京，与袁世凯之子袁克文交游。袁世凯称帝后，任印铸局长。帝制失败后，纵情于歌楼妓馆。工诗，著有《琴志楼诗集》等。

注释：

　　①选自《琴志楼诗集》，上海古籍出版社 2012 年 12 月出版。

　　②胜广：陈胜和吴广。二人首义于秦末，刘、项及六国诸侯因而继起。

　　③韩彭：韩信和彭越。韩信封齐王，彭越封梁王，均是兴汉功臣。

　　④醢菹：即菹醢，为古代酷刑，把人剁成肉酱。此句言汉高诛戮韩信、彭越等异姓诸侯。

　　⑤此句指汉高于三代之后首次统一，消弭战乱，威令得行，有莫大之功。三代：夏、商、周。

　　⑥笋冠：即竹皮冠。《史记·高祖本纪》："高祖为亭长，乃以竹皮为冠，令求盗之薛治之，时时冠之，及贵常冠，所谓'刘氏冠'乃是也。"

　　⑦五年余：这里指楚汉战争时间（前 206—前 202）。

　　⑧据唐代章碣《焚书坑》："竹帛烟销帝业虚，关河空锁祖龙居。坑灰未冷山东乱，刘项原来不读书。"

　　⑨见《史记·高祖本纪》："高祖奉玉卮，起为太上皇寿，曰：'始大人常以臣无赖，不能治产业，不如仲力。今某之业所就孰与仲多？'殿上群臣皆呼万岁，大

笑为乐。"①唐彦谦《仲山》:"长陵亦是闲丘陇,异日谁知舆仲多?"尾联化用其意,言汉高虽为帝王至尊,孤家寡人,千秋万载之后,未必胜于刘仲室家亲友之乐。

翻译:

已将陈胜吴广完全清除,更把韩信彭越付之刀俎。

夏商周后高祖威仪不断,从农民到帝王仅五年余。

小小亭长公然能够封帝,奇绝英雄竟然不好读书。

长陵一抔黄土终归寂寞,不知比仲两人究竟何如。

点评:

这首诗对高祖既有赞颂也有嘲讽鄙视,"公然亭长能为帝,奇绝英雄不读书"一联可以读出嘲讽和蔑视。"绵绵威仪三代后,笋冠富贵五年余"则可以看出对刘邦的钦佩和赞颂。

汉高祖①

清·冯儒重

不事诗书②马上夸,手提三尺才勋华③。

千年魂魄留丰沛,一代风云创蜀巴④。

白帝关河悲失鹿,邙阳⑤神鬼哭除蛇。

即今泗上亭边过,只听深丛噪暮鸦。

作者简介:

冯儒重,清末民国初年人,生平不详,著有《闹杏轩诗稿》。

注释:

①选自《新国民》1917年第1卷第2期。

②不事诗书:不喜欢诗书,这里的诗书是泛指,不是特指《诗经》和《尚书》。

不事：不侍奉，不服事。唐代章碣的《焚书坑》："竹帛烟销帝业虚，关河空锁祖龙居。坑灰未冷山东乱，刘项原来不读书。"

③勋华：尧舜的并称。勋：放勋，尧名；华：重华，舜名。

④蜀巴：即巴蜀，四川地区，刘邦被项羽封为汉王时所管辖的地区。

⑤邙阳：邙山之南面，邙山位于河南省洛阳市北，也称芒山。这里指芒砀山。

翻译：

不喜欢诗书但兵马之功堪夸，手提宝剑才能堪比放勋重华。

千年的伟大魂魄留在了丰沛，一代风云人物创建僻壤蜀巴。

始皇百二江山可悲失去权位，芒砀素灵夜半痛哭斩了白蛇。

而今我从泗水亭边从容经过，只听见深草丛中鸣噪的暮鸦。

点评：

前三联写古，回顾刘邦戎马生涯，高度赞颂刘邦的惊天伟业；其中首联以尧舜相衬托，崇敬之至。尾联写今，写行走在泗水亭畔的所见所感，抒发世事沧桑的感慨。

汉高祖①

孙嵇鹤

君臣一德共和衷②，不忍民疲征战中。
奇计分羹离亚父③，汉家指日④庆成功。

作者简介：

孙嵇鹤，生平不详。

注释：

①选自民国《报国工业会会刊》1921年第3期。

②和衷：和睦同心。

③亚父：范增，项羽的谋士。

④指日：犹不日，谓为期不远。韩愈《送进士刘师服东归》："还家虽阙短，指日亲晨餐。"

翻译：

君臣都同心同德和睦友善，不忍百姓疲惫于征战之中。

巧用分羹奇计并离间亚父，汉家在短期内就庆祝成功。

点评：

这首诗从三个方面点出刘邦成功的原因：上下和睦同心，关心百姓疾苦，注重智谋奇计。这些观点摆脱了皇权天授的迷信思想，具有积极的励志意义。

读汉高祖本纪①

刘　镇

隆准公，人中豪，

斩蛇开道血洒袍。

楚骓不逝重瞳死，

歌风台上飞云高。

吁嗟乎，平生只坐多狙诈②，

手提三尺王天下③。

作者简介：

刘镇，事迹不详。

注释：

①选自民国《学生文艺丛刊》1929 年第 5 卷第 4 期。该丛刊由凌善清主编，大东书局印刷发行。

②坐：因为，由于。杜牧《山行》："停车坐爱枫林晚，霜叶红于二月花。"狙诈：伺机取诈。

③三尺：代指高祖斩蛇的宝剑。《史记·高祖本纪》："吾以布衣提三尺剑取天下，此非天命乎？"王天下：统治天下。"王"作动词。

翻译：

刘邦是人中豪杰，他斩蛇开道血洒衣袍。霸王的乌骓不愿奔走项羽因此战死，歌风台上大风飞扬云彩飘飘。唉，刘邦平生只因多鬼谋多计，所以手提三尺宝剑统一了天下。

点评：

首句总评高祖是人中豪杰。接下来三句高度概括他从斩蛇起事到天下称王的过程，以论证其首句的结论。最后两句以感叹起句，点出高祖能够称王的原因："平生只坐多狙诈"。"狙诈"在这里不是贬义，而是褒义，突出高祖头脑灵活善于抓住时机，以智谋取胜，而非项羽那样依仗蛮力。

汉高祖①

娱叟

巍巍宫阙似萧墙②，无日无时不慎防。
漫道帝王香遍体，艰难滋味试亲尝。

作者简介：

娱叟，为作者笔名，事迹不详。

注释：

①选自民国时期刊物《师亮随刊》1931年第5期。刘师亮（1876—1939），原名芹丰，又名慎之，后改慎三，最后改师亮，字云川，别号谐庐主人。四川内江人，做过塾师。20年代在成都创办《师亮随刊》，以谐稿、诗作、戏剧、对联等文艺

形式，于喜怒笑骂之中，抨击四川军阀及其黑暗统治，申张正义。谐文短小精悍，意味隽永，常发端于针头、芥子之类的琐事，而归结到"改良社会"这类大问题，以"蜀中幽默大师"之誉闻名于世。后因触怒军阀，被流徙于上海，在沪创办《笑刊》。1935 年 9 月回到成都，恢复《师亮随刊》。著作有《师亮谐稿》《师亮对联》《时彦声律启蒙》《师亮杂著》《东游散记》，剧作集有《胭脂配》《错吃醋》，还有《治留史》和一千余首诗词。他的一些创作和趣事，至今还在民间流传着。所作联语通俗、工稳、有趣，无论内容与形式，在近代联史上都有着不朽的地位。后人辑其著述为《师亮全集》，另有钟茂煊著《刘师亮外传》行世。

②萧墙：指古代宫室内作为屏障的矮墙，后代指内部。出自《论语·季氏》："吾恐季孙之忧，不在颛臾，而在萧墙之内也。"

翻译：

巍峨的宫阙好似一堵萧墙，无日无时不在谨慎地提防。

不要讲帝王香气遍体四溢，治国艰难的滋味时时亲尝。

点评：

作家冰心有一首著名的短诗："成功的花，人们只惊羡她现时的明艳！然而当初她的芽儿，浸透了奋斗的泪泉，洒遍了牺牲的血雨。"这首诗告诉我们现实生活中，人们往往只看到辉煌的结果，而忽视了辉煌结果后面所隐含的艰辛过程。这首诗表达的观点和冰心的观点是一样的。

咏汉高祖①

陈 奭

中原慷慨②奋扬鞭，大难芟荑③奏凯旋。

不是重瞳④雄不利，岂容亭长独称贤。

作者简介：

陈奭，事迹不详。

注释：

①选自民国时期期刊《衡湘学生》1933 年第 6 期。

②慷慨：志气昂扬。

③芟夷：铲除，削平。《三国志·蜀志·诸葛亮传》："今操芟夷大难，略已平矣，遂破荆州，威震四海。"

④重瞳：两个瞳孔，这里代指项羽。《史记·项羽本纪》："太史公曰：吾闻之周生曰'舜目盖重瞳子'，又闻项羽亦重瞳子。"

翻译：

中原志气昂扬策马扬鞭，大敌平定高奏凯歌归旋。

如果不是重瞳战马不利，岂能容忍亭长独自称贤。

点评：

这首诗从偶然角度入手评价史事，就片面了。他没看到任何一个偶然的背后都有必然的因素在起作用。刚愎自用、蛮力少谋、处事残暴等，就是项羽失败的必然因素，岂能仅仅是战马不利造成的失败。

汉高祖①

宋允恭

乘时豪杰起山东，天意其如②属沛公。

五载③经营劳马上，三章约法定关中。

西来伐暴迎甘雨，老去还乡歌大风。

犹有戚姬身后事，樽前楚舞泣英雄④。

作者简介：

宋允恭，字钦思，号梓菴，清末民国初年耀州（今陕西省铜川市耀州区，古耀县）城内西街人，一生从教，著《柳园诗》二卷。

注释 :

①选自民国《秦风周报》1936 年第 2 卷第 12 期。

②其如 : 怎奈, 无奈。刘长卿《硖石遇雨宴前主簿从兄子英宅》:"虽欲少留此, 其如归限催。"欧阳修《渔家傲》:"料得明年秋色在, 香可爱, 其如镜里花颜改。"

③五载 : 指楚汉战争的时间, 即从前 207 年刘邦攻入咸阳, 秦朝灭亡, 到前 202 年项羽兵败乌江, 刘邦在定陶氾水南岸登基。

④此句见清黄金石《吕后》《戚姬》注释。

翻译 :

乘时趁势高祖起兵山东, 无奈天意本该属于沛公。

五年经营劳顿鞍马之上, 三章约法迅速平定关中。

西来讨伐强暴迎接甘雨, 老去衣锦还乡歌唱大风。

还有爱妾戚姬身后之事, 樽前一曲楚舞泪洒英雄。

点评 :

首联把刘邦的成功归属于"天意"带有唯心迷信的成分。颔联、颈联叙述刘邦平生四件大事 : 楚汉相争、平定关中、推翻秦朝、衣锦还乡, 歌颂了高祖的惊天伟业。尾联写高祖因改立太子未成而使爱妾落得悲惨下场, 点出英雄晚年的落寞, 表达了对高祖的惋惜。从结构上看, 前三联是总分关系, 而尾联有游离之感。

附录

一、闵凡军咏丰县诗词

刘邦

斩蛇起事卷狂风，灭项吞嬴气势雄。
一袭布衣登紫殿，强秦从此大江东。

刘邦

波摇泗水撼苍穹，忽忆当年衣锦东。
芒砀斩蛇三尺剑，八分豪气在杯中。

刘邦

剑落蛇亡起大风，扶摇直上卷云空。
百川汇海秦舟覆，两汉开元帝国隆。
谁道黄袍钟贵族？却穿布褐履皇宫。
人生有志方成大，燕雀焉能享皓穹。

刘邦

起事随陈入义流，揭竿乡野灭王侯。
秦关坦坷三章立，奇志萦怀一帝休。
韩信将兵收要地，子房划策出良谋。
百川海纳成其大，顺逆兼容踞九州。

萧何

略地攻城位首功，韩生月下将台封。
乌江一战成千古，猎犬萧侯为指踪。

萧何

人夸月下追韩信，不识收图为大功。
百二山河存纸上，国之重器在心中。

萧何

一日随刘自始终，纵横楚汉立奇功。
谁言亭长携流气？偏说心胸有昊穹。
唯有弯腰吞辱詈，方能拜将灭重瞳。
至今月下追韩信，犹入渔樵漫话中。

卢绾

中阳自幼伴高皇，足蹈青云谱彩章。
无奈狼贪偏负义，身名俱灭逐萧墙。

吕后

都言狠毒女人心，人彘阴招绝古今。
太子相争功已告，何须姐妹作生禽。

吕后

垂衣拱手听朝政，海晏河清十五年。
太史是非持信笔，不因人彘掩其贤。

戚姬

水袖轻飘氾水台，皇宫甫入尚徘徊。
只缘欲壑深无底，一曲春歌万世哀。

戚姬

飞黄一跃入金銮，乡草难知紫殿寒。
心智方能争上位，山鸡转世变凰鸾。

刘细君

不度春风西域苦，却离紫殿嫁乌孙。
黄昏独向香丘照，千里胡杨慰汉魂。

满庭芳·国家级示范河——丰县大沙河

玉带沙河，盘龙竞秀，桃源世外人家。红楼鳞次，蜂蝶闹庭花。果海流波掩映，春天里，十里鸣蛙。老梨树，百年不老，飘雪舞天涯。

当年哀故道，不毛之地，风起扬沙。到而今，无边绿海清嘉。白鹭群翔戏水，翩跹舞，窥伺渔槎。斜阳下，泥池美酒，一碗醉红霞。

注：丰县大沙河是清咸丰年间黄河在蟠龙口决堤时留下的黄河故道。当年黄沙茫茫，寸草不生。1958 年开始种植果树治理黄沙，经过几代人的努力，终于变成了全国闻名的"果都"。2020 年 11 月 12 日，水利部淮河水利委员会对大沙河（丰县段）全国示范河湖建设进行验收，最终以 98.6 的高分顺利通过，这也是江苏省唯一一条建成的国家级示范河湖。

丰县大沙河之歌四十韵（四支韵）

桃花源事真奇绝，武陵溪水千古疑。
问津渔人今已邈，扁舟欲往将何之？
黄河决堤留故道，田园清嘉却在斯！
一溪清流皆碧透，白昼风生雪涟漪。
芳树夹岸如玉带，清风吹来花香滋。
夕照堤岸锁暮霭，犹有斗笠垂纶丝。
丝纶不空鱼满篓，沽酒归来恰当时。
归帆去棹斜阳暮，短蓬系柳烟霞披。
年年二月春风过，梨花灼灼何离离。
杏花村①里杏花绕，细雨轻烟图画奇。
或如石家锦布帐，或如窦妇回文机。
宛似洛神流风雪，明妃洒泪湿胭脂。
酥雨桑麻村边合，家家鸡犬出东篱。
秋霜金风染碧树，富士红灯挂满枝。
葡萄紫红花丛笑，酥梨带雨快朵颐。
喜看车队如流水，田塍若市夕阳迟。
老翁笑捋胡须断，稚子欢叫赛黄鹂。
沽酒行人何处觅？隔林露出一酒旗。
土鸡美味农家菜，荤素满桌盘参差。
岁岁年年光景美，再谱陶翁一首诗。
遥想当年大决口，恰似银河自天垂。
泛泛黄流接天远，举目茫茫肆无羁。
一水平铺无寸土，农家茅屋水中移。
柳毅将军②纵在世，无奈黄水飞游骐。
大水过后无所幸，千里不毛黄地皮。
微风三尺沙飞舞，田禾被埋四季饥。
堤横夕照游寒兔，噪声无力暮鸦疲。
衣不蔽体常空腹，篱户零落乱参差。
雁过拔毛人烟少，出没魑魅与熊罴。
可怜一片赤焦土，民命年年被疮痍。
乌飞兔走百余载，贫穷如影身不离。

日出而作日落息，长夜漫漫无佳期。
春雷一声天地惊，治沙规划骤然驰。
恰如神水从天降，决心再让凤来仪。
穷则思变靠双手，改天换地金钥匙。
进军沙漠植果树，尊重规律因地宜。
沙海摇身变绿海，中华果都四海知！
生态治理成示范，百鸟安家心神怡。
拙笔难绘小康梦，举杯对月赋新词。
再借东风乘一便，朱陈村③里泛清卮。

注释：

① 杏花村：杜牧《清明》诗中的杏花村一说就在丰县东二十里，明万历《丰县志》和清光绪《丰县志》均有记载。

②柳毅将军：柳毅，唐代湖南人，后迁居丰县。称他"将军"是因为东海龙王小龙女嫁给柳毅后，龙王上奏玉皇大帝封柳毅为神，柳毅被玉皇大帝封为"圣水将军"，管理天下江河湖水大事。柳将军的故事来自唐代李朝威所著的传奇小说《柳毅传》。

③ 朱陈村：白居易写有著名长诗《朱陈村》，开篇即为"徐州古丰县，有村曰朱陈。去县百余里，桑麻青氛氲"，这里代指丰县。

登东华

伫立东华往事多，沉吟漫忆旧山河。
观云卧石披霞彩，断气秦沟绕薜萝。
案石犹存高祖宴，山名永记大风歌。
峰峦四望天无际，四野青苗荡绿波。

注释：

①东华：即东华山，因陕西有华山，故刘邦命名为东华山，位于丰县城东二十里。

②卧石观云：三国时期赵云曾于战斗间隙从沛县勒马去华山观云。现观云石犹在。

③秦沟：秦始皇为断丰沛紫气，在东华北面挖的一条大沟。

④案石："案石承霄"是华山古八景之一，传说刘邦曾在此石案上设宴，招待亲友。

过邀帝城遗址

斩蛇挥剑破潼关，手握江山衣锦还。
把酒踏歌风卷土，撼天动地力吞蛮。
灵皇裸马抛銮驾，粉黛清妆弃凤鬓。
邀帝城垣流水去，依然此处有龙颜。

二、包翠玲咏丰县诗词

水调歌头·咏刘邦

芒砀起风雨，垓下止干戈。汤汤泗水留韵，豪气漾心波。剑斩神蛇七寸，吒咤关中约法，霸业俊贤多。皇气泽丰沛，千古醉吟哦。

度陈仓，修栈道，拜萧何。宏图绘就，尊贤招士理山河。击筑高台酣饮，魂魄期归故里，壮志怎蹉跎。逸韵千年竞，犹唱大风歌。

临江仙·游梁寨渊子湖

秋雨微寒飞故道，绵绵情洒云天。黄河遗贝赠灵渊，桥边藏古韵，莲畔著新篇。秋水长天含秀色，蒹葭摇曳芳烟。西湖风月惹人怜。波光常淡荡，佳处胜桃源。

临江仙·咏丰县大沙河富士苹果

弄绿缀红园里挂，颗颗馥郁飘香。花开三月醉流光，娇腮承玉露，粉靥沐东皇。滋养黎民辉日月，惠及百世千乡。汉皇故里换红妆。胭脂霜染就，丽质自含芳。

临江仙·雨中访李蟠故里状元碑亭

千里回乡鳌阙拜，状元亭里情浓。秋容如拭叶飞红，流风余雅韵，笔砚起纹龙。吟诵寒梅抒雅志，幽香自有高风。千秋伟业被彭丰。繁花当裕盛，硕果更秾秾。

满庭芳·丰县西陈古村

芒砀烟云，黄河故事，千秋龙脉悠长。梨园裁韵，律动水云乡。灵地民风淳厚，有赤帝、大汉高皇。明堤岸，河神故里，锦鲤谢恩忙。

看今朝胜景，鸥飞霞映，鹭舞青塘。叹古村，蓝图擘画华章。笑语莺歌酿蜜，更有那、果海飘香。临仙境，菊槐庭院，孝道永流芳。

三、包同良咏丰县诗词

丰城新貌放歌三十九韵乙卯七月

半年未曾来丰城，古城无复旧容颜。

恍疑置身苏杭地，亦是蓬莱莅尘寰。

无边美景不胜看，催人奋笔入诗篇。

宽阔大道通四海，嵯峨高楼入云端。

烟笼碧树佳气满，露浥红花蜂蝶缠。

车似流水人接踵，各行共道尽井然。

耀眼商品珠玑灿，充耳仙乐管弦繁。

秦楼楚馆寻常有，越语闽音到方言。

红发蓝睛大鼻客，即今已觉不新鲜。

程控已缩地球小，电波又使地天宽。

招商引资海内外，共创古城艳阳天。

城河治理工程峻，十里翠堤绿如烟。

不见昔日差脏乱，青石护坡安如磐。

长虹卧波宏图起，绿水抱城流潺湲。

细雨燕斜开双剪，熏风鸥倦眠岸边。

婀娜柳条搓金线，娉婷荷花并蒂莲。

不尽天地古今意，秦汉唐宋思翩翩。

繁华千载埋碧血，改革开放换人间。

最是园林风光好，小桥流水绕曲栏。

亭台水榭遥相望，假山仙石喷重泉。

湖波荡漾清且涟，扁舟容与金沙滩。

阴阴夏木黄鹂啭，悠悠蓝天白云闲。

喜肩七五婆挲叟，垂钓绿杨古岸边。

金碧辉惶一塔耸，鸟瞰全城气象宽。

游人如织入香梦，亦似置身武陵源。

几处广场林荫路，姹紫嫣红草芊芊。

现代城市园林化，信步消闲似逸仙。

山盟海誓来情侣，双双对对手相牵。
共同理想牵红线，建设家乡一心丹。
月上柳梢黄昏后，喁喁私语意缠绵。
城东巨龙昂首立，托起辉煌塔高悬。
寓意高超著风雅，迎接朝日吐东山。
预示明天更美艳，古城腾飞着先鞭。
古来自是龙飞地，如今更是非等闲。
百万千群齐勇跃，敢叫日月换新天。
流连胜景忽忘返，一湾新月转玉盘。
满城彩灯星斗暗，火树银花不夜天。
我为乡城歌一曲，才疏笔拙觉汗颜。
闲抛砖瓦引金玉，写尽烟景待后贤。

中阳里怀古

龙虎起中阳，风雷走四方。
斩蛇哭白媪，落马泣秦皇。
选将拜韩信，决机听子房。
九州归一统，衣锦返还乡。

丰西泽怀古

一

丰西不见泽陂深，遗迹如烟辨未真。
邑里赤龙挥巨剑，水边白蟒断妖身。
凄啼灵媪血成雨，震怒黔黎风卷云。
旧地漫游增怅惘，几痕清泪湿衣襟。

二

慢步丰西秋气深，赤龙白帝杳难寻。
刀裁稻菽翻金浪，高耸楼台入碧云。
频奏笙歌亲雅颂，往还车马起烟尘。
抚今思昔两行泪，洒向川原谁问津。

荒庙怀古

据传：刘母携子为避秦兵追杀暂避一荒庙中，蜘蛛尊奉天命，于破庙周遭密织蛛网，秦兵见之，不疑而去，因之脱险。事虽荒诞不经，然里俗父老，津津乐道，魅力无穷，足见百姓痛恶苛政，思得明君以解倒悬之意。予寻故地，虽破庙旧迹荡然无存，然思父老言，亦就按传言略赋数章，企增怀古情趣耳！明眼君子，休谓以讹传讹为盼。是为序。

一

古庙荒凉夕照中，漫天衰草泣寒风。
戴冠拜月来狐兔，打洞筑宫有鼠鼪。
避难龙婆携赤子，追逃秦将带强兵。
蜘蛛应运识天命，几缕乱丝胜暴赢。

二

小小蜘蛛亦有情，身携天命护英雄。
骤然织就乱丝网，胜过秦家百万兵。

题刘邦塑像

目光炯炯望长空，犹是当年唱大风。
灭楚除秦三尺剑，开基定鼎四百冬。
还乡每思中阳里，宴饮常怀在食城。
伫立广场放眼望，高歌故里要升腾。

水调歌头·邀帝城怀古

何处春光好，邀帝古城边。青青麦海远去，万象竞芳鲜。雪浪红涛迭涌，翠竹苍松绣错，好个武陵源。妙舞谁家女，一曲唱游仙。

浮槎泛，鸾舆出，道陵还。长鞭遥指故里，紫气动江关。文景歌残圣世，汤沐常虚桑梓，猛士只空谈。今日和谐倡，万众颂尧天。

华山题咏

一

壁立芙蓉谁削成，渔樵闲话未澄清。
蹇驴金磨沉渊底，仙鹤鸣声入太空。
脚踏黄淮千迭浪，臂连微泗几条鲸。
一传富蕴钾磷矿，父老欢呼起飓风。

二

华峰高耸尽嵚阿，胜日登临佳气多。
灼灼桃花红粉雨，娟娟梨蕊白绫步。
万家烟树鱼盐市，一剪柔沙绿水波。
玉带一条通四海，书声偏爱学堂歌。

包同良（1942—2013），江苏丰县人，高中毕业，自学大专文化，小学教师，丰县诗词协会理事。

四、安秀梅咏丰县诗词

秋日大沙河

清浅沙河渐入秋，长堤十里果香流。
雅亭水榭栏桥外，蓬荷丛中时漏舟。

冬日大沙河

穿林夕照染清流，静水枯荷一叶舟。
钓客垂纶忘日暮，溪云飞鸟竞归楼。

大沙河两岸

百草千花此地芳，酥梨富士荡清香。
车乘老幼游人织，鱼戏清荷故道忙。
东华山边连水榭，新农村里矗雕梁。
人间自有仙都在，千古龙飞赤帝乡。

丰邑东华山

小山美景东华生，浅淡浓疏画屏成。
碧水傍身波潋滟，村居隐坳雾朦胧。
岩生雅树摇影倩，岸曳芦花漏鹊鸣。
曾惹古人风华颂，不知往日是何情。

故乡农家

大院高墙通四衢，芳塘垂柳戏飞凫。
杏花一朵千年秀，万古朱陈入画图。

游宋楼镇沙庄银杏林

仙境金秋隐僻乡，翩跹落叶奏华章。
铺天银杏呈同色，飞至皇家变帝装。

风入松·游凤鸣公园

曲廊瘦柳绕荷塘，檐倚红墙。寒霜烈风清波荡。秋荷萎，残叶犹香。最耐凌寒折挫，寂然水面摇黄。

想昔时那媚娇装，曼妙盈场。喜看莲朵西施样。而如今，只见凄凉。老柄横斜入浪，埋头梦做芬芳。

蝶恋花·春游飞龙湖

蒲苇新芽穿褐草，二三垂纶，时有惊鱼跳。紫燕水天飞掠绕，鸭喧水暖舟摇棹。
栈阁虹桥浮水道，袅柳风裁，拂岸丝绦闹。桃杏梨棠花竞俏，芳春妖媚迷魂窍。

安秀梅，1965 年生，江苏丰县人，本科学历，现为江苏省美术家协会会员。徐州市美术家协会县（市）区艺委会秘书长，丰县美术家协会副主席，中华诗词学会、江苏省诗词协会会员。

五、本书诗词常用词语汇编

1.嵯峨：形容山势高峻。

2.凝云：浓云，密云，也指山岚雾气。

3.削芙蓉：耸立的荷花，多用于写秀色的山。

4.紫云：紫色云，古以为祥瑞之兆，也指山岚雾气。

5.云屯：如云之屯集，形容厚重盛多。

6.晴岚：晴日时山中的雾气。

7.淑气：指天地间神灵之气。

8.相土：看地势。

9.楚木：丛生之木。楚，落叶灌木，亦称"牡荆"，鲜叶可入药；枝干坚劲，可以做杖。杜牧《晓望》："房屋随月晓，楚木向云秋。"

10.吏隐：指不以利禄萦心，虽居官而犹如隐者。王禹偁《游虎丘》："我今方吏隐，心在云水间。"

11.跻攀：登攀。跻：登，上升。

12.尘鞅：世俗事务的束缚。鞅：套在马颈上的皮带。吴伟业《送何省斋》："君今谢尘鞅，轻装去如驶。"

13.召陵瓜：据《史记·萧相国世家》载，"召平（即邵平）者，故秦东陵侯。秦破，为布衣，贫，种瓜于长安城东。瓜美，故世俗谓之'东陵瓜'，从召平以为名也"。后常以"东陵瓜"称誉瓜之美者，又以此典比喻隐居不仕。

14.佳气：泛指美好风光。

15.云根：深山云起之处。

16.策杖：拄杖，也称杖策。曹植《苦思行》："策杖从我游，教我要忘言。"

17.迢遥：遥远的样子。颜延之《秋胡诗》："迢遥行人远，婉转年运徂。"

18.青齐：山东古代属于青州，山东的别称又叫"齐"，所以青齐就是指山东。

19.真人：指古代道家洞悉宇宙和人生本原、真真正正觉悟的人。

20.霜严：霜重，霜冷。严：程度深；厉害，如严冬、严寒。

21.李供奉：指唐代大诗人李白，因为李白是"供奉翰林"。

22.柔翰：毛笔。左思《咏史》："弱冠弄柔翰，卓荦观群书。"

23.虚舟：任其漂流的轻捷之舟。

24.泛泛：荡漾、浮动的样子。

25. 休休：悠闲的样子。

26. 浪游：漫无目标地到处游逛。

27. 骊珠：宝珠。传说出自骊龙颔下，故名。温庭筠《莲浦谣》："荷心有露似骊珠，不是真圆亦摇荡。"

28. 天陲：天边。

29. 青罗：本指青色丝织物，常喻曲折环绕的碧水。

30. 篱落：篱笆，代指农家。柳宗元《田家》："篱落隔烟火，农谈四邻夕。"杨万里《宿新市徐公店》："篱落疏疏一径深，树头花落未成阴。"

31. 著眼：举目。张元干《永遇乐·宿鸥盟轩》："谁人著眼，放神八极，逸想寄尘寰外。"

32. 霖雨：甘雨，时雨。

33. 凤池：凤池全称凤凰池，原指皇宫禁苑中的池沼，后代指朝廷。

34. 阳和：春天的暖气。《史记·秦始皇本纪》："维二十九年，时在中春，阳和方起。"

35. 短篷：指有篷的小船。宋代志南《绝句》："古木阴中系短篷，杖藜扶我过桥东。沾衣欲湿杏花雨，吹面不寒杨柳风。"

36. 云汉：天河、银河。

37. 灵脉：灵气充沛的福地。

38. 兔魄：月亮的别称。元代范梈《赠郭判官》诗："慈乌夜夜向人啼，几度纱窗兔魄低。"

39. 虚白：洁白。

40. 蟾精：月的代称。骆宾王《上兖州崔长史启》："叶凤彩之英姿，辨蟾精于弱岁。"

41. 霜台：明月下的高台，因洁白如霜，故名。

42. 空自：徒然，白白地。

43. 空劳：徒劳，白费。

44. 霄练：即宵练，指洁白的月色。夏完淳《冰池如月赋》："唯水玉之澄华，与太阴之霄练。"

45. 凌虚：升于高空。

46. 玉京：道家称天帝所居之处。李白《庐山谣寄卢侍御虚舟》："遥见仙人彩云里，手把芙蓉朝玉京。"

47. 星分：以天上的星宿划分地上的区域。王勃《滕王阁序》："豫章故郡，洪都新府。星分翼轸，地接衡庐。""星分翼轸"即南昌属于翼、轸两星宿所对应的地区。

48. 失鹿：以鹿喻帝位，比喻失去政权，失去天下。

49. 草莱：犹草莽，杂生的草。

50. 遭逢：碰上，遇到。

51. 矜张：夸张，这里有狂妄自大之意。楚宝臣《压气台》："自古冥顽是始皇，不施仁义爱矜张。"

52. 翠黛：眉的别称。

53. 墟落：一是指墟墓；二是指村落。

54. 名姝：著名美女。姝：美丽的女子。

55. 断霞：片段的云霞。

56. 云衢：云中的道路，借指高空。

57. 高情：崇高的情意。

58. 明霞：明艳的彩霞。

59. 尘缘：佛教称尘世间的色、声、香、味、触、法为"六尘"，人心与"六尘"有缘分，受其拖累，叫做尘缘，泛指世俗的缘分。

60. 蓬岛：即蓬莱山，传说中的海上三座仙山之一。

61. 吾人：我们。

62. 翠微：青翠的山色，这里指青翠的山。

63. 青霄：青天、高空。

64. 吟眸：指诗人的视野。

65. 客心：旅人之情，游子之思。唐代韩翃《和高平朱参军思归作》："一雁南飞动客心，思归何待秋风起。"

66. 世路：人世的经历。

67. 蒿目：极目远望。王安石《忆金陵》："蒿目黄尘忧世事，追思陈迹故难忘。"

68. 浮白：原意为罚饮一满杯酒，后亦称满饮或畅饮酒为浮白。

69. 九日菊筵：重阳节时的赏菊酒宴。

70. 天涯月：异乡的月光。

71. 济胜：攀登胜境。

72. 凭将：凭藉，依靠、依赖。刘运魁《凤塔秋风》："凭将万里长风翼，飞向瑶台弄月明。"

73. 弦歌：意思是以琴瑟伴奏而歌诵。出自《庄子·秋水》："孔子游于匡，宋人围之数匝，而弦歌不辍。"指保持教化育人的精神。

74. 彻晓：犹彻旦，即达旦，直至天明。

75. 玉轮：也称冰轮，指一轮圆月。

76. 青藜：这里代指夜读照明的灯烛。

77. 犹自：尚自，依旧。

78. 青鞋布袜：原指平民的服装，犹如"竹杖芒鞋"，旧时比喻隐士的生活。

79. 自饶：即自有余饶，丰足。饶，《说文》：饱也，富裕，丰足。

80. 卜人：擅长占卜看风水的人。

81. 扶筇曳履：拄杖而行。曳履：拖着鞋子，形容闲暇、从容。

82. 劝农：古代政府官员在春夏农忙季节，巡行乡间，劝课农桑，称劝农。

83. 樽俎：古代盛酒食的器具，樽以盛酒，俎以盛肉。后来常用作宴席的代称。

84. 风烟：风和烟雾，意思是指朦胧的景物。吴均《与朱元思书》："风烟俱净，天山共色。"

85. 池隍：古代掘土筑城，城下之地，有水者称池，无水者称隍。因以"池隍"借指城市。

86. 黄屋：古代帝王所乘坐的车的黄缯车盖，也指帝王的车。

87. 阑干：纵横散乱貌，交错杂乱的样子。白居易《琵琶行》："昨夜忽忆少年事，梦啼妆泪红阑干。"后也代指栏杆。

88. 珠旒：皇冕前后的珠串。常借指帝王。

89. 悲风：凄厉的风。出自曹植《野田黄雀行》："高树多悲风。"

90. 浪浪：流泪的样子。屈原《离骚》："揽茹蕙以掩涕兮，沾余襟之浪浪。"

91. 疏狂：狂放不受约束。

92. 青龙：代指宝剑。青龙剑是唐代名剑。靠护手圈内一组的铜片圈两侧各有一条青龙，故称青龙剑。

93. 赓和：续用他人原韵或题意唱和。

94. 雉堞：古代在城墙上面修筑的矮而短的墙，这里代指城墙。

95. 簪缨：古代达官贵人的冠饰，后借以指高官显宦或官场。

96. 弥年：经年，终年。归有光《与吴三泉书》："弥年沉疴，无一日强健。"

97. 宣流：疏通水流。

98. 马上功：凭武力成功。

99. 神鸦：指在庙里吃祭品的乌鸦。

100. 警跸：古代帝王出入时，于所经路途侍卫警戒，清道止行，谓之"警跸"。

101. 寒芜：指寒秋的杂草。

102. 平芜：草木丛生的平旷原野。

103. 羽翮：鸟的翅膀。

105. 穹庐：游牧民族居住的帐篷。《敕勒川》："天似穹庐，笼盖四野。"

106. 赖得：幸亏，好在。傅玄《唯汉行》："赖得樊将军，虎叱项王前。"

107. 英图：犹雄图，指宏伟的规划或谋略。《宋书》："英图武略，事驾前古。"

108. 琴堂：见《吕氏春秋·察贤》，"宓子贱治单父，弹鸣琴，身不下堂而单父治"。后遂称州、府、县署为琴堂。

109. 中肠：犹内心。元稹《春月》："四邻非旧识，无以话中肠。"

110. 腐儒：迂腐之儒者，多是作者的自谦。

111. 寰区：天下，人世间。

112. 龙泉：代指宝剑。龙泉本是地名，以出产名剑著称，故常代指宝剑。

113. 寰海：海内，全国。

114. 鼓鼙：大鼓和小鼓，借指征战。

115. 蒿棘：蒿草与荆棘，泛指野草。

116. 四溟：亦作"四冥"，四海，也指全国、天下。

117. 冲斗：气冲斗牛之意。斗牛，即北斗星和牵牛星，指天空。

118. 严祠：威严的祠庙。

119. 浅中：心胸浅窄。文天祥《歌风台》："锦衣绚行昼，丈夫何浅中。"

120. 首丘：比喻归葬故乡，这里代指故乡。

121. 三侯章：指《大风歌》。元代韩性《歌风台》："酒酣自作三侯章，儿童拍手声翻海。"

122. 恓恻：悲伤。

123. 终然：最终。

124. 后昆：后代。

125. 冥鸿：指高飞的鸿雁。扬雄《法言·问明》："鸿飞冥冥，弋人何篡焉。"

126. 薰弦：《孔子家语·辩乐》："昔者舜弹五弦之琴，造《南风》之诗。其诗曰：'南风之薰兮，可以解吾民之愠兮；南风之时兮，可以阜吾民之财兮。'"后以"薰弦"指《南风歌》。

127. 紫冥：天空。

128. 通津：通达的渡口，代指锁钥之地。

129. 铺茵：像铺了一层草茵。茵：古代车子上的垫子，后泛指铺垫的东西。元杨载《古丰道中》："今日经过重惆怅，水村山廓漫铺茵。"

130. 沤梦：泡影般的梦。

131. 黔黎：黔首、黎民，即百姓。

132. 山阿：山岳。陶潜："死去何所道，托体同山阿。"

133. 萧墙：照壁，比喻内部，如，祸起萧墙。

134. 金天：指秋天。

135. 粉首：这里当指秦宫的宫女。

136. 立草：当风挺立的草。唐寅《题高祖斩蛇图》："四海横行无立草，妖蛇哪得阻前驱。"

137. 王辇：皇帝乘坐的车子。

138. 比邻：乡邻，邻居。王勃《送杜少府之任蜀川》："海内存知己，天涯若比邻。"

139. 袖手：藏手于袖，表示闲逸的神态。

140. 剑郁：宝剑锋利。郁：葱郁，茂盛，引申锋利。

141. 城堙：城墙。堙：为攻城而堆的土山。

142. 蛇符：蛇蜕，即蛇皮。

143. 晏驾：古时帝王死亡的讳称。

144. 列缺：指闪电。李白《梦游天姥吟留别》："列缺霹雳，丘峦崩摧，洞天石扉，訇然中开。"

145. 萧萧：头发花白稀疏的样子。

146. 帝阍：古人想象中掌管天门的人，明代陈继儒《高祖斩蛇剑》："阴阴大泽黄云起，空望咸阳哭帝阍。"

147. 野航：指农家小船。杜甫《南邻》："秋水才深四五尺，野航恰受两三人。"

148. 年芳：指美好的春色。李商隐《判春》："一桃复一李，井上占年芳。"宋代卢祖皋《鱼游春水》："风翻征袂，触目年芳如许。"

149. 老客颜：使客人容颜变老。张以诚《古丰秋兴》："风尘荏苒销愁骨，岁月蹉跎老客颜。"

150. 珠宫：指道院或佛寺。

151. 霸图：称霸的雄图，也指霸业、王业，即建立国家。明代林鸿《歌风台》："霸图寂寞终尘土，王气消沈向草莱。"

152. 畴昔：往日，从前。

153. 赊酒：赊酒。

154. 幽怀：隐藏在内心的情感。袁枚《随园诗话》卷九："（尹似村诗）清谈相订菊花期，正慰幽怀入梦时。"

155. 转蓬：随风飘转的蓬草。李商隐《无题》："嗟余听鼓应官去，走马兰台类转蓬。"

156. 百二：以二敌百，后喻山河险固之地。

157. 恢奇：杰出，不平常。

158. 珠履：珠饰之履，后指身份高贵之人。《史记·春申君列传》："春申君客三千余人，其上客皆蹑珠履。"储光羲《同王维偶然作》："宾客无多少，出入皆珠履。"

159. 通家：指彼此世代交谊深厚、如同一家。

160. 濂潗：雨下不止貌。

161. 天戈：帝王的部队。

162. 孔固：很坚固。孔：很，副词。

163. 无禄：犹不幸。

164. 不佞：没有才能。谦辞，称自己。

165. 催科：催征赋税。

166. 漫嗟：空叹。

167. 达略：远大的谋略。

168. 青灯：借指孤寂、清苦的生活。

169. 天府：犹天廷。古人以为天上神仙亦设有朝廷，后也指朝廷。

170. 庙谟：犹庙谋，在朝廷上与帝王计议的谋略。

171. 芳徽：盛德，美德。徽：名号，标志。

172. 万井：古代以地方一里为一井，万井即一万平方里，后泛指千家万户。

173. 水鉴：明鉴。明澈如水之照映，故称。比喻清明无私。

174. 嘉谋：高明的经国谋略。苏轼《题永叔会老堂》："嘉谋定国垂青史，盛事传家有素风。"

175. 三农望：农民的愿望、愿景。三农：泛指农民。

176. 惠霖：惠泽于民的甘霖雨。

177. 冲炎：冒着炎热。

178. 清夜：寂静的深夜。

179. 素履：比喻人以朴素坦白之态度行事，后用以比喻质朴无华、清白自守的处世态度。素：白色无文彩；履：鞋。

180. 榛莽：本指杂芜丛生的草木，代指不成才的人。

181. 桐乡：《汉书·循吏传·朱邑》："（朱邑）少时为舒桐乡啬夫，廉平不苛，以爱利为行，未尝笞辱人，存问耆老孤寡，遇之有恩，所部吏民爱敬焉……初邑病且死，属其子曰：'我故为桐乡吏，其民爱我，必葬我桐乡。后世子孙奉尝我，不如桐乡民。'及死，其子葬之桐乡西郭外，民果共为邑起冢立祠，岁时祠祭。"后因以为官吏在任行惠政、有遗爱之典。

182. 宿草：指墓地上隔年的草。《礼记·檀弓上》："朋友之墓，有宿草而不哭焉。"孔颖达疏："宿草，陈根也，草经一年则根陈也，朋友相为哭一期，草根陈乃不哭也。"后多用为悼亡之辞。

183.短舻：有窗口的小船。

184.从风：随风，即跟风随俗。

185.锦衢：铺满鲜花的大道。

186.风德：风范德行。《北齐书·郑述祖传》："郑尚书风德如此，又贵重宿旧，君不得譬之。"

187.及门：登门，指正式登门拜师受业，后指受业弟子。

188.家祚：家运。

189.手泽：犹手汗，后多用以称先人或前辈的遗墨、遗物等。李清照《〈金石录〉后序》："今手泽如新，而墓木已拱。"

190.贯斗：即气贯斗牛，谓上通于斗、牛星宿间。形容光芒强烈或正气浩然。

191.安澜：指河流平静，没有泛滥现象，后比喻太平。最早语出《文选·王褒》："天下安澜，比屋可封。"

192.大有：大丰收。丰收。储光羲《观竞渡》："能令秋大有，鼓吹远相催。"

193.帝力：帝王的作用或恩德。

194.垒块：比喻心中郁积的不平之气。

195.部伍：军队的编制单位，泛指军队。

196.梵宇：佛寺。

197.蓬壶：古代传说中的海中仙山。

198.林泉：林木山泉，代指隐居之地。

199.怀民：安抚百姓。

200.股肱：大腿和胳膊。古代用以比喻左右得力的帮手。

201.致命：献出生命，犹捐躯。《易·困》："君子以致命遂志。"

202.骄吴抚越：爱抚吴越。骄：通"娇"，宠爱，爱怜。

203.刑错：亦作"刑措"，亦作"刑厝"，即置刑法而不用。《荀子·议兵》："传曰：'威厉而不试，刑错而不用。'"

204.化淳：教化淳厚。

205.殷昌：富庶，昌盛。

206.宁乱：平息灾祸战乱，此指战乱。

207.草昧：天地初开时的混沌状态；蒙昧。《易·屯》："天造草昧。"王弼注："造物之始，始于冥昧，故曰草昧也。"

208.雄图：宏大广阔的版图。

209.旋蓬：在空中飘旋的蓬草。李白《梁甫吟》："指挥楚汉如旋蓬。"

210.跃鳞：跳过龙门的鲤鱼，喻人登上显赫的地位。

211.借问：询问，请问。敬辞，为向人打听情况时的客气话。杜牧《清明》："借问酒家何处有？牧童遥指杏花村。"

212.令名：美好的名声。令：美好。

213.操持：操守。

214.丘民：泛指百姓。《孟子·尽心下》："民为贵，社稷次之，君为轻。是故得乎丘民而为天子。"王夫之稗疏："丘民者，众民也。"

215.瑶图：国土版图。

216.侍祠：陪从祭祀。

217.列壤：分封土地。汉代史岑《出师颂》："介珪既削，列壤酬勋。"

218.祁祁：娴静、和顺的样子。

219.兴戎：发动战争。

220.伟度：非凡的气度。明代孙承恩《鉴古韵语五十九首（其二十四）汉高祖》："宽仁多伟度，明达更殊伦。"

221.悦康：安乐。曹丕《至广陵于马上作》："量宜运权略，六军咸悦康。"

222.输忠：献出忠诚。

223.英英：奇伟的，杰出的。

224.九地：九泉，黄泉。明代王教《挽邓旻》："九地应知心未死，千年想见气犹生。"

225.腼颜：犹厚颜。《晋书·郗鉴传》："丈夫既洁身北面，义同在三，岂可偷生屈节，腼颜天壤邪！"

226.夜台：坟墓，亦借指阴间。刘禹锡《酬乐天见寄》："华屋坐来能几日？夜台归去便千秋。"

227.未字：旧指女子尚未许配。"字"的本义为妇人孕育。

228.赴玉楼：死亡的委婉说法，意思是升天了。玉楼：传说中天帝或仙人的居所。

229.天孙：星名，即织女星。天孙锦：即如织女星所为，形容其纺织的精巧。

230.鸿才：大才；卓越的才能，也指才能卓越的人。

231.丹忱：赤诚的心。

232.嘉猷：治国的好规划。猷：计谋，打算，谋划，如，鸿猷。

233.宥：宽恕；原谅。

234.和衷：和睦同心。

235.攸归：所归。攸：《尔雅》："攸，所也。"常放在动词之前，构成名词性短语，相当于"所"。民国孙稽鹤《汉高祖》："断蛇手创帝王基，天命攸归信有之。"

236.指日：犹不日，谓为期不远。如成语"指日可待"。民国孙稽鹤《汉高祖》：

"奇计分羹离亚父，汉家指日庆成功。"

237.勋华：尧舜的并称。勋：放勋，尧名；华：重华，舜名。

238.转烛：风摇烛火，用以比喻世事变幻莫测。杜甫《佳人》："世情恶衰歇，万事随转烛。"

239.乱蝉：很多蝉鸣叫。苏轼《鹧鸪天》："林断山明竹隐墙。乱蝉衰草小池塘。"柳永《少年游》："长安古道马迟迟，高柳乱蝉嘶。"

240.望眼：①远眺的眼睛。岳飞《满江红》词："抬望眼，仰天长啸，壮怀激烈。"元代王恽《送李郎中北还》："落日乡音杳，秋空望眼穿。"②盼望的眼睛。如望眼欲穿。

241.戎捷：指战利品。《春秋·庄公三十一年》："六月，齐侯来献戎捷。"

242.壮图：宏伟的意图。晋陆机《吊魏武帝文》："雄心摧于弱情，壮图终于哀志。"

243.立极：登帝位；秉国政。文天祥《逐鹿》："轩辕此立极，玉帛朝诸侯。"

244.定倾：使危险的局势或即将倾覆的国家转为稳定。《国语·越语下》："夫国家之事，有持盈，有定倾，有节事。"韦昭注："定，安也；倾，危也。"

245.默识：暗中记住。语出《论语·述而》："默而识之。"

246.天步：天之行步，指时运、国运等。《诗·小雅·白华》："天步艰难，之子不犹。"朱熹集传："步，行也。天步，犹言时运也。"司马光《言郭昭选札子》："国初草创，天步尚艰。"

247.兆民：古称天子之民，后泛指众民，百姓。

248.望幸：臣民、妃嫔希望皇帝临幸。

249.攀辕：即攀辕卧辙，意思是拉住车辕，躺在车道上，不让车走。旧时用作挽留好官的谀词。

250.薄俗：轻薄的习俗，坏风气。《汉书·元帝纪》："民渐薄俗，去礼义，触刑法，岂不哀哉！"

六、历代名人对刘邦的评价

怀王诸老将：项羽为人僄悍猾贼。……独沛公素宽大长者，可遣。

郦食其：夫汉王发蜀汉，定三秦；涉西河之外，援上党之兵；下井陉，诛成安君；破北魏，举三十二城：此蚩尤之兵也，非人之力也，天之福也。今已据敖仓之粟，塞成皋之险，守白马之津，杜大行之阪，距蜚狐之口，天下后服者先亡矣。王疾先下汉王，齐国社稷可得而保也；不下汉王，危亡可立而待也。

张良：良数以太公兵法说沛公，沛公善之，常用其策。良为他人者，皆不省。良曰："沛公殆天授。"

曹参：且高帝与萧何定天下，法令既明，今陛下垂拱，参等守职，遵而勿失，不亦可乎？

樊哙：始陛下与臣等起丰沛，定天下，何其壮也！今天下已定，又何惫也！

吕雉：高皇帝匡饬天下，诸有功者皆受分弟为列侯，万民大安，莫不受休德。

刘敬：今陛下起丰沛，收卒三千人，以之径往而卷蜀汉，定三秦，与项羽战荥阳，争成皋之口，大战七十，小战四十，使天下之民肝脑涂地。

陆贾：皇帝起丰沛，讨暴秦，诛彊楚，为天下兴利除害，继五帝三王之业，统理中国。

赵佗：吾闻两雄不俱立，两贤不并世。汉皇帝贤天子。自今以来，去帝制黄屋左纛。

张敖：君何言之误！且先人亡国，赖高祖得复国，德流子孙，秋豪皆高祖力也。原君无复出口。

刘恒：昔先王远施不求其报，望祀不祈其福，右贤左戚，先民后己，至明之极也。

宋昌：汉兴，除秦烦苛，约法令，施德惠，人人自安，难动摇，三矣。

贾谊：高皇帝以明圣威武即天子位，割膏腴之地以王诸公，多者百余城，少者乃三四十县，德至渥也。

刘安：逮至高皇帝存亡继绝，举天下之大义，身自奋袂执锐，以为百姓请命于皇天。

司马迁：子羽暴虐，汉行功德；愤发蜀汉，还定三秦；诛籍业帝，天下唯宁，改制易俗……秦既暴虐，楚人发难，项氏遂乱，汉乃扶义征伐；八年之间，天下三嬗。

禹贡：至高祖、孝文、孝景皇帝，循古节俭，宫女不过十余，厩马百余匹。

朱博：帝王之道不必相袭，各由时务。高皇帝以圣德受命，建立鸿业，置御史大夫，位次丞相，典正法度，以职相参，总领百官，上下相监临，历载二百年，天下安宁。

刘苍：高皇帝受命诛暴，元元各得其所，万国咸熙，作《武德》之舞。

杨终：高祖平乱，约法三章。太宗至仁，除去收孥。万姓廓然，蒙被更生，泽及昆虫，功垂万世。

陆云：皇威肇于断蛇，神武基于丰沛。

荀悦：高祖起于布衣之中，奋剑而取天下。不由唐虞之禅，不阶汤武之王。龙行虎变，率从风云，征乱伐暴，廓清帝宇。八载之间，海内克定。遂何天之衢，登建皇极，上古已来，书籍所载，未尝有也。非雄俊之才，宽明之略，历数所授，神祇所相，安能致功如此。

陈蕃：昔高祖创业，万邦息肩，抚养百姓，同之赤子。

曹操：夫受九锡，广开土宇，周公其人也小。汉之异姓八王者，与高祖俱起布衣哩，创定王业，其功至大，吾何可比之？

曹冏：故汉祖奋三尺之剑，驱乌集之众，五年之中，遂成帝业。自开关以来，其兴立功勋，未有若汉祖之易也。

陆景：汉高帝发迹泗水，龙起丰沛，仁以怀远，武以弭难，任奇纳策，遂埽秦项，被以惠泽，饰以文德，文武并作，祚流世长，此高帝之举也。秦、汉俱杖兵用武，以取天下，汉何以昌？秦何以亡？秦知取而不知守，汉取守之具备矣乎！

皇甫谧：观汉祖之取天下也，遭秦世暴乱，不阶尺土之姿，不权将相之柄，发迹泗亭，奋其智谋，羁勒英雄，鞭驱天下；或以威服，或以德致，或以义成，或以权断；逆顺不常，霸、王之道杂焉。是以圣居帝王之位，无一定之制，三代之美，故难及矣。

傅玄：君莫贤于高祖，臣莫奇于韩信。

王鉴：昔汉高、光武二帝，征无远近，敌无大小，必手振金鼓，身当矢石，栉风沐雨，壶浆不赡，驰骛四方。

李世民：昔汉高祖，田舍翁耳。提三尺剑定天下，既而规模弘远，庆流子孙者，此盖任得贤臣所致也。

杜甫：信周武之多幸，存汉祖之自强。

赵普：昔高祖奋布衣，起丰沛，诛暴楚，灭强秦，不五七年平定天下，而雄图大略，自轩昊以降，未见其伦。

王安石：后世循高祖则鲜有败事，不循则失。

苏轼：古之英主，无出汉高。

张拭：准仁义足以得天下之心，三王是也。高帝之兴，亦有合乎此。是以能剪暴秦，灭强项，而卒基汉业。

尹起莘：自三代而下，唯汉得天下为正。

戈直：昔汉祖入秦宫，能无所幸，识者知其智不在小，奄奠区宇，规模宏远矣，非唐祖所及也，太宗其庶几乎？

叶子奇：帝王之盛节，三代而下，汉高为最，昭烈次之，光武唐太宗，伯仲耳。

朱元璋：唯汉高祖皇帝除嬴平项，宽仁大度，威加海内，年开四百。有君天下之德而安万世之功者也。

王阳明：丰沛之间，自昔多魁。若汉之萧曹，不遇高祖，乘风云之会，固将老终于刀笔吏间。

胡翰：高帝以宽仁定天下，规模宏远矣。

张居正：高皇帝以神武定天下，其治主于威强。前代繁文苛礼，乱政陋习，铲消殆尽；其所芟除夷灭秦法，不严于此矣。

魏观：太宗虽才兼文武，而于为善未免矫揉。高祖豁达大度，规摹弘远，以此观之，高祖为优。

李贽：汉祖之神圣，尧以后一人也。

赵汸：汉兴，接秦之弊。高祖重本抑末，轻徭薄役，故文景之世国家无事，百姓给足，府库充实，人人自爱，而重犯法。

万应隆：汉高豁达大度，从谏如流，故不阶尺土，一民五载而成帝业。

魏裔介：三代而后，人君能用天下之豪杰而尽其才，未有若汉之高帝者也。

刘文淇：夫高祖所分巴、蜀、汉中三郡之地，仅四十一县。而项羽所王之九郡，亦足见项氏之强盛。而卒为高祖所灭，太史公所谓非大圣，孰能当此受使而帝者？其信然已。

　　顾颉刚：汉高帝起自平民，大刀阔斧，打出了天下。他不像王莽的出于世家，他没有什么家谱，他也不想造一本假家谱。

编后记

一

　　丰县被称为"千古龙飞地、一代帝王乡"，刘邦、萧何、卢绾、周勃等汉室中的顶层人物都生于斯，长于斯，并在此起步走向人生之巅。他们在丰县的足迹成为丰县的名胜，在丰县的传说则成为丰县人民津津乐道的民间文化。《史记》《汉书》等正史，《西京杂记》《拾遗记》等野史，更是详细记载了他们的事迹及传说，这为历代文人提供了丰富的创作素材，留下了数不清的诗文作品。明万历增补本《丰县志》、清光绪《丰县志》搜集留存了一部分，其中清光绪《丰县志》留存一百二十余首，弥足珍贵。

　　清光绪《丰县志》卷十三"艺文志"（下）小序载："昔人称少陵为一代诗史，岂不以盛衰得失之故悉见于诗，读其诗可以知其世哉？今辑艺文，略仿其意，而流连风景、有关风土者，间亦载焉。若夫评论风雅，推敲声律，非志所急，不暇及也。"这段话主要介绍选编这些诗文的目的和标准。其标准是"读其诗可以知其世"，也就是说它更注重的是诗歌的教化功能，"风雅""声律"不在标准之内。由于方志不是通俗读物，属于工具类书籍，接触者只是少数专业人员，使得其中的诗词难以普及开来。为弥补这一缺憾，1993年，在县政协文史委工作的白光华先生曾编成一本《历代诗人咏丰县》，以《丰县政协文史资料》的形式内部发行。但限于当时资料匮乏，仅收录了自汉至民国各个历史时期的二百二十八首作品，其入编作品主要出自明万历增补版和清光绪版《丰县志》中，遗珠之憾显然。2020年暑假，我向丰县政协主席徐国良要了一本高昌忠主持校注的清光绪《丰县志》，又向白光华先生要了一本 1985 年版明万历增补本《丰县志》。我首先详细阅读了两部县志的"艺文志"部分，发现明万历《丰县志》"艺文志"部分注释错漏较多；清光绪《丰县志》"艺文类"部分注释较简，给阅读带来一定困难，于是我萌生了一个想法：可否编著一本更翔实、更便于读者阅读的历代诗人写丰县景、丰县人、丰县事的书呢？我之所以有这种想法基于以下原因：首先，丰县历史悠久，是汉文化的中心地带，应该有与之匹配的地方文化基础建设；第二，现在电脑网络已深度融入个人生活，这为查找资料提供了方便。

怎么定位该书的读者群？这是必须要考虑的问题。我的想法是：书固然有小众化的学术专著，但大部分书是面向普通读者的，读者面愈广，其社会效益就愈好，价值也就愈大。鉴于此，我决定把这本书编成既有一定的文史资料价值，又能使中学生及具有中等文化水平的人读懂的普及性读物；既可当工具书，又可作为丰县文化读本了解有关丰县的文史知识，还可作为提高诗词鉴赏水平的辅助读物。为了实现这一目的，我将每首诗分为五个板块："原作""作者简介""注释""翻译"和"点评"。

"原作"均标出出处，尽量用权威版本，且多种版本参照，力求准确。不能明确出处和作者的则不收。如东汉末年赵云的《卧石观云》："战息未卸甲，勒马山上踏。身卧岩石面，仰观彩色霞。"该诗的出处和作者均不可考，只是传说而已。且该诗韵脚平仄混押，用语风格也与东汉末年迥异，因此该诗可能是后人伪作的打油诗。

"作者简介"，力求简要精当，对读者有启发和励志作用的经历多采用，其余则尽量扼要。

"注释"，本着准确、详细的原则，尤其是生僻的词语和典故的出处，尽量解释交代清楚，既是解词，也是叙史，以诗带史，既鉴赏诗，又了解史。词语注释后再列出与之意义、用法相同的例句，以加深对这个词语的理解，增加读者的知识储备。

"翻译"，中国古典诗词特别讲究韵律规范，讲究意境和含蓄，反对大白话入诗，因此用白话翻译诗往往破坏诗之美感，是吃力不讨好的事情。如何使翻译既明白晓畅，又能尽量保持原诗的意趣和韵味、语言的典雅和简洁？我在坚持直译为主、意译为辅的原则的基础上，大胆尝试了以诗译诗的形式，并大都采用整齐的句式和原诗的韵脚，力求做到既通俗易懂，又押韵合辙朗朗上口。当然坚持这个原则，会使得个别地方难免出现翻译不到位的情况。

"点评"的目的在于为读者提供阅读参考，帮助鉴赏诗词。因此点评中既有情感内容的挖掘，也有艺术特色的分析，甚至也有格律的评点。当然，诗无达诂，见仁见智是常态，更因为很多作者是民间小人物，基本简历都没有，无法知人论世，因此只能仔细揣摩诗句，力求做到合乎作者原意，但未能切中肯綮者难免会有。

二

本书共收录了自汉代至民国两百五十位作者的四百十六首作品。从作者分布看，从汉至清，作品基本上呈逐次增多之势，明清二百九十九首，占到了总数的百分之七十二。为何明清诗词居多？首先，明清是距离现在最近的时代，书籍遗失最少，留存史料最丰富，且明清时代人口多，诗人群体自然也多；其次，这和地方志的发展过程也有关系。明清两代是地方志发展最繁荣的时期，几乎各州县都有县志，留存了大量的诗稿，尤其是名不见经传的地方普通人物的诗作。

本书编选的诗歌主要有以下几个来源：一是明清两代的《丰县志》，尤其是明万历增补本《丰县志》和清光绪《丰县志》；二是古代著名的诗文总集如《四库全书》《全唐诗》《乐府诗集》及相关作者的别集；三是地方性的诗歌总集，如《徐州诗征》《徐州续诗征》等；四是各类诗词选本以及诗词网络平台。入选标准是诗词内容必须与丰县有关。凡写丰县景、丰县事、丰县史的诗词能收尽收，写丰县人的作品尤其是写刘邦的作品，因为太多则选择性收入。如写歌风台怀古、沛宫怀古、芒砀山怀古、荥阳怀古、垓下怀古、光武古战场怀古、拔剑泉等，大都和刘邦有关，但因这些地方不在丰县，所以大多没有收录。新丰、鸿门虽不在丰县，和丰县关系却实在密切，所以选择性地收录了几篇。《丰县历代诗词译注》收录的作品作者少部分是丰县人，大部分为外地人或在丰县为官、谋事的人，前者如李蟠、刘培丰、姚孝锡、李汝鹤等，后者如关景仁、马建忠、阎珝、卢世昌、夏时、王初集等。丰县人若写的不是丰县的内容，一般不收，但像刘邦的《大风歌》《鸿鹄歌》、刘章的《耕田歌》、刘友的《赵王囚歌》、刘彻的《秋风辞》等，虽然写的都不是丰县，由于他们都是皇室身份，诗歌数量不多，因知名度高，影响大，所以也选编了进来。此外如李蟠、姚孝锡、李汝鹤等，虽是丰县人且身份也很高，但他们都有专门的诗集，且大部分内容与丰县无关，故只选少量与丰县相关的几首。

三

本书所选作品多数属于中国诗歌史中的非主流作品，很少被"全书"类的巨著所收录。这些诗作者是滚滚红尘中的一粒尘土，来世间默默走了一遭，又默无声息地回归了大地。他们是浩瀚天空的一颗颗无名星辰，很少人知道他们的存在。他们的肉体像风一样消失在历史的长河，而作品则像星辰一样依旧照亮文学的星空，因此编写此书也是向他们致以敬意，感谢他们为丰县留下宝贵的精神遗产。

编写过程中得到不少人的帮助，苏州市文化局原副局长、苏州市诗词协会会长魏嘉瓒先生和全国著名特级教师、教授级高级教师张建杰热情为本书作序。丰县政协徐国良主席、段炼副主席对此书的编撰和出版给予积极的鼓励和鞭策；原宣传部副部长白光华先生、原县政府史志办主任高昌忠先生，自始至终关心此书的编撰，不但献计献策，提供诗词线索，且以严谨专业的素养校审原稿，付出了大量心血，提出了很多宝贵的意见和建议；江苏师范大学文学院院长沙先一教授、苏州大学文学院教授博士生导师周秦老师对原稿部分疑难问题提出了宝贵意见；此书的装帧设计长岛先生、排版施小惠女士呕心沥血，不厌其烦地修改校对。对于他们的助力、帮助在此深表谢意。

特别鸣谢为编著本书给予物力支持的四位丰县杰出人士：苏州工业园区元禾重元股权投资基金管理有限公司董事长姚骅先生；燕园同德（北京）投资基金管理有限公司董事长吴昌霞先生；上海浦帮机电制造有限公司、上海万生合金材料有限公司董事长刘实先生；深圳市睿德信投资集团有限公司董事长冯清华先生。他们都是丰县人，不但在各自的岗位上做出了突出业绩，而且热爱生养他们的丰县这片热土，热爱丰县的文化。他们竭尽所能为丰县的经济建设和文化建设添砖加瓦，助力赋能。正是有了这些热爱丰县的家乡赤子，丰县才欣欣向荣不断蓬勃发展，丰县才文脉绵延，弦歌不辍，永葆生机活力。

编写此类书籍是一项艰巨的工作，它涉及文史的方方面面，由于我们学力有限，尽管使出了洪荒之力，但遗珠之憾、注译欠当之处肯定在所难免，诚恳欢迎各位方家批评指正，不吝赐教。

闵凡军　包翠玲
2022 年 8 月

编著者简介

　　闵凡军，1963 年 12 月生，江苏省苏州中学教师，江苏省诗词协会理事，苏州市诗词协会常务副会长。出版诗文集《南园听雨》《南园听风》，散文集《诗与远方》及校本教材《苏州中学传统文化普及读本》等。创建苏州中学诗词讲习所，创刊并主编校园诗词刊物《南园小窗》。

　　包翠玲，苏州市立达中学校教师。中华诗词学会会员，苏州市诗词协会理事、副秘书长。出版诗文集《南园听雨》《南园听风》，散文集《诗与远方》。